悪しき狼

ネレ・ノイハウス

マイン川で少女の死体が発見された。司法解剖の結果、年齢は14歳から16歳、長期間にわたって虐待された痕があり、死因は溺死だと判明する。だが不可解なことに、少女は淡水ではなく塩素水で溺れていた。おぞましい犯罪に、刑事たちは必死の捜査をはじめるが、二週間たっても少女の身元が判明しない。さらに新たな殺人未遂事件が発生し、捜査は混迷を深めていく。少しずつ明らかになる、警察関係者の想像を絶する凶悪犯罪の全貌。刑事オリヴァーとピアにかつてない危機が迫る！　〈ドイツミステリの女王〉による大人気警察小説シリーズ最新作。

登場人物

オリヴァー・
　フォン・ボーデンシュタイン……ホーフハイム刑事警察署首席警部
ピア・キルヒホフ……同、首席警部
カイ・オスターマン……同、上級警部
ケム・アルトゥナイ……同、警部
カトリーン・ファヒンガー……同、刑事助手
クリスティアン・クレーガー……同、鑑識課課長、首席警部
ニコラ・エンゲル……同、署長、警視
フランク・ベーンケ……州刑事局内部調査官
ヘニング・キルヒホフ……法医学者。ピアの元夫
トーマス・クローンラーゲ……法医学研究所所長
マルクス・マリア・フライ……上級検事
メルツァド・タヌーティ……若手検察官
ルツ・アルトミュラー……警察本部の首席警部
クリストフ・ザンダー……オペル動物園園長、ピアの恋人

リリー・ザンダー……………クリストフの孫
ハンナ・ヘルツマン…………テレビの人気キャスター
マイケ・ヘルツマン…………ハンナの娘
ノルマン・ザイラー…………元プロデューサー
ヤン・ニーメラー……………ハンナの共同経営者
イリーナ………………………ハンナのアシスタント
ヴォルフガング・マーテルン…ハンナの友人。
アンテナ・プロの社長、ディレクター
ハルトムート・マーテルン…ヴォルフガングの父。メディア王
ヴィンツェンツ・コルンビヒラー……ハンナの元夫
レオニー・フェルゲス………ハンナの心理療法士
ミヒャエラ……………………レオニーの患者
エマ……………………………ピアの友人
フローリアン・フィンクバイナー……エマの夫。外科医
ルイーザ………………………エマとフローリアンの娘
ヨーゼフ・フィンクバイナー……フローリアンの父。〈太陽の子協会〉創立者
レナーテ・フィンクバイナー……フローリアンの母

コリナ・ヴィースナー……………ヨーゼフの養女。〈太陽の子協会〉事務長
ラルフ・ヴィースナー……………コリナの夫
ヘルムート・グラッサー…………フィンクバイナー家の管理人
キリアン・ローテムント…………元弁護士
ベルント・プリンツラー…………ロードキングスの元幹部
エーリク・レッシング……………連絡員。故人
リヒャルト・メーリング…………元連邦憲法裁判所裁判官

悪しき狼

ネレ・ノイハウス
酒寄進一訳

創元推理文庫

BÖSER WOLF

by

Nele Neuhaus

Published in 2012 by Ullstein Verlag
This book is published in Japan by TOKYO SOGENSHA Co., Ltd.
Published by arrangement through Meike Marx Literary Agency, Japan

悪しき狼

マティアスに捧ぐ
あなたといっしょなら、この世は天国。

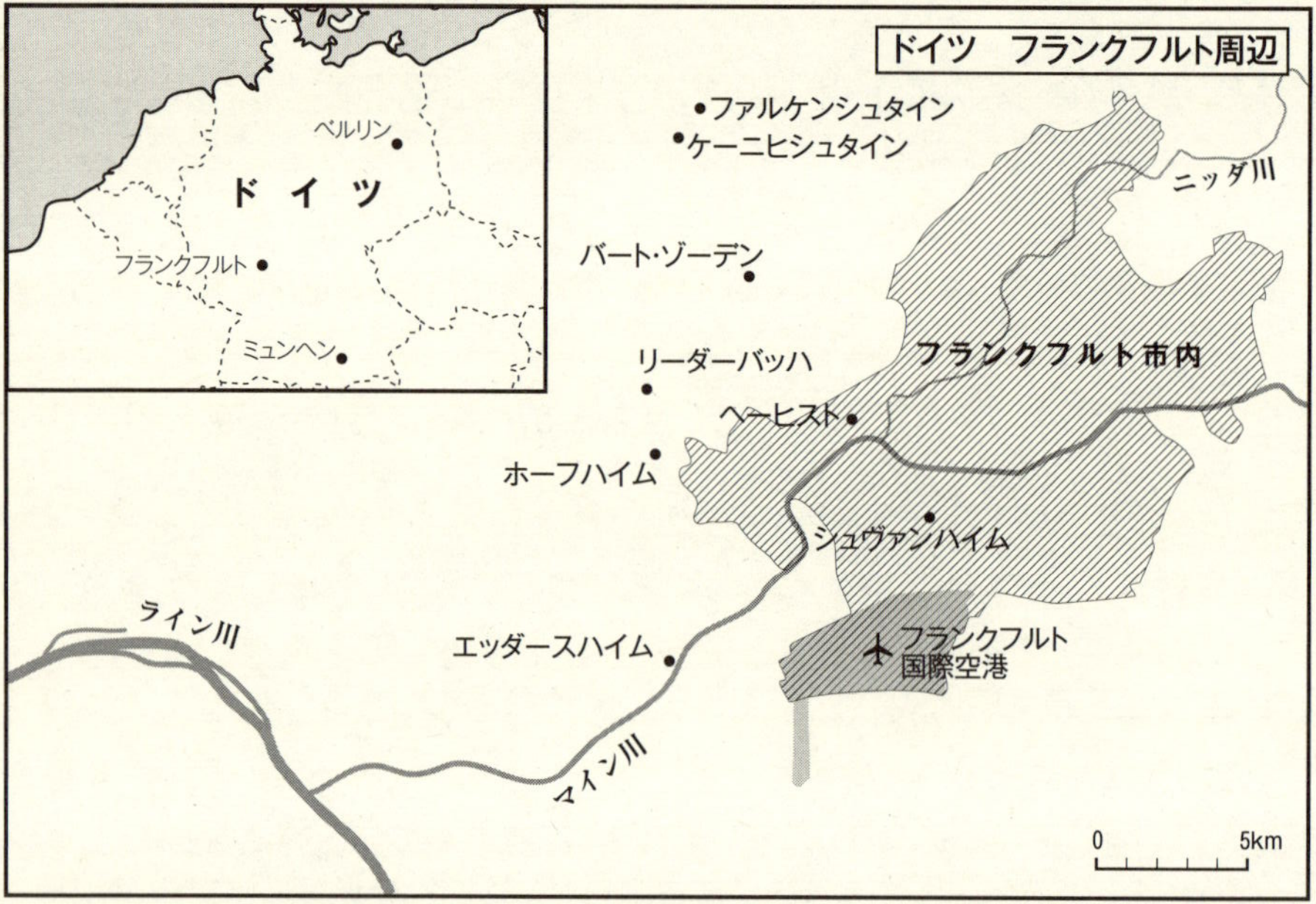
ドイツ　フランクフルト周辺
ドイツ
ベルリン
フランクフルト
ミュンヘン
ファルケンシュタイン
ケーニヒシュタイン
ニッダ川
バート・ゾーデン
リーダーバッハ
ヘーヒスト
フランクフルト市内
ホーフハイム
シュヴァンハイム
ライン川
エッダースハイム
フランクフルト
国際空港
マイン川
0
5km

プロローグ

　男は買い物袋を下ろすと、買ってきたものを小型冷蔵庫に入れた。お気に入りのハーゲンダッツ・アイスクリームは溶けかけている。だが、そのくらいクリーミーな方がサクサクしたクッキーと相まってうまい。食べるのは数週間ぶりだ。気持ちを抑えるのは難しいが、無理強いは決してしない。焦ってはだめだ。じっと我慢しなくては。あの子には自分から来てもらわなくてはいけない。昨日、携帯電話のショートメッセージで連絡があった。あの子がもうすぐ来る！　男はわくわくして、鼓動が速くなった。

　キャンピングトレーラーの中をざっと見まわす。昨晩きれいに片づけておいた。ミニキッチンの時計を見る。もう六時二十分だ！　急がなくては。汗だくで、無精髭《ぶしょうひげ》を生やした自分の姿などあの子に見せたくない。仕事を終えたあと急いで理髪店に寄った。しかしファストフード店の油のにおいが体に染みついている。急いで服を脱ぎ、汗と揚げ油のにおいが染みついた服を空っぽの買い物袋に突っ込み、ミニキッチンの横のシャワー室に入った。狭苦しくて、水もちょろちょろとしか出ないが、キャンプ場内の不潔なシャワールームよりはましだ。

　男は頭のてっぺんからつま先まで石鹸《せっけん》で洗い、ていねいに髭を剃《そ》り、歯をみがいた。むりにでもそうしなければ、あまりのみじめさに無気力になってしまうだろう。あの子がいなければ、そうなっていたかもしれない。
二、三分して、男は清潔な下着とポロシャツを身につけ、クローゼットからジーンズをだした。最後に手首に時計をはめた。二、三ヶ月前、中央駅近くの質屋は百五十ユーロならその時計を買い取るといった。足元を見られたものだ。十三年前に買ったとき、そのスイス時計は一万一千マルクした高級品だ。時計を売るのはやめた。その腕時計は過去の人生から残された最後の思い出の品だ。鏡で自分をじっと見てからドアを開け、キャンピングトレーラーから出た。
折りたたみ式のガーデンチェアにあの子がすわっている。胸の鼓動が高鳴った。もう何週間も前からこのときを楽しみにしていた。男は立ち止まって、あの子の姿を目に焼きつけた。なんて愛おしいのだろう！　小さなかわいい天使。肩にかかる柔らかい金髪。その手触りとにおい。袖《そで》なしのワンピースを着ている。軽く日焼けした小麦色の肌、華奢《きゃしゃ》なうなじ。なにかに夢中だ。携帯電話になにか打ち込んでいて、彼に気づいていない。脅かしたくなかったので、男は咳払いをした。少女が顔を上げ、ふたりの目が合った。少女は口元をほころばせたかと思うと、満面の笑みを浮かべて、ぱっと立ちあがった。

少女は男の方へやってきて、目の前で立ち止まった。男はゴクリと唾をのみ込んだ。少女の褐色の瞳に浮かぶ親愛の情。胸がちくりと痛くなった。ああ、なんてかわいいんだ！　列車に飛び込むなりしてこのみじめな人生に別れを告げないのは、この子がいるからだ。

「やあ、おちびちゃん」男はしわがれた声でいうと、彼女の肩に手を置いた。ほんの少しだけ。少女の肌はビロードのように柔らかく、温かい。はじめの頃、男は彼女になかなか触れることができなかった。

「お母さんにはなんていってきたんだい？」

「ママは今晩、新しいパパとパーティーに行くんだって。たしか消防団の」そう答えると、少女は携帯電話を赤いリュックサックにしまった。「あたしはイェッシーのところに遊びにいくっていった」

「それでいい」

男は好奇心旺盛な隣人や偶然通りかかった人がいないかさっと視線を走らせた。ドキドキして膝《ひざ》の力が抜けそうだ。

「ほら、大好きなアイスを買っておいた」男は小声でいった。「中に入らないか？」

二〇一〇年六月十日（木曜日）

彼女は倒れ込んだ。目がまわる。気持ちが悪い。いいや、気持ち悪いどころか、死にそうだ。吐いたものの異臭がする。アリーナはうめいて、顔を上げようとした。ここはどこ？　なにがあったの？　みんなはどこ？

さっきまでみんないっしょに木の下にすわっていた。マルトは彼女の横。彼は彼女の肩に腕をまわした。温かい気持ちになった。ふたりは笑い、彼がキスをしてきた。カタリーナとミアは蚊《か》がうるさいとさかんに文句をいった。彼女たちは音楽を聴き、ウォッカのレッドブル割りをがぶ飲みした。

アリーナはやっとの思いで体を起こした。頭が割れそうだ。目を開けてぎょっとした。太陽が沈みかけている。何時だろう。携帯電話はどこだろう。ここへどうやって来たのか記憶にない。そもそもここはどこだ。数時間の記憶が飛んでいる。記憶を喪失している！

「マルト？　ミア？　どこにいるの？」

アリーナは大きなヤナギの幹まで這っていき、やっとの思いで立ちあがって、あたりを見まわした。膝がバターのようにぐにゃぐにゃだ。ものがはっきり見えない。吐いたときに、コンタクトレンズを落としてしまったようだ。口の中でいやな味がする。顔にも吐いたものがこびりついている。裸足《はだし》で踏みしめた落ち葉がかさかさ鳴った。アリーナは足元を見た。靴がない！

「なんなの、これ」アリーナはあふれそうになる涙を堪《こら》えた。こんな有り様で家に帰ったら、大目玉を食らってしまう！

遠くから人の声が聞こえる。笑い声もする。グリルで焼いている肉のにおい。また吐き気をもよおした。いずことも知れぬ平原に放りだされたわけではなかった。すぐ近くに人がいる！

アリーナはヤナギから離れ、よろよろと足を数歩前にだした。まるで回転木馬にでも乗っているみたいに目がまわる。それでもむりして歩いた。あいつら、本当に最低！　どこが親友なのよ！　さんざん飲ませて、靴も携帯もないなんて！　太っちょのカタリーナとガミガミうるさいバカなミアはきっと笑ってる。明日、学校で会ったらただじゃおかないんだから！　マルトとは二度と口をきくもんか。

アリーナは急な下り斜面に気づいて、立ち止まった。下にだれか横たわっている！　川べりのイラクサの茂み。黒っぽい髪、黄色のTシャツ。アレックスだ！　なんであんなところに？　なにがあったんだろう？　アリーナはぶつぶついいながら斜面を下りた。イラクサに擦《す》れて、むきだしのふくらはぎがちくちくする。そしてなにかとがったものを踏んでしまった。

「アレックス！」アリーナはしゃがんで、彼の肩を揺すった。アレックスもゲロのにおいをぷんぷんさせ、かすかにうめいている。「ねえ、起きてよ！」

アリーナは顔のまわりをうるさく飛びまわる蚊を片手で払った。

「アレックス！　起きて！　早く！」アリーナは彼の足を引っ張ったが、彼は鉛のように重くて、びくともしなかった。

川面《かわも》をモーターボートが通り過ぎた。波が寄せてきて、葦《あし》の中で水がぴちゃぴちゃ音をたて、アレックスの足を洗った。アリーナはぎょっとして息をのんだ。目の前の水面から蒼白い手が伸びてきて、自分をつかもうとしているように見えたのだ。

アリーナは尻餅《しりもち》をついて悲鳴をあげた。葦の茂った水の中、アレックスから二メートルも離れていないところにミアが横たわっている！　顔が水に浸かっていて、薄闇の中、長い金髪と虚《うつ》ろな目が見えた。その目がアリーナの方を見ていた。

アリーナはそのぞっとする光景に呆然とした。頭が混乱してしまった。いったいなにがあったの？　新たな波が寄せてミアの亡骸《なきがら》を揺らした。蒼白い腕が黒々した水から浮かび上がった。まるで助けを求めるように。

外気温は耐えがたいほど暑いのに、アリーナは身ぶるいした。よろめいて向き直ると、イラクサの中に吐いた。ウォッカとレッドブルの代わりに、苦い胃液しか出なかった。アリーナは泣きべそをかき、四つん這いで急な斜面を上った。藪《やぶ》をかきわけたせいで膝と手が傷だらけになった。ここが家だったらよかったのに。自分の部屋のベッドの中、安全なところに逃げ込みたかった。こんな恐ろしいところはこりごりだ。見たものをきれいさっぱり忘れたかった。

＊

ピア・キルヒホフはヴェロニカ・マイスナー死亡事件の最終報告書をコンピュータに打ち込

んだ。太陽が朝から一日刑事警察署の平屋根に照りつけている。カイ・オスターマンのデスクの横の窓台に置いてあるデジタル温湿度計が三十一度を指していた。これは室温だ。外は軽く三度は高いだろう。学校は休校になったかもしれない。窓もドアも開け放って空気を入れ換えたいが、外は無風状態だ。前腕をデスクにのせると張りつく。ピアはため息をついて、印刷のアイコンをクリックし、それから報告書を薄いファイルにとじた。あとは解剖所見だけだ。しかしどこに置いただろう。ピアは立ちあがって、書類トレーの中を探した。一昨日《おととい》から、ひとりで捜査十一課に待機している。相部屋の同僚カイは水曜日からヴィースバーデンでドイツ連邦刑事局の研修を受けている。カトリーン・ファヒンガーとケム・アルトゥナイはデュッセルドルフでセミナーに参加している。ボスは月曜日から休暇中で、いずこへともなく旅に出てしまった。せっかくニコラ・エンゲル署長の執務室で昼下がりに首席警部の任命式があったというのに、ささやかなお祝いもひらかれないとは。だがピアは気にしていなかった。お祭り騒ぎは苦手だ。昇進など形式的なものでしかない。

「それにしても解剖所見はどこかしら?」ピアはぶつぶつ文句をいった。もうすぐ午後五時だ。午後七時にはケーニヒシュタインで高等中学校《ギムナジウム》の同窓会がある。白樺農場《ビルケンホーフ》での作業がいつも山のようにあり、人と交流する機会がほとんどない。だから昔のクラスメイトと二十五年ぶりに再会できるのを楽しみにしていた。

開け放ったドアをノックする音がして、ピアは振り返った。

「やあ、ピア」

ピアは自分の目を疑った。目の前に元同僚のフランク・ベーンケが立っていた。フランクは様子が変わっていた。ジーンズ、Tシャツ、かかとの磨《す》り減ったウェスタンブーツ、それが彼のいつもの恰好だったのに、ライトグレーのスーツにシャツ、ネクタイというイメージチェンジを図っている。髪の毛も以前より長く伸ばし、顔も前ほどやつれていない。ずっとよくなっていた。

「あら、フランク」ピアは驚いて答えた。「ひさしぶりね」

「覚えててくれたか」フランクはニヤリとしながら両手をズボンのポケットに突っ込み、ピアの頭のてっぺんからつま先までじろじろ見た。「元気そうだな。出世街道まっしぐらか。あいつの後釜にすわるつもりかい？」

フランクはあいかわらず癇《かん》に障る。ピアは、ていねいに応対する気が失せた。

「出世街道をまっしぐらだなんて。昇進した。ただそれだけのこと」ピアは冷ややかに答えた。「あいつってだれ？　オリヴァーのこと？」

フランクはにやにやしながら肩をすくめた。ガムをかんでいる。そういうところは少しも変わっていない。

二年前、不祥事を起こして捜査十一課を放逐《ほうちく》されたフランクは懲戒処分に不服申し立てをし、裁判に勝った。そのあと彼はヴィースバーデンの州刑事局に異動した。もちろんホーフハイム刑事警察署に、そのことを残念がる者はいなかった。

フランクはピアのそばを通ってカイの椅子に腰かけた。

「みんな、出かけてるのか？」

「それより、どうした風の吹きまわし？」ピアはぶつぶついいながら解剖所見を探しつづけ、質問には答えずに逆にたずねた。

　フランクは頭の後ろで腕を組んだ。

「このいい知らせをおまえにしか伝えられないのは残念でならない。しかし他の連中も早晩知ることになる」

「なんなの？」ピアはフランクに険《けわ》しい視線を向けた。

「外まわりの仕事にあきあきしたんだ。さんざんやったからな」フランクはピアから目をそらさずに答えた。「特別出動コマンド《SEK》、捜査十一課。よくやったよ。いつも優秀という評定を受けたからね、ちょっとした失態くらい大目に見てくれた」

　ちょっとした失態！　フランクは怒りに任せてカトリーンに暴力をふるったりと、さんざんひどいことをした。懲戒処分になって当然だった。

「あの頃はプライベートで問題を抱えていた」フランクは話をつづけた。「それが考慮してもらえた。州刑事局でいくつか研修を受けて、今は内部調査課で警察関係者に対する苦情を受けたり、不審な行動について調べたりして、不正防止に務めている」

　ピアは耳を疑った。フランクが内部調査官？　馬鹿げている！

「他の連邦州の同僚といっしょにここ数ヶ月、新しい戦略構想を立ててね、七月一日から連邦全域で適用される。下部組織への勤務状況や技術面の監査、職員の活性化などなど……」フランクは足を組み、片方の足を上下に揺らした。「エンゲルは有能な警察署長だが、それでも現場ではいろいろ間違いが起きるものだ。俺自身、ここで起きた不祥事をよく覚えている。処罰妨害、犯罪行為の野放し、データの不正アクセス、第三者への情報提供……ちょっと列挙しただけでもこれだけある」

ピアは解剖所見探しをやめた。

「なにがいいたいの？」

フランクの笑みには悪意がこもっていた。目がいやらしいほどぎらついている。ピアはいやな予感がした。前々からフランクには弱者を相手に優越感に浸る傾向があった。ピアはそれがいやでたまらなかった。同僚としても、フランクは不機嫌で空気を乱してばかりいた。そんな奴が内部調査官になったのでは目も当てられない。

「わかってるだろ」フランクは立ちあがってデスクをまわり込むと、ピアのすぐ横で立ち止まった。「おまえはあいつのお気に入りだもんな」

「なんの話かしら」ピアは冷淡に答えた。

「わからないのか？」フランクが顔を近づけてきて、ピアは不快になったが、身を引くのは我慢した。「たいして掘らなくても、死体がごろごろ出てくるだろう」

部屋は熱帯のような暑さだったのに、ピアは寒気を覚えた。腹も立ったが、動じていないふりをした。それこそ微笑みさえした。フランクは執念深くてせこい奴だ。欲求不満に今でも蝕《むしば》まれ、それは積年の恨みへとふくらんでいるようだ。不当に扱われ、屈辱《くつじょく》を受けたと勝手に思い込み、意趣返ししようと企んでいる。今、こいつといがみ合うのは得策ではない。しかし腹立たしくて、冷静に振る舞えなかった。

「それじゃ」ピアはあざけると、解剖所見探しを再開した。「せいぜいがんばって……遺体捜索犬」

フランクはドアの方を向いた。

「おまえは俺のリストにのってないが、それもすぐに変わるかもしれない。楽しい週末を」

彼の言葉に露骨な脅迫を感じたが、ピアは無視した。フランクがいなくなるのを待って、携帯電話をだし、オリヴァーにかけた。呼び出し音は鳴ったが、だれも出ない。なんてこと！　このままでは、ボスは足をすくわれる。フランクがなにをほのめかしたのか、ピアにもわかった。あれを突かれたら、ボスはまずいことになる。

＊

デポジットの瓶三本で、パスタひと袋。瓶五本で野菜のおまけがつく。それが相場だ。昔はデポジットなど気にもかけなかった。空き瓶はそのままゴミ箱に投げた。だが今はそういう人間がいるおかげで、最低限の生活が維持できている。さっきふた袋分の空き瓶を酒屋に持っていって十二ユーロ五十セント稼いだ。フェッヒェンハイム工業団地のはずれにある屋台で毎日十一時間ソーセージをグリルし、フライドポテトを揚げ、ハンバーガーを焼いて、もらえるのは一時間につき六ユーロ。もちろんもぐりのアルバイトだ。吝嗇家《りんしょくか》の店主は、夕方レジにある金が一セントでも売りあげと合わないと、その分を給料から差っ引く。今日はぴったり合った。男はいつもとちがって給料の支払いを頼み込まずにすんだ。店主は気前よく、たまっていた五日分の給料を払ってくれた。

デポジットの瓶集めで稼いだ金を合わせて、財布には三百ユーロ以上入っている。ちょっとした財産だ！　だから太っ腹になって、中央駅の向かいにあるトルコ人の理髪店で髪をカットし、髭も剃ってもらった。アルディ（安売りスーパーチェーン）で買い物をしたあと、残った金でキャンピングトレーラーの賃貸料二ヶ月分を前払いできそうだ。

男はがたのきたスクーターをキャンピングトレーラーの横に止め、ヘルメットを脱いで、買い物袋を荷台から取った。

うだるような暑さだ。夜になっても涼しくならない。朝起きると汗びっしょりだ。みすぼらしいトタン板の屋台の中は温度が六十度にはなり、不快な湿度のせいで汗と揚げ油の臭気が毛穴や髪の毛にこびりつく。

シュヴァンハイムにある滞在型キャンプ場に設置されたおんぼろのキャンピングトレーラーは、一時しのぎのつもりだった。当時はまだやり直して、経済状況もよくなると思っていた。だが気づくと時間だけが経っていた。ここに暮らしてかれこれ七年目だ。

男はキャンピングトレーラーに張ったカーサイド型テントのファスナーを開けた。テントは昔、深緑色だったが、風雨にさらされライトグレーに色褪《いろあ》せている。熱気に包まれた。キャンピングトレーラーの中はそれでも気温が数度低かったのだ。むっとするにおいがする。徹底してふいても、換気しても、においは隅々まで染みついていた。丸六年経っても不快だ。しかし男に選択の余地はない。

前科者である彼は地に堕ち、この場末の貧民窟《くつ》のようなところで最下層の人間のひとりになった。キャンプ場とは名ばかりで、ここにやってくるバカンス客はいないし、川向こうの輝かしいフランクフルトの光景、コンクリートとガラスでできた金融の象徴を見るためにここへ来る者もいない。ここは悪いことをしていないのに貧しくなった年金生活者や彼のように人生の階段を転げ落ち、落伍《らくご》した者の溜まり場だ。嫌になるほど似たような人生を歩んだ彼らには酒がつきものだ。彼自身は夜、たまにビールを飲むくらいで、タバコを吸わず、自分の体型や服装に気を使った。生活保護を受ける気もなかった。人の世話になること、杓子《しゃくし》定規な役人のいいようにされることに我慢ならなかったからだ。

かろうじて残された自尊心。それをなくしたら、即座に自殺するだろう。

「こんちは」

テントの前で声がして、彼は振り返った。キャンピングトレーラーに当てられた区画を囲む枯れかけた生け垣の向こうに男が立っていた。

「なんの用だ？」

その男がおずおずと近づいてきた。豚の目のような小さな目がきょろきょろしている。

「役所ともめたら、あんたが助けてくれるって聞いてきたんだ」男は巨体に似合わず、甲高《かんだか》い声だった。広い額《ひたい》に玉の汗が浮き、ニンニクのにおいがぷんぷんしていた。

「そうか。だれに聞いた？」

「キオスクのロージーさ。ドクなら助けてくれるっていってた」汗だくの獣脂といった感じのその男は、人目を気にしてまたあたりを見まわし、ズボンのポケットから丸く巻いた札束をこっそりだした。百ユーロ紙幣、いや、五百ユーロ紙幣も数枚ある。「ちゃんと払う」

「中に入ってくれ」

はじめからその訪問者が気に食わなかった。だがそんなことはいっていられない。依頼人をえり好みする余裕はなかった。彼の住所は電話帳の職業欄にはのっていない。ウェブページもない。それでも金さえ払えばだれでもいいわけではない。前科者で、刑務所に逆戻りしそうな案件には一切関わらなかった。口コミでいろんな者が頼ってきた。違法なことをしている酒場や軽食堂の店主、勧誘や訪問販売に騙《だま》されて首がまわらなくなった年金生活者、役所の複雑なシステムがわからない失業者や移民、闇金融の誘惑に負けて破産した若者。助けを求めてくる者は、彼が現金しか受けつけないことを知っていた。

はじめは同情心もあったが、そんな気持ちはすぐに失せた。ロビン・フッドではない。傭兵《ようへい》と同じだ。現金を前払いしてもらって、キャンピングトレーラーの傷だらけのテーブルで、役所に提出するさまざまな書類を作成し、しち面倒くさい役所言葉をわかりやすい言葉に置き換え、ありとあらゆる法的アドバイスをして、収入を増やした。

「用件は？」彼は訪問者にたずねた。訪問者は相手の貧しさを見てさげすむ目つきをし、自信を持ったらしい。

「ここは暑いね。ビールか水はないのかい？」

「ない」やさしくする気などさらさらなかった。

空調の効いた部屋でマホガニーの会議机に向かい、水やジュースの瓶と裏返したグラスを盆でだす時代は終わりを告げた。

太っちょの依頼人は、てかてかに光った革製のベストの内ポケットから丸めた書類を数枚だした。再生紙でなにかびっしりプリントされている。税務署の書類だ。

男は汗で湿ったその書類を広げ、平らに伸ばすと、ざっと目を通した。

「三百」彼は顔を上げずにいった。ズボンのポケットに入れてある丸めた現金は裏金に決まっている。この太った汗っかきの依頼人なら、年金生活者や失業者よりふっかけてもいいだろう。

「なんだって？」新しい依頼人は案の定文句をいった。「この程度の書類で？」

「もっと安く請け負う者がいるなら、そっちへ行ってもかまわんよ」

依頼人はぶつぶついってから、百ユーロ紙幣を三枚しぶしぶテーブルに置いた。

「領収書はもらえるか？」

「もちろんだ。秘書があとで、あんたの運転手に渡す」男は皮肉を込めて答えた。「すわったらどうだ。いくつか訊きたいことがある」

＊

平和橋のそばのバーゼル広場は渋滞していた。二、三週間前から市内は工事現場だらけになっていた。ハンナ・ヘルツマンは、車でうっかり市内に入った自分が腹立たしかった。フランクフルト・ジャンクションとニーダーラートを抜けてザクセンハウゼンに出るべきだった。リトアニア・ナンバーの錆《さ》びついた軽トラックのあとをのろのろ走りながらマイン橋を渡った。今朝、ノルマンと交わした不快な会話がハンナの脳裏に蘇《よみがえ》った。あいつの愚《おろ》かさと嘘八百がいまだに腹立たしい。十一年もいっしょにやってきた彼をクビにするのはつらかったが、他に選択肢はなかった。かんかんに怒って出ていく前、あいつはさんざん悪態をつき、脅しをかけた。

ハンナのスマートフォンが鳴った。手に取ってメールを開けた。アシスタントからのEメールだ。件名は「破局！」。メールにはフォーカス誌のオンラインページのリンクが貼られていた。ハンナは親指でリンクをタップした。見出しを読むなり、胃のあたりが変な感じになった。『ハンナ・ヘルツロス（「情のある人」を意味する本名に対してこちらは「無情」を意味する）』と太字で書かれている。その横にはあまり写りのよくない彼女の写真。心臓の鼓動が速くなった。右手がふるえだし、止めることができなかった。ハンナはiPhoneをしっかり握りしめた。「彼女の頭には金儲けしかない。番組のゲストは事前に口封じのための契約書に署名させられる。そして話す言葉はハンナ・ヘルツマン（四十六歳）からあらかじめ渡される。左官屋のアルミン・V（五十二歳）は『大家が追いだそうとしている』というテーマの番組で大家といざこざを抱えている話をするようにいわれ、カメラの前で司会者によって路頭に迷った賃借人というレッテルが貼られた。放送のあと彼は抗議したが、テレビ画面の中では心やさしかったヘルツマンの別の一面を知り、彼女の弁護士と知り合うことになった。アルミン・Vは目下失業中で、住む家もない。大家に追いだされたからだ。ベッティーナ・B（三十四歳）も同様の体験をした。ひとりで五人の子どもを育てている彼女は一月、ハンナ・ヘルツマンの番組（テーマは『もし父親に逃げられたら』）にゲスト出演した。事前の打ち合わせのあと、ベッティーナ・Bはストレスを抱え、アルコール依存症になっているような紹介のされ方をした。放送終了後、彼女は青少年局の訪問を受けた」

「ひどい」ハンナはつぶやいた。こういう情報は一度インターネットに流れてしまったら二度と消すことができない。ハンナは下唇をかんで、懸命に考えた。

あいにく記事の内容は本当だ。ハンナにはおもしろい話題を嗅ぎわける嗅覚があり、訊きづらい質問を根掘り葉掘り訊くのを厭《いと》わない。それでいながら、その人がどんな悲惨な運命を抱えているかなど気にしない。どうせ自分のことを暴露して、わずか十五分程度でも有名になりたがっている連中がほとんどだ。ハンナはこういう人たちの秘密をカメラの前で打ち明けさせるのが得意だった。しかも同情し、関心を寄せているふりをするのがじつにうまい。

ときには実話では印象が薄いこともある。そういうときは少し脚色する。それはノルマンの仕事だった。彼は「マンネリ人生を変える演出家」と名乗って事実を大幅にねじ曲げていた。道徳的に許容されるかどうか、ハンナにはどうでもよかった。番組が成功し、視聴率さえ稼げればいいのだ。そうやってだまされたゲストからの抗議文は大変な数にのぼる。テレビでひどいことを口にし、身のまわりの人から非難されてはじめて、とんでもない過ちを犯したと気づくことがあるからだ。だが実際に訴訟になるケースは稀《まれ》だ。それは、用意周到で法的に抜かりない契約書によるところが大きい。彼女の番組でなにかしゃべりたい人は例外なく署名してもらうことになっている。

背後でクラクションが鳴った。ハンナははっと我に返った。渋滞は解消していた。彼女は手を上げてあやまり、アクセルを踏んだ。十分後ヘッデリヒ通りに曲がり、彼女の会社が入っているビルの裏手に駐車した。ハンナはスマートフォンをポケットにしまい、車から降りた。市内の気温はいつもタウヌスより二、三度高い。建物の谷間に熱気がたまり、サウナ並みの暑さだ。ハンナは空調の効いたロビーに逃げ込み、エレベーターに乗った。六階に上がるあいだひんやり冷たい壁にもたれかかり、鏡に映る自分の姿を見つめた。ヴィンツェンツと別居してから数週間、ひどくやつれていた。彼女の外見がテレビ視聴者にとって見慣れたものに見えるよう、メイク係は懸命の努力をしている。しかし今はまともに見える。エレベーターの淡い光の中では。髪にはシルバーのメッシュが入っている。恰好をつけるためではない。純粋な自己保存本能だ。テレビ業界は容赦ない。男は白髪になっても平気だが、女だと、文化や料理の番組ではお払い箱だ。

ハンナが六階でエレベーターを降りると、ヘルツマン・プロダクションの共同経営者ヤン・ニーメラーがどこからともなくあらわれた。外は熱帯のような気温だというのに、黒いシャツに黒いジーンズという出で立ちで、おまけに首にマフラーを巻いている。

「まったく大変なことになった！」ニーメラーはハンナのところへやってきて、細い腕を振りまわした。「電話が鳴りっぱなしだよ。きみはぜんぜん電話に出ないし。それにきみがクビにしたノルマンから知らされるってどういうことだ？　きみは最初にユーリア、そして今度はノルマンをお払い箱にした。だれに仕事を頼んだらいいんだ？」

「夏のあいだマイケがユーリアの代理をしてくれる。いっておいたでしょ。それから当面、フリーのプロデューサーと組むつもりよ」

「俺には相談もなしか！」

ハンナはニーメラーを冷ややかに見つめた。

「スタッフの人事はわたしの管轄よ。あなたを雇ったのは、営業面で腕をふるって、バックアップしてもらうため」

「ああ、そういうふうに見てるわけかい」ニーメラーはへそを曲げた。

ニーメラーはひそかに彼女を愛していて、仕事では彼女の人気のお相伴《しょうばん》にあずかっている。だがハンナの方は、彼を仕事のパートナーとしては買っていても、伴侶にする気は毛頭なかった。それに彼はこのところ図に乗っている。お灸《きゅう》をすえる頃合いだ。

「そう見ているのではなく、事実そうなのよ」ハンナは冷ややかにそういってのけた。「あなたの意見はありがたいと思っている。でも決定するのはあくまでわたしよ」

ニーメラーはいいかえそうとしたが、ハンナは手を上げて制した。

「テレビ局はこの手の話題を嫌う。先月の視聴率はあまり芳《かんば》しくなかったでしょ。だからノルマンをクビにするしかなかったのよ。わたしたちが番組編成からはずされたら、全員路頭に迷う。わかってる？」

ハンナのアシスタント、イリーナ・ツィデックが廊下にあらわれた。

「ハンナ、ヴォルフガング・マーテルンさんから三度も電話がありました。ありとあらゆる新聞やテレビが取りあげてます。アルジャジーラは除きますけど」心配そうな声だった。

他のスタッフもそれぞれの部屋のドア口に顔をだした。みんな、不安そうにしている。ノルマンが解雇されたことが噂になっているようだ。

「三十分後、会議室に集合して」ハンナは歩きながらいった。まずヴォルフガングに電話をしなくては。こんなときにテレビ局ともめるのはごめんだ。

ハンナは廊下の一番奥にある、光があふれる自分の部屋に入り、来客用の椅子にバッグを投げてデスクの向こうに腰かけた。コンピュータを起動しながら、イリーナが黄色いポストイットに書き込んだ、電話をしてきた相手の名前にざっと目を通して、受話器をつかんだ。彼女はいやなことはさっさと片付ける主義だ。アンテナ・プロ社長ヴォルフガング・マーテルンの短縮ダイヤルを押して深呼吸した。彼はすぐに出た。

「もしもし、ハンナ・ヘルツロスよ」

「きみにまだそういうユーモアがあるとはうれしいよ」マーテルンが応えた。

「うちのプロデューサーをクビにしたわ。ゲストの話を何年にもわたって脚色していたことがわかったの。ゲストの話は真実でも、退屈すぎると彼が判断したときにね」

「今まで知らなかったのか?」

「ええ!」もちろん嘘だが、怒っているように振る舞った。「茫然自失《ぼうぜんじしつ》!　わたしはすべての話をチェックできないから、彼に任せていた。それが彼の仕事だったのよ!」

「これ以上炎上させないといってくれ」マーテルン社長はいった。

「もちろんさせるものですか」ハンナは椅子の背にもたれかかった。「批判の矛先《ほこさき》をかわす手を考えた」

「なにをする気だ？」

「すべて認めて、ゲストに謝罪するの」

一瞬、電話の向こうが静かになった。

「打ってでるというのか」マーテルン社長はいった。「たいした度胸だ。逃げ隠れしないんだな。明日、昼食をとりながら話し合おう。いいね？」

彼が電話の向こうで相好《そうごう》を崩しているのがわかって、ハンナは胸をなでおろした。とっさの思いつきが最良の答えだということがときどきある。

＊

エアバスはまだ停止していないのに、早くもシートベルトをはずす音がした。着席サインが消えないのに乗客が立ちはじめた。オリヴァーはすわりつづけた。通路で何分も立つのはいやだし、乗客にもみくちゃにされるのもごめんだ。時計を見て、予定時間どおりなのを確認した。旅客機は五十四分飛行して、午後八時四十二分ちょうどに着陸した。

今日の午後、この二年間混迷を極めた人生のコンパスがなんとか元どおりになったという感触を得て、ほっと安堵《あんど》していた。ポツダムでひらかれたアニカ・ゾマーフェルトの公判を傍聴し、この件に終止符を打とうと決心したのは大正解だった。去年の夏というか、コージマが嘘をついていることを知った二年前の十一月のあの日からずっと心に負ってきた重荷から、オリヴァーはようやく解放されたのだ。結婚生活の破綻《はたん》とアニカの件でオリヴァーの心は軌道を外れ、自尊心がひどく傷つけられた。みじめな思いが嵩《こう》じて仕事でも集中力を欠き、それ以前だったら考えられないようなミスを連発した。もっとも最近では、コージマとの結婚生活が、二十数年間、自分にいいきかせてきたほど完璧ではなかったと気づいていた。自分の方が先に折れて、意に添わなくても家族の調和や子どもや世間体《せけんてい》を優先して行動することが多かった。だがそれはもう過去のことだ。

通路に並ぶ行列がゆっくり動きだした。オリヴァーは立ちあがって、収納棚からバッグを下ろし、他の乗客につづいて出口へ向かった。

ゲートA49から空港出口まではかなり歩かされる。こういう巨大な空港ではよくあることだが、途中、案内板を見間違えて、出発ロビーに辿《たど》り着いてしまった。エスカレーターで到着ロビーまで降りて、生暖かい空気の中に足を踏みだした。午後九時少し前だ。インカ・ハンゼンは九時に迎えにくるといっていた。オリヴァーはタクシーの待機スペースを横切って、駐車場まで行って足を止めた。

インカの黒いランドローバーが遠くに見えた。彼女が顔をほころばせた。コージマは、迎えにくると約束しても、決まって十五分は遅刻した。インカはちがう。

ランドローバーが彼の横に止まった。オリヴァーは後部座席のドアを開けて、バッグをのせると、助手席に乗り込んだ。

「ハイ」インカが微笑んだ。「飛行機は快適だった？」

「やあ」オリヴァーも相好を崩してシートベルトをしめた。「快適だった。迎えにきてくれてありがとう」

「いいのよ」

インカは左のウインカーをだし、道路を確認して、ゆっくり走る車の列に入った。

なぜポツダムに行ったか、オリヴァーはだれにもいっていなかった。インカにも話していない。ここ数ヶ月、交際しているというのに。この件はあまりに個人的なことだった。オリヴァーはヘッドレストに頭を預けた。アニカ・ゾマーフェルトの件にはいい面もあった。オリヴァーはようやく自分について考えるようになった。自分が本当にしたいことをじつはほとんどしていなかったと気づくプロセスは、つらいものだった。いつもコージマの希望や要求に合わせていた。それで好意を示したつもりだった。その方が楽だったし、責任感からそうしていたのかもしれない。だがそれはまったく意味がなかった。結局のところ、オリヴァーは退屈なイエスマンに成り下がり、尻に敷かれていただけで、魅力を失っていたのだ。お決まりの言動や退屈なことを嫌うコージマだ。浮気をしたのもむりなかった。

「ところで例の物件の鍵を預かったわ」インカはいった。「なんならこれから見ることができるけど」

「おお、それはいいね」オリヴァーはインカを見た。「でも先に家に寄ってくれないか。車が必要だ」

「わたしが家に送りとどけるわよ。さもないと遅くなってしまう。家にはまだ電気が来ていないの」

「きみさえよければ」

「平気」インカはニコニコした。「今晩はひまだから」

「じゃあ、頼むよ」

インカ・ハンゼンは獣医で、ふたりの獣医といっしょにケルクハイム市内のルッペルツハインで馬専門のクリニックを経営している。資金繰りがうまくいかなかったテラスハウスのことを彼女は仕事を通して知った。半年前から建築がストップし、家は比較的安い値段で売りに出されていた。

三十分後、ふたりは建築現場に着き、地面に渡した板を伝って玄関まで行った。インカが鍵を開け、ふたりは中に入った。

「内部の床はできてるわ。内装もすんでる。でもできているのはそこまで」インカはそういいながら、一階を見てまわった。

つづいてふたりは二階に上がった。

「おお！　すばらしい眺めだ」オリヴァーがいった。左にはキラキラ輝くフランクフルトの夜景、右には煌々《こうこう》と明かりがともった空港が遠望できる。

「いい眺めね」インカはいった。「昼間ならここからボーデンシュタイン城も見えるわ」

人生はときに奇妙な遠まわりをするものだ。ルッペルツハインの馬専門獣医の娘インカ・ハンゼンに恋をしたのはオリヴァーが十四歳のときだ。しかしそのときは告白する勇気がなかった。そしていろいろあって、オリヴァーは遠くの大学に進学した。そこでまずニコラ、それからコージマに出会った。五年前の殺人事件で再会するまでインカのことはすっかり忘れていた。当時はまだコージマとの結婚生活が永遠につづくと思っていた。息子がインカの娘と恋に落ちなかったら、インカとの縁《えん》もそれっきりになっていただろう。息子が去年、彼女の娘と結婚した。結婚式でオリヴァーは花婿の父として花嫁の母であるインカと並んですわった。ふたりはおしゃべりに興じ、そのあとときどき電話をかけ合い、二、三度いっしょに食事をした。そのうち友情が芽生え、電話と会食の付き合いが習慣になった。オリヴァーはインカといると楽しかった。いい話し相手であり親しい友人だ。インカは自意識のあるしっかりした女性だ。自由と自立を大事にしている。

オリヴァーは今の暮らしに満足していた。玉に瑕《きず》は住環境だ。いつまでも先祖代々の領地にある御者の家に住んでいるわけにはいかない。

日が暮れなずむ中、ふたりは家の中を見てまわった。オリヴァーはだんだんルッペルツハインに引っ越す気になった。ここなら末娘とも近くなる。コージマも二、三ヶ月前からルッペルツハインに住んでいた。元肺結核療養所だった複合施設魔《ツァウバーベルク》の山の集合住宅に住み、そこに事務所も借りていた。非難の応酬をしたあと、コージマとオリヴァーは今までになくお互いを理解した。ゾフィアの養育についての話し合いはつき、オリヴァーが優先権を持った。隔週でゾフィアを家に泊め、コージマが仕事で都合が悪い週も引き受けることになった。

「本当に理想的だ」家の中をひととおり見てまわったオリヴァーは感激していった。「ゾフィアの部屋も用意できるし、大きくなったらひとりでここに来られるし、自転車でわたしの両親を訪ねることもできる」

「わたしもそう思った」インカは答えた。「不動産屋に話をつける?」

「ああ、頼むよ」オリヴァーはうなずいた。

インカは玄関ドアを施錠し、先に板を渡って道路に戻った。夜霧が降りていた。家並みのあいだにはまだ日中の温もりが残っている。炭とバーベキューのにおいが空中に漂っている。どこかの庭から話し声や笑い声が聞こえる。城から離れた御者の家には隣人もいないし、家の灯《とう》火《か》も見えないし、車が通り過ぎることもない。見かけるのは古城レストランを訪れる客くらいのものだ。暗い夜、特に冬場の遅い時間には、森の静けさに包まれる。そのときの気分によって、そういう静けさは息が詰まることもあれば、ほっとすることもあるものだが、オリヴァーはうんざりしていた。

「考えてみると、商談がうまくいけば、きみとはほとんど隣人といえる関係になるな」

「うれしい?」

インカは車のそばで足を止めると、振り返ってオリヴァーを見た。街灯の光を浴びて、彼女の金髪がハチミツのように輝いた。オリヴァーはあらためて彼女のすっきりした顔立ちに惚《ほ》れ惚《ぼ》れした。頬骨が張っていて、口元が美しい。年齢も、厳しい獣医の仕事も、彼女の美貌に痕跡を残していない。なぜ夫や同居人がいないのだろう。オリヴァーはそれが不思議でならなかった。

「もちろんさ」オリヴァーは車をまわり込んで助手席に乗り込んだ。「すばらしい。ところでちょっと〈メルリン〉でピザでも食べないか？　腹ぺこだ」

インカはハンドルを握った。

「いいわ」少し迷ってから、インカはそう返事をしてエンジンをかけた。

＊

ちょうどいい駐車スペースを探してケーニヒシュタイン旧市街の栗石舗装の狭い路地をぐるぐるまわった。これで三周目。ピアは乗っている四輪駆動車が大きいことに文句をいった。そのとき駐車スペースから出るステーションワゴンを見つけ、すかさずバックしてそこに入った。バックミラーを見てからバッグをつかんで車から降りた。ピアはこれまでクラス会に出たことがなかったので、かつての同級生に会うのが楽しみでならない。アイスクリーム屋の前を通り、建築のために土を掘り返した土地を柵越《さく》しに見た。三年前、ここにはローベルト・ヴァトコヴィアクの死体が見つかった建物が建っていた。事故物件となったため不動産屋は売るのに苦労しただろう。

ピアは歩行者天国を歩き、本屋の角を会場のボルクニス荘に向かって右に曲がった。遠くから笑い声や話し声が聞こえる。花壇に囲まれた噴水の水音がかき消されるほどだ。さらに角を曲がると、ピアはにやっとした。あいかわらずね！

「ピーア！」赤毛の女が甲高い声をあげ、腕を広げて近づいてきた。「会えてうれしい」

心のこもった抱擁。左右の頰へのキス。

ジルヴィアは満面の笑みを浮かべてピアを引き寄せた。ピアはすぐ懐かしい顔ぶれに囲まれ、同級生たちが少しも変わっていないことに驚かされた。だれかがアペロール・スプリッツを手渡してくれた。キス、微笑み、心のこもった抱擁。再会の喜びは本物だ。幹事であるジルヴィアが愉快なあいさつの辞を述べ、楽しんでくださいと最後にいった。みんな、げらげら笑い、口笛を吹いた。イヴォンヌとクリスティーナは一九八五年度大学入学資格試験生一同の名でジルヴィアに大きな花束と週末健康診断のクーポンを贈呈した。ピアは笑いを嚙み殺した。典型的なプレゼントだ！　心がこもっている。ジルヴィアは感激して目に涙を浮かべた。ピアはグラスに口をつけて顔をしかめた。こういう甘ったるい酒は好みではない。だが今の雰囲気には合っている。ただ年代物の上等なプロセッコがもったいない。

「ピア？」

ピアは振り返った。目の前に褐色の髪の女が立っていた。顔つきはすっかり大人だが、記憶の中の十五歳の少女がすぐ思い浮かんだ。

「エマ！」ピアは信じられない気持ちで叫んだ。「あなたが来るって知らなかった！　会えてうれしいわ！」

「わたしもよ！　直前に参加することにしたの」

ふたりは顔を見合わせてから、笑って抱き合った。

「ねえねえ！」ピアは友人のふくらんだ腹に気づいた。「妊娠してるの？」

「ええ、あきれちゃうわよね。四十三歳なのに」

「年なんて関係ないわ」

「娘がいるの。ルイーザといって、五歳。それで打ち止めのつもりが、うっかりってあるのよね」エマはピアと腕組みした。「あなたは？　子どもは？」

ピアは胸がちくっとした。この質問をされるといつもそうなる。

「いないわ」ピアは軽く受け流した。「馬と犬の子は育てたことがあるけど」

「馬と犬なら夜中、閉じ込められるものね」

ふたりはにやっとした。

「それにしても、また会えると思わなかった」ピアは話題を変えた。「三年前、偶然ミリアムと再会したの。みんな、この美しいタウヌスに戻ってくる」

「わたしもそう」エマは息を切らした。「ちょっとすわってもいいかしら。この暑さにはまいるわ」

エマはため息をついて椅子にすわった。ピアは隣に腰かけた。

「ミリアムとあなたとわたし」エマはいった。「わたしたち、お転婆《てんば》三人組だったわね。うちの両親に嫌われてた。ミリアムは元気？」

「元気よ」ピアはオレンジ色の酒をひと口飲んだ。いまだに暑かったし、しゃべりすぎてのどがからからだった。「去年、わたしの前の夫と結婚したわ」

「なんですって？」エマは目を丸くした。「それって……あの……なんていうか……かなり微妙じゃない？」

「そんなことないわ。ぜんぜん平気。ヘニングとわたしは前よりうまくいってるし、いっしょに働くこともある。それに、わたしもひとりじゃないの」

ピアは椅子の背にもたれかかってテラスを見渡した。昔、クラス旅行をしたときの気分に少し似ていた。今もまた昔仲のよかったグループで集まっている。背の高いビャクシンの向こうに、紺色の夕空を背景にライトアップされた古城の塔が見える。最初の星がうっすら光っている。のどかで屈託のない夜。ピアは参加してよかったと思った。自由時間に人と交流する機会があまりない。

「あなたのことを聞かせて」ピアはエマにいった。「今はなにをしているの？」

「大学で教職の資格を取って、二年後ベルリンの基礎学校で教壇に立ってから、開発援助機関に入ったの」

「先生？」ピアは興味を持ってたずねた。

「はじめはね。でもそれから紛争地域に行くことにしたの。わくわくすることがしたかったのよ。そして〈世界の医療団〉に辿り着いた。物資調達担当として。水を得た魚《うお》だった」

「そこでなにをしてたの？」

「医薬品や医療器具の調達と輸送。通信や職員の宿舎、食料の確保。関税の処理、ルートプラン、トラックの手配、キャンプ運営、セキュリティ、地元スタッフとの連絡」

「うわあ。わくわくする」

「ええ、わくわくした。インフラの破綻、政府の腐敗、部族間の抗争など破滅的な状況ばかり。そして六年前エチオピアで夫に出会ったのよ。〈世界の医療団〉の医師なの」

「戻ってきたのはどうして？」

エマは自分の腹を軽く叩いた。

「去年の冬、妊娠していることがわかって、夫はわたしがルイーザを連れてドイツに戻った方がいいと判断したの。高齢出産は危険だし。今はファルケンシュタインで夫の両親と暮らしている。義父の名前を聞いたことがあるんじゃないかしら。ドクター・ヨーゼフ・フィンクバイナー。何十年も前に〈太陽の子協会〉を創立した人」

「ええ、知ってる」ピアはうなずいた。「シングルマザーとその子どものための協会よね」

「そう、それ。すばらしいわよね。赤ちゃんが生まれたら、いろいろ手伝おうと思ってるの。今は七月はじめにある義父の八十歳を祝う誕生祝賀会の準備を少し手伝ってる」

「ご主人は今も紛争地域にいるの？」

「いいえ。三週間前ハイチから戻って、〈世界の医療団〉のためにドイツ各地で講演をしている。あまり会う機会がないけど、週末には帰ってくる」

ウェイターが盆を持ってやってきた。エマとピアはミネラルウォーターのグラスを取った。

「また会えて本当によかった」ピアは微笑みながらグラスを上げた。「あなたが帰ってるって知ったら、ミリアムも喜ぶわ」

「今度、三人で会って、昔話に花を咲かせましょうよ」

「それはいいわね。待って。名刺をあげておく」ピアはバッグに手を入れて名刺を探した。そのとき消音モードにした携帯電話が振動して点滅していることに気づいた。

「ごめん」そういって、ピアはエマに名刺を渡した。「ちょっと出ないと」

「ご主人？」エマがたずねた。

「ちがう。仕事」

今日はもう非番だったが、殺人と思われる事件が起き、夜勤が別の捜査課の者だった場合、問答無用で連絡が来る。恐れたとおり、エッダースハイムで少女の遺体が発見されたという知らせだった。

「これから行く」ピアは夜勤の刑事にいった。「三十分かかる。正確な住所をショートメッセージで教えて」

「あなた、刑事なの？」エマは驚いて名刺を掲げた。「ピア・キルヒホフ上級警部」

「しかも今日から首席警部」ピアはにやっとした。

「こんな時間でも呼びだされるの？」

「死体が発見されたの。残念だけど、駆けつけなくちゃ」

「殺人課？」エマが目を丸くした。「すごい。拳銃を持ってるの？」

「ええ。でも、すごい仕事ではない。ストレスのかかることばっかり」ピアは顔をしかめて立ちあがった。「みんなにあいさつするのはやめておく。だれかがわたしのことを訊いたら……」

ピアは肩をすくめた。エマも腰を上げた。

「そうだ、今度の祝賀会に招待する。そうすれば、また会えるでしょう。ミリアムも来たいといったら、連れてきていいわ。会えたらうれしい」

「喜んで行く」ピアは友だちを抱いた。「じゃあまた」

だれにも見とがめられず、宴会場を脱けだすことに成功した。午後十時十分！　なんてことだろう。少女の遺体。長い夜になりそうだ。廊下を歩いていたとき、被害者の親と話をすることになると思った。血縁者が茫然自失し、絶望するのを目の当たりにするのは、仕事とはいえつらい。自分の車のところへ向かって歩行者天国を歩いていると、携帯電話の呼び出し音が鳴って画面が明るくなった。夜勤の刑事がショートメールを送ってきた。〝ハッタースハイム＝エッダースハイムのメンヒホーフ通り。堰《せき》のところ〟ピアは車に乗ってエンジンをかけ、新鮮な空気を入れるために窓を下ろした。それからナビに住所を入力し、シートベルトをしめてアクセルを踏んだ。

「ルート案内を開始します」コンピュータの女性の声が愛想よくいった。「目的地は表示されている方角にあります」

二十二・七キロ。到着予想時刻、午後十時四十三分。

＊

ハンナは森の縁《ふち》の袋小路に曲がった。そのはずれに自宅はある。人感センサー付き外灯がともって、家が明るい光に包まれていた。ブレーキを踏む。ヴィンツェンツかノルマンが来ていたら最悪だ！　二台用ガレージの前に止まっていたのがミュンヘン・ナンバーの赤いミニだったので、ほっとした。娘のマイケが一日早く帰ってきたようだ！　ハンナは娘の車の横に自分の車を止めて車から降りた。

「ひさしぶりね、マイケ！」そんな気分ではなかったが、ハンナは微笑んだ。最初にノルマンへの最後通牒《つうちょう》、その次にヴォルフガングと話し合い。午後七時までスタッフ全員と緊急対策会議。そのあとハンナとニーメラーはフリーの女性プロデューサーと会っていた。そのプロデューサーは背広の連中ばかりが集まるゲーテ通りのそばの薄暗いバーで一時間半にわたってタバコを吸いながらとんでもない条件ばかり並べあげた。すっかり時間を無駄にした。

「ひさしぶり、母さん」外階段の一番上に腰かけていたマイケが立ちあがった。スーツケースふたつと旅行鞄が玄関の前に置いてあった。

「今日帰るって、なんで電話してくれなかったの？」

「二十回くらい電話したわ」マイケは非難がましく答えた。「なんでスマートフォンを切っていたわけ？」

「今日はいろいろあってね」ハンナはため息をついた。「いつのまにか切っていたのね。オフィスに電話をくれればよかったのに」

ハンナはマイケの頰にキスをした。マイケはいやそうな顔をした。ハンナはそれから玄関のドアを開けて、マイケが荷物を家に運び込むのを手伝った。

ベルリンからミュンヘンに移ったのは、マイケにはよかったようだ。このあいだ会ったときよりも、娘の肉づきがよくなった。髪の毛も伸びて、服装も少しまともになった。空き家占拠者のルックスをようやくやめてくれそうだ。

「元気そうね」ハンナはいった。

「母さんは元気がないね」そう答えると、マイケはハンナをじろじろ見た。「ずいぶん老けちゃって」

「お誉めにあずかり感謝するわ」

ハンナは靴を脱いでキッチンに入ると、よく冷えたビールを冷蔵庫からだした。

ふたりの関係は前から複雑だった。マイケの口の利き方に、ハンナは夏季休暇中にプロダクションのアシスタントをしてくれと娘に頼んだのは軽率だったかもしれないと思いはじめた。他人にどんな陰口を叩かれようが気にしないが、マイケに敵意を示されるとさすがに応える。娘は電話口で即座にいった。アルバイトをするのは好意からではなく、ただ金が欲しいからだ、と。それでもハンナは、夏のあいだマイケといっしょにいられると思うとうれしかった。ひとり暮らしには慣れていなかったからだ。

トイレの水を流す音がして、少しするとマイケがキッチンに入ってきた。

「おなかはすいてる？」ハンナはたずねた。

「すいてない。もう食べてきた」

疲れていたハンナはキッチンチェアにすわって足を伸ばし、痛くなったつま先を動かした。足の親指は左右ともに強剛母趾《きょうごうぼし》。三十年間ハイヒールをはいた代償だ。四センチ以上のハイヒールはつらくて仕方がないが、まさかスニーカーで歩きまわるわけにもいかない。

「冷えたビールが欲しかったらまだ何本かあるわよ」

「緑茶をいれる。まさか酒を飲むようになったの？」マイケはケトルに水を注いで、食器棚から陶器のカップをだし、引き出しを漁って緑茶を見つけた。「だからヴィンツェンツに逃げられたのよ。男をぞっとさせるのが本当に得意ね」

ハンナは娘の挑発を無視した。疲れていて口論をする気になれない。以前は毎日口喧嘩していたのだが。最近では最悪な状態になるのは二、三時間後だ。それがわかっていたから、ハンナは聞き流すようにしていた。

マイケは親の離婚を経験していた。父親は知ったかぶりの、口うるさい奴で、マイケが六歳のとき家を出て、隔週の週末マイケを徹底的に甘やかし、母親の悪口をさんざん吹き込んだ。元夫の洗脳は十八年経った今も効いている。

「あたし、ヴィンツェンツは好きだったな」そういうと、マイケはか細い腕を胸元で組んだ。「愉快な人だったのに」

マイケはごく普通の子どもだったが、ティーンのとき過食症になり、体重が百キロ近くになった。それから十六歳で食べるのをやめ、二、三年前拒食症で摂食障害専門のクリニックに入院した。身長一メートル七十四センチ、体重三十九キロ。しばらくのあいだハンナは毎日、娘が死んだという電話連絡があることを覚悟した。

「わたしも好きだった」ハンナはビールを飲み干した。「でも別居した」

「逃げだしたくなったのはわかる」マイケはさげすむようにいった。「母さんといると息が詰まるもの。母さんは戦車と同じ。相手がだれだろうとがむしゃらに押しつぶす」

ハンナはため息をついた。ひどいいわれようだ。だが腹は立たなかった。深い悲しみしか感じなかった。母への抗議で危うく餓死《がし》しそうになった娘だ。母親を好きになることは決してないだろう。責任はハンナ自身にある。マイケが子どものときから思春期を迎える頃まで、子どもよりも自分のキャリアを優先した。だから別れた夫に子育てを任せ、肩の荷を下ろしたつもりでいた。その結果、マイケは父親の陰険なところを見抜けず、何年にもわたって父親を崇《あが》めた。父親が娘の陰に隠れてハンナに復讐していたことを、マイケはわかっていない。そしてハンナもそのことを持ちだすのを控えていた。

「わたしをそういうふうに見ているのね」ハンナは小声でいった。

「みんな、そう見てるよ」マイケは鋭い口調で答えた。「母さんは自分のことしか考えないってね」

「そんなことはないわ。あなたのために……」

「やめて！」マイケは目をむいた。「あたしのためになんて、なにもしてくれなかったじゃない！　大事なのはいつだって自分の仕事と恋人だった」

笛付きケトルが鳴りだした。マイケはコンロのスイッチを切り、カップに湯を注いで、ティーバッグを入れた。動きがぎこちない。緊張している証拠だ。ハンナは娘を抱きしめてやさしい言葉をかけ、おしゃべりをしたり、笑ったりして、どんな暮らしむきか訊きたかった。しかし拒絶されるのが怖くて、そうすることができなかった。

「二階の子ども部屋のベッドにシーツをかけておいたわ。タオルは浴室よ」ハンナはそういうと、瓶を空き瓶用の籠《かご》に入れた。「ごめんなさいね。今日はきつい一日だったの」

「かまわない」マイケはハンナを見ようともしなかった。「明日は何時に出勤すればいい?」

「十時でどう?」

「わかった。おやすみ」

「おやすみ」ハンナは危うくミミというマイケの小さい頃の愛称で呼びそうになった。マイケはその愛称が嫌いだ。「あなたが帰ってきてくれてうれしいわ」

返事はなかった。だが嫌味をいわれなかった。前進ではある。

*

「これはどういうこと?」ピアは興奮する野次馬をかき分けて、規制線をくぐった。

「あっちのスポーツ協会で今晩、夏祭りがあったんです」巡査が説明した。

「なるほど」ピアはあたりを見まわした。

少し先に消防車が数台とサイレンを鳴らさず青色警光灯だけ点灯させた二台の救急車が止まっていた。その横にはパトカーと二台の一般車とヘニングのシルバーのステーションワゴンがあった。その向こうの森に煌々と明かりがついている。ピアは砂を敷き詰めたビーチバレーのコートを避けて、救急車の開け放ったサイドドアをちらっと覗いた。そこで褐色の髪の若い少女が治療を受けていた。

「遺体の発見者です」救急隊員のひとりがいった。「ショック状態です。血中アルコール濃度は〇・二パーセントで泥酔状態。先生は川べりで、他の酔っ払いを診《み》ています」

「なにがあったの？　飲み過ぎによる昏睡《こんすい》？」

「さあ」救急隊員は肩をすくめた。「身分証によると二十三歳です。こういうことをするには少し年をとっていますね」

「現場にはどう行ったらいいの？」

「小道に沿っていけば、川に出られます。たぶん門は開いているでしょう」

「ありがとう」ピアは先を急いだ。小道はサッカー場に沿ってつづいていた。照明がついている。柵の向こうには規制線のところよりも多くの野次馬が押し寄せていた。不慣れなハイヒールのせいで歩きづらい。消防車と救急車のぎらぎらしたヘッドライトに目がくらみ、どこを踏んだらいいかわからなかった。開け放った鉄の門の前に消防隊員が数名いて、バーナーを片付けていた。

　ふたりの救急隊員が闇の中、担架を運んでやってきた。救急医が点滴の袋を高く持ちながらその横を歩いていた。

「こんばんは、キルヒホフ刑事」救急医があいさつした。この救急医とは、こういう非常識な時間に同じような用件で出会うことが多く、顔見知りになっていた。

「こんばんは」ピアは少年に視線を向けた。「容体は？」

「遺体の横で意識を失っていました。昏睡期です。意識が回復するよう試みています」

「わかった。あとで会いましょう」ピアは小道を進んだ。サッカー場の柵の向こうにいる野次馬たちが興味津々に見ている。内心、慣れないヒールサンダルに腹が立つ。

数メートル行ったところでふたりの刑事と会った。ひとりは今夜の夜勤で、ピアに連絡をくれた強盗課のエーレンベルクだ。

「こんばんは」ピアはいった。「サッカー場の連中を追い払ってくれない？　遺体がfacebookや動画サイトにのせられるのはごめんだわ」

「わかりました」

「ありがとう」ピアはエーレンベルクから短い説明を受けると、今頃のんびり過ごしている同僚をうらやましく思いながら先へ急いだ。遠くから興奮した声が聞こえた。さっそくやっているようだ。五十メートル歩いて、川岸が明るく照らされているところに着いた。急な斜面を下ったところに白いつなぎを着た前の夫ヘニング・キルヒホフと鑑識課課長クリスティアン・クレーガーがいて、サーチライトのまばゆい光の中、湖上ステージに立つふたりの火星人といった風情でにらみ合っていた。まったくプロとは思えない。一方は尊大な態度を取り、もう一方は顔を紅潮させて怒っている。

葦が群生しているところに水上警察の船が川上に向けて低速運転し、川の方から黄色いサーチライトで河岸を照らしていた。

鑑識官が三人、充分に距離を置いて困った様子でいがみ合うふたりをじっと見ている。

「首席警部。シックな装いですね」鑑識官のひとりがそういって、口笛を吹いた。「すてきな美脚！」

「ありがとう。なにがあったの？」ピアはたずねた。

「いつものことです。先生が手掛かりを台無しにした、とボスが怒ってるんです」もうひとりがそういって、カメラを持ちあげた。「写真は撮りました」

ピアは斜面を下りた。みんなの前で足をくじき、小道の左右に生い茂るイラクサのやぶに転がり込みそうでひやひやした。

「信じられない！」クレーガーがピアに気づいて叫んだ。「あんたまでDNAの痕跡を踏みつけるのか！　最初に利口ぶったエーレンベルク、それから死体解剖人に救急医、そしてあんたまで！　なんでもう少し配慮できないんだ？　こんなことでまともな仕事ができるか」

たしかにそのとおりだ。ふたりが立っているところは、五平方メートルあるかどうかの狭さだ。

「こんばんは、みなさん」クレーガーの癇癪《かんしゃく》はいつものことなので、ピアは無視した。クレーガーは完璧主義者で、二、三時間は事件現場や死体発見現場にだれも近づけたがらない。

「やあ、ピア」と、ヘニングが声をかけてきた。「この人物が幼稚なやり方で言葉の暴力をふるったことの証人になってくれ」

「興味ないわ」ピアはすげなく答えた。「なにがあったの？」

クレーガーはちらっと顔を上げて、目を丸くした。啞然としている。

「女のドレス姿を見るのははじめて？」ピアはクレーガーに食ってかかった。ジーンズとしっかりした靴をはいていないと、どうも無防備な感じがする。

「そんなことはないが……きみのその恰好は」感心している目つきだ。時と場所がちがえば、うれしい気持ちにもなれるが、今は腹立たしいだけだ。

「充分見た？　それじゃ、なにがどうなっているのか話して」ピアは彼の目の前で指を弾いた。

「はいどうぞ」

クレーガーは咳払いをした。

「えーと……その。意識不明の若者は、法医学者殿が今立っているところにうつぶせに倒れていた。左足は水に浸かっていた。少女の方は発見時のままだ」

少女の遺体は葦と岸辺のやぶのあいだに仰向けで横たわっていて、目を大きく見ひらいている。片腕が水面から出ていて、波に揺られて動いているように見えた。

ピアは冷たいヘッドライトの光に照らされたそのぞっとする光景を見つめた。こんなに若い人間が人生を謳歌《おうか》する前に死ななければならなかったという事実に胸が痛んだ。

「この上のヤナギの木の下にウォッカの空き瓶とレッドブルの空き缶を発見した。他にも衣服、靴、携帯電話が落ちていて、あちこちに吐いた跡がある」クレーガーはいった。「どうやらこの関係者以外立入禁止の敷地に少年少女が数人入り込んで酒盛りをしたようだ。そのうちにたがが外れたと見える」

「少年はどんな感じ？」ピアはたずねた。

救急医が運ぶ前に、ヘニングが意識を失っている少年を診ていた。

「過剰飲酒」ヘニングは答えた。「そして嘔吐。ズボンのファスナーが開いていた」

「というと?」

「用を足すつもりだったんだろう。そのとき斜面を転がり落ちた。両手と前腕にできたばかりの擦り傷がある。落ちまいとして、なにかをつかんだようだ」

いったいここでなにがあったんだろう。

クレーガーの部下たちがやってきたので、ピアは道を空けた。鑑識官がふたりがかりで少女の遺体を水から引きあげた。

「なんて軽いんだ。骨と皮だけだ」ひとりがいった。

ピアは死んだ少女の横にしゃがんだ。ショルダーストラップの明るい色のトップスとデニムのミニスカート。スカートはめくれて、腰のあたりに絡《から》まっている。照明が充分ではなかったが、蒼白い、骨ばった少女の体一面に黒っぽいシミとミミズ腫《ば》れがちりばめられているように見えた。

「ヘニング? 血腫《けっしゅ》かしら?」ピアは娘の腹部と太腿を指差した。

「ふむ。そうらしい」ヘニングは懐中電灯で死体を照らし、眉間《みけん》にしわを寄せた。「ああ、血腫と裂傷だ」

ヘニングはまず少女の左手、つづいて右手を仔細《しさい》に検分した。

「クレーガー?」ヘニングが叫んだ。

「なんだ?」

「ひっくり返してもいいか?」

「どうぞ」

ヘニングはピアに懐中電灯を渡し、手袋をはめた両手で少女をうつぶせにした。

「なんてこと！」ピアは思わず叫んだ。「これはなに？」

背中の下部と臀部《でんぶ》がえぐられて背骨と肋骨《ろっこつ》と骨盤が黒々した筋肉組織のあいだから見えている。

「スクリューにやられたな」ヘニングはピアを見た。「この子は昨夜ここで死んだわけじゃない。もっと前から水に浸かっていた。両手の漂母皮《ひょうぼひ》形成はすでにかなり進行している。おそらくここまで流されてきたんだろう」

ピアは立った。

「じゃあ、他の子たちとは関係ないってこと？」

「わたしは法医学者だ。それを突き止めるのはきみの仕事だろう。はっきりしているのは、この少女が昨夜死んだわけではないということだ」

ピアはむきだしの上腕をもんだ。ちっとも寒くないのに鳥肌が立った。あたりを見まわし、ここでなにがあったかイメージしてみた。

「ふたりを見つけた女の子に事情聴取してみる。少女の遺体を法医学研究所に搬送《はんそう》して。検察はすぐ司法解剖の許可をだすと思う」

「待った！」クレーガーは優雅に腕を伸ばし、ピアが斜面を上がるのを手助けしてくれた。

「ありがとう」ピアは斜面を上ると、ふっと微笑んだ。「こんなことを習慣にしないでね」

「しないさ」クレーガーはにやっとした。「ドレスをお召しになって、足場の悪いところにそぐわない靴をはいていらっしゃったときに限る」

「ちょっとヘニングに毒されてないかしら」ピアもにやにやした。「その言い方」

「あいつは傲慢《ごうまん》だが、ボキャブラリーはすばらしい。捜査中に習得した」

「じゃあ、今度は出動を、補習と呼んだらいいんじゃない。それじゃ」

クレーガーは手を上げて、また斜面を下りた。

「そうだ、ピア」クレーガーが叫んだ。

ピアは振り返った。

「寒かったら、俺の車にフリースのジャケットがある」

ピアはうなずいて、救急車のところへ向かった。

＊

クラスメイトたちと楽しい夜を過ごし、ピアとの思いがけない出会いもあって、エマは気持ちが晴れた。うきうきした気分で義父母の大きな邸《やしき》の深緑色の玄関ドアを開けた。エマは二階をまるまる借りて、フローリアンと娘といっしょに住んでいた。ニーダーヘーヒシュタットの無表情なテラスハウスで育った身なので、この大邸宅をひと目見て好きになった。古色蒼然とした赤レンガに張り出し窓、小ぶりの塔、白い桟付き窓、高い天井に漆喰《しっくい》装飾をあしらったサロン、ガラス扉のついた書架、床の装飾、優雅に湾曲した階段の手すり。おしゃれだ。フローリアンの母はこの邸の様式をロココ風と呼んでいる。フローリアン自身は砂糖菓子スタイルといってからかった。低俗でゴテゴテしていると酷評し、残念なことに、ずっと住むつもりはないといっている。エマはここなら永遠にいられると思っているのに。

邸は大きな庭園の縁に立っていた。その先は森だ。そのすぐ横に〈太陽の子協会〉の〈母子の家〉が建っている。フローリアンの父親が一九六〇年代の終わりに買い取るまで、ここは老人ホームだった。その後、向かいの建物も買い、今はそこに事務局、幼稚園、複数のセミナー室が入っている。その先の庭園には、それぞれアプローチのあるバンガローが三棟あり、エマの義父と親しい協会職員が家族と暮らしている。真ん中の家はもともとフローリアンのために建てられたものだが、彼が家を出ていったため、今は賃貸していた。

エマはすでに車の中で靴を脱いでいた。暑さのせいで日中からくるぶしや足がむくみ、夕方には靴をはいていられないほどだ。木の階段は彼女の重さでみしみしいった。三枚扉のドアの曇りガラスの向こうに明かりが見えた。エマは静かにドアを開け、足音を忍ばせながら中に入った。フローリアンはキッチンテーブルに向かってすわっていた。ノートパソコンをいじっている。なにかに夢中で、エマに気づかなかった。エマはしばらくのあいだドア口に立って、彫りの深い夫の横顔を見つめた。六年経っても、夫の顔にはいまだに見とれてしまう。

といっても、ふたりはひと目惚れではなかった。エチオピアのキャンプで知り合ったとき、彼女はプロジェクトの技術責任者で、彼は医師側代表だった。ふたりははじめから喧嘩ばかりした。彼は対応が遅いとなじり、彼女は彼の傲慢さとしつこさに腹を立てた。医薬品や医療器具を何百キロも離れたところから陸路で輸送するのは容易なことではなかったからだ。だがふたりは同じ目的のために働いていた。時にあきれることもあったが、医師としての彼には感服した。患者のために疲労困憊《こんぱい》するまで働いていた。それも七十二時間ぶっつづけのこともあった。緊急時には、治療のためになんでもした。

フローリアン・フィンクバイナーは中途半端なことをしなかった。根っからの医師で、自分の仕事を愛していた。人の命を救えないと、それを自分の敗北とみなした。この両極端な性格、一方に情の深い人間愛、もう一方にしんらつな言葉を吐く懐疑論者というふたつの顔を持つ彼に、エマはしだいに引きつけられていった。憂鬱《ゆううつ》になって沈んだかと思うと、明るくなって軽口を叩くこともある。それに彼はエマが出会っただれよりもハンサムだった。

フローリアンに想いを寄せていることを同僚の女性に打ち明けたときは、不幸になるからやめておけと忠告された。彼は世界中の問題を抱え込んでいるからだ。でも、あなたは人助けしたいという病気にかかっているから、彼と付き合うのはちょうどいいかも、ともいわれた。同僚の言葉で迷いが生じたが、エマはそれをすぐ振り払った。フローリアンが仕事と患者に心血を注いだその余りにあずかるだけで充分だった。すわっている夫を見ているうちに、やさしい気持ちになった。カールのかかった褐色の髪、頰と顎にうっすら生えた髭、温もりを感じる褐色の瞳、感傷を呼び起こす口元、首の柔らかな皮膚《ひふ》。

「ただいま」エマは小声でいった。フローリアンはびくっとしてエマを見つめ、ノートパソコンを閉じた。

「なんだい、エマ！　びっくりするじゃないか」

「ごめんなさい」エマは照明をつけた。天井のハロゲンランプで、キッチンはまばゆい光に包まれた。「驚かすつもりじゃなかったの」

「ルイーザがだだをこねた」そういうと、フローリアンは立ちあがった。「お腹が痛いといって、なにも食べようとしなかった。しょうがないから、お話をいくつか読み聞かせた。今は寝ている」

フローリアンはエマの腕と頬にキスをした。

「クラス会はどうだった？　楽しかったかい？」フローリアンは彼女の腹に手を置いた。彼が触れるのはひさしぶりだ。五週間ぶり。それにこの妊娠。フローリアンはふたり目を望んでいなかった。エマもだ。だが身ごもってしまった。

「ええ、ひさしぶりに会えて、とても楽しかった。みんなほとんど変わっていなかったわ」エマは微笑んだ。「大学入学資格試験を受けたあと会っていなかった親友にも再会したの」

「それはよかった」フローリアンも微笑んだ。それからドアの上にかけてある時計に視線を向けた。「これからラルフのところにビールを飲みにいってもいいかな？」

「もちろん。だだをこねるルイーザに付き合わされたんだから当然」

「遅くはならないと思う」フローリアンはもう一度、妻の頬にキスをして、ドアの横に置いてあったスリップオンシューズをはいた。「それじゃ！」

「じゃあね。楽しんできて」

ドアが閉まり、階段の明かりがついた。エマはため息をついた。ハイチから戻って最初のうち、フローリアンは変だった。だがここ最近は自分を取りもどしたように見える。エマは彼が憂鬱になったときのことを知っている。人を寄せつけず、自分の殻にこもってしまう。たいていは二、三日で終わるが、今回は長引いている。赤ん坊が生まれるまでファルケンシュタインにとどまろうといったのは彼自身だが、ドイツに戻り、二十五年以上前に逃げだした両親の家にいることが奇妙に思えてならないのだ。

エマは冷蔵庫を開けると、ミネラルウォーターをだしてグラスに注いでから、キッチンテーブルに向かってすわった。ふたりを世界の果てに導いた、何年にもわたる山あり谷ありの放浪生活を終え、定住し、根を下ろすというのは悪くないとエマは思っていた。ルイーザは来年から学校に通う。いずれにせよ、そこでキャンプ生活は終わる。フローリアンは腕のいい外科医だ。ドイツでは引く手あまただろう。ただしすでに四十六歳なので、若くはない。最近そのことを話し合ったとき、病院に勤めたら、医長が年下だろうと彼はいった。それに、退廃し、飽食を貪《むさぼ》った豊かさの犠牲者と毎日、病院で相対さなければならないと思うとやりきれないようだ。自分の目的を果たすために見せたあの激烈さで、そのことを口にした。どうやっても夫は考えを変えないだろう。

エマはあくびをした。ベッドに入る時間だ。使ったグラスを食洗機に入れて消灯した。バスルームへ行く途中、ルイーザの部屋を覗いた。娘はぬいぐるみに囲まれてぐっすり眠っている。フローリアンが読み聞かせしたという本が目にとまって、エマは顔をほころばせた。だいぶ読まされたにちがいない！　ルイーザはメルヘンが大好きだ。メルヘンの本を暗記しているほどだ。「ヘンゼルとグレーテル」「ラプンツェル」「白雪と紅バラ」「長靴をはいた猫」。エマはドアをそっと閉めた。フローリアンは新しい暮らしに折り合いをつけるだろう。きっといつか自分の家を持ち、本当の家族になれるだろう。

＊

サッカー場から人を遠ざけたものの、規制線の向こうにはいまだに野次馬が集まっていて、報道陣の姿もちらほら見えた。ピアはあらためてボスに電話をかけてみた。やはり応答しない。iPhoneの電源が入っているのに、出ないとは。カイ・オスターマン上級警部の方がましだった。彼はすぐ電話に出た。

「夜中にごめん」ピアはいった。「エッダースハイムの堰の手前で水死体をすくいあげたわ。手伝ってもらえるとありがたいんだけど」

「いいとも」カイは文句ひとついわずに答えた。「なにをすればいい？」

「司法解剖の許可を取りたいの。明日には解剖したい。それから行方不明者届をチェックしてくれる？　十四歳から十六歳くらいの少女。金髪、痩身、暗褐色の目。ヘニングは、死後二、三日経過しているといっている」

「わかった。これから署に向かう」

「そうだ。ボスに連絡してみて」ピアは通話を終了し、オリヴァーにショートメッセージを送った。この四日、ボスからは音沙汰がない。木曜日の夜には連絡がつくようになると先週いっていたのに。

「キルヒホフ刑事！」ヘッセン放送のカメラを肩に担いだ男が声をかけてきた。「撮影してもいいですか？」

ピアはいつものように断ろうとして、考え直した。テレビでニュースになれば、死んだ少女の身元がわかるかもしれない。

「ええ、いいわよ」ピアはいった。規制線に立っていた巡査にいって、カメラクルーと報道陣を遺体発見現場に連れていくよう頼んだ。HR、SAT1、RTIヘッセン、アンテナ・プロ、ラインマインTV。みんな、ラジオの音楽よりも警察無線を好んで聴いている。

救急車が一台、昏睡状態の若者を乗せて走り去った。代わりに霊柩車が着いた。

ピアはもう一台の救急車のサイドドアをノックした。ドアがすぐに開いた。

「発見者と話せる？」ピアはたずねた。

救急医はうなずいた。「ショック状態ですが、なんとか安定しています」

ピアは救急車に乗り込んで、若い娘の横の補助席にすわった。娘は童顔で、蒼白いが、かわいらしかった。しかしよほど恐ろしかったのか白目をむいている。目にした恐ろしい光景を一生忘れられないだろう。

「こんばんは」ピアは愛想よくいった。「ホーフハイム刑事警察署のピア・キルヒホフといいます。名前を教えてもらっていいですか？」

「ア……アリーナ・ヒンデミット」

娘は酒と吐いたもののにおいがして、気持ちが悪かった。

「ザブリーナさんです」救急隊員が口をはさんだ。「身分証明書では……」

「ふたりだけにしてくれますか？」ピアが口をはさんだ。

「あの……説明する」そうささやくと、娘は救急車の天井を仰いだ。「馬鹿なことをした……じつは……姉の身分証明書を借りたの。あたしたち……似ているから」

ピアはため息をついた。残念ながら、こういうトリックがどこのスーパーでもできてしまう。

「あたしそれで……お酒を買った。ウォッカとスリヴォヴィッツ」娘はさめざめと泣いた。

「こんなことがばれたら、親に殺される」

「何歳、アリーナ？」

「じゅ……十五」

十五歳で血中アルコール濃度〇・二パーセント。たいしたものだ。

「なにがあったか思いだせますか？」

「あたしたち、門を乗り越えたの。マルトとディエゴがあの場所を知っていて、邪魔は入らないっていったから。それで……みんなですわって……飲んだの」

「他にはだれがいました？」

娘はちらっとピアを見つめてから眉間にしわを寄せた。うまく思いだせないようだ。

「マルトとディエゴと……あたし。それからカタリーナとアレックス……あと……」アリーナは口をつぐみ、愕然としてピアを見た。「ミア！　あたし……なにがあったかよくわからない。……記憶が飛んでて。でもそのとき水に浸かってるミアを見つけて！　どうしよう！　それにアレックスが飲み過ぎで、揺すっても起きなかったの！」

アリーナの顔がゆがんで、涙が流れ落ちた。

ピアはしばらく泣くに任せた。川から上がった死んだ少女はアリーナたちと酒を飲んだミアではない。ヘニングが勘違いすることはまずないし、スクリューでできた傷があるということは、遺体はもっと前から川に浸かっていたことになる。ピアの携帯電話が鳴った。カイ・オスターマンからだ。行方不明者届を調べたが、該当するデータはないという。ピアは礼をいって、通話を終了させた。

ピアは娘から意識不明の少年の名前と住所、それから両親の電話番号を聞きだした。メモを取ると、救急車から降りて救急医と少し話した。

「安定しているので、帰宅させても大丈夫です」救急医はいった。「明日はひどい二日酔いになるでしょうが、命に別状ありません」

「男の子の方は？」ピアは質問した。

「ヘーヒスト病院に搬送中です。二日酔いではすまないでしょうね」

「こんばんは、キルヒホフ刑事」だれかに声をかけられて、ピアは振り返った。背後に褐色の髪の男が立っていた。無精髭に洗いざらしのジーンズ、Tシャツとはき崩したモカシンというでたちだが、顔に覚えがある。フライ上級検事だと気づくまで少しかかった。

「こ……こんばんは、上級検事」ピアは口ごもった。「なんて恰好ですか？」と思わず口が滑りそうになった。上級検事はいつも三揃《みつぞろ》いのスーツにネクタイをしめてぴしっと決めている。

髭だってきれいに剃り、髪はジェルで整えている。だが上級検事の方も好奇心と驚きをないまぜにしてピアを見ていた。

「クラス会に出席していたときに、通信指令センターから電話連絡を受けまして」ピアはきまりが悪くなって言い訳をした。

「わたしは家族と友人をまじえてバーベキューをしていた」上級検事も言い訳の必要性を感じたようだ。「死体発見の情報があってね。近くだったので、わたしが担当することにした」

「そうですか……それは助かります」ピアはまだ少し面食らっていた。上級検事に友人がいること、そしてバーベキューをしていたことが驚きだったのだ。実際、かすかに酒とペパーミントのにおいがする。どうやら上級検事も人並みの楽しみをするようだ。フライ上級検事といえば鉄の規律と仕事の鬼で知られている。執務室と参審制裁判以外の場にいたためしがないという。そんな彼のまったく新しい一面を見た思いがした。

「酔っ払ったふたりの両親にはそちらから連絡をしますか？」救急医はそういって、勢いをつけて救急車のサイドドアを閉めた。

「ええ、やっておく」ピアはいった。

「あなたが捜査の指揮をとると聞いたが」救急車が発進したので、フライ上級検事はピアの腕をつかんで脇に引っ張った。

「ええ、そうです」ピアはうなずいた。「ボスは休暇中なので」

「そうか。それでなにがあったんだね？」

ピアは状況をかいつまんで報告した。

「報道機関を遺体発見現場に通しました。同僚が調べましたが、該当する行方不明者届は見つけられなかったので、死んだ少女の身元を明らかにする一助になると思いまして」

上級検事は眉間にしわを寄せたが、承諾した。

「死亡事件の早期解決はつねに歓迎だ。それではちょっと見てくる。あとで会おう」

ピアは、上級検事が闇の中に消えるのを待って、娘から教わった番号に電話をかけた。軽く風が吹いて、ぞくっとした。見ると、報道陣が戻ってきた。

「簡単な記者会見をお願いできますか？」

「ちょっと待ってください」ピアは邪魔の入らないところで電話をしたかったので、川岸の方へ少し歩いていった。電話の向こうで元気な男の声が聞こえた。「こんばんは、ヒンデミットさん。ホーフハイム刑事警察署のキルヒホフです。お嬢さんのアリーナさんのことですが。ご心配なく、お嬢さんは無事です。これから、エッダースハイムに来ていただきたいのですが。堰のところです。来ればわかります」

死体搬送業者が担架に死体袋をのせて斜面を上がってきた。すぐにフラッシュが焚《た》かれた。ピアはクレーガーの車のところへ行った。いつものように施錠していない。後部座席から紺色のフリースのジャケットを取って着込んでから、髪を後ろでまとめ、ヘアゴムで結わえた。これで少しは自分を取りもどせる。テレビカメラの前に立っても大丈夫だ。

＊

日が暮れる頃からキャンプ場のあちこちでバーベキューをしたり、酒を飲んだりする人の姿が見られた。夏になると、ここで暮らす人たちは外で過ごすことが多くなり、夜が更けるにつれ、騒がしくなって酔いも深くなる。笑い声、わめき声、音楽。みんな、遠慮せず、ささいなことでも口論やつかみ合いに発展する。しらふでも荒っぽい連中だからむりもない。普段なら管理人が仲裁に入ってことなきをえるが、こう暑いと一度ついた火はなかなか収まらず、この数週間、けが人や死人が出る前に何度も警察を呼ぶことになった。

この数年、彼はだれからも誘われることがなかった。いつも断っていたからだ。他のキャンプ場生活者と仲よくするなんて端《はな》からごめんだった。自分の過去を考えたら、自分が何者で、どうしてここで暮らしているのか知られない方がいい。キャンピングトレーラーの貸主には本名を伝えてあるが、覚えているかどうか怪しいものだ。キャンピングトレーラーに公式の賃貸契約などなかった。寝た子を起こさないよう、家賃は期限までに現金で払っている。郵便の受け取りはシュヴァンハイム郵便局の私書箱にしてある。だからこのキャンプ場にはいないことになっている。それでうまくいっていた。

男は数年前から、宴会がはじまり、みんなが酒浸りになる頃、散歩をすることにしていた。騒がしいのは平気だが、ファストフードの屋台で働くようになってから、焼いた肉とソーセージのにおいに耐えられなくなったのだ。男はマイン川沿いの歩道を歩いて、しばらくのあいだベンチに腰かけた。普通ならゆったり流れる川を見ているだけで心が落ち着くのだが、みじめな人生に展望がないことを珍しく意識して、いつもの川の流れが気持ちを逆なでした。うだうだ考えるのをやめるため、川に沿ってジョギングし、ゴルトシュタインまで行って戻ってきた。

疲労困憊はみじめな思いを振り払うのに一番の特効薬だ。ところが今回はそれもうまくいかなかった。たぶんこの耐えがたい熱気のせいだ。冷たいシャワーで少しのあいだ気持ちが清々したが、三十分後にはまた全身汗だらけになり、ベッドの中で寝返りを繰り返した。突然、机の上の充電器につないだ携帯電話が鳴った。こんな時間にだれだろう。男は立ちあがって画面に視線を向けてから、通話ボタンを押した。

「こんな夜中に申し訳ない」電話の向こうからかすれた低い声が聞こえた。「テレビをつけてくれ。どのチャンネルでもいい」

返事をする前に、電話が切れる音がした。男はリモコンをつかんで、ベッドエンドにある小さなテレビをつけた。

すぐに金髪の女の生真面目そうな顔が画面にあらわれた。背後には明滅する青色警光灯、ヘッドライトの照明を浴びた樹木が黒々とした水面にキラキラと映っていた。

「……発見されたのは少女です」画面の女がいった。「遺体はすでに二、三日前から水に浸かっていたようです。詳しいことは司法解剖で判明するでしょう」

男は身をこわばらせた。

死体袋をのせた担架を、ふたりの男が霊柩車に積んだ。その背後から白いつなぎを着た捜査官ふたりがビニール袋を運んできた。それからカメラは堰の方へ向けられた。

「マイン川のエッダースハイム堰の近くで今日、少女の遺体が発見されました」リポーターの声が映像にかぶった。「少女の身元は不明です。警察は一般市民からの情報提供を求めています。数年前、同じような事件があったことが思いだされます」

　まばゆい光を当てられて、初老の男が目をしばたたいた。

「そういえば、前にも娘の死体が川から上がったことがあるんだよね。ヘーヒストの方だけどね。ヴェルトシュピッツェ（マイン川とニッダ川の合流地点にある半島状の地形で、公園になっている）さ。被害者はとうとう身元もわからなかった。たしか十年くらいになる。あんときは……」

　男はテレビを消して、暗闇の中に立った。走ったあとのように息が荒くなった。

「九年」男はこわばった声でささやいた。「九年前だよ」

　不安のあまり全身に鳥肌がたった。担当の保護観察司は彼がここに住んでいることを知っている。つまり警察と検察局は居場所を簡単に突き止められるということだ。どうなるだろう。奴らに目をつけられるだろうか。

　疲れは消し飛んだ。焦るばかりで考えがまとまらなかった。もう眠っていられない。男は照明をつけると、バケツとトイレ用洗剤をミニキッチンの横の戸棚からだした。奴らが来て、捜索したら、あの子のDNAがキャンピングトレーラーで検出されてしまう！　それだけはだめだ。遵守事項に抵触して、刑務所に逆戻りだ。

＊

　ピアはそっと玄関ドアを開けた。クリストフを起こしたくなかったので、犬が主人の帰りを喜んで吠えないように気をつけたのだ。ところが犬は玄関にいなかった。代わりに肉が焼けるにおいが鼻を打った。しかもキッチンに明かりがついている。ピアはバッグと車のキーを玄関のチェストに置いた。四匹の犬はキッチンにいて、クリストフが立ち働く姿を目で追っていた。彼はコンロの前に立っていた。ショーツに、寝巻きがわりのTシャツ、エプロン。両手にはミートフォークを一本ずつ握り、換気扇はフル回転していた。

「ただいま」ピアは驚いて声をかけた。「まだ起きていたの？　それとも夢遊病？」

犬が四匹ともさっと首を上げ、尻尾を振ったが、コンロで起きていることの方が気になるのか、すぐそちらに顔を向けた。

「やあ、おかえり」クリストフはニコニコした。「眠りかけたとき、下ごしらえしたルーラーデ（マスタード、ピクルス、ベーコン、タマネギを薄くスライスした牛肉で巻いて焼いた肉料理）が冷蔵庫に入れたままなのを思いだしてね。歓迎の食事はルーラーデにするとリリーに約束したんだ」

ピアはニヤリとすると、クリストフの横に立ってキスをした。

「気温が二十六度もある夜中の一時半にルーラーデを焼く人がいるとはね。信じられない」

「巻くのも自分でやったさ」クリストフは自慢そうにいった。「マスタード、ピクルス、ベーコン、タマネギ。約束は守らないと」

ピアはクレーガーのフリースのジャケットを脱いで、キッチンチェアの背にかけると、どさっとすわった。

「クラス会はどうだった？」クリストフがたずねた。「こんなに帰りが遅くなるなんて、よほど楽しかったんだね」

「ああ、クラス会ね」ピアはすっかり忘れていた。真っ黒な星空の下、ボルクニス荘のテラスで笑いさざめく元クラスメイトたち。あののどかな光景は、現実という名のホラーの前座のように思われた。そしてその現実では十代の娘が死んだ。

ピアは捜査中に台無しになったヒールサンダルを蹴るようにして脱いだ。

「ええ、楽しかったわ。でも、呼び出しがきちゃって」

「呼び出し？」クリストフは振り返って、眉を上げげた。夜中の呼び出しがなにを意味するかよくわかっていた。タダですむわけがない。「ひどかったかい？」

「ええ」ピアはテーブルにひじをついて顔をこすった。「めちゃくちゃひどかった。少女の遺体、酔っ払った少年と少女」

クリストフは、それは大変だったね、お気の毒などという歯の浮く言葉は口にしなかった。

「なにか飲むかい？」

「ええ、ぎんぎんに冷えたビール。酒が問題を解決するどころか、問題を生むことを実体験したばかりだけど」

ピアが立とうとすると、クリストフは首を横に振った。

「そのまま、そのまま。持ってきてあげるよ」

クリストフはミートフォークを置いてフライパンに蓋《ふた》をし、コンロを弱火にすると、冷蔵庫から瓶ビールを二本取りだして栓を抜いた。

「グラスは？」

ごめんなさい」


「いらないわ。そのままでいい」

クリストフはピアに瓶を渡し、テーブルに並んですわった。

「ありがとう」ピアはぐびぐび飲んだ。「明日だけど、リリーの出迎えはあなたひとりでお願いすることになりそうよ。わたししかいないので、司法解剖に立ち会わなくてはならないの。ごめんなさい」

明日、クリストフの孫娘リリーがオーストラリアから来て、白樺農場《ビルケンホーフ》で四週間過ごすことになっている。二、三週間前、そのことを聞かされたとき、ピアはうれしい気持ちにはなれなかった。クリストフも彼女もフルタイムで働いている。だが小さな子をひとりで留守番させるわけにはいかない。ピアはクリストフの次女であるリリーの母アニカの身勝手さに腹が立った。リリーの父親である彼女のパートナーは海洋生物学者で、春に南極大陸での研究プロジェクトのリーダーを引き受けた。アニカはどうしても同行したがった。だが就学年齢の子どもを連れていくのは不可能だ。そのあいだリリーを預かってくれとアニカがいってきたとき、クリストフは母親なのだからそういうことはあきらめなければいけないといって断った。アニカはそれでもオーストラリアの冬季休暇に当たる二週間だけ預かってほしい、とクリストフとピアを拝み倒した。クリストフの三人娘の中でもアニカのことを、ピアはあまりよく思っていなかった。二週間の約束が四週間に延びても驚かなかった。どうやったのか知らないが、アニカはリリーの学校と交渉して、娘の休暇延長をごり押ししたのだ。彼女らしい。今回もまた我を通したのだ。

「いいとも」クリストフは手を伸ばしてピアの頬をなでた。「なにがあったんだい？」

「おかしな事件なのよ」ピアはまたビールを飲んだ。「十六歳の少年がひとり、飲み過ぎで昏睡状態になり、マイン川から引きあげた少女はしばらく水に浸かっていて、遺体はスクリューで切り刻まれていた」

「ぞっとするな」

「本当にね。その少女の身元がわからないの。行方不明者届には該当するデータがなくて」

ふたりはしばらくキッチンテーブルに向かってすわり、黙ってビールを飲み干した。これはピアがクリストフのことを好きな理由のひとつだ。彼とは話が合うだけでなく、黙っていてもいたたまれなくならないのだ。クリストフは、ピアがなにか話したいか、いっしょにいてほしいだけなのか空気を嗅ぎわけるのがうまい。

「もう二時よ」ピアは立ちあがった。「急いでシャワーを浴びて、寝ることにする」

「ここもうすぐ終わる」クリストフも腰を上げた。「あとはキッチンの片付けだけだ」

ピアは彼の手首をつかんだ。クリストフは立ち止まって彼女を見た。

「ありがとう」ピアは小声でいった。

「なにが？」

「あなたがいてくれること」

クリストフはにこっとした。この笑みもピアが好きなもののひとつだ。

「それはこっちのセリフだ」そうささやくと、クリストフはピアをしっかり腕に抱いた。ピアはクリストフと肩を寄せ合い、髪の毛に彼が口を埋めるのを感じた。今はそれがうれしかった。

＊

「ふたりだけでリヒャルトおじさんのところへ行こう」パパはそういうと、目配せした。「ポニーに乗れるぞ。プレゼントもある」

わあい、ポニー！　パパとふたりだけでお出かけ。ママも、兄さんもいない！　少女はうれしくてわくわくした。これまでにも二、三度、パパに連れられてリヒャルトおじさんのところへ遊びにいったことがある。でも家やポニーの記憶がない。おかしいなぁ。それでもとってもうれしい。これを着ていくといい、といってパパがかわいらしい新しい服を持ってきてくれたからだ。

少女は鏡の中の自分を見つめ、指先で赤い帽子に触ってにっこりした。それは本格的な民族《ディルン》衣装《ドル》で、短いスカートとエプロンがセットになっていた。パパは彼女の髪を二本の三つ編みにしてくれた。これで童話に登場する赤ずきんそっくりだ。

パパはいつもプレゼントを持ってきてくれる。それはパパと少女だけの秘密だ。パパが他の子にプレゼントを持ってきたことは一度もない。少女だけ。少女はパパのお気に入りだ。ママは週末、兄さんを連れて旅に出た。だからパパをひとり占めできる。

「何かプレゼントを持ってきてくれた？」少女は興味津々にたずねた。大きな紙袋はぱんぱんにふくれていたからだ。

「もちろん」パパはいたずらっぽく微笑んだ。「ほら、中を見たいかい？」

少女は元気よくうなずいた。パパは紙袋から服をだした。真っ赤な服。生地はひんやりしていて、とても柔らかかった。

「小さなお姫様の服だ」パパはいった。「服にぴったりの靴も買ってきてあげた。赤い靴だ」

「うわあ、すごい！　見てもいい？」

「いいや、それはあとにしよう。出発の時間だ。リヒャルトおじさんが待っている」

少女は立ちあがってパパにくっついた。パパの低い声と服に染みついたパイプのにおいが好きだ。

少ししてふたりは車に乗って、しばらく走った。少女はなにか気になるものを見つけるたびにはしゃいだ。パパと内緒の遠足をするときのいつもの遊びだ。パパはふたりで出かけるのを内緒の遠足と呼んだ。教えたら、ずるいといわれるから、兄さんには内緒だった。

そのうち道が途切れ、森を抜けて空き地に出た。そこに、ベランダと緑色のよろい戸がある大きな木の家が建っていた。

「おはなしに出てくるおうちみたい！」少女は興奮した。そして家の前の草地にポニーがいるのを見つけて大喜びした。

「すぐに乗ってもいい？」少女は興奮して、シートにすわったまま腰をもぞもぞさせた。

「もちろん」パパは笑って、駐車してある数台の車の横にメルセデス・ベンツを止めた。リヒャルトおじさんのところにはいつもお客さんが来ている。みんな、ここに来るのが好きだ。みんな、パパのお友だちで、プレゼントやお菓子をくれる。

少女は車から降りると、ポニーのところへ行ってなでた。リヒャルトおじさんも家から出てきて、どのポニーに乗りたいかとたずねた。白いポニーが一番気に入っていた。名前はフロッケだと少女は知っていた。名前を覚えているなんて不思議だ。家の中がどんなかぜんぜん知らないのに。

三十分後、ふたりは家に入った。家の中にはパパとリヒャルトおじさんのお友だちが大勢いた。みんな、うれしそうに少女にあいさつし、ディルンドルと赤いずきんがすてきだと誉めてくれた。少女はくるっとひとまわりして笑った。

「それじゃディルンドルを脱ごうね」パパは紙袋をテーブルに置いて、中から別の服を取りだした。リヒャルトおじさんは少女を膝に乗せて、その服とママがつけているようなシルクのストッキングを身につける手伝いをしてくれた。ガーターベルトをうまくつけられずにいると、他のおじさんたちが笑った。本当におかしかった！

でも一番素敵だったのは服だ。真っ赤な本物のお姫様の衣装！　しかもかかとの高い赤い靴まで！

少女は鏡に自分の姿を映し、悦に入った。パパはうれしそうな顔をして、少女をリビングルームから連れだし、階段を上った。結婚式でもしているようだ。リヒャルトおじさんは前を歩いて扉を開けた。少女はびっくりした。その部屋には天蓋《てんがい》付きのお姫様用ベッドがあったのだ。

「なにをして遊ぶ？」少女はたずねた。

「おもしろいことをするんだよ」パパは答えた。「わたしたちも着替えてくるから、ここでおとなしく待っているんだ」

少女はうなずくと、ベッドに上がって、ぴょんぴょんはねた。おじさんたちはみんなきれいな服を誉めてくれたし、とってもやさしくしてくれる！ ドアが開いた。狼があらわれたので、少女はきゃあと叫んだ。でも、すぐに笑いだした。本物の狼ではない。パパだ。パパが変装している！ パパとふたりだけの秘密を持つってなんてすてきなんだろう。あとでそのことを思いだせないなんて、つまらない。本当に悲しいことだ。

二〇一〇年六月十一日（金曜日）

ハンナ・ヘルツマンはよく眠れなかった。次から次へ悪夢を見た。ヴィンツェンツがゲストとして番組に出演して、カメラの前で彼女を笑いものにした。それからノルマンが、数ヶ月にわたってストーカーをして警察に捕まり、二年間投獄された男に変身した。

午前五時半に起床すると、ハンナはシャワーを浴びて、べとつく脂汗を流し、コーヒーをいれてコンピュータに向かった。恐れていたとおりインターネットにはくだらない話ばかりがアップされている。

最低！ ハンナは親指と人差し指で鼻の付け根をもんだ。どうせスキャンダルになっている。不満を抱えるゲストがひとりふたり増えようが痛くもかゆくもない。それがどういう連中だろうとかまうものか！　番組が今すぐまずいことになる恐れはない。といっても、テレビ局が永遠に後ろ盾《だて》になってくれるとはかぎらない。ヴォルフガングに電話をするのは早すぎる。だからジョギングしながら考えることにした。走ると、いいことを思いつく。ジョギングスーツを着て、髪を後ろで結び、ランニングシューズをはいた。以前は毎日ジョギングを欠かさなかったが、足に問題を抱えてからは走るのをやめていた。

空気はまだ清々しかった。ハンナは深呼吸し、玄関前の外階段の上でストレッチをした。それからiPodのイヤホンをつけ、今の気分に合う音楽を探した。通りに出て、駐車場のある角まで行くと、森に入り、ジョギングをはじめた。地面に足をつけるたびに激痛が走ったが、歯を食いしばって走りつづけた。数百メートル走ると脇腹が痛くなった。それでもそのまま走った。途中であきらめたりしない。絶対にあきらめはしない！　逆風ともめごとは自分への挑戦と受け止めてきた。隠れる理由はない。どんな苦痛も気合いで乗りきってきた。さもなければ、これだけのキャリアは積めなかっただろう。成功など絶対に望めなかった。野心、不屈の精神、根性。この性格があったからこそ、どんなにつらいときでもくじけなかったのだ。

ルポルタージュ番組「徹底究明」をハンナは十四年前、まったく新しい革新的な番組へと発展させ、ドイツのテレビ業界で注目の的《まと》となり、夢のような視聴率を叩きだした。コンセプトは独創的だった。ドイツ中の耳目を集めるホットな話題と、ドラマチックな個人の運命に著名なゲストの味付け。しかもゴールデンタイムの九十分。それまで類似の番組は皆無だった。模倣する番組もあらわれたが、それほど人気は取れなかった。おかげで副収入も増えた。ハンナはドイツ一のテレビの顔となり、さまざまなところからお呼びがかかった。ギャラさえ妥当なら、記念式典や授賞式で司会をしたり、他の番組にアイデアを提供したりしてたっぷり儲《もう》けた。十年前にヘルツマン・プロダクションを設立し、今では番組を自ら制作している。

仕事は成功したが、その代わり私生活は破綻《はたん》した。彼女とうまくいく男はひとりもいなかった。マイケが昨日口にした言葉が脳裏をかすめた。本当にそうだろうか。相手がだれだろうとがむしゃらに押しつぶす戦車？

「それでもいい」ハンナは突き放すようにささやいた。それが自分なのだ。人生に男なんていらない。

森の中の最初の十字路で、ハンナは長い方のコースを取ることにして、右に曲がった。普通に呼吸できるようになり、足の運びもスムーズになった。リズムをつかみ、苦痛もほとんど感じなくなった。あと二、三分もすれば、エンドルフィンが分泌《ぶんぴつ》されて、苦痛や疲労が遮断されることを経験から知っていた。そうすれば、悩みごとを忘れて自然を満喫できる。早朝の森が発する香《かぐわ》しいにおい。アスファルトよりもはるかに走りやすいふわふわの地面。七時を少し過ぎ、森の縁《ふち》に着いた。バハイ教寺院の白亜の丸屋根が太陽の光を受けて輝いている。ジョギングはひさしぶりなのに、まだ息が上がっていなかった。まだまだ行けそうだ。森を抜けて、一部の人から「別荘地」と呼ばれる、彼女が住む地区まで戻るのに二十分かかった。汗だくになってハンナは歩くことにした。だが今回の汗は気持ちがいい。運動で流す汗は夜中にかいた冷や汗とはちがう。それにヴォルフガングと昼食をとりながらどう話をもっていくか戦術が練れた。ハンナはイヤホンをはずして、ジョギング用ジャケットのポケットに入れておいた玄関の鍵を取りだした。昨夜、ガレージに入れず、娘のミニの横に駐車した自分の車が目にとまった。

あれはなんだろう？

ハンナは自分の目を疑った。彼女の黒いパナメーラのタイヤがすべてぺしゃんこだ！　前腕で額《ひたい》の汗をふきながら近づいてみた。タイヤのパンクは偶然のはずがない。四本同時なんてありえないことだ。だが車をよく見て、もっと悲惨なことに気づいて身をこわばらせた。胸の鼓動が速くなり、膝《ひざ》の力が抜けて、目に涙があふれるのを感じた。ただし怒りの涙だ。だれかが黒光りするボンネットに文字を刻みつけていた。たったひと言。暴力的で誤解のしようがない言葉。下手くそな文字で「ヤリマン」と書かれていたのだ。

＊

オリヴァーはコーヒーメーカーにカップを置いてボタンを押した。ミルが音をたて、すぐコーヒーの良い香りが小さなキッチンに広がった。

インカは真夜中を少し過ぎてから帰宅した。オリヴァーは食事のあいだほとんどひとりでしゃべりつづけた。自宅の前の駐車場で降ろしてもらったとき、はじめてそのことに気づいた。ふたりで家を下見してから、インカは珍しく言葉数がすくなかった。オリヴァーはなにか気に障ることをいったかなと自問した。空港まで迎えにきて、家の下見ができるよう手配してくれたことをちゃんと感謝しただろうか。ポツダムから戻ったときから感じている解放感に浮かれて、自分のことばかりしゃべった。オリヴァーらしくなかった。あとでインカに電話をかけて詫びることにした。

オリヴァーはコーヒーを飲み干し、窓のない小さなバスルームに入った。ポツダムで泊まったホテルの豪華なバスルームを体験したあとではどうにも狭苦しかった。

まっとうな家に移る潮時《しおどき》だ。自分好みの家具、まともなバスルーム、コンロが三口以上あるキッチン。天井が低く、二間しかない御者の家にはもううんざりだ。窓は銃眼並みの大きさしかなく、ドアは低くて、頭を何度ぶつけたかしれない。両親と弟のところに居候《いそうろう》しているのも気がひける。それに弟の妻は御者の家を賃貸して、副収入源にしたがっている。彼女は、いつ家を明け渡すのか露骨に訊いてくるし、最近は、入居を検討している借主をよく連れてくる。

鏡の上の四十ワット電球の明かりではちゃんと髭が剃《そ》れない。昨日インカと下見した家が何度も夢にあらわれた。今朝はうとうとしながら内装をいろいろ想像した。ゾフィアには個室を与えよう。そうすればそばで暮らせる。それに、これでまた客を迎えることができる。ケルクハイムの家は買い手が決まり、再来週、司法書士のところで売買契約をすることになっている。売って得た金の半分があれば、ルッペルツハインのテラスハウスは確実に買える。

外が騒がしくなり、口々に話す声が聞こえた。コーヒーを二杯飲んで、気分爽快になった。オリヴァーはカップを流し台に置いて、ジャケットをつかみ、玄関ドアの横にかけた車のキーを手に取った。駐車場ではケルクハイム市の作業員がオレンジ色のトラックから柵《さく》を降ろしていた。今晩、敷地でジャズコンサートがあることをオリヴァーは思いだした。ケルクハイム市はよく敷地を借りて、文化行事を行う。そうやって収入があることをオリヴァーの両親も歓迎していた。オリヴァーは玄関を施錠して、車のところへ歩いていきながら、作業員たちに会釈した。そのとき背後でクラクションが鳴って、オリヴァーは振り返った。弟の妻マリー＝ルイーゼがそばで車を止めた。

「おはよう！」マリー＝ルイーゼがいった。「何度も電話をかけたんだけど。ロザリーがフランクフルトでやる若手コックのコンクールに招待されたのよ！　自分であなたに報告しようとしたんだけど、電話がつながらなかった。あなたの携帯、どうなってるの？」

オリヴァーの娘ロザリーは四年前、高校卒業後、進学をやめ、コックの修業をはじめた。コージマと彼は、スターシェフに恋心を抱いてそんなことをいいだしたのだろうと思い、二、三ヶ月で音を上げるだろうとたかをくくっていた。しかしロザリーには才能があり、情熱もあった。高い評価で修業を終え、ラ・シェーヌ・デ・ロティスール協会のコンクールに招待されたときは優秀賞をもらって注目を集めた。

「そういえば、今朝はまったく電話がかかってこなかった」オリヴァーはiPhoneをだして肩をすくめた。「変だな」

「そういう機械は、わたしもからきしだめなのよね」マリー＝ルイーゼはいった。

「ぼくに任せてよ！」彼女の八歳の息子が後部座席から身を乗りだして、窓から手を伸ばした。

「ちょっと見せて！」

オリヴァーはどうせできっこないと思いながらiPhoneをおいに渡した。だが数秒で笑みが消えた。

「これじゃだめだ。機内モードにしたままだよ、おじさん」おいがわかったふうな口をきいてタッチスクリーンを操作した。「飛行機マークでわかる。はい、これで大丈夫だよ」

「いやあ……ありがとう、ヨーナス」オリヴァーは口ごもった。

ヨーナスは後部座席からうなずいた。マリー＝ルイーゼは笑ったが、嫌味はなかった。そして「ロザリーに電話をして！」といって、アクセルを踏んだ。

オリヴァーは自分が間抜けな気がした。頻繁《ひんぱん》に飛行機に乗るわけではないので、今回iPhoneの機内モードをはじめて使ったが、それも隣の席の乗客にどうやればいいか教わったからだ。行きの飛行機からずっと電話は機内モードのままだったのだ。

車のところへ歩くあいだ、何十本もショートメッセージが着信していたことがわかった。さらに留守番電話に大量の履歴。そして呼び出し音。

ピア・キルヒホフ！ オリヴァーは電話に出た。

「おはよう、ピア。昨日の連絡に今気づいたところだ。まったく……」

「まだ新聞を読んでないんですか？」ピアがオリヴァーの言葉をさえぎった。相当にストレスを抱えているようだ。「昨夜マイン川のエッダースハイム堰《せき》で少女の遺体が引きあげられたんです。今日は署に出てきますか？」

「ああ、もちろんだ。これから行くところだ」そう答えると、オリヴァーは車に乗り込んだ。車からインカに電話をかけようと思ったが、晩に花束を持って直接礼をいうことにした。

＊

車の運転が日に日につらくなっていた。このままお腹が大きくなったら、運転席にすわれず、アクセルにもブレーキにも足が届かなくなりそうだ。エマはヴィースバーデン通りを左折して、バックミラーに視線を向けた。

ルイーザは窓の外を見ている。ドライブ中、ぴくりともしない。

「まだお腹が痛い？」エマは気になってたずねた。

ルイーザは首を横に振った。普通ならぺらぺらとよくしゃべるのに。なにかおかしい。幼稚園でなにかあったのだろうか。他の子とうまくいっていないとか。

二、三分して幼稚園に着き、車から降りた。ルイーザは自分でシートベルトをはずして降りた。なんでも自分でやろうとする。子どもを抱えて車から降ろさずにすむのは、今のエマにとってはありがたかった。

「どうしたの？」幼稚園のドアの前でエマは足を止め、しゃがんでルイーザを見た。ルイーザは今朝、食が進まず、ごわごわしているから嫌いだという緑のＴシャツもいやがらずに着た。

「なんでもない」ルイーザは目をそらした。

むりにいわそうとしてもだめだ。エマはあとで電話で幼稚園の先生と話し、ルイーザを気にかけるよう頼むことにした。

「じゃあ、楽しんでらっしゃい」そういうと、エマは娘の頬にキスをした。ルイーザはしぶしぶキスに応え、いつも見せるうれしそうな顔もせずに開いたドアからみんなのところへ歩いていった。

エマは後ろ髪を引かれる思いでファルケンシュタインに戻り、車を止めて、〈太陽の子協会〉の建物が点在する広大な敷地の中を散歩した。義父母の邸《やしき》のそばに多くの施設があった。セミナー室のある管理棟、分娩の家、働く母親を持つ子どもたちのための託児所。かつて老人ホームだった〈母子の家〉も、少し離れたところにある。他にも菜園、作業場、工房があり、庭園の反対側の三棟のバンガローがこの大きな邸の境界になっている。

早朝の空気はひんやりしていて清々しい。エマは体を動かす必要があった。小道をそぞろ歩きした。その小道にはナラやブナやヒマラヤスギなどの老木の影がかかり、ていねいに刈った青々した芝生と、花が咲き誇るシャクナゲのあいだを管理棟までくねくねとつづいていた。エマはここの豊かな自然が気に入っていた。暖かい夏の夕べに近くの森から漂ってくるにおいも好きだ。住みはじめて半年にしかならないが、ここの緑を五感で堪能していた。この二十年生活し、働いてきた荒涼とした土地と比べたら本当に目の保養になる。ところがフローリアンは、ここの豊かさが好きになれないようだ。ついこのあいだも水の使い過ぎだと父親に意見した。父親のヨーゼフは黙って非難を聞いてから、庭に使っている水は貯水池のものだと答えた。

フローリアンと両親は少し言葉を交わしただけですぐ険悪になる。なにげない会話が不必要な議論に発展し、たいていフローリアンが立ち去って口論は終わる。

エマは夫の態度にいたたまれない気持ちになった。ひとりよがりで愚《おろ》かしい夫の一面を見せられ、いやな思いをしていた。フローリアンは口にだしていわないが、子ども時代の世界でもある両親の家にいるのが楽しくないらしい。なぜなのか気になる。というのも、夫の両親はやさしくて、恩着せがましいところが一切なく、エマたちの生活に口をださず、勝手に住まいに入ってくることもなかったからだ。

「おはようございます！」だれかが背後から声をかけてきた。エマは振り返った。髪を後ろで束ねた髭面の男が自転車を漕いできて、彼女の横で止まった。

「おはようございます、グラッサーさん！」エマは手を上げてあいさつした。

夫の両親はヘルムート・グラッサーを管理人と呼んでいるが、それ以上の存在だ。本当の意味でのなんでも屋で、いつでも愛想がいい。夫の両親が出かけるときは運転手を務め、棚を組み立てたり、電球の交換をしたりする。というか、施設の保守管理を一手に引き受け、庭園の手入れをし、母親のヘルガといっしょに台所仕事をこなす。そして、三棟あるバンガローの真ん中に住んでいる。

「テレビはうまく映ってますか？」グラッサーが声をかけてきた。褐色の目をキラキラ輝かせ、笑いじわを作っていた。

「あのときは本当にすみません」エマは照れ笑いを浮かべた。一昨日、テレビがおかしくなったため、グラッサーに電話をして、様子を見てもらったのだ。だがうっかりリモコンをビデオ側に切り替えていただけだった。グラッサーはエマのことを間抜けだと思ったにちがいない！

「故障ではなかったのだからよかったじゃないですか。今日の昼、キッチンの混合栓を交換したいのですが。午後二時にうかがってもいいですか？」

「ええ、もちろん」エマはうなずいた。

「よかった。ではあとで！」グラッサーは微笑んで、また自転車にまたがった。

エマが管理棟を通り過ぎ、邸へ向かおうとしたとき、〈太陽の子協会〉の事務長コリナ・ヴィースナーが携帯電話を耳に当てながらガラス扉から出てきて、足早にエマの方へ歩いてきた。彼女はなにか真剣に電話で話している。だがエマを目にとめると、微笑んで、通話を終えた。

「パーティーの準備でてんてこまい！」うれしそうに叫んで、コリナは携帯電話をしまった。「おはよう！　具合はどう？　疲れているように見えるけど」

「おはようございます、コリナ」エマは答えた。「昨夜は遅くまで起きていたものですから。クラス会があったんです」

「ああ、そうだったね。それで？　楽しかった？」

「ええ、それはもう」

コリナはエネルギーの塊《かたまり》だ。なにごとにも動じず、コンピュータのような記憶力の持ち主で、機嫌が悪かったためしがない。事務長という立場なので、休日はないに等しい。職員の世話、必要なものの購入、社会福祉局や青少年局との協力。しかも〈母子の家〉に住む母親と子どもをひとり残さずよく知っている。コリナはあらゆることに気配りをしていた。そのうえ四人も子どもがいて、一番下の子はルイーザより二歳上だ。休むことなくこれだけの仕事をこなす彼女に、エマは毎日感心していた。ちなみに彼女と彼女の夫ラルフはこの施設で育った。ラルフは義父母に養育され、コリナは乳児のときに養子縁組した。ふたりはフローリアンの兄と姉にあたり、同時に親友だ。

「でも楽しい夜を過ごしたようには見えないわね」コリナはエマの肩に腕をまわした。「どうしたの？」

「ルイーザのことが気がかりで」エマは本音をいった。「二、三日前から様子がおかしいんです、お腹が痛いといって元気がなくて」

「そうなの。小児科医には診《み》せた？」

「フローリアンが診察したけど、なにもわかりませんでした」

コリナは眉間にしわを寄せた。

「じゃあ、大丈夫ね。あなたの体調はどう？」

「早く生まれてくれるといいんですけど。連日の暑さはつらいですね。でもフローリアンは前より明るくなりました。しばらく難しい時期がつづいていましたけど」

エマは少し前にフローリアンの豹変《ひょうへん》ぶりについてコリナに相談していた。コリナは辛抱するようアドバイスした。成人男性にとって、両親の家に戻るのは心理的に難しいものだし、紛争地域で長年危険に身をさらしたあとで急に贅沢《ぜいたく》三昧な世界に戻ったのだからむりもないといわれた。

「それはよかった」コリナは微笑んだ。「赤ちゃんが生まれる前に一度、いっしょにバーベキューをしましょう。近くにいるのに、フローリアンとずっと会っていないなんて」

携帯電話が鳴り、コリナは画面に視線を向けた。

「ごめんなさい。ちょっと出ないと。パーティーの招待客リストの件であとでヨーゼフとレナーテのところに集まるわよね。そのときに」

コリナがすたすたと〈母子の家〉へ歩いていくのを、エマは困惑しながら見送った。フローリアンにずっと会っていないってどういうこと？　昨日の夜、フローリアンはコリナとラルフの家に行ったはずなのに。

長く離れることが多い関係では、信頼が一番大事なことなのに。エマは夫を信じていた。嫉妬という言葉はエマの辞書にない。夫の言葉を疑ったことはこれまで一度もなかった。だが突然、疑いの小さな炎が心の中にともり、脳裏にこびりついた。夫が嘘をついているという疑いが頭をもたげ、ぽっかり穴があいたような感覚に襲われた。

エマはゆっくり歩きだした。

コリナが昨日フローリアンに会わなかったことに、深い意味はないかもしれない。フローリアンが家を出たのは夜遅かったので、コリナは疲れて眠っていただけとか。

きっとそうだ。フローリアンが嘘をつくはずがない。

＊

男は電話を切って、テレビ画面を見つめた。紅白の立入禁止テープ、その前には、野次馬を押しとどめようと怖い顔をしている巡査。鑑識チームはまだ現場にいて、手掛かりを捜している。だがそこでは何も見つからないだろう。エッダースハイム堰。あの堰はここから二、三キロ下流だ。男は堰がどこにあるかよく知っていた。

テレビ画面が切り替わった。

ケネディアレー通りのフランクフルト法医学研究所。その前にリポーターがいて、神妙な顔でカメラに向かって話をはじめた。死んだ少女の顔写真が重なった。男は息をのんだ。かわいらしく、金髪、そして……死んでいる。たおやかな顔。頬骨が張っていて、唇がふくよかだ。だがその唇は二度と笑わないのだ。法医学研究所では細心の配慮がなされたようだ。少女は死んでいるというよりも、眠っているように見える。その直後、少女が彼を非難するような目をした。どきっとした表情を再現したCGアニメだった。だがじつにリアルだった。

男はリモコンを操作して、音をだした。

「……年齢はおそらく十四歳から十六歳。服装はデニムのミニスカートに〈H&M〉で販売されている黄色いトップス。サイズはXS。この少女を見かけたことがある方、あるいは過去数日ないし数週間の少女の滞在場所をご存じの方はいませんか？　手掛かりはどの警察署でも受けつけます」

警察がこんなに早く市民に協力を求めるとは意外だ。身元がまったくつかめないのだろう。警察は偶然に期待をかけているのだ。

さっきの電話からわかっていることだが、事件解決につながる手掛かりはまず見つからないだろう。目立ちたがり屋は、その少女を見たといいたくて警察に電話をかける。警察はそういう数百に及ぶ無意味な通報を逐一確認しなければならない。時間の無駄だし、重要な情報をブロックする！

男はテレビを消して、仕事に行こうとした。そのとき、あいつの顔が画面にあらわれた。それを見るなり、男はびくっとして、長いこと押し殺してきた感情が心の奥底から噴き上がった。男はふるえた。

「糞野郎」そうつぶやくと、よく知っている行き場のない怒りと憤《いきどお》りを覚えた。強く握りしめたため、リモコンの電池の蓋《ふた》が取れて、電池が飛びだした。男はそのことに気づきもしなかった。

「われわれは捜査の初期段階にいる」マルクス・マリア・フライ上級検事はいった。「解剖結果が出る前に、事故か自殺か他殺かと議論してもはじまらない」

角ばった顎。オールバックにした褐色の髪に少し白髪もまじっている。思いやりのありそうな洗練された声。そして青い目。だがやさしくて信頼できそうだと思ったら間違いだ。それは奴のトリックだ。フランクフルト検察局でひそかにドン・マリアとあだ名されるあの男は、ふたつの顔を持つ。利用価値のある人間に対しては冗談をいって、雄弁に語り、愛想を振りまき、気持ちをつかむ。だがあいつは他のこともできる。

彼自身はさんざんあいつの目を覗き込み、野心に食い破られたどす黒い魂をよく知っている。フライは冷酷非情な権力志向の人間だ。傲慢《ごうまん》で認められたいという欲求に毒されている。だから奴がこの捜査に顔を突っ込むのもうなずける。この事件は注目を集めるだろう。奴はそういう事件に飢《う》えている。

携帯電話がまた鳴った。男は電話に出た。屋台の主人だった。腹を立て、声が裏返っていた。

「時計を見ろ、この寝坊助。七時は七時だ。八時や九時じゃねえ！　十分で来なかったら、てめえなんか……」

フライ上級検事をテレビで見たとき、心は決まっていた。屋台の仕事などいつでも見つかる。今は他にやることがある。

「勝手にしろ。他のトンマを探せ」そういって、通話を終了した。

やることが山ほどある。警察がここに来るだろう。持ち物を検査し、キャンピングトレーラーを捜索する。ドン・マリアが指揮するのだから間違いない。それにすごい記憶力の持ち主だ。とくに彼に対しては。

男は膝をついて、コーナーベンチの下から褐色の箱をだし、そっとテーブルにのせて蓋を開けた。一番上にクリアファイルがあって、写真が一枚はさんである。男はそれを取りだし、じっと見つめた。この写真を撮ったとき、あの子は何歳だっただろう。六歳？　七歳？　かわいらしい顔を親指でやさしくなでて、キスをしてから、写真を引き出しの下着のあいだに差し込んだ。会いたい気持ちが嵩《こう》じて、ナイフに刺されたような胸の痛みを感じた。男は深呼吸した。それから箱に蓋をして、小脇に抱え、キャンピングトレーラーから出た。

＊

オリヴァーとピアは刑事警察署一階の待機室を出た。夜通しかけてそこを特捜本部に改造した。そこは庁舎の中で唯一の大部屋で、ニコラ・エンゲルの前任者ニーアホフが自分の見せ場としてよく記者会見をした場所だ。侃々諤々《かんかんがくがく》の会議中、ピアはボスに伝えるつもりだったことを思いだそうとした。大事な話だったのは覚えているが、なんの話だったか思いだせなかった。

「署長、強烈でしたね」手荷物検査所を抜けて駐車場に向かっていたとき、ピアはいった。

「ああ、今日はすごかった」オリヴァーも認めた。

九時少し前、フランクフルト検察局の血気盛んな若い検察官が映画にでも出演するような恰好で登場した。その検察官はふたりの同僚と共に喧嘩腰で会議に乗り込み、「水の精」と名付けられた少女の事件の特捜班の面々がいるところで、報道機関に情報をだしすぎたとピアをなじり、捜査の指揮権を自分に寄こせといいだした。ピアはいいかえそうとしたが、その前にエンゲル署長が口をだした。偉ぶっているだけの小者を署長がぴしゃりとやりこめたときのことを思いだして、ピアはニヤリとした。

エンゲル署長は華奢《きゃしゃ》だ。白いスーツを着て捜査官たちの中にいると少女のように見える。だがそれは見かけだけだ。署長を見下すという救いようのない過ちを犯す者は多い。そして若い検察官は女を見下す傲慢な男だった。署長は長い時間、黙って議論を聞いていたが、一度口を開くと、その言葉は電子制御の大陸間弾道ミサイルさながらの精密さで相手の弱点を突いた。

検察官は自分のミッションが失敗に終わったと悟ると、さっさと撤退した。もちろん司法解剖に立ち会うようピアにいうのを忘れずに。いわれなくても立ち会うつもりだった。

はじめはエンゲルの指導力を危ぶむ者もいたが、この数年で厳しい反面、公平で有能な署長だと認められていた。いざというときは部下をかばい、内部の問題を外にだすことがなく、ホーフハイム刑事警察署内部での彼女の権威は揺るぎなかった。前任者とちがって現場に政治を持ち込まず、警察の仕事がまともにできる環境を作ったことでも評判がよかった。

「いい署長です」ピアはいって、オリヴァーに車のキーを渡した。「運転できます？　アリーナ・ヒンデミットともう一度、電話で話がしたいんです」

オリヴァーはうなずいた。

オリヴァーは会議の前に、カイとピアのふたりを同席させ昨日の飲み会にいた者たちに事情聴取をしていた。ピアは遺体を見つけた少女からいっしょにいた仲間の名前を聞きだし、四人全員とその親を刑事警察署に呼びだした。女の子がふたりに男の子がふたり。四人ともショックを受けて、小さくなっていたが、あまり役に立たなかった。死んだ少女に気づかなかったし、なにがあったのか思いだせないとみんな口を揃えた。四人とも嘘をついていた。

「遺体を見つけて逃げたに決まっています」ピアはバッグにしまったアリーナの電話番号のメモを探した。「そして逃げるときに、アレックスとアリーナを置き去りにしたんでしょう」

「ということは、最悪な場合、死に瀕《ひん》した仲間を見捨てた廉《かど》で有罪になるかもしれないな」オリヴァーは進入路で停車して、左のウインカーをだした。エアコンがないので、車内の熱気が我慢できるようになるまで窓を開けたまま走った。「親が口裏を合わせるようにいったな」

「そうでしょうね」ピアはいった。ヘーヒスト病院からはいい知らせが来なかった。十六歳のアレクサンダーはいまだに話せる状態ではなく、人工呼吸器の世話になっている。医師団は低酸素症で脳障害を起こしている可能性を否定しなかった。

いくら酒を大量に飲んでいたからといって、意識不明の人間、それも友人を見捨てたのでは微罪ではすまされない。全員が主張しているほど泥酔していたはずがない。さもなければ、あんな高い門をよじ登れはしなかっただろう。

通信指令センターでは早朝から電話が鳴りっぱなしだ。市民に捜査協力を求めるといつもそうだ。死んだ少女をありえない場所で見かけたと主張する頭のおかしな連中もたくさんいた。大量の通報を逐一調べるのは骨の折れる作業だが、本当の手掛かりがまじっている可能性がある。そうすれば、やった甲斐がある。リポーターたちは昨日の夜、二〇〇一年にマイン川で発見され、迷宮入りした少女殺人事件に触れていた。報道機関はその類似性にこだわっている。世間を落ち着かせ、警察への批判の芽をつむために、なんとしても迅速な捜査結果が欲しい。だからピアは早期の情報開示を主張し、前夜のフライ上級検事同様、エンゲル署長もそれを了承した。

オリヴァーは高速道路六六号線でフランクフルト方面に向かった。ピアはアリーナに電話をしたが、つながらなかった。父親は娘がいないといった。

「嘘つきばかりで反吐《へど》が出る」ピアはかっとしていった。「集中治療室で意識不明になっているのが自分の子だったら、わたしたちの捜査が生ぬるいとせっつくに決まってるのに」

「親が責任を回避する姿を子どもに見せるというのが問題だ」オリヴァーも同意した。「自分の罪をすぐ他人のせいにするというのは、社会のモラルが低下した証拠だ」

カイが電話をしてきた。

「ピア、ヴェロニカ・マイスナーの捜査報告書はどこだい？　机に解剖所見があった。このまま置いておきたくないんだ」

ニッケルメガネをかけ、髪を後ろで束ね、身だしなみを気にかけないカイは、はじめて会うとルーズな人間に見える。だがそれは勘違いだ。彼ほど構造的にものを考え、よく整理整頓する人間をピアは他に知らない。

「昨日探していたのよ。捜査報告書のファイルはわたしのデスクの下にあるはずだけど」

そのとき、ピアはオリヴァーに急いで伝えようとしていたことがなにか思いだした。

「ところで昨日、だれがわたしの部屋に来たと思います?」カイとの通話を終えると、ピアはいった。「ああ、フランクフルト・ジャンクションを越えて、スタジアムの前を通った方がいいです。市内を抜けたら遅刻します」

「それで、だれが来たんだ?」オリヴァーはウインカーをだしながらたずねた。

「フランク・ベーンケ。スーツにネクタイ。前よりいけすかない奴になってました」

「へえ」

「あいつ、州刑事局にいるんですって。しかも内部調査課! 月曜日からうちの調査をするそうです。規則違反の訴えだか指摘だかがあったそうです」

「本当か?」オリヴァーは首を横に振った。

「犯罪行為を追及しなかったこととか、データの不正アクセスとか。オリヴァー、あいつはあなたを狙っているんです。白雪姫事件(既刊『白雪姫には死んでもらう』)のときに受けた屈辱の仕返しをする気なんですよ」

「わたしが彼になにをしたというんだ? むちゃくちゃなことをしたのはあいつだ。内部調査を受けて、停職処分を受けたのは自業自得だった。わたしのせいじゃない」

「彼はそう見ていないんです。知ってるでしょう。根に持つ馬鹿野郎です！」

「それでも」オリヴァーは肩をすくめた。「責められることはなにもやってない」

ピアは下唇を吸いながら考えた。

「どうでしょう。わたしたちがはじめていっしょに捜査をしたとき（既刊『悪女は自殺しない』）のことを覚えていますか？」

「もちろん。それがどうした？」

「フリートヘルム・デーリングの件。重大な傷害事件の被疑者として獣医と弁護士と薬剤師が浮かんだとき、捜査を中止したじゃないですか」

「ああ、だけどわざとじゃない。鑑識に動物病院の手術室を調べさせたが、決定的な手掛かりはなかった。証拠がなにもなかったんだ！　被疑者を自白させるために拷問するわけにもいかない！」

ピアは、ボスが機嫌を損ねたことに気づいた。

「気をつけた方がいいといいたかっただけです。あいつはそこを攻めてくると思いますから」

「感謝する」オリヴァーは苦々しげに笑った。「きみのいうとおりかもしれない。粗探《あらさが》しはしない方がいいのに。すねに傷を持つのはあいつの方だ」

「どういうことですか？」ピアは興味を持った。エンゲルが署長として異動してきたとき、初日からフランクと険悪だったことを思いだした。当時は、フランクフルトの殺人課にふたりがいたときに起きた不祥事で犬猿の仲になったという噂が流れた。当時、ある手入れで、フランクフルト警察の連絡員が警官に射殺されたというのだ。

「古い話だ」オリヴァーはあいまいに答えた。「昔のことだが、時効ではない。わたしの顔に泥を塗るなら、ベーンケもただではすまない」

＊

「ついてない！」ハンナは悪態をついた。青信号が目の前で赤に変わった。ユングホーフ通り立体駐車場の最後の駐車スペースをだれかに取られた。バックミラーに視線を向け、ギアをバックに入れると、娘から借りたミニを立体駐車場の入り口に入れた。幸い背後に車がなく、入り口は方向転換するのに充分な広さがあった。もう十二時十分前だ！　正午に〈クフラー&ブーハー〉でヴォルフガングと昼食の約束をしている。助手席のクリアファイルには今日の午前中にまとめた、スキャンダルへの対応策が入っている。

ハンナは次の信号でユングホーフ通りからノイエ・マインツ通りに右折した。ヒルトン・ホテルの手前でフランクフルト証券取引所方面に向かって右側車線を走り、配送車と黒い乗用車のあいだに駐車スペースを見つけた。ハンナはウインカーをだし、アクセルを踏んで左側に寄せた。

急ブレーキを踏むことになった後ろの運転手がクラクションを鳴らして、手を振りあげたが、ハンナは無視した。駐車スペースをめぐる市街戦では遠慮や謙虚さなど無用だ。自分の車だったらそのスペースは小さすぎたが、ミニなら問題ない。

ハンナは車から降り、アタッシェケースを小脇に抱えた。パナメーラは今朝、引き取りにきてもらって修理工場に入れた。工場長が一時間後に電話をかけてきて、器物損壊で訴えるつもりはあるかとたずねた。

「考えておく」と答えて、ハンナは傷ついたボンネットとパンクさせられたタイヤ四本を保管しておくことを了解した。ヤリマン。やったのはだれだ。ノルマン？ ヴィンツェンツ？ 住所を知っている奴が他にいるだろうか。午前中は考えないようにしたが、また気になりだした。

ハンナは近道をすることにして、すぐにその決断を悔いた。レストラン街は地獄のような人だかりだった。カフェやレストランの外に広がる大きなパラソルの下はどこも満席。昼休みに日光浴をするために、周辺のオフィスやショップで働く人々がそこを占拠し、薄着のティーンや乳母車を押す母親や年金生活者がのんびりウィンドウショッピングをしている。うだるような暑さに、街全体がまったりしていた。

ハンナもそののんびりした歩調に合わせた。今日はハイヒールとスーツをやめて、白いジーンズ、Tシャツ、履き心地のよいスニーカーといういでたちにした。日本人観光客が群がるノイエ・マインツ通りを横切り、オペラ座広場の〈クフラー&ブーハー〉のテラスに出た。客の九十パーセントは近くの金融街から来たスーツ姿のビジネスマンだ。ビジネススーツ姿の女も少しまじっていて、ツーリストは少数派だ。ヴォルフガングはプラタナスの陰になったテラスの端のテーブルでメニューを見ていた。

ハンナがテーブルに近づくと、彼は顔を上げてうれしそうに微笑んだ。

「やあ、ハンナ！」彼は立ちあがって、彼女の左右の頬にキスをし、ハンナがすわれるよう椅子を引いた。「勝手にワインを選んでいた」

「ありがとう。お腹ぺこぺこ」

ハンナはメニューを手に取って、本日のおすすめにさっと目を通した。「本日のおすすめにするわ。ラムソンのクリームスープに舌平目」

「よさそうだね。わたしもそうする」ヴォルフガングはメニューを閉じた。すぐにウェイトレスが来て、注文を訊いた。本日のおすすめをふたり分にピノ・グリージョをボトルで注文した。ヴォルフガングはテーブルにひじをついて、手を合わせると、探るような目でハンナを見つめた。「きみがなにを思いついたか、聞くのが楽しみだ」

ハンナはオリーブオイルを少し小皿に注いで、粗塩とコショウを振り、ちぎったパンをつけた。今朝はいろいろあったため朝食をとっていなかった。胃が鳴った。お腹のすき過ぎで、機嫌が悪くなりそうだった。

「攻めに出る」ハンナはパンをかみながらいうと、バッグを膝に置いてクリアファイルをだした。「苦情を訴えた人たちとはもう連絡を取った。明日、ブレーメンで男の方と会い、午後にはドルトムントで女と話をする。ふたりとも話を聞いてくれるそうよ」

「それはよかった」ヴォルフガングはうなずいた。「うちの監査役会と株主代表がかなりピリピリしている。今は評判を落とすわけにいかない」

「わかってる」ハンナは額にかかった髪を払って水を飲んだ。影の中だったので、気温はなんとか耐えられる。ヴォルフガングはネクタイをはずして丸めると、椅子の背にかけたジャケットの内ポケットにしまった。ハンナは戦術について簡潔に説明した。彼はじっと聞いていた。スープが出てきたときには、被害を食い止めることでふたりの意見は一致していた。

「他のことはどうだい？」ヴォルフガングはたずねた。「少し疲れているようだな」

「かなりまいってる」ハンナは正直にいった。「ノルマンの件で振りまわされたし、昨晩帰ってきたマイケに、ひどいことをいわれた。わたしたち絶対にわかり合えそうにない」

ヴォルフガングには本音がいえた。演技はいらない。ふたりはもう長い付き合いで、彼はハンナがヘッセン放送のニュースキャスターから人気のテレビスターへと上りつめるのを見てきた。ハンナが公《おおやけ》の場に出る必要に迫られ、付き添ってくれる夫がいないときは、いつもヴォルフガングに頼っていた。彼には一切隠しごとをしない。妊娠したことを最初に打ち明けたのも彼だった。マイケの父親よりも先に話したのだ。ヴォルフガングは結婚の保証人を務め、マイケの代父にもなった。ハンナが恋の悩みを抱えたときもじっと聞いてくれたし、彼女が幸せなときはいっしょに喜んでくれた。その意味では、まぎれもない親友だ。

「それにまだあるの。だれかが夜中にわたしの車のタイヤを四本ともパンクさせて、ボンネットにいたずら書きを刻んだのよ」ハンナはわざとこともなげにいった。不安というデーモンを一度でも受け入れたら負けてしまうだろう。

「なんだって？」ヴォルフガングが驚いた。「だれがそんなことを？　警察に通報したのか？」

「いいえ。まだだけど」ハンナは皿をパンでぬぐって首を横に振った。「たぶんパナメーラを見てうらやましくなった馬鹿野郎でしょ」

「甘く見るのはよくないぞ、ハンナ。森のそばにひとりで暮らしていることだけでも心配だ。監視カメラはどうなってる？」

「新しいのに交換した方がいいわね。今のところただの見せかけ」

ウェイトレスが来て、白ワインを注ぎ足し、スープ皿を片付けた。ウェイトレスがいなくなるのを待って、ヴォルフガングはハンナの手に自分の手を重ねた。「なにかあって、わたしの助けがいるときは……いってくれ」

「ありがとう」ハンナは微笑んだ。「わかってる」

そのとき唐突に、ヴォルフガングと結婚せず、男女の関係にもならなくて本当によかったと思った。そうならなかったのは、彼の外見のせいではない。彼はアドニス（ギリシャ神話で、女神アフロディテに愛された美青年）ではないが、決して不細工ではない。ハンナが知る他の男とちがって、年を重ねるに連れ、若い頃の柔らかい表情に男らしさが加わって、なかなかすてきだ。こめかみのあたりの髪は灰色で、目尻の笑いじわが深くなったが、それも彼には似合っていた。
二、三年前、ヴォルフガングには恋人がいた。顔色のよくないつまらない女性弁護士だった。だが彼は本気だった。ところが彼女はヴォルフガングの父のメガネにかなわなかった。そのうちふたりの関係は解消した。ヴォルフガングはなにも語らなかったが、それ以来、恋人を持ったことがない。
舌平目が出てきた。〈クフラー&ブーハー〉での昼食は長くかからない。店側が、ランチに来る客にはあまり時間がないことがわかっているからだ。

ハンナはナプキンをつかんだ。

「わたしは脅しに屈しない」ハンナは元気よくいった。「まず番組が抱えている問題を解決しないと。わたしの戦術でうまくいくと思う？」

「ああ、思うよ。自分が確信していなくても、人を確信させるのがうまいからな」

「そういうこと！」ハンナはワイングラスをつかんで彼と乾杯した。「なんとかなるわ」

ヴォルフガングはハンナと乾杯した。心配そうな彼のまなざしにかすかに失望の色が浮かんだが、ハンナは気づかなかった。

＊

ケネディアレー通りの法医学研究所に着いたが、まわりには駐車スペースがなかった。オリヴァーはエッシェンバッハ通りに車を止めた。ふたりは数百メートル歩いた。事件を公表するというピアの決断はメディアの大きな関心を呼んだ。報道機関は歩道に群がって、法医学研究所を出入りする人を片っ端から捕まえていた。リポーターに気づかれ、オリヴァーとピアはあっという間に報道陣に取り囲まれた。大声と質問の言葉から、ピアは、少女の死体の他にも少年が酒の飲み過ぎで「昏睡《こんすい》状態」になっているという情報が流れていることを知った。報道陣は詳細を教えろとうるさかった。ピアがリポーターのしつこさに啞然とさせられるのははじめてではない。大きな声で叫べばなにか情報が得られるとでも思っているのだろうか。

「死者がふたりも出たのに、なぜ黙ってるんですか？」若い男が声を張りあげて、マイクを武器のようにピアに突きだした。「警察はどうするんですか？」

一瞬、ピアは訳がわからなくなった。その情報は病院からだろうか、それとも自分がいったのだろうか。アレクサンダーが死んだということ？

「死者はふたりではない」オリヴァーがピアの代わりに答え、マイクを払いのけた。「さあ、通してくれ」

人混みをかき分けて法医学研究所の玄関まで行くのに二、三分かかった。建物の内部は涼しく、厳粛な静けさに包まれていた。どこかでキーボードを打つ音がする。板張りの廊下の奥の講義室の扉が開け放ってあった。着座している人の姿もない。だが人の声がしたので、ピアはその大きな教室に視線を向けた。フライ上級検事が電話をしながら歩きまわっている。今日は三揃《みつぞろ》いで、きれいに髪を分けている。ピアに気づくと、上級検事は通話を終えて、携帯電話をしまった。苦虫を噛み潰したような顔が柔和になった。

「今朝、部下が失礼をしたようだ。申し訳ない」上級検事はピア、オリヴァーの順で握手を交わした。「タヌーティ君は熱心すぎる」

「気にしていません」ピアは答えた。それより上級検事がここにいるというのが驚きだ。普通、司法解剖に立ち会うことはない。

「エンゲル署長から大目玉を食らったとか。いいことだ」上級検事の顔にちらっと笑みが浮かんだが、すぐにまた真顔に戻った。「ふたり目の死体というのはどういうことだね？」

「それはありません」オリヴァーがいった。「うちの者が十分前、病院に電話で確認しました。

昨日、遺体のそばで見つかった少年は重篤《じゅうとく》ですが、生きています」

三人は法医学研究所の地下に通じる階段を下りた。電話がまた鳴って、上級検事は足を止めた。

第一解剖室は全員が入るには狭すぎた。ヘニング・キルヒホフと上司のトーマス・クローンラーゲ所長がふたりの解剖助手に手伝ってもらってマイン川から上がった少女の司法解剖をおこなった。平の検察官が三人でやってきていた。今朝のうるさい奴もいた。撮影担当官も準備を整えていた。ピアは彼の名前を思いだせなかった。

ピアとオリヴァーが解剖台の前に出てくると、ヘニングの助手ロニー・ベーメが耳打ちした。

「満員御礼」

「これは法医学の検察官向け講義ではないんだが」ヘニングは上級検事に文句をいった。お互いよく知っている間柄だ。検察局や裁判所から鑑定人として呼ばれることは珍しくなかった。

「なにも検察局がそんなに雁首《がんくび》揃えなくても」

検察局の面々が顔を寄せて相談した。そのうちのふたりがほっとした顔をして出ていき、ドン・マリア・フライと仕事熱心なメルツァド・タヌーティが残った。

「少しはましになった」ヘニングはうなるようにいった。

子どもの司法解剖はかなりきついものだ。室内は緊張に包まれた。ヘニングまで皮肉な物言いを控えた。子どもや若者の死を見て、衝撃を受けない者はいない。オリヴァーも残ったふたりの検察官も、司法解剖ははじめてではない。ピアもヘニングと結婚していたとき、夜や週末を数え切れないほどここや隣の第二解剖室で過ごした。さもないと、仕事の鬼である夫の顔を見る機会がなかったからだ。

ピアは遺体のあらゆる腐敗段階を知っていたし、においも嗅いできた。そしてありえないような死体の状態も目にしてきた。水死体、焼死体、白骨死体、交通事故の犠牲者、事故死、おぞましい自殺。ヘニングとピアは解剖台のそばで日常生活のことを話し合ったし、口喧嘩をしたこともある。ヘニングという厳しい教師に導かれ、ピアは犯行現場を見る目を養った。

それでも犯行現場や遺体発見現場に呼ばれると、ピアは冷静でいられなかった。尋常ではない状況にいつもプロ意識を維持すべく懸命にがんばった。だからといってこの世から犯罪を根絶するのが使命だと思っているわけではない。この仕事をしていると、不満がつのり、落ち込むことも多いが、死に至った事情を解明することで死者に敬意をあらわし、せめて一片の尊厳でも取りもどしてあげたいと思っていた。中でも生ゴミのように人知れず埋められたり、捨てられたりした身元不明の遺体ほど尊厳を奪われた存在はない。何週間、何ヶ月もだれにも気づかれずにいることほど悲しい運命はない。

ただ幸いにも、この仕事をつづける本当の意味を意識させるような事件はごく稀《まれ》だった。そして同僚の多くも同じ気持ちでいることを知っていた。それでも法医学研究所に行きたがらない同僚は多い。だからピアは率先して立ち会いの仕事を引き受けてきた。遺体がステンレスの解剖台の上で明るい蛍光灯の光に当てられると、おぞましさが失われる。司法解剖それ自体はおぞましいものではない。外貌チェックにつづいて淡々と解剖がおこなわれるだけだ。

＊

スクーターでの遠出は世界旅行に等しかった。一時間半で尻が燃えるように熱くなったが、走るのは楽しかった。暖かい向かい風が皮膚《ひふ》をなでる。むきだしの腕に当たる陽の光が心地よい。若返った気分だ。もう何年もスクーターで遠出をする機会に恵まれなかった。親友とスクーターでツーリングをしてから二十年近く経つ。十八歳のとき、友人とふたりで北海までスクーターで一般道を走った。夜中はテントの中で眠った。テントを張るのが億劫になって澄んだ星空の下で野宿したこともある。金はなかったが、自由だった。それ以降、あれほどの自由を満喫したことはない。あの夏、男はザンクト・ペーター＝オルディングの浜辺でブリッタと出会ってひと目惚れした。彼女はバート・ホンブルクの出身で、休暇のあともデートを重ねた。男は法学生で、第一次国家試験に受かったところだった。彼女は卸売と小売の専門教育を修了して、デパートの婦人服売場で働いていた。

半年後、ふたりは結婚した。妻の両親は大盤振る舞いしてくれて、ふたりは夢のような結婚式をした。役所、教会、四頭の白馬が引く馬車。バート・ホンブルク城で二百人を招待した披露宴。庭園の大きなヒマラヤスギの下での結婚記念写真。クレタ島でのハネムーン。第二次国家試験に合格したあと、男はフランクフルトで一番の法律事務所に就職し、経済法と刑法を専門にした。収入はよく、土地を買って、夢のマイホームを建てた。それから長女が生まれ、つづいて長男が誕生した。すべてが完璧だった。夏の夕べには友人や隣人を招いてバーベキューをし、冬はキッツビューエルでスキーを楽しみ、夏のバカンスはマヨルカ島やジュルト島で過ごした。彼は博士号を取り、わずか三十歳で法律事務所の共同経営者《パートナー》になり、刑法を専門にした。依頼人には脱税者や違法行為に走った経営者だけでなく、殺人犯、誘拐犯、恐喝犯、性犯罪者、麻薬密売人なども加わった。妻の両親はそのことをよく思わなかったが、ブリッタはなんとも思わなかった。彼女の夫は友だちの夫たちよりも稼ぎ、欲しいものがなんでも買えたからだ。

労働時間は毎週八十時間に達したが、それでも人生を謳歌《おうか》していた。成功に酔い、報道機関からは「ロルフ・ボッシ（ドイツで最も有名な刑事事件専門の弁護士。二〇一五年没）の再来」とまで呼ばれた。当然のように依頼人である著名人の集まりに顔をだし、誕生パーティーや結婚式に招かれた。報酬は一時間あたり一千マルクになり、依頼人から珍重された。

だがそれも昔の話だ。いま運転しているのはマセラティ・クアトロポルテでも、ポルシェ911ターボでもなく、ただのおんぼろスクーターだ。庭とプール付きの邸はキャンピングトレーラーに変わってしまった。だが外見がいかに変わろうと、中身は同じだ。願望や夢や憧れを持っている。たいていはその気持ちを押し殺した。だができないこともある。心の欲求に負けて分別を失うこともあった。

男はランゲンゼルボルトの住宅街を通り抜けた。あと三キロ。その邸は見つけづらいところにある。そこに住む主人はわざとそういう物件を探した。ぴったりの物件が見つかるまでずいぶんかかった。背後に森が広がる、大きな敷地を持つ落ちぶれた農家だ。通りから中を覗き見ることはできない。そこを訪ねたのはもう何年も前になる。そして農家がどういうふうに改装されたかを見て、度肝を抜かれた。男はてっぺんに槍《やり》の穂先があしらわれた高さが二メートルはある門の前でスクーターを止めた。動体検知機能付きの監視カメラがすぐに男を検知して、レンズを向けた。農家は内側に目隠しの布を張った垣根に囲まれ、難攻不落の砦《とりで》と化していた。男はヘルメットを取った。

「よう、弁護士先生」インターホンから声がした。「昼食に間に合ったな。納屋の裏手にいる」

二枚扉の門がゆっくりとひらいた。男はスクーターでそこを通り抜けた。かつて豚や牛の家畜小屋が建ち、糞の山ができていたところは資材置き場になっていた。きれいに修繕した納屋は工場に変わり、その前の石畳に、ピカピカのハーレーダビッドソンがずらっと並んでいる。その横にスクーターを止めた。まるで貧相な弟分といった風情《ふぜい》だ。資材置き場の向こうには頑丈そうな格子で囲まれた大きな犬小屋があり、二匹のスタッフォードシャー・ブル・テリアが吠えた。

男は腕に箱を抱え、納屋の裏手にまわった。そこでなにが待ち受けているか事前に知らなかったら、相当のショックを受けただろう。大きなグリルでステーキが焼かれ、ベンチには全員の刑期を足したら千年になりそうな連中がずらりとすわっていた。そのうちのひとり、髭の形をきれいに整え、頭にバンダナをかぶった大男が日陰の席を立って男のところへやってきた。

「弁護士先生」大男は野太い声でいうと、肩から指先にかけて刺青《いれずみ》が彫ってある筋骨隆々の腕で男を抱きしめた。「よく来た」

「やあ、ベルント」男はニコニコした。「また会えてうれしい。十年ぶりかな」

「訪ねてくればいいのに。おかげで商売はうまくいってる」

「あんたは前から機転がきいた」

「たしかに。そしていい手下がいる」ベルント・プリンツラーはタバコに火をつけた。「まあ、食べろや」

「ありがとう。腹はすいていない」焼けた肉のにおいを嗅いだだけで胃がひっくり返りそうだった。それに五十キロも走ってきたのは食事をするためじゃない。昨日の夜、プリンツラーから電話があったときはなんとか気持ちを抑えたが、期待がふくらんで、胸の鼓動が早鐘を打った。ずっと待ちかねていたことだ！「電話でいっていたな。なにか新しい情報があると」

「ああ。いろいろとな。びっくりするぜ」大男は目を細めた。「だけどちょっと待てないか？」

「正直いって待てない。長いこと待たされた」

「じゃあ、来いよ」プリンツラーは彼の肩に腕をまわした。「俺はガキどもを学校に迎えにいかなくちゃならない。ひとりにしてもいいよな」

＊

「身長一メートル六十八センチ。体重四十一・四キロ」クローンラーゲ教授がいった。「ひどい栄養失調だ」

少女のがりがりに痩《や》せた体には新旧の傷痕がちりばめられていた。蛍光灯のまばゆい光の中で、火傷《やけど》、挫傷《ざしょう》、擦過傷《さっかしょう》、血腫《けっしゅ》がはっきりと見てとれる。何年にもわたって加えられた虐待の痕だ。

若い女が部屋に入ってきた。

「写真ができました」それだけいうと、女はあいさつもせず、さっさとオリヴァーとピアのそばをすり抜け、壁際の小さなデスクにのっているコンピュータに向かって、キーボードを叩いた。少しして少女の頭蓋骨がモニターに映された。モノクロのレントゲン写真をライトボックスに貼る時代は過去のものになっていた。

クローンラーゲとヘニングは外貌チェックを中断し、コンピュータを見て、そこに映っているものを分析した。顔面骨折。肋骨と手足にも骨折が認められる。古いもので治っているものもあれば、新しいものもある。合計二十四個所の骨折が確認できた。

少女がどれほどひどい目にあったか想像して、ピアは怖気《おぞけ》をふるった。だが法医学者にとってもっと重要なのは、年齢判断をするためのさまざまな特徴だ。頭蓋骨の縫合の癒着度《ゆちやく》、長管骨《ちようかん》の骨端核《こつたんかく》の大きさからひとまず推定年齢を割りだせる。

「年齢は十四歳から十六歳」ヘニングがいった。「だがすぐにもっと正確な推定年齢がわかるだろう」

「とにかく数年にわたって虐待されている」クローンラーゲが付け加えた。「さらに異常な肌の白さと血中のビタミンD不足が目を引く」

「目を引くというと？」若い検察官タヌーティがたずねた。

「いわゆるビタミンDは厳密にはビタミンではなく、ステロイドホルモンだ」クローンラーゲはメガネの上から検察官を見つめた。「人体は皮膚に日光を浴びるとビタミンDを生成する。

今日、ビタミンD欠乏は世界的に蔓延《まんえん》している。皮膚科医や保健局が皮膚癌《がん》に対するヒステリーを煽《あお》り、太陽を忌避《きひ》したり、SPF30以上の日焼け止め製品を使用することを勧めている。そのため……」

「この死んだ少女とどういう関係があるんですか？」タヌーティは苛立って教授の言葉をさえぎった。

「とにかく聞きたまえ」

検察官はクローンラーゲ教授の剣幕に驚き、黙って肩をすくめた。

「アメリカで冬季に集団検診した際、ビタミンDの血中濃度は一ミリリットル当たり十五から十八ナノグラムであることがわかったが、これでは不足とされている。理想の血中濃度は五十から六十五ナノグラムだ」クローンラーゲは話をつづけた。「ちなみにこの少女の血中濃度は一ミリリットル当たり四ナノグラムだった」

「それで？　なにがわかるんです？」タヌーティはますます苛立った。

「そこからなにがわかるかは知らないさ、若いの」クローンラーゲはおっとり構えて答えた。「ただこの事実に肌の白さや、レントゲン写真からわかる多孔質《たこうしつ》の骨構造を重ね合わせれば、この少女は長期にわたって日の光から遮断されていたとみなせるだろう。つまり監禁されていたことになる」

一瞬、その場が静かになった。携帯電話の着信音が鳴りだした。

「失礼する」そういうと、フライ上級検事は部屋から出た。

少女の状態は総じて劣悪だった。栄養失調。脱水症状。歯には複数の虫歯があったが、一度も歯科医にかかった形跡がない。だから歯の状態から身元を確認することもできなかった。

外貌チェックは終わった。次は解剖だ。クローンラーゲは一方の耳の後ろからもう一方の耳の後ろにメスを入れ、頭皮を手前にむき、助手に振動鋸《のこぎり》で頭蓋を切らせ、脳を摘出した。同時にヘニングは上胸部から下腹部にかけて正中をまっすぐ切開した。肋骨《ろっこつ》と胸骨は骨剪刀《こっせんとう》で切り取り、摘出した臓器を解剖台の上部にある小さな金属テーブルの上ですぐに検査し、組織サンプルを取った。臓器はそれぞれの状態、大きさ、形状、色、重さが確認され、記録された。

「これはなんだ?」ヘニングが立ち会っている人にというより自分に向かっていった。胃袋を切開し、胃の内容物を取っているときだった。

「それはなに?」ピアがたずねた。

「繊維のようだ」ヘニングはそのべとついた塊を二本のピンセットで広げ、明るい光に当てた。「胃酸でかなり溶けているが、科学捜査研究所ならもう少しなにかわかるだろう」

助手のベーメは保管用の袋を差しだし、受け取ると、すぐその袋にメモを書き込んだ。

数分が経ち、数時間が経過した。上級検事はあれっきり戻らなかった。ふたりの法医学者は集中し、正確に作業をつづけた。記録を担当しているヘニングは首から下げたマイクに所見を吹き込んでいった。午後四時、ベーメが臓器を遺体に戻して縫合し、司法解剖は終了した。

「明らかに溺死だな」ヘニングが最後に結論をまとめた。「ただし深刻な傷害を受けている。殴打と足蹴りによる腹部、胸部、手足、頭部の骨折。遅かれ早かれ死んでいた。脾臓《ひぞう》、肺、肝臓、直腸の破裂。それに性器と肛門にも裂傷がある。少女は死の直前まで性的虐待を受けていた」

　オリヴァーは顔をこわばらせ、黙って聞いていた。何度もうなずいたが、質問はしなかった。ヘニングはオリヴァーを見つめた。

「あいにくだ、ボーデンシュタイン。自殺の線はない。だが事故死か他殺か突き止めるのは、きみたちの仕事だ」

「なぜ自殺はありえないの？」ピアはたずねた。

「なぜなら……」そういいかけたが、ヘニングは最後までいえなかった。

「ドクター・キルヒホフ」若い検察官が急になにか急いでいるかのようにいった。「解剖所見を明日の早朝にはいただきたい」

「いいとも、検察官。明日の早朝にはあなたのレターボックスに届けよう」ヘニングはわざと愛想よく微笑んだ。「わたしがじきじきに書類を打ちましょうか？」

「任せる」タヌーティ検察官は自分が偉いと思い込んでいるせいで、検察の中で一番の嫌われ者になったことに気づかなかった。「では、報道陣には少女が川で溺死したと伝える」

「そうはいっていない」ヘニングはラテックスの手袋を脱いで、手洗器の横のゴミ箱に捨てた。

「なんだって？」タヌーティ検察官が解剖室に一歩戻った。「溺死といったじゃないか」

「ああ、溺死さ。しかしなぜ自殺ではないのか説明しようとしたのに最後までいわせてくれなかった。とにかくマイン川で溺れたわけじゃない」

ピアは唖然としてヘニングを見た。

「淡水で溺死した場合、胸郭をひらいて肺を摘出すると膨張する。この現象は水性肺気腫《はいきしゅ》という。だが今回はそのケースに当てはまらない。高度の肺水腫を来《きた》しているからだ」

「わかりやすくいってくれないか」検察官はいらついた。「わたしが欲しいのは法医学の授業ではなく、事実だ！」

ヘニングはさげすむように検察官を見つめた。彼の目に皮肉な光が宿っていた。タヌーティ検察官はこれで永遠に馬鹿にされつづけるだろう。

「法医学の知識を深めておいても損はないと思うがね」ヘニングは冷ややかに微笑んだ。「とくに報道陣のフラッシュを浴びたときに恰好をつけたいのならね」

その若い検察官は顔を紅潮させ、ヘニングに詰め寄ったが、ベーメが遺体を乗せたストレッチャーを押してきたので、あわてててさがった。

「高度の肺水腫は例えば塩水で生じる」ヘニングはメガネを取って、ペーパータオルでゆっくりふいた。メガネを照明に当てて、きれいになったか確かめた。「あるいは塩素消毒した水、たとえばプールでも生じる」

ピアはボスと視線を交わした。これは極めて重要な情報だ。そういうのを最後までいわないところがヘニングらしい。

「少女は塩素水で溺れた。肺から採取した水のサンプルの正確な分析結果は、近日中に科学捜査研究所から届くだろう。では失礼する。ピア、オリヴァー、検察官殿、ご機嫌よう。解剖所見を打ち込まなければならないので」

　ヘニングはピアに目配せをして出ていった。

「まったく傲慢な奴だ」若い検察官はヘニングの背後でうなって、自分も姿を消した。

「上には上がいるってことだ」オリヴァーはそっけなくいった。

「そして今日は目の上のたんこぶをふたりも見つけたってわけね」ピアが応じた。「ひとり目がエンゲル署長、次がヘニング。今日はもう充分じゃないかしら」

＊

　エマがルイーザを連れて幼稚園から戻ると、テラスにティータイムの用意がしてあった。夫の両親は蔦《つた》と紫色の花を咲かせる藤が絡《から》まったパーゴラの下ですわり心地のいいラタンの肘掛け椅子に腰かけてスクラブル（アルファベットのピースを使い単語を作成して得点を競うボードゲーム）に興じていた。

「お父さん、お母さん」エマが声をかけた。「今、帰りました」

「紅茶とケーキがあるわよ」義母のレナーテは読書メガネを取って微笑んだ。

「そして三対二でわたしが勝ち越し」義父のヨーゼフがいった。「クアッガ。これで四十八点。これでまたわたしの勝ちだ」

「そんな言葉があるの？」レナーテがむっとした。「自分で作った言葉じゃないの？」

「そんなことはない。クアッガは絶滅したシマウマの亜種だ。今日はわたしの方が冴えていると認めなさい」ヨーゼフは笑ってレナーテの方に身を乗りだし、頬にキスをした。それから肘掛け椅子を後ろに引いて腕を広げた。「さあ、おじいちゃんのところへおいで、お姫様。おまえのためにビニールプールに水をためておいたぞ。水着に着替えておいで」

「それはいいですね」エマは自分がビニールプールに横たわりたい気分だった。昔は暑さなどものともしなかったが、高い湿度が加わると話はちがった。

ルイーザはヨーゼフに抱かれた。

「水着を持ってくる？」エマはたずねた。

「やだ」ルイーザは祖父から離れると、肘掛け椅子に上って、テーブルの上を見つめた。「ケーキの方がいい」

「いいわよ」レナーテは笑って、虫除けのためのケーキカバーを取った。「どれがいい？　イチゴケーキ？　チーズケーキ？」

「チーズケーキ！」ルイーザは目を輝かせた。「生クリームつき！」

レナーテはルイーザとエマの皿にそれぞれチーズケーキをのせ、エマのカップにダージリンティーを注いだ。ルイーザはあっという間にケーキを食べてしまった。

「おかわり」ルイーザは口をもぐもぐさせながらいった。

「そういうときはなんというのかな？」スクラブルを片付けていた祖父がたずねた。

「おねはい」そうささやいて、ルイーザはいたずらっぽくにやにやした。

「でも少しだけよ」エマが注意した。

「やだ！　大きいのがいい！」ルイーザは駄々をこね、口からケーキがこぼれた。

「これこれ、お行儀が悪いぞ、お姫さま」ヨーゼフは首を横に振った。「いい子は口に食べ物を入れて話してはいけない」

ルイーザは祖父を見た。本気でいっているのか、ふざけているのか測りかねているようだ。だが祖父が笑みを見せずにじっと見つめたので、ルイーザは口の中のケーキをのみ込んだ。

「ちょうだい、おばあちゃん」ルイーザは祖母に皿を差しだした。「チーズケーキのおかわり。いいでしょ？」

エマは、祖父に視線を向けて許しを求める娘を黙って見ていた。

祖父はうなずいてルイーザに目配せをした。ルイーザは顔を輝かせた。エマは嫉妬のような感情が芽生えて、ちくっと胸が痛んだ。

一生懸命世話をしているのに、娘と心が通わない。ここに住むようになってからますます難しくなった。自分だけ除け者《の　もの》になったような気がすることもある。娘はいうことをきいてくれない。それなのに、義父とフローリアンには口答えしない。うれしそうな顔をすることさえある。なぜだろう。エマには威厳が足りないのだろうか。なにか間違いを犯しているのだろうか。

コリナによると、娘は父親になつくのが普通で、今の年齢では母親とぶつかるものらしい。子育ての本にもそう書かれていた。それでも心が痛む。

「ティータイムは女性たちでやってくれ」ヨーゼフは腰を上げ、スクラブルの箱を小脇に抱えて会釈した。それを見て、ルイーザがけらけら笑った。「レナーテ、エマ、お姫さま。楽しい午後を過ごしてくれたまえ」

「おじいちゃん、あとでなにか本を読んでくれる？」ルイーザが叫んだ。

「今日はむりだな」ヨーゼフは答えた。「これから出かけるのでね。明日読んであげよう」

「わかった」ルイーザはそう答えた。あっさりしている。

エマがそんな断り方をしたら、ルイーザは確実に癇癪《かんしゃく》を起こす。エマは最後に残ったケーキの底をフォークで突きながらヨーゼフを見送った。義父を高く買っているし、好きでもある。それでもこういうときは、自分が子育てに失敗していると思い知らされてつらい。

ミツバチの羽音がよく聞こえる。バラの茂みや、テラスのまわりの花壇に蜜を集めにやってくるのだ。遠くの庭園からは芝刈り機の音が聞こえる。刈り取ったばかりの草のにおいがした。

「ねえ、ゲストの名簿はある？」レナーテに声をかけられて、エマはまったりした気分から我に返った。「子どもたちに再会できるのよね、楽しみだわ」

エマはショルダーバッグから書類入れをだして、義母に渡した。コリナから客との連絡や招待状を作って送付することを任されたことがうれしかった。これで家族の一員になった気がする。もうただの居候ではない。名簿は前から作成されていたエクセルデータからまとめた。大半が聞いたこともない名前だが、レナーテは参加にチェックが入っている名前を見て、一々うれしそうに反応した。

レナーテが感激しているのを見て、エマは胸が熱くなった。

レナーテは笑みを絶やさず、いやなことを平気で無視する。世界で起きていることにはまるで関心がなく、新聞を読まないし、ニュースも見ない。フローリアンは母親のことを世間知らずで、浅はかで、薄っぺらだと酷評している。実際、いつもにこやかなのが耐えがたいことがある。だがエマの母親のように口うるさく、ヘソを曲げてばかりいるよりもましだ。

「ああ、時が経つのは早いわね」ため息をつくと、レナーテは涙でうるんだ目をこすった。「みんな、立派な大人になってしまったけど、名前を読むと、子どものときの姿が目に浮かぶわ」

レナーテはエマの手をさすった。

「今回、あなたとフローリアンがいっしょなのがとてもうれしい」

「わたしたちもうれしいです」エマはそう答えた。だがフローリアンがパーティーを楽しみにしているか確信が持てなかった。両親が財産の大半をつぎ込んだ事業に、フローリアンはほとんど興味がない。

「だめよ！」ルイーザがまたケーキを取ろうとしたので、エマは止めた。「お皿のケーキがまだ半分残っているでしょう」

「柔らかいところしか欲しくないの！」ルイーザは口をもぐもぐさせながら口答えした。

「きれいに食べないとだめでしょう。ゴミ箱に捨てることになるのよ」

ルイーザが口をへの字に曲げた。

「ケーキが欲しいの！」ルイーザは駄々をこねた。

「でももうふたつも食べたのよ」レナーテは答えた。

「だって欲しいんだもん！」ルイーザは物欲しそうな目をしていいはった。

「だめ。もうおしまい！」エマはきっぱりいうと、ルイーザの手から皿を取った。「もうすぐ夕食なのよ。今日、幼稚園でなにをしたかおばあちゃんにお話ししたらどう？」

ルイーザは口をとがらせ、三つ目をもらえないとわかって泣きだし、椅子から下りるなり、あたりをきょろきょろ見まわした。

「やめなさい！」エマは注意したが、手遅れだった。ルイーザは陶磁器のバードバスを蹴飛ばした。バードバスはのせていた石の上から滑り落ち、割れてしまった。

「あらやだ、バードバスが！」レナーテが叫んだ。

エマは、ルイーザが次の標的を探していることに気づいた。ゼラニウムが咲き誇る鉢《はち》だ。ルイーザが悪さをする前に、エマは娘の腕をつかんだ。ルイーザは母の手を振りほどこうとし、ガラスが割れそうな金切り声をあげ、手足をばたつかせた。娘が癇癪を起こすことには慣れていたが、今回はその激しさに恐れをなした。

「ケーーキ！　ケーーキ！」ルイーザは顔を紅潮させてむきになり、涙を流して床に寝転んだ。

「いいかげんにしなさい」エマは怒った。「おとなしくしないなら戻るわよ」

「ママなんて嫌い！　ママなんて嫌い！　ケーキ！　ケーーキ！」

「しょうがないわね。もうひとつ」レナーテが口をはさんだ。

「だめです！」エマは目を吊りあげてレナーテをにらんだ。夫の両親にこうやって育児の邪魔をされてはどうにもならない。

「ケーキ！　ケーキ！　ケーーキ！」ルイーザのヒステリーはますますひどくなり、顔がどす黒くなった。エマは我慢の限界に達した。

「わたしたち、二階に上がります。すみません。この子、最近おかしいんです」

泣きわめく娘を引っ張って、エマは家に入った。平和な午後は終わった。

＊

いつもの繰り返しばかりで、思いだす必要もないほどなにもない日というのがある。多くの人がそういう日々を意識しないまま過ごし、誕生日や祭日といった特別な日を、移りゆく歳月を振り返る目安にする。ピアは何年も前から毎日、短い日記をつけていた。その日にあったことをすべて箇条書きにする。なんてくだらないことを書き込んでいるのだろうとおかしく思うこともあるが、そういう瑣末《さまつ》なメモが、人生を意識し、一日として無駄に過ごしていないという満足感を与えてくれた。

ピアはブレーキを踏んで、対向車線のトラクターが先に高架下を抜けるのを待った。ピアは手を上げた。ハンス・ゲオルクがトラクターからあいさつを返してきた。彼はリーダーバッハに農場を持つ農夫で、毎年、干し草を作ってくれていた。

ところで今日のような日、日記は空欄になる。なにをメモしたらいいだろう。少女の遺体発見。少年少女への事情聴取。司法解剖は正午から午後四時までかかった。百二十六件の電話と役に立たない手掛かり。報道機関の質問攻めをやり過ごす。一日じゅう食事抜き。カトリーン・ファヒンガーをなだめる。夕方の芝刈り。書いても仕方がないだろう。

ピアは白樺農場《ビルケンホーフ》に着いた。リモコンを押すと、緑色の門がゆっくりひらいた。役所から家の撤去を迫られていた問題が数年越しでようやく解決し、クリストフと彼女がこの数ヶ月で投資した贅沢のひとつだ。開けた車の窓から刈り取ったばかりの草のにおいが流れ込んできた。クリストフが先に帰宅しているようだ。砂利を敷いた進入路の左側に、この農場の名前の由来でもある白樺が生えている。そこの芝生がきれいに刈られていた。

エールハルテンの鴉農場《ラーベンホーフ》を買うのを断念したのは正しい判断だった。改修するだけで途方もない借金を抱え込んでいただろう。去年の夏、フランクフルト市の建築課が白樺農場《ビルケンホーフ》の家の改築にゴーサインをだした。金を使うなら、こちらのシンプルな家の近代化に注ぎ込んだ方がずっといいに決まっている。

ピアはガレージの前で車から降りた。足場、廃棄物、取り壊された床、ペンキとモルタル。そういうものだらけの工事現場で暮らすこと十ヶ月。二、三週間ほど前、ようやくリフォームが終わった。家は二階建てになり、屋根も窓も新しくなった。断熱材を入れ、暖房もやっとまともになった。それまで使っていた古い暖房器は電気代がばかにならなかった。最新式の熱交換器と太陽電池も導入した。そのために銀行借り入れをギリギリまでしたが、これで本当の我が家ができあがった。クリストフの美しい家具も、バート・ゾーデンの家を売却したあと預けていた倉庫から引き取った。

つらい一日が終わって、ピアはシャワーを浴び、テラスで食事とワインを楽しみたかった。馬はまだ放牧地にいる。玄関ドアは大きく開け放ってあったが、犬たちの姿がない。遠くでトラクターのエンジン音がした。クリストフは裏手の草地に行っているようだ。犬たちもいっしょにちがいない。そのときおんぼろの赤いトラクターがあらわれた。運転席の横の補助席に小さな金髪の人影があった。その人影が両腕を振りまわしている。

「ピーア！　ピア！」明るい声が聞こえた。なんてこと！　一日じゅう目のまわる忙しさだったため、リリーが今日来ることを忘れていた。ピアの感激は無制限ではなかった。静寂よ、さようなら。ワイン一杯のリラックス、バイバイ！

クリストフはクルミの木の下でトラクターを止めた。リリーはすばやく降りて、ピアのところへ駆けてきた。

「ピア！　ピア！　うれしい！」そう叫んで、リリーはそばかすでいっぱいの顔を輝かせた。

「またドイツに来られて最高！」

「ええ、わたしも会えてうれしいわ！」ピアはしぶしぶ笑って、少女を腕に受け止めた。

「白樺農場《ビルケンホーフ》にようこそ、リリー！」

リリーはピアの首にかじりつき、ピアの頬に顔を押しつけた。掛け値なしに喜んでいる。ピアも胸が熱くなった。

「ここって本当にすてきねっ！　犬さんはかわいいし、お馬さんも。なにもかもすてきで、緑がいっぱい。おうちよりもずっといい！」

「それはうれしいわ」ピアは相好《そうごう》を崩した。「部屋はどう？」

「最高っ！」リリーは目を輝かせ、ピアの手をつかんだ。

「あのねえ、ピア。いつもスカイプでおしゃべりしていたから、ふたりとも知らない人に思えない。最高。あたし、ホームシックには絶対にならない」

クリストフはトラクターを車庫に入れて、舌を地面に触れるほど垂らした四匹の犬を伴って庭を横切ってきた。

「おじいちゃんとあたし、トラクターを走らせたの。犬もいっしょに走ったのよ」リリーは有頂天だった。「おじいちゃんといっしょに馬を放牧地に連れていったの。知ってる？　おじいちゃん、あたしの大好物をつくってくれたのよ。ルーラーデ！」

リリーは目を大きく見開いて、お腹をなでた。ピアはおかしくて仕方なかった。

「ただいま、おじいちゃん」ピアはクリストフにそういうと、にやにやした。「食事がまだ残っているといいんだけど。わたし、お腹ぺこぺこ」

＊

ルイーザがようやく眠った。二時間も部屋の隅にしゃがみ込み、じっと前を見て、親指を口にくわえていた。エマが触ろうとすると、ルイーザは足で蹴った。そのうち疲れて眠ったので、エマはルイーザをベッドに寝かした。この奇妙な行動はさっきの癇癪よりもずっと気にかかる。エマはベビーフォンを持って住まいを出た。コリナとの約束は午後七時だったが、エマは義父とふたりだけで話したかったのだ。ルイーザをどう扱ったらいいか相談したかったのだ。

一階に下りてみると、夫の両親の住まいのドアが少し開いていた。エマはノックをして中に入った。暑いせいかよろい戸が下ろしてあり、薄暗く、涼しさが心地よかった。それにいれたばかりのコーヒーのにおいが漂っている。

「すいません」エマは声をかけた。「お父さん？　お母さん？」

返事がない。ふたりはテラスにいるのかもしれない。

エマはエントランスホールの大きな鏡の前にたたずむ自分の姿にぎょっとした。ひどい顔をしている。魅力があるとはとてもいえない。後ろで結んだ髪がほつれて、汗で濡れ、うなじに張りついている。顔はベーコンのように赤らみ、てかっていた。尻と太腿は前から問題があったが、見るに堪えないほど肉がつき、足も熱気でむくんでいた。気が滅入って、両手で腰をさすった。こんな姿だ。フローリアンがここのところいっしょに眠りたがらないのもうなずける！

そのとき、声が聞こえて、エマは耳をそばだてた。盗み聞きをするのは好きではないが、切れ切れにはっきりと言葉が聞き取れた。ドアが開け放ってあった。コリナの声だ。

「……パーティーを中止するですって？」

義父の返事はよく聞こえなかった。

「どうぞご勝手に！　やりすぎは禁物って彼にはいつも注意してたのに」コリナはきつい口調でいった。「もううんざり！　やってられないわ！」

「待ちたまえ、コリナ！」義父が叫んだ。

足音が近づいてきた。コリナはキッチンか他の部屋に隠れるのは手遅れだ。

「あら、エマ」コリナは奇妙な表情でエマの目を見つめた。エマはおどおどしながら微笑んだ。盗み聞きをしていたなんて思われなければいいが！

「こんばんは、コリナ。わ……わたし、早く来すぎてしまったみたいで……声がしたものだから……てっきり打ち合わせがはじまっていると思って」

「早く来てくれてよかった」コリナは怒鳴ったことなどおくびにもださず、いつものように微笑んだ。「他の人が来る前に、客の席順についていくつか話し合っておきましょう。テラスでどう？」

エマはほっとしてうなずいた。コリナがなにをあんなに怒っていたのか気になったが、たずねるのははばかられた。さもないと、たまたまだったとはいえ、盗み聞きしたことを認めることになる。開け放った書斎の扉から奥にちらっと視線を向けると、デスクにすわって両手で顔を覆っている義父が見えた。

二〇一〇年六月十四日（月曜日）

ホーフハイム刑事警察署内の待機室は緊張に包まれていた。この週末、電話が鳴りっぱなしだった。市民からの通報は数百件に達し、問題の少女を見かけたという情報も数十件に上った。一見有力な情報もあったが、調べてみると役に立たなかった。

行方不明者届はなし。水の精殺人事件には有力な手掛かりがなかった。わずかな取っかかりすらなかった。金曜日からなにひとつ進展がない。一日経つごとに、迅速な解決は望み薄になった。

ピアは司法解剖の結果を確認した。

「少女の年齢は十四、五歳。複数の傷は残酷な暴行を示唆《しさ》する。それも長期にわたる虐待。傷の大半は医師による治療の形跡なし。上腕、前腕、鎖骨の骨折は治癒《ちゆ》に際して変形復元」簡潔な言葉だが、そこに見え隠れする残虐さは想像を絶する。「胴体と四肢に無数の傷跡。性的暴行。タバコを押しつけたとみられる火傷《やけど》痕。ビタミンDの極端な欠乏、著《いちじる》しい色白。骨の構造のくる病的変形。ここから少女が長期にわたって日光を浴びていなかったことがわかる」

「水に浸かっていたのはどのくらいだったのですか？」普段は他の捜査課に勤務しているが、今回の特捜班に出向した捜査官が質問した。

「水に浸かっていた時間はおよそ十二時間から二十四時間」ピアが答えた。「死亡時刻は特定不能。だが遺体発見の二日以上前であることは確実」

それまで遺体と発見現場の写真しか貼っていなかった壁のボードに、カイは読みあげたデータを書き写した。

「死因は溺死」ピアはつづけた。「もちろん腹部と胸部への殴打と足蹴りという暴行によって重傷を負い、生存のチャンスはなかったと見られる。司法解剖で脾臓、肺、肝臓、直腸の破裂も確認された。その結果、腹腔《ふくくう》に大量の内出血。溺死しなくても、内出血によって死に至っていただろう」

待機室は、隣の警備室にかかってきた電話の着信音が聞こえるほどしんと静まりかえっていた。ピアの前で立ったりすわったりしていた男性捜査官二十四人と女性捜査官五人は身じろぎひとつしなくなった。咳払いも、椅子を動かす音も聞こえない。一同の顔を見て、ピアはみんながと感じていることがわかった。驚愕、茫然《ぼうぜん》自失、嫌悪の念。極悪非道な犯罪行為と向かい合うのはただでも簡単なことではないが、この少女が何年にもわたって味わった苦しみは想像を絶していた。捜査官の多くは子を持つ父親だ。こういう事件で心理的に距離を置くことは、不可能ではないが難しいことだ。

「最大の謎は、少女がマイン川ではなく、塩素水で溺死したという事実ですね」ピアはそういって、報告を終えた。「正確な分析が出るのを待っているところです。なにか質問は？」

みんな、首を横に振った。質問はなかった。ピアは着座して、その後の報告をカイに任せた。

「少女の衣服は百万単位で作られている安売り商品です」カイはいった。「いつどこでだれが買ったか突き止めるのは不可能。歯科医にかかっていないので歯型鑑定もできません。謎の布を除いて、胃の内容物も手掛かりになるものはありませんでした。お手上げの状態です」

「報道機関も圧力を強めています」ピアが付け加えた。「九年前の事件と比較しています。説明するまでもないと思いますが」

みんな、うなずいた。九年前、中央アジア出身と思われる少女の遺体がマイン川とニッダ川の合流地点ヴェルトシュピッツェで発見された。パラソルスタンドを重しにして沈められ、豹《レオパード》柄のシーツにくるまれていた。レオパード事件特捜班は少女の身元を確認するため大変な努力をした。捜査官はアフガニスタン、パキスタン、北インドまで足を運び、各地に人相書きを貼った。だが高額の報奨金を設定したにもかかわらず、情報提供はわずか二百件しかなく、どの手掛かりも捜査結果に結びつかなかった。

「これからどうするつもり？」エンゲル署長がたずねた。

「安定同位体比分析を依頼する。それで少女がどこの出身で、ここ数年どこに滞在していたかわかるだろう。そうすれば捜査のあたりがつけられる」そういって、オリヴァーは咳払いをした。「それからマイン川の水質分析が必要だ。遺体がどこで水に投げ込まれたか突き止めたい」

「それはすでに指示した」クレーガーが発言した。「分析を急がせている」

「上出来だ」オリヴァーはうなずいた。「捜査はこのまま続行する。報道機関や一般市民とも緊密な接点を保つ。だれかがなにか思いだして、通報してくれることに期待したい」

「わかった」署長がいった。「遺体のそばで保護した少女は？」

「現場で話をしました」ピアはいった。「なにも隠していませんでした。典型的な記憶障害です。血中アルコール濃度が〇・二パーセントですからむりもありません」

「逃げた他の子は？」

「死体を見ていないといっています。そのうちのふたりはたいして酒を飲んでいなかったので嘘をついていると思います。とはいえ、役に立つ目撃証言は得られないでしょう。遺体発見は偶然でした」

ピアの携帯電話が鳴った。

「すみません」ピアは通話ボタンを押して部屋から出た。「ヘニング。どうしたの？」

「遺体の胃から出てきた布切れを覚えているな？」彼はあいさつもなく、いきなり本題に入った。「布はコットンとスパンデックス繊維からできている。もしかしたら空腹のあまり食べたのかもしれない。胃や腸にはそれ以外なにもなかった。布切れの一部をかなりうまく広げることに成功した。興味を持つと思って、写真を三枚、メールに添付した」

会議はすでに解散間近だったので、ピアは上の階の自分の部屋に上がってデスクに向かった。メールを開けると、ヘニングのメールから添付画像をダウンロードした。ピアはいらついてキーボードの縁《ふち》を指で叩いた。ヘニングはもちろん画像のサイズを小さくするという発想を持ち合わせていなかった。三枚とも五・三メガバイト。ダウンロードに数分かかった。最初の写真がひらけるようになったので、さっそくモニターを見つめた。

カトリーンとカイが部屋に入ってきた。

「それはなんだい？」カイが背後から興味津々にたずねた。

「ヘニングが少女の胃から採取した布切れの写真を送ってきたのよ。でも、わたしにはちんぷんかんぷんで」

「見せてくれ」

ピアは椅子を少し後ろに引いて、カイにキーボードとマウスを預けた。カイは写真を小さくし、三人でその写真を見た。

「一番大きいのは七×四センチある」カイがいった。「文字が書かれている！　布はピンクで白い文字が印刷されている」

カトリーンとピアが身を乗りだした。

「Sのようね」とカトリーン。「それからI、次はNかM、そしてDかP」

「こっちの写真を見るとOだな」カイはいった。

「S－I－N（M）－D（P）－O」ピアはメモを取った。

カイは、ヘニングが写真に添えたEメールの文面を読んだ。

「胃酸で繊維がかなり溶けている。他人のDNAは検出されなかった。布に歯でかんだ跡はなく、引き裂いたか、切り裂いたものだ」

「だけどどうして胃に入ったりしたのかしら？」カトリーンは声にだして考えた。

「空腹のため食べたのではないか、とヘニングは考えてる」ピアは答えた。

「なんてこと」カトリーンは顔をしかめた。「信じられない。布を食べるなんてよっぽどよ」

「そう強要されたのかもしれない」カイがいった。「これだけひどい目にあっているのだから、なにがあっても不思議じゃない」

廊下で大きな声がした。

「……遊んでいる暇はないぞ」ボスの声だ。少ししてオリヴァーがドア口にあらわれた。

「かなり有力な手掛かりが見つかった。ピア、すぐ出るぞ」

そのときボスの背後にフランク・ベーンケがあらわれた。

「内部調査課の査察を遊びというのか？」フランクは高慢な態度でたずねた。「あまり威張っちゃいけないな、フォン・ボーデンシュタイン。さもないと、痛い目を見るぞ」

オリヴァーは振り返って、頭ひとつ分背が低いフランクを見下ろした。

「脅しに屈するものか」彼の声は冷ややかだった。「今捜査中の事件が解決したら、いくらでも異端審問にかかってやる。それまで邪魔をするな」

フランクは顔を紅潮させていたが、すぐに血の気が引いた。オリヴァーの先に元同僚たちが揃っていることにはじめて気づいたのだ。

「あら、フランク」カトリーンはにやっとした。「新しい服、お似合いね」

フランクは前から女性との付き合いに問題を抱えていた。同じか上の階級の女性の同僚に。だが彼がとくに目の敵にしたのがカトリーンだ。彼女が暴力をふるわれたことを訴えて、フランクは停職処分を受けたのだ。

自制心のなさがあいかわらずフランクの弱点だった。

「おまえもただじゃおかない！」フランクは怒りに任せて、不用意なことを口走った。それも複数の証人がいる前で。「おまえらみんなだ！　目に物見せてやる」

「同僚のことをスパイみたいに嗅ぎまわるのってどんな奴かとずっと気になっていたけれど、やっとわかったわ」カトリーンが吐き捨てるようにいった。「いつまでも根に持つ、劣等感の塊《かたまり》だったのね。気の毒な人」

「よくもいったな」そのとき、フランクは自分がなにを口にしたか気づき、きびすを返して立ち去った。

「あそこまでいわなくてもよかったのに、カトリーン」オリヴァーが注意した。「いたずらに面倒を抱えたくない」

「すみません、ボス」だがカトリーンは悪いと思っていないようだ。「でも、あんな奴になにができるものですか。ちなみにあいつのことはいろいろ知ってるんです。……エーリク・レッシングのこととか」

　その思わせぶりな言い方に、オリヴァーははっとして眉を吊りあげた。

「そのことは今度話そう」オリヴァーが声のトーンを落としていった。

「喜んで」カトリーンはジーンズのポケットに両手を突っ込み、挑みかかるように顎を突きだした。「ぜひ話したいです」

*

「自分の意思が通らなかったから怒ったのさ。あの年齢なら普通だ。子どもはわがままをいうものだよ」フローリアンは立って、コーヒーカップを流し台に置いた。「エマ、あまり騒ぐべきじゃないと思う。今日は普通じゃないか」

「ええ。まあ」

　エマは信じられない思いで夫を見た。

「そういう時期なのさ」フローリアンはエマを腕に抱いた。「大人にはつらいけど」

　エマは彼の腰に腕をまわして、もたれかかった。こういう心が通う瞬間がめっきりすくなくなっている。赤ん坊が生まれたらもっと減りそうで心配だ。

「二、三日、旅をしよう。きみとルイーザとわたしの三人で」フローリアンがそういったので、エマはびっくりした。

「そんな時間あるの？」

「四、五日なら捻出できるさ」フローリアンはエマを放して、両手を彼女の肩に置いた。「この十ヶ月、ぜんぜんバカンスをしていない。ここ数週間いつもどおりにふるまえなかったし」

「そうね」エマは顔をほころばせた。

「じつは……」フローリアンはそこで口をつぐみ、適当な言葉を探した。「きみがここを気に入っているのはわかる。だがわたしは……親の家に住んでいると息が詰まるんだ」

「でも一時的なことでしょ」エマはそういったものの、確信を持った言い方にならなかった。

「そう思うかい？」フローリアンは疑う目つきをした。

「たしかにここが気に入ってる。でもあなたにとって変な気分なのはわかる。あなたが国外で活動することになっても、子どもたちとわたしはこっちにとどまることになるものね。でもあなたがドイツにとどまるなら、ちゃんとした家を探さないと」

ようやく彼が目を細めた。ほっとしているようだ。

「ありがとう」そういうと、フローリアンはまた真剣にいった。「近いうちに、これからどうするか決断するつもりだ。そうしたら計画を立てよう」

フローリアンは旅の支度をするためベッドルームへ行った。東の連邦州で講演旅行をすることになっているのだ。彼は二、三日留守をする。それでもエマはひさしぶりに気持ちが浮きたち、ふくらんだお腹に両手を置いた。

あと数週間で赤ん坊が生まれる。

フローリアンが、ここにいると息が詰まるとはじめて認めた。日常の細々したことを除くと、もう何週間も彼は本音をいってくれなかった。

これでうまく行きそうだ。

三十分後、ふたりは別れを告げた。エマは彼にかじりついて離したくない衝動に駆られたが、ぐっと堪《こら》えた。

「向こうに着いたら電話をする。いいね？」

「わかった。気をつけて」

「ありがとう。きみも気をつけて」

少ししてフローリアンは階段を下りた。玄関ドアが開いて、油の切れた蝶番《ちょうつがい》がきしみ、かちゃっと閉まった。

エマはため息をつき、それから洗濯室へ行った。今は神経過敏なのかもしれない。コリナのいうとおり、フローリアンにとっても今の状況は難しいのだろう。きっと赤ん坊が生まれさえすれば……。

エマは洗濯室のドアを開け、旧式のスイッチをつけた。チカチカと明滅して天井の蛍光灯がともった。洗濯機と乾燥機が置かれたその部屋に、明かり取りから外光が少しだけ入ってくる。洗濯ひもが部屋に渡してあった。洗濯洗剤と柔軟剤のにおいがする。洗濯物の山を色別、洗濯温度別に分けながら、エマはフローリアンとの馴れ初めを思い返した。出身が同じタウヌス地方だと知って、ふたりは見知らぬ土地で懐かしさを覚えたのだ。共通の知人の話に花を咲かせるうちに、そもそもありはしなかった親近感が生まれた。お互いをよく知るだけの時間はふたりになかった。二、三週間してエマが妊娠したからだ。フローリアンがインドに派遣されることになっていたので、ふたりはキャンプで急いで結婚した。数ヶ月のあいだ、ふたりはEメールのやりとりをした。美しい言葉遣い、批判精神、愛情たっぷりの言葉、歯の浮くような文言、そういう文面を読むうちに、エマはこの人を愛した。フローリアンはなんでも隠しだてせず、エマと出会えてどんなに幸福かつづってきた。だが生身の彼に面と向かい合うと、まったくちがっていた。表面的な話ばかりに終始し、あのたくさんのEメールで味わったすばらしさや深みや情愛を少しも感じられなかった。いつも失望という後味の悪さを感じていた。だから気後れして、親しさとやさしさを求めて彼を追いつめ、負担を感じさせているというそこはかとない不安を覚えていた。抱いてくれても、エマが期待したほど長くはしてくれず、どうせすぐ手を放して距離を置くにちがいないと思うから、心から喜べなかった。フローリアンはエマが体じゅうで欲求している安堵《あんど》感を決して与えてくれない。

夫がいつか心をひらき、エマが望んでいることに気づくはずだと信じ、期待もしていた。だがそうはならなかった。そして彼の親の家に住むようになってから、これまで以上に彼のことがわからなくなった。

「なんなの、考え過ぎよ」エマは自分を叱咤《しった》した。「あれが彼の性格なんだから」

エマはジーンズをつかんでぴんと伸ばし、小銭やポケットティッシュや鍵をいっしょに洗わないようにポケットを探った。そのとき指がなにかつるっとしたものに触れた。それを引っ張りだして、エマは身をこわばらせた。ポケットから出てきたものを信じられない思いで見つめた。それが意味することを、頭が拒否した。体がかっと熱くなり、それから血の気が失せた。心臓がぎゅっと縮まり、目に涙が浮かんだ。

一瞬にして世界が崩壊した。掌《てのひら》にのっているのはコンドームの包みだった。中身はなかった。

＊

「もしもし、ヘルツマンさん。携帯電話がつながらなかったので、固定電話にかけました。電話をください。何時でもかまいません。とても大事なことです。よろしく！」

レオニー・フェルゲスから電話をかけてくるのははじめてだ。切羽詰まった声だった。本当は疲労困憊《こんぱい》していて、冷えたビールを飲んだらベッドに入るつもりだったが、ハンナは受話器を取り、かかりつけの心理療法士であるレオニーに電話をかけた。レオニーは受話器に手を置いていたようだ。呼び出し音が一度鳴った瞬間に、電話に出た。

「ヘルツマンさん、仕事の邪魔をしてすみません……」レオニーは口をつぐんだ。自分から電話をかけたわけではないことに気づいたからだ。「ええと……電話をくださってありがとうございます」

「大丈夫ですか？」ハンナはたずねた。普段レオニーは落ち着いていて、自制心があるのに。この二十年で四度の結婚に失敗し、さすがにまいっていたハンナはヴィンツェンツと別居したあと心理療法を受診する決心をした。このことはだれにも知られてはならない。もし大衆紙にでも嗅ぎつけられたら、新聞の一面に太字で書きたてられてしまう。レオニー・フェルゲスのことはインターネットで偶然に知った。クリニックはハンナの自宅から離れているが、遠過ぎもしない。レオニーの顔写真も好感が持て、専門もハンナの問題に合っているようだった。ハンナはすでにセッションを数回こなし、これでよかったのか確信が持てなくなっていた。自分の過去の暗部をかきまわすというのは、ハンナの生き方に合わなかった。彼女は今ここを生き、前を見つめる人間。最後のセッションのあと、これで終わりにすると心理療法士にいうつもりだったが、結局いいそびれてしまった。

「ええ……あ、いえ、大丈夫ではないです」レオニーはいった。「どう申しあげたらいいでしょうか……あの、その……うまくいえないことでして。うちに来られませんか？」

「今から？」ハンナは充電ステーションのディスプレイに表示された時刻に視線を向けた。「もう夜の十時ですよ。どういうことですか？」

これから車に乗って、リーダーバッハまで行く気になどなれなかった。

「ええと……あの……ジャーナリストであるあなたが興味を持ちそうな話なんです」フェルゲスは声をひそめた。「電話では、それ以上のことはいえません」

まさにレオニーの狙いどおり、ハンナのジャーナリストとしての直感がその言葉に反応した。ベルに反応するパヴロフの犬と同じだ。うまく乗せられたことはわかっていたが、プロとしての好奇心が疲労に勝った。

「三十分で行きます」ハンナはそういうと、受話器を置いた。

マイケは出かける予定がなかったので、ミニを貸してくれた。五分後、ハンナはバックで進入路から出た。幌《ほろ》を開け、iPhoneをコンソールに装着して、今の気分に合った音楽を選択した。ハンナはドライブかジョギングでしか音楽を聴かない。小さな車なのに、ハーマン・カードンの大きなスピーカーが取りつけてある。幌が開いていても、すごい音量だ。

この時間、空気は生暖かく、気持ちがいいし、近くの森からいいにおいが流れてくる。疲れは吹き飛んでいた。

不世出のシンガー、フレディ・マーキュリーの歌声が聞こえだした。彼の歌声に背筋がぞくぞくする。ベースが鼓膜に響くくらい音量を上げる。楽曲は「ラヴ・キルズ」。

ミニをガタガタいわせながら通りを走った。ここ数年、通りが何度も工事されて、切れ目がパッチワークの掛布のようだ。幹線道路でハンナは左折した。

「さあ、どんな話かしらね」そう独り言をいって、アクセルを踏んだ。

＊

カトリーン・ファヒンガーの発言が、午後のあいだずっとピアの脳裏に響いていた。カトリーンはどうしてフランクの過去を知っているんだろう。残念ながら、オリヴァーはそのことについて口をつぐんでいる。だがピアは、法医学研究所へ行くときにボスがいったことと関係があるとにらんでいた。それにしても、どうしてカトリーンがそのことを知っているのだろう。

ピアが九時半に帰宅すると、リリーはすでにベッドに入っていた。ピアは靴を脱いで、冷蔵庫から冷えたビールをだした。クリストフは家の裏手に増築した新しいテラスにすわっていた。夕方の早いうちに電話で自分を待たずに夕食にするよう伝えてあった。

「ただいま」そういうと、ピアは彼にキスをした。

「お帰り」クリストフは読書メガネを取って、新聞の束とプリントアウトの横に読んでいた本を置いた。

「なにをしているの？」ピアはベンチに腰かけた。ヘアゴムをはずして足を伸ばした。近くの高速道路から絶えず聞こえる走行音もここならほとんど気にならない。それに庭と隣のエリーザベト農場のリンゴ園の向こうにタウヌス山地が遠望できるところは、古いテラスよりいい。コオロギが鳴き、湿った大地とラベンダーのにおいがした。

「本当は雑誌に寄稿する論文を書くつもりだったんだ。この数日興《きょう》が乗らなくてね」そう答えると、クリストフはあくびをした。「締め切りが明日なんだが、どうも集中できない」

ピアは、リリーに一日じゅう振りまわされただろうと思っていたが、案じたほど大変ではなかったようだ。リリーはクリストフといっしょに一日じゅう動物園にいて、おとなしくしていた。クリストフはふたりいる動物園教育担当者にリリーの世話を任せたという。

「それで？　ふたりはまだ生きてる？」ピアはからかい半分でたずねた。

「ああ、ふたりともあの子にぞっこんさ」

「動物園園長の孫娘を悪くいう勇気がないだけでしょ」ピアはいった。なんとなくリリーは躾《しつけ》のなっていないやっかいな子だと思っていた。かわいいところもあるが、それでも癇に障る。

「それはふたりに悪いな」クリストフは答えた。「動物園に独裁者はいない」

テーブルにのっていた風よけつきのロウソクが揺れ、蛾《が》が三匹、炎のすぐそばを飛びまわった。四匹の犬はテラスに敷き詰めた玄武岩《げんぶがん》のタイルに横たわってうとうとしている。タイルは日中の温もりをためて床暖房のように暖かかった。犬のそばには太った黒い牡猫と牝の灰色のトラ猫もいる。牝猫は少し離れたところにいるが、牡猫は居心地のいいところを探し、ハスキー犬の雑種シンバの前脚と腹のあいだで丸くなっていた。犬がのどを鳴らしたが、脅しているのではない。いい気持ちらしい。

ピアは動物が仲よくしているのを見て笑みを浮かべ、一日のストレスが消えるのを感じた。

「独裁者といえば」ピアはビールを飲んだ。「今日はすごい体験をしちゃった。旧東独時代の密告を彷彿《ほうふつ》とさせるくらい。それもグラースヒュッテンで」

「それはすごそうだ」

「それこそ目が点になるくらい」人間の悪事をさんざん見てきたピアでもまだ人間の底意地の悪さに絶句させられることがある。

「グラースヒュッテンの老夫婦が電話をかけてきたの。隣人がね、マイン川で発見された少女を半年前から家に監禁して、小間使いとして酷使していたっていうのよ。その少女はひどい仕事ばかりさせられて、外にだしてもらえず、透きとおるような色白で、二、三日前から姿を見ないって」

ピアはそのときのことを思いだして首を横に振った。

「老夫婦の話はまさしくホラーだった。虐待、夜中の乱行パーティー、悲鳴、折檻《せっかん》。そのうえ火曜日から水曜日にかけての夜に、隣人が死体を車のトランクに積み込むのを見たと主張したわけ。オリヴァーが、どうしてもっと早く警察に通報しなかったのかと訊いたら、隣人は乱暴者だから怖かったというのよ。わたしたち、巡査を四人応援に呼んでその家へ行って、ベルを鳴らした。女の人が玄関に出た。子どもを腕に抱いて。気まずいのなんのって！」ピアは目を大きくした。「クラス会で会ったばかりの元クラスメイトのモニだったの！　モニはニコニコして喜んでくれた。もう穴があったら入りたいくらいだった。恥ずかしいったらなかった！」

クリストフは話を聞きながらげらげら笑い、あきれ返った。

「で、こういうことだったの。問題の子はスウェーデンから来ているオーペアガール（外国の家庭に住み込み、家事手伝いなどをしながらその国の言葉を勉強する女性）で、ぴんぴんしていたんだけど、紫外線アレルギーで、外に出ないようにしていたというわけ。この数週間たしかにパーティーがつづいたけど、モニの夫とモニ自身の誕生日だったの」

「それでトランクの遺体は？」

「ゴルフバッグ」

「ありえない」

「でも、ありえるわけ。モニははじめかんかんになって怒ったけど、しまいには大笑いした。問題の老夫婦の親友が老人ホームに入ることになって家を取り壊し、モニたちはそこに三年前に家を建てたんですって。それから老夫婦はありもしないことをいいふらすようになったそうよ。モニの長男は麻薬密売人だと噂されて、学校で問題にされたし、長女は街娼をしていると教会で陰口を叩かれたんですって」

「それはもう名誉毀損《きそん》だぞ」

「ボスも訴えるべきだとモニにすすめた」ピアはいまだにあきれていた。「そうしないと、そういう馬鹿げたおしゃべりでどんなひどいことをしているかわからないでしょう」

「隣人に気に入られなければ、どんなに敬虔《けいけん》な人も平和には暮らせない」クリストフは立ちあがり、体を伸ばしてあくびをした。「今日は一日長かった。リリーは朝六時には目を覚ます。おじいちゃんはベッドに入る」

ピアはクリストフを見つめてくすくす笑った。

「そういう言い方やめて！」

「なにが？」クリストフはきょとんとしてたずねた。

「自分でおじいちゃんということはないでしょう。色気もなにもあったもんじゃないわ」

クリストフはにやにやした。暗がりの中、歯が白く光った。雑誌とプリントアウトを小脇に抱えると、空のグラスと赤ワインの瓶を手に取った。

「おばあちゃん、シャワーを浴びて、おじいちゃんの待つベッドに入ったらどうだい？」クリストフはピアをからかった。

「あなたのリウマチ用布団にもぐり込んでいいのならね」ピアがいいかえした。

「どうぞどうぞ」そう答えると、クリストフはロウソクを消した。犬たちも起き上がってあくびをし、ぶるぶるっと体をふるわせて家に入った。猫たちも庭に寝床を求めて立ち去った。

「もう一度リリーを見てみないか？」クリストフはいった。

ふたりは客室にした昔の寝室に入った。クリストフはピアの肩に腕をまわした。ピアは一瞬、おだやかに眠る子どもを見つめた。

「決して悪い子じゃない」クリストフは小声でいった。「そうだ、リリーは今日、きみの絵を描いた」

クリストフはデスクを指差した。

「あら、すてき」ピアは感動した。だがその絵をよく見て、すぐに感動は消え去った。「見たの？」

「いいや」クリストフは答えた。「見せてくれなかった」

ピアは絵を差しだした。クリストフは笑いの発作が出て、あわててリリーの部屋から出た。

「なんなのよ、まったく！」ピアはささやいた。

そこには丸々とした金髪のポニーテールの女が描かれていた。その横には馬と四匹の犬。そしてその上に「だいすきなおばあちんのピナ」と書いてあった。

＊

大きな門は閉まっていた。外灯が薄暗くて、ハンナはベルを探すのに手間取った。門は通常開けっ放しで、道を通る人に手入れの行き届いた庭がよく見えるようにしてあった。レオニー・フェルゲスは園芸家だ。心理療法士にならなかったら、庭師になっていたにちがいない。庭は緑でいっぱいで、花が咲き誇っている。鉢やプランターや花壇のあいだからいろんな人形が顔を覗かせている。家の壁際の風が当たらないところにはアプリコットの木が生えている。

すぐに足音がして、閂《かんぬき》がはずされ、門についている小さな通用門が開いた。

「いらっしゃい」レオニーは声をひそめていった。

こんな時間に他にもだれか来ることになっているのか。レオニーは通用門から首をだして、通りをきょろきょろ見た。

「なにかあったんですか？」いつもはおっとりしている心理療法士が妙な態度を取ったので、ハンナは少し困惑した。

「どうぞ入って」レオニーはハンナを通してから通用門を閉め、閂をかけた。ハンナは庭の栗石舗装をしたところに大型車が止まっていることに気づいた。まるで装甲車のようだ。その怪物のような姿がのどかなエデンの園のオーラを壊していた。庭の照明がその車の黒い塗装とスモークガラスとクロームに反射していた。

近くの教会の鐘が十一回鳴った。急にいやな予感がして、ハンナはためらいを覚えた。

「これは……？」彼女がそういいかけると、レオニーはやさしくではあるが、決然と彼女を玄関の方へ押した。

家の中は昼間の熱気がたまっていて、息が詰まった。ハンナは汗が吹きでた。なぜ外ではなく、キッチンに？　廊下でレオニーは立ち止まり、ハンナの手首をつかんだ。

「あなたを巻き込んでいいか自信がないんです」レオニーはささやいた。褐色の瞳が異様に大きく見えた。「でもあの人たちは……わたしとはちがう意見で」

あの人たち！　閉じた門、黒塗りの大型車、レオニーの変な態度。これからここで秘密結社のいかがわしい入会式でも行われるような感じだ。

「レオニー、待って」ハンナははっきりといった。こういう秘密めいたことは嫌いだ。今日はいやなことがつづいた。これ以上変なことで驚かされるのはごめんだ。「これはどういうこと?」

「ちゃんと説明します」レオニーはあいまいな返事をした。「どうするかは自分で決めて」

レオニーはハンナの手首を放し、キッチンへ向かった。ハンナがキッチンに入ると、ささやく声が途切れた。キッチンテーブルに向かってすわっていた男がハンナたちの方を向いた。日焼けした筋骨隆々の大男には、キッチンの天井が低く狭苦しいようだった。全身刺青《いれずみ》のその男がキッチンチェアから腰を上げた。男の身長はすくなくとも二メートルはある。男を見た瞬間、ハンナの頭の中で警鐘が鳴り響いた。シャープに整えた褐色の髭、後ろで結んだ長髪、生き生きした褐色の目。その目がハンナの頭のてっぺんからつま先までじろっと見た。男は白いTシャツを着て、ジーンズとウェスタンブーツをはいていた。首に彫られた紺色の刺青がはっきり見える。ハンナは唾をのみ込んだ。こういう刺青を入れているということは、悪名高いバイカーギャングであるフランクフルト・ロードキングスのメンバーにちがいない。そんな奴が心理療法士のキッチンでなにをしているのだろう。

「こんばんは」大男は妙にかすれた声でいうと、手を差しだした。右手の薬指に髑髏《どくろ》を象《かたど》った太い銀の指輪をつけている。「俺はベルントだ」

「ハンナ・ヘルツマンです」そう答えて、彼女は握手した。

そのときもうひとり男がいることに気づいた。氷河のように澄んだ青い目に見つめられて、ハンナの全身にいきなり電気が走り、膝《ひざ》ががくがくした。といっても表情はよくわからない。ハンナよりは背丈があるが、大男の横にいると華奢《きゃしゃ》な子供のように見える。その瞬間、ハンナは自分の恰好に気づいた。すっぴん、汗で濡れ、結び目がゆるんだ髪、Tシャツ、ジーンズ、スニーカー。普通ジョギングでもこんな恰好で家から出ないのに！

「なにか飲みますか、ハンナ？」レオニーが後ろからたずねた。「水、コーラライト、ノンアルコールビール？」

「水にする」そう答えると、ハンナははじめの腹立ちが好奇心に変わるのを感じた。なにかおもしろい話が聞けそうだ、とプロの第六感が告げていた。ふたりの男は奇妙な組み合わせだ。どうして夜中の十一時にレオニーのキッチンにいるのだろう。知り合いでもないのに、なにかに巻き込もうとしている。なぜハンナが適任だと思うのだろう。ハンナは感謝の表情をしてグラスを受け取り、コーナーベンチにすわった。四角い小さなテーブルにはチェック柄《がら》のロウ引きのテーブルクロスがかけてある。ミスター・ブルーアイズは彼女の左側に陣取った。レオニーと大男はキッチンチェアに腰かけた。

「タバコを吸ってもいいかな？」大男は意外に紳士的だ。

「どうぞ」

大男はタバコをだし、ライターをつけた。ハンナが欲しそうな目をしたことに気づいて、硬い表情だった男がにやっとした。

「どうだい？」大男はタバコの箱を差しだした。ハンナは一本取ると、会釈した。そして自分の指がふるえていることに気づいた。この四週間、タバコを吸っていない。一服しただけでジョイントのように中枢神経に作用した。二服目、三服目。内心の動揺が収まった。ミスター・ブルーアイズの視線を肌で感じる。皮膚《ひふ》がかっと熱くなり、心臓の鼓動が速くなった。そういえば、名前を知らない。聞き逃したのだろうか。今更訊くのは気が引ける。

その場は張り詰めた空気に包まれた。お互いに様子をうかがっている。最初に口をひらいたのはレオニーだ。彼女はセッションのときのようにゆったり椅子にすわっている。だがその外見とは裏腹にひどく緊張しているようだ。論より証拠。目元と口元のしわがいつもより目立っている。

「今夜来てもらったのは他でもないの」レオニーはいった。「事情を話すけど、番組で取りあげるかどうかは自分で判断して。興味がなければ、忘れてちょうだい。でも具体的な話に入る前に……」レオニーはそこで少しためらった。「……多くの人にとって極めて不快で、危険な話題であることは知っておいて」

やっかいな話らしい。鼻にできたニキビと同じで、今はうれしくない。

「どうしてわたしなの？」そうたずねて、ハンナはミスター・ブルーアイズと同時に氷水の入った水さしに手を伸ばした。ふたりの手が触れ、ハンナは焼けるような熱さを感じてさっと手を引いた。

「ごめんなさい」ハンナはきまり悪くなってささやいた。

ミスター・ブルーアイズはふっと微笑み、ハンナと自分のグラスに水を注いだ。

「あんたが熱い鉄でも迷わずつかむ人だからさ」大男がレオニーの代わりに答えた。「あんたの番組を知ってる」

「普通、患者のことは他言しないわ」レオニーが口をはさんだ。「守秘義務がある。でも今回は例外。話を聞けば、理由はあなたにもわかるでしょう」

好奇心が呼び覚まされたが、ハンナはまだ迷っていた。いつもと勝手がちがう。番組のテーマは彼女かチームが新聞やインターネットや路上で見つけてくる。だが正直にいうと、そういう調査の仕方には刺激を感じなくなっていた。生活保護家族、孫を装った詐欺、未婚の母、移民の子どもの犯罪行為、医療ミスの隠蔽《いんぺい》などはもう何度も取りあげてしまい、だれも衝撃を受けなくなっている。視聴率が稼げる話題が欲しいのは確かだ。

「どういう話なの?」そうたずねて、ハンナはバッグからボイスレコーダーをだした。「わたしの番組を知っているなら、どういうことに関心を持つかわかっているわよね。運命に翻弄《ほんろう》された人間がいないとだめよ」

ハンナはボイスレコーダーを机に置いた。

「話を録音してもいいかしら?」

「だめだ」名前のわからない青い目の男がいった。「録音は認められない。聞くだけだ。番組に取りあげられないのなら、この会合はなかったことにする」

ハンナは男を見つめた。心臓の鼓動が高鳴った。男の視線に長くは耐えられなかった。その目には強さと傷つきやすさが同居している。ハンナはそれに魅かれつつ、心の動揺を抑えられなかった。しかも今回は彼のまなざし以外も目にとまった。彫の深い痩《や》せた顔、広い額《ひたい》、すっと通った鼻筋、とがった顎、感受性のありそうな横に広い口、白髪まじりの髪。とても魅力的な男だ。何歳だろう？　四十五、六歳？　大男とはどういう関係なのだろう。レオニーのキッチンにいるのはなぜだ。どういう秘密を心に秘めているのだろう。

ハンナは目を伏せた。その瞬間、決心がついた。これから聞く話に興味がある。だが決心を後押ししたのは別のことだった。戸惑うほど青い目をしたこのハンサムな男が思いがけずハンナの心を奥底から揺さぶったのだ。まさかこんな気持ちが自分の中にあるなんて、ハンナは思いもしなかった。

「では話して。わたしは熱い鉄を恐れない。おもしろい話はいつでも歓迎よ」

二週間後の二〇一〇年六月二十四日（木曜日）

捜査十一課の会議は二階のいつもの部屋でおこなわれた。警備室の横の待機室は二、三日前に片付けられ、本来の用途に戻された。

少女の遺体発見から二週間、大がかりな捜査が展開されたのに、特筆すべき進展はなかった。水の精特捜班の捜査官たちは無数の手掛かりを調べ、何十人も事情聴取をしたが、ことごとく袋小路にはまった。死んだ少女を知っている者はひとりも見つからず、少女がいなくなったと訴える者もあらわれなかった。安定同位体比分析によって、少女がベラルーシのヴォルシャ近郊出身であるが、人生最後の数年をライン＝マイン地域で過ごしたことが判明した。遺体の爪から採取した男のDNAにかすかな期待が寄せられたが、結局空振りに終わった。そのDNAはデータバンクに記録されていなかったのだ。

事件に絡《から》む時間帯にマイン川を航行したすべての船舶を特定して検査した。もちろんすべてといってもレーダーを積んでいるか、堰《せき》で通行記録を残した船にかぎられる。フランクフルト市内のマイン川に係留した船上レストランや遊覧船も調べた。だがたくさんある個人所有のボートまでは手がまわらなかった。他にも死体を橋の上から落としたり、直接川岸から投げることも可能だから、いくら人海戦術を取り、科学捜査の粋《すい》を集めてもお手上げだった。

結果を求める報道機関は警察の無能ぶりをなじり、税金の無駄遣いだと非難した。「ベラルーシのミンスク警察にも協力を求めたが、役に立たなかった」オリヴァーは不満の残る結果を報告した。「被害者に該当する行方不明者届はだされていなかった。ヴォルシャ市とその周辺でポスターも貼ってもらったが、今のところ反応はない」

少女の服と胃の中から見つかった布切れも具体的な手掛かりにならず、突破口になる予感すら感じられなかった。

オリヴァーは寡黙な面々を見た。報道機関の目にさらされて緊張がつづいた。まる二週間、週末返上で捜査を続行したため、みんな、参っていた。顔に憔悴《しょうすい》の色が浮かんでいる。オリヴァーはみんなの気持ちが痛いほどわかった。自分もそうだったからだ。これほどどこから手をつけたらいいかわからない事件はめったにない。

「今日は帰宅して、少し休んでくれ」オリヴァーはいった。「だがなにかあったときは連絡がつくようにしておくこと」

ノックの音がして、エンゲル署長が入ってきた。同時にカイのノートパソコンからメールの着信音が鳴った。

「返事が来たわ」署長がいった。「ボーデンシュタイン、来週ミュンヘンに行ってもらう。『事件簿番号ＸＹ』（ドイツで放送されている、未解決事件を扱うテレビ番組）が水の精を取りあげてくれる。やってみる価値はあるでしょう」

オリヴァーはうなずいた。そのことはピアとも話し合っていた。あいにくヘッセン州は明日から夏休みがはじまり、多くの人がバカンスに行ってしまう。テレビ放送は役立つ情報を入手するための最後の機会だ。

「いいですか？」カイがいった。「ヴィースバーデンの科学捜査研究所からメールが届きました。少女の肺から採取した水の分析結果です」

少女が塩素水で溺死したという事実は、この事件で最大の謎のひとつだ。オリヴァーは科学捜査をそれほど頼りにしていなかったが、水の分析にはこだわった。なにか手掛かりにならないかと一縷《いちる》の望みをかけていたのだ。

「それで？」オリヴァーはじれてたずねた。「なにかわかったか？」

カイは真剣なまなざしで報告書に目を通した。

「次亜塩素酸ナトリウム、水酸化ナトリウム。プールやジャグジーバス用の塩素消毒剤に含まれているものです。さらに微量の硫酸アルミニウムが検出されていますね。残念ながら、手掛かりにはなりそうにないです。これじゃ、藁《わら》山の中から針を探すようなものです」

「公共プールで溺死したはずはないですね。公共プールなら事件を隠しきれないでしょう」カトリーンはいった。「自宅にプールがある人に申しでるよう報道機関で呼びかけてはどうですか？」

「それはむりね」ピアがいった。「プールやジャグジーバスのある家は何千軒にもなるわ」

「少女が溺死したプールの所有者が連絡を寄こすはずもない」カイもいった。

「個人のプールをすべて調べていたら、何年もかかりきりになる」ケム・アルトゥナイがいった。彼はトルコでのバカンスを返上し、妻と子どもたちだけ行かせていた。「プールの所有者全員に水質検査の結果を提出させるというのか？」

「茶化さないで」カトリーンはむっとした。「わたしがいいたかったのは……」

「もういい」オリヴァーは彼女の言葉をさえぎった。「この分析は直接の手掛かりにならないが、なにか突破口がひらけたら貴重なモザイクのピースになるかもしれない」

「会議はこれで終わりですか？」ピアが時計を見た。「今日はこのあと休みを取っているんです」

「ああ、今日はこのくらいにしよう」オリヴァーはうなずいた。「だがなにかあったときのために、連絡は取れるようにしておいてくれ」

全員がうなずき、会議を終えた。カイが捜査ファイルを手に取り、ノートパソコンを小脇に抱えて、ケムとカトリーンのあとから廊下に出た。

「わたしたちも出る時間よ」エンゲル署長がいった。

オリヴァーは驚いて振り返った。

「どこへ?」

「わたしの予定表には今日の午後二時、州刑事局で事情聴取と書き込まれているけど」署長はオリヴァーを見つめた。「忘れたの?」

「そうだった」オリヴァーは首を横に振った。午後六時、コージマと彼は住宅の売買で司法書士と会う約束をしていた。捜査がどうなるかわからなかったので、その時間に設定しておいたが、州刑事局の事情聴取が一時間以上かからないことを祈った。

フランク・ベーンケは十日前にオリヴァーとぶつかったあと、警察署内にひらいた異端審問裁判所を閉じて、州刑事局に戻っていた。といってもその二日後、召喚状がオリヴァーのデスクに届いた。二〇〇五年九月七日に起きたフリートヘルム・デーリング傷害事件の捜査中止に関わる事情聴取だ。あの件で犯罪行為を追及しなかったことと、犯罪を野放しにしたことが問われるのだ。

「どうしていっしょに行くんだ?」オリヴァーは廊下を歩きながら署長にたずねた。「時間の無駄じゃないか」

「うちの捜査課長を嫌疑にかけるなんて、わたしは認めない」署長は答えた。「ベーンケは個人的な復讐をしているのよ。いざとなったら、あいつをとっちめてやる」

「やあ、ハンナ」デスクについていたヴォルフガングが椅子から立って、微笑みながら彼女を出迎えた。「会えてうれしいよ」

「こんにちは、ヴォルフガング」ハンナは頬に彼のキスを受けた。「急に頼んだのに、時間を作ってくれてありがとう」

「そりゃ、好奇心をかきたてられたからね」ヴォルフガングは彼女に会議机の椅子をすすめた。「なにか飲むかい？」

「いいえ、結構よ」ハンナはバッグを椅子の背にかけ、むきだしの上腕をもう一方の手でさすった。「グリューワインがあれば、いただこうかしら」

部屋の照明は薄暗く、エアコンが効きすぎて、鳥肌が立つほど寒かった。

「ここから外に出たら、体にきついんじゃない？　外は三十五度よ」

「ここから出られるのは午後十一時さ。もうそんなに暑くない」ヴォルフガングは微笑んで真向かいにすわった。「しばらくなにもいってこなかったね」

その声にはかすかに非難がましい響きがあり、ハンナは良心の呵責《かしゃく》を覚えた。

「不義理をして悪かったわ。でもわけがあるのよ」ハンナは声をひそめた。「偶然すごい話を嗅ぎつけたの。強烈なんだから。でも信じられなかったので、いろいろ取材していた。すごい話だってことは保証する！　夏が終わって最初の番組で取りあげたいと思ってる。その前に数週間かけてキャンペーンを張れば、ドイツの視聴者の半数は午後九時半にテレビに釘付《くぎ》けになるでしょうね」

「ずいぶん熱くなってるね」ヴォルフガングは首を傾《かし》げて微笑んだ。「他にもまだ隠し球があるのかい？」

「まさか！」ハンナはふっと笑った。だがそれが作り笑いなのは隠しようがなかった。ヴォルフガングにはハンナの考えることなど先刻お見通しなのだ。彼女はそのことをつい忘れてしまう。「とにかくこんなビッグな話題は今まで針にかかったことないわ。しかもうちが独占」

ノルマンの軽率な言動で招いたイメージダウンは、自分から反省の弁を述べることでことなきをえた。テレビ局も投資家も納得し、ハンナは腕のいい新しいプロデューサーを得て、問題をうまく処理した。ハンナの車も、三日後には新品のように塗装し直されて戻ってきた。マイケは二、三日前にいったとおり、夏季休暇の残りをチリだか中国だかを旅行している女友だちのザクセンハウゼンにあるアパートに移っていったが、それもたいして応えなかった。それまで大事だと思っていたことが、ことごとくどうでもよくなっていた。心理療法士のキッチンで過ごしたあの夜、ハンナになにかが起こった。自分でも理解しがたいほどのことが。

「とんでもない話なのよ。登場する人は匿名《とくめい》を望んでいるけど、問題ないでしょう」ハンナはバッグから紙を数枚だして、ヴォルフガングに差しだした。彼が手を伸ばすと、ハンナは手を引っ込めた。「最高機密よ、ヴォルフガング。だれにも話さないで」

「わかってる」彼は少し感情を害したようだ。「きみが打ち明けてくれたことをだれかに漏らしたことがあるかい?」

ヴォルフガングは文章がびっしり書き込まれた書類を読みはじめた。

ハンナはじっとしているのがつらかった。

早く読んでよ、と思った。

しかしヴォルフガングは無表情なまま黙っていた。彼の感情が推し測れたのは鼻の付け根のしわだけだった。読むにつれ、そのしわがだんだん深くなった。

ハンナは掌《てのひら》で机を叩きたい衝動に駆られたが、じっと堪えた。

ようやく彼が顔を上げた。

「どう?」ハンナは期待しながらたずねた。「いったとおりでしょ? ダイナマイト級! 黙示録的レベルの人間の悲劇でしょ! しかもこれは臆測じゃない。関係する複数の人に話を聞いてるの! 具体的な情報をもらった。場所、日付、起きた内容! さすがのわたしも最初は耳を疑った! 大々的なキャンペーンを張れば、この数年なかった高視聴率を稼げる!」

ヴォルフガングはまだ黙っていた。彼は雄弁ではない。問題をうまく口にするのに何分も時間を要することがある。ハンナは口から先に生まれてきたような質《たち》なので、彼が答える前に口をだし、話題を十個は先にすすめてしまう。

「ハンナ、こういってはなんだが、これは……月並みじゃないかな。四六時中、報道されている」ヴォルフガングはイラつくほど長い間を置いていった。「興味を引くと本当に思うか?」

ハンナは期待に胸をふくらませていたが、彼の疑うような目を見て、それまでの気持ちがトランプの家さながらに崩れ去った。ハンナはがっかりすると同時に腹が立った。ヴォルフガングに対して、そしてなによりも自分自身に対して。またしても性急すぎた。調子に乗ってしまったのだ。

「たしかにそうね。でも、こういうことはもっと視聴者に意識してもらってもいいと思うの」

ハンナは手を伸ばし、平静を保ちながらいった。「貴重な時間を奪って申し訳なかったわね」

ヴォルフガングは躊躇《ちゅうちょ》し、書類を彼女に戻さず、机の上できれいに整えた。

「きみの番組だ。なにをテーマにするか決めるのもきみだよ」ヴォルフガングは微笑んだ。

「だがわたしに助言を求めるなら、いおう」それから真剣な顔になった。「やめてくれ」

「なんですって？」ハンナは耳を疑った。どういうつもりだろう？

ヴォルフガングはさっと視線を落としたが、ハンナは彼の物言いが変だと気づいていた。彼は眉間に深いしわを寄せている。なぜそんなに動揺しているのだろう。

「友人としてこれを取りあげないように忠告する」ヴォルフガングは声をひそめていった。

「危険な話題だ。きみはなにに首を突っ込むことになるのかまったく知らない。いやな予感がする。ここに書いてあることが本当なら、この件に巻き込まれる人は黙っていないだろう」

「テレビ局の評判を心配しているわけ？　訴えられるのが怖いの？　そういうこと？」

「ちがう。きみが心配なんだ。きみにはことの重大さがわかっていない」

「わたしたち、ずっと物議を醸《かも》してきた。それがわたしの番組の売りでしょ」

ふたりは黙ってにらみ合った。ヴォルフガングが先に観念してため息をついた。

「きみはどうせ自分の意思を通すんだろうな」ヴォルフガングは手を差しだし、さっと彼女の手に置いた。「頼むから、もう一度よく考えてくれ」

ハンナはヴォルフガングが本気で好きだった。長年の親友だ。彼の長所も短所も知り尽くしている。ヴォルフガングは数字で物事を考える人間だ。分別があり、信頼が置け、用心深い。そうした長所の一方で、優柔不断で、細かいことにこだわり、リスクを負う気概に欠ける。

「わかった」ハンナはうなずくと、むりして微笑んだ。「考えてみる。忠告をありがとう」

＊

木曜日の午後のマイン＝タウヌス・センターは人でごった返していた。ピアは立体駐車場で駐車スペースを見つけるのに苦労した。

「なにを買うの？」リリーは興味津々だ。興奮して、ピアの横でぴょんぴょんはねた。

「靴屋さんに預けた靴を引き取りにきたの」ピアは答えた。「でもその前に今晩着る物を買わなくちゃ」

「今晩何かあるの？」

「話したでしょ」ピアは人混みでリリーを見失わないように手を取った。「ミリアムおばさんのおばあさんのところでパーティーがあるの。そこに行くのよ」

「おじいちゃんもいっしょ？」

「いいえ、おじいちゃんは今日デュッセルドルフに行っているわ」

「なあんだ！」

「わたしがいっしょじゃだめ？」ピアはにこっとした。

「だめじゃないよ！　でもふたりいっしょなのが一番いい！」

ピアはリリーの頭をなでた。リリーのおしゃべりは癇《かん》に障ることがあるが、無防備に本心を口にするところには胸をつかれる。この子がオーストラリアに戻ったら、少し寂しく思うかもしれない。

「DVDも買って」電器店の前を通りかかったとき、リリーがねだった。ピアはショーウィンドウから店内の人混みを見て、首を横に振った。

「大事なことを先にすませましょう」

この一週間、ショッピングセンターで夏服を物色したいと思っていたが、夕方帰宅すると、人が大勢いるところに行く気が失せていた。インターネットですてきなドレスを見つけたが、ピアに合うサイズは秋になるまで品切れだった。そのときにはもう夏服など用済みだ。

「ねえ見て。アイスよ！」リリーはアイスクリーム屋を見つけてピアの手を引いた。「アイス食べたーい。こんなに暑いんだもの！」

「アイスを持ってお店には入れないわよ」ピアはリリーを引っ張った。「あとでね」

ちょうどいいドレスがありそうな店に着くまでに、リリーは欲しいものを五つも見つけた。

ピアは神経が逆なでされた。

「そんなに騒ぐのなら、買い物には連れてこないわよ。まず服を買う。他のものはそのあと」

「ばか」リリーはふくれっ面をした。

「あなたこそ」ピアは平然と答えた。

そういう対応が教育的にいいのか悪いのかわからなかったが、効果はてきめんだった。リリーは口をつぐんだ。

一軒目の洋服店にはいいものがなかった。二軒目になかなかいい服が二種類あったが、サイズが合わず、ピアが着ると、だぶだぶだった。ピアの機嫌がよくなるわけがなかった。それにピアは、暑苦しく狭い試着室で着替えるのが大嫌いだ。ギラギラした蛍光灯の光の中、鏡に映った汗だくの自分の姿にがっかりさせられるからだ。売場の人間にアドバイスをするとすれば、試着室の照明をもっと落とした方が買う気を起こさせる。三軒目でいいドレスが見つかった。リリーに店の外で待っているようにいって、ピアがブラジャーとスリップだけになった体をドレスに一生懸命押し込んでいると、リリーが試着室に顔を突っ込んだ。

「まだかかるの？　おしっこがしたい」リリーはいった。

「もうすぐよ。もうちょっと待って」

「もうちょっとってどのくらい？」

「五分」

「そんなのむり」リリーはだだをこねた。

ピアは答えなかった。汗が顔と背中を伝い、ファスナーがしまらない。

「太り過ぎなのよ」リリーがいった。

ピアの堪忍袋《かんにんぶくろ》の緒が切れた。

「出てなさい！　外で待ってるの。すぐ行くから！」

小さな魔女はあかんべえをして、わざと試着室のカーテンをぱっとひらいた。トップスがXSサイズの腰の細いガゼルのようなふたりの娘がピアを見て、ばか笑いした。

ピアはチャリティーパーティーなんて催すミリアムの祖母をののしり、出席すると答えた自分に腹を立てた。それでもそこで見つけたドレスに心は安らいだ。サイズはぴったりだし、似合っている。しかもそれほど高くない。

ところが試着室から出てみると、リリーの姿がなかった。ピアにいやがらせをしようと、陳列している服のどこかに隠れているのかもしれない。ピアはレジへ行き、短い列に並んだ。だがこれが判断ミスだった。ピアの前の客は十四点もの買い物をし、しかもクレジットカードをレジが認識しなかった。ピアはいらいらしながらリリーを目で捜した。ようやく支払いをすませ、買い物袋を小脇に抱えると、リリーを捜した。

婦人服売場にも、紳士服売場にもいない！　店員にトイレの場所をたずねると、地下階にあるといわれ、エスカレーターで下りた。だがそこにもリリーはいなかった。さすがに心配になってきた。子どものお守りには慣れていない。店を片っ端から見てまわり、店員を捕まえては、金髪のお下げ髪の少女を見なかったかとたずねた。ショッピングセンターは行き交う人でごった返していた。こんなところで、どうやって見つけだせるだろう。ピアは焦った。ショッピングセンターでアイスやおもちゃを買ってあげる、と知らないおじさんに誘われて、それっきり子どもが行方不明になる事件が起きていることを思いだした。

リリーがさっきピンクのネックレスを見つけてねだった安物のアクセサリー店に行ってみた。リリーはいなかった。だれに訊いても、見ていないといわれた。アイスクリーム屋にもいなかった。二階の電器店のＤＶＤコーナーにも姿はなかった。ピアは途方に暮れて噴水のところに戻った。人混みをためらいなくかき分けて、まわりから小言をいわれた。はじめのうち、リリーを見つけたら怒ろうと思っていたが、三十分もすると、無事に見つかりますようにと心の中で祈るようになった。

インフォメーションの前には長蛇の列ができていた。

「先に相談させてくれませんか？　子どもが迷子になってしまったんです」

たいていの人は理解があって、前に行かせてくれた。だがふたりの老婆は、自分の用件の方が迷子よりも大事だといいはった。ひとりはゆっくりと商品券を買い、もうひとりは店の場所をたずねながら、スタッフの説明がわからず、何度も聞き返した。ようやくピアの番になった。

「じつはわたしの……」ピアははっとした。リリーはわたしのなんだろう？　パートナーの孫娘を呼び出してくれと頼むか？　なんか間抜けな感じがする。

「なんでしょうか？」太っちょで頭の回転が遅そうなスタッフが退屈そうに遠くを見て、派手なマニキュアを塗った指で人目をはばからずデコルテをいじった。

「あのう……」ピアはそういいかけて、簡潔にいうことにした。「娘が迷子になったんです。呼びだしてもらえませんか？」

「お名前は？」太っちょがたずねた。「どこに行くようにいいましょうか？」

「リリー。リリー・ザンダー」

「えっ？」

なんておつむが弱いの！

「L－I－L－L－Y」ピアはじれったくなってつづりをいった。「噴水のところへ来るように伝えてください。いえ、待ってください。アイスクリーム屋の方がいいです。あの子はここをよく知らないので」

ようやく多少は理解できる館内放送をしてくれた。だがリリーに伝わったかどうか心許なかった。

「ありがとう」そういうと、ピアはアイスクリーム屋を見にいった。他になにができるだろう。膝《ひざ》ががくがくして、胃がきりきり痛くなった。この感情が不安だということはわかっている。七歳のかわいい金髪少女に起こりそうなことが脳裏をよぎり、ピアはそれを考えまいとした。

子どもが行方不明になった親の気持ちがはじめてわかった。打つ手がなく、状況がわからないというのは地獄に等しかった。この気持ちが何週間、何ヶ月、何年もつづくなんて考えるだに恐ろしい。子どもを見つけるために最善の努力をすると警察が保証しても、気やすめにしかならないことを実感した。

金髪の子を見ると、リリーかと思った。そのたびに心臓が高鳴り、がっかりした。絶望の涙で目がうるむ。人が次々とピアのそばを通っていく。なにもせず待っていることが耐えられなくなった。ピアは駆けだした。もう自力で捜すしかない。さもないと頭がおかしくなる。子どもが行方不明になった親に冷静になるようアドバイスしてきたことを忘れた。バッグと買い物袋を提げて、リリーがいそうな店を片っ端からたずね歩いた。アイスクリーム屋、安物のアクセサリーを売る店、リリーが目をつけたぬいぐるみを売っている店。最後にまた電器店を訪ねた。何十人もの人にリリーを見かけなかったか訊いたが、だれも覚えていなかった。

ピアはいったん、買い物袋を車に置いて、もう一度捜すことにした。立体駐車場へ向かう途中、巡査に協力を求めようかと考えた。制服警官がたずねれば、パニックに陥《おちい》った汗だくの女に対するよりもまともな対応をするはずだ。

クリストフにはなんといったらいいだろう。リリーを見つけるまでは帰れない！　ピアはバッグから車のキーを出し、顔を上げて目を疑った。ピアの車の後輪のそばに、リリーが膝を抱えてしゃがんでいたのだ。

「ピア！」そう叫んで、リリーが跳びついてきた。「どこに行ってたの？」

ピアの心臓からアイガーの北壁が崩れ落ちた。へなへなとなり、ほっとすると同時に泣きだし、バッグと買い物袋と車のキーを落として、リリーをしっかり腕に抱いた。

「よかった、リリー！　心配したのよ！　ショッピングセンターじゅうを捜したんだから！」

「どうしてもおしっこがしたかったの」リリーはピアの首に腕をまわして頬ずりをした。「そしたらピアが見つからなくなっちゃって、怒って、あたしを置いて帰っちゃったかと思ったの……」

リリーもすすり泣いた。

「やめて、リリー。そんなことするわけがないでしょう」ピアはリリーの髪をなで、もう二度と離さないとでもいうように抱きしめた。「ねえ、アイスを食べて怖かったことを忘れるっていうのはどう？　そのあとあなたの服を買いましょう」

「うん、そうする」涙で濡れた顔に笑みが戻った。「アイスはいいね」

「じゃあ、いらっしゃい」ピアは立ちあがった。リリーはピアの手をしっかり握った。

「もう絶対に放さない」

＊

十五分後、元上司の評判を落とそうとするフランクの試みは不発に終わった。提出された調書と報告書によって二〇〇五年の傷害事件で被疑者となった三人への捜査を徹底しておこない、証拠不十分で捜査を中止したことが明らかになり、オリヴァーにまったく非がないことが証明された。

内部調査課の三人の担当官は納得し、オリヴァーとエンゲルは解放された。フランクは顔を紅潮させ、圧力鍋のようにかっかしていた。フランクの耳からピーと音をたてて蒸気が噴きでても、オリヴァーは驚かなかっただろう。

エンゲル署長が内部調査課を統轄する長官秘書室の調整担当官と話があるといったので、オリヴァーは外の廊下で待ち、iPhoneのチェックをした。とくに重要な連絡はなかった。問題がすぐ解決したのでうれしかった。司法書士との約束の時間に遅れたくなかったのだ。テラスハウスの破産した建主とは先週、話がついていた。その数日前には、貯蓄銀行から融資の承認を得た。インカはすぐ建築会社に連絡して、七月半ばには工事を再開する約束を取りつけてくれた。これで遅くとも半年後には、両親のところでの借家生活に終始符を打ち、自分の家に住めそうだ。人生の方向性を失ったみじめな二年間を経て、ようやく舵《かじ》をとり、生き方を自分で決められるようになる。多くの男は五十歳でミッドライフ・クライシスに襲われるというが、オリヴァーにとっては一年早かったことになる。署長を待つあいだ、これから買う家具のことや、庭のデザインを考えた。彼とコージマで建てて、二十年住んだ家を人手に渡すのは、つらいだろうか。

「ボーデンシュタイン！」

振り返ると、フランクがやってきた。彼の目はやり場のない怒りで燃えていた。欲求不満の塊《かたまり》となった彼が拳銃を抜いて、州刑事局の廊下で発砲する気がして、オリヴァーは一瞬焦った。

「おまえがどうやったのか知らないが」フランクが吐き捨てるようにいった。「突き止めてやるぞ。おまえら、みんな同じ穴の狢《むじな》だ」

かつて気心の知れた同僚だったフランクを、オリヴァーは見つめた。ざまを見ろという気持ちは湧かなかったし、嫌悪感も覚えなかった。フランクが哀れにしか思えなかった。彼の人生は完全に狂ってしまった。すっかりひねくれてしまい、劣等感と復讐心しか頭にない。オリヴァーは長いこと彼をかばい、他の同僚からは贔屓《ひいき》にしているといわれるほど肩を持った。かば

ど我を通した。いすぎたのだ。フランクは警告に耳を貸さず、オリヴァーまで距離を置かざるをえなくなるほ

「フランク、もうやめろ」オリヴァーは和解の意思表示をした。「ここでのことは忘れる。根に持ったりしない」

「それはおやさしいことで！」フランクは悪意を込めて笑った。「おまえが根に持とうがどうしようが、俺にはどうでもいいことだ。キルヒホフが捜査十一課に来たとき、おまえは俺を捨てた。そのことは忘れない。絶対に。その日から俺はいつも後まわしにされた。キルヒホフとファヒンガーがいつも俺の悪口をいっていたことはちゃんとわかってるんだ。あの女ども、俺を笑い物にした！　そしておまえは見て見ぬふりをした」

オリヴァーは眉間にしわを寄せた。

「ちょっと待て。同僚のことを悪くいうのは許せない。それは事実ではない……」

「ああそうさ！」フランクは食ってかかった。こいつの嫉妬は病的だ、とオリヴァーは思った。

「おまえはいつも女に弱かった。奥さんには浮気されたっけな。そして……」フランクはわざと間を置いて胸元で腕を組み、にやっとした。「おまえがエンゲルと寝たことも知ってる！」

「そのとおりよ」彼の背後で声がした。エンゲル署長は冷ややかに微笑み、落ち着き払っている。「それも一度ではない。わたしたちは婚約していたことがあるのよ。三十年ほど前にね」

いきなり切り札が消えてなくなったため、フランクはひどく動揺した。しかも反射的に卑屈な態度を取った。署長はフランクの目の前に立った。フランクがさがった。しかも反射的に卑屈な態度を取っ

た。

「あなたがここで働いていられるのは、わたしの口利きがあったからだってわかっているわね。これが警官でいられる最後のチャンスよ」署長は小さいが、カミソリのように鋭利な声でいった。「今後は個人的動機から動かないことね。さもないと次は警察学校で黒板ふきをする身になる。今、あなたの上司と話してきた。ボーデンシュタインとわたしにいわれのない嫌疑をかけるなら黙っていないとはっきりいっておいた。あなたの尻拭《しりぬぐ》いはこれで三度目かしら、四度目かしら？　でもこれが最後。わかった？」

フランクは歯がみして、しぶしぶうなずいた。彼の目には殺人も犯しかねない敵意がむきだしになっていた。だがなにもいわず、きびすを返して立ち去った。

「なにをいってもだめね」署長はいった。「あいつは時限爆弾だから」

「あんなに長くかばうべきじゃなかったな」オリヴァーは答えた。「あれは間違いだった。本当はセラピーを受けさせるべきだった」

署長は眉を上げ、首を横に振った。

「いいえ。自殺未遂を生き延びたのが間違いだったのよ」

エンゲル署長の冷たい言い方に、オリヴァーはショックを受けた。署長が出世して、自分がそうならない理由をあらためて理解した。エンゲルはためらうことがない。出世する才能があるのだ。

＊

フローリアンが家を出ていってから、エマは傷つきやすくなり、落ち着きをなくしていた。不実の証拠をつきつけ、問いただしても、夫は沈黙を守った。エマは本心ではフローリアンのことをよくわかっていなかったと自覚した。夫を信用できないということが、嘘をつかれたという事実よりも胸に応えた。

ケーニヒシュタイン市の中心街は人でごった返していた。エマは駐車スペースを見つけるため、ルクセンブルク城まで行った。出産間近の妊婦でなければ、こんなに落ち込んだりしないかもしれない。だが自分がセイウチのような姿でなかったら、こうはならなかったのではないだろうか。エマは涙を流すまいとしながら、子どもの遊び場と公園を横切って、歩行者天国へ向かった。知り合いに会わなければいいけど。今は世間話などする気になれない。だれだって、妊婦に会ったら赤ん坊が生まれるのを楽しみにしていると思うだろう。まさか泣かれるなんて考えるはずがない。

エマは本屋で注文していた本を三冊受け取ってから隣の〈カフェ・クライナー〉へ行き、オーニングの下のひとつだけあいている席についた。汗だくになり、足が今にも破裂しそうなほどぱんぱんに張っていた。アイスココアを注文し、追加で生クリームをトッピングしてくれるよう頼んだ。今更カロリーを気にしてもはじまらない。

これからどうしたらいいだろう。二週間もすれば赤ん坊が生まれる。そうしたら義父母のところで小さな子どもをふたり抱えて暮らすことになる。自分の家はなく、夫もなく、金もない。先が見えない不安が影のようにつきまとい、睡眠不足がつづいている。だがもっとつらいのは、フローリアンが週末ルイーザを連れていくことだ。夫は家族から解放されて喜んでいる、とエマは思っていた。ところが驚いたことに、夫は隔週で週末に娘を連れにくると主張した。エマはいい気がしなかったが、夫の提案をしぶしぶ承諾した。やはりいやだというべきだろうか。夫が娘をどこへ連れていくのかも知らない。夫はペンションに泊まっているといっている。いろいろ問題を抱えている五歳の子どもにとって望ましい環境とはいえない。

エマはアイスココアを飲んだ。まわりの人はおしゃべりに興じたり、笑ったりしている。悩みごとなどなく、楽しそうだ。不安を抱えているのは自分だけだろうか。

彼女とフローリアンのあいだになにがあったか知る者はいない。彼が数週間、いや、数ヶ月知らない土地に行っていても、だれも不思議に思わないだろう。エマは夫の父母に、講演旅行だといってある。ふたりはエマの嘘を真に受けたが、今日夫がルイーザを迎えにきたら、本当のことを両親にいう必要がある。

「あら、エマ」

エマはびくっとして顔を上げた。目の前に買い物袋を抱えたザーラが立っていた。

「驚かしてごめん」ザーラはバッグと買い物袋をテーブルの横に置いた。「すわってもいい？」

「こんにちは、ザーラ。もちろんよ」

「暑いわね。ふう」

ザーラは暑さに強かった。日陰で四十度になっても汗をかかない。養子縁組でフローリアンの姉になった人で、大きな黒い瞳を持つ上品な顔立ちの華奢《きゃしゃ》な人形のようだった。漆黒《しっこく》の髪はいつものように三つ編みにしている。着ているのは袖《そで》なしの薄緑色の夏服だ。足にはいているのは、色を合わせた革製のオープントゥ。インド人の先祖ゆずりのビロードのような肌は小麦色で、見事なコントラストをなしている。エマは、ダイエットやスポーツをしなくてもスタイルを維持できる彼女がうらやましかった。

「しょんぼりしているけど」ザーラはエマの腕に手を置いた。「なにかあったの？」

エマはため息をついて、肩をすくめた。

「どうしたのよ？」ザーラはたずねた。

エマは答えようとして口を開けたが、大丈夫、元気、とはいえなかった。

「フローリアンがどうかした？」

ザーラはときどき勘が働くことがある。エマは唇をかんだ。自分はけじめのつけられる人間だ。友だちの前で泣きわめくタイプではない。小さい頃から問題を自力で解決することに慣れていて、人に相談するのが苦手だった。人に打ち明けるくらいなら、なにかに熱中して不安を忘れる方がましだった。これまではそうやってうまく生きてきた。

それなのに、今度はこんなに悶々《もんもん》としている。よくない。

「悩みごとがあるなら話して」ザーラの声はやさしかった。「わかってるでしょう。気になることがあるなら、話した方がいいわよ」

話す、話す！　まさにそれをしたくないのに。

「フローリアンがわたしをだましてたの」エマはささやいた。いきなり涙があふれた。「去年の十一月からいっしょに寝てくれないのよ！　触ろうとすると、身をこわばらせるし。屈辱的で！」

涙をぬぐっても、また新たな涙が頬を伝う。まるで心の堰が決壊したかのようだ。

「わたしがこんなになってしまったのも、彼のせいよ！　なんだか……彼に罰せられている気がする！　ああ、もう妊婦でいるなんていや！　赤ちゃんが生まれてくることがちっともうれしくない！」

「エマ！」ザーラは身を乗りだして、彼女の両手をつかんだ。「そんなことはいっちゃだめ！　赤ん坊は世界で一番すてきな存在よ！　出産は女の特権なんだから。もちろん面倒だし、苦しい。わたしたちは大きな犠牲を払う。でも赤ん坊が生まれてくることと比べたらなんでもないわ。男たちは無意識に嫉妬しているのよ。たいていの男は、妻と妻の大きなお腹の中の子どもに急に不安を覚えるものなの。おかしな行動を取るけど、いずれ元どおりになる。わたしを信じて。少しは大目に見てあげなくちゃ。あなたが傷つくことはあるでしょうけど、わざとではないのよ」

エマは唖然として義姉を見つめた。

「フローリアンを大目に見ろというの？」エマはささやいた。「このあいだ、彼のジーンズに中身が空のコンドームの包みが入っていたのよ。説明する必要があるじゃない！　浮気をしているのかって訊いても、彼はなにもいわなかった！　その代わりに服を鞄に詰めて、フランクフルトのどこかのペンションに移ってしまった！　彼は家から出られてほっとしているような気がしたわ。　わたしと両親から離れられてうれしいのよ！　赤ちゃんが生まれるまで両親のところに住もうといったのは、彼だったのに！」

ザーラは黙って聞いていた。

「どこかのキャンプ地に何週間もひとりでいたとき、彼がなにをしたかわかったものではないわ。どれだけわたしに嘘をついたかしれない！　ああ、もう耐えられない！」

エマはザーラの手をつかんだ。目の前に星が浮かんでいる。頭がくらくらした。暑さで血のめぐりがおかしくなってしまったのだ。胎児が目覚めて、足で蹴ったのがわかった。エマは胎内に呪われた異物を抱えているような気がした。

「わたしはひとりぼっちなの！」エマは絶望してすすり泣いた。「入院することになったら、ルイーザをどうしたらいいかしら。これからどうなるのかわからない。ふたりの子どもを抱えてわたしはどうしたらいいの？　お金もないのに」

ザーラはエマの腕をさすった。

「わたしたちがついてるじゃない」ザーラは気持ちを込めていった。「〈分娩の家〉で産めばいい。ルイーザはレナーテかコリナかわたしのところにいればいいのよ。そうすれば、いつでもあなたを見舞える。うまくいけば、出産の翌日には家に戻れるかもしれない」

エマはそういうふうに考えてもみなかった。たしかに自分の状況はレアケースではない。〈太陽の子協会〉は、夫に見捨てられた、自分と同じような不幸な女性の面倒を見ているじゃないの！　だがそれでも心が慰《なぐさ》められることはなかった。むしろその逆だ。そのことで、エマは自分が置かれた危機的状況をはじめて深刻に受け止めた。それと同時に、とんでもない疑惑が脳裏をよぎった。ふたり目の子が欲しくなかったフローリアンは、わざとエマを両親に押しつけたのではないか。そうすれば、親の責任を負わず、別の女性に乗り換えても良心の呵責を覚えずにすむ。エマをうまくお払い箱にするべく周到に準備したものだったらどうする。

エマは友だちのように思っているザーラを疑いの目で見た。もしかしたらザーラはそのことを知っているのかも！　コリナと義父母も！

「どうしたの？」ザーラは心配そうにいった。だがこれもそういうふりをしているだけかもしれない。もうだれも信用できない、とエマは思い、財布から五ユーロだしてテーブルに置き、立ちあがった。

「わたし……ルイーザを迎えにいかないと」口ごもっていうと、エマは逃げだした。

＊

予定のICEが来ず、代わりに普通のICが十五分遅れで、ハンブルク中央駅の十三番線に入った。ホームにいる人の数を見て、座席を予約しておいてよかったと思ったが、その予約は無効になってしまった。列車は満席で、リュックサックを足のあいだに置いて、通路に立つほかなかった。

ドイツ鉄道はまったく当てにならない。乗車券をスマートフォンにダウンロードしたり、インターネットで予約したりできるのに、実際の運行は三十年前とちっとも変わらない。

男は知らない人間と押し合いへし合いするのが嫌いで、だから以前は移動するのに飛行機か車を使っていた。隣の女が安物の香水のにおいをプンプンさせている。香水を浴びた上に服までそれで洗濯したかのようだ。左からもきつい汗のにおいが鼻を打つ。だれかニンニクを食べたにちがいない。

鋭い嗅覚が昔は自慢だったが、こういう状況では苦痛でしかない。

それでも北へ短い旅をした甲斐はあった。欲しいものが手に入った。小さなUSBスティックに保存された膨大な写真をちらっと見ただけだが、期待どおりの内容だった。数千枚の写真と数件の高画質の動画データ、ブラックマーケットではちょっとした財産になる。これを所持しているところを警察に見つかったら、言い逃れはできないだろう。だがここは危険を冒すしかない。

男は携帯電話をチェックした。電話もかかってきていないし、ショートメッセージもない。連絡があると期待していたのに。

客車内を見まわした。昔から持っていたグレーのブリオーニのスーツにシャツとネクタイ。たくさんのビジネスマンタイプの乗客に溶け込むから目立たないはずだ。実際、窓側の席にすわっている褐色の髪のかわいらしい女性以外、だれも彼を意識していなかった。その女は男が気づいていないと思っているのか、さっきからじっと視線を向けている。女は目が合うと、あだっぽく微笑み、少し挑発するような表情を見せた。だが男は笑みを返しはしなかった。おしゃべりする羽目に陥ったら迷惑だ。本当は帰りに本を読むか眠るかするつもりだったが、立っていたのではそうもいかない。頭の中でいろいろ考えをめぐらし、いい思い出にひたったが、それもしだいに募る不安に影をひそめてしまった。

どうして彼女は連絡をくれないのだろう。今朝、電話かショートメッセージでしか連絡が取れなくなるとメモを残した。あれから今か今かと連絡を待っている。それなのに、なしのつぶてだ。携帯電話が沈黙している時間が長くなればなるほど、猜疑心《さいぎしん》が強くなっていく。頭の中でこれまで交わした言葉を反芻《はんすう》する。どこかで彼女を侮辱したり、不愉快にしたり、怒らせたりしただろうか。朝ハンブルクへの途上味わっていた幸福感が雲散霧消した。

列車がフランクフルトに着く三十分前、ズボンのポケットに入れていた携帯電話が鳴った。ようやくだ！　ショートメッセージだけだが、まずまずだ。メッセージを見て、思わず笑みが浮かんだ。そして視線を上げると、褐色の髪の女と目が合った。女は一瞬眉《まゆ》を上げ、顔をそむけると窓の外を見た。これでもうその女を気にしなくてすむ。

＊

スポットライトが消えた。カメラマンがスタジオカメラを下ろし、ヘッドホンをはずした。スタジオの観客たちが拍手をした。

「以上です、みなさん！」ディレクターが叫んだ。「ありがとう」

ハンナはほっと息をつき、二時間笑みを絶やさなかったせいで凝《こ》り固まった顔面筋をゆるめた。九十分のサマースペシャル「運命か偶然か」が終わると、夏のあいだの放送休止に入る。だから今回は神経を使った。ゲストは思うように話してくれなかった。当てがった時間しゃべらせるのは骨が折れた。ディレクターは四六時中イヤホンを通してハンナに指示を送ってきた。

イヤホンをチェックしていたとき、やるべきことはわかっているから口をはさむなといっておいたのに。

すくなくともチームは機能した。マイケと新しいプロデューサーのスヴェンは早くも仕事を完璧にこなしている。ハンナは、観客からサインをねだられる前に楽屋に退散した。打ちあげパーティーに出たくはないが、スタッフや観客の手前、三十分くらいは顔をだすほかないだろう。濃いメイクをした顔がかゆい。スポットライトの熱で汗びっしょりだ。昨夜はほとんど一睡もしなかった。寝不足だが、体は快感に酔いしれ、元気はつらつとしていた。この数日、高電圧を受けたような感覚がつづいている。ノルマンのせいで味わったやっかいごとなどとっくに忘却の彼方だ。

ハンナはiPhoneをつかんで、肘掛け椅子に腰かけ、生ぬるいミネラルウォーターを何度か口に含んだ。ここは核シェルターの中のように電波が遮断されている！　アンテナ・プロをはじめとする同じホールディングカンパニーに属するテレビ局は、オーバーウルゼルの醜い商業エリアにある。プロデューサー、スイッチャーなどの制作スタッフの部屋は二階だ。だが執行部はもっと存在感のある施設が望ましいと考えたのか、二年前からフランクフルトのヴェストエントにある植物園パルメンガルテンのそばのユーゲントシュティール風（ドイツ、オーストリアなどでのアールヌーボー様式）の邸《やしき》に拠点を移していた。

「母さん？」マイケがいつものようにノックもしないで入ってきた。「上に来る？　客が母さんはって訊いてる」

「十分待って」ハンナは答えた。

「五分にした方がいいよ」そういうと、マイケはドアをバタンと閉めた。

着替えても意味がなさそうだ。屋上テラスはきっといまだに三十度はある。すぐに帰宅するなら、早く上に行った方がいい。酔いがまわると、離してくれなくなる。ハンナはパンプスを脱いで、バレエシューズにはきかえ、バッグを持ってウォーキングクローゼットから出た。

打ちあげは屋上テラスでおこなわれ、いつもより豪勢だ。サマースペシャルとクリスマススペシャルはすべてのスタッフにとっていつも荷が重い。ゲストも通常の放送とちがって有名人が中心で、テレビ局に来て萎縮《いしゅく》する一般人よりも気を使う。

階段に足をかけたところで電波がつながり、ハンナのスマートフォンが鳴った。ハンナは屋上テラスの下の階段で足を止め、着信したメールに目を通した。番組の成功を祝うヴォルフガング、折り返し電話をくれとせがむヴィンツェンツ、その他さまざまなショートメッセージとEメール。だが待っていたメッセージはなかった。ハンナはがっかりして、胸がちくりと痛くなった。我慢するのは苦手だった。

「ハンナ！　ちょっと待ってくれ！」ヤン・ニーメラーはいつも一段飛びで階段を上がってくる。「本当にすばらしかった！　おめでとう！」

「ありがとう」

ニーメラーは息を殺して隣に立つと、腕を組もうとした。ハンナはすかさずさがった。

「やめて。汗びっしょりだから」

ニーメラーの顔から笑みが消えた。ハンナは階段を上り、ニーメラーはそのあとにつづいた。

「今日ヴォルフガング・マーテルンと話したか？」ニーメラーがたずねた。

「いいえ。どうして？」

「今日の午後、俺に電話をかけてきたんだが、なんか変だった。喧嘩でもしたのか？」

「なんで？」

「なんか、はっきりしないんだ。夏休みのあとの最初の放送について話があった」

「そうなの？」ハンナは立ち止まって振り返った。ヴォルフガングには、口だし無用といってあったはずだ。

「どうなってるんだ？　なにを取りあげるつもりだい？」ニーメラーは好奇心と猜疑心《さいぎしん》をないまぜにしたまなざしで彼女を見つめた。「最近、きみはなかなか捕まらない」

「ビッグなネタを追いかけているのよ」ハンナはほっとしながらいった。ヴォルフガングは約束どおり口をつぐんでいるようだ。だがもう一度念を押した方がよさそうだ。「大センセーションを巻き起こすかも」

「待てよ。どういう内容なんだ？」

「もうちょっとはっきりしたら話す」

「隠しごとはないだろう。なにをやるかは、いつもいっしょに決めてるじゃないか。それとも俺に内緒でことを進める気か？」

「そんなことはしないわ」ハンナはきつい口調で答えた。「まだみんなで話し合うところまできていないってだけ」

「だけどマーテルンには話したんだよな……」ニーメラーは、黒鳥の役をだれかにかっさらわれたプリマバレリーナのようにへそを曲げていた。

「ヤン、子どもっぽいことといわないで。時期が来たらちゃんと話す。ヴォルフガングはテレビディレクターというだけでなく、親友なのよ」

「勘違いでなければいいがな」ニーメラーは嫉妬していた。

ハンナはもう一度、自分のスマートフォンを見てからバッグに戻し、笑顔を作った。

「行きましょう」ハンナは彼と腕を組んだ。「お祝いよ。それだけの仕事をしたんだから」

「祝う気なんて失せたよ」ニーメラーは腕を払った。「家に帰る」

「いいけど」ハンナは肩をすくめた。「じゃあ、おやすみ」

いっしょに来てくれとせがむと思ったら大間違いだ。ニーメラーは最近、しつこくて神経に障る。そろそろ次を考えた方がいいかもしれない。今度は女性がいい。

＊

パーティーはミリアムの祖母シャルロッテ・ホロヴィッツの宮殿さながらの豪邸の庭園でひらかれた。ゲストの名簿にはフランクフルトとフォルダー＝タウヌスの上流階級の面々が名を連ねている。由緒ある名、新しい名、古くからの財産家、新興の金持ちが一堂に会して歓談している。シャルロッテ・ホロヴィッツが才能豊かな若い音楽家を紹介するためにパーティーをひらくと、みんなが集まる。今日の注目の的は十七歳のピアニストだ。マイン＝タウヌス・センターでの一件で、ピアは遅刻してしまい、超絶技巧の最後の一部分だけかろうじて聴くことができた。

といっても、それほど残念ではなかった。本当の目当ては舌がとろけそうな料理にある。ホロヴィッツ家のビュッフェは折り紙つきだ。

そのビュッフェで、ピアはヘニングに会った。

「またもや遅刻かい？」ヘニングは皮肉をいった。「いくらなんでもまずいぞ」

「気づくのはあなたくらいよ。だれもわたしのことなんて気にしてないわ。それにピアノ演奏なんてよくわからないし」

「ピアにはセンスがない」リリーがわかったふうな口をきいた。「おじいちゃんが昨日いってた」

「おじいちゃんのいうとおりだ」そう答えると、ヘニングはにやにやした。

「わたしも認める」ピアは美味しそうな料理に目移りしていた。なにから食べようか。腹ぺこだった。

ミリアムが腕を広げてやってきて、ピアの左右の頬にキスをした。

「おしゃれじゃない。新調したの？」

「ええ、今日シャネルで買ったの」ピアはふざけた。「二千ユーロ」

「嘘ばっかり」リリーが口をはさんだ。

「冗談よ」ピアはいった。「わたしたちの大冒険をミリアムに話してあげたら？　どうして遅刻して、すばらしいピアニストの演奏を聞き逃したか」

ピアはミリアムに目配せをした。祖母が応援している音楽家をどうでもいいと思っていることを、ミリアムは知っていた。リリーはショッピングセンターでの騒動を細かいところまで綿密に話し、ピアのドレスが五十九ユーロ九十セントだったということまで忘れずに暴露した。ミリアムのドレスに当てはめたら、十センチ平方の値段だろう。

「この子には命が縮まるわ」ピアは目を丸くした。

「ねえ、ピア、あの子、オペル動物園で会ったことがある！」リリーが、八歳くらいの少年を連れて、他の人たちと立ち話をしている夫婦を指差した。

「人を指差すものではないわ」ピアは注意した。

「じゃあ、なにで指したらいいの？」リリーはたずねた。

ピアは深呼吸してから肩をすくめた。

「忘れて。遊んでらっしゃい。でも近くにいて、十五分ごとに様子を知らせること」

リリーはまっすぐその少年のところへ行った。まったく臆することがない。

「ねえ、ヘニング、少年の横にいる人、フライ上級検事じゃない？」ピアは目をすがめた。

「ここでなにをしているのかしら？」

「フライはフィンクバイナー財団の理事よ」ミリアムがヘニングの代わりに答えて、小さなグラスを手に持って、カラメルであえたカニ入りの冷製キュウリスープをスプーンですくった。

「知っているの？」

「フランクフルト検察局には知り合いが多いわ」ピアは答えた。「上級検事はこのあいだ遺体発見現場にあらわれ、次の日、司法解剖にも立ち会った」

「そういえば、あの事件はどうなった？」そうたずねてから、ヘニングは声をひそめた。「おっと、シャルロッテだ。先になにか食べよう。さっきから物欲しそうな目をしてるじゃないか」

ピアは彼をじろっとにらみつけた。だがビュッフェには手をだしそこねた。その前に、ミリアムの祖母がピアに気づいたのだ。数年前、親しい友人が絡んだ殺人事件（既刊『深い疵』）がきっかけでシャルロッテはピアを気に入り、ことあるごとに招待してくれていた。ピアがビュッフェに辿《たど》り着いたのは三十分後だった。

空気がじめじめしていて、蚊がうっとうしい。予報では夜中に激しい雷雨があるという。雨が降りだす前に、ピアは家に帰りたかった。おいしそうな料理を急いで皿に盛ると、ミリアムを捜した。ミリアムは庭園に生えているマロニエの老樹の下にある四阿《あずまや》でヘニングや数人の知り合いといっしょにいた。気分は上々だった。気心が知れているから冗談を飛ばしあえた。そのうちピアのドレスがまたもやヘニングのからかいの対象になり、これにはさすがにピアも嫌気がさした。

「そういうメガネをかけている人に、服のことをとやかくいわれたくないわね」ピアがそうやりかえすと、まわりの人たちが笑った。

「これだから、物を知らなすぎる」ヘニングは顔をしかめた。「レンズは別にして、フレームを曲げた。

だけで八百ユーロするんだぞ」

「どこで買ったの？」ピアはにやにやした。「ナナ・ムスクーリから買い取ったわけ？」

まわりの人たちがまた腹を抱えて笑った。からかわれるのが嫌いなヘニングはすっかりへそを曲げた。

そのときピアは、リリーをしばらく見かけていないことに気づいた。

多くの客は邸に入ったか、すでに帰宅していた。明日も平日なので、真夜中まで残る人はいない。そんなことをしてはかえって迷惑だからだ。庭園にリリーの姿はなかった。ピアはまた心配になった。何度も気を揉まされるのはさすがにまいる。

「あの子の皮膚《ひふ》に追跡装置を埋め込んだ方がよさそうね」ピアはいっしょに捜してくれているミリアムとヘニングにいった。「今日は寿命が十年縮まったわ」

リリーはガーデンサロンで見つかった。動物園で知り合ったという少年といっしょにソファで眠っていた。しかもよりによってフライ上級検事の膝を枕にしていた。上級検事はリリーの頭に軽く手を当てながら、向かいの肘掛け椅子にすわっているふたりの紳士と談笑していた。

「美女と野獣だ」ヘニングが皮肉った。「なんて牧歌的な」

「やあ、キルヒホフ刑事、キルヒホフ博士」上級検事は顔をほころばせた。「このお嬢ちゃんはあなた方のお子さんか。起こすのが気の毒でね。だがそろそろお暇《いとま》したいと思っていた」

「すぐに引き取ります」ピアは、子どもをほうっておく冷たい母親と思われたかと思い、少し恐縮した。「申し訳ありません。リリーが失礼なことをしていなければいいんですが」

「いいや、ご心配なく。楽しくおしゃべりしていた」フライは少し横にずれて立ちあがると、眠っている子どもをそっと抱きあげてピアに渡した。「かわいい子だ。はっきりと物をいうし、快活だ」

リリーはピアの腕に抱えられ、頭を彼女の肩に乗せた。

「大丈夫かね。あなたの車まで運ぼうか？」フライが心配してたずねた。

「いいえ、どうも。ひとりでできます」ピアは顔をほころばせた。

「わたしにも子どもが三人いる。ここにいるのが三男のマクシーだ。リリーちゃんとは動物園の教室で知り合ったらしい」

「そうでしたか」

人間にはまったく驚かされる。泣く子も黙る上級検事にこんな人間らしさがあったとは。

ピアはていねいに別れを告げた。車へ向かう途中、リリーが目を覚ました。

「うちに帰るの？」リリーが寝ぼけながら訊いた。

「そうよ」ピアは答えた。「もうすぐ十一時。わたしたちが帰らないと、おじいちゃんが心配するから」

「今日はピアといっしょで楽しかった」リリーはあくびをして、ピアの首に腕をまわした。

「大好きよ、ピア。ドイツのママだね」

リリーがあまりにもあっけらかんとしていったので、ピアはどきっとした。はじめは面倒と思ったし、振りまわされることも多いが、そんなことは忘れた。

「わたしもあなたが好きよ」ピアはささやいた。

クリフテル・インターチェンジを過ぎたところで、ハンナは高速道路から州道三〇一一号線に移り、ホーフハイム方面へ向かった。汗をかき、疲れ切っていた。早くシャワーを浴びたかった。それよりプールで泳いだ方がいいかもしれない。だが二、三時間は眠らないと。明日の夜はヴィースバーデンにあるクアハウスで催されるガラコンサートで司会をすることになっている。元気を取りもどさないと。

もちろん三十分で打ちあげパーティーから引きあげることはできなかった。おまけに駐車場で待ちかまえていたヤンとひと悶着《もんちゃく》起こした。打ちあげに出ず、ゲストの相手をハンナだけにさせるなんて、ヤンはまったく大人気ない。真夜中近くまでハンナはいい顔を振りまいたが、雷雨が近づいたのをしおにパーティー会場を去った。いろいろ気になることがあって、ゲストとの会話に身が入らなかった。マイケ。車につけられた傷。心理療法士のところで聞かされたとんでもない話。電話で脅迫してきて、それっきりなにもいってこないノルマン。いや、それよりなによりミスター・ブルーアイズのことが気になる。放送中も二、三度、彼のことが脳裏をよぎった。

ふたりは親しくなった。体の付き合いだけではない。だがハンナはまだ彼のことをよく知らず、評価が定まっていなかった。二、三年前なら脇目も振らず夢中になっていただろう。だがこう何度も男で失敗しては慎重にならざるをえなかった。ラジオで好きな曲がかかった。ハンナはハンドルの音量スイッチを強にした。スピーカーから鳴り響く音楽に合わせていっしょに歌った。風が出てきて、稲光がきらめいた。オーバーウルゼルではすでに雷雨になり、道路は川のようになっていた。二、三分もすればこのあたりも土砂降りになるだろう。なにかがヘッドライトの光をよぎった。ハンナはとっさにハンドルを反対に切った。体がかっと熱くなって、アクセルから足を離した。幸い対向車ではなかった。さもなかったら、かわしきれなかっただろう。数百メートル先の分かれ道で郡庁舎方面にウインカーをだして、ランゲンハイン方面に曲がった。森の墓地の手前で黒い車が追い越した。

「なんなの！」ハンナはびっくりしてブレーキを踏んだ。こんなに見通しが悪い場所で追い越しをかけるとは死にたいのだろうか。そのとき目にとまった。後部の窓に赤い液晶表示が浮かんだ。〝警察　後につづけ〟

ついてない！　後ろについていて、さっきハンドルを切ったのを見て、酒気帯び運転と判断したのだろう。だが打ちあげパーティーでは、ビールのレモネード割りを二杯しか飲んでいない。血中アルコール濃度は〇・〇五パーセントを超えないだろう。

その黒い車は大きな林間駐車場に入った。ため息をついて、ハンナはウインカーをだし、音楽の音量を下げて警察車両の後ろにつけた。ハンナは窓を下ろした。

男がふたり車から降りた。私服警官らしく、懐中電灯でハンナの車を照らした。

「こんばんは」ひとりがいった。「車内検査をします。免許証、身分証明書、車両証をだしてください」

ハンナは助手席にあったバッグをつかんで財布をだした。書類は全部揃っていたのでほっとした。それだけ早く解放される。私服警官のひとりは自分たちの車に戻った。ハンナはじれったくなって指でハンドルを叩いた。もうひとりが彼女の車の前に立った。

ミスター・ブルーアイズにショートメッセージを送ろうか。それとも向こうからなにか送ってくるのを待った方がいいだろうか。いずれにせよ、自分が熱を上げているような印象を彼に与えたくない。

大きな雨粒がフロントガラスを叩きはじめた。風がまわりの大きな木を揺らした。ずいぶん時間がかかっている！　もうすぐ夜中の一時だというのに。

ようやく警官が戻ってきた。

「降りて、トランクを開けてください」

逆らえば、アルコール検査をされるかもしれない。ここはいうとおりにした方が無難だ。ふたりは夜間勤務に退屈して、彼女の車に目がとまり、嫉妬心でも抱いたのだろう。パナメーラに乗るようになってから、以前より警察に止められることが多くなった。ボタンを押してトランクを開けたあと、ハンナは車から降りた。

冷たい雨粒がべとついた肌に当たった。森とラムソンと濡れたアスファルトのにおいがする。乾燥していた土が濡れて流れだしたときの金属質なにおいもする。

「三角停止板、反射ベスト、救急箱はどこですか？」

嘘っ、なんて細かいの。雨足が強くなり、ハンナは寒気がした。

「三角停止板と反射ベストはここで」ハンナはトランクの裏側を指差した。「救急箱はここです。もういいですか？」

稲光が走った。

目の端で妙な気配がした。もうひとりの警官がいきなり背後にまわったかと思うと、ハンナのうなじに息がかかった。本能的に危険を察知した。

こいつら警官じゃないと直感したとき、力強い両手がハンナの左右の上腕をつかんだ。ハンナはすかさず体を前に倒して、片足を後ろに蹴りあげた。男はつかんでいた手をゆるめた。ハンナは身を翻《ひるがえ》して、相手の股間に膝蹴りをした。とっさの反応だった。二年近くストーカー被害にあってから護身術の初心者コースを受けて、攻撃されたときの身の守り方を習得していた。男はよろめいて体を丸め、罵声《ばせい》を吐いた。ハンナはすかさず逃げようとしたが、もうひとりを見落としていた。後頭部を殴られて目の前に火花が散り、膝から力が抜けて倒れ込んだ。朦朧《もうろう》とする意識の中で男たちの足と靴が見えたが、視点がちがっていた。土砂降りの雨でぬかるんだ地面が目に入った。なにが起きたのかわからなかった。ふっと宙に浮くような感覚に襲われ、方向感覚を失った。それから不意に乾いていて、暗くて、暖かいところに入れられた。あっという間のできごとで、恐ろしいと思う暇もなかった。

*

馬場が好き。世界一すてきなところ。少女の兄姉《きょうだい》はそれほど馬が好きではなく、厩舎《きゅうしゃ》から出てきた彼女が馬くさいといってよく鼻をつまむ。ボルティング（馬上で、選手が体操のような演技をする馬術競技のひとつ）

はおもしろいし、少女は上手だった。体つきが華奢で軽かったので、馬術教室の一環というだけでなく、率先して習っていた。他の子が地面でもやれないような演技を馬上で軽々とやって見せられるので楽しくて仕方なかった。

レッスンのあと、少女はボルティング教師のガビーを手伝って、アステリクスの世話をした。蹄《ひづめ》の土をかきだし、馬房に連れていく。アステリクスは世界一大好きな馬だ。温もりのある褐色の目をしていて、たてがみが銀色の白馬だ。ボルティングを受講している他の子はもう帰っていた。でも、少女は家に帰りたくなかった。飼い葉桶のそばにすわって、おいしそうに飼い葉をかんでいるアステリクスを見ていた。

「あら」頭上でガビーの声がした。「まだ帰らないの？　帰り支度しないと、今夜は厩舎で寝ることになるわよ」

それは好都合だ。ここにいれば安心。悪夢はここまでやってこない。ガビーは馬房を開けて中に入ってきた。

「どうしたの？　車でおうちに送る？」ガビーはしゃがんで少女を見た。「もう外は暗いわ。お父さんとお母さん、きっと心配しているわよ」

少女は首を横に振った。家に帰るかと思うと、不安で気分が悪くなる。でもいってはいけない。あれは秘密だ。だれにもいわないとパパに約束した。けれども昨夜、少女は怖い夢を見た。狼の夢だ。だれかに秘密を明かしたら、あいつらがまたやってきて、きみを食べてしまうぞ、と最近リヒャルトおじさんにいわれた。怖くて怖くて、トイレに行くこともできずベッドにもぐり込んだ。今朝、ママにさんざん怒られ、兄たちに笑われた。

「家に帰りたくない」少女は小声でいった。

「どうして？」ガビーが探るような目で少女を見た。

「だって……だって……パパが痛いことをするんだもの」

少女はガビーと目を合わすことができなかった。約束を破ってしまった。きっと恐ろしいことが起きる。もう気が気ではなかった。だがなにも起きなかった。少女は顔を上げた。ガビーは、今までに見たこともないような真剣な顔をしていた。

「どういうこと？」ガビーはたずねた。「お父さんがなにかするの？」

勇気は消えた。少女はこれ以上いう気になれなかった。だがそのときいいことを思いついた。

「ねえ、ガビーのうちに行けない？」少女はたずねた。ガビーは少女を気に入って、一番の生徒だといつも自慢している。何人かの生徒といっしょにガビーの家に遊びにいったこともある。みんなで馬の写真を見て、ココアを飲んだ。ガビーは大人で、怖いことなどないはず。きっと狼の群れから守ってくれる。

「そういうわけにはいかないわ」ガビーは期待した返事をしてくれなかった。「でもおうちまで送ってあげる。あなたのお母さんに話してみる」

少女はガビーを見つめ、こみあげてくる涙を堪《こら》えた。

「でも、いじわるな狼が」少女はささやいた。

「いじわるな狼？」ガビーは体を起こした。「悪い夢でも見たの？」

少女はがっかりしてうなだれ、立ちあがった。ガビーは抱こうとしたが、少女は身を振りほどいた。

「じゃあね、アステリクス」少女は馬に声をかけると、それっきりなにもいわず馬房から出て厩舎をあとにした。今になって不安が湧きあがり、まぶたの裏が涙で焼けるようにひりひりした。狼の群れがガビーになにかしたらどうしよう。口をつぐんで、秘密を明かすのではなかった。

二〇一〇年六月二十五日（金曜日）

「iPhoneがまだ切ってある。固定電話にも出ないし」

マイケはみんなを見た。途方に暮れた顔、不安げな顔。三十分前からヘルツマン・プロダクションのスタッフ九人が楕円《だえん》の会議机を囲んですわり、コーヒーをがぶ飲みしながら、落ち着きを失っていた。リーダーのいない羊の群れだ、とマイケは思った。

「ショートメッセージを送ってみた？」イリーナ・ツィデックがたずねた。イリーナは長年ハンナのアシスタントを務め、事実上、会社になくてはならない存在だ。理由はよくわからないが、彼女はハンナに惚《ほ》れ込んでいる。ハンナの方は彼女をぞんざいに扱っているのだから不思議なことだ。彼女はハンナの夫たち、崇拝者、恋人、テレビ局経営者、プロデューサー、アシスタントプロデューサー、ディレクター、実習生、映像スイッチャーといった人々があらわれては消えるのを淡々と見てきた。彼女とうまくやれない者はまず間違いなくハンナ・ヘルツマン大先生に近づくことができない。イリーナはまさしく自分を捨ててハンナに尽くしていた。外見は灰色のネズミそのものだが、その中身は鉄のように頑強で不屈のケルベロスだ。

「iPhoneの電源が切れているんだから、どうやってメッセージを読むというんですか」マイケは答えた。「寝坊しているんですよ。あるいは電池が切れたのかも」

イリーナは立ちあがって、窓辺へ行き、中庭を見下ろした。

「私の知るかぎり、ハンナが無断で遅刻したことなんて一度もないわ。本当に心配ね」

「まさか」マイケは肩をすくめた。「すぐにあらわれますよ。昨日は遅くなりましたから」

十中八九、だれか男のところへ行ったのだろう。男がいるのは間違いない、とマイケは思っていた。母親が恋をしたときは勘でわかる。ホルモンの分泌《ぶんぴつ》が多くなって、母親は他の男まで眩惑《げんわく》する。この数日、母親の様子が一変していた。iPhoneの電源を切ったまま、何時間も音信不通になった。それに母親の家を出て、夏のあいだザクセンハウゼンの街中に暮らすといっても、なにもいわなかった。行かないでくれと泣き落としにかかると思っていたので、内心うれしくはあったが、「その方がよければどうぞ」とそっけなくいわれたときには肩すかしされた気分だった。きっと男の方が大事なんだとそのときは思ったが、その予感が的中したようだ。もちろんハンナは、そんなことはおくびにもださなかったし、マイケも問いただす気などさらさらなかった。母親の人生など興味がない。金が必要でなかったら、ここの仕事だって断っていた。

「だれか、ハンナの家に行って、様子を見てきてくれないか」ヤン・ニーメラーは寝不足なようだ。目が充血していて、髭も剃《そ》っていないし、いらいらしている。「昨日、ハンナの様子がおかしかった」

どうせ男のところだと思ったが、マイケはそういう棘《とげ》のあることは口にしなかった。ここでは母親への批判は歓迎されない。イリーナとヤンが相談をはじめた。マイケはふたりを駆り立てるものがなんなのか気になった。

ヤンにも本当にあきれる。ヤンとイリーナのライバル意識がずっとくすぶりつづけていて、お互い休んだら自分の地位を脅《おびや》かされるとでも思っているのか、四十度の熱をだしても出勤するほどだ。そしてふたりは、だれがいつどんな形でハンナと関わろうが、嫉妬を丸だしにする。そしてハンナは下劣にも、幼稚園のようなこのくだらないいがみ合いをうまく利用している。

イリーナとヤンはいまだに議論していた。マイケは椅子を後ろに引くと、バッグを肩にかけて立ちあがった。

「これからラングゲンハインまで行くなんていやだけど、あたしが行く。だから喧嘩はよして」

「それは助かる」ふたりが珍しく異口同音にいった。

「もしそのあいだにハンナから連絡があったら、電話をする」イリーナはほっとした様子で顔をほころばした。

マイケは会社から出られるのがうれしかった。今日はもうこのまま帰らないつもりだ。これだけいい天気なのだから。

＊

この二週間、大忙しだった捜査十一課も当面、日常業務に戻った観がある。新しい手掛かりも情報提供もなく、電話が鳴る回数もめっきり減ってしまった。新聞の見出しも、最新の事件や出来事に取って代わられた。

それでもオリヴァーは水の精殺人事件に熱心に取り組んでいた。午前中に「事件簿番号XY」のディレクターと詳細な打ち合わせをし、放送に期待をかけた。唯一悩ましいのは放送のタイミングだ。放送日はヘッセン州の夏休み最初の週に当たっていたのだ。オリヴァーは来客用の机に水の精殺人事件のファイルを広げ、来週ミュンヘンに持っていく書類をまとめていた。オリヴァーがテレビに出演するのは今回がはじめてではない。これまでに二度、この番組が犯人逮捕に結びついたが、三度目は空振りだった。ディレクターが事前に欲しいといっていた写真と証拠物件をメモしていると、ノックの音がした。

「緊急通報です、ボス」カイはいった。「ピアにはすでに連絡しました。十分で来るといっています」

カイの視線が、きれいに分類した資料を捉えた。

「ケムとカトリーンを行かせましょうか。ふたりはまだエップシュタインの自殺現場にいます」

「いや、いい。わたしが行く」オリヴァーは顔を上げた。少し外の風に当たるのも悪くない。

「この写真と衣服の切れ端を今日のうちに発送してくれるかな。住所はここにメモしてある」

「承知しました。ところで現場はヴァイルバッハです。車のトランクから女性が発見されました。それ以上はわかっていません」

「正確にはどこだ?」オリヴァーは立ちあがった。ジャケットを持っていくべきか迷った。昨夜の嵐で、気温が一時的に下がったが、湿度は七十パーセントと熱帯なみで、いつもよりも耐えがたかった。

「フランクフルト方面側の高速道路のヴァイルバッハ・サービスエリアの裏手の畑です。クレーガーも向かわせました」

「わかった」オリヴァーは椅子の背からジャケットを取って部屋を出た。

水の精殺人事件がどうしてもオリヴァーの頭から離れない。これまで迷宮入りした事件に二度関わっている。フランクフルトの捜査十一課にいたときのことだ。ひとつは十三歳の少年の遺体がフランクフルト市ヘーヒスト地区にある歩行者用トンネルで見つかった事件。もうひとつは二〇〇一年に起きた、マイン川のヴェルトシュピッツェで発見された少女の遺体遺棄事件。どちらも子どもが残虐な犯罪の犠牲者になった。犯人は報いを受けず、今でも自由に歩きまわっている。またしてもそういうことになるのだろうか。ドイツでは殺人事件の検挙率が比較的高いが、二週間以上も有力な手掛かりが見つからないのは、よくない兆候だ。

＊

「母さん?」

マイケは玄関にたたずんで耳をすました。玄関の鍵は持っているが、先に二回ベルを鳴らした。母親がベッドでだれかといちゃついているところなど見たくないからだ。

「母さん！」

返事がない。鳥が飛びたった。キッチンに入ってみた。それからダイニングルームとリビングルームを抜けて書斎を覗いた。いつもどおり散らかっている。二階のベッドルームを見たが、ベッドは使っていなかった。クローゼットの扉は開きっぱなしで、靴が何足もあちこちに転がっていた。

またしても放送のときに着るものが決まらずすったもんだしたようだ。スタイリストが選んでも、ハンナのメガネにかなうことはめったになかった。自前の衣装の方が好きなのだ。ベッドルームが熱烈な愛の巣になったようには見えなかった。それより、家に戻っていないようだ。

マイケはまた一階に下りた。

この家が好きじゃない。ここにいると鳥肌が立つ。子どものときは、車が入ってこない通りに住むのは快適だった。近所の子とローラスケートやペダルカーで走ったり、ゴムとびやケンパをして遊んだりできたし、森の探検もできた。だがそのあとこの家はいたくない場所になった。両親が何ヶ月もいがみ合って離婚し、パパが突然いなくなり、ママはオーペアガールを雇って、少しも構ってくれなかった。そして成長すると、ランゲンハインの森の縁《ふち》は地獄以外のなにものでもなくなり、マイケは家に寄りつかなくなった。

郵便受けを開けると、マイケは手紙の束を取りだし、ざっと目を通した。今でもときどきマイケ宛の郵便が届く。郵便物のあいだにはさまっていたメモが床に落ちた。マイケはかがんで拾った。メモ帳からはぎ取ったものだ。

〝一日待った。もう一度会いたかった。携帯電話のバッテリー残量がもうない！ これが住所。B・Pが事情を知っている。電話をくれ。K〟

どういうことだろう。Kが書き残したのはランゲンゼルボルトの住所だ。なんの住所だろう。マイケの好奇心が呼び覚まされた。認めたくはないが、数日前から母親が変わったことに、マイケは腹を立てていた。ハンナはこそこそして、どこへ出かけ、どこにいたかだれにもいわなかった。イリーナでさえ知らないほどだ。母親に会いたかったというKは新しい彼氏だろうか。事情を知っているというB・Pはだれだろう。

マイケはiPhoneに視線を向けた。午前十一時を少し過ぎたところだ。ランゲンゼルボルトまで行って、その住所がどういうところか覗いてみる時間は充分にある。

＊

オリヴァーはドアのボタンを押して、通路に立った。防弾ガラスで守られた警備室の巡査にうなずいて、出口のロックを解除してもらった。ピアはアイドリングしている車の中で待っていた。オリヴァーは車に乗ってほっと息をついた。ピアがエアコンを全開にしていたので、車内は快適だった。

「なにかわかったか？」オリヴァーはそうたずねて、シートベルトに手をかけた。

「車のトランクから女性の死体が見つかったという話です」ピアは答え、通りを左折して高速道路に向かった。「昨日は司法書士との約束に間に合ったんですか?」

「ああ。家は売れた」

「つらい?」

「意外と平気だった。片づけるときにはつらいかもしれないが。だがルッペルツハインの家がうまく買えれば、別れも少しは楽になるだろう」オリヴァーは昨日ケルクハイムの司法書士事務所でコージマと会ったときのことを思いだした。およそ二年前に別居してからはじめて彼女と感情抜きで話すことができた。自分の三人の子どもの母親である彼女に、いい感情も、悪い感情も湧かなかった。自分の人生の半分をいっしょに過ごしてきた相手なのに。愕然《がくぜん》としつつ、ほっとした。だがこれでこれからも会うことができそうだ。

ヴァイルバッハへ行く途中、オリヴァーは州刑事局で事情聴取されたときのこととフランクが尻尾を巻いたことをピアに話した。話の途中でピアの携帯電話が鳴り、オリヴァーは州刑事局の廊下でフランクとエンゲル署長がやりあったことを話すべきかどうか迷った。

「出てもらえます?」ピアがいった。「クリストフです」

オリヴァーは電話に出て、ピアの耳に電話を当てた。

「今日はいつ帰れるかわからないわ。新しい事件が発生して移動中なの」ピアはいった。「ええ……そうね……バーベキューはいいわね。冷蔵庫にまだパスタサラダがあるわよ。でも買い物に行くなら、洗濯洗剤をお願い。買い物メモに書き忘れたの」

典型的な日常会話だ。オリヴァーも以前、コージマとそういう話をした。プライベートがガタガタになってしまったこの二年、そういう会話に飢《う》えていた。今は自由の身だから、新しいチャンスにわくわくできると自分にいいきかせても、やはり心の奥底ではちゃんとした我が家と人生の伴侶に憧れている。ひとり暮らしは向いていない。

ピアはしばらく話を聞いて、ときどきうん、うんと返事し、微笑みを浮かべた。ピアがそんなふうに微笑むところを、オリヴァーはめったに見たことがない。

「わかった」ピアはそういって通話を終えた。「あとで電話する」

オリヴァーは通話を終了して、携帯電話をセンターコンソールに置いた。

「なにをそんなにニコニコしてるんだ？」オリヴァーは気になってたずねた。

「あのおちびさんのことです」ピアはオリヴァーの方を向かずに答えた。

「かわいい盛りだからな」

ピアが真顔になった。「いずれ帰ってしまうんです。なんだか残念」

「二、三日前とずいぶん言い方がちがうな」オリヴァーはからかった。「すっかり神経がまいって、あの子の帰る日を毎日カレンダーにチェックしていたじゃないか」

「そうでしたね。でも今は仲よしです。ああいう子が家にいると、何もかも変わってしまうものですね。なにより、責任を負うことを甘く見ていました。しっかりしたところがあるものですから、本当はあの子を保護しなければならないってことをうっかり忘れてしまうんです」

「そのとおりだ」オリヴァーはうなずいた。次女は十二月で四歳になった。隔週で週末か平日にオリヴァーのところに泊まるが、そのたびになにか新しい発見がある。気をつけなければならないことはたくさんあるが、その代わり喜びもひとしおだ。

高速道路のハッタースハイム出口で高速道路六六号線を下り、州道三二六五号線をキースグルーベ方面に向けて走った。遠くから事件現場がわかった。草地に救急ヘリコプターが着地していて、ローターがゆっくり回転していた。

隣の小麦畑の縁に警察車両、救急医の車、救急車が止まっている。ピアがブレーキを踏んでウインカーをだし、野道に入ろうとすると、巡査が道端に止めるよう合図した。オリヴァーとピアは車から降りて、五十メートルほど歩いた。蒸し暑い空気がオリヴァーを包んだ。ピアのあとから、雷雨でぬかるんだ道に倒れた小麦の穂を踏みしだいた。小麦が夜中の嵐にやられて、穂が途中で折れたり、地面にくたっと倒れたりしていた。

「そこは踏むな!」鑑識課長のクレーガーはそう叫ぶと、立入禁止テープで細い通り道をこしらえてある畑の方を指差した。クレーガーと三人の部下がすでにフード付きの白いつなぎを着ている。この熱気の中ではやりたい仕事ではない。どこを向いても木陰はなかった。

「どんな状況だ?」オリヴァーはクレーガーの横に立ってたずねた。

「車のトランクに女性が入れられていた。全裸で意識不明。ひどい有り様だ」

「死んではいないのか?」

「遺体をわざわざヘリコプターで運ぶと思うか? まだ生きている。高速道路作業員がふたり、レストハウスからこの車に気づき、変に思って、車で見にきた。あいにく轍《わだち》の跡とか足跡を気にもかけずにな」

クレーガーから見たら万死に値する。しかし警官でもなければ、車が畑に置き去りになっているからといってすぐ犯罪のにおいをかぎとれるわけがない。

「車には鍵がかかっていなかった。キーは挿したまま。それから女性を発見した」

オリヴァーは歩きながら黒いポルシェ・パナメーラの開け放ったトランクを覗いて、大きな黒い染みに気づいた。おそらく血だ。救急医がふたり、救急車の中で治療している。

「重体だ」救急医のひとりが、声をかけたオリヴァーにいった。「それに脱水症状を起こしている。この暑さであと一、二時間トランクに閉じ込められていたら助からなかっただろう。なんとか搬送《はんそう》できるよう容体の安定を図っている。循環器系が完全にやられている」

かなり乱暴な物言いだが、オリヴァーは気にしなかった。救急医は最前線で戦っている。救援用ヘリコプター付きの救急医なら、普通の人が卒倒してしまうような惨状を目の当たりにしているはずだ。オリヴァーは血腫《けっしゅ》と裂傷でふた目と見られない女性の顔をちらっとうかがった。

「殴られて、暴行を受けている」救急医は淡々といった。「しかも残虐極まりない」

「全裸だったと聞いたが」オリヴァーはいった。

「全裸で、手足を結束バンドでしばられ、ガムテープで口をふさがれていた。まったくひどい奴もいるものだ」

「ボス？」

オリヴァーは振り返った。

「女性を発見したふたりから話を聞きました」ピアは声をひそめていうと、救急車の影に入った。「レストハウス裏の駐車場は行きずりのセックスをしたい人間の待ち合わせ場所として知られているそうです」

「つまり被害者はここでだれかとんでもない奴に引っかかったということか？」オリヴァーは畑からサービスエリアへと視線を泳がせた。まったくこの世にはいかれた連中がいるものだ。考えただけで耐えられない。

「その可能性はあります」ピアはうなずいた。「それから巡査が車のナンバーを確認しました。車はフランクフルトの会社に登録されています。ヘッデリヒ通りのヘルツマン・プロダクション。車にはバッグも書類もありませんでした。しかしヘルツマンという名前には聞き覚えがありますね」

ピアは眉間にしわを寄せて考えた。

オリヴァーはその名にピンときた。テレビはあまり見ない方だが、どこかで読んだか、その名の響きが耳に残っていたようだ。

「ハンナ・ヘルツマン。ニュースキャスターか」

＊

ベッド、テーブル、椅子、化粧板の戸棚。小さな窓にはもちろん格子がはめられている。部屋の隅には蓋《ふた》なしの便器と洗面台があり、洗面台の上の壁には金属製の鏡が貼ってある。消毒薬のにおい。部屋の広さは八平方メートル。これから三年を過ごす部屋だ。

重たいドアが背後でドンと閉められた。男はひとりになった。自分の鼓動が聞こえるほど静かだ。携帯でだれかに電話をかけたくなった。だれでもいい。人の声が聞きたい。しかし今はもう携帯電話を持っていない。コンピュータもない。自分の服すらない。今日から命令に従う身、囚人、刑務官の気分とさじ加減で運命を左右される存在。男はもうなにひとつ自由にできない。法治国家が彼に与えられた特権を剥奪したのだ。

「耐えられない」と男は思った。

刑事警察が捜索令状を持ってあらわれ、自宅と事務所が家宅捜索され、コンピュータが押収された日、男はショックでなにもできなかった。途方に暮れた妻のブリッタが目に浮かぶ。さげすむような彼女のまなざし。彼女はドアの前に彼のスーツケースを置いて、二度と顔も見たくないと叫んだ。翌日、子どもに会うことを禁止する仮処分がいいわたされた。友人も、事務所の職員も、同業者も、みんな彼に背を向けた。そのあと逮捕され、逃亡と証拠隠滅の恐れがあるということで保釈されなかった。

その後の勾留と公判。どれひとつ取っても現実とは思えなかった。とんでもない夢で、いつか目が覚めると期待した。女性裁判官が、判決を朗読し、男は刑務所暮らしが決まった。そのあいだ最愛の子どもたちに会えなくなる。だがすべてを耐え忍び、乗り切れると思っていた。手錠をかけられ、長年正義の側に立っていた法廷を出たとき、男は報道陣のフラッシュを浴びせられた。それでも気をしっかり保った。

公民権を剥奪された新入りとして刑務所でひどい辱《はずかし》めを受けたが、それでも顔色を変えることはなかった。身体検査も耐え抜いた。着古されて、傷んだごわごわの囚人服もおとなしく着た。自分の服は袋に入れられ、腕時計と札入れも取りあげられたが、それでもこの状況に屈することを拒みつづけた。

男は振り返って独房の扉を見つめた。取っ手も鍵穴もないのっぺらとした扉。内側から開けるのは不可能だ。その瞬間、これが現実で、悪夢から覚めることはないと思い知らされた。膝《ひざ》の力が抜けて、胃がよじれた。突然、むきだしの恐怖を覚えた。孤独感と無力感に。他の囚人たちに。小児性愛者として逮捕された彼は刑務所の中のヒエラルキーでは最底辺に位置づけられる。だから安全のために独房に入れられたのだ。

男は人生を悲観し、自暴自棄になった。自信に満ちた人生は過去のものとなり、結婚は破綻《はたん》し、名声は地に堕ちた。彼の人格と人生を作りあげていたもの、自分というものが緑色の袋に入れられたシャツとスーツと靴と共に消え去ったのだ。

男はただの番号で呼ばれることになる。一〇八〇号の長い日々のはじまりだ。

呼び出し音で深い眠りから覚めた。心臓の鼓動が激しく打っていた。汗をびっしょりかき、夢を見ていたと気づくまでしばらくかかった。ひさしぶりにあの夢を見た。現実のように真《しん》に迫っていた。灰色のリノリウムを踏んだときのゴム底のキュッキュッという音。尿と汗と食べ物と消毒薬が混ざった牢獄のにおい。

力みながら体を起こし、机の上の携帯電話を探した。呼び出し音はその携帯電話のものだった。キャンピングトレーラーの中は暑くて、息が詰まった。空気が濁《にご》っている。少し休むつもりが、熟睡してしまったようだ。目がずきずきして、背中が痛い。夜が白むまで大量の文書を読んで、メモを取った。手記、新聞記事、録音テープ、聞き書き、会議録、日記。もっとも重要な事実をあぶりだし、関連づけるのはたやすいことではなかった。

男は書類の山の中に携帯電話を見つけた。いくつか着信があった。だがあいにく待っていた電話ではなかった。マウスをクリックして、ノートパソコンをスリープ状態から解除し、パスワードを打ち込んで、Eメールの受信箱を覗いた。ここにもなにも来ていない。失望が毒のように彼の体にまわった。どうなっているんだ。なにかミスをしただろうか。

男は立ちあがって、戸棚のところへ行った。少したからってから引き出しを開けた。Tシャツのあいだに手を入れて、写真を取りだした。褐色の瞳。金髪。かわいらしい笑み。本当なら、この写真を処分する必要がある。だができなかった。あの子への愛情がナイフのように心に刺さる。その痛みを和らげる術《すべ》は一切なかった。

＊

「目的地に着きました」ナビの声が告げた。「目的地は左側です」

マイケはブレーキを踏んで、あたりを見まわした。

「どこだろう？」マイケはサングラスをはずした。森の中だった。まばゆい光の中を走ってきたので、樹木と下草しかわからなかった。緑が深く、そこここで黄金色《こがねいろ》の日の光が木漏れ日となって降ってくる。ふいに砂利を敷いた森の小道とブリキの郵便受けが目にとまった。ハリウッド映画によく出てくる郵便受けに似ている。マイケは意を決してウインカーをだし、その小道に入って、くねくねと車を走らせた。緊張が高まった。B・Pとはだれだろう。Kというのは。森の小道の先でなにが待ち受けているのだろう。マイケは森を抜けた。まばゆい光を浴びて、目がくらんだ。カーブを過ぎると、驚いたことに砦《とりで》さながらの邸《やしき》が忽然とあらわれた。監視カメラ付きの鉄門、透かして見ることのできない垣根の上には有刺鉄線が張りめぐらされている。看板には「猛犬、高圧電力、地雷に注意」と書いてある。

これはなに？　マイン＝キンツィヒ郡に準軍事組織の立入禁止区域？　母親はいったいなにを追っていたんだろう。マイケはギアをバックにして、来た道を分かれ道まで戻った。もうひとつの道はめったに使われていないようだが、向かいたいと思った方向に延びていた。メインの道から充分離れ、目立つ赤い車がだれにも見えないところまで行くと、グローブボックスから双眼鏡をだし、ルーフを閉めて歩いた。五十メートルほどで道が途切れた。マイケは右へ進み、間もなく森の縁に辿《たど》り着いた。鉄門からはかなり離れていた。ここなら門の上に据《す》えつけられた監視カメラの死角になる。少し先にモミの苗木が植わっている一角があり、そのはずれに狩猟櫓《やぐら》が見えた。背の高いイラクサとアザミが生えているので、はいているのがジーンズとスニーカーで助かった。狩猟櫓はしばらく使われていないようだ。梯子《はしご》に苔《こけ》が生え、腐っているように見える。マイケはその梯子を手探りしながら上り、狩猟櫓がしっかりしているか確かめてから、体を乗せた。上からの眺めは完璧だった。

マイケは双眼鏡のピントを合わせて邸を見た。玄関を大きく開け放った邸の前にはすくなくとも二十台のオートバイが止めてある。どれも大型で、クロームがぴかぴか輝いている。主としてハーレーダビッドソンだが、ロイヤルエンフィールドも二、三台まじっている。その横には鉄条網でさえぎられた資材置き場があって、大量の自動車とオートバイの部品、タイヤ、オイルのドラム缶が置いてある。邸の横の大きなマロニエの下にはテーブルとベンチがずらっと並んでいる。グリルコーナーからは煙が上がっているが、人影はまったく見当たらなかった。邸の反対側には格子のついた犬小屋があり、看板にあった猛犬がのんびり日光浴をしている。

遠くを飛ぶセスナ機以外、なんの音もしない。周囲の草むらではクマバチやミツバチが飛び、森の奥でカッコーが鳴いた。

マイケは狩猟櫓からその柵で囲まれた巨大な敷地を見た。背の高い樹木のあいだに邸が見え隠れしている。庭は手入れが行き届いている。きれいに刈り込まれた植え込み、花が咲き乱れる花壇、エメラルド色の芝生。テラスのそばではスイミングプールが青く輝き、その先の庭には子どもの遊び場があって、シーソー、砂場、ジャングルジム、すべり台が目にとまった。有刺鉄線に囲まれたのどかな情景、大型バイクに猛犬。奇妙だ。ここはなんだろう。

マイケはiPhoneで何枚か写真を撮り、グーグルマップで位置確認をした。衛星写真を確認したが、あいにく情報は数年前のものらしい。柵も資材置き場もなかった。この謎の組織が立てこもる以前、邸はただの農家だったようだ。いかにも犯罪のにおいがする。ドラッグ？　盗まれた車とオートバイ？　人身売買？　もしかしたら政治がらみ？

マイケはまた双眼鏡をつかんで家に向けた。

突然ぎょっとした。一階の窓にだれか立っていて、双眼鏡を覗いている。もう片方の手には携帯電話がある。こっちを見ている！　まずい。見つかった！

マイケはあわてて梯子を下りたが、ステップが壊れてバランスを崩し、イラクサの中に背中から落ちた。罵声《ばせい》を吐きながら立ちあがった。一刻の猶予《ゆうよ》もならない。窓ガラスをミラー処理した黒い大型車がオートバイを四台引き連れて近づいてくる。その一団は邸へ向かうのではなく、狩猟櫓めざして草の生い茂った野道を走ってくる。マイケは迷わずイラクサをかき分けて森に入った。彼女はもともと怖いもの知らずだ。ベルリン時代には街で一番風紀の悪い地区に住んでいた。襲われたときの身の守り方も心得ている。だがここではそれが通用するとは思えなかった。マイケは今、いずことも知れないところにいる。だれにも行き先をいっていない。

車とオートバイが止まって、ドアが開いた。人の声。マイケはちらっと振り返った。バンダナ、金の鎖、黒いレザー、髭、刺青《いれずみ》。あの砦のような邸はバイカーギャングのアジトなのか。犬が吠え、すぐにまた静かになった。下草を踏みしだく音がする。奴ら、猛犬をけしかけたのだ！　マイケは必死に走った。猛犬に追いつかれ、襲いかかられる前に車に着かなくては。邸はあれだけ広大だ。招かれざる客を消す方法などいくらでもあるだろう。肥溜《こえだ》め、酸で満たされたドラム缶、コンクリート詰め。そんな光景が脳裏をよぎった。彼女のミニを解体することなど、バイカーギャングにかかったら造作もないだろう。部品はスクラップの中にまぜ、死体はトランクに詰めてプレス機でつぶせばいい。木の間に赤いものが見えた！　マイケは、今にも心臓が口から飛びだしそうだと思った。脇腹が差し込み、息ができない。それでも車のキーをだし、リモコンを押した。そのとき犬が彼女の行く手をさえぎった。黒々した筋肉の塊《かたまり》が牙をむいて飛びかかってくる。雪のように白い牙と暗赤色の口が目に入り、かすれた息遣いが聞こえた。

「しゃがめ！」声がした。マイケはとっさにそうした。次の瞬間、耳をつんざく銃声が轟《とどろ》いた。ジャンプした犬が宙で止まり、鈍い音をたてて赤いミニのフェンダーにぶつかった。

＊

「ハンナを最後に見たのは、昨夜放送終了後の打ちあげパーティーの前です」ヘルツマン・プロダクションの共同経営者だという四十代終わりの痩《や》せた男が答えた。頭を剃っていて、山羊《やぎ》鬚を生やしているので、少し年を取っているように見える。男は黒縁メガネの分厚いレンズを通して、充血したウサギのような目をピアに向けた。寝不足にちがいない。

「何時でしたか？」

「夜の十一時頃」頭のてっぺんからつま先まで黒ずくめのヤン・ニーメラーが肩をすくめた。

「十一時十分にはなっていたかもしれません。わたしはパーティーに出ず、帰宅しました。ですので彼女が何時までいたか知りません」

「真夜中になる直前までです」ハンナのアシスタント、イリーナ・ツィデックがいった。「雷雨になる前でした」

「どこかへ行くといっていましたか？」ピアはたずねた。

「いいや」ニーメラーは首を横に振った。「彼女はそんなことをいったりしません。プライベートについては秘密主義でしたから」

「まるで死んだような物言いね」イリーナは棘のある言い方をした。「あなたがうるさいから、ハンナはいわなかったのよ」

ニーメラーはむっとして口をつぐんだ。どうやらこのふたりは犬猿の仲らしい。

「ヘルツマンさんは発見されたとき、身分証などを持たず、携帯電話とハンドバッグもありませんでした」ピアはいった。「車のナンバーでこの会社の所有であることを突き止めたんです。住所は？」

「ホーフハイム市ランゲンハイン地区」アシスタントは答えた。「コマドリ通り一四番地」

「ヘルツマンさんのプライバシーについてなにかご存じですか？」

「ハンナは数週間前……ご主人と別居しました」ニーメラーは答えた。

ピアは、彼が少しためらったことを見逃さなかった。

「ヘルツマンさんひとりの判断ですか。それともおふたりで決めたことですか？」

「ハンナが決めたことです」イリーナが代わって答えた。

「ヘルツマンさんのことをよくご存じなんですね」ピアはいった。

「ええ。十五年以上、アシスタントをしていますから。ハンナはわたしにほとんど隠しごとをしません」イリーナはけなげに微笑んだが、目がうるんでいた。涙を流すまいと懸命に堪《こら》えているのだ。

「ご主人のお名前と電話番号は？」

「コルンビヒラー」イリーナがいい直した。「ヴィンツェンツ・コルンビヒラー。ハンナは結婚したときご主人の姓を名乗らず、旧姓で通しました。電話は携帯の番号しか知りません。待ってください。探してみます」

イリーナがタブレットで電話番号を探すあいだ、ピアは大きな会議室に視線を泳がせた。ハンナ・ヘルツマンの写真やポスターが雪のように白い壁のいたるところにかけられている。輝く美貌、自意識のある笑み。四六時中、自分の顔ばかり目にするというのはどんな気持ちだろう。成功した有名人の多くがなんらかの性格上の欠陥を持っている。ハンナ・ヘルツマンの場合は見栄っ張りということだろうか。

ピアは額に入ったポスターや写真を見て、ハンナの暴行を受けた顔を脳裏に浮かべた。だれがやったんだろう。

三十分前、病院から連絡があった。ハンナ・ヘルツマンは内臓に重傷を負っているので、緊急手術が必要だという。具体的にどのような手術をするかは法医学的な検査を待って決定するという。

犯人の残虐さは尋常ではない。憎悪、怨嗟《えんさ》、失望といった感情が働いている疑いがある。そういう感情を持つのは、被害者を個人的に知らなければむりだろう。おそらく感情のもつれが原因だ。

「他に最近、問題を抱えていたとか、おかしな様子はありませんでしたか？　だれかと険悪だったとか？　脅迫されていたとか？」それまで発言を控えていたオリヴァーが口をひらいた。

アシスタントと共同経営者ははじめこそ悪い知らせにショックを受けていたが、すぐに気を取り直して、口が重くなっていた。少しのあいだ、会議室は沈黙に包まれた。半開きの窓から通りの喧噪《けんそう》が鈍く聞こえる。電車が通過した。

「ハンナのように成功を収めた人をやっかむ人はいます」ニーメラーはあいまいにいった。

「普通のことです」

「しかし、暴力をふるい、強姦し、裸のまま車のトランクに閉じ込めるのは普通ではないですよ」オリヴァーは容赦なく答えた。

ヤン・ニーメラーとイリーナ・ツィデックはさっと顔を見合わせた。

「およそ二週間前、ハンナは長年働いていたプロデューサーをクビにしました」イリーナが口をひらいた。「ノルマンといいます。しかしハンナにそんなひどいことをするとは思えません。蠅《はえ》も殺せないような人ですので。それに……彼は女性には興味がない人なんです」

まわりの人の本性をまともに見抜けない人間が多いことに、ピアは何度驚かされたかしれない。どんなにおだやかな人でも、逃げ場のない状況や感情が抑えられない状態では人殺しになりうる。そこに酒が一役買うこともある。かっとして抑制が効かなくなれば、蠅も殺さない男も残虐な衝動犯になる。

「統計によると、冷酷なプロによる暴力犯罪は極めてすくないのです」ピアは考える機会を与えた。「多くの場合、犯人は被害者の周辺にいます。ヘルツマンさんが解雇した人の氏名と住所を教えてください」

イリーナ・ツィデックはしぶしぶ名前と住所を教えた。

「そういえば最近、新聞でヘルツマンさんのことが話題になりましたね」オリヴァーはいった。

「たしかゲストが不満を口にしたとか？」

「たしかにそういうこともあります」ニーメラーが火消しに入った。「番組に登場いただいたゲストの中には、あることないこと話して、あとでまずいことをしゃべってしまったと気づいて、苦情をいってくる方がいるのです。それだけのことです」

オリヴァーが席につかず、うろうろしていることに、ニーメラーは戸惑っていた。

「しかし今回はただの苦情ではすまなかったようですね」オリヴァーは窓辺に立っていった。

「ヘルツマンさんは番組で謝罪しました」

「ええ、そうです」ニーメラーの腰がもぞもぞし、のど仏が上下した。

「過去に苦情をいってきた人全員の氏名と住所をいただきたい」オリヴァーはニーメラーに名刺を差しだした。「早急にお願いします」

「かなり大勢になりますが」ニーメラーは認めた。「わたしどもは……」

「そうだ！」イリーナがニーメラーの言葉をさえぎった。「マイケに電話しなくちゃ！　なにがあったか知らないわ！」

「マイケというのは？」オリヴァーはたずねた。

「ハンナのお嬢さんです」イリーナは携帯電話をつかんで、通話ボタンを押した。「夏休み中、制作アシスタントとしてうちでアルバイトしてもらっているんです。今朝ハンナが会議にあらわれず、電話にも出なかったので、自宅を見にいってもらっているんです。とっくになにかいってきてもよさそうなんですけど」

＊

「ねえ、パパはいつ来るの？」ルイーザはもう十回はたずねた。そのたびにエマの心がちくっとした。

「午後二時。あと五分よ」

いつもより一時間早く幼稚園から帰った。ルイーザはキッチンの窓辺のベンチにすわって、お気に入りのぬいぐるみを抱きながらずっと通りを見下ろしている。待ち遠しそうだ。早く母親から離れたくて仕方がないのだ。エマはフローリアンの不義よりもこちらの方が胸に応えた。ルイーザは前々から父親っ子だ。フローリアンは留守がちで、ほとんど子どもの面倒を見ないというのに。だが家にいるとき、父親と娘がいつもくっついているため、エマは疎外感を味わった。ふたりのつながりには嫉妬すら覚えた。

「あっ！　パパの車！」いきなりそう叫んで、さっとベンチから下りると、ルイーザは小さなバッグをつかんで、スキップしながら住まいのドアに向かった。ルイーザの頬は紅潮していた。二、三分後、フローリアンが階段を上ってきた。ルイーザがドアを開け、うれしそうに声をあげてフローリアンの腕の中に飛び込んだ。

「パパ！　パパ！　動物園に行こう。今すぐ」

「いいとも」フローリアンは微笑みながらルイーザに頬ずりをした。ルイーザはフローリアンの首に腕をまわした。

「おかえり」エマは夫にいった。

「やあ」そう答えると、フローリアンは目をそらした。

「ルイーザのバッグよ」エマはいった。「着替えと寝間着と替えの靴を入れておいた。それからおむつを二枚。夜、ときどき必要なときがあるの……」

のどがしめつけられて、声が詰まる。なんてひどいやりとりだろう！　これから隔週でしなくてはいけないとは。ビジネスライクな冷たいやりとり。フローリアンに帰ってきてくれと頼むか。彼の不義を不問に付して。けれども、彼に断られたらどうする。別居できて喜んでいるかもしれない。

「本気でこのまま別居するつもり？」エマは低い声でたずねた。

「きみに追いだされた」フローリアンはいまだにエマを見ようとしなかった。まるで他人だ。子どもを彼に預けるのがさらにつらくなった。

「説明してもらいたいんだけど」

フローリアンはなにもいわなかった。弁明も詫びの言葉もなかった。

「来週話し合おう」フローリアンは言葉を濁した。

ルイーザがじれったそうにフローリアンの腕を引っ張った。

「行こうよ、パパ」ルイーザの言葉はなんの配慮もない、したがって本心だ。エマの心を残酷に切り裂いた。「早く」

エマは胸元で腕を組み、こみあげる涙を堪えた。呼吸を忘れるほどだった。

「ちゃんと見てね」エマにはそれしかいえなかった。

「いつもちゃんと見ているさ」

「本当かしら」棘のある言葉が口をついてでた。ずっと心の中で思っていたことだ。フローリアンと彼の両親はルイーザを甘やかしてばかりいる。しっかりしつけて、だめなことはだめだといっているのはエマだけだ。だからルイーザに好かれない。

「あなたはずっと週末だけの父親だった。日々の雑事はわたしに押しつけて、わたしがこの子にしつけたことを週末に台無しにしてきた。本当にずるい」

フローリアンはようやくエマを見たが、なにもいわなかった。

「どこへ連れていくの？」

エマにはそれを知る権利がある。先週、青少年局の女性局員と家族法専門の女性弁護士から教えてもらっていた。片親の養育権を拒むには、その片親がアルコールないしは麻薬の依存症であるといった根拠を示さなければならない、と青少年局の局員はいっていた。そうすれば幼い子が家以外で宿泊することは許可されず、もう一方の親の裁量に任されるという。

エマはルイーザを夕方連れ帰るようフローリアンに要求するか悩んだが、結局いわなかった。ルイーザは何日も前からパパと過ごせる週末を楽しみにしていた。エマは娘を親の意地の張り合いの犠牲者にしたくなかったのだ。

「ゾッセンハイムにアパートを借りた」フローリアンは冷ややかにいった。「半地下で二間とキッチンと浴室だけだが、当面は充分だ」

「ルイーザはどこで寝るの？　ルイーザの簡易ベッドを持っていく？」

「わたしと眠る」フローリアンはルイーザを床に下ろして、エマが用意したバッグをつかんだ。

「わたしが帰ったときはいつもそうしてきたじゃないか」

そのとおりだ。ルイーザは毎晩ベッドルームにやってくる。エマは反対したが、フローリアンはいつもルイーザといっしょに眠った。子どもはひとりでベッドで寝ることになれなくてはいけないのに。朝、エマが目を覚ますと、ふたりはいつもくっついて、くすくす笑いながらじゃれあう。今夜も、明日の夜も、ふたりはそうするのだろう。ちがうのは、エマがいないということだ。ふいにある言葉がエマの脳裏をかすめた。青少年局の局員が口にしたぞっとする言葉。それを根拠にすれば、片親から養育権と訪問権を剥奪することができるという。

「そんな人聞きの悪いことを」エマは自分がそういうのを聞いた。「成人男性と幼い少女がふたりだけになるなんて。しかもベッドに入るというの？」

フローリアンの顎筋肉に力が入り、目が怒りに燃えた。ふたりは一瞬黙ってにらみ合った。

「おかしいんじゃないか？」フローリアンはさげすむようにいった。

下の階でドアが開いた。

「フローリアン？」義母の声が廊下に響いた。

ルイーザが父親の手をつかんだ。

「おばあちゃんとおじいちゃんにバイバイしてくる！」ルイーザがフローリアンを引っ張った。

エマはしゃがんで娘の頬をなでた。しかしルイーザはエマを見ようともしなかった。

「いってらっしゃい」エマはいった。

もう涙を堪えきれないと思って、エマは夫と娘をそこに残し、キッチンに逃げ込んだ。だがふたりのことが気になって、フローリアンがルイーザを後部座席のチャイルドシートに乗せるのをキッチンの窓から見た。フローリアンの父親は玄関の前の外階段に立った。母親は車のところまでついていき、微笑みながらルイーザのバッグをフローリアンに渡した。彼は両親にどう話しているのだろう。本当のことはいっていないはずだ。

それからフローリアンは車に乗り込み、いったんバックして走り去った。走り去る車に手を振る義父母が涙でかすんだ。エマは拳を口に押し当ててすすり泣いた。

わたしは夫を失った、そして子どもまでもとエマは思った。

＊

ピアとオリヴァーがコマドリ通りに着くと、クレーガーのチームはすでに家の前で待機していた。

「どういうことだ？」クレーガーは驚いてたずねた。「被害者は亡くなったのか？」

「だれを待っているんだ？」オリヴァーが聞き返した。

「捜査十三課のだれかさ」クレーガーは答えた。

捜査十三課は性犯罪担当だ。だが十三課のふたりはバカンスを取っていて、残るもうひとりも捜査十一課が担当することに異論はなかった。

「われわれと組んでもらう」オリヴァーはいった。

イリーナ・ツィデックはマイケ・ヘルツマンに連絡がつかなかったため、玄関の鍵をオリヴァーたちに預けた。不動産屋なら実業家の邸宅と褒《ほ》めちぎりそうなその家は、袋小路のどん詰まりの森のすぐそばに建っていた。家はだいぶ傷《いた》んでいる。屋根は苔むし、白い化粧壁には緑色のシミがついていた。プレートを敷き詰めたアプローチとトラバーチンを張った外階段はスチームクリーナーをかける必要に迫られている。

「まずここの樅《もみ》の木を伐採すべきね」ピアはいった。「日照を奪っている」

「前庭に樅の木を植える人の気が知れないな」オリヴァーもいった。「こんなに森の近くだというのに」

オリヴァーは玄関ドアに鍵を挿した。

「待った！　ドアから離れろ！」クレーガーが背後であわてて叫んだ。オリヴァーは火傷《やけど》でもしたかのように鍵から手を離した。ピアはびくっとして振り返りざまに拳銃を抜いた。クレーガーは仕掛け爆弾と藪《やぶ》の中の狙撃手にでも気づいたのだろうか。

「どうしたの？」ピアは全身をこわばらせていった。

「つなぎと靴カバー」クレーガーは現場検証の必須アイテムを持ってやってきた。「毛髪や皮膚《ふ》片をばらまかれてはたまらない」

「気は確かか？」オリヴァーは腹立たしげにいった。「急に怒鳴るから死ぬかと思ったぞ！」

「すまない」クレーガーは肩をすくめた。「こっちはここのところ寝不足でね」

ピアも拳銃をしまい、首を横に振りながらクレーガーから必須アイテムを受け取って、パックを破いた。玄関の前で、ピアとオリヴァーはつなぎを身につけ、靴カバーをはいた。

「それでは、入ってもいいでしょうか?」オリヴァーはことさらていねいにたずねた。

「ふざけるな」クレーガーはうなるようにいった。「科学捜査研究所でちまちま豆拾いしている担当官の気持ちになれ。おまえたちがDNAを犯行現場に振りまけば、DNA分析で二十回に一回はおまえたちの痕跡を見つけることになる」

「わかったわ」ピアがクレーガーをなだめた。

家は見た目よりもはるかに大きかった。広くて薄暗いエントランスホールにはトラバーチン、鍛鉄《たんてつ》、銘木《めいぼく》があしらわれ、二階に通じる階段があった。ピアはざっと見まわし、玄関ドアの横にあるサイドボードのところへ行った。

「だれかが今日の郵便を郵便受けから取ってここに置きましたね」ピアはいった。「玄関ドアの郵便受けに投げ入れてあったものでしょう」

「おそらく娘だな」オリヴァーはキッチンに入った。キッチンテーブルに使ったグラスが数客と空き瓶がのっている。流し台には皿とカトラリーが食べ残しといっしょに置いてあった。リビングルームの黒い革張りのソファに、フェイクファーの毛布がくしゃくしゃになっていた。仮眠したあとのようだ。ソファテーブルにもグラスが数客あって、灰皿に吸い殻が数本入っていた。クレーガーの部下にとっては正真正銘のDNAパラダイスだ。

掃き出し窓からテラス越しに広い庭が見えた。エントランスホールの反対側にあった書斎は散らかっていた。紙、ファイル。キャスター付きキャビネットの引き出しが開いていて、ゴミ箱の中身が床にまき散らされている。ピアは書斎を見まわした。胸騒ぎがした。たくさんの犯行現場を目にしてきたので、争った跡や血痕がなくても違和感を覚えた。体にひしひしと感じた。

「ボス、だれかがいましたね。侵入者がデスクと書類を漁っています」

オリヴァーは、どうしてそう思うのかピアにたずねなかった。ふたりはいっしょに働いて長い。ピアの直感は何度も正しいことが証明されてきた。

ふたりは書斎に足を踏み入れた。ここの壁も女主人の額入りの写真で埋め尽くされていた。ところどころに家族写真もある。男はそのつどちがうが、子どもはいつも同じだ。幼い少女から大人っぽくなるまで。

「これがマイケね」ピアは写真を見つめた。ニコニコ笑っている子ども時代、ニキビだらけでぶすっとした表情のティーン時代。後者は太っていて、光り輝く美しい母の陰でいたたまれなさそうにしている。「男をずいぶん替えているようですね」

「ヘルツマンとコルンビヒラーだな」そういうと、オリヴァーはかがんでデスクの下を覗いた。

「ノートパソコンもデスクトップも見当たらない」

「ベッドルームにあるかもしれませんよ。あるいは盗まれたか」

ピアはボスの横に立って、散らばっている紙を見つめた。メモ、調査書、契約書、講演や司会の草案。全部手描きだ。

「ハンナ・ヘルツマンのような人が高速道路のサービスエリアで行きずりのセックスをする必要があったでしょうかね？」ピアは声にだして考えた。「男なんてすぐ見つけられたでしょう」

「そういう問題じゃない」オリヴァーは答えた。「パートナー探しじゃないさ。興奮したいんだ。刺激。危険。なにを求めていたかはともかく」

ピアの携帯電話が鳴った。手術前にハンナ・ヘルツマンを診断した女性法医学者だった。ピアは携帯電話をハンズフリーにし、オリヴァーといっしょに怖気《おぞけ》をふるいながら診断結果を聞いた。ハンナはただ暴行されたわけではなかった。それだけでも充分ひどいことだが、犯人は性器と直腸をもので犯し、重度の損傷を与えていた。さらに残虐な殴打と足蹴りを加え、顔面、肋骨《ろっこつ》、胸骨、右上腕が骨折していた。被害者はまさしく地獄の苦しみを味わった。生き延びたのは本当に奇跡だ。

「憎しみを感じますね」通話を終えると、ピアはいった。「個人的な因縁にちがいないです」

「どうかな」オリヴァーは両手をズボンのポケットに入れようとして、つなぎにポケットがないことに気づいた。「ものを使った暴行は個人攻撃とはちがう」

「もしかしたら身体的に性的暴行ができないのかもしれませんよ。あるいは同性愛者とか」

「元社員のノルマンのようにか」

「そうですね」

「話を聞いてみる必要があるな」

ふたりはさらに家の中を見てまわった。二階には侵入した形跡がなかった。寝室のベッドは使われていなかったし、衣服がかけてあった。浴室も異状はなかった。他の部屋も荒らされていなかった。地下にはサウナ、暖房機室、洗濯室、屋内プール、大型冷蔵庫と箱でいっぱいの棚が並ぶ物置があった。オリヴァーとピアはまた一階に上がった。

「これはどういうこと？」開け放った玄関に若い女が立ち、きょろきょろした。「なんなのよ。あんたたち、なにをしてるわけ？」

オリヴァーとピアはフードを取った。

「どなた？」ピアはたずねた。といっても、顔を見てすぐにだれかわかった。ハンナ・ヘルツマンの娘マイケは書斎にあった写真の中の利かん気な娘から若い大人になっていた。泣いていたのか、アイライナーが流れて、頰に黒いシミができていた。すでになにか聞き知っているのだろうか。

「あんたたちこそ、だれ？」マイケは居丈高《いたけだか》にいった。「どういうことか説明してもらえる？」

マイケは母親に似ていなかった。グレーの瞳とアッシュブロンドの髪。顔の血色が悪く、不自然だ。顎はとがりすぎ、鼻は長すぎ、眉が濃すぎる。目立つのは口くらいのものだ。肉厚の唇、完璧な真っ白な歯。歯並びは歯列矯正という受難を何年も味わった結果だ。

「ホーフハイム刑事警察署のピア・キルヒホフです。こっちはボーデンシュタイン。マイケ・ヘルツマンさん？」

若い女はうなずいた。顔をしかめ、上腕をかいた。腕の太さは十二歳の子と変わらず、湿疹《しっしん》がひどく、膿疱《のうほう》ができている。アトピー性皮膚炎のようだ。

「ここに住んでいるんですか？」

「いいえ。夏のあいだだけ」歩きまわる鑑識チームを気にしながら答えた「それで、なんなの？」

「お母さんが災難に巻き込まれ……」ピアが最後までいえなかった。

「あらそう？」マイケはピアを見つめた。「死んだの？」

あまりにすげない言い方に、ピアはびっくりした。

「いいえ、亡くなってはいません」オリヴァーが代わりにいった。「襲われて暴行を受けました」

「いつかそうなると思ったわ」マイケのまなざしは花崗岩《かこうがん》のように固く、さげすむ口調がつづいた。「母は男漁りしていたから、そうなるのも当然」

＊

レオニー・フェルゲスはいらいらしながら時計を見た。もう三十分もハンナ・ヘルツマンを待っている。遅れるなら、ショートメッセージで知らせてくれてもいいものを。今日のために何週間も前から準備してきた。いや、彼女自身はもう何年も前からこの日が訪れるのを待っていた。

十一年前、エルトヴィレの精神科病院で患者のミヒャエラと知り合ったとき、レオニーはこれほど深く関わることになると思っていなかった。レオニーは大学を卒業してすぐ心的外傷を受けた患者の治療をはじめた。だがこんな凄まじい症例ははじめてだった。ミヒャエラは人生の大半を精神科病院で過ごし、診断された病名は統合失調症から妄想性パーソナリティ障害、自己攻撃性性格神経症、統合失調感情障害、自閉症まで。病因が不明で対処法がわからないまま数十年にわたってもっとも強い向精神薬を処方された。

　無数のセッションで、レオニーはミヒャエラになにがあったか断片的につかんだ。彼女の記憶には脈絡《みやくらく》が希薄だったため、忍耐強さが求められた。まったくちがう人格の彼女が目の前にすわることも多かった。態度もちがえば、しゃべり方も異なり、最後のセッションでなにを話したかも覚えていない。セラピーを断念しかけたことは一度や二度ではなかった。だがこのやっかいきわまりない患者になにが起きているのかは理解していた。ミヒャエラの自我はバラバラに存在する複数の人格からなっていた。ひとつの人格が彼女の意識を支配すると、別の人格は完全に背後に押しやられてしまう。だから互いの存在をまったく知らないままなのだ。

　ミヒャエラ自身はレオニーの診断にひどくショックを受け、認めようとしなかったが、疑いの余地はなかった。アメリカ精神医学会の精神障害の診断と統計マニュアル《DSM-IV》によると、ミヒャエラの症状は最重度の解離性障害だった。彼女は解離性同一性障害とも呼ばれる多重人格障害者だったのだ。

　ミヒャエラになにが起きているのか突き止めるのに、レオニーは丸二年かかった。だがそれからがまた大変だった。別の人格が体験したため記憶の多くが欠落している事実をミヒャエラはなかなか受けつけなかったからだ。彼女が壮絶な体験をしたことは、早い時期にわかっていた。そのせいで多重人格になったのだ。そして無数の記憶の断片をつなぎ合わせて見えてきた状況は信じられないほど残酷で身の毛がよだつものだった。そんなものを体験し、しかも生き延びるなんて不可能に近い！　ミヒャエラは生き延びはしたものの、心は幼児期に分裂し、解離してしまったのだ。戦争、殺人、大事故、自然災害などの悪夢としか思えない出来事を耐えるために、子どもはそういう症状を発する。

十年以上経ってもミヒャエラは回復しなかった。だが人格がどういうスイッチで切り替わるかはわかり、御《ぎょ》することができるようになっていた。彼女は自分の中に別の人格がいることを受け入れ、何年も普通の生活を営んできた。だがそれもマイン川で少女の遺体が発見されたあの日までだった。

レオニーは電話をつかんだ。ハンナ・ヘルツマンに連絡を取らなければ。ミヒャエラをここにとどめて、いつ来るかわからないハンナを待たせるわけにはいかない。二週間前の決断には勇気がいった。そして危険だった。ミヒャエラの物語を公《おおやけ》にするという決断は関係者全員に深刻な結果をもたらしうる。ミヒャエラも、他のみんなもそのことを自覚していた。

ハンナのiPhoneはいまだに電源が切れている。レオニーは固定電話を試した。呼び出し音が五回鳴ったところで、受話器が取られた。

「ヘルツマン」

女の声だが、ハンナではない。

「あ……あの……ハンナ・ヘルツマンさんをお願いしたいのですが？」レオニーは驚いて口ごもった。

「どなたですか？」

「フェルゲスです。あの……ヘルツマンさんはうちの診察の予約をしていまして。午後四時に来るはずだったのですが」

「母はいません。すみません」

レオニーがなにかいう前に、電話を切られてしまった。ハンナの娘らしい。奇妙だ。気になる。レオニーはハンナがそれほど好きではないが、本当に心配になった。なにか起きたのだ。ミヒャエラと直接会うというこの重要な約束に来られないほどのなにかが。

＊

「ヘルツマンさん？」女性警官が客用トイレのドアをノックした。「大丈夫ですか？」

「ええ」そう答えると、マイケはトイレの水を流した。

「失礼します」女性警官がいった。「今日のうちにホーフハイム刑事警察署に来てください。あなたの証言を取りたいので」

「ええ、わかったわ」

マイケは洗面台の上の鏡に映った自分の顔を見つめ、口をしかめた。皮膚に湿疹がある。まぶたが腫《は》れ、マスカラがまぶたににじんでいて吐き気のする顔だ。手がふるえ、いまだに耳鳴りがする。十五メートルと離れていないところで発砲され、鼓膜が破れたのかもしれない。林務官は命の恩人だ。本当は車で森に入り込んだ彼女をどやしつけるつもりだったという。しかし車で森に入り込む奴よりも、禁猟期に犬を放す奴の方がけしからん。彼は躊躇しなかった。

アイライナーを探して、マイケはバッグの中を引っかきまわし、郵便受けに入っていたメモを見つけた。警察に渡すべきだろうか。いや、よそう。番組のための取材に関わる内容だと、母親の雷が落ちる。まだ秘密にしているプロジェクトについて警察に嗅ぎつけられるようなことをしたら、首根っこを引っこ抜かれる。しかもバイカーギャングが絡《から》んだものだったら、警察に住所を知られるのは最悪だ。

マイケは化粧し直すのをあきらめた。ふるえがひどくなった。手首に冷水をかけた。

そのまま車で逃げたので、なんとかバイカーギャングに捕まらずにすんだ。林務官は彼女の車のナンバーを控えたかもしれないが、バイカーギャングに教えるとは思えない。帰り道でマイケは腹立たしくなって泣き叫び、母親に文句をいいたくてランゲンハインに向かった。だが家にいたのは母親ではなく、警察だった。母親が襲われて、暴行を受けたといって、警察は間抜けな質問をした。

マイケはすげない態度を取った。それがふたりの警官にどう映ったか容易に想像がつく。ふたりの目にはっきりあらわれていた。嫌悪感。そういうふうに見られることがよくある。つっけんどんな態度を取ってしまう自分が悪いのだ。

以前はどんな人にも礼儀正しくやさしい態度で接しようとしたものだ。内心はちがっても、笑みを絶やさず、嘘をついた。過食症の時期、なにもかもため込んでしまうから太ってしまうのだ、とセラピストに説明されたことがある。マイケは思ったことを率直にいうようにした。正直になることが自分を救うとはじめは本気で信じた。だがそのうち他人を不機嫌にするのが楽しくなった。そのせいですっかり毛嫌いされてしまったのだが。だから警官の話を聞いても、ショックは覚えなかった。それより、母親に対して怒りを覚えた。性懲《しょうこ》りもなくどうして精神異常者や犯罪者といった反社会的な連中と付き合ったりするのだろう。飛んで火に入る夏の虫。父親がよく口にしたことわざはくだらないが、残念ながら一理ある。

母親に敵対する人なり、最近喧嘩をした人なりいるかという警官の質問に、マイケはノルマンとヤン・ニーメラーの名をあげた。ヤンは昨夜、帰ろうとするハンナを駐車場で待ち伏せしていた。それから別居したばかりの義理の父の名も告げ、最近ハンナの車が何者かに傷つけられたことを教えた。

マイケの脳裏にメモのことが浮かんだ。あのバイカーギャングに都合の悪いことを突き止めて、連中の怒りを買ったのだろうか。連中に襲われたとしたらどうだろう。警察にいうべきだったろうか。

膝ががくがくして、マイケは便器の蓋《ふた》にすわった。押し殺していた不安が蘇《よみがえ》り、黒い波となって彼女に覆いかぶさった。気分が悪くなった。上半身を抱くようにして前かがみになった。母親が暴行された。全裸でしばられた状態で車のトランクから見つかり、意識不明だという。なんてこと！　信じられない！　本当とは思えない！　見舞いになんて行くものか。絶対に行かない！　そんな弱った母親なんて見たくない。

だけど、これからどうしよう。だれかに話さなくては。でも、いったいだれに。急に涙が出てきた。とめどなく流れ、頰を濡らした。

「ママ」マイケはすすり泣いた。「ああ、ママ、どうしたらいいの？」

iPhoneがさっきからポケットの中で振動している。マイケはだしてみた。イリーナだ！

電話の着信履歴が十三件、メールが四件。でも、彼女には話せない。父親も論外だ。こういうことを相談できる女友だちもいない。トイレットペーパーで涙をふいてから、連絡先をだして、アルファベット順に見ていった。ある名前で手が止まった。そうだ！　電話で相談できる人がひとりだけいる！　なんで思いつかなかったんだろう。

＊

ヴィンツェンツ・コルンビヒラーの凋落《ちょうらく》ぶりは目を覆うほどだった。住まいは森の縁の邸宅からシュヴァルバッハのリーメス団地に建つ高層アパートの十四階に移った。住居は二間で、ソファベッドで寝起きしている。ドアを開けた彼を見て、ピアはハンナ・ヘルツマンの趣味がわかった気がした。すくなくともハンサムだ。四十代はじめで、魅力があり、がっしりしていて、若さがある。褐色の犬のような瞳、ふさふさのダークブロンドの髪、人懐こく、親しみのある顔立ち。

「どうぞ入ってください」握手は力強く、まっすぐ相手の目を見る。「残念ながらリビングには通せません。仮住まいなもので」

オリヴァーとピアは小部屋に通された。ろくに家具はない。ソファベッド、戸棚、小さなデスク、壁にかけた細長い鏡。ドアの裏には折りたたみ式のアイロン台と物干スタンド。

「いつからここに住んでいるんですか？」ピアはたずねた。

「二、三週間前から」コルンビヒラーは答えた。

「なぜですか？　すてきな家があるのに」

コルンビヒラーは顔をしかめた。筋肉質の上腕を見れば、フィットネススタジオで何時間も過ごしていることがわかる。センスのいい衣服、手入れの行き届いた手。外見重視なのだろう。

「妻はわたしに飽きたんです」彼は苦々しげにいった。「あいつは数年おきに男を替えるんです。くだらないことに怒って、わたしを家から追いだし、銀行口座を使えなくしました。六年ものあいだ、あいつのためになんでもしたのに」

「くだらないことというのは？」

「たいしたことじゃないんです。ちょっと浮気をしただけなのに、あいつは大騒ぎしまして」

コルンビヒラーはあいまいに答えて、ちらっと鏡を見た。自分の姿に満足したのか、笑みを浮かべた。

楽園から追放された理由については踏み込まず、彼はひどい扱いを受けたと訴えた。ひと言ひと言が疑いの芽になるとも知らずに。

「ずいぶん怒ってらっしゃるようですね」ピアはいった。

「もちろん腹立たしいです。妻のために会社を人手に渡しました。今では住むところも金もなく、なにもかも失ったんですから！　そのうえ電話をかけても出やしない」

「昨夜どこにいましたか？」オリヴァーがたずねた。

「昨夜？」コルンビヒラーは驚いてオリヴァーを見た。「いつ頃です？」

「午後十一時から未明の三時までのあいだ」

コルンビヒラーは眉間にしわを寄せて考えた。

「バート・ゾーデンのビストロにいました。十時半頃から」

「何時までですか？」

「正確には覚えていないです。零時半か一時。なんでですか？」

「そこにいたことを証言できる人はいますか？」

「ええ、もちろんです。仲間といっしょでしたから。ウェイターもわたしを覚えているはずです。なにがあったんですか？」

ピアは彼に鋭い視線を向けた。無邪気なものだ。だがもしかしたらうまい役者かもしれない。なにがあったかまったく知らず、ピアたちが訪ねてきた理由にも気づかないなんてことがあるだろうか。

「車はなにに乗っていますか？」ピアはたずねた。

「ポルシェ。911カレラ4Sカブリオレ」コルンビヒラーは苦笑した。「そのうちあいつに取りあげられるでしょうけど」

「バート・ゾーデンへ行く前はどこにいましたか？」ピアが次に質問しようとしていたことを、オリヴァーがたずねた。オリヴァーとピアの阿吽《あうん》の呼吸は、おしどり夫婦のようだ、とピアは思って、おかしくなった。取り調べや聞き込みを何百回となくいっしょにしているのだからむりもない。

コルンビヒラーは明らかに警戒しだした。

「この界隈《かいわい》をドライブしていました。なぜですか？」

「奥さんが夜中に襲われて暴行されました」ピアはいった。「今朝、重傷を負った奥さんが自分の車のトランクの中で意識不明になっているところを発見されたんです。奥さんの隣人によると、あなたは昨日、家に帰っていたそうですね」

＊

フライはシックなスーツからジーンズと学校の名入りTシャツに着替えて、ふたりの保護者といっしょにプロパン式バーベキューセットの前に立っていた。今週はずっとこの学園祭を楽しみにしていた。多忙な身だが、子どものためならいつも時間を割いていた。彼は保護者会会長で、学園祭に積極的に関わっていた。飲食代と寄付金はすべて学校図書館新築に注ぎ込まれる。バーベキューの前の行列は途切れることがなかった。そんなに早く食材を焼くことはできないからだ。公共の目的だとケーニヒシュタインの住人は太っ腹で、積極的に寄付をしてくれる。そして保護者会は集まった総額を切りのいい額にすることを決定していた。

天気にも恵まれ、気分は上々だった。

フライは交代要員が来るまでグリルで立ち働き、その後、運動場で審判や運営の手伝いをした。袋とび競争、手押し車競走、リンゴくわえ競走、綱引き。子どもも親も大はしゃぎだ。フライもそれを見て、大いに喜んだ。ちびたちは一生懸命で、なんて微笑ましいのだろう！　赤いほっぺた、輝く目、うれしそうな笑い声。これ以上すばらしいものがあるだろうか。表彰式に、子どもたちが集まってきた。だが勝てなかった子どもたちにも残念賞をあげ、慰《なぐさ》めの言葉をかける。子どもは、人生に意味を与えてくれる存在だ。

午後があっという間に過ぎた。失望の涙が乾く子、膝をすりむいたり、喧嘩をしたりして絆《ばん》創膏《そうこう》を貼られた子。

「検察局がつまらなくなったら、ぜひうちの保育園に来てください。いつでも歓迎です」だれかが背後でいった。フライは振り返って、シルマッハーのニコニコした顔を見た。彼女は私立保育園の園長だ。

「やあ、シルマッハーさん」フライも微笑んだ。

「ありがとう！」フライにお下げを結び直してもらった少女がそういって、駆けていった。

「子どもたちがよじ登らんばかりに群がっていますね」

「ええ」フライは、バウンシーキャッスルに集まる子どもたちのところへ向かう少女を見送った。「楽しいですからね。わたしにとってはいい気分転換です」

「うちの演劇プロジェクトの後援者になっていただく件ですが、メールをお送りしました。覚えていらっしゃいますか」

フライはシルマッハー園長を評価していた。児童の中には問題を抱える家の子もいるが、創意工夫をし、郡の予算から削られる一方の運営費をなんとか確保しようと東奔西走している。

「覚えていますとも。〈太陽の子協会〉のヴィースナー氏と話をしています」

ふたりは飲みものとバーベキューの行列ができている天幕へと芝生を横切った。

「通常、外部のプロジェクトは援助しないのですが、今回は例外扱いすることにしました」フライは話をつづけた。「社会的弱者である家の子にとっても意味のあるとてもいいプロジェクトだと思います。ですので、後援を前提にして結構です。五千ユーロを寄付するつもりです」

「それはすばらしいです！　本当にありがとうございます！」シルマッハー園長は目をうるませ、感激してフライの頰にキスをした。「資金難だったので、プロジェクト自体を断念することになると危ぶんでいました」

フライはきまり悪そうに微笑んだ。こういう些細《ささい》なことで誉められると、いつも気はずかしかった。

「パパ？」長男のイェローメが息を切らしてかけてきた。手に携帯電話を持っている。「何度か鳴ったよ。バーベキューコーナーに置き忘れたでしょう」

「ありがとう」フライは携帯電話を受け取り、息子のぼさぼさの髪をなでた。するとまた電話が鳴った。

「ちょっと失礼」画面に浮かんだ名前を見て、フライはいった。「出なくては」

「ええ、もちろんです」シルマッハーはうなずいた。フライは数歩離れた。

「今はまずい」フライは電話に出て不機嫌な声でいった。「すぐにこちらから……」

フライは相手の声が緊張していることに気づいて口をつぐんだ。黙って聞いているうちに、腹立たしそうにしていた顔が愕然とした表情に変わった。暑さにうだっていたのに、フライは鳥肌が立った。

「間違いないのか？」声をひそめてたずねると、フライは時計に視線を向けた。大きなセイヨウバクチノキの木陰で立ち止まった。美しく晴れた一日に突然ベールがかかった。「一時間後に会おう。待ち合わせ場所を決めたら教えてくれ。いいな」

フライは気もそぞろだった。このドイツで十四年間も存在を消すことなどできるものだろうか。しかもだれにも見られずに。葬儀はおこなわれても、棺《ひつぎ》に遺体はなかったということか。もぬけの殻の墓に墓石が置かれ、花やロウソクが飾られたのか。さんざん手こずらせたあげく、死亡通知が来て弔《とむら》うことになった。ほっとひと安心したものだ。危険は去ったと思ったのに。

フライは通話を終えると、一瞬遠くを見た。

今耳にしたことが本当なら大ごとだ。最悪の事態だといえる。悪夢の再来だ。

＊

「なんてことだ！」コルンビヒラーは体を起こして目をみはった。「し……知らなかった！容体はどうなんだ……つまり……ちくしょう。かわいそうに」

「あなたはなぜ別居中の奥さんの家に行ったんですか？　なにをするつもりだったのです？」

「わ……わたしは……」コルンビヒラーは手で髪をすき、ソファベッドで腰をもぞもぞさせた。自分が鏡にどう映っているか関心を失っていた。「まさか……わたしがやったなんて思っていませんよね？」

怒っているというより、衝撃を受けているように聞こえた。

「わたしたちはなにも思っていません」オリヴァーが答えた。「質問に答えてください」

「なんでだれも教えてくれなかったんだ？」コルンビヒラーは首を横に振り、スマートフォンを見つめた。

「イリーナかヤンが連絡をくれてもいいだろうに！」

「奥さんの家でなにをしたんですか？」オリヴァーがピアの質問を繰り返した。「どうして家を訪ねたことをすぐにいわなかったのですか？」

「あなたが訊いたのは午後十一時から午前三時になにをしていたかでしょう」コルンビヒラーはいいかえした。「用件がなにか知らなかったんです」

「刑事が事情聴取にきたのに、なにも考えなかったのですか？」ピアはたずねた。

「ええ、考えませんでした」コルンビヒラーは肩をすくめた。

ピアは相手の表情を観察した。コルンビヒラーはへそを曲げ、腹を立てているが、はたしてあんな残虐な真似をするだろうか。

「奥さんには敵がいましたか？」オリヴァーがたずねた。「過去に脅迫されたことは？」

「ええ、しつこくストーキングした奴がいました。妻とわたしが知り合う直前のことです。そいつは投獄されました」

それは興味深い。コルンビヒラーはその男の名を知らなかったが、ハンナのアシスタントのイリーナ・ツィデックに確認すると約束した。

「それにクビになったスタッフがいます。ノルマン・ザイラー。妻に相当腹を立てています」コルンビヒラーは話をつづけた。「妻が二週間前にクビにしました。あいつは前からうさんくさい奴でした。妻に横恋慕していましてね。でも妻は相手にしませんでした。それからトークショーのゲストにも妻をよく思っていない者がたくさんいます」

ピアはメモを取った。ノルマン・ザイラーにはたしかに警官には好都合な強い動機がある。だが確かなアリバイがある。彼は前日、ベルリンへ飛び、今日の午前十一時半に帰宅した。彼の立ちまわった先はすべて調べ、間違いないことが確認されている。逆にヤン・ニーメラーのアリバイは弱い。打ちあげパーティーには出ず、そのまま帰宅してベッドに入ったといっているが、マイケ・ヘルツマンは車に乗ってハンナを待ち伏せしている彼を目撃していた。それにぐっすり眠ったというわりに、寝不足な顔だった。

「最近、夜中にたまたま家の前に行ったことがあります」コルンビヒラーは少しためらってから話をつづけた。「真夜中になる少し前でした。家の前に知らない車が止まっていました。黒いハマーです。もう後釜がいるのかって思いました。そのまま帰ろうと思ったのですが……我慢できなくなって、車から降り、庭に忍び込みました。男がふたりいました」

ピアはオリヴァーをちらっと見た。

「いつのことですか？」ピアはたずねた。

「ええと……二日前です。水曜日の夜。変な感じでした。追いだされはしましたが、今でもあいつが好きなんです」

「なぜ変な感じがしたんですか？」ピアがたたみかけた。

「ひとりは大柄で髭を生やし、バンダナを頭にかぶっていました。……昼間でも会いたくないような奴でした。なにせ顔以外、青く見えるほど刺青だらけで」

「それで、なにを見たのですか？」オリヴァーがたずねた。「男たちは奥さんを脅迫していたのですか？」

「いいえ。ただすわって酒を飲み、しゃべっているだけでした。零時半頃、大男は車で帰っていきました。妻は二、三分して、もうひとりといっしょに自分の車に乗りました。わたしはあとをつけました」コルンビヒラーはきまり悪そうに微笑んだ。「ストーカーとは思わないでください。妻が気がかりだったんです。取材していることはあまり話してくれませんでしたが、番組にはよくとんでもないやつが登場していましたから」

「奥さんはどこへ向かいましたか？」

「ディーデンベルゲンで、ガソリンがないことに気づきまして、高速道路でガソリンスタンドに入るしかなく、それで見失いました」

「どこのガソリンスタンドですか？　ヴァイルバッハ・サービスエリアですか？」ピアはマイン＝タウヌス郡の地理を暗記していた。

「ええ、そうです。あの時間にやっているのはあそこだけですから」

ピアはコルンビヒラーをじっと見つめた。ハンナ・ヘルツマンは三十六時間後、自分の車のトランクの中で発見された。コルンビヒラーがガソリンを入れたというサービスエリアから五百メートルと離れていない。ただの偶然だろうか？

「黒いハマーのナンバーは覚えていますか？」オリヴァーはたずねた。

「いいえ。スクーターについているような小さなナンバープレートで、暗かったですし」

コルンビヒラーが話したことは本当のようだ。リビングルームのソファテーブルにのっていたグラスは来客があった証拠になる。

だがコルンビヒラーが別居した妻の家をしつこく訪ねるのは、あいかわらず強い感情を持っている証拠だ。腹を立て、傷つき、文無しになり、嫉妬を抱いている爆発しやすい感情の混合物。少し火花が散っただけで着火するだろう。夜中に知らない男を車に乗せたハンナがその火花だったのだろうか。

「それは水曜日ですね」ピアはいった。「木曜日はどうだったのですか?」

「それは話したじゃないですか」コルンビヒラーは眉間にしわを寄せた。

「いいえ、話してないです」ピアは微笑んだ。「木曜日は家に行ってなにをしたのですか?」

「とくになにも。少しのあいだ車にいただけです」コルンビヒラーは見るからにそわそわしている。両手でスマートフォンをいじり、目を泳がせ、貧乏揺すりをしている。はじめはおっとりすましていたのに、むりしていたのか、どんどんほころびが出てきた。

ピアは、顔を痛めつけられたハンナ・ヘルツマンの写真をバッグからだし、なにもいわずにコルンビヒラーの目の前に差しだした。彼はひと目見ただけで身を引いた。

「なんですか?」怒ってみせたが、演技が下手だった。

「いっしょに来てもらいましょう、コルンビヒラーさん」オリヴァーが腰を上げた。

「なんでですか?　いったでしょう。わたしは……」

「緊急逮捕します」ピアは刑事訴訟法百二十七条及び百二十七b条に従って被疑者の権利と義務を伝えた。「決まった住所がありませんから、木曜日の夜のアリバイが確認されるまで国費で宿泊してもらいます」

＊

寒い。ひどい寒気がする。体が鉛《なまり》のように重い。頭のどこかでかすかに鈍痛を感じる。のどはからからで、舌がぱんぱんに腫れている。唾をのみ込むこともできない。かすかに規則正しい機械音がするが、綿を通しているような聞こえ方だ。

ここはどこ？　なにがあったんだろう？

目を開けようとしたが、だめだった。

さあ、目を開けるのよ、ハンナ！

懸命になってようやく左目がかすかに開いた。だがすべてぼんやりとしていて、鮮明に見ることができない。薄暗い。窓はブラインドが下ろしてある。壁は白い。

なんの部屋だろう？

足音が近づいてきた。ゴム底がキュッと鳴った。

「ヘルツマンさん？」女の声。「聞こえますか？」

ハンナはうめくような、言葉にならない声を耳にした。しばらくしてそれが自分の声だと気づいた。

ここがどこか訊こうとしたのだ。ところが唇と舌に感覚がなく、いうことをきいてくれない。彼女を包む深い霧をとおして、不安が忍び寄ってきた。なにかおかしい！　これは夢じゃない。現実だ！

「わたしは医師のフーアマンです」女がいった。「ここはヘーヒスト病院の集中治療室です」

集中治療室。病院。規則正しい機械音も、これで説明がつく。だけど、どうして病院に？

いくら頭を絞っても、今の状態を説明する記憶がない。頭の中が空っぽだ。ブラックホール。

記憶喪失。思いだせるのは、パーティーのあとヤンと口論したところまでだ。彼は駐車場で突然目の前にあらわれた。死ぬほどびっくりした。ヤンはかんかんに怒っていて、ハンナの腕を乱暴につかんだ。きっと上腕に青あざができているだろう。なにを口論したんだっけ。

記憶の断片がコウモリのように脳裏をよぎる。きれぎれの光景がつながってはまたちぎれた。マイケ。ヴィンツェンツ。青い目。熱気。雷鳴と雷光。汗。ヤンはどうしてあんなに怒っていたんだろう。それから笑いじわに囲まれた青い瞳。だが顔がわからない。名前も記憶もなかった。雨。水たまり。真っ暗闇。無。なんてこと。

「痛みがありますか？」

痛み？　いいや、ない。引きつる感覚とドクドクいう感覚はある。だけど体のどこかわからない。不快だが、耐えられないほどでもない。頭が痛い。交通事故にでもあったのだろうか。運転していた車はなんだった？　思いだせないという事実に、今の状況以上に愕然とした。

「強い鎮痛剤を投与していますので、だるいでしょう……」

女医の声は遠い谺《こだま》のように聞こえる。音節がまざってよく聞き取れない。

疲れた。睡魔。左目を閉じると、意識が混濁《こんだく》した。

ふたたび目を覚ましたとき、窓の外はほとんど真っ暗だった。目を開けているだけでもつらかった。どこかでライトがともっていて、殺風景な部屋をかすかに照らしている。ハンナはベッドの横に気配を感じた。緑色の手術着とキャップを身につけた男が椅子にすわり、うなだれて彼女の腕に手を置いていた。彼女の腕からはチューブが伸びている。男に気づいて、ハンナはどきっとしてふたたび目を閉じた。目を覚ましたことを気づかれていなければいいけど。男にこんなところを見られるのはいやだ。

「すまない」男の声が聞こえた。変な声だ。泣いていた？　ハンナのために？　本当に具合が悪いようだ！

「すまない」ふたたび男のささやく声がした。「こんなことになるなんて」

＊

オリヴァーは自分の部屋のデスクに向かって、マイケ・ヘルツマンのことを考えていた。若い娘があれほど苦々しい顔をするのはめったにないことだ。不安に苛《さいな》まれ、抑えきれない怒りを抱えていた。相当の緊張を強いられていたのは明らかなのに、母親が襲われたと聞いて平然としていたのはどうも解せない。普通ではない。コルンビヒラーの反応もすげなかった。はじめはあけっぴろげな印象を持ったが、話しているうちに逆の印象に変わった。水曜日に別居した妻の家を訪ねたことをいうべきではなかった。それによって嫌疑がかかった。意図的、それとも多くの犯人が感じる良心の呵責《かしやく》がそうさせたのか。

コルンビヒラーが追跡を断念したあと、ハンナ・ヘルツマンはその未知の男性といっしょにどこへ行ったのだろう。

水曜日から木曜日にかけての夜一時十三分に高速道路のヴァイルバッハ・サービスエリアでガソリンスタンドに立ち寄ったのは確かだった。ガソリンスタンドのビデオ録画で証明された。木曜日の夜バート・ゾーデンのビストロにいたというアリバイは今日のうちに裏が取れるはずだ。他の証言ははたして真実なのか、そうでないのか。

オリヴァーはハンナ・ヘルツマンの法医学的検査の暫定調書を何度も読み直した。容体はどうなっているだろう。麻酔から醒《さ》め、自分がどんな目にあったか理解しただろうか。身体的には回復するだろう。だが暴力によって負った心の傷は容易に癒《い》えるものではない。

彼女の怪我は、マイン川から遺体で上がった少女のものと類似している。こんな残酷な真似ができるなんて、なんという怪物だろう。殺人犯と関わって三十年近く経つのに人を殺したくなる心理がなかなか理解できなかった。

人がすぐ殺人犯になれるということをはじめて実感したのは、失望し途方に暮れて自制心を失い、自分の妻に手を上げたときだった。オリヴァーは自分をひどく恥じ、後悔した。感情に走った犯人の気持ちがわかるようになったのはあれからだ。といっても、そうした行動を許せるわけではない。欲求不満や怒りは弁解にならない。しかしハンナ・ヘルツマンや「水の精」と名づけられた少女が味わった苦渋よりも、犯人の心理の方が実感できた。

オリヴァーはため息をついた。読書用メガネを取ってあくびをし、凝《こ》り固まったうなじをもんだ。外は真っ暗だ。もう午後十一時を過ぎている。長い一日だった。そろそろ帰宅する時間だ。

デスクライトを消し、ジャケットに腕を通したとき、デスクの電話が鳴った。発信者はホーフハイムの市外局番だ。携帯電話に転送される前に、オリヴァーは受話器を取って名乗った。

「こんばんは、カタリーナ・マイゼルといいます」女はいった。「今日、夫と話をしたと思います。うちはヘルツマンさんの隣人です。こんな夜遅くすみません」

「大丈夫です」そう答えると、オリヴァーはあくびをかみ殺した。「どうかしましたか？」

「いましがた、帰宅したところです。事件のことを夫から聞きました」声に落ち着きがなかった。警察に電話をするとき、たいていの人がそうなる。「ちょっと目撃したことがあるんです。とくに変とは思わなかったのですが……事件のことを知ってみると……」

「なるほど」オリヴァーはデスクをまわり込んで、ふたたびライトをつけてすわった。「話してください。なにを目撃したんですか？」

マイゼル夫人は午後十時に、庭の花壇に水やりをしていたという。そのとき見たことのない男がいるのを目撃したのだ。男性はスクーターでやってきて、しばらく森の縁で待っていた。およそ十分後、男はマイゼル夫人に見られていることに気づき、ヘルツマン家の玄関ドアについている郵便受けになにかを入れた。

「それは興味深いですね」オリヴァーはメモを取った。「男性の人相を覚えていますか？　あるいはスクーターでもいいのですが」

「ええ。すぐそばを通り過ぎて、ていねいに会釈しました。年は四十代半ばだったと思います。身だしなみがよく、とても痩せていました。身長は約一メートル八十センチ。短髪、ダークブロンド。白髪がちらほら見えました。一番目を引いたのはその人の瞳です。あんな青い瞳は見たことがありません」

「すばらしい観察眼ですね。その男性を見たらわかりますか？」

「もちろん。でも、それだけじゃないんです。その夜は眠れなかったんです。暑かったし、息子がはじめてひとりで車を運転して出かけたものですから。そのうえ雷雨になったので心配で。ですからちょくちょく窓の外を見ていました。うちのベッドルームの窓からヘルツマンさんの家のガレージがよく見えます。ヘルツマンさんは夜中の一時十分に帰ってきて、いつものようにガレージに車を入れました」

オリヴァーは疲れが吹っ飛び、背筋を伸ばした。

「間違いないですか？」

「はい。ヘルツマンさんの車なら知っています。いつもリモコンでガレージを開け、そのままドアを閉めます。ガレージから出る必要がないんです。直接家に入れますから」

「ヘルツマンさんだと確認できましたか？」オリヴァーはたずねた。

「ええと……わかったのはあの方の車だけです。普段と変わりなかったので、そんなに注意していませんでした。十五分後、息子が帰ってきて、それからわたしもベッドに入りました」

オリヴァーは礼をいって通話を終えた。マイゼル夫人の証言に間違いはないと思った。だがその内容が問題だ。ピアとオリヴァーは、ハンナが帰宅途中で襲われたと想定していた。だが証言によると自宅で襲われ、暴行されたことになる。コルンビヒラーは妻の習慣を熟知している。ガレージと家がつながっていることも知っている。犯人は犯行後、ハンナを車のトランクに入れて、ヴァイルバッハに運んだ。だがそれなら、犯人はそこからどうやって立ち去ったんだろう。犯人はふたりいたのだろうか。コルンビヒラーには共犯者がいたのか。それとも犯人は別人か。コルンビヒラーが見たという刺青の大男が関係している可能性はどうだろう。

オリヴァーは電話をつかんでクレーガーの携帯に電話をかけた。クレーガーはすぐに出た。

「ヘルツマン家のガレージは見たか？」オリヴァーは隣人の証言を伝えてからたずねた。

「いいや」クレーガーは少し迷ってから答えた。「しまった。なんでガレージのことを考えなかったんだ」

「家が犯行現場だと思わなかったからだ」オリヴァーはクレーガーの完璧主義を知っている。重要なことを見落としたことで落ち込むにちがいない。

「すぐに行く」クレーガーはきっぱりといった。「あのいかれた娘に証拠を台無しにされたら大変だ」

「いかれた娘？」オリヴァーは面食らってたずねた。

「あの家の娘だよ。だが玄関の鍵は俺が預かっている」

オリヴァーは時計に視線を向けた。もうすぐ真夜中だが、目が冴えてしまって眠れそうにない。

「わたしも行く。三十分で着けるか？」

「うちのバスに乗ってこられるか。さもないと署に立ち寄らなくてはならない」

＊

指がノートパソコンのキーボードを軽快に打つ。昨夜の雷雨で涼しくなったのは短いあいだだけだった。今日は今までになく蒸し暑かった。一日じゅう太陽がキャンピングトレーラーにじりじりと照りつけた。コンピュータとテレビと冷蔵庫まで熱を発したが、四十度も、四十一度も大差ない。ろくに動いていないのに汗が顔を伝い、顎からテーブルにぽとぽとと落ちる。

もともと雑多なメモや日記や記録からもっとも重要な事実を抜きだせばいいと思っていた。だが、本を上梓したらいいと彼女に提案され、それを捨てきれずにいた。仕事に熱中していて彼女を怒らせるようなことをいったか、したかしただろうか。これまで彼女は頼りになった。連絡もなく約束を違えるなんて彼女らしくない。まったく連絡がつかなくなって二十四時間以上が経つ。おかしい。はじめのうち彼女の iPhone には電源が入っていた。だが今は電源も切れている。ショートメッセージにもEメールにも応答しない。木曜日の早朝に別れたときはいい感じだったのに。そうでもなかったのだろうか。いったいどうなっている。

男は手を休めて、水のボトルをつかんだ。ボトルが手から滑り落ちそうになった。結露でラベルがはがれ、中身の水は室温と同じになっていた。

男は立ちあがって伸びをした。Tシャツとショーツは汗びっしょりだ。冷房が欲しい。空調の効いた事務所を思いだして少しせつなくなった。当時はそれを贅沢《ぜいたく》と思っていなかった。三重サッシで断熱効果が高い家の涼しさもそうだ。以前だったら、こんなに暑くては集中できなかった。必要に迫られれば、人間はなんでも順応するということだ。極端な環境でも。オーダースーツ二十着、オーダーメイドの靴十五足、ラルフ・ローレンのシャツ三十七着など持っていても生きるのに必要ない。料理だって、コンロがひと口でも、鍋ふたつとフライパンひとつをうまく使いまわせばなんとかなる。なにも花崗岩の作業台とアイランド型をセットにした五万ユーロのキッチンはいらない。すべて余計だ。幸福は制約がある方が感じられる。なにも持たなければ、失うという恐怖を味わわずにすむからだ。

男は蚊《か》や蛾《が》を呼び集めたくなかったので、ノートパソコンを閉じて照明を消した。ぎんぎんに冷えたビールを冷蔵庫からだし、カーサイド型テントの前の空のビールケースに腰かけた。キャンプ場は異様な静けさに包まれていた。熱気とアルコールで、宴会好きの隣人たちもうだってしまったようだ。男はビールをひと口飲んで、星と月がぼんやりと浮かぶどんよりした夜空を見あげた。仕事終わりのビールは格別だ。以前は毎晩、同僚や依頼人といっしょにシティのバーに繰りだしたものだ。帰宅する前のクールダウン。ずいぶん昔の話だ。

ここ数年、夢中になることなどほとんどなかった。それでうまく生き延びてきた。だが今はちがう。どうしてプロとして距離を置けないのだろう。彼女の沈黙が気がかりだ。親しくなりすぎるのは、間違った期待を抱くのと同じように有害で危険だ。彼のようにつまはじきされた者なら尚更だ。

エンジン音が近づいてくる。厚みのある、ドコドコという爆音。エンジン回転数が低いときのハーレーダビッドソンの典型的な排気音だ。男は、客が来たとすぐ気づいて顔を上げた。連中がこのキャンプ場にあらわれたことはない。ヘッドライトの光が顔に当たった。バイクは垣根の前で止まり、エンジンがアイドリングした。男はビールケースから腰を上げ、ためらいがちに近づいた。

「よう、弁護士先生」バイカーがバイクから降りずにあいさつした。「ベルント兄貴からの伝言だ。電話は使いたくないんだとさ」

男は外灯の淡い光に浮かぶバイカーを認め、五十メートル離れたところから会釈で応えた。

バイカーはたたんだ封筒を男に渡した。

「急ぎだ」声をひそめていうと、バイカーはふたたび夜の闇に消えた。

男はエンジン音が聞こえなくなるまで見送ると、キャンピングトレーラーに入って封筒を開けた。

「月曜日、午後七時。アムステルダム旧市街プリンセングラハト八五番地」とメモに書いてあった。

「やっと来たか」男は深呼吸した。これをずっと待っていたのだ。

＊

金曜日は以前、ミヒャエラが大好きな曜日だった。馬場へボルティングをしにいく金曜日の午後がいつも待ち遠しかった。でも二週間前からミヒャエラは行かなくなった。先週は、腹痛だといってさぼった。嘘ではなかった。今日は気分が悪いと母にいった。それも嘘ではない。兄姉《きょうだい》は学校にいるうちから気分がすぐれなかった。昼食はろくにのどを通らず、すぐに吐いた。兄姉は昼食のあといなくなった。今日から秋期休暇だ。ネイティブアメリカンのテントを張るのだ。

みんな、ずっと前から楽しみにしていた。
森の空き地にテントを張り、夜、大きなキャンプファイアーを囲んでソーセージを焼き、歌を歌う。

ミヒャエラはベッドに入り、ドアにもたれかかって家の中の音に耳をすました。

電話が鳴った。すぐに部屋から駆けだしたが、手遅れだった。ママが下で電話に出た。

「……ベッドにふせっているんです……食事を吐きまして……どうしたのかわからないんです……ええ……まあ……ええ。そういってくださるとありがたいです。はい、もちろん。そんなことないです。娘は空想好きで、夫もわたしもよく途方に暮れるんです……ええ、ありがとう。来週はきっと行くと思います。馬場があの子のすべてですから」

ミヒャエラは階段の上段に立った。心臓が激しく打った。不安で頭がくらくらする。電話をかけてきたのはガビーにちがいない。気にしているんだ！　ママになんていったんだろう。ミヒャエラはすぐ自分の部屋に戻って、頭から毛布をかぶった。なにも起こらなかった。数分が過ぎ、数時間が経った。

きっと今頃、だれか別の子がアステリクスに乗ってボルティングをしているんだ！　やりたいのに！　ミヒャエラは枕に顔をうずめてすすり泣いた。パパが帰宅した。パパとママが下で話をしている。いきなりドアが開いた。明かりがつき、毛布が払いのけられた。

「ガビーになにをいったんだ？」パパの声には怒りがこもっていた。ミヒャエラは口がからからに乾いて、怖くて心臓が口から飛びだしそうだった。「いいなさい！　どんな嘘をついた？」

ミヒャエラは唾をのみ込んだ。なんでいってしまったんだろう。ガビーが裏切った。やっぱり狼が怖かったんだ。

「来なさい」パパはいった。ミヒャエラはこれからなにをされるかわかっていた。もう何度も経験ずみだ。立ちあがって、あとについていった。階段を上る。屋根裏部屋に入ると、パパはドアに鍵をかけて、梁《はり》にかけてあった乗馬用のムチを手に取った。ミヒャエラは服を脱いで、寒さにぶるぶるふるえた。パパはミヒャエラの髪をつかんで、斜めになった壁の際にある古いソファに投げ飛ばし、ムチをふるいはじめた。

「この嘘つきめ！」パパは声を荒らげていった。「ほら、背中を向けろ！　目にもの見せてやる！　わたしのことを告げ口するとはけしからん！」

パパは折檻《せっかん》した。ムチが空を切り、ミヒャエラの股のあいだに当たった。ミヒャエラの顔を涙が伝った。だが、かすかなすすり泣きが唇から漏れただけだった。

「今度だれかにいったら、叩き殺してやる！」パパの顔は怒りでゆがんでいた。

いつもニコニコしているかわいいミヒャエラはもうそこにいなかった。子ども部屋にいたときから、いつも彼女の無意識の底からザンドラがあらわれていた。パパが怒って折檻すると、いつもきから、ザンドラがやってくる。いくら打たれても、痛さも憎しみも、ザンドラなら耐えられる。ミヒャエラは明日、なにも思いだせず、なぜ青あざやムチの痕があるのか不思議に思うだろう。だがもう二度とだれにも相談しない。ミヒャエラはもう八歳だ。

二〇一〇年六月二十六日（土曜日）

昨日味わった恐怖が恐ろしい悪夢となって押し寄せてきた。バイカーギャング、牙をむいた猛犬、発砲した林務官、警官。ヴィンツェンツとヤンも登場した。マイケは、だれから、あるいはなにから逃げたのか思いだせなかったが、汗みずくになって目を覚ましたときにはバーデン＝バーデン・グランプリのあとの競走馬のような荒い息をしていた。マイケはシャワーを浴び、バスタオルを体に巻いて小さなバルコニーに腰かけた。熱帯夜だったのでとてもではないが眠れなかった。

昨日から母親のことが頭を離れない。いったいなにを取材していたんだろう。襲われたのもそれと関係があるんだろうか。ヴォルフガングに訊いても、わからないといわれた。ハンナがひどい目にあったと知って、彼もひどいショックを受けていた。バイカーギャングと猛犬のことを打ち明けると、家に泊まるように誘われた。マイケはうれしかったが、丁重に断った。甘えるには年を取りすぎている。

マイケはバルコニーの手すりに足をかけた。昨日、警察が撤収したあと、母親の書斎を探ったが、無駄だった。ノートパソコンは影も形もなかった。スマートフォンもない。向かいのアパートの壁に視線を泳がせた。新鮮な夜気を取り込むため、たいていの窓が大きく開け放ってある。どの窓も真っ暗だ。四階にひとつだけ青っぽく光っている窓がある。男がひとり、パンツ一枚でコンピュータに向かっていた。

「そうだ！」マイケはさっと立ちあがった。ハンナの事務所にコンピュータがある！　どうして思いつかなかったんだろう。急いで服を着ると、リュックサックと鍵束を持って、アパートから出た。昨夜、またしても近くに駐車スペースが見つからなかったので、離れた通りにミニを止めた。ハンナの事務所があるヘッデリヒ通りは歩いた方が早い。

午前二時から三時は、夜中でも一番静かな時間帯だ。ときどき車とすれちがう。ブリュッケン通りとテクストア通りの十字路にある路面電車の停留所に浮浪者がふたりすわっていて、マイケに向かって野卑《やひ》な言葉を発した。マイケは無視して足早に歩いた。

通りは明るいし、女性を襲いそうな奴も眠っている時刻だが、夜の街は不気味だ。マイケはリュックサックに唐辛子スプレーと、新しいバッテリーを装塡《そうてん》した五十万ボルトのスタンガンを忍ばせていた。いかれたストーカーが出没したとき、ヴィンツェンツの前、つまり三人目の夫のマリウスがハンナを心配して買ったものだ。だが、母親はスタンガンを一度も持ち歩かなかった。

木曜日の夜、スタンガンを持っていたら助かっただろうか。前方から男が歩いてくるのを見て、マイケはスタンガンをつかんだ。躊躇《ちゅうちょ》なく使うつもりだ。

十五分後、事務所が入っているビルのドアをマスターキーで開けた。エレベーターは夜中動いていないので、階段で六階へ上がるしかなかった。

母親のパソコンのパスワードは知っている。母親はパスワードを変えることがない。もう何年も同じ文字と数字の組み合わせを使っている。オンラインバンキングもだ。マイケはデスクに向かい、ライトをつけてパソコンを起動させた。母親のことを考えないようにした。入院している母親を見舞うよりも、この方が助けになると自分にいいきかせた。

夜が白んだ。母親には大量のメールが届いていた。差出人を見ながらスクロールしていく。母親が最後にメールを確認したのは木曜日の午後四時五十二分。そのあと着信したメールが百三十二件。全部読むのはとてもむりだ！　差出人の名前を見てもなにもわからなかったので、件名だけ読むことにした。

六月十六日のメールがマイケの目にとまった。「Ｒｅ：話し合いについて」とあった。差出人はレオニー・フェルゲス。名前に覚えがある。その名に出会ったのは最近だ。だけど、どこでだろう。

マイケは文面を読んだ。〝ヘルツマンさん。わたしの患者は条件さえ合えばあなたと直接話す用意があるといっています。ただし公《おおやけ》に姿を見せるつもりはありません。理由はご存じのとおりです。条件は彼女の夫とキリアン・ローテムントさんが同席すること。会見場所はわたしのところ。約束どおり書類はローテムントさんのところに届けさせます。閲覧するときは彼に連絡してください。レオニー・フェルゲス〟

マイケは眉間にしわを寄せた。患者？　医療スキャンダルでも追っているのだろうか。ローテムント……キリアン。Ｋだ！

バイカーギャングの住所を記したメモはこいつが残していったものだろうか。

マイケはさっそくグーグルで「レオニー・フェルゲス」を検索した。すぐにわかった。リーダーバッハで開業している心理療法士。ウェブページはないが、トラウマティック・ストレス学会のウェブページに写真と住所と略歴がのっていた。マイケはどこでその名を聞いたか思いだした。昨日、警官が家に来たとき、電話をかけてきて、母親のことを訊いたのが彼女だ。

謎が解けた。今度は「キリアン・ローテムント」を検索してみた。数秒で五千八百十二件ヒットした。好奇心を覚えて、最初のページを読みはじめた。

「嘘っ」キリアン・ローテムントが何者か知って、マイケはつぶやいた。「最悪！」

*

「暴行は自宅のガレージでおこなわれた」オリヴァーは朝の捜査会議でいった。「暴行に使われたのはパラソルスタンドの延長用の棒だ。科学捜査研究所からすでに検査結果が出ている。棒に付着していた血痕はハンナ・ヘルツマンの血液型と一致した。それに排泄物の痕跡もあり、法医学的に見ても凶器に間違いないという」

オリヴァーは夜中まともに眠れなかった。クレーガーと彼は未明の三時過ぎまでハンナ・ヘルツマンの家にいて、ガレージで血痕や靴跡や指紋を撮影し、証拠を採取した。そのあと帰宅して、二、三時間寝ようとしたが、できなかった。事件の経過は複雑で、昨日想定した推理と矛盾を来《きた》した。

「犯人はガレージでハンナ・ヘルツマンを待ち伏せしていた可能性がありますね」ピアはいっ

た。「そうするとヴィンツェンツ・コルンビヒラーが疑わしくなります。鍵がなくても家に入る方法を知っているでしょうから」

「わたしもはじめはそう考えた」オリヴァーはうなずいた。「しかし彼は零時五十分までバート・ゾーデンの〈Sバー〉というビストロにいた。そのあと路上で、三十分間ふたりの知人と話をしている。被疑者からは外れるな。しかしハンナ・ヘルツマンがなぜ帰宅にそれほど時間がかかったのか気になる」

被害者がオーバーウルゼルでの打ちあげから去ったのは真夜中頃。だが彼女の車がガレージに入ったのは隣人の目撃証言によると、夜中の一時十分だ。カイがテレビ局のあるアン・デン・ドライ・ハーゼン商業地区からコマドリ通りまでのルートをグーグルマップで調べてくれた。三十一・四キロ、所要時間二十六分。雷雨でゆっくり走ったとしても一時間は要しない距離だ。

「いろいろ理由は考えられます」ピアはいった。「被害者はガソリンスタンドに立ち寄ったかもしれません。別のルートを走った可能性もありますし」

「途中のガソリンスタンドに聞き込みをさせました」カイは自分のノートパソコンから顔を上げた。「高速道路六六一号線、高速道路五号線、高速道路六六号線からクリフテル・インターチェンジまでのあいだにあるガソリンスタンドは二軒だけです。タウヌスブリック・サービスエリアとバート・ゾーデンの出口の直前にあるガソリンスタンド。タウヌス山地を抜けるルートを取った場合、その時間に営業しているガソリンスタンドはありません」

「マイケ・ヘルツマンはいっていた。ヤン・ニーメラーが駐車場で母親を待ちかまえていて、話しかけたと」オリヴァーは話を再開した。夜中、事件の経過をさんざん頭の中で考えていた。「だが彼はわたしたちに、ハンナ・ヘルツマンと最後に会ったのは午後十一時頃だといった。嘘をついたことになる。彼を任意同行させるため、捜査官をやった」

「犯人はガレージで被害者を待ち伏せていたか、途中で車に乗り込んだかのどちらかですね」ピアは声にだして考えた。「そして犯行のあと彼女をトランクに入れて、ヴァイルバッハへ行った。どうしてあそこだったんでしょう？　そして犯人はどうやってそこから立ち去ったのか？」

「仲間がいたのかもしれないですね」ケムが推理した。「あるいはサービスエリアでタクシーを呼んだか」

「ありえない」カイがいった。「サービスエリアには監視カメラがあります」

「コルンビヒラーがいっていたストーカーはどうですか？」ピアはたずねた。

「ああ、昨日調べさせた」オリヴァーはにやっとした。「うまくすれば解決だったが、その男は去年、事故で死んでいた。つまりありえない」

会議室のドアが開いて、クレーガーが飛び込んでくるなり、写真をどんと机に叩きつけた。

「指紋照合システムで該当する指紋があった。車の外部と内部、キッチンとグラスから採取した指紋はキリアン・ローテムントのもの！」

「なぜシステムに保存されていたの？」それまで黙っていたエンゲル署長がたずねた。身を乗りだすと、写真を引き寄せてじっくり見入った。

「児童虐待及び児童ポルノ所持の罪で」そう答えながら、クレーガーはケムとピアのあいだのあいている椅子にすわった。「三年間、刑務所暮らしをしています」

オリヴァーは眉間にしわを寄せた。キリアン・ローテムント。聞き覚えがある。

「二〇〇一年十月に有罪になる前、フランクフルトの弁護士でした」記憶力抜群のカイがいった。「はじめは経済法、それから刑法。ベルクナー・ヘスラー・チェルヴェンカ法律事務所です。フランクフルト・ロードキングスの顧問をしていた事務所です」

「ああ、思いだした」オリヴァーはいった。「あれはかなり問題含みの訴訟だった」

「これでハンナ・ヘルツマンを暴行した理由もわかりましたね」カトリーンはいった。「でも小児性愛者が大人の女性を襲うんですか？」

一瞬、みんな沈黙した。これで犯人確定だろうか。

「写真を見せてもらえるか？」オリヴァーは手を伸ばした。エンゲル署長は写真を彼の方に差しだした。年齢は四十代半ば。青い瞳のハンサムな男だ。一見しただけでは、そんな病的な性的嗜好《しこう》を持つとは思えなかった。ある記憶がオリヴァーの無意識に働きかけ、注意を喚起した。なんの記憶だろう。

デスクの電話が鳴って、カイが出た。

オリヴァーは写真を同僚にまわし、考えを整理した。

「ポール・ニューマンみたいな目ですね」ピアはそういうと、写真を隣にまわした。パズルのピースが勝手に正しい場所にはまった。オリヴァーは思いだした。

〃一番目を引いたのはその人の瞳です。あんな青い瞳は見たことがありません〃とカタリーナ・マイゼルが昨日、電話でいっていた。オリヴァーは興奮した。さまざまな推測と、バラバラの事実に突然、論理的なつながり、手掛かりが見つかったのだ！

「容疑は濃厚だな」カイの発言をさえぎったことにも気づかずに、オリヴァーはいった。「ハンナ・ヘルツマンの隣人は木曜日の夜十時頃、スクーターに乗った男がヘルツマンの郵便受けになにか投げ込むのを見たといっていた」

オリヴァーは椅子を後ろに引いて、みんなを見た。

「隣人が見たという男はキリアン・ローテムントだろう」

＊

夜は地獄そのものだった。ルイーザを産んでからはじめて、エマは十二時間以上、娘と離ればなれになった。落ち着かず、部屋を歩きまわり、アイロンをかけたり、冷蔵庫の拭き掃除をしたりした。そして疲れ切って、ルイーザのベッドに横たわった。創造力がどんどんたくましくなる。フローリアンが他の女にキスをし、いっしょに寝ているところ。それだけでもつらかったが、ルイーザがその女を好いていると想像して、いたたまれなくなった。エマはいろいろと脳裏に思い描いた。フローリアンと知らない女とルイーザでパズルをしたり、メモリーゲームで遊んだりしているところ。三人でＫｉＫＡ（ドイツの子ども向けチャンネル）や『アイス・エイジ』を見たり、枕投げをしたり、散歩をしたり、アイスを食べたり、笑ったり、ふざけあったり。そのあいだエマはひとりさみしく義父母の家で留守番し、苦悩と嫉妬で心が引き裂かれる。受話器を何度手にして、フローリアンに電話をかけようとしたかしれない。だが結局一度もしなかった。なにを訊けというのだろう。ルイーザは元気か。ちゃんと寝ているか。なにを食べたか。他の女がいっしょか。馬鹿げている。ありえない。

エマは日曜日の午後まで時間を数えた。こんなにつらくて、さびしい思いをこれから隔週で味わうなんて、耐えられるだろうか。

エマはすすり泣きながらルイーザの枕に顔をうずめ、怒りのやり場に困ってぬいぐるみを叩いた。フローリアンは新しい人生をはじめられるのだからいい。だけどエマはもうすぐ生まれる赤ん坊にしばられる。フローリアンはそれをいいことに、ルイーザの関心を得ようとするに決まっている！　いつしか睡魔に襲われ、ルイーザのベッドで寝てしまった。

朝の七時に目が覚めた。小さなベッドで不自然な恰好をしていたため、体の節々が痛かった。そしてなにかがうなじに当たっていた。エマは枕をはたき、その下にキッチンバサミがあるのを見つけた。二、三日前から見つからず、探していたものだ。どうしてルイーザのベッドにあるのだろう。

エマはキッチンバサミをキッチンに持っていき、日曜日にルイーザに事情を訊いてみることにした。シャワーを浴びても気持ちはほとんど晴れなかった。それでも汗でべとつく感じはなくなった。

午前九時に、コリナと事務所で七月二日の誕生祝賀会について打ち合わせをする。フローリアンが家を出ていったことは、そろそろみんなの耳に入っているだろう。エマは好奇心いっぱいの質問よりも、同情のまなざしの方を恐れていたが、それでも打ち合わせに顔をだすことにした。少しは気分転換になるかもしれない。脂《あぶら》ぎった顔にファンデーションをつけた。マスカラもつけたが、すぐに脱脂綿でふき取った。バスルームのペダル式ゴミ箱はあふれかえっていた。エマはため息をついてかがみ、中バケツを抜いて、キッチンで中身をあけた。あれ、なんだろう？　丸めたティッシュと脱脂綿の下に薄茶色の布切れがある。それを抜き取ってみると、緑色のガラスの目が床に転がった。

布切れはルイーザが気に入っている指人形の一部だった。薄茶色のフェルトでできた赤い舌と真っ白な牙を持つ狼。エマは食卓でその切れ端を広げ、五歳の娘が大きなキッチンバサミで切り刻むところを想像して戦慄《せんりつ》した。いつやったのだろう。それよりも、なぜ？　ルイーザはたくさんあるぬいぐるみや指人形の中で狼が一番のお気に入りだった。狼にいつも枕の横の特等席を与え、日中も持ち歩くことがあった。狼とお芝居をしてみせないと、ルイーザはなかなか寝ようとしなかった。

エマは狼を最後に見たのがいつか考えたが、思いだせない。キッチンチェアに腰かけ、頬杖をついて指人形の残骸を見つめた。ルイーザはどこかおかしい。この数週間、変な行動が目立つ。本当に成長期によくあることなのだろうか。両親にほったらかしにされていると感じているせいじゃないだろうか。破壊行動は注目してほしいからか。だがそれなら、切れ端を子ども部屋の床に落としておかなければおかしい。目につかないところに捨てても意味がない。奇妙だ。おかしい。考えまいとしても、そしていい方に考えようとしてもだめだった。ルイーザの変化についてもっと徹底的に考えないと。それもできるだけ早く。

＊

レオニー・フェルゲスはたくさんのじょうろに次々と新鮮な水道水を注いだ。普通は前の晩にやっておく作業だ。そうすると、水が空気に触れ、朝には生ぬるくなる。バラはそういう水を好む。だが昨日はいつもの作業を忘れてしまった。十二年前に買ったとき、ニーダーホーフハイム通りの農園はかなり荒れていた。母屋と納屋はがらくたでいっぱいだった。すべてを片づけ、トレリスを取りつけ、花壇をこしらえるのに何ヶ月もかかった。だがこうしてここは思い描いたとおりの楽園になった。家の外壁にはツルバラが這い、裏手の四阿《あずまや》はお気に入りのバラ、ニュードーンのやさしいピンクの花に覆われ、かすかにリンゴのような香りを漂わせている。

天板にモザイクをあしらった丸いガーデンテーブルがある。粗大ゴミ置き場で見つけて手直ししたものだ。その上にのせたラジオから音楽が聞こえる。レオニーは半日陰でそのメロディを口ずさみながら、籐の籠《かご》に入れた大きなプランターのアジサイに水をやっていた。いくらプロでも、毎日、人の苦悩に対峙しているとまいってしまう。庭いじりはちょうどいい気分転換だ。バラの剪定《せんてい》、施肥、植え替え、水やり。とりとめのないことを考えると、リラックスして元気が出る。水やりを終え、レオニーはゼラニウムのしおれた花をつんだ。

「フェルゲスさん？」

レオニーはびくっとして振り返った。

「すみません」知らない男だ。「脅かすつもりはなかったのです。ベルを鳴らしたのですが、庭いじりに夢中だったようで」

「ここにいるとベルは聞こえないのです」そう答えると、レオニーは相手をじろじろ見た。男は四十代半ばのようだ。緑色のポロシャツとジーンズといういでたちで、体にしまりがない。デスクワークをしている証拠だ。男はとくに魅力的ではないが、醜男《ぶおとこ》でもなかった。目の鋭い平均的なやさしい顔立ちだ。女の方は男よりもはるかに若い。痩《や》せぎすで、とがって見える顔は厚化粧の目元と真っ赤な口紅ばかりが目立っていた。こういう対照的なふたり組といえば宗教の勧誘と相場は決まっているが、ちょっとちがうようだ。レオニーは不意の客が好みではない。門を施錠しなかった自分に腹を立てた。

「どのようなご用件ですか？」そうたずねて、しおれたゼラニウムの葉と花をバケツに投げ込んだ。向かいのパン屋に来た客が、ここを造園屋と間違えて迷い込むことがある。

「わたしはマイケ・ヘルツマンといいます」若い女が答えた。「ハンナ・ヘルツマンの娘です。こちらはテレビディレクターのヴォルフガング・マーテルン。わたしの母の仕事のパートナーで親友です」

「そうですか」レオニーはますます警戒した。ふたりはどうしてレオニーの名前と住所を知っているのだろう。ハンナは例の件を他言しないと固く約束したはずなのに！

「母は木曜日の夜、襲われて暴行を受けたんです。今入院しています」

マイケは、母親になにが起きたか簡潔に話し、怖気《おぞけ》をふるう細部には触れなかった。その口ぶりは淡々としていて、母親をおもんぱかる様子など微塵もなかった。レオニーはぞっとした。不安が的中した。レオニーは黙って話を聞いた。

「ひどい話ですね。それで、わたしになんの用ですか？」マイケが口をつぐむのを待って、レオニーはたずねた。

「わたしの母がなにを取材していたかご存じないかと思いまして。十日前、患者がわたしの母と会う用意があるとメールしたでしょう。キリアン・ローテムントという人物にも触れていましたね」

レオニーは寒気がすると同時に腸《はらわた》が煮えくりかえった。どんなに危険なことに足を突っ込むか、ハンナにははっきり伝えたはずだ。あれだけ警告したのに、彼女は他人に話してしまい、Eメールをだれでも閲覧できるコンピュータに保存していたのだ！　なんてことだろう。これで全員が危険にさらされる。慎重に準備した計画が台無しになるかもしれない。レオニーははじめからあまり気乗りがしなかった。ハンナ・ヘルツマンは人気取りのエゴイストだ。傲慢《ごうまん》にも、自分は安全だと思い込んでいる。レオニーは彼女に同情を覚えなかった。

「偶然、ランゲンゼルボルトの住所を知ったんです」マイケは話をつづけた。「人里離れたところにある邸で、たぶんバイカーギャングのアジト。行ってみたんですが、犬をけしかけられました」

緩効性《かんこうせい》の毒のように不安が体にまわった。レオニーは汗が吹きでた。気持ちが顔に出ないように気をつけなければ。ふるえる腕を胸元で組んだ。

「では警察にも伝えたんですか？」レオニーはたずねた。

それまでなにもいわなかった男が咳払いをした。

「いいえ、まだ連絡していません。ハンナのことは昔からよく知っています。それに十四年前からうちの局で番組を持っています。彼女は取材していることについては神経質でして。ですから襲われたのが彼女の仕事と関係があるかどうかまず確かめたいのです」

当然、関連がある。でも知らないふりをした方が得策だ。

「ヘルツマンさんは二、三週間前からわたしのセラピーを受けています」そう答えると、レオニーは気の毒に思っているような口調でつづけた。「仕事のことはなにも聞いていません。Eメールの患者というのは、ヘルツマンさんがたまたま知っている人のことです。それ以上のことは申しあげられません」

レオニーはマイケ・ヘルツマンの敵意に満ちた視線を感じた。嘘だ、とその目がいっていた。だがなにがあってもミヒャエラを守らなければならない。

男は礼をいって、名刺を差しだした。レオニーは園芸用エプロンのポケットにその名刺を入れた。

「なにか思いだしたら連絡をくださると助かります」そういうと、男は若い女の肩に腕をまわした。「マイケ、行こう」

ふたりは立ち去った。レオニーは、ふたりがパン屋の前の駐車場に止めてあるフランクフルト・ナンバーの車に乗り込むのを見送った。それから門を閉めて閂《かんぬき》をかけ、家に入った。電話をかけなくては。それも大至急。いいや、電話はまずい。一瞬、廊下にたたずんでから、玄関ドアの横にかけてあった車のキーをつかんだ。車で会いにいかなくては。被害を最小限に食い止められるといいのだが。

＊

キリアン・ローテムントはどこの警察署にも届けをだしていなかった。そのことを突き止めるのにカイは三時間を要した。出所してから、ローテムントは公式にはどこにも存在しなかったことになる。彼は国の給付金をもらっていなかったし、国も彼から税金を徴収していなかった。保護観察司の携帯の番号もちがっていて、固定電話はいつかけても留守番電話で、コンピュータ音声でメッセージを保存できませんといった。

「ここね」ピアは手入れが行き届いた前庭がある平屋根でガラス張りの家の前に車を止めた。

「オラーニエン通り一一二番地」

ふたりは車を降りて通りを横切った。午前なのに、アスファルトはじりじりと熱かった。ピアはスニーカーの靴底を通して熱さを感じた。二台用のガレージの前に白いSUVが止めてある。在宅のようだ。カイは調べを進めるうちに、ローテムントの以前の住所がバート・ゾーデンであることを突き止めた。オリヴァーは、新しい持ち主が前の持ち主のことをなにか知っているかもしれないと期待した。

ピアは郵便受けの横のベルを押した。K・Hというイニシャルしかなく、氏名はわからなかった。

「どなたですか？」インターホンから声がした。

「刑事です。お話がしたいのですが」ピアはいった。

「ちょっと待ってください」

ちょっとというのが三分になった。

「なんでこんなに待たせるんでしょうね？」ピアは額《ひたい》にかかった前髪を吹いた。警察がベルを鳴らすと、多くの人は好奇心からすぐドアを開ける。だが警戒感から、なかなかドアを開けない人もいる。

「なにかまずい書類をシュレッダーにかけているんだろう」オリヴァーはにやっとした。「あるいは、おばあさんの遺体を地下に隠しているとか」

ピアはボスをじろっとにらんだ。ボスは最近、こういう冗談をよく飛ばす。それだけでなく、髭を剃《そ》らなくなり、ネクタイもつけなくなった。オリヴァーはこの数週間で明らかに変わった。ピアはいい傾向だと思っていた。いつまでも落ち込んで、腑抜けたボスといっしょに働くのは骨が折れるからだ。

「おもしろい冗談ですこと」ピアがもう一度ベルを鳴らそうとしたとき、ドアが開いた。女性が玄関にあらわれた。四十代半ば。痩せていて、清潔だった。いまだに魅力的だが、だいぶ疲れが見えているように見えた。四十歳を過ぎると、日の光を浴びすぎ、油分が足りないせいで、肌の曲がり角にさしかかる。

「ちょうどシャワーを浴びていたもので」女性は申し訳なさそうにいうと、まだ濡れている白いメッシュの入った褐色の髪を手ですいた。「かまいません。雨は降っていませんから」

オリヴァーは身分証を呈示して、自分とピアの身分を告げた。女性はオリヴァーの言葉に不安げな笑みで応えた。

「どのようなご用件ですか？」

「ええと、お名前は……？」

「ハックシュピール。ブリッタ・ハックシュピールです」

「ありがとうございます。ハックシュピールさん、わたしたちは以前ここに住んでいた人物を捜しているのです。名前はキリアン・ローテムント」

女の笑顔が凍りついた。彼女は腕組みをして深呼吸し、一気に身構えた。

「なるほど」女性は歯を食いしばるようにしていった。「でもなんで……」

女性は口をつぐんだ。なにかいおうとして、考えを変えたのだ。

「入ってください。警察がまたやってきたことを、隣人に知られるのはかなわないので」

オリヴァーとピアはガラス張りのエントランスに入った。家の壁はほとんどがガラスだ。

「キリアン・ローテムントは前の夫です。判決が下ったとき、離婚しました。二〇〇一年のことです。それから会っていません」ブリッタは落ち着いて見えるが、心の中では嵐が吹き荒れているにちがいない。上腕をしきりにさする手がその証だ。「小児性愛者と結婚しているなんて耐えられませんでした。子どもたちは当時まだ幼かったし、あの異常者が子どもたちになにかしたのではないかと思ったんです」

彼女の声には、九年近く経った今でも収まりのつかない憎悪がくすぶっていた。

「あの人がわたしと子どもとわたしの両親にした仕打ちは考えられないことです。メディアが流したぞっとするニュースは、わたしたち全員にとって悪夢でした。信じていた夫が小児性愛者だとわかったとき、どんなにみじめで、おぞましかったか、あなたにはわからないでしょう」ブリッタはピアを見つめた。ピアはこの女性が深く傷ついていることがわかった。「友人は背を向けました。わたしは無実なのに死刑宣告されたような気持ちがしました。自分のせいだと思ったこともしばしばです。罪悪感を覚え、三年間セラピーを受けました」

犯罪者の家族はよくそういう感覚に襲われる。自分たちにも責任があると思ってしまうのだ。友人や隣人に背を向けられるのはもっとつらい。突然、小児性愛者の妻という烙印《らくいん》を押され、そういうふうに見られることがどんなに恐ろしいことか、ピアにもわかった。

「なぜここから引っ越さなかったのですか？」ピアはたずねた。

「どこへ引っ越せというんですか？」ブリッタは鼻で笑った。「家のローンが残っていたのに、収入がなくなったんです。離婚したとき、すべての所有権はわたしに認められました。でも親が支援してくれなかったら、すべてなくしていたでしょう」

「前のご主人が今どこに住んでいるかご存じですか？」オリヴァーがたずねた。

「いいえ。知りたいとも思いません。裁判所は接近禁止命令をだしました。子どもに近づくことを禁じたんです。違反すれば、あの人はすぐ刑務所に逆戻りです」

むごい話だ。癒《い》えることのない傷。

黒いBMWがガレージの前の白いSUVの横に止まった。髪の生え際が白い大柄の男と少年と金髪の少女が車から降りた。

「夫と子どもたちです」ブリッタが焦っていった。「あなたたちが来た理由を知られたくないんです」

少年はおよそ十二歳、少女は十四歳くらいで、大きな褐色の目をしたかわいい子だ。肌はミルクとハチミツのようで、長い金髪は背中の中ほどまである。ピアはブリッタが心配するのがわかった。ふとリリーのことが脳裏をかすめた。

ブリッタが夫の病的な嗜好を知ったとき、少女は今のリリーと同じくらいの年齢だったにちがいない。夫を見損なった上、子どもたちを心配し、まわりから白い目で見られたはずだ。父親による子どもへの性的虐待はあいにく珍しいことではない。家族という閉じた小宇宙には暴力が蔓延《まんえん》している。いくら人々に知らしめようとしても、この問題はいまだにタブー視されている。

ピアはブリッタに名刺を渡した。

「なにかわかったら電話をください。とても大事なことなんです」

少女は外階段を上がってきた。iPodの白いイヤホンを耳につけている。スポーツバッグを肩にかけていて、そこからホッケーのスティックが覗いていた。

「練習はどうだった?」ブリッタは微笑みかけた。

「ただいま、ママ」

「おかえり、キアーラ」ブリッタは微笑みかけた。「練習はどうだった?」

「まあまあかな」少女はとくにうれしそうな様子もなく答え、オリヴァーとピアを気にした。

「では」そういうと、オリヴァーは向きを変えた。「ありがとうございました。よい週末を」

「あなた方にも。さようなら」ブリッタはピアの名刺を小さく折った。一回、二回。連絡は寄こさないだろう。おそらく名刺はゴミ箱行きだ。ピアにも気持ちはわかった。

＊

午後四時、キリアン・ローテムントが指名手配された。

写真は最新のものではなかった。警察のデータベースにあった九年前のものだ。だがないよりはましだ。ヴィースバーデンの科学捜査研究所からはさらに検査結果が届き、ハンナ・ヘルツマン事件に新しい視点が加わった。ハンナ・ヘルツマンの家の居間にあったグラスの一客からは指紋がふき取られていたが、ラボで解析できたのだ。

「ベルンハルト・アンドレアス・プリンツラー」カイが午後の会議で報告した。会議室には捜査十一課の面々の他、クレーガーも同席していた。「やっかいな奴です。前科をリストにしたらトイレットペーパーの長さになりますよ。殺人、傷害、武器の不法所持、売春婦の斡旋《あっせん》、強制わいせつ罪、恐喝。刑法典をほぼ完璧にクリアしています。ただし最後の有罪判決は十四年前にさかのぼります。それに長年フランクフルト・ロードキングスのリーダー格のひとりでした」

「コルンビヒラーがリビングで見たというタトゥーの大男」ピアはいった。「ハンナ・ヘルツマンが車に乗せた男は？」

「キリアン・ローテムント」カイは答えた。「彼の指紋は家中にありました。グラスをふくこともしていませんでした」

「プリンツラーとは正反対だな」オリヴァーはいった。「人を訪ねて、グラスの指紋をぬぐうというのはどういうことだ？」

「法に触れることをしてきた奴の習慣だろう」クレーガーはいった。

「あるいは、また来るつもりだったとか」ケムはいった。

「それだけではなんともいえないわね」ピアは首を横に振った。「プリンツラーとローテムントはハンナ・ヘルツマンを訪問し、いっしょにリビングルームで昔なじみのようにおしゃべりをした。そのあとヘルツマンはローテムントを乗せて出かけた。ローテムントは翌日の夜、またヘルツマンの家に来て、郵便受けになにかを投げ入れた……」

「投げ入れたのはなんでしょう？」カトリーンがたずねた。

「それがわからないのよ。マイケ・ヘルツマンは電話に出ないし」ピアは答えた。「電話はかかってきていないわよね、カイ？」

「ここにはかかってきていない」

オリヴァーは立ちあがって、フェルトペンを手に取り、ホワイトボードにキリアン・ローテムントとベルント・プリンツラーの名を書き加え、ノルマン・ザイラーとヴィンツェンツ・コルンビヒラーの名に線を引いた。

「ニーメラーは？」オリヴァーは振り返った。「彼に事情聴取したのはだれだ？」

「カトリーンと俺です」ケムはいった。「木曜日の夜のアリバイはありません。番組の件でヘルツマンと口論になったといっています。ヘルツマンが取材の中身を教えなかったので、腹が立ったのだそうです。オーバーウルゼルからまっすぐ家に帰り、腹立ち紛《まぎ》れに酒を飲んだといっていますが、証人はいません」

「嘘をついているようには思えませんでした」カトリーンが補足した。「それにあきれるくらい腰の重い感じの人でした。あんなことをする人には思えません」

オリヴァーはそれには答えなかった。いかにもやりそうに見える人間などめったにいない。オリヴァーも、ニーメラーが犯人だとは思っていなかった。だが、ハンナ・ヘルツマンがやっていたことについてもう少し情報が得られると期待していた。

「病院からなにかいってきたか？」

「いまだに面会謝絶です」ケムが発言した。「カトリーンと彼はヘーヒスト病院に行ってみたが、ハンナ・ヘルツマンは二度目の手術のあとでまだ麻酔から覚めていなかった。医師団はまだ危険な状態だといっていた。

「ローテムントはどこかこのあたりにいるはずだ」オリヴァーはいった。「ランゲンハインにスクーターで来ている」

「プリンツラーの住所はわかっています」カイはノートパソコンから顔を上げた。「ギンハイム、ペーター＝ベーラー通り一四三番地。ローテムントが昔の依頼人のところにころがりこんでいるんじゃないかとにらんだんです。そいつはローテムントに借りがあるかもしれないと。じつをいうと、ローテムントはプリンツラーの事件でたびたび弁護人になっているんです。重い傷害事件で二度までもプリンツラーを証拠不十分で無罪にしています」

オリヴァーはうなずいた。それはなかなかおもしろい話だ。もちろんプリンツラーを任意同行させるのは望み薄だ。

「訪ねてみよう」そう決心して、オリヴァーは時計に視線を向けた。「カイ、フランクフルト刑事警察署に電話をかけて、応援を六人寄こしてもらえ。午後五時半ちょうどに現地に来るように」

運がよければ、ハンナ・ヘルツマン事件は二、三時間で解決する。そうすればいまだに名前もわからないまま法医学研究所の霊安庫に眠っている水の精にふたたび集中できる。

＊

ハンナは時間の感覚を失っていた。ここにはどのくらいいるだろう？　一日？　一週間？　今日は何日？　何曜日？

なにも思いだせず、頭がおかしくなりそうだった。だがいくら頭を絞っても、濃い霧に包まれたままだ。一定の期間が記憶から抜け落ちている。誕生日がいつかは思いだせるし、打ちあげのあとヤンと口論するまでなにがあったか正確に記憶していた。

医師団は今朝、二度目の手術を受ける前に、頭蓋骨骨折と重度の脳震盪《のうしんとう》を起こしているので、一時的な記憶障害はよくあることだと話した。焦らずとも、いずれ記憶は戻るという。頭蓋骨骨折。脳震盪。どうしてまた手術を受けるのだろう。なぜ身動きができない。

ドアが開いて、よく見かける褐色の髪の女医がそばへやってきた。

「どうですか？」女医は愛想よくたずねた。

馬鹿な質問だ。集中治療室にいて、記憶がなく、娘が見舞いにも来ないというのに、具合がいいわけがない。だがハンナはこうつぶやいた。

「まああです。なにがあったんですか？　どうして手術を？」

少しまともに発音できるようになっていた。女医はハンナのベッドの向こう側にあるモニターをチェックし、引き寄せた椅子に腰かけた。

「あなたは犯罪の被害者になったんです。襲われて暴行されました」女医は真顔でいった。

「そのとき、外傷を負い、内臓を損傷しました。子宮と腸の一部を摘出し、暫定《ざんてい》的に人工肛門を取りつけました」

ハンナは女医を黙って見つめた。激しい衝撃を受けた。事故ではなく、暴行された！　信じられない！　そういう憂《う》き目にあうのは他人で、自分は大丈夫だと思っていた。自分はそういう事件を報道する立場なのに！

犯罪の被害者。嘘、嘘！　自分が同情される身になるなんて冗談じゃない。

「あの……報道機関はこのことを知ってるんですか？」ハンナはぼそぼそといった。大衆紙のトップ記事が見えるようだ。『ハンナ・ヘルツマン、暴行さる』おそらく無力で裸にむかれた写真付き！　考えただけでも最悪だ。

女医が首を横に振ったので、ハンナはほっとした。

「いいえ、病院には箝口令《かんこうれい》が敷かれました。ただ警察が面会を求めています」

当然だ。警察。被害者なのだから。性暴力の被害者。体を汚《けが》され、辱《はずかし》められた。暴行された女性を番組に招き、心的外傷や不安や犯人について何度も話をした。何ヶ月、いや何年にもわたるセラピーや自助グループについても話題にしてきた。同情と理解を示してきたが、心の底ではそういう女性たちを軽蔑し、自業自得だと考えていた。街娼のように挑発的な恰好で歩きまわるのが悪いと。だが、今度は自分がそういう憂き目にあったというのか。考えただけで耐えられない。

「思いつめないことです。よろしければ女性の臨床心理士を来させます」女医はハンナの腕に手を置いた。同情のまなざしをしている。そんなものは欲しくない。

ハンナは目を閉じた。起きたことをなかったことにできるかもしれない。一刻も早くオフィスに電話をかけて、なにか適当な作り話をでっちあげなくては。このまま隠しとおすのはむりだ。事故がいい。そうだ、自動車事故ならあとあとやっていける。ヘッドライトの光になにかが飛び込み、とっさにハンドルを切ったことにすれば。ハンナはびくっとした。その光景が目の前に鮮明に浮かんだ。帰宅途中。動物が目の前を横切る。ぎりぎりで避ける……大音響の音楽。ヘッドライトが照らしだした動物。アナグマかアライグマ。〝警察　後につづけ〟三角停止板。記憶の断片が頭の中の霧を抜けてきた。バラバラで、ありがたくない断片。暴行を受けた。見つけたのはだれだろう。見ず知らずの人間に、みじめで醜い姿をさらしたのか。

ハンナは両手で拳を作って、こみあげる涙を堪《こら》えた。なんてこと、最低！　この先どうやって生きていったらいいの。

＊

要請したのは応援六人だったのだが、オリヴァー、クレーガー、ケム、ピアの四人がペーター＝ベーラー通りに到着したとき、そこに待機していたのは特別出動コマンド《SEK》だった。

「これはなんだ？」オリヴァーは黒い戦闘服姿の一団に面食らって現場指揮官を見た。逮捕予定者がロードキングスだ、とカイが報告したため、出動要請は通信指令センターから組織犯罪課に伝えられ、特別出動コマンド《SEK》を出動させたことがわかった。

「いきなりベルを鳴らして入るつもりだったのか？」現場指揮官があきれてたずねた。

「もちろんだ」オリヴァーは冷淡に答えた。「その考えに変わりはない。目立ちたくないし、テストステロンを発散する戦闘機械で相手を不必要に刺激したくない」

現場指揮官が渋い顔をした。

「田舎者の警官が状況を見誤ったために何時間も後始末の報告書を書くのはごめんだ。こちらで仕切らせてもらう。部下は心得ている」

通行人が気づき、住人も窓から顔をだしたり、バルコニーの手すりから身を乗りだしたりしている。ピアはじれったくなって首を横に振った。ボスの生まれつきの礼儀正しさには困りものだ。

「これ以上議論していたら、気づかれて高飛びされますよ。今日のうちに帰宅したいです」

「まったくどういう……」現場指揮官はそういいかけたが、その高飛車な言い方とマッチョな態度に、オリヴァーの堪忍袋《かんにんぶくろ》の緒が切れた。

「もういい。このままじゃ、テレビで中継され、逮捕予定者が実況中継を見てしまう。きみたちは下で待機し、すべての出口を確保しておいてくれ」

「防弾チョッキも着ていないじゃないか」現場指揮官はへそを曲げ、口をとがらせた。「俺と部下ひとりが同行する」

「勝手にしろ」オリヴァーは肩をすくめ、歩きだした。「だが後ろに控えているように」

一四三番地の高層アパートは一九六〇年代に建てられた無味乾燥な灰色の集合住宅だった。暖かい土曜日の午後、住人の生活は大半が外で営まれていた。多くの人がバルコニーにすわり、アパートのあいだの芝生では子どもがサッカーに興じ、数人の若者が車の修理をしていた。オリヴァーたちが玄関ドアに近づくと、ドアが開いた。若い母親がふたり乳母車を押して出てきて、オリヴァーたちをうさんくさそうに見た。

「なんの騒ぎですか？」ひとりが特別出動コマンド《SEK》を見ながらたずねた。

「なんでもない。行きたまえ」現場指揮官は無愛想にいった。

だがそうは問屋が卸《おろ》さない。ふたりは立ち止まって、ひとりが携帯電話をだした。ピアは焦った。騒ぎがどんどん大きくなっている。

「プリンツラー」ケムが呼び鈴の表札を見ていった。「四階」

アパートの中は食事のにおいがした。

「ピアとわたしはエレベーターに乗る、きみたちは階段だ」オリヴァーはケムとクレーガーにいうと、エレベーターのボタンを押した。

「階段にしないのですか？」ピアはたずねた。

ボスの返事はわかっていたが、からかわずにはいられなかった。去年の夏、ボスは運動や食事制限をしなくても二、三キロは痩せてみせると豪語し、エレベーターに乗らず、階段を使うといったからだ。といっても、エレベーターがあっても階段にしたのはせいぜい二、三度だった。

エレベーターが来た。

「秘密のダイエット計画を明かすのではなかったと毎日後悔しているよ」エレベーターの扉が閉まると、オリヴァーはいった。「わたしが死ぬまでそのことでからかうんだろうな。帰りは階段を使おう」

「いつものようにですね」ピアはにやっとした。

少ししてオリヴァーたちは傷だらけのドアの前に立った。ほこりのついたプラスチックのリースが飾ってあり、マットには「ＷＩＬＬＫＯＭＭＥＮ《ようこそ》」と書かれていた。オリヴァーはベルを押した。薄っぺらな合板のドアからラジオの音が漏れている。だがベルを鳴らしても反応がなかった。もう一度ベルを鳴らすと、ラジオが消えた。オリヴァーはノックした。

そこからはあっという間のできごとだった。ドアが内側に開くなり、特別出動コマンド《SEK》のふたりがオリヴァーより先に飛びだし、ドアに体当たりした。ドアが壁に当たってものすごい音をたてた。室内から悲鳴があがった。そしてまた悲鳴。なにかがぶつかる鈍い音と息を詰まらせたような咳。白猫がさっとピアの足のあいだをくぐって、にゃあと鳴いた。

　ピアとオリヴァーは住まいに突入した。そこに展開する光景はなんとも異様だった。白髪にきれいなウェーブをかけた小柄な老婆がスプレーを手にし、その足元のライトグレーの絨毯敷《じゅうたんじ》きの床に現場指揮官がうずくまり、もうひとりの隊員は壁に寄りかかって咳き込み、目に涙を浮かべている。見事にやられていた！

「手を上げなさい！」老婆はスプレーをオリヴァーに向けた。とがった鼻に金縁メガネをかけた八十代の老婆に脅されるのははじめてだったが、その決死の形相を見て、おとなしくいわれたとおりにした。

「落ち着いて！」オリヴァーはいった。「わたしはボーデンシュタイン、ホーフハイム刑事警察署の者です。同僚の不躾《ぶしつけ》な行動をお詫びします」

「この婆さんを連行する」現場指揮官はかすれた声でいうと、立ちあがろうとした。「公務執行妨害だ」

「なら、こっちは不法侵入で訴えるよ」老婆がすかさず応じた。「あたしの住居からとっとと出ていきな！」

　階段に住人が出てきて首を伸ばし、ひそひそしゃべっている。

「大丈夫かい、エルフリーデ？」老人が声をかけた。

「ええ、大丈夫よ」そう答えて、プリンツラー夫人は催涙スプレーを棚に置いた。「でもびっくりさせられたから、気付け薬にシェリー酒がいるね」

　夫人はオリヴァーに探るようなまなざしを向けた。

「いらっしゃい、お若いの。あんたはお行儀がいいから、入っていいわ。でもそこのガキどもはだめよ。あやうくドアがぶつかるところだったわ」

　オリヴァーとピアはあとについてリビングルームに入った。重厚なオークの家具、花柄の壁紙、置物でいっぱいのワゴン、刺繍《ししゅう》入りのクッションが積み重なっているソファ、錫《すず》の皿やデカンターが並ぶ飾り棚。この古風なしつらえの中に巨大なプラズマテレビ。革ジャンにバイクブーツといういでたちの身長二メートルの刺青《いれずみ》男がここに出入りしているとは考えづらい。

「あんたも飲む？」夫人がたずねた。

「いいえ、結構です」オリヴァーは丁重に断った。

「おすわりよ」夫人は飾り棚のガラス扉を開けた。そこには大変な数の酒瓶が並んでいた。グラスを手に取ると、酒をどくどく注いだ。「この騒ぎはいったいなんなんだい？」

「ベルント・プリンツラーさんを捜しているんです」オリヴァーは答えた。「息子さんですね？」

「ベルント。ああ、息子さ。四人いるうちのひとり。またなにかやらかしたのかい？」夫人はろくに驚きもせずシェリー酒をぐいっとあおった。

クレーガーがドア口にあらわれた。

「住居には他にだれもいない。だれかがいた形跡もない」

「だれがいると思ったんだい？　息子？　あの子とはもう何年も会ってないよ」テレビの方に向けてあった肘掛け椅子に腰かけた。

「催涙ガスは悪かったね」夫人はくすくす笑った。前からシェリー酒を飲んでいたな、とピアは思った。「でもこのあたりは物騒でね。だから催涙スプレーはいつも持ち歩いているのさ。買い物や墓地に出かけるときもね」

「申し訳ありませんでした」ピアはいった。「同僚が早とちりしまして。脅かすつもりはなかったんです」

「まあいいわ」夫人は手を横に振った。「あのね、あたしは八十六。人生に退屈してるの。でもちょっとおもしろいことがあった。これで二、三週間は話題に事欠かないわ」

あれをおもしろいととってくれたのはよかった。他の人間だったら、苦情をいうだろう。それもたっぷりと。

「それより、ベルントになんの用？」夫人はたずねた。

「二、三質問があるのです」オリヴァーが答えた。「どこにいるかご存じですか？　電話番号はわかりますか？」

ピアはざっと見まわして、額入りの写真が飾ってあるサイドボードへ行った。壁にもセピア色の写真がかけてある。若き日のエルフリーデ・プリンツラーと夫の写真だ。

「いいや、知らないねえ」夫人は残念そうに首を横に振った。「他の子は定期的に顔を見せるんだけど、ベルントは住む世界がちがうのよ。昔からそうだった。でもときどきあの子宛の手紙が届くから、ハーナウ郵便局の私書箱に送ってる」

夫人は肩をすくめた。

「あの子のことがなにも聞こえてこないのに満足してる。便りがないのはよい便りというでしょ」

「これはベルントさんですか？」ピアはたずねて、銀の額に入った写真を指差した。黒い車の前に立つ褐色の髪のハルク・ホーガンみたいな大男、その横に女性とふたりの子ども、そして白いピット・ブル・テリア。

「ええ」夫人は認めた。「ひどい刺青でしょ？　神の御許《みもと》に召された夫は、水夫のようだといってた」

「この写真はいつ頃のものですか？」

「去年あの子が送ってきたのよ」

「お借りしてもいいですか？　来週すぐに送り返します」

「いいわよ。持っていきなさい」

白猫が戻ってきて、のどを鳴らしながら夫人の膝《ひざ》に飛び乗った。

「ありがとうございます」ピアは写真を額から抜いて裏返した。インターネットショップで作らせた写真入り葉書だった。

〝二〇〇九年　メリークリスマス。ベルント、エラ、ニクラス、フェーリクス。元気でな、おふくろ！〟と裏面に書かれていた。バイカーギャングも母親にクリスマスカードを送るんだ。ピアは消印をよく見て、やったと思った。切手の消印はランゲンゼルボルトだ。しかも写真には車のナンバーの一部が写っている。

十五分後、人だかりのできたアパートから撤収した。ケムは私書箱のことを電話でカイに伝えた。ただ週末なので、すぐに情報を得られる可能性は低かった。

「時間の浪費だったな」クレーガーは車へ向かう途中ぼやいた。「世も末だ！」

「そうでもないわ」ピアは保存袋に入れてあった写真入り葉書を彼に渡した。「これでなんとかなると思うけど」

「さすがだ」クレーガーは写真を見つめた。「ヘルツマン家の前に止まっていたという黒いハマーはこれだな」

二〇一〇年六月二十七日（日曜日）

二本の街灯の淡い光で照らされた通りは死んだようだった。午前四時十分前では、料理店〈ルドルフ〉も客が少なく、窓はどれも暗かった。車から降りて門を開ける前に知らない車があるかどうかよく見るように、ベルント・プリンツラーからいわれた。彼は家まで送るともいったが、それは断った。

歩くような速度で車を走らせ、いったん自宅の前を通りすぎると、ハイングラーベン通りに左折し、〈ルドルフ〉のところでふたたびアルト・ニーダーホーフハイム通りに戻った。あやしい気配はない。隣人の車はどれも知っているし、MTKナンバーだ。こんなことをしていると、迫害妄想を持ってしまいそうだ。門の前で停車すると、レオニーは車から降りて、小さな通用門を開けた。人感センサーが反応して、玄関ドアの上の照明が点灯し、庭がキラキラ明るい光に包まれた。閂《かんぬき》をずらして、大きな門を開けた。本音をいえばそれほど心配していなかった。もう何年もひとり暮らしをしていたからだ。それでも二、三日前から暗くなると胸騒ぎがしていた。彼女の感覚はめったに嘘をつかない。直感に従ってハンナ・ヘルツマンを巻き込まなければ、こんな問題を抱えずにすんだのに！　傲慢《ごうまん》で評判ばかり気にするあの人には憤懣《ふんまん》やるかたなかった。彼女のせいで、他の仲間と喧嘩することになった！

レオニーは車を敷地に入れ、門を閉めて、念のため閂をかけた。家に入ると、キッチンへ行き、冷蔵庫からコーラライトをだした。舌が上顎に貼りついていた。一気に五百ミリリットルを飲み干せそうなほどのどが渇いていた。片手で約束どおりショートメッセージを打った。

〝無事に帰宅〟

靴を脱いで、患者用のトイレに入った。今日は一日じゅうガスがたまっていた。やっと楽になり、窓を開けてトイレの外に出た。廊下の照明をつけて、レオニーは死ぬほどびっくりした。

目の前にマスクをかぶり、野球帽で顔を隠したふたり組が立っていたのだ。

「な……なんなの？」レオニーは不安で心臓が口から飛びだしそうになったが、しっかりした口調でいった。「どうやって入ったの？」

まずい！　携帯電話はキッチンテーブルだ。ゆっくりあとずさる。階段を駆けあがってベッドルームに閉じこもり、窓から助けを呼ぼう。鍵はドアに挿してあっただろうか。足を一歩後ろにだす。階段まで一メートル半。そっちを見てはだめ、と自分にいいきかせる。いきなり駆けだして、不意をつくんだ。一気に走ればなんとかなるはず。

レオニーは筋肉に力をためて駆けだした。だが大きい方の男がすばやく反応した。レオニーの腕をつかみ、むりやり引きもどした。男は彼女のうなじをつかんで、頭を壁に激しく打ちつけた。レオニーは意識が朦朧《もうろう》となり、しゃがみ込んだ。目の前に星が飛んだ。それから星の数が倍になった。生温かい液体が頬を伝い、顎から床にしたたり落ちた。レオニーはハンナのことを思った。彼女に起きたことを。自分も殴られ、暴行されるのだろうか。レオニーは全身をふるわせた。なにかが引き裂かれるような音を耳にして、パニックになった。次の瞬間、レオニーは両足をつかまれ、セラピー室へ引きずられた。必死にドア枠をつかみ、足をばたつかせた。すると、胸を蹴られ、息が詰まり、手を離してしまった。

「お願い」レオニーは絶望していった。「やめて」

＊

マイケは目を開けた。どこいるのか思いだすまで数秒かかった。伸びをして、腕を上げた。

窓の外では鳥がさえずっている。よろい戸の隙間から日の光が射し込み、ぴかぴかの寄せ木張りの床に明るい筋を作っていた。昨日の夜は遅くなった。ヴォルフガングとフランクフルトで食事をし、かなり酒を飲んでしまった。ヴォルフガングがまた家に泊まるように誘った。ランゲンハインの家にひとりで置いておくのは心配だというのだ。今回は招待を受け、二、三週間前からザクセンハウゼンにある友人の住まいに引っ越して、母のところにいないことは黙っていることにした。代父でもある彼の家族が住む白亜の邸《やしき》は小さい頃から好きだった。以前は母親が旅行に出ているとき、よく泊まらせてもらった。ヴォルフガングの母クリスティーネはマイケにとって第三の祖母のような存在だった。マイケは本当にクリスティーネが好きで、九年前に自殺したときには深いショックを受けた。あんなにすてきな家に住んで、金にも困らず、みんなから愛されていたのに、なぜ倉庫で首を吊ったのだろう。マイケにはどうしても理解できなかった。クリスティーネは重い鬱病《うつびょう》にかかっていた、と母親から教えられた。葬儀のことは今でもまざまざと思いだせる。九月の美しい晴天の日だった。数百の人々がまだ埋め戻されていない墓穴のそばで別れを告げた。マイケは当時、十五歳だった。一番印象に残っているのは、ヴォルフガングが幼い子どものように泣きじゃくっていたことだ。彼の父親はいつもマイケにやさしかったが、ヴォルフガングを怒鳴りつけ、ののしるのを目の当たりにして、恐怖を覚えるようになった。クリスティーネが埋葬された直後、ハンナは再婚した。新しい夫ゲオルクはハンナとヴォルフガングの友情にひどく嫉妬したため、オーバーウルゼルの邸を訪ねることはめっきり少なくなった。

昨日は一日じゅうヴォルフガングといっしょにいて楽しかった。彼はマイケが小さいときも子ども扱いしたことがなかった。ずっと友人であり、信頼できる相談相手だった。父親どころか、母親にも話せないことも、彼になら相談できた。マイケがどこの精神科病院に入院しても、彼は見舞いにきてくれたし、誕生日を忘れたことがなく、マイケと母親の橋渡しをしてくれた。なんでヴォルフガングは女じゃないんだろう、とマイケはよく自問した。彼は同性愛者ではないかと考えてみたこともある。だがその徴候はなかった。母親にもそのことをたずねたが、母親は肩をすくめただけだった。ヴォルフガングはずっと前から一匹狼なのよ、と母親はいった。

母親のことを考えただけで良心の呵責《かしやく》を覚える。いまだに母親に会いにいっていない。昨日、見舞ったイリーナと電話で話した。しかし彼女から話を聞いて、ますます見舞う気が失せた。ぞっとして、毛布を顎までかけた。イリーナは病院に行こうとしないマイケを非難した。いつか行くつもりだ。だが今日はむりだ。ヴォルフガングがあの恰好良いアストンマーティン・コンバーチブルに乗って、ラインガウ地方へ食事にいこうと誘ってくれている。なにかろくでもないことを思いつかないように、と彼は昨日の夜いった。

ナイトテーブルのスマートフォンが鳴った。マイケは手を伸ばし、充電ケーブルを抜き、電話の履歴をひらいた。この二十四時間で二十二件の発信者不明の電話があった。名前がわからない相手には原則として出ないことにしている。それが警察の可能性があれば尚更だ。だが今回はショートメッセージだった。

〝ヘルツマンさん。連絡をください。重要な用件です！ ピア・キルヒホフ〟

重要？　だれにとって？　わたしじゃない。

マイケはショートメッセージを削除し、膝《ひざ》を抱いた。いいかげん放っておいてほしい。

＊

朝の九時十分、地方刑事警察署のコールセンターに通報があった。当直の警部は五十秒後、オリヴァーに連絡した。オリヴァーはハンナ・ヘルツマンが入院しているヘーヒスト病院へ向かっていたピアに電話をかけた。

ホーフハイムへ車を走らせながら、オリヴァーはカイ、ケム、クレーガーの三人を刑事警察署に呼び、さらに担当検察官に電話をかけて、キリアン・ローテムントへの捜索令状発付を要請した。通報があってから四十五分後、ピアを除く全員が待機室に集合した。だが通報の録音を三度聞き直しても、その簡潔な言葉を発したのが男か女か判然としなかった。

〝指名手配の男はシュヴァンハイムのヘーヒスター・ヴェークのキャンプ場にいる。今もそこにいる〟

ヘッセン州南部のすべての地方紙にキリアン・ローテムントの写真を掲載してからはじめて得られた具体的な手掛かりだ。

「パトカーを二台、キャンプ場に向かわせろ」オリヴァーは当直にいった。「こちらもすぐに出発する。カイ、捜索令状が届いたら……」

オリヴァーは先がいえなかった。どうしたらいい？

「……Eメールに添付してiPhoneに送りますよ、ボス」カイはうなずいた。

「そんなことができるのか？」オリヴァーは驚いてたずねた。

「ええ。スキャンしてデータにすれば」カイはにやにやした。オリヴァーは iPhone にそこそこ慣れたつもりだったが、最新技術にはまだなじめなかった。

「どうやって……？」

「俺がわかってる」クレーガーはじれったそうにオリヴァーの言葉をさえぎった。「早く行こう。またとんずらされるぞ」

三十分後、キャンプ場に到着した。パトカーが二台、黄色いペンキで塗られた平屋の前の駐車場に止まっていた。その平屋には、〈マイン川のリヴィエラ〉という気どった名前のレストランとキャンプ場のシャワールームやトイレが入っていた。オリヴァーはジャケットを車に残し、まだ早い時間なのにすでに背中が汗で張りついているシャツの袖《そで》をめくった。異様なにおいを放つ満杯のゴミコンテナーの横には空っぽのビールケースが雨樋《あまどい》に届くほど積みあげてあった。開け放った窓の網戸には穴があいている。そこから狭苦しく薄汚い厨房が見えた。汚れた皿やグラスが所狭しと置いてある。オリヴァーはここで作られた料理を食べるところを想像してぞっとした。

巡査のひとりが〈マイン川のリヴィエラ〉の店主を見つけてきた。オリヴァーとクレーガーはコンクリートプレートを並べたテラスに立った。そこには〈ガーデンパブ〉という大きな看板が出ていた。日が暮れると、イルミネーションとプラスチックのヤシと酒盛りでバカンス気分が演出されるのだろうが、ぎらぎらと照りつける日の光の中ではみすぼらしい醜さが露呈している。こういう場所に来ると、オリヴァーはひどく気持ちが沈む。色褪《いろあ》せたパラソルの下のビニールのテーブルクロスをかけたテーブルで、店主夫婦は朝食をとっていた。といっても、コーヒーとタバコしかないようだったが。やつれた感じの禿頭《はげあたま》の店主はニコチンで黄ばんだ指で大衆紙をめくっている。日曜日の早朝に警察が来たことをあまり喜んでいないらしい。チェック柄の厨房パンツとTシャツという出で立ちで、Tシャツは黄ばんでいるところを見ると、もう長いこと洗濯機を内側から見ていないようだ。そのせいか、染み込んだ汗のきついにおいがした。

「知らねえな」クレーガーが差しだした写真を興味なさそうに見てから、店主はいった。おかみの方は咳をして、吸い殻がうずたかく積もっている灰皿にタバコを押しつけて消した。

「見せて」おかみが手を伸ばした。ソーセージのような指に金の指輪をはめ、赤いマニキュアを塗ってアイシャドーをしている。一九六〇年代の若い頃に流行ったようだ。映画『あなただけ今晩は』のヒロイン、イルマ・ラ・ドゥースのシュヴァンハイム版といったところか。大柄で、肉づきがよく、エネルギッシュだ。これなら酔いどれの客にも負けないだろう。ゴミ容器の甘酸っぱいにおいがテラスから漂ってきた。オリヴァーは顔をしかめ、息を止めた。

「この男を知っていますか？」オリヴァーは声を殺してたずねた。

「あら、これってドクじゃない」写真をじろじろ見てからおかみがいった。「四十九番に住んでるよ。この道の先さ。緑色のカーサイド型テントが目印だ」

痩《や》せた店主が怖い目でにらんだが、おかみは気にもとめなかった。

「ここで面倒ごとを起こさないでおくれよ」おかみはクレーガーに写真を返した。「うちの利用者が警察ともめても、あたしらには関係ないことさ」

賢明だ、とオリヴァーは思った。オリヴァーが礼をいって、急いで店をあとにすると、店主夫婦が大声で喧嘩をはじめた。店主が携帯電話でローテムントに警告したら面倒だ。その前にキャンピングトレーラーを見つけなければならない。だがキャンプ場は広いのに区画ナンバーのつけ方がいいかげんだったので、部下を四方に散らばらせた。ケムが四十九番のキャンピングトレーラーを見つけた。カーサイド型テントはかつて緑色だったにちがいない。だが区画ナンバーは合っている。隣の区画では数人の若者がガーデンチェアにすわっていて、興味津々な顔をした。

「留守だよ」ドイツ国旗の三色で服を揃えた若者がいった。

それはすばらしい。

若者たちは夏のあいだだけ、パーティーをするためここで週末を過ごすという。キャンピングトレーラーは愛国心の強いサッカーファンのおじの持ち物だった。ふたりは隣人のことをよく知らなかったが、写真を見てすぐ同一人物だといった。前の夜、ローテムントはハーレーダビッドソンに乗った奴の訪問を受け、今朝、スクーターで出かけたという。ふたりはローテムントとほとんど言葉を交わしたことがなく、あいさつくらいしかしないらしい。

「だれとも付き合いがないからね」若い男はいった。「キャンピングトレーラーの中でノートパソコンをいじってばかりいた。ときどき変な連中が訪ねてきた。向こうの酒場じゃ、あの人は昔、弁護士だったって噂になってる。でも今は屋台でフライドポテトを揚げている。人生なんてそんなもんさ」

オリヴァーはわかったふうな言葉を聞き流した。

「訪問者はどんな人でした？　男、女？」

「いろいろ。役所ともめたとき、助けてくれるって話を聞いた。キャンプ場の弁護士ってわけさ」

他の若者が笑った。

キャンピングトレーラーの持ち主のおいには捜索の立会人になってもらって、クレーガーが鍵を開けた。

「俺はどうすればいいの？」若者は好奇心に駆られ、枯れかけた生け垣のあいだを抜けてきた。

「なにもしなくてけっこう。ただドアのところに立って見ていてください」オリヴァーはそう答えて、カーサイド型テントに足を踏み入れた。「入っていいか？」

「だがなにも触るな」つなぎを着て、ゴム手袋と靴カバーをつけたクレーガーが注意した。キャンピングトレーラーの内部はむっとしていたが、清潔できれいに片付いていた。クレーガーは戸棚を開けた。

「衣服、鍋、本。すべてある。ベッドメイクはしてある。ノートパソコンはどこにもないな」

クレーガーは引き出しをかきまわして、重ねた下着のあいだからくしゃくしゃになった写真を見つけた。

「元小児性愛者、現役の小児性愛者ときた」クレーガーはいやな顔をして、五、六歳のかわいらしい金髪の少女が写っている写真をオリヴァーに渡した。

「これは奴の娘だ」オリヴァーはいった。「今は十四歳くらいだ。あいつは娘と息子に接触することが禁止されている」

「なるほど」クレーガーは捜索をつづけたが、ざっと見たかぎりではとくにあやしいものはなかった。「部下を呼ぶ。徹底的に捜索する。カイは捜索令状を送ってきたか？」

「さあ、どうかな」オリヴァーはズボンのポケットからiPhoneをだした。「どうやって見るんだ？」

クレーガーはiPhoneを手に取り、ホームボタンを押した。

「おいおい、パスコードも設定してないのか。これ、なくしたら、だれでも電話し放題だぞ」

「パスコードをすぐ忘れるんでね。三回間違えると、そのあとが面倒だし」

「まったくなあ！」クレーガーは首を横に振ってにやにやした。新着メールがあることを示す「1」が表示されたメールのアイコンをタップした。「これがカイのメールだ。いいか、画面を下にスクロールすると、こういうふうにPDFのリンクが貼られている」

「任せた」オリヴァーはクレーガーにそういうと、iPhoneに手を伸ばした。「わたしはピアに電話をかける」

クレーガーはため息をついた。

「待てよ。メールを俺のiPhoneに転送する。そうすれば、すぐ電話がかけられるから。だけどオリヴァー、最新機器を使うなら、初心者者コースを受けた方がいいぞ」

オリヴァーはそのとおりだと思った。息子のローレンツが独り立ちしてから、最新機器への接点を失った。だがこっそり八歳のおいに教わればすむかもしれない。

クレーガーから電話を渡してもらうと、オリヴァーはピアの電話番号を選んだ。だがちょうどそのとき電話がかかってきた。インカだ！　日曜日の朝になんの用だろう。

「もしもし、オリヴァー。悪いけど、ロザリーのことを忘れていない？」

「ロザリー？」オリヴァーは眉間にしわを寄せた。なにかど忘れしているだろうか。「あの子がどうした？」

「今日の十二時、ラディソンブルホテルでやる料理コンクールに出るのよ。コージマが出られないから、わたしたちが顔をだすって約束したじゃない」

しまった！　完全に忘れていた！　オリヴァーはたしかに顔をだすと娘に大見得を切った。コンクールは出られるだけでも大変なことだ。仕事が忙しいといっても通らない。弟の妻のマリー＝ルイーゼには当分ねちねちいわれるだろう。

「今何時だ？」オリヴァーはたずねた。

「十時四十分」

「忘れてた」オリヴァーは認めた。「だけどもちろん行く。教えてくれてありがとう」

「どういたしまして。じゃあ、十二時十五分前にホテルの前で落ち合いましょう。それでいい？」

「そうしよう。じゃあ、あとで」オリヴァーは通話を終えると、ひどい罵声《ばせい》を吐き、クレーガーに唖然とされた。

「用事ができた。家族の用事だ。なにかあったら電話するようピアにいってくれ」

＊

彼女は事実、疲労困憊《こんぱい》して眠り込んでいた。それも不自然な恰好で。部屋は真っ暗だ。下ろしたブラインドの隙間から光の筋が数本射し込んでいるだけだ。それを見るかぎり、外は日中のようだ。いったいどのくらい眠っていたのだろう。結束バンドで手首が切れて痛い。そのことに気づいたとき、夜中の出来事が夢だという期待は潰えた。口にはガムテープが貼ってあり、そのテープがぐるぐる巻きにされていて、頭を動かすと毛髪が引っ張られた。だがそれはまだ序の口だ。彼女はセラピー室の真ん中に置かれた椅子にしばりつけられ、両足首は椅子の脚に、両手は背もたれに固定されていた。そのうえ胴体にもビニールひもが巻かれ、身じろぎひとつできなかった。動かせるのは頭だけだ。状況はひどいものだが、ひとまず生きている。殴られてもいないし、暴行されてもいない。のどの渇きさえなければ。そして失禁しそうだ！

デスクで電話が鳴った。三度鳴ったところで自分の声がした。「こんにちは。こちらはレオニー・フェルゲスの精神療法クリニックです。七月十一日まで不在です。メッセージを残してくだされば、かけ直します」

留守番電話がピーと鳴ったが、だれもテープに吹き込む人はいなかった。唯一聞こえたのは雑音だ。いや、どちらかというと息遣いに聞こえる。

「レオニー……」

彼女はその声を聞いてびくっとし、電話をかけてきた者が話していると気づいた。

「のどが渇いたか、レオニー？」音声を明らかに変えている。「これからもっとのどが渇くぞ。のどの渇きで死ぬのはこの世で一番つらいって知っているかな？　知らない？　ふうむ……基本はこうだ。三、四日まったく水を補給しないと、おまえは死ぬ。だがこう暑いと、進行はもっと早まる。最初の異変は一日か、一日半で起こる。水分欠乏で、尿の色が濃くなる。オレンジ色に近い感じだ。それから汗をかかなくなる。体が当面必要としない臓器から水分を吸い取る。胃、腸、肝臓、腎臓が萎縮《いしゅく》する。健康にはよくないが、それで死ぬことはない。いい点は、尿意を催《もよお》さなくなることだな」

あざけるような笑い声。レオニーは目を閉じた。

「水は、生命を維持するために重要な臓器に欠かせない。心臓と脳だ。だがいつか心臓と脳は縮みはじめる。脳はまともに機能しなくなる。幻覚を見たり、パニックを起こしたりして、まともに思考することができなくなる。それから昏睡《こんすい》状態になる。そこまで行くと、死ぬまで数時間だ……想像しただけでもぞっとするだろう」

ふたたびおぞましい笑い声。

「いいかな、レオニー、付き合う人間はよく考えて選ぶべきだった。本当にろくでもない連中を選んだものだ。だからのどの渇きで苦しむことになる。玄関に札をかけてくれたのは大助かりだった。これでおまえが昏睡状態になるまで、だれも邪魔しないだろう。二、三日して見つかったら、おまえは食欲をそそる遺体になっているだろう。ただし蠅《はえ》が家に入り込んで、おまえの鼻の穴や目に卵を産みつけなければの話だ。……だがその頃には、おまえにとってどうでもよくなっているだろう。では元気でな。まあ、あまり気にしないことだ。みんな、いつかは死ぬ」

あざけるような笑い声がレオニーの耳に響き、かちっと音がして静かになった。レオニーはそれまで、怪我らしい怪我をしていないし、そのうちだれかが見つけてくれるだろうと思っていた。だがどんなに絶望的かよくわかった。不安がスチームハンマーのように彼女を打ちすえた。心臓がばくばくいって、全身から汗が吹きでた。必死になって縛《いまし》めを引っ張ったが、びくともしなかった。こみあげる涙を懸命に堪《こら》えた。涙を流せば体内の水分を無駄遣いすることになる。それに口をふさがれている今、鼻が詰まれば窒息死する恐れもある。

落ち着くのよ！　頭の中で自分にいいきかせた。しかし思うのは容易《たやす》い。間抜けなことに昨日たしかに〝七月十一日まで休暇〟という札を玄関にかけた。その札があって、ブラインドが下りていれば、留守を疑う者はいないだろう。携帯電話はキッチンテーブルの上、固定電話はデスクの上。椅子から五メートル離れているから届くはずがない。ここにすわってどのくらい時間が経っただろう。レオニーは両手で拳を作って、またひらいた。死ぬほど痛い。血流が止まったかのようだ。首をまわして後ろをうかがおうとした。そこの壁に時計がかかっている。だが暗すぎて、なにも見えなかった。

外からの助けは期待できない。自分でなんとかしなくては。さもないと死ぬことになる。

＊

エマは我を忘れていた。クローンベルクを過ぎ、十字路で赤信号を見落とし、前の車に追突するところだった。ハンドルに両手をつっぱり、罵声を吐いた。

十分前、フローリアンがバート・ホンブルク病院の救急救命室から電話をかけてきた。ルイーザが病院にいる。ヴェーアハイムのロッホミューレ・ポニー牧場でルイーザがポニーから落ちたというのだ！　ルイーザはまだ小さいから、一、二年はポニーに乗せないようにと口を酸っぱくしていっておいたのに。きっとルイーザが父親にせがんだのだ。そして株を上げようとして、フローリアンはいいなりになった。

信号が青になった。エマはオーバーウルゼル方面に左折した。法定速度を大幅に超えているが、どうでもよかった。フローリアンはルイーザの状態を教えてくれなかったが、病院に運んだということは軽傷のはずがない。骨が砕け、傷がぱっくりあいた小さな娘が心の目に浮かんでいた。これを機に、青少年局に訴えて、夕方には子どもをエマの元に戻すよう要求できそうだ。知らないペンションやアパートに娘が泊まることはなくなる。不幸中の幸いだ。

二十分後、エマは病院のロビーに駆け込んだ。救急救命室の待合室にはだれもいなかった。閉まっている曇りガラスの扉のそばにあったベルを押した。ドアが開くまで二、三分かかった。

「娘がここにいると聞いてきました」エマは息せき切っていった。「娘のところに行きたいんです。今すぐ。娘はポニーから落ちて……」

「名前は？」青い手術着を着たにきび顔の若い医師は、あわてふためく家族に慣れているのか、まったく動じなかった。

「フィンクバイナー。娘はどこですか？」エマは医師の後ろの人気のない廊下を見た。

「ついてきてください」

医師について、エマはどきどきしながら診察室に入った。

ルイーザは診察台に横たわっていた。蒼い顔をしている。額《ひたい》に大きな白い絆創膏《ばんそうこう》が貼ってあり、左腕に副え木がしてあった。自分の子が生きているのを見て、エマはほっとして泣きだしそうになった。

「ママ」そうささやくと、少女は力なく手を上げた。エマはそれを見るなり、心臓が破裂しそうになった。

「ああ、ルイーザ！」エマはしょげているフローリアンも、女医も目に入らなかった。ルイーザを抱いて頰をなでる。ルイーザはいたいけで、肌は透きとおり、血管が見えるほどだった。

こんなか弱い子をフローリアンはどうして危険な目にあわせたのだろう。

「パパを怒らないで」ルイーザは小声でいった。「あたしが乗りたいっていったの」

心の片隅で嫉妬深い怒りの炎が上がった。子どもを洗脳するなんて信じられない！

「フィンクバイナーさん？」

「娘の容体は？」エマは女医の顔を見つめた。「どこか骨折したんですか？」

「ええ、左腕です。あいにく骨折部がずれていたので、手術が必要でした。脳震盪《のうしんとう》は二、三日で治まるでしょう」女医は贅肉《ぜいにく》がなく、赤みがかった金髪をボブカットにしていて、目が明るく、生き生きしていた。「ただ……」

「なんですか?」エマはたずねた。まだなにかあるというのだろうか?

「おふたりに話があります。看護師のヤスミナがそのあいだルイーザさんを看ます。こちらへ」

エマはその広くて殺風景な診察室に娘をひとり残したくなかったが、女医とフローリアンのあとについて隣の医師の部屋に入った。女医はデスクに向かってすわり、二客の椅子を指差した。エマはいやいや夫の隣にすわった。夫に触れないよう用心しながら。

「いいづらいことですが……」女医はフローリアンからエマへ視線を移した。「お嬢さんは虐待が疑われる怪我をしています」

「なんですって?」エマとフローリアンが異口同音にいった。

「太腿の内側に挫傷《ざしょう》と血腫《けっしゅ》があり、股間にも怪我をしています」

一瞬、死んだような沈黙に包まれた。エマはあまりの衝撃に体が麻痺《まひ》した。ルイーザが性的な虐待をされていた?

「正気ですか!」フローリアンはぱっと立ちあがった。目を白黒させていた。「娘はポニーから落馬して、打ち所が悪かった! わたし自身、医者だ。落馬したとき、そういう怪我をする可能性があることは知っている」

「落ち着いてください」女医はいった。

「これが落ち着けるか!」フローリアンはかっとして叫んだ。「とんでもない言いがかりだ!

黙っていられるか！」

女医は眉を上げて、椅子の背にもたれかかった。

「疑われるといっただけです」女医は落ち着いて答えた。「そういうことに最近神経質になっていますので。もちろん別の原因で怪我をしたのかもしれません。しかし典型的な性的虐待の痕なのです。しかも最近のものではありません。少し冷静になって考えてみてください。最近お嬢さんに変わったところはありませんか？　以前とはちがう行動をするとか、物静かになったとか、攻撃的になったとか」

切り刻まれた狼のことがエマの脳裏をよぎった。それに義父母の庭で激しい発作を起こした。エマはぞっとした。心が揺さぶられた。ルイーザが変な行動を取ると相談したとき、フローリアンはよくあることだといって取りあわなかった。あれはその徴候だったのだろうか。あのとき、娘がおかしいと直感したのだ。なんてこと！　エマは両手で椅子の肘掛けをがっしりつかんだ。脳裏をかすめたある恐ろしいことは最後まで考えなかったが、それを頭の中から振り払うこともできなかった。父親を信じ切っている自分の娘をフローリアンが虐待していたのだとしたら？　彼を家から追いだしたことが、その引き金になったのだとしたらどうしよう！　他人には見えない自宅でそういう残虐行為が起きることを聞いたり、読んだりしている。実の娘を暴行して妊娠させ、そのことをだれにもいうなといいきかす父親がいるという。妻や母親がそのことに気づかなかったと主張するのを、エマは一度として信じられなかった。だがそれはありうることなのだ！

エマは夫の顔を見ることができなかった。ルイーザの父親。自分の夫。彼はエマにとって、はじめて会ったばかりの見知らぬ存在のようになっていた。

＊

ピアはトイレの蓋《ふた》を下ろしてすわった。

トイレットペーパーをちぎって額の冷や汗をふき、息が整うよう気をしっかり持った。ハンナ・ヘルツマンの病室からトイレまでやっとの思いで移動して、胃の中のものを吐いた。去年、司法解剖のときにはじめてそういう状態になった。ヘニングはそのことに気づいたが、あれからなにもいわない。その後、暴力の犠牲者を見るたび何度も気分が悪くなり、嘔吐《おうと》した。ピアは洗面台に手をついて立ちあがり、鏡を見た。目に隈《くま》のできた蒼白い幽霊がこっちを見ている。長年警官をやってきて、なんで突然、苦手意識が芽ばえてしまったのだろう。今のところだれにもそのことを話していない。クリストフにも打ち明けていないし、同僚はもってのほかだ。署長からカウンセリングを受けるようにいわれるのもいやだし、デスクワークに異動させられたら困る。もちろん、なにか言い訳をして、同僚に肩代わりしてもらう手もあるが、ピアは意識的にそうしなかった。ここで逃げたのでは、仕事をつづけられなくなる。

十五分後、ピアはトイレから出て、エレベーターで一階に下り、車へ向かった。オリヴァーから二、三度、携帯に電話がかかっていたので、電話をしたが、今度は彼が出なかった。

署に着いても、ハンナ・ヘルツマンを訪ねたときの印象がまだしっかり残っていた。残虐な暴行の結果を事務的な法医学の所見で読むのと、自分の目で見るのとでは大きなちがいがある。

ハンナはふた目と見られない姿になっていた。顔は血腫で原形をとどめず、体中に挫傷とみみず腫《ば》れがあった。ハンナ・ヘルツマンが目を閉じる直前に数秒目を見合わせたが、その虚《うつ》ろな目にピアはぞっとした。

自身の経験からピアは、体を汚《けが》されたときの気持ちを知っていた。大学入学資格試験を終えた夏、バカンス先で男と知り合った。ピアにとってはちょっとした旅先の火遊びのつもりだったが、そいつはそう受け取らなかった。ピアを付け狙い、彼女のアパートで襲いかかり、暴行した。ピアはこのことを別れた夫に黙っていた。忘れようとしたのだ。だがうまくいかなかった。男が本気になったら抗《あらが》いようがないという経験を一度でもした女性は、無力だったという屈辱的な感覚を決して忘れられない。永遠とも思える死の恐怖の数分間、自分が潔癖で、自分のことは自分で決められるという自信が失われたそのときを記憶から消し去ることはできないのだ。ピアはそのことが起きた部屋が耐えられなくなり、結局二学期で大学をやめ、警官になった。どうしてそういう決断をしたのか、これまで何度も思い返した。無意識の結果ではあるが、あの暴行事件が大きな役割を担ったことは間違いない。警官になって、ピアはこれで身を守れると感じていた。拳銃を所持しているとかそういうことではない。自意識に変化が生じたのだ。それに身体的に劣っていても一対一の闘いに勝つ術《すべ》を身につけていた。

ピアは自分の部屋に入った。週末なのにカイがデスクに向かっていたが驚かなかった。

「みんな、シュヴァンハイムに行っている」カイが報告した。「到着したとき、ローテムントはもう奴のキャンピングトレーラーにいなかった」

「やられたわね」ピアは来客用の椅子にリュックサックを投げて、デスクの向こうに腰かけた。いまだに胃の調子がよくなかった。「ボスは？」

「家族の用事とかなんとかで戦線離脱した。今はきみがボスさ」

なに、それ。

「科学捜査研究所から最新の分析結果が届いた」カイがいった。「DNA分析によると、ハンナ・ヘルツマンの体内から採取した体液はキリアン・ローテムントのDNAと一致した。あと、ヴィンツェンツ・コルンビヒラーのところにパトカーを向かわせた。あいつは人相写真の束から一発でローテムントの写真を抜いた。ヘルツマンが夜中に車に乗せた人物はローテムントだ」

ピアはゆっくりうなずいた。ローテムントの容疑が固まった。それは驚くにあたらなかったが、あいかわらずなにか腑《ふ》に落ちなかった。ローテムントの写真を警察照会システム《POLAS》から呼びだして、じっと見つめた。

これほど憎まれるなんて、ハンナ・ヘルツマンはなにをしたのだろう。ローテムントは一見、洗練されていて、危険な印象は受けない。整った顔立ちと青い目の裏にどんな深淵が口を開けているのだろう。

「俺が今考えていることがわかるか？」カイの言葉で、ピアは我に返った。

「いいえ」

「川の水質の分析によると、われわれの水の精はニッダ川がマイン川に注ぐあたりで捨てられたとみられる。ローテムントが住んでいるキャンプ場はそこから数キロ上流だ」

「水の精と関係があるというの？」ピアはたずねた。

「むりがあるかもしれない。だけど、水の精とヘルツマンの怪我には共通点がある。ふたりとも性器と肛門を犯され、鈍器で傷つけられている」

ピアはふたたびモニター上のローテムントの写真に視線を向けた。

「だけど、ごく普通の人間に見えるのよね。結構好感が持てる」ピアはいった。

「見た目では頭の中身までは見えないからね」

「水の精に付着していたDNAは？」ピアはたずねた。「なにかわかった？」

「いいや」カイは首を横に振り、顔をしかめた。「そこが、ローテムント犯人説の弱点だ。DNAがどこにも記録されていない。インターポールにもだ」

ピアの携帯電話が鳴った。クレーガーだった。鑑識はキャンピングトレーラーの家宅捜索を終えた。

「なにか見つけた？」ピアはたずねた。胃の具合がよくなり、ぐうぐう鳴った。

「キャンピングトレーラーは病院並みに清潔だった。ベッドメイクはしたばかりで、すべて塩素系洗剤でふいて、すべての下水管に流し込んでいた。キャンピングトレーラーのドアからふき残した指紋をいくつか採取した。あと気になるのは毛髪だな」

「毛髪？」

「褐色のロングヘア。コーナーベンチのクッションのあいだにはさまっていた。ちょっと待ってくれ、ピア……」

クレーガーはだれかと話しているようだった。

ハンナ・ヘルツマンは褐色のロングヘアだ。水曜日の夜、ローテムントを家まで送っていったということだろうか。彼女は彼のキャンピングトレーラーにいたのだろうか。しかしふたりの接点はなんだ。ハンナが取材していたのは本当にロードキングスだったのだろうか。

「ベルント・プリンツラーの車の件はどうなった？」クレーガーとだれかの話が長引きそうだったので、ピアはカイにたずねた。

「残念ながら袋小路にはまった」カイはコーヒーをひと口飲んだ。彼はカフェインジャンキーで、朝から晩までブラックコーヒーを飲む。冷めていても気にしなかった。「車はプリンツラーの所有だが、母親の住所で登録されていた。住所変更を怠《おこた》ったかどでいやがらせをするくらいしかできないな」

ピアはため息をついた。まったくやっかいな事件だ。マイケ・ヘルツマンは連絡を寄こさない。重要な被疑者は行方知れず。二番目の被疑者は、私書箱と嘘の住所で簡単に行方をくらますことができることを実演している。ハンナ・ヘルツマンがなにを取材していたか、だれも知らないらしく、テレコムはハンナの iPhone の通話記録をなかなか提出してくれない。

「待たせたな」クレーガーの声はいらついていた。「検察が俺の仕事に口をはさむなんて、まったく頭に来るよ」

「検察官がキャンピングトレーラーの家宅捜索に？」

「フライ上級検事じきじきさ」クレーガーは鼻息荒くいった。

さらに少ししゃべったあと、ピアにまた電話があった。番号に覚えがないので、マイケ・ヘルツマンかなと期待して電話に出た。

「ピア？　わたしよ、エマ。お邪魔かしら？」

ピアは一瞬、だれなのかわからなかった。声がふるえている。ほとんど泣きそうだ。

「もしもし、エマ。平気よ。どうしたの？」

「わたし……わたし……だれかと話がしたくて。あなたなら相談に乗ってくれるか、だれかを紹介してくれると思って。娘のルイーザが入院中なの。それで……お医者さんが……ああ、どういったらいいいかしら」

エマはしゃくりあげた。

「ルイーザ……あの子……怪我をしていて……性的虐待を受けているらしいというの」

「なんですって？」

「ピア、すぐ会えないかしら？」

「ええ、いいわよ。どこならいいかしら」ピアは時計を見た。午後一時になるところだ。「ケルクハイムとフィッシュバッハのあいだにある〈ギンバッハー・ホーフ〉を知ってる？」

「ええ、知ってる」

「二十分で行ける。コーヒーでも飲みながら、なにもかも話して。わかった？」

「わかった。ありがとう。それじゃ」

「それじゃ」ピアは携帯電話をしまうと、立ちあがってリュックサックを肩にかけた。「驚かないで、カイ、フライ上級検事がローテムントのキャンピングトレーラーの家宅捜索にあらわれたそうよ」

「驚きはしないさ」カイはモニターから顔を上げずに答えた。「ローテムントを刑務所に放り込んだのはフライ上級検事だからね」

「そうなの？　どうして知ってるの？」

「調書を読んでいるところだ」カイは顔を上げて、にやにやした。「それに、当時俺はフランクフルトにいた。義足で復帰した直後だった。すごい事件だったよ。飛ぶ鳥を落とす勢いのローテムントが地に堕ちたんだ。マスコミは大々的に報道した。フライとローテムントは同期で友人だった。第二次国家試験に受かってから、ふたりは検察局に入った。そのあとローテムントは弁護士に鞍替《くらが》えした。フライは穏便にすましてもよかったのに、記者会見をひらいて旧友を吊るしあげたんだ。きみが知らないってことの方が驚きだな」

「わたしはその頃、主婦になって、自由時間はもっぱら法医学研究所の地下で過ごしていたのよね。それはそうと、食事してくる。なにかあったら電話して」

＊

熱気とのどの渇きは耐えがたかった。幻覚だろうか。すでに萎縮《いしゅく》した脳みそがそう思わせているのかもしれない。ここは築二百年近くになる家で、壁が厚く、新築で使われる断熱材よりもはるかに断熱効果があり、冬は暖かく、夏は涼しい。そこがいいところだ。なのにどうしてこんなに暑いのだろう。汗が目に入ってひりひりする。二度、三千六百まで数えた。闇の中でも時間感覚をなくして、頭がおかしくならないためだ。未明の三時四十五分に帰宅した。そのあと気を失った。ブラインドは下ろしてあるが、日の光がセラピー室の右の窓に当たっているのがわかる。つまり西だ。今は午後。四時か五時。太陽が沈めば、もっと正確な時間がわかる。

舌が口の中で干からびて、腫れあがっている。こんなにひどいのどの渇きは記憶にない。だがこんなことをしたのがだれかということより、なぜかということの方が気になる。なんでこんな目にあわされるのだろう。電話してきた者はいっていた。ろくでもない連中を選んだからだと。だれのこと？　やはりハンナ・ヘルツマンのことだろうか。それともハンナを巻き込んだ件だろうか。しかしあれは友人じゃなく、患者。大きなちがいだ。

デスクの電話が鳴った。レオニーはびくっとした。

「レーオニーーー……ちゃんと椅子にすわっているな」

あざけるような声を聞いて、レオニーの不安が怒りに変わった。できることなら怒鳴りつけてやりたかった。いかれたサディストの糞《くそ》野郎、と。いっても詮ないことだが、それでもいいたかった。

「ずいぶんと暑いのではないかな？　暖かくして死ねるように暖房をつけたよ」

なんでこんなに暑いのかこれでわかった。

「さっき、のどの渇きの段階を話したが、覚えているかね？　訂正しなければならない。温度が高いほど、進行も速い。だから安心したまえ。三、四日も苦しむことはないからな」

せせら笑い。

「泣きもしないとはな。じつに気丈だ。だれかが見つけてくれると思っているのかね？」

泣いていないのがどうしてわかるのだろう。見えているということか。こんなに暗いのに。レオニーはなにか仕掛けがあると思って、首を左右に振ってみた。しかし光は充分でなく、なにひとつくっきりと見ることができなかった。

「ビデオカメラを探している。そうだろう？　ばらしてしまったな。いいかね、レオニー。おまえはもっと早く死ぬはずだった。だがこの世には本当の死の痙攣《けいれん》を撮影したＤＶＤに大金を払う人間がいるんだ。それも大勢な。もちろんいくらかカットしなければならない。椅子にすわったおまえのような醜い女を二十四時間も見る奴がいると思うか？」

声は暗く、ビロードのようにやわらかかった。訛《なまり》はまったくない。しかも親しげですらある。

「だけど大団円はすばらしいだろう。痙攣……いやあ、わたしもまだ見たことがない。楽しみだ。だけど本当にわくわくするのは、おまえがだれにも見つからなかったときだ。たぶん腐らずに、乾燥してミイラ化する」

これで電話の男が人を苦しめて喜ぶ異常者であることがはっきりした。レオニーは二、三度、そういう人間と関わったことがある。キードリヒ精神科病院に勤務していたときだ。その経験から、そういう怪物の被害者となり、心的外傷を負った女性を専門にすることにしたのだ。

突然ピーという音がして、声が聞こえなくなった。旧式の留守番電話なので、テープがいっぱいになったのだ。

静かだった。聞こえるのは自分の息遣いだけ。鼻も乾燥して、鼻毛が熱気に焼けて、まるでサウナに入っているような感じだ。息がしづらい。しかし、もう汗をかかなくなっていた。もはや生きてこの部屋からは出られないと覚悟した。快適で、安心感を覚える我が家でこんな死に方をするなんて。あの汚らわしい豚野郎が観察していようがもうどうでもよかった。レオニーは力任せに縛めを引っ張り、ガムテープでふさがれた口で叫んだ。やがて声帯が痛くなり、頭が破裂するような感覚に襲われた。このまま死の恐怖に身を任せてなるものか。暴力に負けるものか。いやだ。死にたくない!

＊

〈ギンバッハー・ホーフ〉の庭は混雑していた。大きな老樹の影がかかったテーブルやベンチにはほとんど空きがない。ケルクハイムとフィッシュバッハのあいだの谷に建つ昔ながらのレストランだ。晴れた夏の日には行楽地として賑《にぎ》わう。とくに日中は家族連れや散策を楽しむ人に人気だ。遊び場に群がっているたくさんの子どもを見て、ピアはそのことを思いだしたが、来るまではフライ上級検事とローテムントのことばかり考えて、そのことに思い至らなかった。エマはまわりの喧噪《けんそう》に気づいていないようだった。すっかりショックに打ちのめされている。救いようのない状況なのはよくわかる。ルイーザが気がかりな上に、生まれてくる子のこともある。そこに夫が小児性愛者であるというとんでもない疑惑が持ちあがったのだ。

ピアはエマに、保護施設の〈フランクフルト少女の家〉に勤務する、経験ある心理療法士の電話番号を教えた。相談するなら、そちらがいい。幼児虐待はピアの担当ではないからだ。報道されるセンセーショナルな事件は追うようにしているが、表面的な衝撃以上のものは感じてこなかった。だが絶望して途方に暮れ、小さな娘の身心を本気で心配しているエマを見て、ピアは心を深く揺さぶられた。もしかしたらリリーのことが重なって、感じやすくなっているのかもしれない。小さな子に対する親の責任は重い。外からの危険なら、それでもある程度防ぐことができる。だが、だれよりも信頼しているパートナーにそういうとんでもない奈落の口をひらかれたとしたら。

一時間後、エマは店を出るといった。ルイーザを見舞いにいくという。ピアは心配な気持ちで旧友の車を見送り、少し離れたところに止めた自分の車へ足を向けた。不安と怒りと深い傷心がないまぜになったエマの目を見て、ピアはブリッタ・ハックシュピールのことを思いだしていた。キリアン・ローテムントは有罪になった小児性愛者だ。彼は断固として無罪を主張したが、証拠は彼の有罪を示唆《しさ》していた。検察は、ローテムントが誤解の余地のない姿勢で児童と裸でベッドに入っている写真を提出し、さらに彼のノートパソコンに見るも汚らわしい数千枚の写真と数十本の動画が保存されていることを明らかにした。

科学捜査研究所でハンナ・ヘルツマンから採取した他人の体液がローテムントのものと一致した時点で、オリヴァーは彼が犯人だと確信した。おそらくベルント・プリンツラーと組んだのだろう。だがふたりの犯行の動機ははっきりしない。間接証拠は明らかだが、ピアはまだ疑問を覚えていた。ハンナ・ヘルツマンは成人女性だ。四十六歳、自信がみなぎり、成功し、美しく、女らしい容姿の持ち主だ。小児性愛者が毛嫌いするすべてを体現している。考えられない残虐性は怒りや憎しみのなせる業《わざ》かもしれない。強姦は性欲とは無縁で、暴力や支配と関係しているにちがいない。それでも、ローテムントを犯人と断定するのはお手軽すぎるような気がしてならなかった。

ピアはケルクハイムへ向かい、踏切を渡ったところで中心街へ左折し、ガーゲルンリンク通りに沿って国道に出た。そこでいったん右のウインカーをだしたが、考え直し、アルテンハインを抜けてバート・ゾーデンへ行くため左折した。二、三分して、かつてローテムントが住んでいた家の前に立った。通りには路上駐車している車が多く、ピアは畑の縁《ふち》に車を止めて、少し歩くしかなかった。ベルを鳴らすと、ブリッタの新しい夫リヒャルトがドアを開けた。ピアが昨日見かけた人物だ。ピアを見るなり、歓迎するような笑顔がさっと消えた。

「日曜日の午後ですよ」リヒャルトは、ブリッタに会いたいというピアにいわずもがなのことをいった。「今でないとだめですか？　客が来てるんです」

なにかと口実をつけて、ピアを玄関口で追いかえそうとする者は多い。歓迎されないのは刑事の宿命だ。とっくに気にしなくなっていた。

「奥さんに二、三質問があるだけです」ピアは一切動じずに答えた。「すぐに立ち去ります」

「なんで妻をそっとしておいてくれないんですか？　あいつのせいでつらい思いをしたんだ。思いださせたくない。帰ってくれませんか。明日出直してください」

ピアは相手をじっと見つめた。相手もきつい目でにらみかえした。リヒャルト・ハックシュピールの外見はキリアン・ローテムントと正反対だ。背が高く、顔がむくんでいて、団子鼻だ。

酒を飲んでいるのか赤ら顔で、目がとろんとしている。少し横柄なところもある。糞野郎が住んでいた家に暮らしていても平気なのかと訊いてみたくなった。

「わたしは掃除機の訪問販売員じゃありません」ピアはそういって微笑んだ。そういえば、相手がいらいらするとわかっていたからだ。「今すぐ奥さんを呼んでくるか、パトカーに乗って任意同行してもらうかどちらかになりますけど。どちらにしますか？」

警察権力を笠に着るのはピアの好みではなかったが、そうしないということをきかない人が多い。夫は唇をぎゅっと引き結んで奥へ行き、少しして妻を連れて戻ってきた。

「なんですか？」ブリッタは腕組みをしながら冷静にたずねた。彼女はピアを家に招き入れようともしなかった。

「別れたご主人のことです」ピアは社交辞令をいう気になれなかった。「女性をめちゃめちゃに殴り、拷問して裸にし、車のトランクに押し込むようなことをすると思いますか？」

ブリッタは唾をのみ込み、目を見ひらいた。心の中で葛藤しているようだ。

「いいえ。そんなことをするとは思えません。わたしの知るかぎり、彼は人を殴ったことがありません。もちろん……」表情が硬くなった。「もちろんあの人が小さい子どもにあんなことをするとも思いませんでしたけど。彼を知って二十年。いっしょのときは仕事がどんなに忙しくても家族思いで、あらゆることに気を使い、わたしと子どもたちをないがしろにすることはありませんでした」

ブリッタは肩を落とした。自衛本能からか、冷ややかに距離を置いていたが、それが崩壊した。ピアは、ブリッタが話をつづけるのを待った。こういうとき、とくにブリッタのように感情で動く人には、質問をして邪魔をするより、自分からしゃべらせた方がいい。

「あの人はやさしい父親であり、夫でした。いつもよく話し、いっしょに計画を立てて、秘密は一切持ちませんでした。たぶん……だからわたしは……真実を知って、茫然《ぼうぜん》自失したのだと思います」ブリッタはそうしめくくって、目に涙を浮かべた。「信じられませんでした。でも突然、すべてが嘘だったと知ったんです」

「当時の新聞に、あなたの別れたご主人が、起訴した検察官と親しかったと書いてありましたが、本当ですか？」

「ええ、そのとおりです。マルクスとキリアンはいっしょに大学で学んだ仲で、親友でした。キリアンとわたしが知り合った夏、ふたりはスクーターで旅をしていたんです。でも、いつしか友情は壊れました」ブリッタはふっとため息をついた。「キリアンは弁護士になって大金を稼ぎました。ふたりのあいだになにがあったかよく知りません。でもあのしつこいほどの報道キャンペーンを仕掛けたのはマルクスでした」

「ご主人にかけられた嫌疑を疑わなかったのですか？」

ブリッタはふるえながら息を吸い、懸命に平常心を保とうとした。

「ええ、はじめは疑いました。無実だという彼の言い分を信じたんです。彼のことを知っていると思っていましたので。でも……あのぞっとする動画を見て」消え入るような声になった。

「もう疑いようがありませんでした。あの人はわたしに嘘をつき、信頼を踏みにじったんです。

それだけは絶対に許せません。子どもたちがいますから、あの人とのつながりはなくなりませんが、それでも人間としては死んだも同然です」

＊

左のくるぶしでバキッと音がした。彼女ははっとした。足を椅子の脚にくくりつけていた結束バンドが切れたようだ。片足が動く。つま先が床に触れた！　全身に新たな希望がみなぎり、力をためると、つま先で床をついた。椅子が少し後ろにすべった。二センチ、また二、三センチ。レオニーはろくに息ができなかった。そのくらい弱った体にムチを打った。目の前に星が浮かんだ。だが外は真っ暗だ。ブラインドの隙間からは光が一切射さない。きっと夜中だ。キッチンでコーラライトを飲んでから二十四時間以上経ったことになる。両手で木製の肘掛けをつかみ、つま先で床をつく。だがいくらやっても動かなくなった。セラピー室の古い床にはへこみがある。椅子の脚がそういうへこみに引っかかったのだ。レオニーはむきになって体に力を入れた。突然、椅子が後ろに傾くのを感じた。立て直そうにも、上半身が椅子の背にしばりつけられていて、前にかがむことができない。椅子が倒れて、体が床にぶつかった。しばらく朦朧として動けなかった。状況はよくなったのか、悪くなったのか、どっちだろう。ひっくり返った甲虫のように仰向けになっている。唯一動かせる足が天井を向いていた。胸を激しく上下させた。そのとき暑くないことに気づいた。暖かい空気は上昇する。床は比較的涼しかった。レオニーはセラピー室の間取りを思い浮かべた。デスクからどのくらい離れているだろう。近かったとして、なんとかなるだろうか。どうせ動きが取れない！　むしゃくしゃして縛めを動かし、絶望的な状況に抗った。デスクの電話が鳴った。留守番電話に切り替わった。だが自動音声は、録音テープがいっぱいであることしか告げなかった。あいつは、ここで起きたことを見たのだ。心臓がばくばくした。奴は殺しにくるだろうか。あいつはいったいどこにいるんだろう。ここへ来るまでどのくらいかかるんだろう。どのくらい時間が残されているんだろう。

二〇一〇年六月二十八日（月曜日）

もうすぐ九時だ。コリナは九時に管理棟で打ち合わせをするといっていた。エマは今度の金曜日にひらかれるパーティーのことを考えるとぞっとした。フローリアンと顔を合わせ、あいそ笑いのひとつもしなければならないからだ。まさか義父の誕生祝賀会を台無しにするわけにはいかない。

エマは芝生を越えて近道をした。夜中の雨で芝生はまだ湿っていた。ルイーザは大丈夫だ、と女医はいった。青少年局の留守番電話に、エマは電話が欲しいと伝言メッセージを残した。フローリアンがルイーザに関わることを公式に禁止してもらうためだ。

心理療法士にも相談したが、心配は消えるどころか、かえってひどくなった。医師から聞いたことを伝え、この数週間、ルイーザの行動がおかしいのに、夫が五歳の少女にはよくあることだといったことも話した。心理療法士は判断を保留した。お気に入りの人形を切り刻んだこと、怒りの発作と無気力が繰り返されること、エマに攻撃的になることには他の理由もありそうだというのだ。だがいずれにしても、注意深く観察することをすすめられた。父親、おじ、祖父、あるいは家族の親しい友人による性的虐待は想像以上によくあるらしい。

「幼児は、自分にされていることがおかしいと本能的にわかるんです。しかし信頼している人から虐待されると、抵抗ができません」心理療法士はいっていた。「逆に、犯人は子どもを共犯者に仕立てるのです。『これはわたしたちだけの秘密だよ。お母さんや兄弟に、わたしがきみをどんなに愛しているか教えてはいけない。さもないとみんな、悲しんで、嫉妬するからね』と、そんなふうに」

来週にも赤ん坊が生まれる予定で、これからどうしたらいいかと質問すると、心理療法士は具体的な対策を教えてはくれなかった。ルイーザを信頼できる人に預けた方がいいというのだ。いうは易《やす》しだ。信頼できるとしたらコリナか義父母だろう。けれどもそれではフローリアンがルイーザに会わないようにするのはむりだ。夫に疑惑があることをいうしかなくなる。そんなことをしたら大騒ぎになる。エマの方がヒステリーか復讐心に燃えていると思われてしまいそうだ。

エマは考え込みながらシャクナゲのそばを歩いていた。樹齢数十年で、シャクナゲはジャングルのように繁茂している。

「こんにちは」だれかに声をかけられ、エマはびくっとした。

鍛鉄《たんてつ》製のベンチに白い作業着を着た年輩の女性がすわって、タバコを吸っていた。白髪にへアネットをかけていて、裸足《はだし》のままビニールサンダルをつっかけている。

「こんにちは」エマはていねいに答えた。女性はヘルガ・グラッサーだ。管理人ヘルムート・グラッサーの母親で、エマとはちょっと顔見知りなだけだ。

「あら」そういうと、ヘルガは吸い殻を踏み消した。「そろそろ?」

「あと一週間です」エマはお腹のことだと思ってそう答えた。

「そのことではないわ」ヘルガは息んで腰を上げ、そばにやってきた。背が高く、がっしりしていた。顔はしわだらけで、毛細血管が破れた痕が見られる。つんとした汗のにおいが作業着から漂ってきた。作業着のサイズが小さいのか、腹部と胸部がはちきれそうだ。隙間からピンク色の肌が見えたので、エマはぎょっとした。ヘルガはその下になにも着ていないのだ。

「打ち合わせがあるんです」エマは急いで立ち去ろうとした。

すると、ヘルガにいきなり手首をつかまれた。

「光があるところには、きまって影がある」ヘルガは意味深なことをいった。「狼と七匹の子ヤギのメルヘンをご存じ? ご存じない? じゃあ、話してあげましょうか」

エマは手を振りほどこうとしたが、万力のようにヘルガにがっしりつかまれていた。

「昔々、ヤギの母さんがいました。六匹の子ヤギを、とても愛していました」ヘルガは話しはじめた。

「たしか子ヤギは七匹ではなかったですか?」エマはたずねた。

「あたしの話では六匹なの。よく聞いて……」ヘルガの褐色の目がきらっと光った。まるでうまい冗談がいえたとでもいうように。エマは戸惑いを感じた。コリナから一度聞いたことがある。ヘルガは頭が少しおかしいが、キッチンでは食器洗いの手伝いとして欠かせないという話だった。フローリアンは、ヘルガが四十年前に脳膜炎を患《わずら》って正気を失っていると単刀直入にいった。ヘルガが好んで怖い話ばかりするので、子どもたちは昔、近寄ろうとしなかったらしい。精神科病院に何年も入院していたこともある。だが理由は知らないといっていた。

「ある日」かすれた声でそうささやくと、ヘルガはエマに顔を近づけた。「ヤギの母さんは旅に出ることになり、六匹の子ヤギを呼んでいいました。『子どもたち、母さんは二、三日留守にするけど、狼には気をつけなさい。屋根裏の物置に入ってはいけませんよ！　そこにいるところを狼に見つかったらみんな、丸呑みにされてしまいますからね。あの悪い狼は変装してくるでしょう。でも荒々しい声と黒い毛皮であいつだとわかりますよ』子ヤギたちはいいました。『お母さん、ぼくたち、気をつける。心配しないでいいよ』ヤギの母さんはうれしそうに鳴いて、安心して旅立ちました」

「わたし、本当に行かないと」そういって、エマはあいている方の手で、頬にかかった唾をふいた。

「あなたも、あたしの頭がおかしいと思ってるんでしょ？」ヘルガはエマの腕を放した。「でも、そんなことはないよ。ずっと前にひどいことが起きた。信じられない？」

エマの唖然とした顔を見て、ヘルガはくすくす笑った。左右の犬歯以外まったく歯のない下あごがむきだしになった。上顎には金歯が二本あるだけだった。

「それならあなたの旦那に双子の妹のことを訊いてみるんだね」

コリナが角を曲がってきて、エマの蒼い顔に気づいた。

「ヘルガ！　また怖い話をしてるのね？」厳しい口調でそういうと、コリナは腰に手を当てた。

「ふん！」ヘルガはキッチンの方へ歩いていった。

ヘルガがシャクナゲの向こうに消えると、コリナはエマの肩に腕をまわした。

「ずいぶんびっくりしたようね」コリナが心配そうにいった。「なにを聞かされたの？」

「狼と七匹の子ヤギのメルヘンです」エマはむりして笑った。陽気に聞こえることを期待して。

「本当に変わった方ですね」

「ヘルガのいうことを真に受けちゃだめ。変なことをいうから。でも悪気はないのよ」コリナは微笑んだ。「さあ、行きましょう。もう時間よ」

＊

ヘルツマン・プロダクションの受付デスクにはだれもいなかった。奥の部屋もそうだった。だれかいないかと、ピアとオリヴァーはドアを片っ端から開けてみた。そして会議室でひらかれているスタッフ会議に迷い込んでしまった。九人のスタッフが会議机を囲んで、男の口上を聞いているところだった。その男は警官の姿を見て、口をつぐんだ。ニーメラーはさっと立ちあがると、みんなを外にだしてから、さっきまでしゃべっていたアンテナ・プロ社長ヴォルフガング・マーテルンをピアとオリヴァーに紹介した。その場にいた人たちの表情から推測するに、彼は楽しい話をしていたわけではなさそうだ。

「あなたとも話がしたいと思っていました」ピアは、こそこそ出ていこうとするマイケ・ヘルツマンに声をかけた。「どうして電話をくれなかったのですか？」

「その気になれなかったからよ」マイケはさっそく牙をむいた。

「お母さんを見舞う気にもならなかったようですね」

「関係ないでしょ」マイケは食ってかかった。

「そうですね」ピアは肩をすくめた。「わたしは病院に行ってみました。あなたのお母さんはひどい有り様でした。犯人を見つけたいのです」

「そのためにわたしたちは税金を払っているのよ」マイケはとげとげしかった。ピアはこのふてぶてしい娘をどう思っているかいってやりたくなったが、気持ちを抑えた。

「あなたは金曜日の朝、お母さんの家に入って郵便物を取り、サイドボードに置きましたね。そのとき、手紙かメモに気がつきませんでしたか？」

「いいえ」マイケはいった。そのときオリヴァーと話しているアンテナ・プロ社長に視線を向けたことを、ピアは見逃さなかった。

「嘘をついてますね」そういって、ピアは相手をおじけづかせることにした。「なぜですか？　あなたのお母さんを襲った犯人とぐるだったりするんですか？　まさか事件に関係していませんよね？　あなたのお母さんが死ねば、遺産で大金が手に入るとか」

マイケは顔を真っ赤にしたかと思うと、すぐ蒼白になり、大きく息を吸った。

「証拠を隠匿《いんとく》し、捜査妨害をすると罪になりますよ。そういうことをしていると判明すれば、あなたは大変な問題を抱えることになります」マイケの目がおどおどした。「今いる住所をメモしてください。それと、これからはこちらから電話をしたとき出てください。さもないと、証拠隠滅の危険があるものとしてあなたを逮捕します」

もちろんそんなことはできるはずがない。だがマイケは法律に明るくないらしく、たじたじとなった。ピアは彼女をそこに立たせたまま、オリヴァーとアンテナ・プロ社長のところへ行った。社長はハンナ・ヘルツマンが最近なにを取材していたか自分も知らないといっていた。

「わたしは社長であると同時にテレビディレクターです。たくさんのプロダクションと組んで仕事をしています。どの番組でだれがなにを製作しているかまでは把握していません。一週間の番組構成もそうです。わたしの関心は視聴率です。内容まで関知していません」

アンテナ・プロ社長はまた、ハンナを何年も前から知っていると認めた。友人として付き合ってはいるが、あくまで仕事上だという。ピアは黙って聞いていた。社長は徹頭徹尾ビジネスマンだ。礼儀正しく、てきぱきしていて、それでいて、のらりくらりしている。ハンナが視聴率稼ぎの女王であるという事実以外にも、ヘルツマン・プロダクションの資本の三十パーセントがテレビ局のものだという。稼ぎ頭が長期にわたって戦線離脱することになれば、社長は大損をする。

ピアがキリアン・ローテムントとベルント・プリンツラーのことをたずねようとしたとき、電話が鳴った。クリストフだ！　すぐにリリーのことが脳裏をかすめた。なにも起きていなければいいが！　重要な捜査中だとわかっているとき、彼はまず電話をかけてこない。どうしてもというときはショートメッセージだ。

「もしもし、ピア！」耳元でリリーの声がして、ピアはほっとした。「ずいぶん会っていないんだけど」

「もしもし、リリー」ピアは声をひそめ、会議机から背を向けた。「昨日の夜、会ったじゃない。どこにいるの？」

「おじいちゃんの部屋。あのね、あたし、アタマジラミにたかられちゃったの！　髪の毛に！　でもおじいちゃんが取ってくれた」

「あらまあ。大変だったわね」ピアは笑みを浮かべ、壁の方を向いた。リリーの話をしばらく聞いてから、今晩はいつもより早く帰ると約束した。

「おじいちゃんからいうようにいわれてるんだけど、とってもおいしいポテトサラダがあるのよ」

「それじゃ、本当に早く帰らないと」

オリヴァーが、行くぞと合図した。リリーにさよならをいって、ピアは携帯電話をジーンズの尻ポケットにしまった。リリーがいずれ帰ってしまうと思うと、さびしくなる。

「ハンナの取材活動についてスタッフも関係者も知らないってなんだか奇異ですね」ピアはビルを出て、車に戻る途中、ボスにいった。「娘もあやしいです。自分の母親に同情の欠片《かけら》もないなんて」

ピアは聞き込みの結果にひどく不満だった。今回の二件の捜査ほど難航したことはめったにない。朝の捜査会議で、エンゲル署長ははじめて圧力をかけた。水の精殺人事件も、ハンナ・ヘルツマンの事件も、なかなか進展しないのだからむりもない。プリンツラーの居場所についてドイツじゅうの住民登録局に問い合わせたが、満足のいく結果は得られなかった。二十四時間監視中のハーナウ郵便局くらいしかもう手がなかった。

「水曜日に『事件簿番号XY』が放送されれば、少しはちがうだろう」オリヴァーはいった。

「きっとなんとかなる」

「そう願ってます」ピアはそっけなくいうと、車のロックを解除した。そのとき視線を感じて、ふと見あげた。マイケ・ヘルツマンが六階の窓辺に立って、見下ろしていた。

「首を洗って待ってなさい。あなたの思いどおりにさせないわよ」

＊

エマが打ち合わせを終えて家に戻ると、義父母は空港に出立していた。ヘルガ・グラッサーとの奇妙な出会いが午前中ずっと心に引っかかっていた。もちろんフローリアンに電話をかけて、双子の妹がいることをなんで黙っていたのか直接訊くこともできる。だがこの間のごたごたで、エマはそうする気になれなかった。

義父母の住まいのドアの前で、エマはためらった。好きなときに出入りしていいといわれている。それでも今、住まいに入って物色したら、空き巣になったような気がしそうだ。義母のレナーテは家族のアルバムを居間の戸棚にしまっている。アルバムは西暦順に整理してあったので、まずフローリアンの生年である一九六四年のアルバムから見はじめた。一時間ほどかけて、アルバムを数十冊めくってみた。フローリアンは養育された義理の兄姉と写真に収まっていた。さまざまな年齢の子どもたちといっしょの写真もある。だが、双子の妹らしき少女はいなかった。失望と安堵《あんど》感を覚えながら、探すのをあきらめ、義父母の住居から出た。コリナのいうとおりだろうか。ヘルガ・グラッサーはやはり昔語りが好きな、ちょっと変わった婆さんなのだろうか。だけどなぜ狼と七匹の子ヤギのメルヘンを改変したのだろう？ エマはドアに鍵を挿した。どうして子ヤギは六匹だったのだろう。フローリアンと養育された義理の兄姉のことだろうか。フローリアン、コリナ、ザーラ、ニッキー、ラルフ。ひとり足りない。だれだろう。

エマは階段の上へと視線を向けた。その先に屋根裏の物置がある。レナーテが家の案内をしてくれたとき、一度だけ覗いたことがある。そういえば、ヘルガはメルヘンの中で屋根裏に触れていなかったか。エマは鍵を抜くと、意を決して狭い階段を上った。合板のドアが固かったので肩で押した。バタンと大きな音をたててドアが開いた。暖かい空気が流れだした。屋根には断熱材が入っていなかったので、この数日の熱気がこもっていた。小さな天窓からはほとんど光が射していなかったが、そこに置いてあるものを見分けるには充分な明るさだった。きれいに積み重ねた引っ越し用の木箱、古い家具などこの四十年間にたまったさまざまながらくたがあった。みしみしいう床には分厚いほこりがたまっていて、梁《はり》には蜘蛛《くも》の巣が張り、木とほこりと防虫剤のにおいがした。

エマはきょろきょろ見まわして、梁から下がった虫食いだらけのビロードのカーテンを横に払った。暗がりに女が立っているのを見て、びくっとした。だが少ししてそれが鏡に映った自分だと気づいた。壁に大きな姿見が立てかけてあり、長いあいだに曇っていた。カーテンの奥にも木箱や段ボール箱があり、ていねいにメモ書きがしてあった。冬用ジャケット、サーキットのおもちゃ、プレイモービル、木製の遊具、証明書類、フローリアンの本、学校、コリナ、ベビー服、カーニバルのコスチューム、クリスマスツリーの飾り、クリスマスカード一九七三年から一九八三年まで。

ヨーゼフとレナーテがベルリンから戻るのは明日だ。木箱や棚を物色する時間はたっぷりある。だけどどこからはじめたらいいだろう。

エマは〝フローリアン、幼稚園、基礎学校、高等中学校《ギムナジウム》〟と書いてある木箱を引っ張りだした。蓋《ふた》を開けたとき、鼻がむずむずしてくしゃみをした。義母はなにもかも捨てずに取ってあった。ノート、教科書、フローリアンが描いた絵、牛乳の学校配給の領収書、水泳講習会証書、連邦青少年スポーツ会の賞状、FFというイニシャルが刺繡《ししゅう》された体育用袋もある。エマはノートを次から次へとめくってみた。下手くそな字だ。インクがすでに色褪《いろあ》せていた。子ども時代の遺物がまだ存在することをフローリアンは知っているだろうか。

エマは木箱を閉めて、元の場所に戻すと、他のものを見てまわった。傷だらけの家具、子ども用の椅子、古い赤ん坊用体重計、eBayで高く売れそうな骨董もののタイプライター。くしゃみを連発し、背中にTシャツが張りついて、目がかゆくなった。あきらめかけたとき、壁際の暖炉の陰に隠すように置いてあった木箱に目がとまった。木箱の側面にていねいに名前が書いてあるが、覚えのない名だ。好奇心を覚えた。お腹がきつかったが、しゃがんで木箱を引っ張りだして蓋を開けた。フローリアンの木箱は子ども時代の思い出がきれいに分類されていたが、こちらは無造作に投げ込まれていた。教科書、ノート、図画、人形、ぬいぐるみ、写真、証明書、衣服、留め金付きの花柄の寄せ書き帳、赤いずきん。エマは靴箱を取りだして開けてみた。一九六〇年代にあった白い縁《ふち》どりのあるモノクロ写真が出てきた。心臓がどきどきした。ニコニコ微笑むレナーテが金髪の子どもをふたり膝《ひざ》に乗せている。手前にはケーキがふたつとロウソクが二本写っている。エマはふるえる指で写真をつかみながら裏返した。〝フローリアンとミヒャエラ、二歳の誕生日。一九六六年十二月十六日〟

＊

デスクに戻ると、ピアはコンピュータでグーグルをひらき、検索窓に「ヴォルフガング・マーテルン　アンテナ・プロ」と打ち込んだ。すぐに数百件ヒットした。ヴォルフガング・マーテルン、一九六五年生まれ、民放の可能性にいち早く気づき、それを梃子《てこ》に巨万の富を築いたメディア王ハルトムート・マーテルンの息子。父親の方は七十八歳になるというのに、今でも民放や有料チャンネルを束ね、多くの会社の株を所有するホールディングカンパニーの代表取締役社長だ。ヴォルフガングは大学で経営学と政治学を学び、政治学で博士号を取得している。フランクフルト・アム・マインに本社があるマーテルン＝グループのウェブページによると執行役員で、テレビディレクターユニオンに加入し、グループに所属するいくつかのテレビ局の社長を務めている。写真もたくさん見つかった。たいていは父親といっしょに公式行事や講演会、授賞式、テレビ局主催記念音楽会などに出席したときのものだ。マーテルン家のプライバシーについてはネットに一切情報がなかった。メディアのプロだから、そういうところは抜かりないのだろう。ヴォルフガング・マーテルンの氏名だけで検索しても、変わりなかった。時間の無駄だった。病院からも新しい知らせはなかった。ハンナ・ヘルツマンはいまだに面会謝絶。ローテムントは行方不明。ハーナウ郵便局にも今のところプリンツラーの私書箱を開けにくる者はなかった。

　ピアは次いでソーシャルネットワークをまわってみたが、ヴォルフガングはXING（ドイツのビジネス特化型SNS）にも、facebookにも、WerKenntWen（facebookに似たドイツのSNS）にもアカウントがなかった。

「他に個人情報が見つかりそうなサイトはないかしら？」ピアはカイにたずねた。

「LinkedIn（アメリカ発のビジネス特化型SNS）、123people（オーストリア発の人物サーチサイト）、yasni（ドイツ発のウェブ検索エンジン）、cylex（ルーマニアに本社を置くビジネス検索エンジン）、firma24.de（ドイツのビジネス検索エンジン）」カイはモニターから顔を上げることなくサイト名を羅列した。

「全部試した」ピアは椅子の背にもたれかかり、頭の後ろで手を組んだ。「こいつが最後の希望なのよ。だけど、なかなか手強い。ハンナ・ヘルツマンがなにを取材していたか、だれか知っているはず。だれも知らなかったなんてありえない」

「娘はチェックしたか？」

「もちろん。でもインターネットにはまったく出てこない」

「Stayfriends.de（ドイツ発のSNS）はどうだい」そういって、カイは顔を上げた。「それにしても、腹ぺこだ。なにかないかな？」

「おあいにくさま。最後のポテトチップスは食べちゃった。機嫌が悪くなる前に、なにか買ってきたら？」ピアはまたキーボードに指を置いて、「同窓生検索エンジン」を自称するStayfriendsのアドレスを打ち込んだ。

「ドネルケバブかハンバーガー？」カイは椅子から腰を上げた。

「ドネルケバブ。激辛。お肉と羊のチーズをダブル」ピアは答えた。「やっぱり！」

「なにが？」

「ヴォルフガング・マーテルンがどうもあやしいと思ってたんだ！」ピアはにやにやと勝ち誇って、モニターを指差した。「Stayfriendsに登録してある。ハンナ・ヘルツマンも。信じられる？　ふたりは同じ学校に通ってた。それなのにハンナとは仕事上の付き合いだけって感じでいっていた。なんで嘘をついたのかしら？」

「事件に巻き込まれるのがいやだったんだろう。すぐ戻る」

ピアはハンナ・ヘルツマンとヴォルフガング・マーテルンのプロフィールを読み、ニーダーハウゼンにあるケーニヒスホーフェン私立高等中学校の一九八二年度第十一学年のクラス写真をクリックした。ピアは「ゴールド会員」ではなかったので、写真は拡大されなかったが、それはどうでもよかった。これで接点が見つかった。ヴォルフガングはオリヴァーに嘘をついたのだ。彼はずっと前からハンナ・ヘルツマンと親しかった。だがそれよりもっと重要な情報が見つかった。ハンナとヴォルフガングは同時期にミュンヘン大学で学び、同窓会に入っている。次の一時間半、ピアはインターネットでハンナ・ヘルツマンの写真を漁った。困ったことに数千枚はあった。冷めたドネルケバブの残りをかじりながら、ついに探していたものを見つけた。一九九八年に写真雑誌に掲載された写真。二人目か三人目の夫とハンナの結婚式の写真だ。ハンナはウェディングドレスを着て輝いている。マイケの方はずんぐりしていて、ふてくされた感じのティーンだ。キャプションにはヴォルフガング（三十三歳）、メディア王ハルトムート・マーテルンの息子、ハンナ・ヘルツマンの親友で、ハンナ・ヘルツマンの娘マイケ（十四歳）の代父と書かれていた。

「なるほどね！」ピアは写真をプリントアウトした。ヴォルフガング・マーテルンがどう申し開きするのか今から楽しみだ。印刷したばかりの写真を持って、ピアはオリヴァーの部屋へ向かった。そしてあやうく彼とぶつかるところだった。

「これを見てください……」ピアがいいかけると、オリヴァーが口をはさんだ。

「ローテムントのスクーターが中央駅で発見され、確保された。目撃者がいた。午前十時四十四分、奴はアムステルダム行きのＩＣＥに乗ったらしい！　オランダの警察にも連絡を取り、午後五時二十二分の到着時間に待機してもらうことになっている。運がよければあと二、三時間で奴を逮捕できる」

＊

マイケは空気を入れ換えるため、窓をすべて開け放った。下着姿になったのに、まだ汗がにじむ。事務所の人はだれも、マイケがハンナのコンピュータを持ちだしたことに気づかなかったのに、あの女刑事にコンピュータのことを訊かれた！　今朝からたっぷり時間がある。仕事はしなくてよくなった。イリーナとヤンは事務所に待機したが、他のスタッフはみな、ハンナがふたたびテレビに出演できるかはっきりするまで休暇を取ることになった。アンテナ・プロは理解があり、当面は「徹底究明」の再放送でしのぐことになった。

昨日はマイケにとって人生最高の日だった。オーバーウルゼルにあるマーテルン邸で朝食をとり、昼食はラインガウ地方のシュヴァルツェンシュタイン城、アストンマーティン・コンバーチブルでのドライブを楽しんで、晩はシャンパンを飲みながら、〈フランクフルター・ホーフ〉のテラスで光り輝く銀行街の高層ビルを眺めた。マイケにとってははじめての体験ばかりだった。周囲の視線を感じ、ヴォルフガングとカップルだと思われているかなと思った。年齢が二十歳以上離れていることなど、別に珍しいことではない。はるかに年長の男性といっしょになる女性はたくさんいる。ヴォルフガングは代父で、小さい頃からよく知っていて、今まで男だと意識したことはない。だが昨日は、彼がきれいな手をしていて、いいにおいがすると思った。彼の口元と手をじろじろ見てしまわないように気をつけたが、頭の中で一度、彼とキスをしたり、寝たりしたらどうだろうと考えたら、妄想を止められなくなった。マイケはまだ本気で恋をしたことがなかった。ちゃんと付き合ったこともなく、自慢ではないが、男性経験はほとんどなかった。昨日は、だれかに属するのはどんなにすてきだろうと思った。ヴォルフガングは気がきいていて、チャーミングだ。車のドアを開けてくれたし、椅子を引いてくれた。彼女の肩に腕をまわしてもくれた。

ふたりは夜遅くまで話し込んだ。マイケはヴォルフガングのひと言ひと言を反芻《はんすう》した。彼は大学の卒業を待たず、アンテナ・プロで研修させてくれるといった。テレビ局の仕事をすでによく知っているので、スタッフとして理想的だという。なぜあんなことをいったのだろう。ハンナの娘だからか。いくら考えても、愛されていると判断できる言動はなかった。ただやさしかっただけだ。一日じゅう感じていた幸福感は失望に変わった。男からやさしくされると、マイケは一気にホルモンが分泌《ぶんぴつ》される。なんて無能なんだろう！

「痛い！」マイケはデスクの下でこんがらがっているケーブルの中から母のコンピュータとつながっているケーブルを探していて、デスクの角に頭をしたたかにぶつけてしまった。幸いアパートを貸してくれた友だちはコンピュータ、モニター、マウス、キーボード一式をデスクに残していった。マイケはぶつけたところをさすりながら母のコンピュータを起動した。うまくいった。メニューをクリックして、無線LANを設定した。オンラインにつながると、まずfacebook内にあるイリーナが管理している母のファンサイトをチェックした。襲われたことや入院の話はまったくなかった。事件を示唆《しさ》する書き込みは、イリーナが削除しているのだろう。グーグルの検索でも引っかからなかった。最新の情報は「愚弄《ぐろう》された立候補者」を取りあげた回とサマースペシャルだ。次にEメールをチェックした。百通以上の新着メールがビジネス用アカウントに入っていた。個人アドレスには十四通。ひとりの名前が目に飛び込んできて、マイケははっとした。キリアン・ローテムント！　母は例の小児性愛者とどういう関係なのだろう。

マイケは日曜日午前十一時四十三分に送られてきたそのメールをひらいて、短い文面を読んだ。

〝ハンナ、どうして連絡をくれないんだ⁉　なにかあったのか？　なにか不愉快にするような言動があっただろうか。電話をくれ。なぜかレオニーとも連絡が取れない。彼女も電話に出ないんだ。それでも月曜日にAへ向かい、Bがつないでくれた人物たちと会ってくる。ようやく話してくれることになった。きみのことを思っている！　わたしを忘れないでくれ。K〟

いったいどういうこと？　マイケは呆然とモニターを見つめ、そのメールを何度も読み直した。〝きみのことを思っている！　わたしを忘れないでくれ〟ふたりは付き合ってるのだろうか。メモの署名〝K〟がキリアン・ローテムントなのは間違いないが、なにがどうなっているのかわからなかった。レオニー・フェルゲスはローテムントと母のふたりとどういうつながりがあるんだろう。母はフランクフルト・ロードキングスを取材していたんじゃないのだろうか。ローテムントは昔、弁護士で、バイカーギャングの弁護をしているからまだわかる。だが心理療法士がうまくはまらない。

マイケは頬杖をついた。ヴォルフガングに電話をして、このメールのことを教えたらどうだろう。だめだ。彼の方から電話をくれると今朝いっていた。恋するティーンみたいにしつこく電話をかけたりしたら滑稽《こっけい》なだけだ。

他にもメールがあるかもしれない。母は普通、個人宛メールをノートパソコンに保存する。だが運がよければ、木曜日から操作されていないかもしれない。マイケは集中して件名を見ていった。母親のメールはユーザーのフォルダに入っている。悪夢としかいえない。母はメールをほとんど消すことがなく、しかもなんの脈絡《みゃくらく》もなくそのまま保存していた。一時間後、マイケはあきらめた。二、三分そのまま椅子にすわって考えた。もう一度、例の心理療法士に会ってみるしかないと思った。

モニターの下のデジタル時計は二十時二十三分を表示していた。リーダーバッハを訪ねてもまだ遅すぎはしない。

＊

だいぶ日が落ち、〈マイン川のリヴィエラ〉の品のないテラスが数百のイルミネーションに照らされグロテスクな様相を呈していた。スピーカーからはイタリアの甘ったるいヒットソングが流れ、ここに迷い込んだ数人の客にイタリアでのバカンス気分を提供していた。バーの止まり木にはビーチサンダルに化繊のジャンパーという出で立ちの常連客がすわり、大型テレビのサッカー中継を観戦していた。オリヴァーは冷えたビールが飲みたかった。腹も鳴っている。暖かい風が吹いてきて、雨が降りそうだった。遠くで稲光が走り、雷鳴が聞こえた。それでもテラスにすわることにして、ビールを注文した。ウェイターは少ししてビールを運んできて、コースターに印をつけ、なにもいわずにべとべとの茶色いメニューのファイルをオリヴァーに差しだした。

「ありがとう。だが食事はいい」腹はすいていたが、オリヴァーは料理を注文する気になれなかった。隣の席の皿を見ただけで、食欲がなくなった。皿からあふれでた巨大なカツレツ。たっぷりかかったオランデーズソース、適当に山盛りにされたフライドポテトとサラダ。高速道路脇の雑草を刈り取って、出来合いのドレッシングをかけたようなサラダだ。ロザリーが昨日コンクールで三位に輝いた料理とは雲泥の差だ！

「いいですけど」ウェイターは肩をすくめて立ち去った。

オリヴァーはビールをひと口飲んだ。

オランダ警察はアムステルダムでローテムントを捕まえそこねた。列車に乗っていたかどうかもわからずじまいだ。ハンナ・ヘルツマンの電話の通話記録もほとんど役に立たなかった。頻繁《ひんぱん》に出てくる電話番号はプリペイドで、相手がだれか突き止めることができなかった。プリンツラーも姿を見せなかった。私書箱を開けにくる者もいなければ、フランクフルトのバイカーギャングからも具体的な情報は得られなかった。むりもなかった。調べたところ、プリンツラーは何年も前にロードキングスから足を洗っているらしい。

大粒の雨が降りだし、パラソルを叩いた。

テラスの客が室内に逃げ込んだ。オリヴァーもグラスとコースターを持ってあとにつづいた。開け放ったドアのところで足を止め、灰色の壁のようにマイン川を越えてくる雨雲を見つめた。

「おい、風が入る！　ドアを閉めろよ！」常連客のひとりが叫んだ。ウェイターは我関せずという様子をしている。オリヴァーはドアを閉めた。常連客にじろじろ見られている気がしたが、気づかないふりをした。サッカー中継で一点入った。男たちが歓声をあげ、口々にコメントをいった。一番声が大きかった黒いアンダーシャツを着た赤ら顔の太った男が声を張りあげすぎたせいか激しく咳き込んだ。男は止まり木から下りて、オリヴァーが閉めたばかりのドアを開け、咳き込みながら外に出て、荒い息をしながら庇《ひさし》の下の壁にもたれかかった。

「救急車を呼びましょうか?」男を気遣ったのはオリヴァーだけだった。バーにいた知り合いはだれも気にかけなかった。

「大丈夫だ……すぐに治る」太った男は手を横に振った。「ぜんそくさ。わめいたりしちゃいけないんだ。サッカーは俺には毒だ……」

男は咳き込んで、ドアの横にある吸い殻が山のようになった灰皿に痰《たん》を吐いた。

「すまない」気にするくらいの礼儀はあるようだ。

「おだいじに」オリヴァーはぽつりと答えた。

「俺は四十年間ティコナの工場で働いてきた。だけどそれもできなくなった。肺をやられてさ」

「そうですか」といっても、工場での作業よりもタバコの吸い過ぎがよくない、とオリヴァーは思った。だが人は責任転嫁したがるものだ。

「あのさ……」太った男は息ができるようになって、オリヴァーを見た。「警察の人だろ?」

「え、そうですが。なぜです?」

「ドクを捜してるって聞いたけど。話をしたら、いくらかもらえるのかい?」男は親指と人差し指をこすって、ずるそうに目を輝かせた。

「役に立つ手掛かりを教えてくれれば報奨金が出ます」

ウェイターのひとりが、引き戸から顔を見せた。

「大丈夫か、カール＝ハインツ？　帰るなら、金を払ってからにしろとおやじさんがいってる」

「コースターに何杯か印がついてるだろうが。それを取っておけ。それよりもう一杯ビールをくれ」カール＝ハインツははずみをつけて、寄りかかっていた壁から体を離し、声をひそめた。「役に立つかどうかわからないけど、俺はドクの真向かいに住んでる。家内と俺は一日じゅうトレーラーにこもってることが多い」

男はそこで黙って、オリヴァーの反応をうかがった。オリヴァーはじっと待った。長い経験からこういう手合いは話したくてうずうずして、長く黙っていられないことを知っていた。そして実際にそうだった。

「三、四週間前かな。ドクのところに客が来た。法律相談じゃない。若い子だった。金髪でかわいかった。薄着でさ。家内はせいぜい十五歳だっていってた。それでな……」

短い間。

「トレーラーに入ったんだ。出ていくのは見てない。女の子の死体が川から上がったのは、それからすぐだ。誓ってもいい、あれはあの子だ。間違いない……」

＊

ワイパーが洪水のように降りしきる雨を払おうと動いていた。マイケは駐車スペースを探して、レオニー・フェルゲスの敷地がある通りを歩くような速度で走った。衝動的に車に乗り込み、フランクフルトからリーダーバッハへ来る途中、心理療法士になにを質問したらいいか考えた。しだいにあの心理療法士に怒りを覚えた。このあいだはなんで嘘をついたのだろう。心理療法士はあの小児性愛者の仲間だ。母親をなにかに巻き込んだんだ。

パン屋の前の駐車スペースは満車だった。マイケは悪態をついて、通りの奥で左折し、もう一ブロック進んだ。雨の中を走るのはいやだ。濡れネズミになるのもごめんだ！　そのときフェルゲスの納屋の前に止まっている大きな黒い車に気づいた。フランクフルト・ナンバー！刺青《いれずみ》をしたバイカーギャングの車だ！　ここでなにをしているのだろう。その数メートル先にマイケはちょうどいい駐車スペースを見つけた。雨が小降りになっていた。通りを歩いて戻り、駐車している二台の車のあいだで足を止め、離れたところから様子をうかがった。フェルゲスの敷地は平行しているもう一本の通りまであり、通りに面した納屋には扉がついていた。そこから敷地に入れそうだ。マイケは寒気がして、パーカーのフードを頭にかぶった。日中の暑さから一転して雨を冷たく感じる。iPhoneで黒いハマーの証拠写真を数枚撮影した。きっとこのバイカーギャングは母が襲われた事件に関係があるはずだ。そのとき緑色の扉が開いた。男がふたり出てきて、首を引っ込め、なにかに追われるようにして車に戻ってきた。マイケはかがんだ。エンジンがかかり、ヘッドライトがついて、黒い大型車は目の前を走り去った。

マイケは少し待ってから、開けっ放しの扉のところへ移動した。こんな夜遅く、裏口から入り込むのは礼儀にもとるが、名乗れば、フェルゲスは玄関ドアを開けてはくれないだろう。マイケは培養土やさまざまな形のプランターが置いてある納屋を抜けた。見ると、玄関ドアが開いていて、外灯が植物でいっぱいの中庭を照らしていた。

「こんばんは」マイケは開いているドア口に立って声をかけた。「こんばんは！」

用心しながら家に足を一歩踏み入れた。ふう、なんて暑いの！　狭い廊下の奥に明かりがともっている。その光は細い隙間から漏れ、赤っぽいタイルを明るく照らしていた。

「こんばんは、フェルゲスさん？」

汗が吹きだしたので、マイケはかぶっていたフードを取った。あの馬鹿女はどこだろう。トイレにでもこもっているのだろうか。廊下を進み、セラピー室という札がかかっているドアをノックした。母はここに来たことがあるんだ。もちろんセラピーを受けているなんてひと言もいっていなかった。あの人らしい！　母親はいつも全力でいいところだけを見せようとする。もはや強迫観念と同じだ。

マイケは気になってドアを押しあけた。乾燥した熱気があふれだした。尿のにおいが鼻を打った。そこで目にしたものを頭が整理するまで数秒かかった。部屋の真ん中の床にレオニー・フェルゲスが横たわっていた。だれかが彼女を椅子にしばりつけ、その椅子が倒れた状態だ。

「嘘」そういうと、マイケは近づいた。フェルゲスはガムテープで口をふさがれ、目をむいている。だが一度もまばたきしない。大きな黒い蠅《はえ》が彼女の顔を這って、鼻の穴に入った。マイケは吐き気がして、手で口を押さえた。フェルゲスはもう生きていないとようやく理解した。

＊

カール＝ハインツ・レスナーの妻は夫の話は本当だと認めた。キリアン・ローテムントのところに少女がやってくるのははじめてではなかった。これで遵守事項に抵触したことになる。彼は未成年の少女に近づくことを裁判所から禁じられているからだ。一方で、レスナー夫妻が警察にすぐ通報しなかったことも問題だった。だが、オリヴァーは非難するのを控えた。ここではだれも他人のことを気にしない。みんな、自分の悲惨な人生で手いっぱいなのだ。キャンプ場にいる人々は人生の落伍者《らくご》だ。世界でなにが起ころうが、直接の隣人がどんな目にあおうが興味ないのだ。もう一度ローテムントのキャンピングトレーラーの中を覗いたあと、オリヴァーはレストランでビール代を支払い、ゆっくり車に戻った。ローテムントがキャンピングトレーラーの中で少女になにをしたか考えただけで、オリヴァーは耐えられなかった。他人を気にかけない隣人に守られて、あいつは自分のゆがんだ欲情を満たしていたのだ。どういう甘い言葉で少女を誘ったのだろう。オリヴァーはふとゾフィアのことを思った。たしかに人を信じやすい。知らない人についていってはいけないと口を酸っぱくしていってもだめだろう。知らない人どころか、親戚や家族の親しい友人がそういう汚《けが》らわしい下心で近づくこともある。そうなったら子どもを守る手立てがない。子どもを現実から遠ざけすぎるのも問題だ。どうせいつかひとりで現実と向き合わざるをえない日が来るのだ。そのうちに、その金髪の少女が死んだ水の精だというのはありえる話かもしれないと思えてきた。キャンプ場にはスイミングプールがある。青く塗られた穴のようなプール。電解次亜塩素酸生成装置がついている。

雷雨が去って、アスファルトから靄《もや》が立った。濡れた土のにおいがした。車まで来たところで、携帯電話が鳴った。画面に表示されたピアの名を見て、いやな予感がした。

「リーダーバッハで死体が発見されました」ピアがいった。「現場に向かっているところです。ヘニングにも連絡を取っています」

ピアから住所を教わり、オリヴァーは直行すると約束した。ため息をついてハンドルを握った。早朝にクレーガーをキャンプ場へ向かわせ、スイミングプールの水のサンプルを取らせることにした。水の精の肺から採取した水のサンプルと化学分析結果を比較するのだ。

二十分後、オリヴァーはいわれた通りに曲がった。明滅する青色警光灯が前方に見えた。ヘニング・キルヒホフのステーションワゴンと鑑識課の青いフォルクスワーゲンバスがパトカーと並んで大きく開け放った門の前に止まっていた。ピアはすでに死体発見の際に必要なスタッフを全員呼んでいた。オリヴァーは車から降り、立入禁止テープをくぐった。歩道には数人の野次馬がいた。ピアはその場にいた人に話しかけ、メモを取っていた。オリヴァーに気づくと、話をやめてオリヴァーの方を向いた。

「死亡したのは心理療法士レオニー・フェルゲスです。十年以上ここに住んでいますが、隣人との付き合いはあまりなかったようです。さっきのは向かいのパン屋の主人でした。この数日興味深いものを目撃していました」

ヘニング・キルヒホフはつなぎを腕にかけ、金属製のトランクを左手に提げて道を渡ってきた。

「あら」ピアは元夫にあいさつした。「また新しいメガネ？」

ヘニング・キルヒホフは苦笑いした。

「ナナ・ムスクーリに、前のメガネを返してほしいといわれてね。どこへ行けばいい？」

「あっちよ」

「おたくのボーイスカウト部門のアメーバたちももう来ているのか？」

「クレーガーのことなら、来てるわ。すでに家の中よ」

「あいつはバカンスに行ったためしがないな」ヘニングは歩きながらいった。「またひと悶着《もんちゃく》起きそうだ」

「パン屋は気になったらしく、二台の車のナンバーを控えていました」ピアは手帳を見た。「いつもより話すのが速い。なにか突き止めたということだ。「F－X562。黒いハマー。ベルント・プリンツラーの車です！　もう一台は黒っぽいステーションワゴンでHGナンバー。所有者をすぐ照会します」

よくあることだが、ピアはすっかりオリヴァーのお株を奪った恰好だ。少女が訪ねていたというローテムントのことが頭を離れなかったオリヴァーは事件のつながりがわからなかった。

「ここでなにがあったんだ？」玄関へ向かいながらピアの淀《よど》みなくつづく言葉をさえぎった。

「レオニー・フェルゲスは椅子にしばりつけられ、口をふさがれていました。ドアに休暇の札がかかっていたので、隣人は旅行中だと思っていたそうです。だからだれもいぶかしく思わなかったのです」

小さな家は白いつなぎを着た人であふれ、耐えがたいほど暑かった。

「暖房が全開になっている」だれかがいった。「被害者はかなり長いあいだ横たわっていたにちがいない」

オリヴァーとピアは部屋に入った。フラッシュがたかれ、クレーガーは遺体とその周辺を撮影した。

「なんなの、この暑さ！」ピアはため息をついた。

「正確には三十七・八度」クレーガーがいった。「実際にはもっと暑かったはずだ。わたしたちが到着したとき、ドアが開いていた。ところで、窓は開けてもかまわない」

「いいや、だめだ」遺体の横にしゃがんでいたヘニング・キルヒホフがいった。「わたしが体温を測ってからだ。クレーガー首席警部には一生そういうことがわからないんだろうな」

クレーガーはヘニングの嫌味を無視して、淡々と撮影をつづけた。

「どういう死に方だったの？」ピアはたずねた。

「いずれにせよ苦しかっただろう」ヘニングは顔を上げずに答えた。「渇死《かっし》のようだ。乾燥してかさかさの肌と落ちくぼんだこめかみがその証拠だ。ふうむ。眼球が黄色くなっている。腎不全だな。のどが渇いた場合、というより脱水症状を起こした場合、水分欠乏によって血液が濃縮する。生体機能に関わる器官の機能低下が生じ、多臓器不全による死を迎える。たいていの場合まず腎臓が機能不全を起こす」

ピアとオリヴァーは顔を見合わせた。ヘニングはまず遺体の手首と足首の結束バンド、次いで遺体を椅子にがんじがらめにしばっていたビニールの洗濯ひもをペンチで切った。

「長い時間、苦闘したようだ」ヘニングは皮膚《ひふ》の擦《す》り傷や手首と足首の内出血を指差した。そして遺体の頭にぐるぐる巻いたガムテープをそっとはがした。毛髪が束になってガムテープに貼りついていた。

「毛髪が簡単に抜けるのも脱水の間接証拠だ」クレーガーがいった。

「知ったかぶりをして」ヘニングはうなるようにいった。

「あんたこそ知識を鼻にかけるろくでなしだ」クレーガーがいいかえした。

「犯人を知ってる」ドアの方から突然か細い声がした。オリヴァーとピアは振り返った。目の前にびしょ濡れの黒いパーカーを着た幽霊のように蒼白い人物が立っていた。

「ここでなにをしてるんですか？」ピアが叫んだ。

「フェルゲスと話がしたかったの」マイケ・ヘルツマンは顔がとがっていて、アイシャドーを濃く塗った目が異様に大きく、まるでマンガのキャラクターのようだった。「あたし……前に一度ここに来たことがあるの。そのとき……フェルゲスは母がなにを取材しているか知らないといった。でも、嘘だった。キリアン・ローテムントのことも知っていたのよ」

「そうなんですか？　そしていつそれをわたしたちに伝えるつもりだったのでしょう？」ピアはできることならマイケを張り倒したかった。

「それで、フェルゲスを殺した犯人はだれなんです？」オリヴァーが口をはさんだ。

「例の刺青をしたバイカーギャングよ」そうささやくと、マイケは催眠術にでもかかったようにフェルゲスの遺体を見つめた。「あたしが来たとき、あいつと男がもうひとり、敷地から出てきて車に飛びのった」

「ベルント・プリンツラー？」オリヴァーはマイケの視線をさえぎった。

マイケは黙ってうなずいた。この前までのとんがった様子はない。罪の意識に苛《さいな》まれた小娘でしかなかった。

「ところで、ドアの横の暖房機にのっている小型ビデオカメラに気づいたか？」クレーガーが突然いった。オリヴァーとピアはそちらに顔を向けた。本当だ！　ドアの横の壁に設置された暖房機の上に小型ビデオカメラがあった。子どもの拳の大きさもない。

「どういうことだ？」

「被害者が死ぬところを、だれかが撮影していたのさ」クレーガーが推理した。「まったく残酷な連中だ！」

オリヴァーはマイケといっしょにキッチンへ行き、ピアはデスクにあった固定電話の再生ボタンを押し、留守番電話に録音されたメッセージを聞いた。新しい伝言メッセージが七件。三回は応答メッセージの直後に切られていたが、そのあとテープに録音された声が聞こえた。

「のどが渇いたか、レオニー？　これからもっとのどが渇くぞ。のどの渇きで死ぬのはこの世で一番つらいって知っているかな？　知らない？　ふうむ……基本はこうだ。三、四日まったく水を補給しないと、おまえは死ぬ。だがこう暑いと、進行はもっと早まる」

ピアとクレーガーは顔を見合わせた。

「胸くそ悪いわね」ピアはいった。「もうこれ以上ひどいことはないと思っても、いつももっとひどいことが起きる。被害者は死ぬところを観察されていたということね」

「あるいは録画されていた」クレーガーが付け加えた。「だれかが本当に殺されるシーンを収録したものを、スナッフフィルムという。そういうのに大金をだすいかれた奴がいるんだ」

二〇一〇年六月二十九日（火曜日）

エマは落ち着かなかった。娘がいなくてさみしい。それでいて、ルイーザが戻ったときどうなるのか不安だった。これまで子どもに対する責任を負担に感じたことはない。だが今は重荷に感じていた。それなのにひとりで背負うほかない。ルイーザとこれから生まれてくる赤ん坊を守る責務。

フローリアンはなぜ双子の妹がいることを話してくれなかったのだろう。エマには理解できなかった。夫は他にも隠しごとをしているのだろうか。これからどうなるんだろう。貯金とフローリアン名義の家の家賃収入で、なんとか暮らしていける。夜中にエマは元上司にEメールを書き、内勤で働き口はないかと相談してみた。夜が白むまでネットサーフィンをして、子どもが虐待された母親たちのフォーラムを覗いてみた。小児性愛者だった夫や父親についての恐ろしい話を読み、その中に彼女とフローリアンのケースと類似したものがないか探した。子どもを虐待する男はえてして子ども時代に心的外傷を負ったり、虐待の被害者だったりするケースが多いという。また小児性愛の欲求はしばしば遺伝的なものだとも、どこかに書いてあった。

六時半、エマはノートパソコンを閉じた。もしフローリアンがルイーザを虐待していたら、今後どうなるか、ようやく実感できるようになった。結婚が破綻《はたん》する恐れが大きい。もう夫を信じられないし、夫と娘がふたりだけになったとき、心の平安は得られないだろう。最低だ！しかも相談相手がいない。ちゃんと話せる相手が。心理療法士も、青少年局の女性職員も、話は聞いてくれるし、アドバイスもくれる。だがエマはフローリアンを知っているだれかと話したかった。なだめてくれて、なにもかもナンセンスだといってくれるだれか。義父母はむりだ。年輩の人にこういう話題を持っていくなんてできない。しかも義父の大きな誕生祝賀会が数日後に迫っている！

コリナはどうだろう。フローリアンの義理の姉で、エマに対してもいつも誠実に接してくれる。今では友だちだ。彼女の忠告や意見なら耳を貸す気になる。彼女なら謎の双子の妹についても話してくれるかもしれない！エマは意を決して、少し話がしたいとコリナにショートメッセージを送った。

すぐに返事があった。

〝早起きなのね！今日の午後一時にうちに来て。昼食をとりながら話しましょう。それでいい？〟

〝オーケー。ありがとう〟とエマは返信し、ほっとため息をついた。自分の夫について他人に話を聞くなんて、こんなことでもなかったら絶対にいやだ。だが夫が誠実に対応してくれないのだから仕方がない。

＊

クレーガーが会議室の窓を開けると、カトリーン・ファヒンガーがいらいらしながらいった。

「窓を閉めて。寒いの」

昨夜の雷雨で気温が少し下がり、窓から気持ちいい風が吹き込んで、部屋にこもった熱気を吹き払ってくれた。

「二十一度」クレーガーは答えた。「それに空気が淀《よど》んでいる」

「それでもよ。わたしがすわっているところをちょうど風が抜けるの。うなじが凝《こ》ってしまうわ」

「席を替えたらいいだろう」

「ここがわたしの席なの！」

「新鮮な空気を十分ほど入れたくらいで死にはしないさ。徹夜明けで少し酸素が欲しいんだ」

「ここで働いているのはあなたひとりではないのよ」カトリーンがぱっと立ちあがって、窓を閉めようとした。すると、クレーガーが窓をつかんだ。

「いいかげんにしろ！　窓は開けておく。ふたりとも大人げないぞ」オリヴァーが注意した。「カトリーン、十分だけ別の席にすわれ」

カトリーンはむっとして、バッグをつかみ、席を替えた。ピアは今朝、すでに三杯目のコーヒーを飲んでいたが、それでも、あくびが出てしまった。みんなも疲れた顔をしていて、目が赤い。新しい事件が起きると、大変な捜査を一からはじめることになる。それでなくても、みんな、週末も休日も返上してほぼ三週間ぶっとおしで捜査してきた。そろそろ限界だ。有望な手掛かりがないせいで、余計に疲れがたまっている。霧の中、むやみに杖でつついているようなものだ。ゆっくりと、だが確実に忍耐力を失っている。ピアだけではない。睡眠不足が続いていた。ピアは午前三時十分前に帰宅したが、それから眠りにつくまで一時間かかった。

カイが被害者の基本データを報告すると、クレーガーの番だ。ドア枠と椅子から採取した指紋はベルント・プリンツラーのものだった。州刑事局の専門家は、セラピー室にあったビデオカメラの映像がいつからどこへ転送されていたのか突き止めようとしているが、今のところ解明できていない。それにレオニー・フェルゲスのノートパソコンをひらくことも、パスワードがわからなければ望み薄だった。また留守番電話の録音テープに残っていた残酷なメッセージはどれも電話番号が非通知だった。つまり袋小路ということだ。

クレーガーと部下たちは膨大な数の患者ファイルを押収した。すべて調べるのは不可能だ。犯人がその患者ファイルの中にいるかどうかはわからない。トラウマティック・ストレス学会のウェブページによると、レオニー・フェルゲスは男性患者は引き受けず、もっぱら心的外傷を負った女性の治療をしていた。

「夫か元パートナーが、被害者を殺したくなるほどの憎しみを抱いたってことじゃないかしら」カトリーンがいった。

「プリンツラーの指紋がドア枠と椅子から採取されているのよ」ピアはいった。「だけどどうやって家に入ったのかしら?」

「椅子にしばりつけてビデオカメラを設定したとき、鍵を持ち帰ったんでしょう」ケムがいった。

「なんで犯行現場にもう一度戻ったのかしら?」ピアは声にだして考え、〝レオニー・フェルゲス〟とホワイトボードに書かれたところを見た。〝ハンナとマイケ・ヘルツマン〟と〝プリンツラーとローテムント〟へ矢印を引いてある。ハンナ・ヘルツマン襲撃とレオニー・フェルゲス殺害が関連しているのは確実だ。同一犯の可能性もある。昨夜は考えてもみなかったが、今朝、目が覚めてから、だれが警察と救急医に通報したのか気になった。マイケ・ヘルツマンではなかった。緊急電話通報の記録を取り寄せてみると、午後十時十二分、男が名を告げず通報していた。〝リーダーバッハ、アルト・ニーダーホーフハイム通り二二番地の家に死体がある。玄関は開いている〟

「プリンツラーの車が何度も隣人に目撃されていますね」ピアは考えながらいった。「あそこを見張っていたか、レオニー・フェルゲスと知り合いだったか、どちらかですね」

「見張るなら、あんな目立つ車を乗りまわしたりしないだろう」カイがいった。「ところで赤外線無線ビデオカメラは大量生産されている。買った店を特定するのは難しい」

それまで黙って聞いていたオリヴァーが咳払いをした。

「キリアン・ローテムントがレオニー・フェルゲスとどういう関わりがあるのかとにかく気になる。彼はプリンツラーといっしょにハンナ・ヘルツマンを訪ねている。まずローテムントに集中しよう。彼がハンナ・ヘルツマンを襲った。彼は幼児虐待で有罪になり、うらぶれたキャンプ場に住んで、世間との接点をまったく持たず、何度も未成年の少女の訪問を受けている。われわれの水の精事件と関係していても、不思議じゃない」

「動機は？」ピアがたずねた。「欲望の対象は小さい子どもでしょう。成人女性というのは不自然では。それに心理療法士を苦しんで死なせた。なぜ？」

「我慢できなくなったからでしょう」カトリーンがいった。「あいつがまた幼児虐待をするようになり、遵守事項に抵触していることを、ハンナやレオニーが突き止めたからかもしれません。あるいは、少女を殺したことをあのふたりに知られ、警察に通報されないようにしたとか」

だれもなにもいわなかった。みんな、自分の考えにふけった。

「そしてプリンツラーはローテムントをかばっているか、協力している」カイが付け加えた。「ローテムントに借りがある」

「だがふたりはどうやってレオニーを知ったんだ？」オリヴァーが訊いた。

いい質問だが、答えはだれにもわからなかった。

「カトリーンの推理のとおりだとすると」ピアがいった。「ハンナ・ヘルツマンが危険ですね。死んでいないから、記憶を取りもどすかもしれない」

「そのとおりだ」オリヴァーはうなずいた。「すぐに護衛をつける必要がある」

会議机の電話が鳴った。マイケ・ヘルツマンが下に来ているという。昨夜はショック状態で、ろくに話せなかったので、今日、署に来ると約束していたのだ。カトリーンを迎えにいかせた。

「捜査会議はあとでつづけよう」オリヴァーが判断した。「ピアとわたしで彼女の話を聞く。

カイ、ハンナ・ヘルツマンの身辺警護を手配してくれ。ケム、きみとカトリーンは十一時に、レオニー・フェルゲスの司法解剖に立ち会ってくれ」

全員がうなずき、ケムとカイは立ちあがって、会議室を出ていった。

「なにを白状するか楽しみだわ」ピアは腰を上げると、窓を閉めて、部屋が暑くならないようにブラインドを下ろした。

少ししてマイケは会議机に向かってすわった。顔が青く、げっそりやつれている。

「今朝、母を見舞いました」マイケは消え入るような声でいった。「まだ容体が悪くて、事件のことをなにも思いだせないといってます。でも……あたし……もっと早くこちらに連絡を取るべきでした。馬鹿でした。まさか……こんなことになるとは思わなくて……」

マイケは口をつぐみ、リュックサックを開けて、二枚のメモをだした。

「母のコンピュータにあったローテムントからのEメールをプリントしたものです」そういうと、マイケは一枚目を机越しに差しだした。「そしてこれが……ローテムントが母の郵便受けに入れたメモです」

ピアはメモを見つめた。

〝一日待った。もう一度会いたかった。携帯電話のバッテリー残量がもうない！　これが住所。B・Pが事情を知っている。電話をくれ。K〟

ピアはメモを裏返して、住所を読み、それからEメールのプリントアウトに目を通した。

〝ハンナ、どうして連絡をくれないんだ⁉　なにかあったのか？　なにか不愉快にするような言動があっただろうか。電話をくれ。なぜかレオニーとも連絡が取れない。彼女も電話に出ないんだ。それでも月曜日にAへ向かい、Bがつないでくれた人物たちと会ってくる。ようやく話してくれることになった。きみのことを思っている！　わたしを忘れないでくれ。K〟

マイケはカンニングがばれたときのように小さくなっている。ピアはすでに腹に据《す》えかねていたが、これには怒り心頭に発した。なんて馬鹿なことを！

「あなたがこれを握りつぶしたせいで、どうなったかわかっているんですか？」ピアは気持ちを抑えながらいうと、ボスにメモを渡した。「この数日、プリンツラーとローテムントを追っているんです。あなたが協力してくれれば、レオニー・フェルゲスは死なずにすんだかもしれないんですよ」

マイケは下唇をかんで、うなだれた。

「他にも隠していることがあるのですか？」オリヴァーはたずねた。ボスも怒っているのか、言い方がきつかった。だがピアとちがって、自制心があり、感情をコントロールすることができた。

「いいえ」マイケはささやいた。目が虚《うつ》ろで、顔が引きつっている。「あたし……あたし……あなたたちにはわからないと思います……」

「ええ、わからないですね」オリヴァーは冷ややかに答えた。

「母を知らないから！」いきなりマイケの目に涙があふれた。「取材中のことに口をだすと、ものすごい剣幕で怒るんです。だから自分でその住所に行ってみたんです。あたし……なにかわかれば、警察に話せると思って……」

「なにをしたですって?」ピアは耳を疑った。

「そこは資材置き場のある古い農家で、高い垣根に囲まれていました」マイケはすすり泣いた。

「狩猟櫓《やぐら》に上って、中を覗こうとしたんです。でも見つかってしまって、猛犬をけしかけられました。あたし……運よく、林務官に助けられたんです。その人が犬を……撃ち殺して、おかげで姿をくらますことができたんです」

ピアはめったに絶句したりしないが、今回ばかりはあきれ返った。

「大事な情報を黙っているなんて」オリヴァーはいった。「そのせいで人がひとり死んだのかもしれないんですよ。Eメールが保存してあるコンピュータはどこにあるんですか?」

「うちです」マイケは少しためらってからいった。

「よし。ではあなたの住まいに行って、コンピュータを回収します」オリヴァーは掌《てのひら》で机を軽く叩いて立ちあがった。「今回のことは不問に付すことはできませんからね、ヘルツマンさん。覚悟してください」

＊

コリナの前で、エマは自分がだらしなく、みじめな気がしていた。ダイニングルームの大きなテーブルに向かってすわっている自分は汗だくで、浜に打ちあげられた鯨《くじら》のように所在ないのに、コリナはそれぞれちがう時間に帰ってくる四人の息子のためにハイテクのステンレス製オープンキッチンで料理をしている。コリナは六時前には起床し、午前中、事務所で仕事をし、傍ら家族の面倒や家事をこなす。エマは子どもひとりに手こずっているというのに。それでも仕事についていたときは計画立案から運営まで一手に引き受け、不測の事態にも対応した。それも極めて困難で、なにもない状況下で。十九歳でエマはひとり暮らしをはじめ、これまで自分の人生に問題を抱えたことがなかった。

どうなってしまったんだろう。いつから自信を喪失してしまったんだろう。以前は世界のどんな僻地《へきち》でも何トンもの食料や医療器具を届けていたのに、今はスーパーの買い物にも四苦八苦している。

トマトとバジルの香りがした。ニンニクと肉を焼くにおいもする。空腹だったエマの胃がきゅっとすぼまった。コリナはついでに食洗機の中の食器を片づけ、金曜日に迫った祝賀会の最後の細かい相談をした。

「もうすぐ一段落する」コリナは微笑んだ。「二、三分待ってもらえる？」

一日じゅうでも、とエマは思ったが、声にはださず、ただうなずいた。コリナが夫と息子たちのことを話すのを黙って聞いているうちに、急に嫉妬を覚えた。こんな家が欲しい。夕方、寿司を買ってきて、庭に水やりをし、息子たちとよく遊び、毎晩ワイングラスを片手にその日のことを妻に話す夫が欲しい！　それと比べて、今の自分はどうだろう。義父母の家での仮住まい。家具ですら自分のものではない。そのうえ、夫は自分のことをほとんど語らず、ふたり目が生まれる直前に家を出てしまった。夫がルイーザを虐待しているという疑惑はいうに及ばない。フローリアンを永遠に失うような気がする。この数日、それは確信になっていた。起きてしまったことはもうなかったことにできない。

「お待たせ」コリナはエマがすわっているテーブルにやってきた。「話ってなに？」

エマは勇気をふるった。

「フローリアンは双子の妹がいることを黙っていました。双子の妹のこと、だれも話題にしませんよね」

コリナの顔から笑みが消えた。テーブルにひじをついて両手を合わせ、口と鼻に当てた。返事をもらえないとエマが思いかけたとき、コリナが両手を下ろして、ため息をついた。

「ミヒャエラの件はフィンクバイナー家にとってとても悲しくて痛ましいことなのよ」コリナは小声でいった。「彼女は小さいうちから精神を病んでいた。今なら助けられるかもしれない。でも七〇年代の児童心理学ではね。多重人格障害がなにかもわかっていなかった。彼女はただ聞き分けの悪い、嘘をつく子と思われてしまった。かわいそうなことをしたわ。でも、だれにもわからなかったのよ」

「ひどい話ですね」エマは愕然としてささやいた。

「ヨーゼフとレナーテはミヒャエラをとても気遣った。でもどんなに愛情を注いでもだめだった。十二歳で家出し、商店に泥棒に入ったところを捕まった。そのあと何度も警察沙汰を起こした。ヨーゼフはつてを辿《たど》ってなんとか穏便にすませたけど、ミヒャエラにはそれがわからなかった。早くから酒とドラッグに走って、わたしたちを寄せつけなかった。とくにつらかったのはフローリアンよ」

コリナの目から快活な光が消えた。エマはコリナにいやなことを思いださせてしまったことを悔いた。

「フローリアンは一度もミヒャエラのことを話してくれませんでした。どうしてですか？」エマはたずねた。「理解できたと思うんです。どんな家族にだって変わり者はいるものです」

「彼はつらかったのよ。ひどく苦しんだ。わかってあげて。彼がここを出ていった理由もそれだったのよ。妹ばかり注目され、彼はいつもその陰に置かれていた。どんなにいい子にして、勉強をがんばっても、みんなの目はいつもミヒャエラに向いていた」

「そのあとどうなったんですか？」

「十四歳で学校を退学した。ドラッグを買う金欲しさに街娼になった。そのうち裏社会の住人になった。ヨーゼフは彼女を連れもどそうと八方手を尽くしたけど、彼女は聞く耳を持たなかった。ついには自殺未遂を起こし、数年、精神科病院に収容された。そして両親とも、わたしたち兄姉とも口をきかなくなった」

エマは、コリナがずっと過去形で話していることに気づいた。

「今どこにいるんですか？　だれか知っている人は？」

パスタをゆでるための湯が沸いて、湯気を上げていた。同時にキッチンの窓の外を車が通り過ぎた。エンジン音が消え、バタン、バタンと二度ドアが閉まる音が聞こえ、明るい子どもの声がした。「ママ、お腹すいた！」

コリナは気づかなかったようだ。そのくらい沈痛な面持ちだ。唇を引き結び、悲嘆に暮れていた。

「ミヒャエラは数年前死んだわ」コリナはいった。「葬儀に出たのは、ラルフ、ニッキー、ザーラ、そしてわたしだけだった。それっきりだれも彼女の名前を口にしなくなった」

エマは愕然としてコリナを見つめた。

「信じて、エマ。これでよかったの」コリナはエマと軽く手を重ねてから立ちあがって、沸騰する鍋にパスタを入れた。「古傷をひらかないで。ミヒャエラは本当に両親を苦しめたの」

コリナの末っ子トルベンが、開け放ってあったテラスのドアから食堂に飛び込み、ランドセルを隅に投げると、キッチンに走ってきた。

「お腹ぺこぺこ！」

「手を洗って、ランドセルを二階の部屋に持っていきなさい。十分で食事よ」コリナはぼんやりとしながらトルベンの頭をなで、それからテラスの方を向いた。「迎えにいってくれてありがとう、ヘルムート。パスタを食べていかない？」

エマはそのとき管理人のヘルムート・グラッサーがテラスのドアのところに立っていることに気づいた。エマは立ちあがった。

「こんにちは、グラッサーさん」

「こんにちは」グラッサーは微笑んだ。「暑いですが、具合はいかがです？」

「ありがとう、まあまあです」エマも微笑んだ。フローリアンがルイーザに性的虐待を加えている疑いがあることも相談したかったが、トルベンとグラッサーがいてはむりだ。

「そろそろ行きます」エマはいった。コリナは止めなかった。表情が暗く、いつもの明るさが消えていた。ミートソースの鍋の蓋《ふた》を上げてかきまわした。フローリアンの双子の妹のことを訊かれて、気分を害したのだろうか。

「話してくれてありがとう」エマはいつものようにコリナを抱くことができなかった。「また明日」

「ええ、また明日」コリナが笑みを作った。「フローリアンを悪く思わないで」

＊

オリヴァーがマイケ・ヘルツマンのミニの助手席に体をねじ込んだ。いっしょに乗っていかないと、マイケが姿をくらます恐れがあったからだ。ピアは警察車両に乗って、ついていくことになった。そのあいだにカイはベルント・プリンツラーに対する逮捕令状と邸《やしき》の捜索令状を請求した。ちょうど見本市会場のタワーのそばを走っていたとき携帯電話が鳴った。ピアは電話に出た。

「やあ、キルヒホフ。フライだ。捜査に進展があったと聞いたが」

フランクフルト検察局にもう情報が流れていることに、ピアは驚いた。

「はい、ハンナ・ヘルツマン事件と新しい殺人事件の被疑者の住所がわかりました」

「新たな殺人事件？」

そこまで情報が伝わっていたわけではないようだ。

ピアはレオニー・フェルゲスの苦渋に満ちた死を簡潔に報告し、プリンツラーがフェルゲスの家の近くで目撃されていることを伝えた。

「ベルント・プリンツラーはフランクフルト・ロードキングスの構成員です。ヘルツマンに接触していたことが判明しています。死んだフェルゲスの家でも彼の指紋が採取されています。それに彼の車が何度も目撃されています。ヘルツマン事件で指名手配中のローテムントと知り合いであることもわかっています」

「たしかにあのふたりは知り合いだ。ローテムントがいた法律事務所は何年にもわたってプリンツラー一味の顧問を務めていた」

「ローテムントがアムステルダムに向かったという情報を得ています。オランダ警察は駅で彼を取り逃がしました。それに遵守事項に違反しています」

「どういうことだね？」

「キャンプ場の隣人が、彼のキャンピングトレーラーに未成年の少女が入っていくのを見ていました。刑務所に逆戻りですね」

「信じられない」

「そうですね。ローテムントがマイン川で見つかった少女の事件にも絡《から》んでいるとにらんでいます。ヘルツマン暴行事件とレオニー・フェルゲス殺人事件にも関連がありそうです。うちのボスが明日の夜『事件簿番号XY』に出演しますので、目撃者や、ローテムントの居場所を知っている者が連絡を寄こすのではないかと期待しています」

「たしかに期待できる」

マイケがフリードリヒ＝エーベルト緑地とマインツ通りの十字路で黄色信号を走り抜けた。ピアもアクセルを踏み込むと赤いフラッシュがたかれた。

「しまった！」ピアは素《す》っ頓狂《とんきょう》な声をあげた。

「どうした？」フライ上級検事はたずねた。

「すみません。写真を撮られてしまいました。赤信号と携帯電話の通話」

「それは高くつくな」上級検事は愉快そうにいった。「情報をありがとう。ところでリリーは元気かね？」

「ありがとうございます。元気です」ピアは微笑んだ。「シラミにたかられて、大騒ぎになりましたけど」

フライ上級検事は笑った。

「あの子をかまう時間があまりなくて残念です」ピアはいった。「でもうまくいけば事件はもうすぐ解決します」

「そう願いたい。わたしにできることがあったら、電話をくれたまえ」

ピアはそうするといって、通話を終えた。そのときローテムントの元妻やカイが話していたことを思いだした。フライ上級検事とローテムントはかつて親友だった。それなのにフライは親友を告発するだけでなく、報道機関の餌食《えじき》にした。もう一度電話で話すときに訊いてみようと考えたが、すぐにまたそのことを忘れた。当時ふたりになにがあったかなど、捜査にはまったく関係のないことだ。二、三分後、ピアはザクセンハウゼンの学校通りに車を止め、オリヴァーがマイケの住まいからハンナのコンピュータを取ってくるのを待った。マイケにはとにかく腹が立った。だがそれ以上に自分が許せなかった。もっとマイケを問いつめればよかったのだ。痛恨の極みだ。

*

ピアはケムとカトリーンを連れて法医学研究所からランゲンゼルボルトに直行し、ベルント・プリンツラーを逮捕する手はずになっていたが、エンゲル署長に呼びもどされた。プリンツラーは十四年以上犯罪らしい犯罪に手を染めていないが、フランクフルト・ロードキングスの元幹部だ。武闘派で、危険人物とみなされている。署長は特別出動コマンド《SEK》に出動要請をだした。オリヴァーは大げさだと思ったが、署長はそうするといって聞かなかった。ベルを鳴らせば、プリンツラーに警戒される恐れがあるというのだ。だから急襲するのがいいという判断だった。現場の指揮はエンゲル署長がじきじきにとることになった。

おかげでピアはいつもより早く帰宅できることになった。帰宅途中、リーダーバッハのスーパーに立ち寄り、夕食の材料を買い込んだ。この数ヶ月、食事の支度はクリストフに任せっきりだった。実際、料理に情熱があり、ピアよりもはるかに得意だ。それにピアは疲れ切って、コンロの前に立つ気力も残っていないことが多かった。だが今日はやる気満々だ。キッチンの外のテラスに電気式バーベキューセットをだして、ズッキーニとナスを薄い輪切りにしてグリルしながら、オリーブオイル、塩、コショウ、つぶしたニンニクを合わせてマリネの素《もと》を作った。

レオニー・フェルゲスの解剖所見はヘニングが検視したとおりだった。脱水による多臓器不全が死因。苦しみもだえて死んだはずだ。二時間早く発見していたら救えたかもしれない。残酷な死に方だ。ピアは彼女の断末魔を想像したくなかった。助けを待っていただろう。それとももう死を覚悟していただろうか。それよりなぜ死ななければならなかったのだろう。しかもこんな形で。椅子に向けられたビデオカメラ。留守番電話に残されたぞっとするメッセージ。異常なサディズムを感じる。レオニーはそれを聞かされたのだ。傷害事件や銃器の不法所持で逮捕経験のあるプリンツラーの手口ではない。といっても長い警察勤めで、犯罪者に一定の論理的行動パターンがあるとはかぎらないことも承知していた。

ハンナ・ヘルツマンはレオニーの患者だった。レオニーがハンナをローテムントに引き合わせたか、その逆だろう。ローテムントとプリンツラーは前から知り合いだとわかっている。ハンナの記憶が戻るといいのだが！　彼女は、複雑に絡まりあった一連の事件に光を当てられる唯一の人物だ。

そんなことを考えながら、ピアは焼けたナスとズッキーニをマリネにした。それからキッチンの窓台にバジルやレモンバームやローズマリーといっしょに鉢植えにしてあるセージをひと握り取った。リリーはセージ、パルマ産生ハム、ケッパー、ニンニクで味付けしたピア特製のパスタが大のお気に入りだ。クリストフもいつもいやがらずに食べる。

犬がうれしそうに吠えはじめた。クリストフとリリーが帰ってきたのだ。すぐにリリーがキッチンに飛び込んできた。お下げ髪を振り、目を輝かせている。ピアに抱きつくと、立て板に水のようにしゃべった。トランポリン、おじいちゃん、ポニー、チーター、キリンの赤ちゃん……ピアは笑った。

「もっとゆっくり話して！」ピアがリリーにブレーキをかけた。「そんなに速くしゃべっては聞き取れないわ」

「でも急がなくちゃ」リリーは息をひそめて、七歳らしい真剣さでいった。「ピアがせっかくいるんだもの、全部話さなくちゃ！」

「夜ゆっくり話せるでしょう」

「そういうけど、いつだって電話が鳴って、おじいちゃんとあたしを置き去りにするじゃない」

クリストフがキッチンに入ってきた。あとから犬たちもついてきた。クリストフは手にしていた袋を作業台に置くと、ピアにキスをした。

「リリーのいうとおりだ」クリストフはにやにやして、ピアが用意している食材を見て眉をひそめた。「セージ入りパスタ？」

「あたしが頼んだの！」リリーが叫んだ。「セージ入りパスタなら毎日食べたい！　おじいちゃん、ラムチョップなんて買ったのよ。やだ！」

「いいじゃない」ピアは微笑んだ。「パスタとラムチョップは合うわ。そしてその前にズッキーニとナスのマリネ」

「その前にお風呂だ」クリストフがいった。

リリーは首をひねり、少し考えてからいった。

「わかった。でもピアといっしょじゃないといや」

「わかったわ」ピアは仕事のことは忘れることにした。どうせすぐにまた考えるのだから。

＊

「ハロー、ママ」

マイケはベッドの足元の方で立ち止まり、ベッドの上の読書灯から射す淡い光の中で母親のゆがんだ顔を観察した。腫《は》れは少し引いたが、血腫《けっしゅ》は朝よりもひどくなっていた。

ハンナは今日、集中治療室から普通の病棟に移された。ドアの前に巡査がいた。

「ハロー、マイケ」ハンナがささやいた。「椅子を取ってきて、そばにすわって」

マイケはいうとおりにした。みじめな気分だった。一日じゅう、女性刑事にいわれたことが心に残っていた。あのくだらないメモを提出しなかったがためにレオニー・フェルゲスが死んだ責任を背負うことになった。

母の取材内容を人目にさらさないためだったと自分にいいきかせても、言い訳にはならない。実際にはどうでもいいと思っていたのだから。

ハンナは手を差しだして、ため息をついた。マイケはためらいがちにその手を握った。

「どうしたの？」ハンナは小声でたずねた。

マイケは葛藤した。今朝見舞ったときは、レオニー・フェルゲスの死を黙っていた。今もいえずにいる。身のまわりのなにもかもが砕け散るように思えた。顔を知っていて、話したことのある人間が命を落とした。自分のことしか考えず、どういう結果を招くか考えもしなかった自分のせいで、もだえ苦しみながら死んだのだ。自分は被害者だとずっと思ってきた。ひどい扱いを受け、愛されていない、と。だからなんとしても気を引こうとした。抗議の意思表示として、あるときはぶくぶくになるまで食べつづけ、またあるときはがりがりになるまで食べるのを拒み、悪意を持ち、不義理の限りを尽くし、人を傷つけた。すべて愛を求める飽くなき欲求だった。母親のことをよくエゴイストだとなじったが、なんのことはない本当のエゴイストは、与えることをせず、要求ばかりしていた自分だったのだ。そう、自分は愛すべき少女なんかではなかった。親友もボーイフレンドもいなかったのは当然だ。自分を好きになれない者が、まわりから好かれるわけがない。マイケをいつもあるがままに受け入れてくれたのは、じつをいうと母親だけだった。ハンナは自分にはとうていむりそうな理想の存在だ。自信に満ちており、美しく、男にちやほやされる。

「来る気になれなかったのはわかってる」ハンナの言葉は聞き取りづらかった。マイケの手を軽く握って、彼女はこうつづけた。「来てくれてありがとう」

マイケの目に涙が浮かんだ。母の膝《ひざ》に頭を乗せて泣きたかった。意固地だった自分をそのくらい恥じていた。母親にいったり、したりしたひどいことの数々が意識に上り、正直に謝る勇気が欲しいと思った。

車に傷をつけて、タイヤをパンクさせたのはあたしよ、とマイケは思った。母さんのコンピュータを覗いて、キリアン・ローテムントが母さん宛に書いたメモを警察に渡さなかったのは、ヴォルフガングの気を引こうとしたから。たぶんそのせいでレオニー・フェルゲスは死ぬことになった。あたしはねたんでばかりの、唾棄《だき》すべき人間だ。許してもらう価値なんてない。

頭の中でそう考えたが、口にだすことはなかった。

「新しいiPhoneを手に入れてくれる？　ＳＩＭカードのツインカードがオフィスのわたしのデスクにあるの」ハンナはささやいた。「それで同期してみて。クラウドへのアクセスデータを書いたメモはデスクマットの下にある」

「わかった。明日すぐにやる」マイケはそれだけいった。

「ありがとう」ハンナは目を閉じた。

マイケはしばらくのあいだベッドに腰かけて、眠っている母親を見つめた。病院を出て、車に乗ったとき、具合はどうかと母親にたずねなかったことに気づいた。

二〇一〇年六月三十日（水曜日）

早朝の五時、ヘリコプターが一機、森の上にあらわれた。同時にベルント・プリンツラーの邸《やしき》を囲む森の縁《ふち》が騒がしくなった。黒装束に覆面をした者たちが下草をかきわけ、敷地を取り囲んだ。太陽が昇ったが、雨上がりの霞《かすみ》に隠れて見えなかった。オリヴァー、ピア、ケム、カトリーンの四人は森から突入の様子を見ていた。特別出動コマンド《SEK》の隊員十人がヘリコプターから母屋のすぐ近くにロープで下りていく。ボルトカッターで大きな門の鉄柵がいとも簡単に切断された。ミラーガラスの黒塗りの車が五台、砂利が敷かれた森の小道を走ってきた。特別《S》出動《E》コマンド《K》の車だ。その車列はそのまま猛スピードで敷地に進入した。ヘリコプターがあらわれて三分も経たないうちに砦《とりで》は陥落した。

「悪くない」ケムはちらっと時計を見ていった。

「だがスズメを大砲で撃つようなものだ」オリヴァーの表情からは本音が読み取れないが、署長に腹を立てていることをピアは知っていた。ホーフハイムからの移動中、オッフェンバッハ・ジャンクションのあたりでオリヴァーとエンゲル署長のあいだで短いが激しい口論になった。それから車内ではだれもなにもいわなかった。昨晩、衛星写真で森に接した問題の邸の現状を分析し、特別《S》出動《E》コマンド《K》と百人隊の出動を要請した。オリヴァーはこの計画を大げさで、税金の無駄遣いだと思っていた。それに対してエンゲル署長は、三週間ろくに進展がなく、内務省で申し開きをする身になれと食ってかかった。

ピアとケムはちらっと視線を交わしただけで黙っていた。下手なことをいえば火に油を注ぐことになるからだ。

突然の騒ぎに驚いて、鹿の群れが跳躍しながら森の中を走っていった。周囲の木々では朝一番の野鳥のコンサートがはじまっていた。地上で起きていることに驚くことなく、鳥はさえずりつづけた。

「署長がいったことに、どうしてあんなに反応したんですか？」ピアはボスにたずねた。「失敗してもわたしたちの責任ではないでしょう」

「腹を立てているのはそのことじゃない。フランクフルトも州刑事局もプリンツラーの居場所を知っていた。ずっと前から監視していた。ただ昨日まで家宅捜索するきっかけがなかった」

「えっ？　ここを知っていたんですか？　じゃあ、なんでその情報をもらえなかったんですか？　プリンツラーの母を訪ねたとき、フランクフルトの同僚は、わたしたちが彼を捜しているって知ったはずでしょう！」

「連中の目から見ると、われわれは田舎の刑事なのさ」オリヴァーは無精髭《ぶしょうひげ》が生えた顎をなでた。「ふざけるなといいたい。プリンツラーがレオニー・フェルゲスを殺した可能性があり、ちゃんと対応していれば阻止できたかもしれないと気づいて、やっと重い腰を上げたのさ」

　ピアの手にあった無線機から音がした。

「突入成功」声がゆがんで聞こえた。「男女ひとりずつ、そして子どもをふたり確保。無抵抗」

「行こう」オリヴァーはいった。

　枯葉が積もった斜面を下り、堀をまたいで敷地に入った。左側に大きな納屋、その手前にバーベキューコーナー。鉄柵の向こうに自動車やオートバイ用の部品がきれいに分類され、積み重ねてある。家はその先の老樹が生え、花が咲き乱れた茂みのある牧歌的な庭に囲まれていた。プールと子どもの遊び場もある。楽園そのものだ。

　家のそばの朝露に濡れた芝生で男が腹ばいになって横たわっていた。裸足《はだし》で、Tシャツとショーツしか身につけていない。両手を背中にまわされ、結束バンドでしばられている。特別出動《E》コマンド《K》の隊員がふたり、男を立たせようとしていた。むりやりこじ開けた玄関ドアの外に褐色の髪の女性が立っていて、泣きじゃくる十二歳くらいの少年を腕に抱いていた。少し年長で、母親とほとんど背丈が変わらないもうひとりの少年は涙を流してはいなかったが、早朝の手入れにショックを受けているのがその表情から読み取れた。

グレーのパンツスーツに防弾チョッキをつけたエンゲル署長が髭面の大男の前に立った。ゴリアテと対峙するダビデさながらに堂々としている。いかにもエンゲル署長だ。

「逮捕します、プリンツラーさん。あなたの権利については熟知していますね」

「どういうことだ？」プリンツラーは腹を立てていた。声が低くかすれている。レオニー・フェルゲスの留守番電話に記録されていた声とは明らかにちがう。「なんで俺の家族を脅《おびや》かすんだ？　門にはベルがついてるぞ」

「そのとおり」オリヴァーがつぶやいた。

「連行しなさい」署長はいった。

「その前に服を着ていいかな？」プリンツラーはたずねた。

「だめです」署長は冷ややかに答えた。

プリンツラーは罵声《ばせい》を浴びせたがっているように見えた。だが逮捕されたとき侮辱しても状況はよくならないことをよくわかっているようだ。だからエンゲル署長のルブタンのヒールのすぐそばに唾を吐くだけにして、顔を上げた。彼をはさんで黒いバスへと歩くふたりの特別出《S》動《E》コマンド《K》隊員がまるで小人のようだった。

「ボーデンシュタイン、キルヒホフ、奥さんに事情聴取して」署長はいった。

「奥さんではなく、プリンツラー本人と話したいんだが」そういうと、オリヴァーはじろっとにらまれたが、負けずににらみかえした。そのとき家の中が騒がしくなった。地下の部屋で若い女性がふたり発見されたのだ。

「やはりね」署長は勝ち誇っていった。「そうだと思っていたわ」

*

昨晩、病院を出たあと、マイケはショートメッセージを送り、返事を待った。だが、なしのつぶてだった。日曜日からヴォルフガングはぴたっとなにもいってこない。月曜日の朝、オフィスでの打ち合わせで顔を合わせたが、言葉を交わすことはなかった。なんだか見捨てられたような気がする。気にかけてくれると約束したのに、なぜ連絡をくれないんだろう。なにかいけないことをしただろうか。夜中にマイケは何度も目を覚まし、スマートフォンを見たが、ヴォルフガングはショートメッセージもEメールも寄こさなかった。

しだいに心は失望でいっぱいになった。あんなに信頼していたのに。失望は怒りに変わり、不安に苛《さいな》まれた。彼になにかあったのだろうか。

午前九時、とうとう我慢できなくなり、彼の携帯に電話をかけた。呼び出し音が二回鳴ったところで、彼が出た。出ると思わなかったので、マイケは戸惑った。

「もしもし、ヴォルフガング」

「やあ、マイケ。きみのショートメッセージを今見たところだ。電話の設定をサイレントにしていたものだから」

マイケは、嘘だと思った。

「いいの」マイケも嘘をついた。「母さんが少しよくなったことを伝えたかっただけだから。昨日、二回見舞いにいったの」

「それはよかった。お母さんはきみを必要としているからね」

「でもまだなにも思いだせないんですって。襲われたときの記憶が戻るまでまだ時間がかかると医者はいってた。記憶が戻らないこともあるらしい」

「その方がいいかもしれない」ヴォルフガングは咳払いをした。「マイケ、これから大事な会議なんだ。あとで電話を……」

「レオニー・フェルゲスが死んだわ」マイケは彼の言葉をさえぎった。

「だれだって？」

「ほら、母さんがかかっていた心理療法士。土曜日に訪ねたでしょ」

「なんだって。とんでもないな」ヴォルフガングは愕然としていった。「どうして知ってるんだ？」

「母さんのことで訪ねたのよ。玄関ドアが開いていて……あたしが見つけたの……ショックだった。あの光景は一生忘れられない」マイケは声をふるわせ、怯える少女を演じた。「だれかがあの人を椅子にしばりつけて、口にガムテープを貼ったの。のどが渇いて死んだみたい。オフィスから持ちだした母さんのコンピュータは警察に渡した。それでよかったわよね？」

ヴォルフガングは一瞬、答えに詰まった。彼は慎重な人間で、なにかいう前にじっくり考えるタイプだ。おそらくこの情報について考えをめぐらしたのだ。マイケは電話の向こうで人の声と足音が聞こえることに気づいた。それからドアを閉める音がして、静かになった。

「もちろんそれでいい」ヴォルフガングはいった。「マイケ、もうこのことに関わるな。警察に任せろ。きみがしていることは危険だ。二、三日お父さんのところに行けないか？」

マイケは耳を疑った。そういう提案をする？

マイケは気をしっかり持った。

「あたし……二、三日お宅に住まわせてもらえたらと思ってたんだけど。たしかそういってくれたでしょ」いたいけな少女のような声をだした。「シュトゥットガルトに行くなんて。ママをほっとけないわ」

ヴォルフガングが返答するまでまた数秒かかった。住まわせてほしいとマイケにいわれて面食らったのだ。あれは本気ではなかったということか。マイケは慰《なぐさ》めの言葉を期待した。「いいとも」といってくれることを。だがなかなか返事がない。マイケを傷つけないよう言い訳を考えているのだろう。

「ちょっと都合が悪い」ヴォルフガングはいった。

いいづらそうだった。マイケに追い詰められ、怒っているようにすら聞こえた。

「週末までたくさん客が来ることになっている」

「そう。それじゃいいわ」はねつけられたことへの怒りに泣きそうになったが、マイケはそんなそぶりを見せずに答えた。「そういえば、研修生の件は考えてくれた？　仕事がなくなっちゃったから」

他の男なら、いいかげんにしろというところだが、ヴォルフガングは生まれつき礼儀正しかった。

「そのことはまたあとで話そう。本当に会議なんだ。みんな、わたしを待っている。がんばるんだ。そして気をつけるんだ！」

マイケはiPhoneをソファに投げつけ、失望の涙を流した。なにもかも思うようにいかない！　なんなのよ！　だれもあたしを気にかけてくれない！　前だったらたしかに父さんのところへ行って、慰めてもらうところだけど、父さんには新しいパートナーができて、あまり関心を向けてくれなくなった。しかもあの馬鹿女、このあいだ訪ねたとき、いいかげんに大人になれ、思春期の娘みたいなことをするなとぬかしやがった。あれっきり一度も顔を見せていない。

マイケはソファにすわって、これからどうしよう、だれに電話をかけようと悩んだ。だれも思いつかなかった。

＊

ベルント・プリンツラー邸の地下で見つかったふたりの若い女性ナターシャ・ワレンコワと姉のルドミラは「解放」されたことを少しも喜ばなかった。ふたりはロシア人で、住んでいたのがあまり豪華な部屋でなかったので、警察は監禁されていた非合法の娼婦とみなした。そういう勘違いのせいで、パスポートを持たせずに連行したため、ふたりが街娼でもなんでもないことがわかったのはフランクフルト警察本部に着いてからだった。ナターシャはプリンツラー家のオーペアガールで、パスポートも滞在許可証もあった。ナターシャの前にオーペアガールとして働いていた姉のルドミラはフランクフルト大学で経営情報学を学び、留学ビザで合法的にドイツに暮らしていた。

朝の検挙は結局、莫大な金がかかっただけで空振りに終わった。三十代半ばのタフな女性弁護士は器物損壊の弁償と高額の慰謝料を請求するといってきた。

オリヴァーはいわんことじゃないという顔をし、フランクフルトの警察本部がプリンツラーとの面会を認めなかったことに腹を立てた。だがこの大騒ぎにもいいところがあった。アディッケスアレー通りの警察本部でキリアン・ローテムントの逮捕を指揮した刑事と出会えたからだ。ルツ・アルトミュラー首席警部は二〇〇一年七月三十一日にマイン川で発見された少女の遺体遺棄事件を追うレオパード事件特捜班を指揮していた。アルトミュラーとはピア、クレーガー、ケムの三人で会うことになった。場所はフランクフルト国際空港近くのレストラン〈ウンターシュヴァインシュティーゲ〉。ピアには好都合だった。オリヴァーを空港に送っていく約束をしていたからだ。ミュンヘン行きの便は二時半に離陸する。オリヴァーは手荷物しか持たないし、カイがオンラインでチェックインし、搭乗券をiPhoneにダウンロードしてあったので、ぎりぎり間に合った。一時半、ピアはオリヴァーを出発ロビーAの前で降ろした。

その足でピアは待ち合わせの店へ向かった。立体駐車場に駐車し、歩いて通りを横切った。

オフィスビルとエアポートホテルのあいだにあるレストランを探して、きょろきょろしていると、レストランの前で待っていたケムとクレーガーが手を振った。

アルトミュラーは入り口近くの席にいて、牛胸肉のローストのグリーンソース添えと塩ゆでジャガイモを食べていた。一日じゅうなにも食べていなかったピアはよだれが出た。

「昼に会うのだから、ついでに昼食をとることにした」アルトミュラーはあいさつをすますとそういった。「すわりたまえ! 食べてきたのか? ここのグリーンソースはいけるぞ」

アルトミュラーはナイフとフォークを振りまわし、食べながらしゃべった。

「そういえば、ボーデンシュタインは?」

「ミュンヘンです」ピアはいった。「今晩『事件簿番号XY』に出演するんです」

「ああ、そうだ。そういってたな」

アルトミュラーがかつてすぐれた陸上選手だったとはにわかには信じがたかった。一九九六年、彼はオリンピック・アトランタ大会に出場し、フランクフルト警察本部では別格の扱いをされている。だが今では筋肉が贅肉《ぜいにく》に代わり、大食らいと運動不足の悲しい結果が体に反映されていた。

「よし、それじゃなにが知りたい?」彼はナプキンで口と顔をふきながら炭酸水割りのリンゴワインを飲み、椅子の背にもたれかかった。椅子が彼の重さできしんだ。

「わたしたちは今三つの事件を同時に捜査しています」ピアが口をひらいた。「そのたびにローテムントとプリンツラーの名前が浮かぶんです。プリンツラーは今朝、逮捕しましたが、ローテムントはいまだに逃走中です。あの人物についてもっと詳しく知りたいんです」

アルトミュラーはじっと聞いていた。体はすっかりなまっていたが、記憶力は衰えていなかった。彼は二〇〇一年七月、少女の遺体発見現場に駆けつけた刑事のひとりで、特捜班の責任者だった。少女を発見して三日後、特捜班に大きな動きがあった。少女の身元がわかるという匿名《とくめい》の通報があったのだ。最初の有力な手掛かりだった。だがあいにく最後の手掛かりになった。電話の主は身元を明かさず、弁護士を立てた。

「それがキリアン・ローテムント」ピアがいった。

「ああ。ザクセンハウゼンの酒場で奴と会った。奴はその時点でも依頼人の身元を明かさなかった。発見された少女は小児性愛者組織の犠牲者である可能性が高いといっていた。ちなみに彼の依頼人、その人物も同じ組織の被害者だという話で、背後にいる連中の名を教えられるということだった。あまりにあいまいな話だが、期待できるものだった。ただその数日後、検察局が奴を告発した。彼の事務所と自宅を家宅捜索し、膨大な写真、動画、おまけにローテムント自身が幼い子どもと性行為に及んでいる映像まで押収された」

「おかしいな」クレーガーがいった。「それならローテムントはなんで最初にそんな目立つ行動を取ったんだろう？」

「それなんだよ」アルトミュラーはうなずいて、眉間にしわを寄せた。「あれは本当に変だった。ローテムントは裁判にかけられ、刑務所行きになった。依頼人は不明のまま、なにもいってこなかった。そして事件は今もって未解決」

「九年後、性的虐待の痕がある少女の遺体がふたたびマイン川から上がった」クレーガーはいった。「それと同時にローテムントがふたたび捜査の網に引っかかった」

「今のところ水の精と本当に関係があるのか不明です」ケムが口をはさんだ。「臆測の域を出ません」

ウェイターがやってきて、アルトミュラーの皿を片付けた。ピアは腹が鳴るのを我慢して、コーラライトだけ注文した。ケムとクレーガーも食事をとらなかった。

アルトミュラーは、ウェイターが飲みものを持ってくるのを待ってから、身を乗りだした。

「同僚と俺ははじめローテムントがはめられたと思った」アルトミュラーは声をひそめた。「児童ポルノマフィアはあらゆる手を使う。摘発される危険が迫ると絶対に手ぬるいことをしない。連中はすごいネットワークを作りあげているんだ。つながりは省庁や政財界のトップにまで伸びている。そしてそれを知られることを嫌う。メンバーの犯罪を証明したり、組織全体を摘発しようとしたりしたら何年もかかる。たいていは手をこまねいて見ているしかない。連中は本当に手強い。金も人脈も豊富で、証拠をつかませない技術にも長けている。俺たちは後追いをするくらいしかできないのさ」

「無実なら、ローテムントはどうして自己弁護しなかったんですか?」ピアはたずねた。

「したさ。断固として最後まで戦った。しかし証拠は明白。裁判所は彼の反論など歯牙にもかけなかった。そこにメディアの先入観が加わった。あれも奇妙だったな。箝口令《かんこうれい》を敷いたのに、情報がどこかから漏れた。極めつきはマルクス・マリア・フライ検察官の記者会見」

「……フライはローテムントと親しかったんですよね」ピアがいった。

「ああ、みんな知っていた」アルトミュラーはうなずいた。「だがローテムントが重犯罪者を弁護し、警察と検察局のミスに乗じて重大事件に勝訴したことで、友情は壊れた。ローテムントはドイツの刑事弁護士として将来を嘱望《しょくぼう》されていた。大きな邸を構え、スーツはオーダー、高級車にも乗れた。フライは嫉妬したんだと思う。そしてローテムントを追い落とす機会を探していた」

「そして立件したということですか？」クレーガーは首を横に振った。「むちゃくちゃだ」

「まあな……」アルトミュラーは顔をしかめた。「いいか、元親友から公《おおやけ》の場で恥をかかされた。そして仕返しの機会がめぐってきた。検察官だったらどうする？　追及するしかない」

「たしかに。幼児虐待だったらなおさらだ」ケムはうなずいた。「しかしフライは個人的なつながりがあることを理由に担当を辞退することもできたでしょう」

「まあな。だが失った検察の威信を取りもどし、自分も利益を得られると見たんだろう。あいつが三十代半ばで上級検事になったのには、それなりのわけがあるということさ。あいつは野心があり、冷酷で、容赦がない」

「ベルント・プリンツラーについてはどうですか？」ピアはたずねた。

「奴はロードキングスの大物だった。ロードキングスは、汚い仕事に手を染めているギャングと思われがちだが、実際には軍隊並みに厳しい序列があり、よく組織されている。コソボ出身のアルバニア人グループやロシアギャングとの縄張り争いでは抗争に伴う被害が出て、ひとり、ふたり裁判にかけられて、刑務所に入ることもある。だが全体的には厳しいくらいに秩序を守る。プリンツラーは九〇年代にフランクフルト支部の副支部長だった。奴は一目置かれていた。ローテムントは何度か彼が刑務所行きになるところを救った。だがプリンツラーは忽然《こつぜん》と表舞台から姿を消した。はじめは失脚したと思われた。そのうち奴の遺体がどこかで発見されるとにらんでいたが、実際は引退し、組織内部で別の役割を担っていたんだ」

「どんな？　そしてなぜ？」クレーガーはたずねた。

「この先は臆測でしかない。当時、連絡員をロードキングスに潜り込ませたんだが、手入れの際、射殺されてしまってな」アルトミュラーは肩をすくめた。「ただ、プリンツラーは結婚して、表に出なくなったといわれていた」

「奥さんと子どもを今朝見ました」ケムがいった。「息子は十二歳と十六歳」

「なら、符合する」アルトミュラーはいった。

ピアは黙って聞いていた。アルトミュラーから得られたたくさんの情報が、まだしっかり像を結ばない脳内でパズルのピースのようにしかるべき場所を求めて飛びまわっていた。質問に答えは得られても、また新たな疑問がいくつも浮かんでくる。ハンナ・ヘルツマンはやはりロードキングスを取材していたのだろうか。ローテムントとプリンツラーはどうやってふたたびつながったのだろう。そしてレオニー・フェルゲスはそこにどう絡《から》むのだろう。

「射殺された連絡員の事件はいつのことですか？」ピアはたずねた。

そのことになぜか引っかかりを覚えた。しっかりつかみきれないことがもどかしかった。

「かなり前だな」アルトミュラーは答えた。「たしか一九九八年か九七年。プリンツラーはまだ現役だった。よく覚えてるよ。ローテムントが起訴される前に奴の無実を証明した。連絡員とロードキングスの構成員ふたりを射殺したのは構成員ではなく、警官だったことを明らかにしたんだ」

「エーリク・レッシング」ピアはいった。

ウェイターを呼ぼうと手を上げたアルトミュラーが身をこわばらせ、赤ら顔から血の気が引いた。

「どうしてその名を？」

それだけ聞けば充分だった。ピアの頭はフル回転した。エーリク・レッシング。カトリーン。フランク。エンゲル署長。ローテムント。フランクフルトのその事件が原因でエンゲルとフランクは犬猿の仲になった。フランクがなにをしても目こぼしされていたのはなぜだろう。あれだけ勝手をやったのにクビにならなかったのはなぜだ。しかも異動した先が州刑事局の内部調査課とは。彼は上層部のだれかに守られている。だが、なぜだ。

「それも検察局の失態のひとつですか？」ピアはアルトミュラーに答える代わりにたずねた。

「わたしたちが抱えている事件とも関連がありますかね？」

「おいおい、それは考え過ぎだ」アルトミュラーは首を横に振った。彼は急に口が重くなった。ウェイターを呼び、金を払って、医者の予約があるといった。ケムとクレーガーは礼をいった。立ちあがって店を出ようとしたとき、ピアはあることがひらめき、鳥肌が立った。そういうことだ！

「アルトミュラー首席警部」ピアはもう一度声をかけた。「ローテムントは逮捕された当時、依頼人についてなにかいっていましたか？　依頼人は男といっていましたか、それとも女？」

アルトミュラーはレストランの前に並ぶハイテーブルのひとつに体をあずけ、眉間にしわを寄せて考えた。「それは当時の調書を見てみないとなんともいえないな。事情聴取はテープに録音して、テープ起こしをしてファイルにとじてある。今度それを見てみよう」

「ありがとうございます」ピアはうなずいた。「その依頼人も被害者だといっていたのでしょう。どういう被害にあったのか知りたいです」

「ふうむ」アルトミュラーは禿頭《はげあたま》をなでた。「たしかに奴は依頼人も児童ポルノマフィアの被害者だといっていた。だが事情聴取はたった一回だったからな。そのため詳しく聞き直せなかった」

パズルのピースがひとりでにあるべき場所にはまった。ピアはベルント・プリンツラーに気を取られて、肝心のことを見落としていたのだ。急にじっとしていられなくなった。

「エーリク・レッシングというのはだれだい？」アルトミュラーがいなくなると、クレーガーがたずねた。「その名を聞いて、あの人、びっくりしていたな？」

「あてずっぽうにいってみたのよ」ピアは答えた。「わたしもまだよくわかっていないの。でももう一度、レオニー・フェルゲスの仕事を調べてみないと。患者ファイルにすべてを解く鍵があるような気がする」

＊

ルイーザはバート・ホンブルクの病院から帰る途中、ずっと親指をしゃぶって、ひと言も言葉を発しなかった。家に着いても、車から降りて家に入ろうとしなかった。チョコプリンがあるといってもだめ。なだめすかしても、怒っても効き目がなかった。エマは泣きそうだった。ルイーザを引っ張って、むりやり階段を上っていたとき、ヘルムート・グラッサーが義父母の住居から出てきた。救いの天使だった。ルイーザが抗《あらが》うよりも早く、グラッサーは腕に抱いて、二階のドアの前に下ろした。コリナとザーラがあとで立ち寄って、ちょっとしたプレゼントをくれたが、ルイーザはにこりともせず、自分の部屋に入って、ドアをバタンと閉めた。

エマはむせび泣いた。娘が腕の骨を折ったのは自分のせいではないのに、責任を感じた。これからどうしたらいいのだろう。フローリアンが帰ってきて、支えてくれたらいいのにと思う一方で、夫がいっしょにいるのはよくないとも考えた。コリナとザーラはルイーザのことを気にかけてくれるし、分娩の家で出産すればエマ自身もそばにいられるといって、慰めてくれた。

「それまでにフローリアンも戻ってきてくれるわよ」コリナはいった。

「それはないです」エマはすすり泣いて、事情を打ち明けた。夫のズボンのポケットにあった中身がないコンドームの包み。そのことをたずねても、肯定も否定もしなかったこと。そして夫に家から出ていくようにいったこと。

コリナとザーラは絶句した。

「でも一番ひどいのは、病院で……治療にあたった女医が、ルイーザは……虐待されていたといったことです」絶望の涙がエマの顔を濡らした。心のダムが決壊したかのように涙がとめどなく流れた。「太腿の内側に血腫《けっしゅ》が、そして……股間にも。ポニーから落馬してできた怪我ではなかったです。フローリアンは怒って、それっきりなにもいってこない。隔週でルイーザを夫に預けることになっているんですけど、ルイーザがなにかされるかと思うと、とても預けられません！」

エマはコリナとザーラに、ルイーザの行動が変だということを話した。怒りの発作、幼稚園で攻撃的な行動をとること。かと思うと、手の施しようがないほど無気力になること。そして狼の指人形を切り刻んだこと。

「〈フランクフルト少女の家〉の心理療法士と話し、インターネットも調べました」エマは声をふるわせながらいった。「こうした異常行動はルイーザのような小さな子が性的虐待を受けたときの典型的な徴候らしいんです。人格の変化は一種の精神的な防衛反応で、子どもが家族の中で安心感を得られないときに見られるんですって」

エマは洟をかみ、愕然としているふたりの顔を見た。「ルイーザをひとりにしておけないわたしの気持ちがわかります？　それに赤ちゃんが生まれたら、ルイーザばかりをかまってやれない。いったいどうしたらいいか」

「フローリアンはなんといってるの？」コリナはたずねた。「虐待してるのか訊いたの？」

「まさか！　いつ訊けたというんですか？　病院で会ってから顔も見ていないんですよ」

「わたしが彼と話してみる？」コリナはたずねた。「弟だし」

「それがいいかもしれません」エマは肩をすくめた。「どうしたらいいかわからないんです。もうなにもわからない」

「とにかく気持ちを落ち着けないと」ザーラはエマの腕をやさしくなでた。「押しつけにならない程度にルイーザの世話をしないと。あのくらいの子どもにとって入院は悪夢よ。あなたがそばにいたとしても、知らない人に囲まれていたんだから。元に戻るまで二、三日はかかると思う。またよくなるわよ」

「あの子のところへ行ってみます」エマはため息をついて腰を上げた。「プレゼントをありがとう。そして話を聞いてくれて感謝します」エマはまずザーラと抱擁し、コリナとも抱き合って、ふたりをドアのところまで伴った。ふたりがいなくなると、エマは深呼吸して、子ども部屋に向かった。

ルイーザは部屋の隅の床にしゃがみ込んで、エマが入ってきても顔を上げなかった。メルヘンCDがかかっていて、お気に入りの「灰かぶり」が流れていた。ルイーザは静かに、無気力なくらいおとなしくしゃがんで、親指をしゃぶっていた。

「クッキーを食べる？　それともリンゴにする？」エマはやさしく声をかけ、ルイーザの前にすわった。

ルイーザはエマを見ることなく、黙って首を横に振った。

「おばあちゃんとおじいちゃんに電話をして、来てもらう？」

首を横に振った。

「じゃあ、ちょっとおしゃべりをする？」

またしても首を横に振った。

エマは途方に暮れて小さな娘を見つめた。娘をなんとか助けたかった。ここなら安全で、なにも恐れることはないといいたかった。しかしザーラのいうとおり、押しつけになることはいわない方がよさそうだ。

「いっしょに灰かぶりを聴いてもいい？」

肩をすくめる。ルイーザの視線が部屋をさまよった。

ふたりはしばらく黙ってお話を聴いた。

ルイーザが急に口から親指を離した。

「パパのところに行きたい」

*

捜査十一課の面々は署長室でテレビを見ていた。今日も長い一日だったが、みんな、「事件簿番号ＸＹ」に出演するオリヴァーを見守った。この番組には平均して七百万の視聴者がいる。夏期休暇に入ったので、視聴者は少し減るだろうが、事件を広く知らしめるいい機会だ。

事件の詳細はわからないので、再現映像はなかったが、代わりにハンナ・ヘルツマン事件が再現された。オリヴァーは最初に登場した。署長室は落ちた針の音が聞こえそうなほどしんと静まりかえった。オリヴァーの整然としたしゃべりは司会にひけをとらなかった。だが緊張して画面に見入っている他の同僚とちがって、ピアはボスの話に気持ちを集中させることができなかった。アルトミュラー首席警部の話を聞いてから、ピアの頭の中に嵐が吹き荒れていた。情報の断片の糸をたぐれそうだと思うと、またこんがらがってしまう。問題を解決してくれそうな人物がこの部屋にすくなくともふたりいる。ひとりはエンゲル署長。連絡員とふたりのギャングが歓楽街の手入れで射殺されたとき、フランクフルト刑事警察署捜査十一課の課長だった。もうひとりはカトリーン。エーリク・レッシングの名を知っていた。

午後、クレーガー、ケム、ピアの三人はレオニー・フェルゲスの患者ファイルに手掛かりを見つけるために時間を費やした。だが成果はなかった。患者ファイルは、虐待され心的外傷を抱え、精神的に病んだ女性たちの気が重くなる悲劇的な運命の連続だった。しかしローテムントやプリンツラーやハンナ・ヘルツマンにつながる情報はなかった。

ローテムントの写真はテレビ画面に映った。じつにハンサムだ。水色の瞳はトレードマークだ。彼を見て、だれも気にしないなんてことはありえないだろう。ただもし彼が卑劣な陰謀の犠牲者だったらどうだろう。ピアは、親しい友人と仲違いしてから小児性愛者だと知ったらどういう行動をとるだろうと自問した。そしてその友人が無実だと訴えたらどうする。気持ちが離れていても、信じるだろうか。ピアは考え込みながらテレビ画面を見つめた。連絡先の電話番号が画面に映しだされた。〇八〇〇/七二三四六六一。

「わたし、ちょっと外でタバコを吸ってきます」横にすわっていたカトリーンがそういって、立ちあがった。

「待って、わたしもいっしょに行く」ピアもリュックサックをつかんで腰を上げた。電話がかかってきて、転送されたときのため、カイは電話に張りついていた。ピアはカトリーンのあとから階段を下り、めったに使われない待機室の手前で外に出た。

「ボスは俳優になれるわね」カトリーンはタバコに火をつけた。「カメラを前にして、あんなにうまくしゃべれないわ」

「結果を伴うといいけど」ピアもタバコをくわえて壁に寄りかかった。今朝は三時少し過ぎに起きたが、疲れは残っていなかった。あと一歩で捜査に突破口がひらけそうな気がして、どきどきしていた。

ふたりは黙ってタバコを吸った。高い鉄条網の向こうの庭から笑い声やしゃべる声が聞こえる。肉の焼けるおいしそうなにおいも漂ってきた。

「カトリーン」ピアはいった。「訊きたいことがあるんだけど」

「なに？」カトリーンは好奇心を抱いてピアを見つめた。

「このあいだフランクがあらわれたとき、ボスにある名前をいったわよね。エーリク・レッシング。どうして知ってるの？」

「なんでそんなことを知りたいの？」好奇心が警戒心に変わった。

「わたしたちの事件と関係があるかもしれないからよ」

カトリーンはタバコを深く吸った。煙がしみたのか、目をしばたたいた。それから煙を吐いた。

「フランクがわたしにいやがらせをするようになった頃、付き合っていた人がいるの。ほら、州刑事局でセミナーに出ていたでしょう。そのセミナーの指導教官……まあ、その……親しくなったの」

ピアはうなずいた。そういえば、カトリーンのイメージが変わったことがあった。突然、おしゃれなメガネをかけ、髪型もモダンになり、服装の趣味もがらっと変わった。

「ずっと付き合いがつづいたけど、彼は既婚者だからだれにもいわなかった。彼は離婚するといったけど、なかなか行動に移さなかった。しばらくして、傷ついた自我を慰めてくれる愛人が欲しいだけだと気づいた」カトリーンはため息をついた。「よくあることよ。で、あるとき偶然に彼がフランクを知っていることがわかったの。ふたりは特殊部隊でいっしょだったんですって。フランクは劣等感の塊《かたまり》で、やたらと昔の武勇伝を話した。そしてある日、潜入させていた連絡員が射殺された話をしてくれたの」

ピアは耳を疑った。

「エルベ通りの娼館の手入れはだれにも知られていない。特別出動コマンド《SEK》も加わっていなかった。数人の制服警官が突入したとき、たまたまエーリクとふたりのバイカーギャングがみかじめ料を徴収にきていた。娼館の裏庭で撃ち合いになって、ここからがすごいの……」

カトリーンは間を置いた。どういう話になるか、ピアには想像がついた。

「その三人を撃ったのはフランクだったの。使った武器は警察の拳銃ではなく、あとであるバイカーギャングの車から発見されたんですって。でもその車の持ち主には、事件が起きた時刻にアリバイがあった。そいつの弁護士は、起訴される前にその男の無実を明らかにした。事件は闇に葬られ、フランクは頭がおかしくなって、それからホーフハイムへ異動になったの。今でも極秘扱いよ」

ピアはタバコを踏み消した。

「あなたの彼はどうして知っていたの？」

「フランクが酔っぱらって話したんですって」

「正確にはいつのこと？」

「一九九七年。たしか三月」

「ボスと署長は、あなたがその話を知ってるってわかっているの？」

「わたしがエーリク・レッシングのことを口にした日、ボスは今度話そうといったけど、それっきり」カトリーンは肩をすくめた。「どうでもいいわ。わたしにとっては、フランクがなにかたくらんだときの保険というだけだから」

＊

夜勤の女性看護師が病室に入ると、ハンナは目を覚ました。日中に勤務している看護師は、そっとしておいてほしいという彼女の希望を入れて、本当に必要なことしか話さない。だが夜勤の女性看護師レーナ、元気のいい金髪の彼女はそんなことはおかまいなしで、ツアーガイドのようにしゃべりつづけながら掛布をはいで、尿道カテーテルや点滴カテーテルをチェックする。

「あら、それって新型のiPhoneね」レーナが体温と血圧を測定したあと楽しそうにいった。

「すてきですよね。白ですもの！　恰好いいわ。あたしも欲しいくらい。高いんでしょう？　友だちが持っているんですよ。四六時中、アプリをダウンロードしてます」

ハンナは目を閉じて、レーナがしゃべるにまかせた。マイケは本当に新型スマートフォンを調達し、すべてのデータを移してくれた。おかげでEメールが読めるようになった。なにより、今日が何日かわかるのがうれしい。時間の感覚が完全に失われていたからだ。

「あなたのことが『事件簿番号XY』で取りあげられましたよ」看護師のレーナはしゃべりつづけた。「ナースステーションで見ました。再現映像ってぞっとしますね」

ハンナは身をこわばらせて、目を開けた。

「再現映像？」

どうしてだれもそのことを話してくれなかったんだろう。イリーナ、ヤン、マイケ、すくなくともエージェントがそのことを知ってたはずだ！

「自分の愛車のトランクから発見されたところとか」レーナは左腕を腰に当てた。「それからその前にガレージで起きたこと。というか、テレビ局を出て車に行くところから再現されていました」

なんてこと！

「わたしの名前も出たの？」ハンナはたずねた。

「フルネームでは出ませんでしたよ。ニュースキャスターのハンナ・Hといってました」

なんの慰めにもならない。ドイツで人気のある番組に名前が出てしまっては、箝口令などどなんの意味があるだろう。明日からメディアが殺到する。

「それから、あなたが襲われた事件は心理療法士殺人事件と関係があるらしいっていってました」レーナは装甲偵察車並みの精度で話をつづけ、バスルームに入った。

「なんのこと？　だれが殺されたの？」ハンナはかすれた声でささやいた。

レーナは病室に戻ったが、ハンナの質問を聞いていなかった。

「恐ろしいですね。手足をしばられて、口をふさがれて、脱水で死に至るなんて……やだやだ！　ひどい人間もいるものですね！　いえ、いることは知ってますけど、でも……」

レーナの言葉が水面に落ちた石のように、ハンナの意識に波紋を広げた。ショックの波は脳内を覆った。突然、カーテンが払いのけられたかのように、なんの前触れもなく記憶が蘇《よみがえ》った。ハンナは体が痙攣《けいれん》するのを感じた。

偽警官。嵐。トランク。不安におののき、自由になろうともがく。安全だと思っていた自宅のガレージ。骨が折れる音。口の中の血の味。死ぬほどの苦痛、死の恐怖を味わい、死を覚悟した。ハンナはあえぎ声と笑い声を聞いた。点滅するカメラの赤いライトが涙にかすんで見えた。そして男たちのつんとした汗のにおい。〝関係ないことに首を突っ込むな！　今度また首を突っ込んだら殺す。どこに隠れたって捜しだす。おまえも、おまえの娘もな。インターネットで今日の映像を見たら、おまえのファンは狂喜するだろう〟

あの夜のおぞましい記憶がいきなり蘇って、息ができなくなった。ハンナは落ち着こうとした。だが記憶の底にまどろんでいたあのときの光景がまるで火山の噴火のように噴出し、驚愕という真っ黒な奈落が彼女を引き裂いた。

「どうしたんですか？　気分が悪いんですか？」レーナがようやく異状に気づいた。

「落ち着いて。落ち着くのよ！」レーナはハンナに覆いかぶさり、両手をハンナの肩に当ててベッドに押さえつけた。「息を吸って、吐くことを忘れないで」

ハンナは顔をそむけ、抵抗しようとしたが、それだけの体力がなかった。怯えた悲鳴が聞こえた。それが自分の口から出たことに気づくまで数秒かかった。

＊

ルイーザは八時半に眠った。最後にはフローリアンのことをいわなくなった。エマは、娘が口にした言葉を気にしないように努めた。頭の中では、五歳の子がパパに会いたがるのは普通のことだと思った。フローリアンのところにいれば、今度は母親に会いたいというはずだ。だが心の奥底では突き放されたことに忸怩《じくじ》たるものがあり、傷ついていた。ルイーザは小さい子で、入院して怯え、混乱していると自分にいいきかせてみたが、それもだめだった。ルイーザにとって、父親は笑いとアイスと遊びとおしゃべりで、母親は厳しさと義務と日常なのだ。

ルイーザの態度がどう理路整然と説明されようが、フローリアンがときどき訪ねてきて、娘の愛情を我がものにするのはやはり不公平というしかない！　ルイーザが生まれてからつねにそばにいたのはエマだ！　ルイーザが生まれてから最初の三ヶ月なかなか泣き止まなかったときに、お腹をさすったのはエマだ。歯が生えだしたとき、歯肉に軟膏を塗ってあげたのもエマだ。ルイーザにやさしい声をかけ、世話をし、おむつを替え、胸に抱いてきた。毎晩、娘が寝るときに揺りかごを揺らし、子守歌を歌い、お話を読み、飲みものをあげ、何時間もいっしょに遊んだ。これがその礼か！

　エマはジャスミンティーを入れたカップを両手で包んだ。茶を飲むのに飽きた。濃いブラックコーヒー、苦くて甘いエスプレッソ、ワインを飲む夢を最近よく見る。エマは疲れていた。信じられないくらい疲労困憊《こんぱい》していた。できることなら、子どものことを気にせず十時間くらいたっぷり眠りたい！　だが二週間すると、ふたり目の子の面倒を見なければならなくなる。身も心も力尽きようとしているのに。女性の体は二十代が一番包容力があるようにできている。年を重ねるにつれ、神経が細くなる。ふたりの子を育てるには、エマは年をとりすぎていた。そのうえ夫の支援を期待できなくて、どうすればいいのだろう。

　あさって、夫と面と向かいあうことになる。フローリアンはきっと父親の誕生祝賀会にやってくるだろう。エマはそのことを考えないようにした。ルイーザが部屋から出ようとしなかったので、エマは一日じゅう家にいた。ルイーザがぐっすり眠っている今くらい、短い散歩をして足を動かし、新鮮な空気を吸おうと思い立った。ベビーフォンを持って一階に下りる。玄関で深呼吸する。外はほとんど真っ暗だった。暖かい空気にライラックのうっとりするような甘いにおい。クロックスを脱いで片手に持ち、裸足で歩いた。濡れた芝生が絨毯《じゅうたん》のように感じられる。一歩足をだすごとに神経が休まる。肩に力を入れて、規則正しく呼吸した。ルイーザが朝七時前に起きる心配はないが、遠くまで行くつもりはなかった。庭園の真ん中にある噴水まででよかった。噴水に着くと、エマは縁に腰かけて、水に手をひたした。日中、太陽に暖められて水はぬるかった。森の縁のビオトープでカエルやコオロギが鳴いている。

エマはいつもの習慣でベビーフォンをチェックした。だが電波の圏外だった。フローリアンがこの道具に猛反対していたことを思いだした。赤ん坊が電磁波にさらされるのは有害だというのだ。それに、最近のおむつは気密性が高すぎて、発疹《ほっしん》と湿疹《しっしん》の原因になるという。

おかしい。夫のことを考えるとなぜかネガティブなことばかり思いだしてしまう。突然、がしゃんと割れる音が静寂を切り裂き、つづいて甲高い悲鳴があがった。エマは心配になって腰を上げ、急いで家に戻ろうとした。だが怒鳴り声は三棟ある平屋の住宅から聞こえてきた。しかもコリナの声だ！　エマはセイヨウツゲの生け垣で立ち止まり、住宅の方を見た。ヴィースナーの家には煌々《こうこう》と明かりがついていた。驚いたことに、義父母がリビングのソファにすわっている。ヨーゼフとレナーテの他にザーラ、ニッキー、ラルフもいる。コリナがこんなに激昂しているのを見るのははじめてだ。といっても、なにをいっているのかはわからなかった。テラスの扉が閉じていたからだ。しかしコリナが義父を怒鳴りつけているのは確かだ。ラルフがコリナをなだめようとしてか、彼女の肩に手を置いた。コリナはそれを払いのけ、声の大きさを落とした。エマはその光景を見つめた。まるで内容のわからない劇でも観ているようだ。コリナ、ヨーゼフ、レナーテの三人は普段おだやかなのに。どうしてあんなに興奮しているんだろう。なにが起きたんだろう。レナーテは立ちあがって、リビングから出た。いきなりニッキーが口をはさんだ。なにかいってから手を上げて、コリナを平手打ちした。コリナがよろめいた。エマはびっくりして息をのんだ。その瞬間、レナーテがテラスに出て、まっすぐエマの方に歩いてきた。エマはかがんで、生け垣に身を隠した。あらためてヴィースナー家の方をうかがうと、リビングには義父しか残っていなかった。義父はソファにすわってうつむき、顔を両手で覆っている。このあいだデスクに向かって同じような恰好をしていた。あのときもコリナとの口論を偶然立ち聞きした。父親にあんな振る舞いをするなんて。それにニッキーがコリナを平手打ちしたとき、ラルフはどうしてなにもせず見ていたんだろう。わけがわからない。あさっての祝賀会の準備で神経がまいってしまったんだろうか。コリナも人間だ。

＊

キリアン・ローテムントはオランダにいるあいだ携帯電話の電源をほとんど切っていた。刑務所では電話の発展から取り残されたが、インターネットに接続できる携帯電話はローミング機能を切っていても、位置を特定されるくらいのことは知っていた。インターネットカフェ、ホテルの無線ＬＡＮについてはよくわかっていないが、複雑な安全対策をして会ってくれたふたりの痕跡を残すわけにはいかない。ふたりの話と渡してくれた資料にはすごい破壊力がある。オランダでもっとも発行部数がある日刊紙テレグラフに自分の手配写真がのっているのを見て、ローテムントは国際指名手配されたことを知った。オランダ語は話せないが、読めばだいたいの内容はわかる。「性犯罪者キリアン・ローテムント」と呼ばれていた。だが指名手配された理由は書いてなかった。キャンプ場に住む依頼人のひとりがショートメッセージで、警察が日曜日、キャンピングトレーラーを捜索し、指名手配したと教えてくれた。プリンツラーからは、レオニー・フェルゲスの死を知らされた。何者かが自宅で彼女に塗炭の苦しみを与えて死に至らしめたという。ショックなはずだが、彼はなにも感じなかった。土曜日にプリンツラーのところでレオニーと会っていた。そのとき、あれほど注意したのにハンナが危険性を理解せず、なにか他人にしゃべったようだといっていた。ローテムントはハンナを弁護したが、かすかに胸騒ぎを覚えていた。木曜日からハンナがなにも連絡を寄こさないからだ。ショートメッセージも、Eメールも、電話も。三人は一時間以上議論した。そのとき、ハンナに起きたことは自業自得だ、とレオニーが苦々しげにいった。ローテムントは、ハンナが木曜日から金曜日にかけての夜、暴行され、入院していると知って愕然とした。レオニーがあまりに平然と話したので、ローテムントは我慢の限界に達した。激しい口論の末、彼はスクーターに乗り、夜中にランゲンハインへ向かった。ハンナの娘に会えば様子が聞けると期待したが、家はひっそりしていて真っ暗だった。

オランダで知ったことがまだ役に立つかどうか、ローテムントは心許なかった。スズメ蜂の巣を突いてしまったのだ。そしてスズメ蜂が容赦ない反撃に転じた。レオニーは死に、ハンナは重傷で入院し、彼は警察に追われる身となった。プリンツラーは、ミヒャエラには当分なにも伝えない決断をした。最悪の知らせにどう反応するかだれにも予測できなかったからだ。

数時間前からローテムントは考え込んでいた。どうしてオランダの新聞に写真付きの指名手配記事がのったのだろう。アムステルダムに来ていることがばれたということか。それとも、ヨーロッパじゅうの大手新聞に記事がのったのだろうか。

昼頃、帰路に逮捕されることを考慮して、入手した資料をドイツに郵送することにした。クッション入りの封筒を買い、だれ宛に送るべきかさんざん思案してから宛先を書き、郵便局に持っていった。そのあとアムステルダム中央駅の近くのカフェで午後七時十五分発の列車を待った。五分前にコーヒー二杯分とケーキの代金を払い、バッグを持ってホームへ向かった。

フランクフルトで警察が待ち受けていることは覚悟していたが、まさかアムステルダムで捕まるとは思っていなかった。どこからともなく黒い戦闘服の集団があらわれ、そのうちのひとりが身分証を呈示し、オランダ語訛《なまり》のドイツ語で拘束すると告げた。ローテムントは抵抗しなかった。どうせドイツに引き渡されると思ったのだ。ずっと欲しかった証拠は手中にした。決定的な証拠と大量の氏名。組織はヒュドラと同じで、たくさんの頭があり、いくら切ってもまた生えてくる。だが今度の情報があれば、あの良心の欠片《かけら》もない異常な悪党どもを弱体化させられる。同時に自分の汚名をそそぎ、名誉挽回できるだろう。オランダの留置場に二、三日留め置かれるくらいなんでもない。

＊

放送中から電話がかかってきたが、もっとも重要な電話はスタジオではなく、カイ・オスターマンが受け、捜査課の面々がどよめいた。

十一時十分、ピアがオリヴァーの番号に電話をかけた。

ピアは警備室の前の階段にすわって、タバコに火をつけ、手短に報告した。通報してきたのは女性だった。死んだ少女をヘーヒストで見たことがあるといった。五月はじめ、エメリヒ＝ヨーゼフ通りでのことだ。買い物袋を持って家に入ろうと玄関の前で鍵を探していたとき、その金髪の少女が必死の形相で駆けてきて、片言のドイツ語で助けを求めたという。そのすぐあと、シルバーの車がそばに止まって、ひと組の男女が降りてきた。少女は玄関で小さくなり、腕で頭をかばった。あわれな姿だった。男女は、少女が精神病者で妄想に取り憑かれていると目撃者に説明した。ふたりがていねいに詫びると、少女は抵抗することなくおとなしくふたりについて車に乗り込んだ。なぜそのとき警察に通報しなかったのかという質問に対して、その目撃者は五月の三週間、クルーズ旅行に出ていて、テレビでマイン川から上がった少女の写真を見るまで忘れていたといった。電話の女性は、助けを求めた少女が百パーセント間違いなく写真の少女だといって、朝、刑事警察署に証言しにくると約束した。

「それはかなり有望な情報だな」オリヴァーはいった。「だがもう帰宅しろ。わたしは明日、七時の飛行機に乗る。八時半には署に着く」

ふたりは別れを告げ、ピアは携帯電話をしまった。やっとの思いで階段から腰を上げ、車のところへとぼとぼと歩いていった。駐車場には彼女の車しかなかった。

「ピア！　待ってくれ！」クレーガーが背後で叫んだ。ピアは立ち止まって振り返った。クレーガーは早足でやってきた。彼は眠ることを知らないバンパイアのようだ。そう思うのも、これがはじめてではない。実際、ピアと同じように早起きで、この数日ろくに眠っていないはずなのに、頭が冴えている。

「聞いてくれ、ピア。一日じゅう気になっていたことがあるんだ」そういうと、クレーガーはピアと並んで薄暗い駐車場を歩いた。「ただの偶然かもしれないが、そうじゃない可能性もある。レオニー・フェルゲスの隣人が家の近くで何度も見かけたという車を覚えているよな」

「プリンツラーのハマー？」

「ちがう、別の車だ。シルバーのステーションワゴン。きみがナンバーをメモしただろう。照会したら〈太陽の子協会〉の車だった」

「そうだけど。それで？」

「フライは〈太陽の子協会〉を運営しているフィンクバイナー財団の理事だ」

「知ってる」ピアはうなずいて、車のそばで立ち止まった。

「ヨーゼフ・フィンクバイナーの養子だったことも知ってるか？」クレーガーはピアを見つめた。だがピアの勘は今日、限界に達していた。「彼はフィンクバイナー財団の奨学金で法学を学んだ」

「だから、なに？　なにがいいたいの？」

クレーガーは膨大な雑学の持ち主で、それをいつでも記憶から引きだせた。一度聞いたことを、絶対に忘れないのだ。これまで彼の発想についてこられる者が周囲にほとんどいなかったため、彼はこの才能を持て余していた。

「フライのような人は社会奉仕に熱心になるものよ」ピアは大きなあくびをした。疲れて涙目になっていた。「自分の養父の協会といろいろな意味で深い結びつきがあるんだから、関わっていても不思議はないんじゃない？」

「ああ、そのとおりだ」クレーガーは眉間にしわを寄せた。「ちょっと気になっただけさ」

「わたし、くたくたなの。明日もう一度話しましょう？」

「わかった」クレーガーはうなずいた。「じゃあ、おやすみ」

「ええ、おやすみ」ピアは車を解錠し、ハンドルを握った。「あなたも少しは眠った方がいいわよ」

「俺のことを心配してくれるのか？」クレーガーは首を傾《かし》げてにやにやした。

「もちろんよ」ピアはからかうような声でいった。「大切な同僚だもの」

「それはボーデンシュタインじゃないのか？」

「彼は大切なボスよ」ピアはエンジンをかけると、ギアをバックに入れて彼に目配せした。

「じゃあ、また明日！」

二〇一〇年七月一日（木曜日）

捜査十一課は期待に沸き立っていた。オリヴァーが「事件簿番号XY」に出演したことで、通報の新たな波ができていた。これからその裏を取らなければならない。電話をかけてきたカレン・ヴェニングは九時ちょうど署にあらわれ、五月七日に起きたことを正確に語ってくれた。そのとき必死の形相で助けを求めてきた少女が水の精に間違いないといって、両親と名乗ったふたりの人相書きを州刑事局の担当官といっしょに作成することにも同意してくれた。

「彼女はフランクフルトの劇場シャウシュピールハウスのメイクアップアーティストなんですって。だから顔をよく覚えているんです」ケムといっしょに事情聴取したピアが到着したばかりのボスに報告した。「映画やテレビでも働いているそうです」

「信用できるか？」オリヴァーはジャケットを脱いで、デスクチェアの背にかけた。

「ええ、大丈夫でしょう」ピアはデスクの前の椅子にすわって、アルトミュラーから聞いた話も報告した。オリヴァーは熱心に耳を傾けた。

「ローテムントは犯人ではないと思っているんだな？」オリヴァーは眉間にしわを寄せた。

「ええ。彼とハンナ・ヘルツマンのあいだには仕事を越えた関係があります。彼女は水曜日の夜、キャンプ場までローテムントを送っていき、キャンピングトレーラーに入っています。そこで発見された毛髪は彼女のものです。あの夜、ふたりは性的関係を結んだのかも」

「ありうるな。プリンツラーは？」

「今日の午後、プロインゲスハイム拘置所で尋問する機会をフランクフルトの同僚が与えてくれました」ピアは皮肉っぽくいった。「それから家宅捜索ですが、ボスが予想したとおりはずれだったようです。武器もなし、ドラッグもなし、盗難車もなし、不法滞在の娘もなし」

オリヴァーはコーヒーに口をつけただけで、そのことについてはなにもいわなかった。ピアはさらに、レオニー・フェルゲスの患者ファイルを調べたが、なにも出なかったといった。

「なぜそんなことをしたんだ？」

「ハンナ・ヘルツマンが取材していたのはロードキングスではないような気がしたからです」

ピアはそう答え、胸元で腕を組んだ。「ハンナ・ヘルツマンの事件とレオニー・フェルゲスの事件には関連がありそうなんです。同一犯の仕業かもしれないと思いまして」

「ほう、それはまたどうして？」

「カイとクレーガーとわたしで犯人のプロファイルについて話し合ったんです。年齢は四十歳から五十歳のあいだ。女性一般との関係に問題を抱え、自尊心があまりないようです。サディスティックで覗き見趣味があり、他人が苦しんでいたり、懇願《こんがん》したり、断末魔の苦痛にあったりすると、喜びを覚える。自分よりもすぐれた人間に暴力をふるい、縛《いまし》めや猿轡《さるぐつわ》で辱《はずかし》めるのを好みます。道徳心はなく、激昂しやすい性質ですが、それでも高い知性があり、おそらく高学歴」

　オリヴァーが驚きの表情を見せたので、ピアは顔をほころばせた。

「カイが研修したのも馬鹿にならないでしょう？」

「なかなか説得力がある。被疑者にそのプロファイルと一致する人物はいるかな？」

「残念ながらローテムントとプリンツラーの人物像については、評価できるほどわかっていません。だから今日の午後、カイかクレーガーを拘置所に連れていきたいと思っています」

「かまわない」オリヴァーはコーヒーを飲み干した。「それで報告は終わりか？」

「いいえ」ピアは微妙な問題を最後にとっておいた。「エーリク・レッシングの死についてボスから話が聞きたいのですが」

　オリヴァーはカップを置こうとして、動きを止めた。心にブラインドを下ろしたかのように表情が固まり、カップは受け皿の上二、三センチのところに浮いていた。

「わたしはなにも知らない」オリヴァーはカップを置いて立ちあがった。「会議室に行こう」

予想した反応だったので、ピアはがっかりした。

「連絡員とふたりのギャングを射殺したのはフランクなんですか？」

オリヴァーは立ち止まったが、振り返らなかった。

「それがどうした？　われわれの事件と関係あるのか？」

ピアはさっと立ちあがって、ボスに近づいた。

「危険な証人となったエーリク・レッシングを排除するために、フランクが利用されたのではないかとにらんでいるんです。レッシングはロードキングスに潜入して、知ってはいけないなにかに触れてしまったのでしょう。あれは事故でも、正当防衛でもなかった。殺人、それも命令されて。フランクはなんといわれたのか知りませんが、それを実行したんです。彼は仲間を射殺したんですよ」

オリヴァーは深いため息をついて振り返った。

「全部知っているじゃないか」

一瞬静かになった。閉じたドアを通して、どこかで電話の呼び出し音が聞こえた。

「どうして一度も話してくれなかったんですか？」ピアはたずねた。「フランクがなぜ特別扱いされているのか不思議に思っていました。ボスはいつも彼をかばっていたでしょ。わたしを信用してくれなかったんですね」

「信用するしないは関係ない。わたし自身、当時そのことと無関係だった。所属がちがっていたからな。詳しい話を知っているのは……」

オリヴァーはためらった。

「エンゲル署長から聞いたんですね。署長は当時、その班を率いていた。そうなんでしょ？」

オリヴァーはうなずいた。ふたりは互いの目を見た。

「ピア」オリヴァーは小声でいった。「その件はとても危険だ。今でもだ。裏にだれがいたのか、わたしは知らないが、当時そのことに責任のあった者がいまでも役職についている。連中は当時、手段を選ばなかった。今でもきっとそうだろう」

「だれですか？」

「知らない。ニコラは詳しく話してくれなかった。わたしを守るためだ。わたしもそれ以上は知りたいと思わなかった」

ピアはボスを見つめた。ボスは真実を打ち明けたのだろうか。本当はなにを知っているのだろう。ピアはもうボスを信用できないと思った。自分と他のだれかを守る必要に迫られたら、ボスはなにをするだろう。どこまでやるだろう。

「どうするつもりだ？」オリヴァーはたずねた。

「なにもしません」ピアは肩をすくめて嘘をついた。「昔の事件ですものね。他にすることがありますし」

ピアはボスの目を見た。一瞬、ほっとしたような目つきをしなかったか。そのときノックの音がして、カイが顔を見せた。

「今、電話がありまして、ハンナ・ヘルツマンが暴行された夜、ヴァイルバッハ・サービスエリアの裏手で興味深いものを目撃したというんです」いつもおっとり構えているカイが興奮していた。やはりこの数週間の緊張で相当まいっているようだ。「深夜二時頃、ハッタースハイムとヴァイルバッハのあいだの道を走っていたとき、ライトを消したまま左の野道からいきなり飛びだしてきた車にびっくりして堀に脱輪しそうになり、そのときドライバーの顔をちらっと見たそうです」

「それで?」オリヴァーはたずねた。

「髭を生やし、髪型はオールバック」

「プリンツラーか?」

「描写は符合します。あいにく車のタイプとナンバーは覚えていないそうです。大型で黒かったといっています。例のハマーかもしれません」

「わかった」オリヴァーは考えながらいった。「プリンツラーをこっちへ移送させて目撃者に面通《めんとお》しさせる。明日にも」

＊

ピアは車にすべり込み、ハンドルに触って火傷《やけど》しそうになり、罵声《ばせい》を吐いた。車は炎天下に止まっていたため、オーブンの中のように暑かった。さっき耳にしたことを考えるため静かな環境が必要だった。刑事警察署から数百メートル離れると、高速道路六六号線までクリフテルの畑や果樹園やイチゴ畑が広がる。ピアは州道三〇一六号線、通称「イチゴ街道」に左折し、最初の野道まで走った。そこに車を止めると、ピアは徒歩でその道を進んだ。

今日はまた太陽がさんさんと輝いている。だがいつものように湿度があった。また夕立になりそうだ。草の生えた野道はこのあいだの雨でぬかるみになっていた。空気が澄んだ日よりも遠くに、フランクフルトのスカイラインが見える。西に望めるタウヌスの山並みも同様だ。

ピアはジーンズのポケットに両手を突っ込み、うつむきながらプラムとリンゴの果樹園のそばを歩いた。オリヴァーがいろいろ秘密にしていたことはショックだった。ピアは彼のことを、今どき流行《はや》らないが、正義感と道徳心があり、清廉潔白で折り目正しく、公正でまっすぐな性格の男だと思っていたし、そこを買っていた。彼がフランクの問題行動を大目に見るのは困ったものだと思っていたが、それも長年いっしょに働いてきた同僚がプライベートで金銭的問題を抱えていることをおもんぱかっての配慮だとみなしていた。オリヴァー自身もピアにそう言い訳したことがある。だがそれは真っ赤な嘘だったのだ。オリヴァーとピアははじめから互いを理解し、補い合ってきた。それが変わったのは、オリヴァーの結婚生活が破綻《はたん》してからだ。あのときからふたりの信頼関係は本物になった。友情といってもいい関係になった。だがそれはピアの思い込みだったようだ。まだまだ信頼できる関係などではなかったのだ。ボスはエーリク・レッシングの件にもっと深く関わっているかもしれないと気づき、ピアは愕然とした。なにもしないと、オリヴァーにはいったが、そんなわけがない。カトリーンから元恋人の名前を聞きだしたら、話してみるつもりだ。そうだ、フランクにも話を聞こう。昔の事件そのものはどうでもいい。だが三人の殺人とハンナ・ヘルツマン暴行とレオニー・フェルゲス殺害には関連があるような気がしてならない。当時も今もローテムントとプリンツラーが絡《から》んでいるのは偶然のはずがない。

ピアの携帯電話が鳴った。はじめは無視したが、出ないと悪いという気持ちに負けた。クレーガーだった。

「今、どこにいる？」クレーガーはたずねた。

「昼休み中。どうして？」

「きみの車が道端に止まっているのを見た。昨日の話のつづきがしたい。戻るのはいつだ？」

「午後二時十一分四十三秒」ピアは棘《とげ》のある言い方をした。いつものピアらしくなかった。自分でも大人げないと思った。クレーガーに当たるのはお門違いだ。

「ごめん。美しいイチゴ畑を散歩する気はない？　体を動かして新鮮な空気が吸いたくなって」

「ああ、いいとも」

ピアはどの道を歩いているか説明して、土地の境界を示す道端の石に腰かけた。顔を太陽に向けて目を閉じ、肌に感じる温もりを味わった。ひばりがさえずりながら青空を飛んだ。遠く高速道路の音がする。聞き慣れた音だ。高速道路六六号線のそばにある白樺農場《ビルケンホーフ》は直線距離にして三キロくらいしか離れていない。クレーガーも体を動かし、新鮮な空気が吸いたいという欲求があったようだ。鑑識課の青いフォルクスワーゲンバスが野道をがたごと走ってきた。ピアは立ちあがって、クレーガーを出迎えた。

「やあ」そういうと、クレーガーはピアをじろじろ見た。「なにかあったのか？」

彼の勘のよさには驚かされる。彼は多くの男性の同僚の中でただひとり、立ち入った質問をしてくる。他の連中はピアを同僚としか見ない。

「少し歩きましょう」ピアはクレーガーの質問には答えずにいった。しばらく黙って歩くうちに、クレーガーがプラムをいくつかつかんで、ピアにも食べないかと差しだした。

「プラム泥棒」ピアはにやっとして、ジーンズでプラムをふいて口に入れた。甘くておいしかった。太陽の温もりを感じ、ふと子ども時代の思い出が蘇《よみがえ》った。

「ちょっと盗み食いするだけさ」クレーガーもにやっとした。だがすぐ真顔になった。「フライ上級検事の履歴に瑕疵《かし》があるようだ」

ピアは立ち止まった。

「どういうこと？」

「新聞記事にのっていたのを思いだした。ローテムントが逮捕された直後だ。ローテムントの妻のインタビュー記事があって、その中で、あの逮捕はフライによる個人的復讐だといっていた。フライが博士号を金で買ったことを、ローテムントが突き止めたかららしい」

クレーガーはプラムの種を吐いた。

「昨夜そのことを調べて、フライの博士論文指導教員がだれかわかった。偶然にもフィンクバイナー財団の理事でもある。エルンスト・ハスリンガー教授だよ。フランクフルト大学法学部長で、副学長を務めたあと、カールスルーエの連邦裁判所に招聘《しょうへい》されている」

「別に変じゃないけど。どうしてそんなにフライ上級検事にこだわるの？」

「彼の今回の事件への関心の寄せ方が普通じゃないと思うからさ」クレーガーは立ち止まった。

「もう十年以上、犯行現場で鑑識の仕事をしているが、上級検事がじきじきに家宅捜索にあらわれるなんて一度もなかった。部下を寄こすのが関の山さ」

「仕事という以上の関心があるんでしょう。彼とローテムントはかつて親友だった」

「少女の遺体を川で発見した夜、なんで彼はエッダースハイムにいたんだ？」

「近くに住む友人のところでバーベキューをしていたからでしょう」ピアはフライがそういったことを思いだしながらいった。だがピアもあのときは驚いた。

「バーベキューは本当だろう。だが近くにいたなんて信じられない」

「なにをいいたいの？」

「自分でもよくわからないんだ」クレーガーは草の穂を折って、指に巻いた。「だけど偶然が重なりすぎる」

　ふたりは歩きつづけた。

「きみはなにを考えているんだ？」クレーガーはしばらくしてたずねた。

　ピアは考えた。エーリク・レッシングの件とそこにフランクが絡んでいたことを話すべきだろうか。だれかとそのことを話す必要があった。カイはだめだ。現在捜査中の事件にかかりきりだ。ケムのことはまだよく知らない。オリヴァーとカトリーンはそれぞれの事情があって中立ではない。このところ、クレーガーはただひとり、腹を割って話せる相手になっていた。心を決めて、ピアは疑惑を抱いていることを彼に打ち明けた。

「なんてことだ」ピアが話し終わると、クレーガーは愕然としていった。「それで腑《ふ》に落ちた。とくにフランクの態度がな」

「レッシングを排除する指示をだしたのはだれかしら？　エンゲルではないわよね。もっと上からの指示だったはず。警視総監。内務省。連邦刑事局。今までフランクはだれかの庇護の下にいた。あれだけ無茶なことをしたんだから、普通なら停職ではなく、クビになっていてもおかしくない」

「レッシングを排除する必要に迫られた奴がいるってことだな。レッシングはなにを突き止めたんだ？　なにかとんでもないことだったはずだ。上層部のお偉方が危機感をつのらせるほどの」

「贈賄《ぞうわい》。麻薬密売。少女の人身売買」

「それはそもそも潜入調査の対象だ。もっと個人的ななにかだ。人をひとり葬り去るような」

「プリンツラーに訊いてみるしかないわね」ピアは時計を見た。「あと一時間。プロインゲスハイム拘置所にいっしょに来ない？」

＊

「わたしがここへ来ることを望んでいないのはわかる。だけどどうしてもきみに会いたかった」ヴォルフガングはあたりを見まわし、両手に持った花束をどうしたらいいかわからずくるくるまわした。

「花束は机に置いて。看護師さんがあとで花瓶に活けてくれるわ」本当をいうと、ハンナは花を持って帰ってほしかった。白いユリだなんて！　においがきつすぎる。それに葬儀場や墓地を連想させて縁起が悪い。花は庭にあるものだ。換気が悪い小さな部屋には合わない。

昨晩、ハンナは彼にショートメッセージを書いて、見舞いにきてくれるなと伝えた。こんな姿を医者ではない男に見られるのはいやだ。両手で顔を触ってみて、どんな顔をしているかよくわかっていた。腫《は》れ。額《ひたい》と左の眉毛と顎の縫合。メイクアップアーティストに、はたしてこの戦争帰りのような顔をテレビ映りのいい顔に作り替えられるかどうか。

最後に鏡を見たのはあの夜、楽屋でだ。一点の非の打ちどころもない美しい顔だった。もちろん若干のしわはあったが。しかし今は見る気になれない。たぶん鏡に映った自分に耐えられないだろう。見舞いにきた人の愕然とした顔を見れば充分だ。

「すわったら？」ハンナはヴォルフガングにいった。

彼はベッドの横の椅子に腰かけて、ハンナの手を取った。彼女の体に取りつけてあるたくさんのカテーテルに面食らっていた。彼がまっすぐ顔を見ないようにしているのが、ハンナにはわかった。

「具合はどうだい？」

「元気といったら嘘になる」

ふたりの会話はぎこちなく、すぐに途切れた。ヴォルフガングは顔が蒼白く、寝不足のように見えた。なんだか落ち着きがない。目元に紫色の隈《くま》がある。今まで見たことがない。いつしか話題も尽き、ヴォルフガングは口をつぐんだ。ハンナも、なにもいわなかった。なにを話したらいいというのだろう。尿道カテーテルは気持ちが悪いとでもいえばいいのか。残りの人生、心的外傷を抱えて生きていくことになり、不安で仕方がないというのか。以前は彼になんでもいえた。だが今はもうだめだ。今は別の男に手を取っていてほしかった。

「ハンナ」ヴォルフガングはため息をついた。「こんなことになって本当に気の毒だ。きみのためならなんでもする。犯人がだれか心当たりはあるのか？」

ハンナは唾をのみ込んだ。あのおぞましさが蘇りそうになるのを必死で抑えた。死の恐怖と苦痛の記憶。

「いいえ」ハンナはささやいた。「わたしの心理療法士レオニー・フェルゲスが殺されたそうね」

「マイケから聞いた」ヴォルフガングはうなずいた。「恐ろしい話だ」

「理解できない。わたしを襲った犯人はふたり組だったと警察はいってる」話すのがつらかった。「でもあのふたりではないわ。あのふたりがそんなことをするはずがないもの。わたしは彼らと組んでたんだから。それよりも取材していたことが原因のような気が……」

突然、疑惑を抱いた。恐ろしい疑惑だ。

「まさか取材のことをだれにもいっていないわよね、ヴォルフガング？」

ハンナは体を起こそうとしたが、うまくいかなかった。体は力なく沈んだ。

ヴォルフガングはためらった。一瞬、目をそらした。

「いってないさ。ただ父にちょっと話したけど。父は気に入らなかったようで、ひどい口論になった。視聴率がすべてじゃないといわれた。あの父にね！」

ヴォルフガングは笑った。苦しそうな笑い声だった。

「父は、そうした証明されていない中傷を放送したくないというんだ。あがっている名前がとくに気に入らなかったらしい。批判されたり、ネガティブPRになったりすることを極端に心配していた……本当に申し訳ない、ハンナ。本当だ」

「もういいわ」ハンナは元気なくうなずいた。

彼女は三十年前からヴォルフガングの父を知っている。そういう反応があるのはよくわかっていた。そしてヴォルフガングのこともよく知っている。権威ずくの父親に計画を話してしまうことは予想してしかるべきだった。ヴォルフガングは父親をバカのひとつ覚えのように尊敬している。まったく頭が上がらない。今でも親の邸《やしき》に住んでいて、テレビディレクターの職についたのも父親のおかげだ。ヴォルフガングはちゃんと仕事をこなしているが、冒険をするだけの根性がない。彼は偉大なメディア王ハルトムート・マーテルンの息子で、ハンナは友人の中でも成功し、知恵がまわり、パワーがある存在。ヴォルフガングがそのことで引け目を感じていないことは、ハンナもわかっていた。だが今はどうだろう。四十代半ばにもなっていまだに会議の席で父親からこきおろされ、勝手なことはするなと叱責《しっせき》される。どんな気持ちだろう。ヴォルフガングはどう思っているか一度も話してくれたことがない。いや、そもそも自分のことを語りたがらない。よく考えたら、彼のことをほとんど知らない。いつも話題はハンナのことばかりだった。ハンナの番組、ハンナの成功、ハンナの旦那たち。底なしのエゴイズムのせいで、彼女はこれまでそのことに一度も気づかなかった。だが今は後悔している。これまでにしてきたたくさんのことに、これまでしてこなかったたくさんのことに。

しゃべったことでのどが痛くなった。まぶたも重くなった。

「そろそろひとりにして」そうささやいて、ハンナは顔をそむけた。「しゃべると疲れるの」

「ああ、そうだね」ヴォルフガングは彼女の手を離して腰を上げた。

ハンナは目をつむった。心は耐えられないほどまぶしい現実から、どっちつかずの薄暗い世界に引きこもった。その世界の彼女は健康で幸せで……愛にあふれていた。

「お大事に、ハンナ」ヴォルフガングの声が遠く聞こえた。「いつかわたしを許してくれ」

＊

「ルイーザ？　ルイーザ！」

エマは家じゅうを捜しまわった。ちょっとトイレに行っているすきに、娘がいなくなった。

「ルイーザ！　おじいちゃんとおばあちゃんが待っているわよ。おばあちゃんがあなたのためにわざわざキャロットケーキを焼いてくれたのよ」

返事がない。まさか逃げだしたんだろうか？

玄関ドアを見にいった。いいや、鍵は内側からかかっている。ドアは施錠されていた。前に自動ロックで閉めだされてから、いつもそうするようにしている。あのときはグラッサーに急いで来てもらって合い鍵でドアを開けるまで、ルイーザはパニックになって声を張りあげながら家の中を駆けまわっていた。

こんな馬鹿な！　あわててもはじまらないと思いつつ、叫びたくなった。エマはいつも気を配って暮らしている。だけど、だれがエマに気を配ってくれるだろう。

「ルイーザ？」

エマは子ども部屋に入った。ワードローブの扉がちゃんと閉まっていなかった。エマはワードローブを開けてぎょっとした。かけてあるワンピースや上着の下に娘がうずくまっていたのだ。親指をしゃぶって、虚《うつ》ろな目で遠くを見つめている。

「よかった！」エマはしゃがんだ。「ここでなにをしているの？」

返事がない。ルイーザはしきりに親指をしゃぶり、人差し指で鼻をかいている。鼻はすっかり赤くなっていた。

「おばあちゃんとおじいちゃんのところへ行かない？　キャロットケーキと生クリームがあるのよ」

娘はぶんぶん首を横に振った。

「ワードローブから出ない？」

また首を横に振った。

エマは途方に暮れた。どうしたらいいのだろう。いったいなにが起きたんだろう。やはり臨床心理士に診《み》てもらった方がいいだろうか。なにをこんなに怯えているんだろう。「仕方ないわね。おばあちゃんには行けないって電話をする。それからお母さんもここにすわってなにか読む。それでいい？」

　ルイーザは顔を上げず、かすかにうなずいた。

　エマはなんとか腰を上げ、電話のところへ行った。心配する気持ちに怒りがまじった。本当にフローリアンが娘になにかしていたら、ただじゃおかない！

　エマは義母に電話をして、ルイーザの具合が悪いからとティータイムへの誘いを断った。レナーテのがっかりした声に息が詰まった。言い訳するのがいやだった。

　エマが戻ってみると、ルイーザはまだワードローブの中にいた。

「なんの本を読もうかしら？」エマはたずねた。

「『ともだち』（ドイツの絵本作家ヘルメ・ハイネの作品）」ルイーザは親指をしゃぶったままいった。エマは棚からその本を探しだし、ワードローブの横にあったビーンバッグチェアを引き寄せてすわった。

　身重の体で床にすわるのはとてもつらかった。まず左足、つづいて右足がしびれた。だがルイーザを思って、一生懸命読み聞かせをした。ルイーザは指をしゃぶるのをやめ、ワードローブから出てきてエマの腕の中に入って本を覗いた。よく知っているはずなのに絵を見て笑った。エマが本を閉じると、ルイーザはため息をついて目を閉じた。

「ママ？」

「なあに？」エマは娘の頬をやさしくなでた。娘は小さく、無邪気だった。こめかみの血管が見えるほど肌が透きとおっていた。

「もうママから離れたくない。いじわるオオカミが怖いの」

エマは息をのんだ。

「ママがついてる」エマは静かに、しっかりした口調でいうように心がけた。「ここには狼なんて来ないわよ」

「そんなことない」ルイーザは眠そうな声でささやいた。「ママが出かけると、いつも来るもの。でも内緒。ママにいったら、食べられちゃうの」

＊

ベルント・プリンツラーはその朝、捜査判事の前に引きだされ、一夜を過ごした警察本部の留置場からプロインゲスハイム拘置所に移送された。ピアとクレーガーが待つ面会室に彼が連れてこられるまでほぼ三十分かかった。ふたりの刑務官はピアよりも身長があったが、プリンツラーはそのふたりよりもさらに頭ひとつ大きかった。取り調べはひと筋縄ではいかないだろうとピアは覚悟していた。プリンツラーは刑務所暮らしが長いから、拘置所の空気に萎縮《いしゅく》することもないはずだ。はじめて留置場に閉じ込められた人間なら、それだけで怯えるものだが、プリンツラーのような人間は黙秘権を行使し、弁護士を呼べと求めるだろう。

「こんにちは、プリンツラーさん。わたしはピア・キルヒホフ。隣はクレーガー首席警部。ホーフハイム刑事警察署捜査十一課の者です」

プリンツラーは無表情だったが、驚いたことにその褐色の目からはなにか気がかりなことがあり、心配している様子がうかがえた。

「すわってください」それからピアはふたりの刑務官の方を向いた。「ありがとう。外で待機していてください」

プリンツラーは足を広げて椅子にすわると、胸元で刺青《いれずみ》のある腕を組み、ピアをじっと見た。

「あんたたち、なんの用だ？」扉が外から施錠されるのを待って、プリンツラーはたずねた。

「なにが問題なんだ？」

彼の声は低くかすれていた。

「レオニー・フェルゲス殺人事件を捜査しています」ピアはいった。「遺体が発見された夜、あなたともうひとりの男がフェルゲス邸から出てくるのを目撃した人がいます。そこでなにをしていたのですか？」

「俺たちが家に入ったときはもう死んでいた。携帯電話で一一〇番したのは俺だ」

なかなかいい滑りだしだったが、ピアとクレーガーが交互にだす質問にプリンツラーは一切答えなかった。

「なぜフェルゲスさんを訪ねたのですか？」

「どうして知り合いなのですか？」

「あなたの車がフェルゲス邸のそばでよく目撃されています。なにをしていたのですか？」

「連れはだれですか？」

「キリアン・ローテムントさんと最後に話したのはいつですか？」

「六月二十四日から二十五日にかけての夜、なにをしていましたか？」

それからようやく彼は口をひらいた。

「どうしてそんなことを知りたがるんだ？」

「その夜、ニュースキャスターのハンナ・ヘルツマンさんが襲われ、暴行されたんです」

ピアはプリンツラーの目が泳いだことに気づいた。顎の筋肉と隆々とした首の筋肉に力が入った。

「女を襲う趣味はない。それに女を殴ったことなど一度もない。二十四日はマンハイムで仲間とビールを飲んでた。五百人は証人がいる」

それでもハンナ・ヘルツマンを知っていることを否定しなかった。

「前の晩、ローテムントさんと共にヘルツマンさんの自宅を訪ねていますね。なぜですか？」

ピアは、プリンツラーの口が軽いはずがないと踏んでいたが、それでも捜査官に求められる忍耐力が試された。時間がどんどん過ぎていった。

「いいですか、プリンツラーさん」ピアはやり方を変えた。「わたしたちはあなたがふたつの事件の犯人だとは思っていません。だれかを守ろうとしているんですね。わかります。でも少女を虐待し、辱め、溺死させて、ゴミかなにかのようにマイン川に遺棄した凶悪犯がいるんです。わたしたちはそいつを見つけなければなりません。あなたにもお子さんがいますね。放っておけば、そういう目にあうかもしれないのですよ」

プリンツラーのまなざしに驚きの色が浮かんだ。それから敬意の念も。

「ヘルツマンさんはパラソルスタンドの柄で凌辱《りょうじょく》され、内出血で瀕死《ひんし》の重傷を負いました」

ピアは話をつづけた。「その後、車のトランクに置き去りにされ、生き延びたのは幸運というほかないです。レオニー・フェルゲスさんは椅子にしばりつけられていました。のどの渇きでもだえ苦しみながら死ぬところを無線ビデオカメラで鑑賞し、録画した者がいるんです。その犯人を逮捕し、罪を償《つぐな》わせる手伝いをしてくれるなら、わたしたちはあなたに感謝します」

「ここからだしてくれるなら協力してもいい」

「わたしたちに権限があれば、すぐにそうします」ピアは肩をすくめた。「でももっと大きな力が働いているんです」

「二、三日ここに閉じ込められたって、俺は平気さ。俺が法に触れることをしたって証拠はない。俺の弁護士が不当逮捕を訴える。俺はここにいた日数の補償金をもらう」

シャープに髭を切り揃えた彼の顔はまるで石を削ったようだった。だがその目は、泰然と振る舞っているのが嘘だと告げていた。無数の取り調べを受け、そのやり方を熟知し、簡単には音を上げないこの男がなにかを気にしている。大きな不安を抱えているのだ。きっとだれかを保護していて、その人物が気がかりなのだ。ピアは山を張ることにした。

「家族のことが気がかりなら身辺警護をつけますが」ピアはいった。

家族の身辺警護という考えを滑稽に感じたのか、一瞬、プリンツラーの口元がゆるんだ。

「それより早くここからだしてくれ」プリンツラーはじっとピアを見つめた。「俺には家がある。逃げたりしない」

「それなら質問に答えてくれ」クレーガーが口をはさんだ。

プリンツラーは無視した。彼はしっかり自分をコントロールしていた。そのことを隠そうともせず、はっきりとピアに協力を求めている。普通、こういう連中は、警察を毛嫌いするのに。

「自分の車のトランクに閉じ込められたヘルツマンさんが発見された場所の近くで、あなたに似た者を見たという人がいます。明日、面通しをします」

「その夜どこにいたかいっただろう」プリンツラーは普段使っていそうな乱暴な物言いはしなかった。彼には知性がある。十四年前、ロードキングスの表舞台から退き、かつて根城にしていた歓楽街にも足を向けず、楽園に隠遁《いんとん》していた。なぜだ。なにが彼をそうさせたのだろう。プリンツラーは今、五十代半ばだ。ということは当時三十代終わり。引退する年齢ではない。そして警察沙汰を起こさなくなったのに、まるで透明人間のように生活していた。だれの目を恐れて隠れていたのだろう。大きな謎だ。

時間が過ぎていく。だれもなにもいわなかった。

「エーリク・レッシングはなぜ死ななければならなかったんですか？」ピアが静寂を破った。

「彼はなにを知っていたんですか？」

プリンツラーはうまく表情を保ったが、眉が反射的に吊りあがるのを抑えることはできなかった。

「今回もそれが絡んでいるのさ」プリンツラーはぶっきらぼうにいった。

「なにが絡んでいるというんですか？」ピアは彼をまっすぐ見てたずねた。

「よく考えるんだな。このあとは弁護士のいるところでしかいわない」

腹立たしい。まったく腹が立つ。そして傷ついていた。

頼みを断るなんてふざけてる。マイケは目に怒りの涙を浮かべて背筋を伸ばし、ぎこちない足取りで階段を下りた。

＊

ハンナを見舞ったあと、オーバーウルゼルの邸にヴォルフガングを訪ねた。彼のことがなぜそんなに気になり、どうして嘘をつかれていると感じたのか自分でもわからなかった。この猜《さい》疑《ぎ》心《しん》はどこから来るのだろう。父親に来客があるので、家には泊められないと電話でいわれたとき、マイケはそれが信じられなかった。

だがたしかに進入路と砂利を敷いた前庭は駐車する車でいっぱいだった。カールスルーエ、ミュンヘン、シュトゥットガルト、ハンブルク、ベルリンから来た高級車。外国のナンバーもある。なるほどヴォルフガングは嘘をつかなかった。マイケは立ち去るべきか、かまわずベルを鳴らすべきか、しばらく思案した。ヴォルフガングは、マイケがひとりなのを知っている。邸でパーティーがあるなら、招待してくれたっていいだろうに！　ハンナはいつもこういう機会に招待されていた。マイケは大好きな大きくて古い家を見つめた。縦長の桟付き窓、深緑色のよろい戸、瓦屋根の寄棟造《よせむねづくり》、八段の外階段、深緑色の両開きの玄関ドア、獅子の頭をした真《しん》鍮《ちゅう》のドアノッカー。家の前のラベンダーの茂みからは濃厚なにおいが漂い、マイケは南仏でのバカンスを思いだした。何年も前、ヴォルフガングの母親にプロヴァンスのラベンダーをおみやげに買ってきたのはハンナだ。

以前はよく母といっしょにここへ来たものだ。マイケにとってこの邸は安心感と同義だった。しかしクリスティーネおばさんは死んでしまい、母も入院中で、死んだも同然の状態。マイケを受け止め守ってくれる人はもうだれもいない。ヴォルフガングはこの数年で、マイケにとって大事な存在になっていた。父親代わりといってもいいくらい信頼を寄せていた。母親の再婚相手はあらわれては消えていく。義父たちにとって、マイケはハンナについてくる面倒なお荷物でしかなかった。そして本当の父親は、嫉妬の塊《かたまり》みたいなうるさい女と結婚してしまった。

マイケはもう一度だけ邸を見て、立ち去ろうとした。その瞬間、黒いマイバッハがやってきて、外階段の前に止まった。痩《や》せた白髪の男が車から降り、マイケと目が合った。ペーター・ヴァイスベッカーの日焼けした顔が目にとまった。ドイツテレビ界の伝説ともいえる俳優で、名司会者だ。母の知り合い、というより友人に近い。マイケは微笑んで手を振ったが、一瞬いやな顔をされた。ずっと前から顔見知りなのに。彼女は二十四歳なので、ピッティおじさんと呼ぶのは奇妙だったが、いつもそう呼ぶようにいわれていた。

「マイケ！　会えてうれしい」ペーターはことさらうれしそうにいった。「母さんも来ているのかい？」

ペーターはぎこちなくマイケと抱擁した。

「いいえ、母は入院中」そう答えて、マイケは彼と腕を組んだ。

「それは気の毒に。重いのかい？」

マイケはいっしょに階段を上った。玄関ドアが開いて、ヴォルフガングの父があらわれた。

マイケを見て、一瞬顔を曇らせた。もちろんピッティおじさんのような不快な表情はしなかった。

「ここでなにをしている？」ハルトムート・マーテルンがマイケに声をかけた。

頬を張られても、この無愛想なあいさつほどの心の痛みは感じなかっただろう。

「こんにちは、ハルトムートおじさま！　偶然近くに来たものですから」マイケは嘘をついた。

「あいさつをしようと思いまして」

「今日は具合が悪い」ハルトムート・マーテルンは答えた。「見てのとおり来客がある」

マイケは唖然として彼を見つめた。こんなにつっけんどんな言い方はされたことがない。そのときヴォルフガングがあらわれた。彼はぴりぴりしていた。父親とピッティおじさんはマイケをそこに残して家に入った。別れのあいさつひとつせず、ハンナによろしくともいわなかった。まるで赤の他人のように。マイケは深く傷ついた。

「どうなってるの？」マイケはヴォルフガングにたずねた。「男性の夕べでもするわけ？　それとも母も招待されていたの？」

ヴォルフガングはマイケの腕をつかんで、階段を下りた。

「マイケ、お願いだ。今日は本当にまずいんだ」だれにも聞かれたくないのか、声をひそめ、早口にいった。「これは……株主の集まりなんだ。仕事なんだよ」

まったく嘘が下手だ。この見え透いた嘘には、追いだされたという不快感以上に傷ついた。

「なんで電話に出てくれないの？」マイケは彼の口調に腹が立っていた。クールに振る舞いたいのに、ヒステリックな女のような声が出てしまう。

「今週は目のまわるような忙しさだったんだ。お願いだ、マイケ、面倒を起こさないでくれ」

「面倒なんて起こさないわ」マイケはむっとしていった。「いつ来てもいいっていったでしょ。あれは本心だと思っただけよ」

ヴォルフガングは本心を明かさず、緊急事態で集まっているとかなどといってお茶を濁《にご》した。なんて骨のない人なの！

マイケは腕をつかんでいた彼の手を払った。がっかりだった。

「わかったわよ。本当はあたしのことなんてどうだってよかったのね。ごきげんよう」

「マイケ、待ってくれ！　頼む！　そうじゃないんだ！」

マイケはそのまま歩いた。彼が追ってきて、引き止め、謝り、なにかいってくれると期待しながら。しかし許してやろうと振り返ってみると、彼は玄関ドアを閉めて、姿を消していた。こんなにひどい孤独感と疎外感を味わったのははじめてだ。連中がやさしくしてくれたのは、マイケを人間として認めてくれたからではなかったのだ。有名なハンナ・ヘルツマンの娘だから、醜く、神経に障るが、受け入れていただけだったのだ。みじめだ。

マイケは涙を堪《こら》えながら進入路をずんずん歩いた。通りに出る前、iPhoneで駐車している車に向けて何回かシャッターを切った。これが株主の集まりなら、あたしはレディー・ガガだ。なんかおかしな雰囲気だ。それがなにか突き止めてやりたかった。

くそったれども！

＊

「嘘でしょ！」ピアはハッタースハイムのシラーリングに建つ灰色の高層住宅を見上げた。「彼、こんなところに住んでいるの！」

「どうして？　前はどこに住んでいたんだ？」クレーガーはたずねた。玄関ドアに立ち、呼び出しベルのボタンの上の表札を見ていた。

「ザクセンハウゼンの瀟洒《しょうしゃ》な住宅よ。ヘニングとわたしが住んでいた家のすぐそば」

ピアはコンピュータでフランクの現住所を知ったときも驚きを隠せなかった。ボスには仕事を終えて帰宅すると伝え、二十分後、ハッタースハイムの大型スーパーの駐車場でクレーガーと待ち合わせた。

オリヴァーに隠しごとをしても、ピアはとくに良心がとがめることはなかった。この件でボスがどういう役割を演じたか知らないが、直接関係していないことは確実だ。だがこっそりフランクと会い、質問してもかまわないはずだ。

「あったぞ」クレーガーが彼女の横でいった。「なんていえばいい？」

「名乗って」ピアはいった。「あなたは彼ととくにぶつからなかったのだから」

クレーガーはベルを押した。すぐに「はい？」というかすれた声が聞こえた。クレーガーは名乗った。ドアが解錠される音がして、ふたりはエントランスに足を踏み入れた。エントランスは古いが、外装よりも手入れされていた。エレベーターには一九七六年製と記されていた。十七階まで上がるあいだ、かなり雑音がして、あまりいい気持ちがしなかった。廊下は食事と洗剤のにおいがした。壁は醜い黄土色で、窓のない通路は思った以上に重苦しかった。

フランクがこの手の集合住宅とそこの住人を毛嫌いしていたことを思いだして、ピアは、まさにそういう住人となってしまった彼をあわれに思った。

ドアが開いて、フランクが顔をだした。グレーのジョギングパンツとシミのついたTシャツという恰好で、無精髭《ぶしようひげ》を生やし、裸足《はだし》だ。

「そいつがいっしょだって知ってたら、開けなかったのにな」フランクはクレーガーにいった。酒臭い息が廊下に漏れた。「なんの用だ?」

「こんにちは、フランク」ピアは無愛想なあいさつを無視した。「入ってもいい?」

フランクは嫌悪感丸出しでピアを見つめたが、脇にどいて、入るように促した。

「どうぞ。我が豪華ペントハウスにようこそ」彼は皮肉たっぷりにいった。「あいにくシャンパンを切らしている。執事も帰宅したところでね」

ピアは住まいに入って、愕然とした。ミニキッチンつきの三十五平方メートルほどのひと間で、ベッドコーナーはカーテンで間仕切りされていた。おんぼろのカウチに、ソファテーブル、パイン材の安いサイドボード。その上には音なしでつけてある小さなテレビがのっていた。部屋の隅の洋服掛けにシャツとネクタイとスーツがかけてあり、その下に掃除機と靴が一足置いてあった。物がところ狭しと置いてあり、大人三人で部屋はもういっぱいだった。足を一歩だすたびになにか家具にぶつかる。唯一本当に美しかったのは、バルコニーから遠望できるタウヌス山地だ。だがその眺めも慰《なぐさ》めにはならなかった。こんなところに住むほかないなんて!

「新しいドリームチームでも組んだのか?」フランクは憎まれ口をきいた。「ホーフハイムのミス・ビアンカとバーナード（ともにアニメ映画『ビアンカの大冒険』の登場人物）……」

充血してどんよりした彼のまなざしは敵意をむきだしにしていた。フランクは前から人間嫌いなところがあったが、今では人類そのものに嫌気がさしているようだ。

「表敬訪問てわけじゃないんだろ。さっさと用件をいって、帰ってくれ」

「ここへ来たのは、他でもないの。エーリク・レッシングの件について聞かせてくれない?」

言葉をオブラートに包んでも意味がないので、ピアは単刀直入にたずねた。

「エーリク? だれだい、そりゃ? 聞いたこともない」眉ひとつ動かさずに、フランクはいった。「それだけか? じゃあ、失せろ」

「現在捜査中の事件で、ふたりの人物の名前が浮かんでいる。当時も関係していた人物よ」ピアはかまわずつづけた。「関連があるとにらんでいる」

「なんの話だ?」フランクは腕組みした。「興味ねえな」

「あなた、フランクフルトの娼館で男を三人射殺したわね。それも正当防衛ではなく、だれかから命令されて。そいつは本当のことをいわず、あなたを利用した。警察関係者を射殺したことが忘れられないんでしょ」

フランクは顔を紅潮させ、それから血の気が引いた。彼は両手で拳を作った。

「そいつらがあなたの人生を破滅させた。でも連中はなんとも思っていない」ピアはいった。

「裏にだれがいるのかわかれば、わたしたちが仕返しする」

「失せろ」フランクは歯のあいだからしぼりだすようにいった。「二度とここに来るな」

「警官になる前、おまえは短期志願兵だったな」今度はクレーガーがいった。「狙撃兵養成訓練を受け、特殊部隊に配属された。おまえは優秀だった。奴らはそんなおまえに白羽の矢を立てた。おまえが従順で、疑問を抱かないと知っていたからだ。おまえに仕事を命じたのはだれだ？　そしてなんのためだったんだ？」

フランクはピアとクレーガーを交互に見た。

「なんなんだよ？」フランクは目を吊りあげた。「俺になにをしろっていうんだ？　どんなにみじめな目にあってるかわかんねえのか？」

「フランク！　おまえのことをどうこうしようっていうんじゃないんだ」クレーガーがいった。「人が死んでいる！　少女がむごたらしく暴行されて殺され、マイン川に遺棄されたんだ！当時凶器として使われた武器が発見された車の持ち主とさっき話をしてきた。彼と当時の弁護士が今、捜査中の二件の事件で被疑者になっている」

「それでおしゃべりにきたってのか？　フランクにちょっと訊いてみよう。きっとなんでも話してくれるって。おめでたいな。あの一件が俺を破滅させた。俺のざまを見ろ！　もうこりごりだ！　課長どのにも、あいつの……お姫さまにも関わりたくない！」

彼の首に赤い斑点が浮かび、額に玉の汗がにじんだ。体がぶるぶるふるえている。なにか気に障ることをいえば、フランクは爆発するだろう。

「クリスティアン、行きましょう」ピアは小声でいった。無駄だったのだ。フランクは憎悪と復讐心で心がずたずたなのだ。どんなに頼んだって、協力してはくれないだろう。彼はなにかというと他人に責任転嫁ばかりする奴だった。そして彼から見れば、オリヴァーが目をかけなくなった責任はピアにあるのだ。

「オリヴァーやピアや俺はどうでもいいんだ」クレーガーはあきらめなかった。「人を殺させて罰せられずにのうのうとしている奴らに鉄槌《てっつい》を下したい」

「連中の恐ろしさを知らないからいえるんだ。なんにも知らないくせに」フランクは背を向けてミニキッチンの方を向いた。透明の酒が入った瓶をつかむと、その酒をグラスになみなみと注いだ。

「その連中ってだれなの？」ピアはたずねた。

フランクはピアを見ながら、グラスに口をつけ、一気に飲み干した。視線がその小さな部屋を泳いだ。いきなり、ピアがぎょっとするほどの怒りを爆発させて、フランクはグラスを壁に叩きつけた。だがグラスは割れなかった。

「ほら！　見てみろよ！」フランクは苦笑した。「俺にはグラスも割れない！　グラスひとつ割れないときた。ちくしょう！」

フランクは思った以上に酔っぱらっていた。グラスを拾いあげようとしてバランスを崩し、棚にぶつかってどさっと倒れ込んだ。笑いながら寝返りを打ったが、そのままめそめそと泣きだした。体を鍛えることに余念がなく、有機野菜しか口にせず、タバコも吸わなかった男が酔っぱらいになりはてていた。一九九七年三月に起きたフランクフルトの事件が彼を破壊したのだ。結婚は破綻し、彼の人生はゴミ溜め状態となった。

「俺にはもうなにもできない！」フランクはそう叫んで、拳で床を叩いた。「なにもできないんだ！　終わりさ。俺は最低の能なしだ！」

ピアとクレーガーは心配そうに顔を見合わせた。

「フランク、立てよ！」クレーガーはかがんで彼に手を差しだした。

「女ひとり、払いのけることもできない。こんな俺にどうしろってんだ？　稼いだ金は俺の元妻のところへ行ってしまう。このくそったれのアパートに住む金しか残らない！」

最後は叫び声になっていた。フランクは上体を起こし、クレーガーが差しだした手を無視して、ひとりで立ちあがった。

「いいか」フランクはピアにそういうと、酒臭い息をピアの顔に吐きかけた。「おまえのことは会った最初の日から気に食わなかった。金持ちのドクター・キルヒホフの妻で、株で大儲けして農場を買い、みんなその金に目の色を変えた！　はっ！　おまえは最低だ……有能で……頭がまわる。仕事の鬼！　おまえと比べたら、俺たちなんか役立たず！　そしておまえはオリヴァーに取り入った！」

酒のせいで、呂律《ろれつ》がまわらない。長年ため込んだ憎悪の安全弁が開いたのだ。ピアは好きにいわせた。

「ああ、俺は三人を射殺した！　俺には状況がわからなかった。連絡員のことも知らなかった。俺たちは娼館に踏み込んだ。連絡員からなにか大きな取引があるというたれ込みがあったからな。その前に別の銃を使うようにいわれたとき、おかしいと思うべきだったんだ。すべて示し合わせてあったのさ。俺たちが娼館の中庭に突入すると、バイカーギャングのひとりがいきなり発砲した。黙って撃たれていればよかったっていうのか？　俺は撃ち返した。腕は俺の方が上だった。ふたりは頭に命中し、三人目は首に当たった。ひどい惨状だったさ。なにが起きたか理解したときにはもう車に乗っていた。そういうことだ。それ以上は知らねえ」

ピアは彼の言葉を信じた。罠にかかったのはエーリク・レッシングだけではなかったのだ。フランクもはめられた。人間の命をなんとも思わない上の連中にいいようにされたのだ。

「中庭にいっしょに突入したのはだれだ？」クレーガーがたずねた。

フランクはふんと鼻を鳴らした。ふらふらしながら、ピアのそばを通ってソファにどさっとすわった。ピアは彼を見下ろした。ひどいことをいわれたが、ピアは怒りを覚えていなかった。いいしれぬ憐れみしか感じなかった。

「中庭にいっしょに突入したのがだれか知りたいのか？」フランクは薄目をひらいていった。「そうなんだな？　まずい、拳銃を車に置いてきてしまったという奴がだれか知りたいんだな？　教えてやるよ。ああ、教えてやるさ。もうどうだっていい。あの女にはめられたんだ、ちくしょう！　そのあとあの女にいいふくめられた。ばらしたら、俺の人生は終わりだってな！」

フランクは笑っているのか、泣いているのかわからない声をだして、平手でカウチの肘掛けを叩いた。「あれから人生を楽しめたことなんて一度もない。三十秒で俺の人生は終わった。

俺は警察関係者を射殺した！　なぜかわかるか？　あの胸くそ悪い女がそうしろと命令したからだ」

「だれなんだ、フランク？」クレーガーは重ねてたずねた。彼もピアも答えを予感していた。

「エンゲル」フランクは体を半ば起こした。顔が憎しみで引きつっていた。「ニコラ・エンゲルだよ」

＊

午後十一時四十八分。もう二十四時間以上、人の顔を見ていない。天井の換気扇が発する神経を逆なでする音以外なにも聞こえない。新鮮な空気はその換気扇からしか入ってこない。この部屋には窓はおろか、明かり取りすらない。照明は天井からぶら下がっている、ほこりをかぶった二十五ワットの電球だけだ。照明にはスイッチがなかった。そしてじめじめした淀《よど》んだ空気のにおい。典型的な地下室のにおいだ。

キリアン・ローテムントは細い寝台に横たわっていた。腕を頭の後ろで組んで錆《さ》びた鉄扉を見つめていた。扉は見た目以上に頑丈だった。逮捕されたときは恐れを抱かなかったが、しだいに不安を覚えていた。彼を逮捕したのはオランダ警察ではない。それだけは確かだ。しかしここはどこだ。ホームで彼を取り押さえた黒覆面の男たちは何者だ。どうしてこんな穴蔵に連行した。アムステルダムにいると、なぜわかった。レオニーがしばられる前に漏らしたのだろうか。

最後に口にしたのはケーキが二個だけだ。さっきから腹がぐうぐう鳴っている。いつまたもらえるかわからないので、生ぬるい水を少しずつ飲んだ。その部屋は滑らかな壁に囲まれていて、首を吊る術《すべ》など一切ないのに、ベルトと靴ひもを取りあげられた。だが奴らは腕時計をそのままにした。

ローテムントは目を閉じ、空気の淀んだこの牢獄から出て、ずっと気持ちのいい野原に飛んでいくところを想像した。ハンナ！　彼女の目をはじめて見た瞬間、それまで経験したことのないなにかが起こった。ハンナのことは前からテレビで知っていた。だが実際に会ってみると、彼女はまるでちがっていた。あの夜、彼女は化粧を落とし、髪もごく普通のヘアゴムで結んでいた。それでも輝いていて、ローテムントは目を奪われた。

レオニーはハンナのことを危ぶんでいた。ミヒャエラの恐ろしい運命をハンナの助けで公《おおやけ》にするというプリンツラーの提案になかなか首を縦に振らなかった。ハンナは傲慢《ごうまん》で利己的で、人への共感は皆無だといった。

そんなことはない。

ローテムントはハンナに一切隠しごとをしなかった。信じてくれないという恐れはあったが、すべて正直に話した。ハンナは信じてくれた。ふたりのあいだにはすぐ深い信頼が芽生えた。彼女のメールの文面が変わった。はじめは事件に夢中なだけだったが、そのうち心のこもった言葉が増えた。ローテムントはこれまで電話で人と一時間半もしゃべったことがない。だがハンナとはごく普通のことだった。しばらくして、彼はそれがただの恋以上のものだと自覚した。ハンナは、人間であるという感覚を与えてくれた。すべてよくなるといってくれた。彼女の支援で名誉を挽回し、普通の生活に戻ろう、と。永遠に失われたと思っていた気力を取りもどさせてくれたのだ。そうなれば、キアーラはキャンプ場をこっそり訪ねる必要がなくなる。ローテムントは子どもたちと堂々と会えるようになるのだ。

ローテムントは深いため息をついた。ハンナの声が聞きたい。彼女の屈託のない笑い声、彼女の温かく柔らかい体。そんな焦がれる気持ちに深い心配がないまぜになっていた。彼女のそばに行きたい。そうすれば心が安まるのに！　彼女の助けでせっかく人生が上向きになろうとしているのに、なんという運命だろう。彼女が襲われたのは、自分の責任だろうか。心配と不安と無力感が絶望に姿を変えた。突然、物音がした。ローテムントは体を起こし、聞き耳を立てた。間違いない。足音が近づいてくる。鍵が開いた。ローテムントはベッドから起きあがり、両手で拳を作って身構えた。絶望が消えた。これからなにをされようが、生き抜いてみせる。子どもたちに会うのだ。そしてハンナに。

＊

「おいしくない？」

クリストフはキッチンテーブルをはさんで彼女と向かい合わせにすわり、彼女が皿にのっている食べ物をフォークでただ動かすのを見ていた。ラタトゥイユのライス添えはおいしい。だがピアはのどを通らなかった。

「そんなことはないけど、食欲がなくて」ピアはフォークを置いて、深いため息をついた。

フランクを訪問したのはショックだった。いまだに気持ちを切り替えられずにいた。あそこで目《ま》の当たりにしたことを決して忘れられないだろう。フランクとピアはとうとう友人にならなかった。彼は捜査十一課にいたとき非協力的で、文句ばかりいっていた。人に仕事の大半を押しつけ、傷つけるようなことをいい、やさしく接しようとする人にわざとつっかかった。他の人と同じように、ピアもあいつは糞野郎《くそ》だと思っていた。だが今、彼を見る目が偏っていたことがわかった。フランクも被害者だったのだ。利用され、人生を台無しにされ、地に堕とされた。良心、そして人生を破滅させられたのだ。フランクにはよくののしられ、馬鹿にされたが、それが悲劇の結果だったと知ってみると、なんだか悲しかった。

「話してくれるかい?」クリストフがたずねた。気づかわしげな目をしている。ピアが考え込んでいるとき、きつい一日を過ごしそっとしておいてほしいと思っているとき、事件に心を奪われているとき、クリストフはすぐそれをかぎとる。食欲が減退しているのは本気でなにかを心配しているときだ。なぜならピアはよほどのことがないかぎりしっかり食べるからだ。

「今はちょっと」ピアはテーブルにひじをつき、親指と人差し指で鼻の付け根をもんだ。「どこから話したらいいかわからなくて。あまりにこんがらがってて」

あの気が滅入るようなアパートで知ったことがどんな影響を与えるか、いまだによくわからない。そして、わからないということだけわかっていた。クレーガーとピアは、フランクから聞いたことを当分だれにもいわないことで合意した。だが当時なにが起きたか知ってしまった以上、なにかしなければならない。

クリストフはなにもいわず、せっつくこともしなかった。彼はそういうことをしない。ただ立ちあがって、ピアの肩にそっと手を置いてから、食卓の片付けをはじめた。

「いいのよ。わたしがする」ピアはあくびをした。クリストフはにやっとした。

「あのさ。まずシャワーを浴びるといい。それからいっしょにワインを飲もう」

「いいわね」ピアはにやっとした。腰を上げ、彼のところへ行って、彼に腕をまわした。

「どうしてそんなにやさしくしてくれるの？　このところあなたとリリーをほったらかしにしていたのに。ほんとにごめんなさい」

クリストフは彼女の顔を両手に包んで、そっと口づけした。

「たしかにほったらかしにされた。捨てられたような気分だ」

「罪滅ぼしになにをしたらいい？」ピアは彼のキスに応え、両手で彼の背中をなでた。リリーが来てから、ベッドを共にしていない。ただし原因はリリーではなく、ピアの帰りが遅く、朝も早く起床して出勤してしまうためだった。

「それはやっぱり」クリストフは耳元でそうささやくと、ピアをぐっと抱いた。ピアにも気持ちがわかった。

「やっぱりあれ？」ピアは彼と頬ずりをした。毎日、触れあっていると、そういう感覚が減退するのではないかと心配したが、三年半経って根拠がないことがわかった。むしろその逆だ。

「なにを考えているんだい？」クリストフはからかうようにたずねた。

「それは……セックスよ」

「これはこれは」クリストフはピアの首にキスをし、それから彼女に口づけをした。「以心伝心だな」

ふたりは体を離した。ピアは二階のバスルームに入った。服を脱ぎ、汗がしみた服を床に落として、シャワーを浴びた。熱い湯がべとつく汗を洗いながし、フランクのみすぼらしい住まいを忘れさせてくれた。それと同時に、彼の絶望も、オリヴァーが隠しごとをしているという思いも脳裏からかき消えた。

少ししてピアがベッドルームに行くと、クリストフはすでにベッドに入っていた。スピーカーから静かな音楽が流れ、ナイトテーブルにグラスが二客と白ワインのボトルが置いてあった。ピアは毛布をかけているクリストフの腕の中に入った。バルコニーの扉がいっぱいにひらいていて、そこから湿った涼しい空気が流れ込んでくる。刈ったばかりの草とライラックの花のにおいがする。ランプの紙製の笠から漏れる淡い金色の光がふたりの体を照らした。ピアは興奮し、クリストフの愛撫で引き起こされる快感を楽しんだ。だが突然ドアが開いた。金髪の小さな人影がドア口に立った。クリストフとピアはぎょっとして離れた。

「おじいちゃん、怖い夢を見たの」リリーが涙声でいった。「いっしょに寝てもいい？」

「まいった」クリストフはあわてて自分とピアに毛布をかけた。

「おじいちゃん」ピアはくすくす笑い、彼の背中に額を当てた。

「今はだめだ、リリー」クリストフは孫娘にいった。「自分のベッドに戻りなさい。すぐに行くから」

「ふたりともなにも着てないのね」リリーが近づいてきた。「子どもを作ってたの？」

クリストフは絶句した。

「ママとパパも毎晩試してる。日中もがんばってることがある」リリーはそういうと、ベッドの角に腰かけた。「でもまだ妹も弟もできないのよね。おじいちゃん、ピアに赤ん坊ができたら、それってあたしの孫？」

ピアは笑いだしそうになって手を口に当てた。

「ちがうよ」クリストフはため息をついた。「しかし今は家族関係がどうなるかまで考えている余裕はないな」

「かまわないわ、おじいちゃん。おじいちゃんはもうそういうことをしてもいい年齢だから」

リリーは首を傾《かし》げた。「でも赤ちゃんができたら、遊んでもいいでしょ？」

「まず自分のベッドに戻りなさい」クリストフは答えた。リリーはあくびをしてうなずいたが、また悪夢のことを思いだした。

「でも怖いの。ひとりで一階に下りるのはいや。ついてきてくれる？　お願い、おじいちゃん、すぐに眠るから」

「ひとりで上がってこられたじゃないか」そうはいったが、クリストフはもういっしょに下りるしかないと思っていた。

「行ってあげなさいよ」ピアがいった。「戻るまでワインでも飲んでる」

「裏切り者。きみはしつけをすべてぶちこわすんだから。リリー、ドアの前で待っていなさい。すぐに行くから」

「わかった」リリーはベッドからすべりおりた。「おやすみ、ピア」

「おやすみ、リリー」

リリーがいなくなると、ピアは吹きだした。笑いすぎて、目から涙がこぼれた。

クリストフは立ちあがって、トランクスとTシャツを身につけた。

「まったくもう！」クリストフは絶望して首を横に振った。「どうやら子どもの育て方についてアニカに説教する必要があるな」

ピアは仰向けになってにやにやした。

「あなた、早く戻ってきて、早く家に帰ってきて（一九六〇年代のドイツのヒット曲から）」そう歌って、ピアは笑った。

「ああ、すぐに戻るさ」そういうと、クリストフはにやっとした。「眠ったら承知しないぞ！」

二〇一〇年七月二日（金曜日）

連中は彼に目隠しをした。両手は背中で手錠をかけられた。車で移動中、だれもなにもいわなかった。およそ三十分走った。アムステルダム中央駅から搬送《はんそう》されるときに使われた小型バスではなかった。今回は乗用車だ。だがＢＭＷでも、メルセデス・ベンツでもない。スプリングが柔らかすぎる。おそらくイギリス車だ。ジャガーかベントレー。かすかに革とウッドパネルのにおいがする。十二気筒エンジンの繊細な音が聞こえ、カーブのたびに、車体がふわっと傾いた。目隠しをされていると、他の感覚が研ぎすまされる。ローテムントは聴覚と嗅覚と触覚に意識を集中させた。車には彼以外にすくなくとも三人乗っている。前にふたり、後部座席の彼の横にひとり。高級なシェイビングウォーターのにおいがするが、あまり体を洗っていないのか、体臭がきつかった。それは横にすわっている奴だ。安物の人工皮革の上着を着ていて、いましがたタバコを吸ったようだ。そういう情報は、どこに連れていかれ、なにをされるのかという疑問の答えにならない。だが外からの刺激に集中することで、不安を抑えることができた。車体ががたつくことのないなめらかな道路を猛スピードで走ったあと、運転手は速度を落として右にハンドルを切った。高速道路を下りたようだ、とローテムントは思った。ウインカーが点滅する音がした。助手席の男が咳をした。

「そこを左だ」助手席の男は声をひそめていった。流暢《りゅうちょう》なドイツ語。少しして車は栗石舗装の上を走り、停車した。ドアが開いた。ローテムントは腕をつかまれ、車から引っ張りだされた。夜のしじまに砂利がきしんだ。空気は生暖かかった。湿った地面のにおいに田舎のにおいがまじっている。カエルが遠くで鳴いていた。

目隠しされたまま歩くのは奇妙な感覚だった。

「階段に気をつけろ」だれかが彼の横でいった。それでもローテムントはつまずいて、ざらざらしたレンガ壁に肩をぶつけた。

「どこに連れていく気だ?」ローテムントはたずねた。答えが得られるとは思っていなかった。

案の定、返事はなかった。ふたたび階段。下り階段だ。甘いにおい。リンゴとそのしぼり汁のにおい。これだけにおいが充満しているということは、この地下室には圧搾機もありそうだ。

ふたたび階段。今度は上りだ。

目の前でドアが開き、蝶番《ちょうつがい》がきしんだ。地下室のにおいはしなかった。最近ワックスを塗ったらしい寄せ木張りの床。本。古書、革、紙、ほこりのにおい。図書室？

「ようやく来たか」だれかが小声でいった。椅子の脚が床にこすれた。「すわれ！」

その命令はローテムントに向けられたものだった。彼は椅子にすわらされると、両腕を乱暴に後ろにねじられ、足首を椅子の脚にしばられた。目隠しがはずされた。まばゆい光が網膜に刺さった。涙目になった。ローテムントは目をしばたたいた。

「アムステルダムでなにをしていた？」男がたずねた。声に聞き覚えがない。ローテムントの脳内で警鐘が鳴った。もっとも恐れていたことが起きた。九年前に彼の人生を破滅させた連中の手に落ちたのだ。連中は当時、容赦なかった。今回も手ぬるいことはしないだろう。彼がオランダに向かったという情報をどうやって手に入れたのだろう。だがそんなことを気にしても詮ないことだ。結果に変わりはない。

「友だちを訪ねていた」ローテムントは答えた。

「おまえが訪ねた『友だち』は知っている。お遊びはやめだ。なんの話をした？」

ローテムントはライトの向こうにいる人間の黒い影しかわからなかった。顔どころか、輪郭すらはっきりしなかった。

「ヨットの話をした」ローテムントはいった。

いきなり拳骨が飛んできて、顔に命中した。鼻骨がぼきっと音をたて、口の中に血の味が広がった。

「質問を繰り返すのは好まないが、もう一度訊く。なんの話をした？」

ローテムントは押し黙った。筋肉に力を入れて、次の一撃と痛みに備えた。代わりにだれかが彼の椅子を左にまわした。壁にテレビがかけてあった。

ハンナの顔が目に飛び込んできて、ローテムントはぎょっとした。彼女は猿轡《さるぐつわ》をかまされ、額《ひたい》から血を流し、恐怖に目を見ひらいている。ビデオカメラが少し後ろに下がった。ハンナは裸で縛《いまし》められ、コンクリートの床にひざまずいていた。奴らは彼女を殴り、辱《はずかし》めるところを映像に収めたのだ。ローテムントは心臓がつぶれそうになった。顔をそむけて目を閉じた。愛する女性が地獄の責め苦と死の恐怖に苛《さいな》まれているのは見るに堪えない。

「よく見ろ！」だれかが彼の髪をつかみ、顔を上向けた。ローテムントはぎゅっと目をつむった。だが見なくても、ハンナが漏らす絶望のうめき声は聞こえる。そして悪辣《あくらつ》な拷問の細部を一々告げる男のあざける声も。ローテムントの胃が引きつり、胃液を吐いた。

「ちくしょう！」と叫んだ。「薄汚い糞《くそ》野郎！　なんてことを」

拳骨が何度も飛んできた。抗《あらが》う術《すべ》がない。頭に炸裂し、頬骨が砕け、裂傷を負い、血が顎を伝って流れ、堪《こら》えきれずにこぼした涙と混じりあった。

「おまえの娘にも同じことをしてほしいか？」耳元で声がした。「そうか、してほしいのか？

ほら、見ろ。これが娘だろう。無邪気で小さなおまえの娘だ」

ローテムントは目を開けた。画質が悪い。おそらく隠しカメラだ。だがキアーラに間違いなかった。ホッケークラブの門の前でカメラに背を向けている若い男と話している。キアーラがかわいらしく笑った。あの子が男を見上げると、長い金髪がむきだしの肩にかかった。ローテムントは息をのんだ。のどがしめつけられ、血と涙で鼻が詰まった。体じゅうの血管が不安で凍りついた。

「じつにかわいいな、おちびのキアーラ。小さな胸にぷりぷりしたおしり」背後で声がした。

「この子を主人公にして映画を撮ったら大評判になるだろう」

哄笑。

「口を割らなければ、この娘、今日の昼にはあのテレビの女と同じ目にあうぞ」

ローテムントはくじけた。どんな痛みも耐えられる。なにをされようとも。だが娘がハンナと同じ目にあうといわれては、どうにもならない。ローテムントは口を開け、話しはじめた。

＊

「おいで、ロマックス！」

彼女は玄関ドアを開けた。犬は籠《かご》から飛びだし、彼女の脇をすり抜けて戸外に出た。彼女は中庭に出て、庭園を抜ける小道を歩いた。毎朝そうしている。木のあいだでは鳥がさえずり、草むらの朝露が朝日を浴びてキラキラ光っている。スタッフォードシャー・ブル・テリアが芝生を駆けまわり、バラの茂みに放尿し、うなりながら後ろ脚で土をかける。この犬はこの邸《やしき》の王様、ボスだ。他の犬はみな、スタッフォードシャー・ブル・テリアに一目置いていた。ちょうど男たちがベルントに敬意を表するのと同じ、とミヒャエラは思った。だが一昨日から夫のことがなにも聞こえてこない。昔もそういうことがよくあった。だが警察沙汰を起こさなくなって何年にもなる。大きな邸に彼女は一人ではないし、強盗が入る恐れなどないのに、夫がいないことで彼女は怯えていた。昨日から子どもたちもいない。バルト海で十日間、スポーツクラブの合宿だ。子どもたちは警察の不埒《ふらち》な家宅捜索で死にそうな恐怖を味わったから、ちょうどいい気分転換になるだろう。友だちやチームメイトといっしょに合宿に参加しなければ、誤解を生みかねない。ミヒャエラはふたりがいなくてさびしかった。ベルントと息子たちがいない邸はしんと静まりかえっていた。ナターシャがいっしょにいてくれるが、以前オーペアガールだったルドミラほど話し好きではない。ミヒャエラは散策を終えた。手下が三人、すでに来ていた。

「おはようございます」工房を仕切っているフレディがあいさつした。「コーヒーを飲みますか、奥さん？」

「おはよう。ええ、いただくわ」ミヒャエラは答えた。納屋の前のベンチにすわり、日の光で温まっていた背もたれに寄りかかった。ロマックスがはあはあ息をしながら彼女の足元にしゃがみ、前脚に頭を乗せた。フレディが湯気を上げるコーヒーを持ってきた。

「ミルク少々、砂糖が二個」そういうと、彼はにやっとした。「これでいいですか？　ボスのことはなにかわかりましたか？」

「いいえ、ぜんぜん」ミヒャエラはコーヒーを飲んだ。「でもそれ以外は大丈夫」

手下たちは気を使い過ぎだ。なにもかもやってくれようとするので、買い物もできない。ミヒャエラは、部下のだれかが持ってきて、机に置いておいた大衆紙を手に取った。彼女は新聞をめったに読まない。この世界で起きていることには興味がなかった。自然災害、戦争や紛争。記事を読むと気が滅入る。読書の方がいい。ロマックスは満足そうにうなりながら横たわり、太陽の温もりを楽しんでいる。

突然、ミヒャエラはびくっとした。男の写真が目に飛び込んできて、息をのんだ。あっと思ったときにはすでに記事の冒頭を読んでいた。そして読むのをやめられなかった。

「元企業家で、母子家庭の援助団体〈太陽の子協会〉の創立者ドクター・ヨーゼフ・フィンクバイナーが今日、八十歳になる。その熱心な活動で一等功労十字章とヘッセン州名誉バッジを受章している同氏は、自邸の庭で家族や大勢のゲストから祝いの言葉を受けることになる。誕生祝賀会は同時に〈太陽の子協会〉の創立四十周年に……」

目の前の文字がにじみ、コーヒーカップをつかむ指が痙攣《けいれん》した。気が動転していた。ヨーゼフ・フィンクバイナー！　彼女の頭の中で、彼女とレオニーでやっとの思いで築いたなにかが粉々に砕け散った。気づくと、六歳の自分になっていた。大きな楕円形のテーブルに向かってすわっている。目の前に本がひらいてある。そこになにが書いてあるか読めたらいいのにと思う。その本の絵は昨日手にしたばかりのようにはっきりと見えた。四十年前のことなのに。ミヒャエラは白髪の男の写真を見つめた。カメラに向かっておだやかに微笑んでいる。この人をとても愛していた！　彼女の子ども時代の宇宙を明るく照らす太陽だった。子ども時代の幸せな思い出などそう多くはないが、そこにはかならずこの人がいた。何年ものあいだ、自分に起こっていることが理解できなかった。なぜか数時間、いや、ときには数日、数週間の記憶がなかった。なぜそうなのかわからなかった。彼女の中の人格がひとりではないと最初に気づいたのはレオニーだ。そこには他にいくつもの人格がいて、それぞれ名前がちがい、記憶も感情も好みも嫌なものも異なっていた。ミヒャエラは長いあいだそれを認めようとしなかった。ありえないことだと思った。だが奇妙で、おかしなブラックアウトを説明するにはそれしかなかった。小さい頃から、彼女はターニャ、ザンドラ、シュテラ、ドロテーエ、カリーナ、ニーナ、バブシといったたくさんの人格と自分の時間を分けあっていたのだ。

「やめるのよ、ミヒャエラ」彼女は自分に向かっていった。記憶に身を任せるのは危険だ。心が別人格に移ってしまう恐れがある。そうしたらまた時間を失う。勢いよく新聞をめくった。だがそこにも別の知った顔があった。

「キリアン！」彼女は驚いてつぶやいた。どうして大衆紙に彼の写真がのっているんだろう。写真の下のキャプションに目を通す。彼女は衝撃を受けた。嘘！　そんなはずはない。ありえないことだ！　レオニーはバカンス中だ、と夫はいっていた。おかしいとは思った。計画が進行している今、バカンスなんてあまりにタイミングが悪い。だがレオニーは彼女によくしてくれた。バカンスを取るくらい認めなくては。しかし新聞には、レオニーが死んだと書いてあった。そしてキリアン・ローテムントはレオニーの死とニュースキャスターのハンナ・H襲撃事件に関係したとして指名手配中だという。ミヒャエラは呆然となった。両手が激しくふるえ、コーヒーカップを持っていられないほどだった。彼女が緊張していることに気づいて、ロマックスが体を起こし、彼女の手をなめようとした。

なにが現実？　どこまでが妄想？　いつのまにか、時間がまた飛んだんだろうか。子どもたちは合宿に行ったのではなく、とっくに成人して、結婚し、家を出たのかもしれない。ベルントは？　彼はどこ？　今日は何日？　わたしは何歳？　彼女は新聞をたたんで、ベストのポケットに突っ込んで立ちあがった。くらくらする。さっきめくっていたメルヘンの本はどこ？　置きっぱなしにしたら、お母さんに怒られる。あの本はお母さんが子どものときから大事にしていた本だから。まずい！　さっきそこにあったのに！　それともちがう？　彼女はあたりを見まわした。ここはどこ？　ここにいる人たちはだれ？

彼女は頭を抱えた。いや、いや、いや、またはじまってしまう。止めなくては。レオニーに電話をするのよ。ミヒャエラの人生を失ってはいけない。さもないととんでもないことになる。

＊

ピアは階段を一段飛ばしで駆けあがった。夜半まで起きていて、オリヴァーを信頼できるようになるにはどうしたらいいか考えた。とにかくあの件を胸にしまって、知らないふりをするわけにはいかない。ボスへの忠誠心と自分の義務感のあいだで心が揺れ、朝方悪夢にうなされ、寝過ごしてしまった。ピアは今日、どのみち半日休みを取っていた。エマの招待で、十一時からはじまる誕生祝賀会に出るためファルケンシュタインに行く。

八時二十分、ピアは会議室のドアを勢いよく開けて、「おはよう。遅くなりました」といった。そのままケムとカトリーンのあいだのあいている椅子にすわって、エンゲル署長にじろっとにらまれた。署長はこのところ捜査十一課の朝の捜査会議に参加するのが日課になっていた。

「ヘーヒストとウンターリーダーバッハで開業している臨床心理士とヘーヒスト病院精神科病棟に問い合わせましたが、なんの成果もありませんでした」カイがいった。「例の少女を知る者はひとりもいません。親だというふたりの人相書きを見せてみましたが、だめでした」

「今日はずいぶんシックね？」カトリーンがささやいた。

「これから誕生祝賀会に出るの」ピアもささやいた。胸元があいた水色の夏服に薄いカーディガンと新品で靴ずれを起こしそうなヒールサンダル。なんだか場違いだった。階段ですれちがった同僚たちにもじろじろ見られた。ひとりなどふざけて口笛を吹いた。喜ぶべきことかもしれないが、ピアは体のことをいわれるのが嫌いだった。

「人相書きができたの？」ピアはカトリーンにたずねた。カトリーンはうなずいて、二枚のプリントアウトを見せてくれた。男は髭面だ。だがベルント・プリンツラーではない。顔が細く、顎鬚《あごひげ》もある。それに目元の彫りが深く、鼻が幅広い。女の方は褐色の髪をボブカットにしている。かわいらしいが、特徴のない顔だ。ピアはがっかりした。もっと期待していたのだ。

「今日は青少年を専門にしている精神科クリニックに聞き取りをつづけます」カイは話をつづけた。「この夫婦は証人に完璧な標準語を話したそうです。ところが少女は片言のドイツ語しか話さなかった。夫婦はその少女を自分たちの子と呼んでいましたが、養子の可能性もあるでしょう。ですから養子縁組斡旋機関も調べます」

プリンツラーは九時頃、プロインゲスハイム拘置所からここへ移送されてくるという。エンゲル、オリヴァー、ケムはキリアン・ローテムントとプリンツラーをハンナ・ヘルツマン襲撃事件の被疑者と見ている。ピアはそのことについてなにもいわず、みんなの発言にじっと耳を傾けていた。署の人間をふたりも信用できないというのはなんとも切なかった。エンゲル署長が捜査会議に参加するのは、純粋に関心があるからか、それとも自分に火の粉がかからないように捜査を誘導したいからか、いったいどちらだろう。

「よし、では取りかかろう」オリヴァーはいった。「ピア、面通《めんとお》しとプリンツラーの取り調べに同席してほしい」

「でも十時四十分には署を出ないと。今日は半日休みを取っているんです」

「休み？　捜査中に？」署長は眉を上げた。「だれが許可したの？」

「わたしだ」オリヴァーは椅子を引いて立ちあがった。「それまでには終わる。十分後に下で」

「わかりました」ピアはいつも使うリュックサックの代わりに持ってでたバッグをつかんで、自分の部屋に向かった。カイがあとからついてきた。

「なんでもっとそういうドレスを着ないんだ？」

「あなたまでからかうの？」

「からかう？　きみのその美脚はいい目の保養さ」

「でも、わたしの足よ！」

「ああ、きみの足だ。足が一本しかなくなってから、足フェチになってね」カイはにやっとして、デスクの向こうに腰かけた。「なにカリカリしてるんだい？」

「別に……カリカリなんて」あわててそういうと、ピアはコンピュータの電源を入れた。たしかに神経質になっている。

　ピアはパスワードを打ち込んで、メールをチェックした。別にたいしたメールは届いていない。警察のサーバーはわずらわしいスパムメールや宣伝メールを仕分けるので助かる。メールソフトを閉じようとしたとき、「リリー」という件名の新しいメールが届いた。差出人は不明。添付ファイルのあるそのメールをひらいた。

〝小さな少女が行方不明になり、そのまま発見されないことがよくある。だがママが身の程知らずなことをして、かわいい少女がそういう目にあったらかわいそうだ〟

　添付ファイルは白樺農場《ビルケンホーフ》の放牧地に犬たちといるリリーの写真だ。ピントが甘い。かなり遠いところから撮影したようだ。ピアは数秒、その文面を見つめた。そしてようやくそのEメールがなにを意味するか気づいて、鳥肌が立った。明らかな脅迫状だ！　リリーがピアの娘だと思って、ピアが首を突っ込むのをやめないと、リリーになにかすると脅しているのだ。だがなにをやめろというのだろう。身の程知らずなこととはなんだ。

「俺は誉めてるんだから、そんなにへそを曲げるなよ」カイはいった。「きみは本当に……」

「ちょっとこれを見て」ピアはカイの言葉をさえぎった。

「なんだい？」カイがそばに来た。「おい、顔が蒼いじゃないか」

「これを見て！」ピアは椅子を少しさげ、バッグをつかんで携帯電話をだした。胃の具合が変だ。両手がぶるぶるふるえた。クリストフにすぐ電話をかけて、警告しないと！　リリーから一瞬でも目を離してはいけない！

「これは明白な脅迫だ」カイも心配して眉間にしわを寄せた。「MaxMurks@hotmail.com。偽のアドレスだな。ボスに見せた方がいい」

少ししてオリヴァー、クレーガー、ケム、カトリーンの四人も真剣な面持ちでピアのデスクを囲んだ。ピアはクリストフに電話をかけた。彼は深刻な状況だとすぐ理解し、そばから離れないようにリリーにいうといった。

「だれかを怒らせたな」ケムがいった。

「そうね。でもだれ？」ピアはいまだにわけがわからなかった。ピアがどこに住んでいるか知っていて、リリーの写真を撮った！　だれかが家のまわりをうろついているかと思うと、忘れたはずの不安が心の奥底で目覚めた。「どういうこと？　わたしたち、なにもわかっていないじゃない！」

「たしかにそうだ」オリヴァーはピアを食い入るように見つめた。「よく考えるんだ！　だれとどんな話をしたか」

ピアは唾をのみ込んだ。昨日フランクに会って、エーリク・レッシングのことを聞いたとみんなにいうべきだろうか。この脅迫はそれ絡《がら》みだろうか。フランクが背後にいるのか。ピアはクレーガーと目が合った。彼はわからないように小さく首を横に振った。

ノックの音がして、警備課の巡査が、面通しに加わる人員が下で待っていると報告した。

「すぐ行く」オリヴァーはいった。「今はどうしようもないな、ピア。カイ、ケーニヒシュタイン署に情報を流しておいてくれ。それからもしなにかおかしなことがあったら、そっちへ連絡するようクリストフに伝えるんだ」

ピアはうなずいた。安心はできないが、ボスのいうとおりだ。今はなにもできない。

＊

天気の神様は慈悲の心を示し、義父の八十歳の誕生日にコバルトブルーの空と真っ白な綿雲を贈ってくれた。これで屋外のレセプションとパーティーにはなんの支障もない。エマは髪にドライヤーをかけながら、バスルームの窓から庭を見下ろした。ヘルムート・グラッサーたちが昨日のうちに、演台を設営し、椅子やハイテーブルを並べ、さまざまな催《もよお》し物用の小さな舞台をこしらえた。今朝、音響設備をセッティングして、サウンドチェックもした。下ではあわただしく準備が進められている。ニッキー、ザーラ、ラルフ、コリナの四人が誕生日プレゼントとしてアレンジしたジャズバンドがすでに一時間前から演奏をはじめ、〈太陽の子協会〉合唱団もリハーサルをはじめた。その演奏と歌声を聞きながら、エマは娘に翻弄《ほんろう》されていた。お気に入りのはずの、襟が白いピンクのチェック柄のドレスをルイーザが着たくないといって暴れたのだ。なだめすかしても、厳しくいっても、効き目はなかった。ルイーザはジーンズと長袖の白いTシャツがいいといって、頑としていうことをきかなかった。ルイーザは駄々をこね、ジャズの演奏が聞こえなくなるほどの金切り声をあげた。それでもエマはあきらめず、ルイーザにドレスを着せた。ルイーザは今、子ども部屋でふくれっ面をしている。エマはその隙にシャワーを浴び、洗髪した。

そろそろ下に行かなくてはまずい。ケータリングがレセプション用のカナッペやフィンガーフードや食器や飲みものを搬入し、内輪の客用の昼食が邸のキッチンで調理されている。ケータリングを通してコリナが雇ったサービススタッフはまだ手持ちぶさたな様子で立っている。公式のゲストが到着するまであと四十五分。レナーテとヨーゼフはその前に「彼ら」の子どもたちと誕生日と再会を祝して乾杯したいと望んだ。

エマは深いため息をついた。できることなら時間を早まわしして、夕方になってほしかった。以前はこういう宴会が好きだったが、今日はフローリアンと会うのが怖いし、どうでもいいゲストたちとおしゃべりするのも気が重い。ベッドルームへ行き、唯一今の体型に合うシトロンイエローのドレスを着込んだ。電話が鳴った。レナーテだ！

「エマ、どこにいるの？　ほとんどの人が揃ったわよ。それなのにフローリアンとあなたとルイーザがいなくては……」

「すぐに行きます」エマは義母の言葉をさえぎった。「五分で下りていきます」

エマは電話を切って鏡を見つめ、子ども部屋へ行った。もぬけの殻！　やられた！　リビングにもいない。エマはキッチンに入った。

「ルイーザ？　ルイーザ！　下に行かなくてはいけないのよ！　おばあちゃんから電話があっ

て……」途中で言葉をのみ込んだ。両手で口をふさぎ、愕然として娘を見つめた。ルイーザはパンツだけの姿になってキッチンの床にしゃがみ、手にキッチンバサミを持っていた。昨日洗ったばかりのきれいな金髪が娘の周囲の床に落ちていた。

「ルイーザ！　なんてことをしたの？」エマは唖然としてささやいた。

ルイーザはしゃくりあげ、ハサミを投げた。かちゃんと音をたてて、ハサミはテーブルの下にすべっていった。嗚咽《おえつ》が絶叫に変わった。エマはしゃがみ込んだ。手を伸ばしてルイーザのぼさぼさの髪をなでた。ルイーザはびくっと身を引き、目をそむけたが、それからエマの腕の中に飛び込んできた。娘の体が激しくふるえ、顔じゅう涙でぐしゃぐしゃだ。

「きれいな髪をなんで切ったりしたの？」エマは小声でたずねた。娘を腕に抱きながら頬ずりした。これは気まぐれでしたことではない。反抗とか、怒りの結果ではない。怯えわななくルイーザを目の当たりにして、エマは心がつぶれそうだった。「なんでこんなことを？」

「みにくくなりたいから」そうささやいて、ルイーザは親指を口にくわえた。

＊

八時に鳴った目覚まし時計を止め、十時まで眠りつづけた。どうせ働き口はない。待っている人もいない。オーバーウルゼルを訪ねたあと、マイケはザクセンハウゼンに戻らず、車でランゲンハインに帰った。起床してから三十分、テラスのジャグジーバスに入り、母親のバスルームにあったクリームやピーリング化粧品を片っ端から試した。ハンナはそうしたものに大金をはたいていて、彼女には実際効き目があるようだ。だがマイケは少しも満足できなかった。

肌が荒れていて、ちっともきれいにならない。すっかり落ち込んだ。「なんて醜いの！」鏡に向かってそうののしると、しかめっ面をした。

玄関ドアが開く音がした。マイケははっとして頭を上げ、耳をそばだてた。だれだろう。掃除婦が来るのは火曜日だ。自発的に掃除にくるはずがない。だれか隣人に鍵を預けてあるのだろうか。マイケは足音を忍ばせて廊下を歩き、胸をどきどきさせながら壁際からエントランスホールを見下ろした。男がふたり！　ひとりは背中を向けていてだれかわからないが、もうひとりの細面で髭を生やし、髪を後ろで束ねた男は、まるで自分の家ででもあるかのようにキッチンに入った。日中堂々と強盗に入ったのか！

マイケは夜中を過ごしたハンナのベッドルームに戻って見まわした。しまった！　携帯電話はどこだろう。ベッドを引っかきまわす。そのとき、ついさっきまで、ジャグジーバスでヘッドホンをつけて音楽を聴いていたことを思いだした。あそこに置きっぱなしだ。

携帯電話の代わりに、母親が襲われてからジーンズの尻ポケットに突っ込んでいたスタンガンをだした。二階にいたのでは袋のネズミだ。なんとかこっそり階段を下りて玄関ドアから逃げださなくては。ふたりは一階でしゃべっている。キッチンにいる。エスプレッソマシンが豆をひく音がした。なんてあつかましい連中だろう。

マイケは階段の上でかがみ込み、息をひそめて耳をすました。玄関ドアから逃げるタイミングを計らなくては。そのときひとりが携帯電話を耳に当ててキッチンから出てきた。マイケは目を疑った。

「ヴォルフガング？」思わず声をあげて、体を起こした。

男はびくっとした。携帯電話が手からすべって床に落ちた。幽霊でも見たかのようにマイケを見つめた。

「ど、ど……どうしてここに？　なんでザクセンハウゼンにいないんだ？」

マイケは階段を下りてきた。

「ここで一泊したのよ。あなたこそ、なんでここにいるの？」マイケは冷ややかに答えた。昨日、追い払われたことを忘れていなかった。「もうひとりはだれ？　勝手に入ってきて、エスプレッソをいれるってどういうこと？」

マイケは片手を腰に当てて、彼をにらみつけた。「母さんは知ってるの？」

ヴォルフガングは顔面蒼白になった。

「頼む、マイケ！」ヴォルフガングは両手を上げ、のど仏が上下した。眉間の汗が光っている。「ここから消えるんだ。そしてここで見たことを忘れろ……」

ヴォルフガングは口をつぐんだ。髭面の男がキッチンのドア口にあらわれた。

「あらら？」髭面男はいった。「だれかと思ったら」

「うちのコーヒーの味はいかが？」マイケはとげとげしくたずねた。

「まあまあだ」髭面男が答えた。痩《や》せていて、筋肉質な男だ。日焼けしているところを見ると、屋外で過ごすことが多いようだ。あざけるような目をしている。「サエコ社のエスプレッソマシンの方が好みだが、ここのも悪くない」

マイケは男をにらんだ。なんてずうずうしいんだろう。いったいだれだ。ヴォルフガングは金曜日の午前中に母の家でなにをしようというんだ。マイケは階段を下りた。

「頼む、マイケ！」ヴォルフガングはふたりのあいだに入った。「出ていってくれ。わたしたちを見たことは忘れ……」

「手遅れだな」髭面男は彼を押しのけた。「郵便受けを見てこい、ヴォルフガング」

マイケは男とヴォルフガングを交互に見た。ヴォルフガングは目をそらし、背を向けた。信じられない！　見捨てるわけ！

「ヴォルフガング、どうして……？」

いきなり拳骨が飛んできて、マイケの顔に命中した。彼女は後ろによろめき、かろうじて階段の手すりにしがみついた。顔に手を当て、手についた血を信じられない思いで見つめた。急に体が熱くなった。

「なにすんのよ？」マイケは叫んだ。だがどっちを怒ったらいいのかわからなかった。いきなり殴った奴のことか、携帯電話を拾って、知らんぷりをしているヴォルフガングか。憎悪と失望とアドレナリンが噴出した。玄関ドアから駆けだして、助けを呼ぶのはやめ、怒りの声をあげて髭面男に飛びかかった。

「ほほう！　おまえのおふくろはそこまで抵抗しなかった。てめえと比べたらつまんなかったぜ」髭面男は両手でマイケを押さえにかかった。マイケには勝ち目がなかった。相手は大人の男だ。体格で負けている。それでも男がマイケの背中を膝《ひざ》で押さえ、手首をねじあげるまでだいぶ手こずった。

「こいつ、山猫だな」

「糞野郎！」マイケは食いしばった歯のあいだから罵声を吐き、足で男を蹴飛ばそうとした。

「よし、立て！」髭面男はマイケを立たせ、地下に通じる階段に引っ張っていった。

「ヴォルフガング！」マイケは叫んだ。「助けてよ！　ヴォルフガング！」

「うるせえぞ！」そういうと、髭面男はマイケに平手打ちをくらわした。マイケは男に唾を吐き、相手の急所を蹴りあげた。男は頭に血が上った。地下の暖房機室に彼女を押し込むと、ドアを閉め、立ちあがれないほどマイケを殴った。

ようやく充分と思ったのか、男は肩で息をしながら体を起こし、前腕で額の汗をふいた。後ろで束ねた髪がほつれて、顔に髪がかかっていた。マイケは咳き込みながらコンクリートの床にうずくまった。

上の玄関ドアでベルが鳴った。

「郵便が来たな」髭面男がいった。「逃げようなんて思うなよ。これからデートなんだから」

「あんたとってこと？」マイケがあえぎながらいった。

男はかがみ込み、マイケの髪を鷲づかみにして、自分を見るようにしむけた。

「ちがうぜ、ベイビー。俺とじゃない」髭面男は悪魔のような笑みを浮かべた。「死神とデートさ」

＊

男は首を横に振った。

「いいえ。ここにはいないですね」

「本当かね？」オリヴァーは念押しした。「よく見てくれ」

「いないですよ」目撃者のアンドレアス・ハッセルバッハは確信を持っていった。「ちらっと見ただけですけど、ここにはいません」

ミラーガラスの向こうに男が五人立っている。ひとりずつ手に番号札を持っていた。プリンツラーは三番だ。しかし目撃者は目をとめることもなかった。ピアは、ボスが失望の表情を浮かべたことに気づいた。プリンツラーが犯人でないことは明らかになった。なぜなら彼以外は全員捜査官だからだ。

「これはどう？」ピアはヘーヒストの女性の助けで作成した人相書きをハッセルバッハに見せた。ひと目見ただけで充分だった。

「こいつだ！」彼は即座にいった。

「ありがとう」ピアはうなずいた。「助かりました」

あとはこの男を捜すだけだ。おそらく公開捜査が役立つだろう。面通しに駆りだされた同僚たちはそれぞれの持ち場に戻り、目撃者は任を解かれ、プリンツラーは取調室に連れていかれた。オリヴァーとピアは机をはさんで正面にすわり、ケムは壁に寄りかかった。

「なんで俺を逮捕したんだ？」プリンツラーは腹を立てていた。「俺はなにもやっていない！横暴だぞ！　妻に電話をかけたい」

「話をしてからだ」オリヴァーがいった。「どうしてレオニー・フェルゲスとハンナ・ヘルツマンを知っている？　そしてなぜふたりを訪ねた？　それをいえば、奥さんに電話をかけてもいいし、釈放してもいい」

プリンツラーはさげすむようにオリヴァーを見つめた。

「弁護士のいないところではなにもいわない。俺がなにかいえば、それで俺の首をしめるに決まってる」

オリヴァーはピアとクレーガーが昨日たずねたことと同じ質問をぶつけたが、同じように返答を得られなかった。

「まず妻と電話で話させろ」なにを質問しても、プリンツラーはそう答えた。おっとり構えているが、本当に大事なことのようだ。妻を心配している。なぜだ？

ピアは時計を見た。あと一時間でファルケンシュタインにいないといけない。これではにっちもさっちも行かない。そこで人相書きをプリンツラーに見せた。

「この男はだれ？」

「おまえたちが捜しているのはこいつ？　だから面通ししたのか？」

「そうよ。知っているの？」

「ああ。ヘルムート・グラッサー。すぐに見せれば、こんな押し問答をしなくてすんだものを」

ピアはかっとなった。頭に血が上った。時間が無駄に過ぎていく。事件を解く鍵を知るはずなのに、こいつはそれを明かそうとしない。取りつく島がなかった。プリンツラーは亀裂も継ぎ目もないコンクリート壁、難攻不落の壁だ。

「どうして知っているの？　こいつはどこにいるの？」

プリンツラーは肩をすくめた。

ピアは怒り心頭に発した。まだ振りまわす気か。

「これを見て」ピアは、ケムが部屋から出るのを待って、今朝届いたEメールのプリントをプリンツラーに見せた。「何者かがわたしとわたしのパートナーの孫娘を撮影した。それも昨日」

プリンツラーは写真を見ようともしなかった。

「メガネがないんでね」

「では読んできかせる」ピアは紙を奪いとった。「小さな少女が行方不明になり、そのまま発見されないことがよくある。だがママが身の程知らずなことをして、かわいい少女がそういう目にあったらかわいそうだ」

「俺には関係ない」プリンツラーはピアの顔から目をそむけた。「俺は水曜日から拘束されている。忘れたのか？」

「だけど、これがなんなのかわかるでしょう！」ピアは怒鳴り声をあげないように自制した。「このメールを書いたのはだれ？　理由は？　ハンナ・ヘルツマンはなにを取材していたの？　レオニー・フェルゲスはなぜ死ななければならなかったの？　次にだれが死んだら、あなたは口をひらくの？　あなたの奥さん？　奥さんをここへ連れてくる？　あなたがだめなら、奥さんに話してもらう」

プリンツラーは顎をなでて考えた。

「取引しよう。電話をかけさせろ。妻が無事だとわかれば、知っていることを全部話す」

取引ではない。要求だ。だがプリンツラーが立てこもる頑丈な防壁にできたはじめての小さな取っかかりだ。チャンスだ。ピアはオリヴァーと視線を交わした。オリヴァーがうなずいた。ピアは携帯電話をだして、プリンツラーの前に置いた。

「ほら、電話しなさいよ」

＊

車は速度を落とし、左にカーブした。キリアン・ローテムントはだれかが自分に覆いかぶさったことに気づいた。いきなりドアが開き、風を受け、浮力を感じた。ぎょっとして、前の座席に膝を当てて体を固定しようとした。そのとき激しく脇を突かれ、上体が倒れた。なにが起きたか頭で理解する前に、体が宙に浮いた。ちくしょう。車から突き落とされた！　右肩から地面に落ち、鎖骨がぼきっと折れた。激痛に息が詰まった。タイヤがスリップする音、ブレーキ音、トラックのクラクションがすぐ脇で耳をつんざいた。ローテムントは必死で道路から転がりでようとして、ガードレールの鋭い角に頭をぶつけた。もう安全だろうか。ここはどこだ。とがった砂利で頬に擦《す》り傷ができた。草のにおいがする。

車のドアが閉まる音がして、だれかが駆けてくる。ローテムントはさらに体をずらした。

「おい！」だれかがローテムントの腕に触れた。激痛が走った。

興奮した声が飛び交う。

「救急車を呼べ！」

「……車から落ちたんだ！」

「生きているのか？」

「ひくところだった！」

だれかが頭に触れた。目隠しが取れ、ローテムントは明るい光に目をしばたたいた。チェック柄のシャツを着た口髭の男が目にとまった。愕然としている。

「大丈夫か？　動けるか？　どこか痛むか？」

ローテムントは彼を見つめて、ゆっくりうなずいた。

「肩が痛い」ローテムントはささやいた。「骨が折れたようだ」

「救急車がすぐ来る」男がケルン訛でいった。「いったいなにがあったんだ？」

ローテムントの視界がひらけた。顔を上げて、二車線道路のガードレールの下にいることがわかった。大型トラックがハザードランプをつけ、対向車線にはみ出した状態で停車していた。トラックがもう一台、そのすぐ後ろに止まっている。

「この人、車から突き落とされたんだ！」トラック運転手らしい男はショックを受けていた。顔が真っ青だ。「あやうくひくところだった！」

「ここは？」ローテムントは乾いた唇を舌でなめて、体を起こそうとした。

「州道五六号線、ゼルフカントの手前だ」

「ドイツなのか？」

「ああ。なにがあったんだ？」

少し若い男が携帯電話を持ってやってきた。

「圏外だ」といって、心配そうにローテムントにかがみ込んだ。「おい、なにがあったんだ？」

「フランクフルトに行かなくては。電話をかけなくてはならない」ローテムントは自分がどんな有り様か想像がついた。「救急車や警察を呼ばないでくれ」

「だけど、死にかけてるじゃないか」若い方がいった。ローテムントの頭にはキアーラのことしかなかった。あの子になにかある前に連絡をしなければ。ふたりが彼をそっと起こして、ガードレールにもたれかからせ、手枷足枷をほどいて立たせた。

「少し乗せてくれないか？」ローテムントはたずねた。「急いでフランクフルトに行きたい」

ふたりのトラック運転手も、警察に事情聴取されるのはうれしくなかった。到着が遅れれば、運送会社に怒られる。ふたりはなにも質問せず、ローテムントに水と雑巾を与えた。ローテムントはその雑巾で顔と手の乾いた血をぬぐった。

「俺はメンヒェングラートバッハへ行く」口髭の男がいった。「無線でフランクフルトまで乗せてくれるトラック仲間がいないか訊いてやる」

「ありがとう」ローテムントはうなずいた。彼はトラックに乗るのもやっとだった。体じゅうが痛い。顔が腫《は》れていた。ミラーで見ると、原形をとどめない、なんともおぞましい顔だった。

口髭の男は大型トラックのエンジンをかけ、ふたたび走りだした。ローテムントはぞっとした。三十トントラックにひかれたら、骨は粉々に砕けていただろう。　誘拐した連中も、おそらくそれを狙ったのだ。

*

庭は夏服を着た陽気なゲストで埋まり、ジャズバンドが演奏し、シャンパングラスとつまみを盆にのせたウェイターがゲストの中を歩いていた。エマは目で義父母を捜した。ゲストの名簿で来客の名前はすべて知っていたが、だれとも面識がなかった。ルイーザはエマの手を握って、おどおどしながらくっついている。ルイーザの髪をなんとかごまかして、見られるショートカットにするのにひと苦労した。ジーンズと白い長袖シャツを着たルイーザは少年のようだった。

「おじいちゃんとおばあちゃんはあそこよ」エマはいった。義父母は大きなテラスにいた。義父のヨーゼフは白いリネンのスーツ、義母のレナーテはアプリコット色のドレスを着ている。日焼けした肌と白い髪にその色がよく似合っている。ふたりは到着したゲストにあいさつしていた。レナーテは満面の笑みを浮かべ、幸せそうだ。

エマは義父に誕生日のお祝いをいった。

「小さなお姫さまはどこかな?」ヨーゼフはルイーザにかがみ込んだ。だがルイーザは母親の後ろに隠れた。「おじいちゃんに誕生日のキスをしてくれないのかい?」

「いや!」ルイーザは激しく首を横に振った。まわりの人がおもしろがって笑った。

「ルイーザのきれいな髪がなんてこと?」レナーテが驚いてたずねた。「それにあのかわいいピンクのドレスは?」

「ショートカットの方がいいといいだしまして」エマはあわてていった。

「あら、そうなの……?」レナーテがなにかいいかけたが、エマは目でなにもいわないように懇願した。

「パパ!」ルイーザがその瞬間叫んで、エマの手を放し、フローリアンのところへ走った。夫を目にした瞬間、エマはどきっとした。父親と同じようにフローリアンも明るい色のスーツを着て、じつに恰好がいい。フローリアンはルイーザを抱きあげた。ルイーザは彼の首にかじりついて、頰ずりをした。

「やあ」フローリアンがエマにいった。娘の新しい髪型とジーンズについてはなにもいわなかった。「元気かい?」

「ひさしぶり」エマは冷ややかに答えた。「元気よ。あなたは?」

彼の不誠実さに対する怒りや屈辱が一瞬薄らいだが、ふたりの心の距離は縮まらなかった。エマにはフローリアンが他人に思えた。

レナーテとヨーゼフが息子にあいさつした。フローリアンは義務感から母の頰にキスをし、父親には微笑みながら手を差しだした。エマが夫にもう二言三言いう前に、レナーテが彼女の腕を取って、いろいろな人に紹介した。エマは微笑んで握手し、名前と顔を一致させたが、すぐにまた忘れた。そしてフローリアンを気にしてしきりにそっちを見た。彼は会う人ごとにおしゃべりをしているが、その態度からいやいやなのがわかった。

エマは自分の妊娠を理由にしてスパークリングワインでの乾杯を断った。ようやく義母から離れることができ、庭の端のハイテーブルに逃げていたフローリアンのところへ行った。ルイーザは数人の子どもと追いかけっこをしている。

「すてきなパーティーだ」フローリアンがいった。

「そうね」エマは答えた。だが夫は居心地が悪そうにしている。エマは自分の気持ちを反映しているような気がした。「でも早く終わってほしい」

「そうだな。うちの子はどうしてる？」

エマは娘の様子を話し、ルイーザが指人形を切り刻んだことや、いじわる狼が怖いといっていることを伝えた。

「なんだって？」夫の声が急にかすれた。ふたりははじめて目を合わせた。エマはびっくりした。夫の目に激しい動揺が見られたのだ。平然とした表情で隠そうとしたが無駄だった。彼の手がシャンパングラスの脚をしっかりつかんでいた。指関節が白くなるほどに。

「フローリアン……ごめんなさい、でも……わたし……」エマは先がいえなかった。

「わかっている」彼は声を押し殺した。「わたしがルイーザになにかしたと思っているんだろう。わたしがいかがわしいことをしたと……」

フローリアンが激しく首を横に振った。いやな思い出を振り払おうとするかのように。

「どうしたの？」エマはおずおずたずねた。

「いじわる狼が怖い」フローリアンはつぶやいた。「信じられない」

エマにはわけがわからなかった。ちらっと視線を泳がせて、笑いさざめく人たちの中にルイーザを捜した。庭が庭園に変わるあたりにコリナがいて、電話をしながら歩きまわっている。夫のラルフはそのそばでズボンのポケットに両手を突っ込んで立っている。コリナと同じように彼も緊張し、いらついている。レセプションの最中にあんな態度をとるなんて場違いもいいところだ！

市長や州議会議長が到着し、つづいて州首相もあらわれた。これで貴賓は全員揃った。

「父の仲間たちのお出ましだ。いや、雁首《がんくび》揃えたといった方がいいかな」フローリアンは軽蔑するようにいった。「わたしの母に紹介してもらったかい？」

「五千人くらい紹介された感じ」エマは答えた。「ひとりも名前を覚えられなかった」

「わたしの母の横に立っている禿頭《はげあたま》の老人、あれがわたしの代父だ。ハルトムート・マーテルン、ドイツ民放の大立て者。その隣は元連邦憲法裁判所裁判官リヒャルト・メーリング。そして蝶ネクタイの小太りの人物はフランクフルト大学のエルンスト・ハスリンガー教授。おっとあそこの銀髪の大きな男はテレビで見たことがあるだろう。俳優のペーター・ヴァイスベッカー。二十年前からずっと五十四歳だそうだ」

エマはフローリアンの毒舌に驚いた。

「ああ、ニッキーもいる」フローリアンは吐き捨てるようにいった。「彼が来なかったら、父の胸がつぶれるだろう」

「ニッキーはあなたの友だちなんでしょう」エマは驚いていった。

「ああ、みんな親友さ」そう答えて、フローリアンは鼻で笑った。「壊れた家族の子、孤児、社会的弱者となった子、両親のメガネにかなってわたしの兄弟姉妹になった者たちだ」

エマはニッキーがきょろきょろしていることに気づいた。コリナが電話を終えて、彼のところへ足早に近づいていった。ラルフも彼女につづいた。コリナは頬を張られたことをうらみに思ってはいないようだ。三人はなにか話した。それからニッキーがネクタイを直し、笑みを浮かべてヨーゼフとレナーテのところへ行った。コリナとラルフが彼につづいた。すべて順調だとでもいうように微笑みながら。

「わたしはいつも遠慮しろといわれつづけた。かわいそうなあいつらの方が愛情と温もりを必要としているといってね」フローリアンは話しつづけた。「両親がドラッグとアルコール依存症で死んだ孤児だったらいいのにと思ったものさ。なまけ者、問題児になって学校を困らせたかった。だけどわたしには許されなかった」

そのときエマは、夫が抱えている本当の問題に気づいた。子どもの頃から青春期にかけて、親が自分よりも他の子を気にかけていたことに苦しんできたのだ。フローリアンは前を通ったウェイターの盆からスパークリングワインを取って一気に飲み干した。そのとき、養子たちが義父を囲んで「ハッピー・バースデー・トゥー・ユー」を歌った。義父のヨーゼフはニコニコし、義母のレナーテは頬を濡らした感動の涙をハンカチでふいた。

「エマ」そういうと、フローリアンは深いため息をついた。「このところ悪いことをした。家を探して、ここを出ていこう」

「なぜ話してくれなかったの？」エマは涙を流すまいと堪えた。「こんなになるまで黙っているなんて」

「それはそうなんだが……」そこで間を置き、フローリアンは言葉を探した。「赤ん坊が生まれるまでなら耐えられると思ったんだ。でも突然……なんていうか……きみはここが好きになっただろう。ここにとどまりたいのかと思ってね」

「だけど……なんであんな……？」エマは「嘘をついた」というひと言がいえなかった。夫がしたことはもう取り返しがつかない。許せるかどうか自信がなかった。

「浮気はしていない。ただ……その……」フローリアンは深呼吸して姿勢を正した。「生まれてはじめてフランクフルトで……街娼を買ったんだ。わざわざそこへ行ったわけじゃない……赤信号で止まっていたら、女性があらわれたんだ。わたしのしたことが許されないことくらいわかっている。きみを傷つけて本当に申し訳ないと思っている。許せるわけがない。わたしには、いつか許してもらえるのを期待することしかできない」

エマは、彼の目に浮かんだ涙が輝くのを見た。彼の手をつかみ、黙って握りしめた。これで丸く収まりそうだ。

＊

ミリアムの祖母のおかげで、ピアは今回の誕生祝賀会のような社交界の行事に慣れていたが、あいかわらず顔見知りのように振る舞う知らない人たちの中で居心地の悪い思いをしていた。香水をぷんぷんさせ、ゴルフ場とヨットで何年もかけて肌を焼いたらしい年輩の婦人たちが、帽子をかぶり、銀行に預けている高価なアクセサリーでこれ見よがしに飾りたてている。甲高《かんだか》いあいさつの言葉は、ニワトリの鳴き声のようで、ニワトリ小屋にいるような気にさせられる。ピアは人混みを歩いてエマを捜しながら、なにをしているのだろうと思った。首までどっぷり仕事に浸かっていて、リリーの身も心配だ。二十五年ぶりに会った昔のクラスメイトが懐かしくて、ここへ来る約束をしたが、時間を無駄にしているとしか思えなかった。紹介した〈フランクフルト少女の家〉の心理療法士のことでエマと話ができるかなと期待していた。ピアは母親のタイプからは縁遠かった。だがリリーと暮らすうちに、なにかが変わった。そしてエマから彼女の娘が性的虐待を受けている恐れがあると聞いてから、マイン川から上がった水の精も同じ憂《う》き目にあったのではないかと思えてならなくなったのだ。有罪になった小児性愛者キリアン・ローテムントの住まいが水の精の遺体発見現場から数キロしか離れていないのは偶然だろうか。プリンツラーが間違った連帯意識から昔の顧問弁護士をかばっているとしたらどうだろう。プリンツラーはさっき電話をかけたが、妻にも弁護士にもつながらなかった。だから電話をかけさせたのに、彼はなにもしゃべらなかった。

子どもがひとり、どすんとぶつかった。

「ごめんなさい!」そういうと、その子は他の三人を追って駆けていった。

「平気よ」ピアはすでに祝賀会にたくさんの子どもがいることに気づいていた。そのとき、今日はエマの義父ヨーゼフ・フィンクバイナーの八十歳の誕生日というだけでなく、〈太陽の子協会〉創立四十周年でもあることを思いだした。

ピアはエマを捜しながら、ときどきサイレントモードにしてある携帯電話を確認した。プリンツラーが口をひらいたらいつでも連絡ができるようにしておけとボスからいわれていたのだ。ピアはそれを理由にして早々にここから立ち去りたいと思っていた。

玄関のそばのハイテーブルに州首相のボディガードが四人立っていた。黒服を着て、サングラスをかけ、イヤホンをつけて、わさび味のピーナッツや塩味のプリッツを退屈そうにかじっている。州首相は広いテラスに夫人といるヨーゼフ・フィンクバイナーにあいさつしていた。そばにマルクス・マリア・フライ上級検事がいる。ピアはびっくりしたが、そういえばフライはフィンクバイナー家の養子で、養父の財団の奨学金で法学を学んだとクレーガーがいっていた。

女性がひとり、演台のマイクに向かい、参集した人々に着席を促した。ゲストはみな、ずらっと並ぶ椅子の方へ向かった。ピアは二列目の席にすわろうとしているエマと子どもを腕に抱いた褐色の髪の男を見つけた。前に行ってあいさつするべきだろうか。いいや、やめておこう。エマはきっと隣にすわれという。そうしたら目立ってしまう。

ピアは中央通路の左側の最後列に空席を見つけてすわった。子どもの合唱団が誕生日の歌を歌ってお祝いに花を添えた。ピンクと空色のTシャツを着たおよそ五十人の少年少女の歌声に、みんなが笑みを浮かべた。ピアも感動した。だがそのときリリーのことと、脅迫されていることが脳裏をよぎった。椅子にすわったまま腰をもぞもぞさせた。しばらく前から彼女の無意識がなにかを訴えていたが、忙しくてシナプスがつながらなかった。万雷の拍手が起き、合唱団が二列で中央通路を進んできた。その瞬間、ピアの頭の中でかちっと音がした！　激しい雷雨のあと涸《か》れ川に濁流が迸《ほとばし》るように無数の情報が脳内にあふれかえり、収まるべきところに収まり、突然、意味をなした。心臓がひっくり返りそうになった。水の精の胃から出たピンクの布切れ！　写真から解読した文字列Ｓ－Ｏ－Ｎ－Ｉ－Ｄ。

「ちょっと待って！」女の子をふたり呼びとめて、ピアはバッグから携帯電話をだした。「あなたたちの写真を撮ってもいい？」

ふたりはにこっとうなずいた。ふたりをまず正面から撮り、もう一枚、後ろから撮影して、カイ、クレーガー、オリヴァーの三人に転送した。〈太陽の子協会〉（SONnenkInDer e. V.）。なんてこと。これだったんだ！

＊

トラックは赤信号で停車した。

「ありがとう」ローテムントはわざわざ彼のために寄り道をしてくれたトラック運転手にいった。運転手は高速道路三号線で空港へ向かわず、ニーダーハウゼンで高速道路を下り、フィッシュバッハとケルクハイムを抜けてバート・ゾーデンにまわってくれた。時間はあるから、高速道路六六号線とフランクフルト・ジャンクションを抜けるのも悪くないと彼はいった。ローテムントは思いがけない厚意に感激した。よく知っていると思っていた者たちには裏切りにあい、見放されてきた。だが命の恩人となった最初のトラック運転手の仲介でフランクフルトまで乗せてくれた見ず知らずの運転手は、なにも訊かずに助けてくれた。

「いいってことさ」運転手はニヤリとしてから、真面目な顔をしていった。「だけどちゃんと医者に行けよ。本当にひどい恰好だ」

「そうする」ローテムントはいった。「本当にありがとう」

ローテムントはステップを下りてドアを閉めた。トラックは走りだし、ウインカーをだして車線に入った。ローテムントは深呼吸してあたりを見まわしてから道路を横切った。バート・ゾーデンまで行くのは七年ぶりだ。以前はいつも車で移動した。だから並木通りからダッハベルクまでの上り道を甘く見ていた。のどがからからになり、一歩一歩足を前にだすのが地獄の責め苦になった。アドレナリン濃度がしだいに落ち、殴る蹴るされ、車から放りだされた衝撃が効いてきた。奴らにはさんざん殴られた。そして娘が心配のあまりいろいろと白状してしまった。それでも、証言の録音データと記録メモの小包を送った先が本当はどこか明かさないだけの気力は残っていた。せいぜいハンナの家で待ちぼうけするがいい！

かつて我が家だったオラーニエン通りの家の前に立つまで四十五分かかった。ローテムントは通りの反対側に黙ってたたずんだ。セイヨウツゲの生け垣がずいぶん高くなったものだ！玄関の横のセイヨウバクチノキとシャクナゲは見上げるように大きい。

もの悲しい気持ちに心が引き裂かれそうになった。この数年よく生き延びてこられたものだ。彼はもともと秩序を重んじる人間だった。決まりごととか、確かな拠《よ》り所を必要としていた。そのすべてを奪われ、自分の命以外なにも残らなかった。そしてその命はもはやなんの価値もなかった。彼は意を決して通りを横切り、門を押しあけ、玄関ドアまでつづく外階段を上った。

ローテムントはベルを押した。ベルの横に知らない名前の表札があった。ブリッタは離婚したあとすぐ新しい相手を捜した、とキアーラがいっていた。彼女は義理の父親を心の底から嫌っていた。前の夫の生活をそのまま引き継ぐというのはどういう気持ちだろう。

ドアの向こうで足音が近づいてきた。ローテムントは身構えた。そしてブリッタと面と向かい合った。警察に連行されたあの日以来はじめてだ。彼女は老けていた。顔つきが悪かった。新しい夫は彼女を幸せにしていないようだ。

彼女が目を丸くして、すぐドアを閉めようとしたので、ローテムントはすかさずドアの隙間に足を入れた。

「キアーラはどこだ?」

「帰って! 会うことを禁じられているでしょ!」

「どこなんだ?」

「なんでそんなことを訊くの?」

「あの子は家にいるのか? お願いだ、ブリッタ。家にいないのなら、すぐ帰ってくるように電話してくれ!」

「どういうこと? 子どもたちがどこにいようと、あなたには関係ないでしょう? それになんて恰好?」

ローテムントは説明しようとしなかった。ブリッタはどうせわかってくれないだろう。これまで一度もわかってくれなかった。彼女にとって、彼は敵だ。理解してもらえると期待する方が間違っている。

「あの子をあなたのその薄汚れた世界に巻き込むつもり?」ブリッタは憎しみを込めていった。「わたしたちをこんなに不幸にして、まだ足りないの? 帰って! 今すぐ!」

「キアーラに会わせろ」ローテムントは要求した。

「いやよ! ドアから足をどかしなさいよ。さもないと、警察を呼ぶわよ!」ブリッタは金切り声になった。彼女は不安なのだ。ただしローテムントを恐れているのではない、隣人に噂されるのがいやなのだ。ローテムントが逮捕されたときも、真実を求めるよりもそちらを気にした。

「いいとも、呼んでくれ」ローテムントは足を引いた。「わたしはここから動かない。一日じゅうだっていすわってやる」

ブリッタはばたんとドアを閉めた。ローテムントは外階段に腰かけた。また歩いてここから離れるくらいなら、警察に来てもらった方がいい。警察はキアーラを守る唯一のチャンスだ。

*

手枷を解くのは三分もかからなかった。奴はがんじがらめにしばりはしなかった。マイケは手首の痛いところをなでた。地下の暖房機室のずっしりした鉄扉は音を通さない。だから上でなにが起きているのかわからないし、奴がいつ戻るかはっきりしなかった。ボイラーの後ろにある小さな格子窓は窓というより空気穴といった方がいい代物だ。彼女のような痩せた人間でもそこから逃げるのはむりだった。

マイケはいまだにヴォルフガングの卑怯な態度に呆然としていた。髭面男に殴られて助けを求めても、彼は背を向けて立ち去った！　彼を見誤っていたという事実は、殴られた痛みよりも応えた。マイケははじめてヴォルフガングの本当の姿を見た思いだった。ものわかりのいい、やさしい父親のような友人だと思って、孤独を感じていたときに理想化したが、じつは軟弱で、骨がなく、引っ込み思案だっただけなのだ。だから四十代半ばにもなってあいかわず父親の邸に住み、父親のいいなりになっている。まったく不甲斐ない！

マイケは自分の顔に触ってみた。鼻血は止まっている。髭面男に対抗するのに使えそうなものを探したが、室内は見事に片づいていた。片づけ魔だったハンナのふたり目の夫ゲオルクのせいだ。暖房機の他には壁際の棚にのっているものしかない。輪にしてまとめた洗濯ひも、洗濯ばさみの袋、ほこりをかぶった青いゴミ袋のロールがふたつ、靴や車をみがくのにゲオルクが使っていた古いTシャツと下着の束。武器になるものなどなにもない。最悪！

だがそのとき、義理の父二号のことがマイケの脳裏をよぎり、スタンガンがあることを思いだした。尻を探って、心の中で歓声をあげた。やった！　スタンガンはジーンズの尻のポケットに入っている！　ヴォルフガングの仲間は殴ることに夢中になって、マイケが武器になるものを持っているか調べるのを忘れた。たぶんこんなものを持っていると予想だにしなかったのだろう。このままやられっぱなしになるものかと決意して、マイケはドアの横に位置どった。奴は殺しに戻ってくるはずだ。その気満々だった。

長く待つ必要はなかった。数分後、がちゃっと鍵の開く音がした。ドアがきしみながらひらいた。マイケは猛獣のように男に飛びかかり、相手があわてた隙に、スタンガンをその男の胸に押しつけた。五十万ボルトの衝撃で、男は飛びあがり、壁に吹っ飛んだ。

男は腰を抜かし、怯えた羊のようにマイケを見つめた。麻痺《まひ》の状態がどのくらいつづくかわからない。だからマイケはぐずぐずしていなかった。ここにそのまま置き去りにするなんて癪だ。たっぷり苦しんでもらわないと。マイケはスタンガンをしまい、棚から洗濯ひもを取った。弛緩《しかん》した体をナイロンロープでがんじがらめにするのは簡単ではなかった。男は一トンはありそうなくらい重かった。それでもマイケの激しい復讐心は、思いがけない力をだした。あえぎながら男を転がし、小包のようにひもでぐるぐる巻きにした。

「これで死神は死に体」マイケは体を起こすと、汗で濡れた髪を顔から払った。男の怯えた目に気づいて、ざまを見ろと思った。襲われたときの母親と同じ死の恐怖を味わうがいい！

男は片方の手の指を動かし、言葉にならない声を漏らした。

マイケはもう一度電気ショックを加えたい衝動に駆られた。今回は男の一番敏感なところを狙った。男は目をむいて、口からよだれをこぼし、全身を痙攣させた。マイケはその様子を無慈悲に見つめた。男のジーンズの股間が黒く染みた。

マイケは満足した。

「よし。もうミュンヘンに帰る。だれも助けにこないよ。母さんが退院して、偶然ここに来る頃には、あんたは白骨になってるね」

マイケは最後にもう一度男の脇腹を蹴ると、部屋から出てドアを施錠した。地下の暖房機室になにがあるか警察に知らせてもいいかも。いや、やっぱりやめておこうか。

＊

オリヴァーはじっと待った。机の上で両手を合わせ、涼しい顔で目の前の相手を見つめ、なにもいわなかった。ベルント・プリンツラーも平気な顔を装っていた。しかし顎の筋肉が張っていて、額に汗がにじんでいる。相手がいらついていることに、オリヴァーは気づいていた。死神や悪魔を恐れぬ、だから警察など屁でもないこの頑《かたく》なな大男がなにかを危惧している。それがなにか明かしはしないだろう。だが盛りあがる筋肉と刺青《いれずみ》の内側には柔らかい心臓が脈打っている。

「街娼だったあいつを拾ったんだ」プリンツラーがいきなり口をひらいた。「あいつはろくでもない奴に囲われていた。あいつが殴られていることを知って、俺は仲裁に入った。十七年前の話さ。あいつはまだ三十歳にもなっていなかったが、ぼろぼろだった」プリンツラーは咳払いをし、深呼吸して肩をすくめた。「あいつがどういう奴かまったくわからなかったが、気に入ってな」

オリヴァーは質問を控えた。

「あいつをあそこから救いだし、俺たちは田舎に引っ込んで結婚した。次男が一歳のとき、あいつは自殺未遂を起こした。橋から飛び降りて、両足の骨を折った。あいつは精神科病院に入った。そこでレオニーに出会った。レオニー・フェルゲスだよ。それまで妻は自分がどうなってるのか自分でもわかっていなかった」

プリンツラーは口をつぐんだ。少し心の葛藤を見せたが、またしゃべりだした。

「ミヒャエラは赤ん坊のときからあいつのおやじとその仲間たちから虐待されていた。最悪の体験をしたのさ。そして限界に達したとき、人格が分裂した。つまり妻の心にはミヒャエラの他十人近くの人格が住みついたんだ。だけど自分ではそのことを知らなかった。心理学者のようにうまく説明できないが、ミヒャエラは何年ものあいだ別人格だった。だからたくさんのことを思いだせないんだ」

プリンツラーは心ここにあらずという様子で髭をしごいた。

「ミヒャエラはレオニーのところで何年にもわたってセラピーを受けた。そうしてわかったことは想像を絶していたよ。連中が子どもになにをしたか、想像するだけで反吐《へど》が出る。あいつのおやじは有名人だ。他の連中もな。人の手本になるような奴らで、社会の頂点にいる」プリンツラーは吐き捨てるようにいった。「だが本当はろくでもない異常者で、子どもに性的虐待を加えている。しかも自分の子まで手にかけたんだ！　子どもは大きくなると施設からだされた。ほとんどの子は娼婦になるか、酒か麻薬に溺れる。じつにうまいやり方だ。そして奴らはそのあとも動向を見張る。かつて虐待された者たちが面倒を起こすと、連中は外国に身柄を移したり、殺したりする。たいていの場合、だれもそいつらのことを気にもとめない。ミヒャエラは虐待された者たちを〈見えない子〉って呼んでる。たとえば孤児だ。ひとりくらいいなくなったって、だれも騒ぎはしない。この小児性愛者組織はマフィアより質《たち》が悪い。どんなことだってやってのけ、途中で組織を抜けることはできない。奴らはミヒャエラを取りもどそうとしたが、俺は偽の住所を流して雲隠れした。そんなときに妻を死んだことにしようと思いついたんだ。で、葬式なんかまでやった。そのあとは静かなもんだった」

オリヴァーはこんな話を聞かされるとは思ってもいなかった。唖然としながら黙って耳を傾けた。

「九年前、少女の死体がマイン川で見つかったろ。大々的にニュースになった。俺は外のことが妻に伝わらないようにしていたが、なぜかあいつの耳に入って大騒ぎになった。ミヒャエラを虐待した連中の仕業なのは確実だった。俺たちはどうしたらいいか考えた。妻はこのことをなんとしても公《おおやけ》にしたいといった。めちゃくちゃ危険だと俺は思った。連中はいたるところに根を張っている。とんでもない影響力があるんだ。やるなら確実を期さないとだめだ。証拠、氏名、場所、証人とかな。俺は顧問弁護士に相談した。やりようはあるといわれた」

「キリアン・ローテムントのことか？」オリヴァーはたずねた。

「そのとおりだ。しかしローテムントはなにかミスを犯した。で、徹底的にやられた。あいつが小児性愛者だという証拠は全部でっちあげさ。反証するチャンスはなかった。連中は危険だと判断してあいつを破滅させたのさ」

「そのときどうしてそれ以上行動を起こさなかったんだ？　奥さんが持っている証拠は？」

「だれが信用できたっていうんだ？　奴らはいたるところにいる。警察にもいる。バイカーギャングと、人生の半分を精神科病院で過ごした女の言い分なんてだれが信じる？　俺たちはなにもせず、息をひそめた。失うものが多い奴がなにをするか、俺はよくわかっていたからな。

俺がバイカーギャングから引退する直前、おまえらの連絡員とうちの奴ふたりが射殺される事件があっただろう。あれもそれの絡みさ」

「それというのは？」オリヴァーはたずねた。

プリンツラーはじろっとオリヴァーをにらんだ。

「すべてつながってることはわかってんだろう。あんたのところの女刑事が昨日そのことを質問した。連絡員のこと。そしてそいつが殺された理由もな」

オリヴァーはその発言には踏み込まなかった。それがなんの話かわからなかった。ピアはなぜ知ったことを伝えなかったのだろう。オリヴァーは昨日一日の流れを必死になって反芻《はんすう》した。ピアが拘置所でプリンツラーに尋問したのはいつだ。彼女がエーリク・レッシングのことを話題にしたのはその前か、あとか。ピアはなにを突き止めたのだろう。どうやってそのことに気づいたのだろう。

プリンツラーに今の気持ちを悟られまいとして、オリヴァーは話をつづけるように促した。

「とにかくミヒャエラはレオニーといっしょに自分の物語を書きはじめた。治療にも効果があるとレオニーがいったんでな。だがそのときまた少女の死体が川から上がった。ローテムントにも連絡した。レオニーをまじえて、俺たちは今度こそ行動に出ることに決めた。だけど、デカと検察を抜きにしてだ。一気に暴露することにしたんだ。証拠は揃っていた。妻が体験したことを裏付ける内部者の証言もある」

オリヴァーは自分の耳を疑った。三つの事件が関係しているというピアの推理が当たっていたのだ。

「連中の裏をかくにはどうすればいいか話し合った。レオニーがあるときハンナ・ヘルツマンの話をした。俺はあの女に一枚かんでもらうことにした。彼女は夢中になって、ミヒャエラの手記を読んだ。だけど……」

取調室をノックする音がした。カイがドアから顔を覗かせ、大事な話があるとオリヴァーに合図した。オリヴァーは話を中断させ、立ちあがって廊下に出た。

「ボス、キリアン・ローテムントが自首しました」オリヴァーがドアを閉めるなり、カイはいった。「ここへ連行されてくるところです」

「よし、いいぞ」オリヴァーはウォーターサーバーのところへ行って紙コップに水を注いだ。カイもついてきた。

「それからヘルムート・グラッサーのことがいろいろわかりました。奴の住所はファルケンシュタインのライヒェンバッハヴェーク通り一三四番地bです」

「なら、だれかに任意同行させろ」

「待ってください」カイは自分の携帯電話をオリヴァーの目の前に差しだした。「ピアが送ってきた写真を見ましたか？」

「いいや。それはなんだ？」オリヴァーは目をすがめた。読書用メガネをかけていなかったので、ぼんやりとしか見えなかった。

「ピンクのTシャツを着た少女の写真です。Tシャツに〈太陽の子協会〉のロゴが入っています」カイは興奮して答えた。「水の精の胃に残っていた繊維を覚えていますよね？　ピンクの布にプリントされた白い文字。このTシャツじゃないでしょうか？」

「それがどうした？」オリヴァーは他のことが気になっていた。水の精とハンナ・ヘルツマンの事件の捜査中になにかミスを犯したのだろうか。なにか大事なことを見落としたか。心理療法士殺人事件の背後に小児性愛者組織がいることをもっと早く看破できたのではないか。というより、それは本当だろうか。

「ピアはフィンクバイナーの誕生祝賀会に出席しています。〈太陽の子協会〉創立者の八十歳の誕生日。この福祉団体が水の精殺人事件に関係していると見ているんです」

「なるほど」オリヴァーは水を飲み干すと、もう一杯注いだ。もしプリンツラーが嘘をついていたらどうする。自分と自分が属していた組織から目をそらさせるのが狙いだとしたら。奴の話は腑《ふ》に落ちる。だがうまく嘘で塗り固めている恐れもある。

「〈太陽の子協会〉の住所はライヒェンバッハヴェーク通り一三四番地です」

カイは期待のまなざしでボスを見つめた。だがオリヴァーは、カイがいわんとしていることにすぐに気づかなかった。

「ハンナ・ヘルツマンが襲われた夜に目撃者が見たのはヘルムート・グラッサーです。そして奴はこの協会の人間です」カイがヒントを与えた。

オリヴァーがなにか答える前に、警備室から巡査が出てきた。

「そこにいたんですか。一一〇番通報です。ホーフハイム市ランゲンハイン地区のコマドリ通り一四番地。たしかそちらの事件に関係する住所ではないかと思いまして」

またなにかあったのか！

「通報の内容は？」オリヴァーは少しいらついてたずねた。考えを整理する余裕すらない。

「家宅侵入、暴行、傷害」警官は眉間にしわを寄せた。「話が錯綜していましたが、通報者は女性で、侵入者をしばって地下に閉じ込めたから大至急来てほしいといっていました」

「じゃあ、だれか様子を見にいかせろ」オリヴァーは自販機の横のゴミ箱にコップを捨てた。

「カイ、取り調べに同席してくれ。やっとつながりが見えてきた」

カイはうなずいて、あとにつづいた。

「帰っていいかい？」プリンツラーがたずねた。「全部話した」

「いいや、まだだ」オリヴァーは答えた。「〈太陽の子協会〉を知っているか？」

プリンツラーの顔が曇った。

「ああ、もちろんだ。創立者はミヒャエラの父親だ」プリンツラーは答えた。声の調子に皮肉がこもっていた。「すごい発想だよな。異常な小児性愛者の涸れることなき供給源」

＊

ピアは携帯電話の振動を感じて、バッグからだした。ディスプレイにオリヴァーの名前を確認して電話に出た。

「今どこにいる？」ボスはたずねた。やさしさの欠片《かけら》もない言い方だった。

「フィンクバイナーの誕生祝賀会ですけど」ピアは声をひそめて答えた。「いってあったでしょう……」

「ローテムントが自首した。プリンツラーも証言した」オリヴァーはピアに話す機会を与えなかった。「フィンクバイナーはプリンツラーの妻の父親だ！」

まわりが騒がしくなったので、ピアは左耳をふさいでいた。

「……彼は……組織の……トップだ！　ハンナ・ヘルツマン……だが……なぜかばれた……そこにいろ……巡査を……行かせる……わたしも……なにも……」

「よく聞こえません。オリヴァー？　わたし……」

「……拳銃を持ってる！　危ない！」突然、女の悲鳴が聞こえた。

その瞬間、発砲音が二回。ピアは驚いて顔を上げた。

「どうした？」オリヴァーが電話の向こうで叫んだ。だがピアには聞こえなかった。まわりがパニックになった。さらに二発の銃声。群衆が悲鳴をあげながら椅子から飛びあがったり、身を伏せたりしている。州首相の四人のボディガードがすかさず行動に出て、逃げまどう人々をかきわけた。

「大変！」ピアは数秒のあいだ衝撃で棒立ちになった。なにがあったんだろう。州首相暗殺？　暴動？　ピアは身を守ろうとする気持ちを抑えて首を伸ばし、ピンクのドレスを着た褐色の髪の痩せた女が男に取り押さえられているのを見た。ピアの斜め後ろでずっと花束を両手に持っていた女だ。

ピアは携帯電話をバッグにしまって、前へ行こうとした。エールハルテンのダッテンバッハホールで昨年起きたパニックを思いだす。悲鳴をあげる群衆にもみくちゃにされたが、倒れた椅子をまたいでなんとか演台の方へ進んだ。

「救急医だ、救急医、早く！」叫び声が飛び交っている。

ふるえる体をおして、ピアは状況を把握しようとした。のどかで平和な会場がわずか数秒で修羅場と化した。まわりには抱き合って泣いたり、ショック状態に陥《おちい》った人たちがいる。ジャズバンドのミュージシャンたちも楽器を持ったまま舞台で固まっている。大人も子どもも悲鳴をあげている。椅子にすわったままの死体が一体あった。足を組み、腕を垂らして、まるで今もスピーチを聞いているかのようだ。だが頭の半分は吹き飛んでいる。凄惨《せいさん》すぎる！　もうひとりの男は横に倒れ、死体の膝に体を乗せている。なんて恐ろしい光景だろう！　ピアはあわてて見まわした。マルクス・マリア・フライ上級検事が騒ぎの真ん中に立っていた。棒立ちになり、顔面蒼白だ。手に拳銃を持っている。彼の足元には、ピンクのドレスを着た褐色の髪の女が倒れていた。白髪の女が地面に横たわる男に抱きついている。死んでいるのか、負傷だけなのか、ピアにはわからなかった。白髪の女は悲鳴をあげ、少し若い褐色の髪の女が泣きながら、その白髪の女を男から引き離そうとしていた。ピアは二列目の席にいるエマを見つけた。エマは愕然と目を見ひらいてじっと席についていた。黄色いドレスも、顔も、腕も、髪も血だらけだ。彼女も死んだのか、とピアは一瞬気が気ではなくなった。エマの横に子どもがすわっていて、目の前の死体を虚《うつ》ろな目で見つめていた。その少女の目を見て、ピアはいきなり現実に引きもどされた。椅子をかきわけ、エマの腕をつかんで立たせると、すぐに子どもを抱き上げて、その場を離れた。エマはよろよろとついてきた。

「なにがあったの？」ピアはいまだに腰が抜けそうになりながらたずね、そっと子どもを下ろした。

「女の人が……女の人が……」エマは口ごもった。「いきなり……突然前に立って……発砲したの……いたるところに……血が飛び散って……目の前の男の人の頭が弾け飛んだ……まるで……スイカみたいだった」エマはようやくショックから覚め、背中が血に染まった娘を見た。

「ああ、ルイーザ！　なんてこと！」

「すわって」ピアは気がかりだった。エマは妊婦だ！　「ご主人はどこ？」

「わ……わたし、わけがわからない……」エマは椅子に腰かけ、娘を抱いた。「夫は……夫は隣にすわって、ルイーザを膝に……」

サイレンの音が近づいてくる。ヘリコプターが林の上を飛びまわっている。少ししてパトカーが二台、庭園に入ってきた。

殺された人の遺族に事情聴取するのが、ピアはいつも苦手だった。だが記憶が新しく、書き換えられていないうちに質問するのが一番だということもわかっていた。

「あの女の人を知ってる？」ピアはたずねた。

「いいえ」エマは首を横に振った。「会ったこともない」

「なにをしたの？」

「あの人……いつのまにかそこに立っていた」エマは答えた。声がふるえていた。「わたしの義父の前で足を止めて、なにかいった」

「なんていったか思いだせる？」ピアは手帳をだし、バッグに手を入れて、ボールペンを探した。いつもの動作だ。これをすると少し気持ちが落ち着く。

エマは懸命に考え、自分に抱きついて親指をしゃぶっている娘の背中を無意識になでた。

「ええ」エマは顔を上げてピアを見つめた。「あなたの小さなお姫さまにまた会えてうれしくない？　女の人はそういって……発砲した。最初に義父、それからすぐ隣にすわっていたふたりに向けて。ふたりは義父の古い友だちだった」

「あのふたりがだれか知ってる？　名前はわかる？」

「ええ。ハルトムート・マーテルンは夫の代父、もうひとりはリヒャルト・メーリング」

ピアはうなずいて、メモを取った。

「家に戻ってもいい？」エマはたずねた。「着替えたいの。ルイーザも着替えさせたいし」

「ええ、いいわ。質問があるときは訪ねる」

救急隊員がエマの義父をストレッチャーに乗せ、数メートル離れたところに停車している救急車へ押していった。さっきの白髪の女は少し若い女ふたりに支えられ、口に手を当てて泣いていた。

「あれはだれ？」ピアはたずねた。

「義母のレナーテ。いっしょにいるのはザーラとコリナ。コリナは〈太陽の子協会〉の事務長」エマは目に涙を浮かべた。「とんでもないことになって。かわいそうに！　義母は今日を

「本当に楽しみにしていたの」

救急車の扉が閉まり、ルーフの青色警光灯がついた。ルイーザは親指を口から抜いた。

「ママ？」

「なに？」

「いじわるオオカミは死んだの？　もうなにもしない？」

エマが愕然とし、それからなにかを悟ったようなまなざしになった。

「そうよ」涙ながらにそうささやくと、エマは娘を腕に抱いた。「いじわる狼はもうなにもしない。約束する」

＊

バッグから身分証をだすと、ピアは犯行現場に戻った。フライ上級検事が石のように固まって立っていた。いまだに手に拳銃を持ち、シャツとズボンは血に染まっていた。目の前に横たわる女をまるで催眠術にでもかかったかのように見つめている。ピアが腕に触れると、フライははっと我に返った。

「キルヒホフ」上級検事はかすれた声でささやいた。「こ……ここでなにを？」

「来てください」ピアは力強くいうと、彼と腕を組んだ。巡査たちが庭に駆けてきた。ピアは身分証を呈示して、庭園と道路を広範囲に立入禁止にし、野次馬や報道陣を入れるなと指示した。それからラテックスの手袋とビニール袋をだし、フライの手からそっと拳銃を取って、弾倉をはずしてからビニール袋に入れた。

「この女性はだれですか？」ピアはたずねた。「ご存じですか？」

「いいや、見たこともない」フライは首を横に振った。「わたしは演台に立っていて、この人が花束を持って中央通路をやってくるのが見えた。そしていきなり……拳銃をだして……そして……」

声を詰まらせ、フライは十本の指で髪をすいて、一瞬うなだれ、また顔を上げた。

「父を撃ち殺した」今起きたことに現実感がないような言い方だった。「わたしは一瞬動けなくなり……さらにふたりを撃つのを止めることができなかった！」

「お父さん？」ピアは答えた。「でも、女性から銃を奪うなんて危険でしたよ」

「なにも考えなかった。気づいたらこの女性の背後にいて、拳銃を構えた腕をつかんでいた……そのとき……暴発したみたいだ。あの女性は……死んだのか？」

「わかりません」ピアはいった。

子どもたちが泣きながら親を捜していた。救急車と救急医が新たに到着し、警官もさらに増えた。ピアの携帯電話が鳴って振動したが、無視した。

「家族のところへ行かないと」フライは肩に力を入れた。「妻を捜さなくては。母もわたしを必要としているはずだ。母はすべて目の当たりにしてしまったんだ。なんてことだ」

フライはピアを見つめた。

「ありがとう、キルヒホフ」フライは声をふるわせながらいった。「わたしが必要なときはいってくれ。いつでも力になる」

「ありがとうございます。でも早く家族を見てあげてください」そう答えて、ピアは彼の腕をつかんでいた手に力を入れた。フライを見送りながら、これからが大変だと思った。それから携帯電話を取って電話に出た。

「ピア、どこにいるんだ？」オリヴァーが叫んだ。「なんで携帯電話に出ない？」

「発砲事件があったんです。すくなくともふたり死亡、ひとり重傷、犯人も重傷」

「われわれは移動中だ」オリヴァーの声はさっきよりも落ち着いていた。「きみは大丈夫か？」

「ええ、わたしはなんともありません」ピアは振り返って、庭園の方へ少し移動した。離れたところから見ると、目の前の光景が映画のセットのようだった。噴水の縁《ふち》に腰を下ろし、携帯電話を耳と肩のあいだにはさんで、バッグに入れたタバコを探した。

「いいか」オリヴァーはいった。「プリンツラーが証言した。ハンナ・ヘルツマンは幼児虐待を取材していた。プリンツラーの妻は子どものとき父親に虐待された過去があり、テレビで水の精事件を知って、真実を暴露しようとしたんだ。レオニー・フェルゲスは長年、彼女を治療していた。フェルゲスを介してハンナ・ヘルツマンとローテムント、プリンツラーはつながった。事件はみな関連していた。そして真相は思った以上に昔までさかのぼる。背後には国際的な小児性愛者組織がいる。ヨーゼフ・フィンクバイナーはその中心人物だったらしい。プリンツラーの証言が本当なら、他にも影響力を持った人間がたくさん絡んでいる。発覚する恐れが出たときにはどんなことでもする連中だ。ピア、以前フランクフルトで起きた連絡員の殺人もこれに関係しているようだ！」

ボスが声を張りあげているかのようにピアの耳に響いた。ピアはタバコをくわえ、ライターをつけた。だが指がひどくふるえて、タバコに火をつけられなかった。

「ピア？　ピア！　聞いてるか？」

「ええ、聞いてます」ピアは小声でいった。ヒールサンダルを脱いで、日に当たって温かい砂利を足の指でかきまわした。噴水の水がぴちゃぴちゃ音をたてている。ツグミが一羽、目の前の芝生をぴょんぴょん跳んで、さえずりながら飛びたった。静かでおだやかだ。二十分前、百メートルも離れていないところで人がふたり殺害されたとは信じられなかった。

「十分で着く」オリヴァーがそういうのが聞こえた。そして通話が切れた。ピアは天を仰ぎ、小さな白い煙が風に流れる紺碧《こんぺき》の空を見た。

またしても勘が当たった。そのことに圧倒された。心の緊張がほどけ、ピアは泣きだした。

＊

オリヴァーはこれまでたくさんの殺人現場や死亡事故現場を見てきて、ひそかに自分なりの分類をしていた。今回は疑いなく最悪の五つ星に相当する。二百人の大人や子どもの面前で女が男をふたり殺害し、ひとりに重傷を負わせた。犯人を命がけで倒す者がいなかったら、被害はもっと大きくなっていたかもしれない。オリヴァーはフライ上級検事を何年も前から知っているが、そんな勇気があるとは思ってもみなかった。しかし家族が危険に見舞われると、思いがけない力を発揮する人はいる。現場へ行く途中、クレーガーからフライの家族関係について知らされていた。そしてピアから、事件のあらましを聞いた。ピアは最初のショックを克服し、やるべきことをしていた。彼女はプロだ。他のゲストと変わらぬ人間だとしても。

「発砲が起きたとき、州首相はどこにいた？」オリヴァーはたずねた。

「たしか州首相、州議会議長、市長の三人は中央通路をはさんで左にいました。ヨーゼフ・フィンクバイナーと奥さんは死んだふたりと並んで右側にいました」ピアはメモ帳に視線を向けた。「死んだのはフィンクバイナーの旧友、ハルトムート・マーテルンとリヒャルト・メーリング。二列目にフィンクバイナーの息子フローリアンが娘を膝に乗せ、妻のエマと並んですわっていました。エマはわたしを招待してくれた元クラスメイトです」

「ハルトムート・マーテルンって、あの？」オリヴァーは眉をひそめた。

「ええ、そうです……」ピアはボスを見つめた。「息子のヴォルフガングはハンナ・ヘルツマンの友人。奇妙な偶然じゃないですか？」

「いいや、偶然ではないだろう。電話でもいったとおり、すべて関連していた。あとでローテムントが裏付けてくれると思う」

胸部と頸部に射創を負ったヨーゼフ・フィンクバイナーはすでに救急車で搬送されていた。いまだに椅子にいるふたりの遺体には白い布がかぶせられていた。オリヴァーはケムに現場の指揮を任せた。ローテムントの話を聞くのが先決だと判断したからだ。法医学者が到着し、少ししてケムが出動要請した危機介入チームも現場にあらわれた。ふたりの臨床心理士が犠牲者の真後ろにいたフィンクバイナーの家族の心のケアにあたった。クレーガーの鑑識チームはすでに証拠の確保をはじめ、犯行現場と遺体を撮影していた。少し離れたところでは、救急医が腹部に銃弾を受けて意識不明の犯人の治療に当たろうとしていた。犯人の頭のそばに明るい色のスーツを着た褐色の髪の男がすわって、泣きながら犯人の顔をなでている。

「どいてください」救急医は迷惑そうにいった。「これでは治療ができません」

「わたしも医者だ」男がいった。「妹なんだ」

オリヴァーとピアは驚いて顔を見合わせた。

「さあ」オリヴァーはかがみ込んで、肩に手を置いた。「救急医に任せてください」

男はゆらゆらと腰を上げ、しぶしぶオリヴァーとピアに従ってハイテーブルの方へ移動した。

男は血のついたハンドバッグを胸に抱いていた。

「それで、あなたはどなたですか？」オリヴァーは自分の身分を名乗ってからたずねた。

「フローリアン・フィンクバイナー」男はかすれた声で答えた。

「親戚ですか……？」

「ヨーゼフ・フィンクバイナーは父です」いきなり彼の目から涙があふれた。「彼女は……双子の妹ミヒャエラです。わたしは……十四歳のときから三十年以上会っていませんでした！妹は死んだと思っていたんです……両親からそう聞かされていたので。わたしは……長いあいだ外国にいて、去年、ミヒャエラの墓を訪ねました。なのに突然本人があらわれたんです……ショックでした」

声を詰まらせて、フローリアンはすすり泣いた。オリヴァーは理解した。頭の中が整理され、数々の断片がひとつにまとまり、形をなした。

ふたりの男を撃ち殺し、ヨーゼフ・フィンクバイナーに重傷を負わせた女は、幼い頃、父親から虐待され、娼婦になったプリンツラーの妻だ。プリンツラーは本当のことをいっていたのだ。

「あなたの妹はなぜあなたの父親とふたりの人物を撃ったんですか？」ピアがたずねた。

オリヴァーが思ったとおり、フローリアンは双子の妹がどんなひどい目にあったかまったく知らなかったのだ。

「ありえない！」オリヴァーから話を聞いて、フローリアンは愕然とした。「妹は問題を抱えていた。それは確かです。よく家出をして、酒を飲み、ドラッグに溺れました。わたしの両親からは、妹が何年にもわたって精神科病院に入院していたと聞いていました。だがわたしも幸せだったことは一度もないです。親が養子ばかりに気を配ると、血を分けた子は複雑な気持ちになる。しかし父はけっして妹に……虐待などしていません！　とっても愛していました！」

「たぶんそう思い込んでいるだけでしょう」ピアはいった。「あなたのお父さんが救急車で搬送されたとき、お嬢さんが奥さんに訊いていましたよ。いじわる狼は死んだのか、もうなにもしないかと」

フローリアンの顔からさらに血の気が引いた。信じられない様子で首を横に振った。

「お嬢さんが性的虐待を受けていると女医がいいましたね。覚えていらっしゃいます？」ピアがたずねた。「エマはあなたがやったのではないかと思っていました。でもあなたではなかった。あなたの父親だったんですよ」

フローリアンはピアを見つめ、息をのんだ。いまだに妹のハンドバッグを握りしめている。

「ミヒャエラも昔、いじわる狼を怖がっていました。それが救いを求める叫びだとはわかりませんでした。わたしは、彼女の頭がおかしいと思ったんです」フローリアンはかすれた声でささやいた。「赤ん坊が生まれるまで妻とルイーザをここに住まわせようと考えたのはわたしです。一生の不覚です」

「そのハンドバッグをくれますか？」ピアが頼んだ。フローリアンはハンドバッグを差しだした。

フライ上級検事が褐色の髪の女を伴ってやってきた。女はだれかに止められたが、フライはそのままピアたちのところへ来た。彼がフローリアンの肩に腕をまわそうとすると、フローリアンはあとずさった。

「ミヒャエラがまだ生きているって知っていたんだな。すべて知っていたんだな、おまえもラルフもコリナも」

「ちがう！　わたしたちも知らなかった」フライはいった。「わたしたちは葬儀にも参列した。わたしも衝撃を受けている」

「信じるものか」フローリアンは怒りを込めていった。「おまえたちはいつもわたしの両親の前ではいい子にして、裏ではミヒャエラとわたしをのけ者にした！　徒党を組んだおまえたちには太刀打ちできなかった！　そしておまえは妹を撃った！　地獄に落ちるがいい！」

フローリアンはフライの足元に唾を吐いて、そこから立ち去った。フライはため息をついた。

目に浮かんだ涙がきらっと光った。

「気持ちはわかる」フライは小声でいった。「みんな、ショックを受けているが、彼の場合は特別だ。彼がわたしたちにいつも気を使っていたのは本当だ」

オリヴァーのiPhoneが鳴った。カイからだった。ハンナ・ヘルツマンの家の地下室で本当に男がひとり発見されたという。

「びっくりですよ、ボス」カイはいった。「男はヘルムート・グラッサー。今ここにいます。病院には行きたくないといっています」

オリヴァーは背を向けて、カイにいくつか指示をだした。

「ピア、行くぞ」オリヴァーはいった。「グラッサーを捕まえたそうだ」

「だれだって?」フライがたずねた。その質問を無視しようとしたが、オリヴァーは今回の一連の事件の担当検察官が彼であることを思いだした。

「ヘルムート・グラッサーです。ハンナ・ヘルツマンが襲われた夜、彼女が発見されたところの付近で目撃されています。ご存じの人物ですね。たしか彼はこの敷地に住んでいますよね?」

オリヴァーはピアの視線に気づいた。啞然としつつ、むっとしているようだ。その情報を聞かされていなかったとすぐに文句をいわれそうだ。だがなにが悪い。話す暇がなかっただけだし、ピアの方だって隠していることがある。

「ヘルムートのことは昔から知っている」フライはいった。「ここの管理人だ。彼に嫌疑がかかっているのか？」

「反証がないかぎりは」オリヴァーはうなずいた。「まず話を聞いて、今後のことを考えます」

「取り調べには同席する」フライはいった。

「本当に？　今日はそんなむりを……」

「いいや、問題ない。ここにいても仕方がない。かまわなければ、すぐに着替えて署に出向く」

「わかりました」

「ではまたあとで」

＊

「ついさっきショック状態だったのに、もうあんなに冷静に振る舞うなんて」ピアは違和感を覚えた。

「仕事で気を紛《まぎ》らわそうというのだろう」オリヴァーはそういった。

「プリンツラーの奥さんにも驚きです。ぜんぜんちがって見えました。それにあっという間のできごとで……」

「さあ、行くぞ。ローテムントがなにを話すか楽しみだ」

カイはヘルムート・グラッサーとキリアン・ローテムントをそれぞれ一階の第二取調室と第三取調室に連行した。だがオリヴァーはまず第一取調室で待たせているプリンツラーのところへ行った。彼は黙って顔をこわばらせ、ファルケンシュタインで起きたことをオリヴァーとピアから聞いた。どんな気持ちかわからないが、話を聞いているあいだは鉄の意志で怒りも不安な気持ちも見せなかった。

「俺を逮捕しなければ、そんなことは起きなかったんだ」プリンツラーはオリヴァーを非難した。「ちくしょう！」

「ちがう」オリヴァーは答えた。「事件の背景をすぐにいってくれれば、あなたを家に帰していた。奥さんはなんであんなことをしたんだ？　拳銃をどうやって手に入れた？」

「さあ」プリンツラーは苦々しい顔をして両手で拳を作った。「帰っていいか？」

「ああ、いいとも」オリヴァーはうなずいた。「ちなみに奥さんはバート・ゾーデン病院に搬《はん》送《そう》された。なんなら、そちらへ送らせる」

「結構だ」プリンツラーは立ちあがった。「これ以上、警察と関わりたくない」

プリンツラーは取調室を出て、そこに控えていた巡査の案内で出口に向かった。オリヴァーとピアが取調室を出ると、ドアの前でエンゲル署長が待っていた。

「なぜ釈放するの？　ファルケンシュタインでなにがあったの？」

「すべて話してくれましたし、決まった住所がありますから」オリヴァーが答えた。彼が話をつづける前に、ピアは言葉をさえぎることにした。署長がエーリク・レッシングの件に関わっているというフランクの話がいまだに頭から離れなかった。署長を信頼できなくなっていた。本当に当時の事件と今回の事件に関連があるなら、今は詳しい話をしない方がいい。

「まずローテムントですね。グラッサーはそれから？」ピアはボスにたずねた。

「ああ、まずはローテムントだ」

署長の携帯電話が鳴った。署長は数メートル離れて、電話に出た。ピアは署長を取り調べに同席させたくなかったし、隣室で傍聴されるのも避けたかった。だがそのわけをゆっくり説明する暇はない。オリヴァーが聞き返さないことを祈った。

「ローテムントへの取り調べですけど、ボスの部屋でできますか？」ピアはいった。

「それはいいアイデアだ」オリヴァーがそう答えたので、ピアはほっとした。「蛍光灯が苦手でね。三十分で頭痛がする。わたしの部屋に連れてこさせよう。その前にトイレをすませたい」

「あのね、オリヴァー」ピアは、エンゲル署長が電話を終えたのを見た。「ローテムントの話はわたしたちだけで聞きたいんです。署長ぬきで。お願いできますか？」

オリヴァーはけげんな顔をしたが、うなずいた。

「フライ上級検事が来たわ」署長がいった。「どういうふうにする？」

「キルヒホフとわたしはふたりだけでローテムントとグラッサーを取り調べる」オリヴァーは答えた。「あとでフライ上級検事に加わってもらう」

ピアはオリヴァーに鋭い視線を向けてから、ローテムントを二階に連れていくために第三取調室へ向かった。

「わたしも同席したいんだけど」ピアは署長がそういうのを聞いた。オリヴァーの返事は聞こえなかったが、断ってくれるように祈った。戻ると、署長は消えていた。代わりにフライ上級検事が廊下をやってきた。ライトグレーのスーツにワイシャツという出で立ちで、ネクタイを結んでいる。髪はまだ濡れていて、オールバックにしていた。外見はしっかりしているように見えるが、いつもは冷たいまなざしに影がかかり、悲しそうな目つきだった。

「いらっしゃい、フライ上級検事」ピアはあいさつした。「大丈夫ですか?」

「やあ、キルヒホフ刑事」上級検事はピアに手を差しだし、口元に笑みを浮かべた。「元気さ。まだ実感が湧かないようだ。いったいどうしてあんなことが起きたのやら」

上級検事がさっきどんな状態だったか自分の目で見ていなかったら、恐ろしい体験をしたばかりだといわれても信じられないだろう。彼のプロ意識には感服するほかない。

「あらためて感謝する」上級検事はいった。「さっきの対応は本当にすばらしかった」

「とんでもないです」彼を杓子《しゃくし》定規な官僚とみなし、けむたく思っていたことが今は不思議だった。

オリヴァーがトイレから出てきた。その瞬間、廊下の先の取調室のドアが開いて、巡査が手錠をかけられたローテムントを引きだし、二階に通じる階段へ連れていった。上級検事がそっちを見た。ピアは、上級検事の表情が一瞬変わったことに気づいた。体をこわばらせ、顎を上げた。

「あれはグラッサーではないが」上級検事はいった。

「ええ」オリヴァーは答えた。「ローテムントです。今日、自首したんです。わたしたちはまず彼の話を聞くつもりです。グラッサーはそのあとです」

上級検事は刑務所送りにした旧友を見ながらうなずいた。

「取り調べに同席したい」上級検事はいった。

「いいえ、まずはキルヒホフとわたしだけでやります」オリヴァーはきっぱりといった。「そのあいだ待機していてください」

上級検事は、自分の頼みが却下されることに慣れていないのか、明らかに不愉快な顔をした。眉間にしわを寄せ、口を開けてなにかいおうとして思いとどまり、肩をすくめた。

「いいだろう。コーヒーでも飲むことにする。ではまた」

＊

エマとフローリアンはバート・ゾーデン病院の救命救急病棟の待合室で手を取り合いながらすわって待っていた。ルイーザはフローリアンの膝に乗って眠っている。一時間以上前からミヒャエラの手術がつづいている。胸の下から斜めに入った盲管射創。銃弾は腸と肝臓を損傷させ、骨盤で止まっていた。ヨーゼフはフランクフルト大学病院に搬送されていたので、エマはほっとしていた。罪のない小さな娘に虐待をしたあの悪魔がもし同じ病院に搬送されていたら、とてもではないが耐えられなかっただろう。エマは夫を横からちらっと見た。彼はどんなにつらい状況だろう。

フローリアンは以前から父親とうまくいっていなかった。見捨てられ、愛されていないと感じつづけた。だから彼は家から遠く離れられる仕事についたのだ。だが自分の父親が小児性愛者だと知ってしまった。しかも自分の娘を虐待した小児性愛者。夫は訥々《とつとつ》とミヒャエラのことを話してくれた。ミヒャエラが父親から愛され、ニッキーと仲よしなのをどんなに嫉妬したか。フローリアンはニッキーを愛しつつ憎んだ。ニッキーは養父母のところを転々として孤児院を出たり入ったりした末、八歳のときにフィンクバイナー家に引き取られた。彼は小さい頃から人を操るのがうまかった。高い知性と功名心があり、ナルシストだった。フローリアンは同い年の遊び仲間ができたと思って喜んだが、ニッキーはミヒャエラを選んで、独占した。

ミヒャエラはすでに奇妙な言動が目立ち、嘘つきで攻撃的だった。だがフローリアンは双子の妹を盲目的に愛した。家族でただひとりの仲間をニッキーに奪われたのだから、それはつらかっただろう。両親はニッキーとミヒャエラがすることはなんでも許すのに、フローリアンが同じことをすると、叱責《しっせき》し折檻した。十歳でニッキーとミヒャエラはタバコを吸い、十二歳でミヒャエラははじめて家出し、十三歳でジョイントを吸い、十四歳でヘロインを注射した。それから彼女は家から姿を消した。はじめは少年院、つづいて精神科病院に収容された。一方ニッキーは改心し、優等生となって学校で一番の成績をとった。ミヒャエラのことは一切話題にしなくなり、フローリアンが好きだったコリナと友情を育んだ。

フローリアンには双子の妹との思い出に幸せなものなどひとつもなかった。そういう背景を知って、エマにも、なぜ夫がそのことを一切話題にしなかったのかわかった。

外の通路で大きな声がした。「ミヒャエラ・プリンツラー」といっている。男がひとり、待合室に入ってきた。ドア枠が埋まるほどの大男だ。両腕が刺青だらけで、見るからにぞっとする人物だった。

「ミヒャエラの兄貴か？」男がフローリアンに声をかけた。妙にかすれた声だった。

「ああ、そうだが。あなたは？」

「俺は夫だ。ベルント・プリンツラー」

エマは言葉を失って刺青の大男を見つめた。

プリンツラーは向かいのプラスチックの席にすわって両手で顔をこすった。それから膝にひじをつき、フローリアンをじっと見つめた。

「なにがあった？」プリンツラーはたずねた。

フローリアンは咳払いをして、なにがあったか話した。

「妹は何年も前に死んだと思っていた。両親からはそう聞いていた」と最後にいった。

「そう思わせていたからな」プリンツラーは答えた。「あの怪物どもの追跡をかわすために、ミヒャエラの埋葬を偽装したのさ」

「だれの追跡？」フローリアンは困惑した。

「おまえのおやじと小児性愛者の仲間さ。あいつら、マフィアと同じだ。目をつけたら絶対に逃がさない。一挙手一投足まで見張っている。どんな諜報機関よりも有能さ」

「それは……どういうことだ？」フローリアンはたずねた。

エマは知りたいと思わなかったが、プリンツラーは言葉をオブラートに包むことなく、小児性愛者組織の構成と手口を話した。耐えられないほどひどい話だった。

エマは背筋が寒くなった。その身の毛のよだつ悪夢をいつか追い払えるだろうか。ルイーザは嫌な思いをしたことを忘れられるだろうか。どうしてもっと早く気づかなかったのだろう。気づけたはずだし、気づかなければいけなかった。義父がルイーザにどんな態度で接したか思い返し、虐待などなかったという証拠を探した。義父はたしかにルイーザにやさしかった。

青い手術着の医師が待合室に入ってきた。プリンツラーとフローリアンがさっと立った。

「妻の容体は？」プリンツラーはたずねた。

「妹はどうなんですか？」フローリアンもすかさずたずねた。

医師はふたりの男を見比べた。

「手術は成功です。容体は安定しています」そう答えて、医師はプリンツラーの顔と首に目がとまりそうになるのを必死に我慢した。「集中治療室で経過を見ています。ともかく銃弾は摘出でき、損傷した腸を縫合しました」

突然、エマの下半身に刺すような痛みが走った。ぎょっとして口をぱくぱくさせた。その瞬間、胎胞が破裂して羊水が流れだした。

「フローリアン」エマは小声でいった。「赤ちゃんが生まれそう」

＊

「それ、どうしたんですか？」キリアン・ローテムントが顔を向けたとき、ピアは愕然としてたずねた。手配写真では彫りが深くハンサムだった彼の顔はひどく腫れあがり、顔の左半分には目のあたりまで紫色の血腫《けっしゅ》ができていた。鼻骨は折れているらしく、右腕はひき肉機にかけられたように見える。ローテムントをすぐ入院させる必要があった。

「二日前、アムステルダムで列車に乗ろうとしたとき、待ち伏せにあった」ローテムントは答えた。

「だれの？」ピアはオリヴァーの部屋のデスクに向かってすわり、彼を正面に見据えた。オリヴァーは返事を待つよう、ローテムントに合図した。それから録音機の電源を入れてデスクに置き、基本データを吹き込んだ。

「オランダ警察ではなかった」録音テープが動くと、ローテムントはそういって顔をしかめた。「警察ですらなかった。やつらは昨夜、わたしを拷問して、今朝、走っている車から突き落とした。小児性愛者マフィアの手先だ。わたしが危険になったんだ。奴らは暴行されるハンナ・ヘルツマンの映像を見せて、ふたりのインサイダーから得た情報をどこに送ったかいわないと、わたしの娘にも同じことをすると脅迫した」

「教えたのか？」オリヴァーがたずねた。

「いいや」ローテムントは無精髭《ぶしょうひげ》が目立ちはじめた顎をそっとなでた。「そこまで意志はくじけていなかった。ハンナが入院しているのを知っていたので、小包は彼女の自宅に送ったといった」

「うまくやりましたね」ピアはいった。「実際、ヘルツマンさんの家で小包を横取りしようとした者がいました。娘のマイケがちょうど家にいまして……」

「なんだって！」ローテムントが愕然とした。

「マイケはその男をやっつけて、地下に閉じ込めました。今ここに連行されてきています」

ローテムントはほっと息を吐いた。

「だれだ？　ヘルムート・グラッサーか？」

「ええ。そうです。よくわかりましたね」

「奴はフィンクバイナーの汚れ役だ。あいつも〈太陽の子協会〉の出身で、精神を病んでいる」

「あなたのお嬢さんは今どこですか？　安全なんですか？」ピアはたずねた。

「ああ。元妻が娘に電話をした。警察がわたしを連行しにきたちょうどそのとき、帰ってきた。娘と少し話ができて、当分のあいだ家から出ないと約束してくれた」

「身辺警護をつけます」ピアはいった。

オリヴァーが咳払いをした。

「順番に話そう。プリンツラーが少し話してくれたので、彼の奥さんについて把握している。奥さんは今日、ヨーゼフ・フィンクバイナーの誕生祝賀会にあらわれ、ふたりを射殺し、父親に重傷を負わせた」

「なんてことだ！」ローテムントは愕然とした。相当ショックだったようだが、気を取り直した。「だれを撃ち殺したんだ？」

「ハルトムート・マーテルンとリヒャルト・メーリング」

「あのふたりは小児性愛者組織の中心メンバーだ」ローテムントはいった。「組織を四十年以上前から動かしている奴らだ。中心メンバーは他に三人いる。そんなに長いあいだ悪逆無道なことをしてきたんだ。メンバーの連なった長い名簿を入手している。この名簿が正しいという証拠もある。ミヒャエラは何年にもわたる虐待を正確に語り、手記にしている。ヘルツマンとわたしはこの数週間、かつての被害者や組織の人間からミヒャエラの話を裏づけるたくさんの証拠と証言を集めた。わたしはここ数年この件をずっと追ってきた。あなたたちにもわかると思うが」

顔がひどいことになっていても、彼の水色の瞳には見るのをためらわせるほどの魅力があった。ピアは目をそむけそうになるのを必死に我慢した。

「九年前、奥さんに協力するようプリンツラーに頼まれたとき、わたしはこの事件に引きつけられた」ローテムントはしばらくして話をつづけた。「連中の行動力と危険性を見誤ったんだ。わたしは奴らに陥《おとしい》れられ、すべてを失った。家族、名声、仕事。刑務所に入れられ、幼児虐待と児童ポルノ所持の罪で前科者になった。すべて巧妙に仕掛けられた罠だった」

「どういう罠だったんですか？」ピアはたずねた。

「わたしは本当にナイーブだった」ローテムントはかすかに微笑んだが、すぐにまた硬い表情になった。「いってはいけない奴に秘密を打ち明け、油断した。そして飲みものに睡眠薬を混入された。二十四時間後、自分の車の中で気がついたが、それまでの記憶がなかった。意識を失っているあいだに、わたしは服を脱がされ、裸の子どもたちといっしょにベッドに寝かされ、写真を撮られたんだ。邪魔な人間を厄介払いするときによくやる手さ。わたしは同じ手口でクビになった青少年局の局員をふたり知っている、生徒に性的虐待をしたと疑われた教師もいる。

他にもすくなくとも三人は知っている。こっちは手も足も出ない。奴らのつながりは省庁や政財界、警察にも伸びていて、お互いにかばいあっている。ドイツ国内だけじゃない。国際的なつながりもある。だからものすごい金が動く」

ローテムントは怪我をした右手を見て、少しひらひらさせた。

「三週間ほど前、少女の死体が川で見つかったとき、ミヒャエラはついに暴露することを決意した。ベルントがわたしに電話をかけてきた。わたしは協力を申し出た。わたしにはもう失うものがなかった。すべてが証明されれば、名誉挽回のチャンスがあったし。ミヒャエラの心療法士レオニー・フェルゲスを介して、ハンナ・ヘルツマンとの接点もできた。彼女は自分の番組でこの問題を扱おうと夢中になった。気をつけるよう忠告したが、彼女は明らかに連中の恐ろしさを見誤った。わたしと同じように。たぶん彼女の番組のテレビディレクターでもある旧友ヴォルフガング・マーテルンに話してしまったんだ」ローテムントはため息をついた。

「ヴォルフガングの父親が組織に関わっていることを、ハンナはまったく知らなかった。もちろんわたしはそのテレビ局が奴のものであることを知っていたが、ハンナが微妙な立場に置かれないよう名簿から奴の名をはずしたんだ。それにはじめは彼女が信用できるかわからなかったし。彼女がヴォルフガング・マーテルンの友人で、情報を流すとは思いもしなかった」

「ヴォルフガング・マーテルンがハンナ・ヘルツマンを襲ったと思いますか？」ピアがローテムントの言葉をさえぎった。

「いいや、それはないと思う。やったのはグラッサーだろう。レオニーを殺したのも奴だ。女性は写真や映像をでっちあげられても屈しない。女性には別のやり方で対応する」

ピアは、レオニー・フェルゲスの隣人が家の近くで何度も見かけたというＨＧナンバーの車を思いだした。その車は〈太陽の子協会〉で登録されていた。

「〈太陽の子協会〉」オリヴァーがいった。「母子への援助団体だが、本当にそうなのか、それとも隠れ蓑なのか？」

「もちろんちゃんとした援助団体さ」ローテムントは答えた。「立派な活動だ。若い母親に教育を受ける機会を与え、児童に奨学金をだしている。だが公式には存在しない子どももいるんだ。若い母親の中には、そこなら子どもは安泰だと思って、出産したあとそのまま赤ん坊を置き去りにして姿をくらます人がいる。それからフィンクバイナーは極東や東欧からも孤児を集めている。その子たちは当局に申請されず、この世に存在しない。だからだれもその子を捜さない。そういう子が小児性愛者の餌食《えじき》になる。ミヒャエラはそのことをすべて知っていて、その子たちを〈見えない子〉と呼んだ。その子たちは本当に信じられない仕打ちを受ける。年齢が高くなって、小児性愛者が魅力を感じなくなると、売春の手配師に引き渡されたり、始末されたりする」

ピアはヘーヒストの目撃者が協力して作成された二枚の人相書きを思いだし、部屋から取ってきた。

「このふたりを知ってる？」ピアはローテムントにたずねた。

ちらっと見ただけでローテムントはいった。

「男はヘルムート・グラッサー。女はコリナ・ヴィースナー。彼女もフィンクバイナー家の養子だ。フィンクバイナー・ホールディングの管理職で、夫のラルフ・ヴィースナーも養子さ。コリナと彼はフィンクバイナーの私設部隊の忠実な兵士だ。コリナは〈太陽の子協会〉の事務長ということになっているが、実際には組織内にある〝秘密警察〟のリーダーだ。彼女はすべてを知っている。冷酷で容赦ない人物さ」

＊

ヘルムート・グラッサーは十五分間淀《よど》みなく話した。

話を聞いてくれる者がいることがうれしくて、悲しい子ども時代の話をした。暴行されて彼を身ごもったとき、精神を病んだ母親は十六歳だった。養父母の家や孤児院を転々としたあと、フィンクバイナー夫妻に預けられた。グラッサーは人生ではじめて手厚く扱われたが、それでも二流の子どもだった。実の母親がいたため、フィンクバイナー夫妻は彼と養子縁組をせず、ただ養育した。彼は〈太陽の子協会〉の施設で育ち、みんなに認められようとなんでもしたが、年下だったフィンクバイナーの子どもたちは彼を見下して、認められたいという彼の気持ちを利用し、馬鹿にした。グラッサーは結婚せず、フィンクバイナーの敷地にある家で母親と暮らした。三十年にわたって仕えた者たちのそばに暮らし、ずっと彼らのいいなりになってきた。

「なるほど」オリヴァーが口をはさんだ。「ではハンナ・ヘルツマンとレオニー・フェルゲスの件を話してもらおう」

「ヘルツマンのときは、嗅ぎまわるのをやめるよう脅せといわれた」グラッサーは認めた。

「しかしちょっとやりすぎてしまった」

「ちょっと？」オリヴァーは声を荒らげた。「あれだけひどいことをして殺しかけたというのにか！　あの人を車のトランクに置き去りにした。殺意があったといえる！」

「いわれたことをしただけだ」グラッサーは弁明した。その暗褐色の目には自己憐憫《れんびん》がうかがえた。彼の論理では自分は犯人ではなく、被害者なのだ。「俺には選択肢なんてなかった！」

「選択肢はいつでもある」オリヴァーは答えた。「要求したのはだれだ？」

グラッサーは、束縛され、さげすまれるのを嫌う知性はあっても、それを振り払うだけの意志の強さに欠けていた。命令に従っただけだと自分の行為を正当化し、弱者を痛めつけることで自分が虐《しいた》げられた悔しさを発散させていたのだ。

「要求したのはだれだ？」オリヴァーは聞き直した。

グラッサーは嘘をついてもだめだと観念し、自分を虐げてきた連中に仕返しをするつもりで自白した。

「コリナ・ヴィースナー。彼女が俺の直接のボスだ。俺は彼女にいわれたとおりのことをする。質問はしない」

ピアの電話が鳴りだした。ちらっとディスプレイを見た。リーダーバッハに住む農夫ハンス・ゲオルクからの電話だった。いつも牧草を作ってもらっているので、草刈りが終わったという知らせだろう、とピアは思った。急ぎの用事ではない。

「ハンナ・ヘルツマンへの暴行を撮影したのはコリナの命令か？　レオニー・フェルゲスが脱

水症状で死ぬところを撮影したのもか？」オリヴァーは鋭い口調でたずねた。

「そうはっきりいわれたわけじゃない」

「どういうことだ？」オリヴァーは身を乗りだした。「命じられたことをしたといったばかりじゃないか！」

「まあね」グラッサーは肩をすくめた。「あれをしろ、これをしろっていわれるのさ。だけど、どういうふうにやるかは任されている」

「具体的には？」

「警察の車内検査を装うというのは俺のアイデアだ」グラッサーは自慢そうだった。「必要な装備はインターネットで簡単に手に入る。そしていつもうまくいく。ときどき遊び半分にやって金を稼いでいる」

「映像は？」ピアはたずねた。

「そういうものを欲しがる人間はたくさんいる」

「そういうもの？」

「だから、人が死ぬところを写した映像さ。演技でない本物をね」グラッサーはまったく動ずにいった。「あのテレビ局の女のそういう映像なら二百万ユーロは軽くいくな」

いわゆるスナッフフィルムのことだ。ピア自身はそういう映像を見たことがないが、インターネットや、インターネット・リレー・チャットやネットニュース、会員制グループに、児童ポルノに分類される赤ん坊や幼児の殺害や拷問の映像の情報があるらしい。

自分の極悪な行為を嬉々として語るグラッサーに、ピアは気分が悪くなった。胸板を拳骨で叩く、さかりのついたゴリラと変わらない。

「事実だけ話して」ピアはハンナ・ヘルツマンを襲ったときの自白を中断させた。「それより川で見つかった少女はどうなの？　どうして遺棄したわけ？」

「焦るなよ。順番に話す」そう答えると、グラッサーは脚光を浴びていることを楽しんだ。ずっと端役に甘んじてきたからだ。

ピアは電話がかかってきたふりをして取調室から出た。今日はいろいろあったので、彼女をじろじろ見るグラッサーの目つきだけでも耐えられなかった。

ピアは廊下の壁に寄りかかった。目を閉じて深呼吸する。この世には吐き気がする、いかれた輩《やから》がいるものだ！

「大丈夫か？」クレーガーが取調室の横の小さな部屋から出てきた。ミラーガラスを通して取り調べの様子を見るための部屋だ。ピアは目を開けて、クレーガーの気づかわしげな顔を見た。

「もうあいつには耐えられないわ」ピアは吐きだすようにいった。「なにをされてもあそこには入りたくない」

「俺が替わろう」クレーガーがピアの腕をなでながらいった。「他のみんなはそこの部屋にいる。そこで取り調べの様子を見ていればいい」

ピアは息を吐いた。

「ありがとう」

「なにか食べたか?」クレーガーがたずねた。

「いいえ。あとで食べる」ピアは微笑んでみせた。「これで解決するといいんだけど」

ピアはカイ、ケム、カトリーンの三人がいる小部屋に入って椅子にすわった。クレーガーが取調室に入り、グラッサーの後ろに立ったとき、奴はひわいなことを口走っていた。

「ぐだぐだぬかすな、この野郎」クレーガーはいった。「電気ショックにかけるぞ」

グラッサーの顔からにやけた笑みが消えた。

「聞いたか? 拷問すると脅したぞ!」グラッサーはいきりたった。

「なにも聞こえなかった」オリヴァーは眉ひとつ動かさなかった。「少女の件がまだだったな。さあ、どうぞ」

グラッサーはクレーガーをじろっとにらんだ。

「オクサーナって名前だ。あいつは四六時中逃げだそうとした。俺は見張りを命じられていたから、あいつに逃げられると怒られた。あのときはあいつ、どうしてか市内に逃げ込んだ。だから俺たちは親のふりをした」

「俺たち? もうひとりはだれだ?」オリヴァーは彼の言葉をさえぎった。

「コリナだよ」グラッサーは答えた。

「少女はどこから逃げたんだ?」

「邸からさ」

「もっと具体的にいえ」

グラッサーはいったん渋い顔をしたが、話しはじめた。ヘーヒストにあるフィンクバイナー財団所有のエッティングハウゼン邸の地下。そこで虐待がおこなわれ、映像が撮影されて世界中にばらまかれるという。子どもたちは普通、協会の施設に収容されるが、数人ずつヘーヒストに運ばれて、「客に饗《きよう》される」。

この言い方だけで、ピアの背中に鳥肌が立った。

「オクサーナはメンバーたちにとってもう大きくなりすぎていた。だけどなぜかボスがあの娘にご執心だった。あの晩、オクサーナはボスの怒りを買った。いうことをきかなかったからだ」

「幼いうちは脅せば簡単にいうことをきく」グラッサーの言い方は、まるで動物のことを話しているようだった。「だけど大きくなると、ずる賢くなる。だから責め方もハードになる」

ピアは背を向けて、両手で顔を覆った。

「耐えられない」

「俺もだ」ケムも暗い声でいった。「子どもがふたりいる。うちの子がこんな目にあっているところを考えたくもない」

「オクサーナは頑固だった。ロシア人の娘はたいていがそうだ。そういう遺伝子なんだろうな」グラッサーの声が引きつづきスピーカーから聞こえた。「ボスは娘がうんともすんともいわなくなるまで殴り、ジャグジーバスに沈めた。たぶん少し長すぎたんだ。事故だった」

グラッサーは肩をすくめた。

「よくあることさ。その夜のうちに処分しろといわれた。だけどあまり時間がなくてな。それで川に投げ捨てた」

「それで?」オリヴァーは感情を見せずにたずねた。


「よくあることさ。その夜のうちに処分しろといわれた。だけどあまり時間がなくてな。それで川に投げ捨てた」

「ありえない。時間がないってだけで!」カトリーンがささやいた。

「運がよかったというべきだ」ケムは皮肉っぽくいった。「さもなかったら発覚しなかった」

「ふう」ピアは息を吐いた。ケムのいうとおりだ。死んだ少女の発見が一連の悲劇の引き金だった。目撃者が「事件簿番号XY」ではなく、新聞の写真を見てもっと早く連絡をしてきていたら、ハンナ・ヘルツマンはあんな目にあわなかったかもしれないし、レオニー・フェルゲスは生きていたかもしれない。ミヒャエラ・プリンツラーもふたりを射殺せずにすんだだろう。

　仮に、もしも、たとえば。

「携帯電話に出たらどう?」カトリーンがいった。さっきからピアの電話が何度も鳴っていた。

「あとでいい。そんなに重要な電話ではないわ」そういうと、ピアは身を乗りだした。そのときオリヴァーはグラッサーに一枚の写真を差しだした。

「これはなんだ?」オリヴァーがたずねた。「少女の胃の中から発見した」

「ふむ。Tシャツの一部のようだな。ボスの命令で少女たちはピンクの服を着ている。とくに年が上の少女はな。ピンクの服を着ると幼く見えるからさ」

「これは発見された少女の胃から採取した」オリヴァーがいった。

「食べたのかもしれないな。いつもオクサーナを飢《う》えさせていた。さもないと、いうことをきかなかった」

　ケムは息をのんだ。

「もうありえない」ピアは唖然とした。「人間のすることじゃないわ」

「いいや」カイは首を横に振った。「残念ながら人間にはそういうことができる。強制収容所の看守を考えてみろ。人を一日じゅうガス室に送り込んでも平気だった」

「同じ目にあわせたい！」ケムはうなるようにいった。「だがそういう奴は刑務所ではなく、精神科病院に入れられて終わる。つらい子ども時代を過ごしたからっていってな！　とんでもない話だ！」

　ピアの携帯電話がまた鳴った。ピアは呼び出し音の音量を小さくした。

「すべてひとりでやったのか？　それとも手伝いがいたのか？」クレーガーがたずねた。

「ときどき手伝いを使った」グラッサーはいった。「テレビの女のときはボスがいっしょだった。レオニーのときはアンディを連れていった。あいつは普通、子どもの世話が仕事だがな」

「ボスがいっしょだったって」クレーガーがさらにたずねた。「年を取りすぎていないか……外仕事をするには？」

「外仕事」グラッサーはくすくす笑った。「それ、いいね。だけど年を取りすぎてる？　ボスはあんたと変わらない年齢だけど」

「ボスはヨーゼフ・フィンクバイナーだろう？」オリヴァーは念押しした。

「ヨーゼフはもうボスじゃない」グラッサーは手を横に振った。「あの人はもう子どもに触って喜ぶくらいが関の山さ。今のボスはニッキーだよ」

「ニッキー？」オリヴァーとクレーガーが同時にたずねた。「それはだれだ？」

グラッサーはふたりを見つめると、愉快そうにニヤリとして、椅子の背にもたれかかった。

「捕まえたんじゃないのか？　さっき廊下で見かけたけど」

「ニッキーというのはだれだ？」忍耐の限界に達したオリヴァーが凄みをきかせて平手でテーブルを叩いた。

「なんだ、あんたら、おつむが弱いね」グラッサーは少し身を引いて首を横に振った。「ニッキーの本名はマルクス・マリア・フライさ」

＊

「フライ上級検事とコリナ・ヴィースナーに対する逮捕令状を大至急取れ」オリヴァーはいった。「緊急指名手配だ。まだ遠くへは行っていないはずだ」

「手配します」カイはうなずいた。

フライ上級検事が逃げたことが判明すると、オリヴァーは捜査十一課の全員を待機室に呼び、刑事警察署内に残っていた捜査官と帰り仕度をしていた保安警察の巡査たちも招集した。

「フライを最後に見たのはだれだ？」オリヴァーがたずねた。

「携帯電話を車に取りにいくといって午後四時三十六分に署の外に出ました」警備室にいた女性警官が覚えていた。

「オーケー」オリヴァーは腕時計を見た。「今は午後六時四十二分。つまり二時間先を行かれている」

オリヴァーは手を叩いた。

「みんな、仕事にかかってくれ！　時間がない。フライは重要な証拠を隠滅しようとするだろう。エッティングハウゼン邸などの〈太陽の子協会〉の関連施設及びグラッサー、ヴィースナー、フライ三人の自宅の捜索令状がいる。エッティングハウゼン邸の家宅捜索には特別出動コマンド《SEK》と百人隊の出動を要請する。またフライが逃走した場合に備えてヘリコプターを呼べ。それから水上警察にも連絡しろ」

ピアは壁際の椅子に呆然とすわっていた。まわりで飛び交う声が耳鳴りのように聞こえた。フライ上級検事にまんまとだまされた。なんで気がつかなかったんだろう。どうしてこんなにうまく担がれたんだ。自分のうかつさをじわじわと実感した。ローテムントがアムステルダムへ向かったとフライにいったのは自分だ。捜査の進捗状況を逐一教えてしまった。あいつがリリーにやさしかっただけで信用してしまったのだ！

リリー！　大変！　ピアは熱湯を浴びたかのようにびくっとした。今朝の脅迫メール。あれもきっとフライの仕業だ！　フライにはクリストフのことを話したことがないから、きっとリリーがピアの娘だと勘違いしたのだ。

「捜索犬、救急医」オリヴァーの声がピアの意識に届いた。「一時間後ヘーヒストで合流する。建物を包囲し、周辺を封鎖しろ。カイ、交通警察とフランクフルトの警察本部にも伝えろ」

「ピア？」当直のドライアー警部がドアから首をさし入れた。

ピアは顔を上げた。

「なに？」

「いましがた緊急電話が入った」ドライアー警部がそばに来た。彼の気づかわしげな顔を見て、ピアの頭に警報が鳴り響いた。「白樺農場《ビルケンホーフ》でなにかあったようだ」

「嘘っ！」そうささやくと、ピアは両手で口をふさいだ。まさかリリーが！　あの子になにかあったら自分の責任だ。広い待機室がしんと静まりかえった。全員がピアを見つめた。ピアは携帯電話をだした。二十三件の電話、五件のショートメッセージ。すべてハンス・ゲオルクからだ！　干し草のことで連絡してきたと思い込んでいた。

「行くぞ」クレーガーはきっぱりいうと、ピアの肩に手を置いた。「俺が運転する」

ええ、お願い、といおうとして、ピアは同僚たちの視線に気づいた。弱音を吐いてはいけない。こんな状況でもだ。首席警部であり、プロだ。我を忘れてはいけないのだ。犯人逮捕を目前にして、プライベートを優先するわけにはいかない。

「ありがとう。ひとりで大丈夫よ」ピアはきっぱりというと、肩に力を入れた。「家に寄って、その足でヘーヒストへ行く」

＊

「運転してはだめだ」クレーガーは駐車場でピアに追いつき、彼女の手から車のキーを取った。「つべこべいうな！　俺が運転する」

ピアは黙ってうなずいた。心配のあまり体がふるえていた。フライに情報を流してしまったことで懲戒処分されるなら、それは自業自得だ。だが自分のせいでリリーになにかあったら一生自分を許せないだろう。

クレーガーはピアの車を解錠すると、ピアのために助手席のドアを開けた。ピアは彼の方を見た。

「わたしのせいだわ」

「きみのせい？」クレーガーはピアを車に乗せて、子ども相手のときのようにシートベルトをしめた。

「フライに捜査のことを話してしまった。なんであんなことをしてしまったんだろう？」

「奴は担当検察官だった。きみが話さなくても、捜査報告書に目を通せる」

「いいえ、そんなことない」ピアは首を横に振った。「ローテムントがアムステルダムへ向かったことを彼に教えたのもわたし。フライはそのあとすぐオランダの組織を動かしたのよ」

クレーガーは車に乗り込んでエンジンをかけ、バックで駐車スペースから出た。

「ピア、きみは間違っていない。フライの企みなどわかるわけがなかった。検察官から情報を求められれば、俺だって教えるさ」

「そうはいっても」ピアはため息をついた。「フライがキャンピングトレーラーの家宅捜索にあらわれたとき、あなたはすべてを教えはしなかったじゃない。彼の事件への関心の強さに警戒すべきだった」

ピアは口をつぐんだ。クレーガーは速度制限を無視して高速道路に向かって車を走らせた。

「そこを左折して野道を行って。その方が早いから」ピアは橋の手前でいった。クレーガーはブレーキを踏んでウインカーをだし、対向車線を横切るようにして左に曲がった。対向車線の運転手がパッシングをしてクラクションを鳴らした。

「プリンツラーを通して小児性愛組織のことを知ったためにエーリク・レッシングが消されたのだとしたら」クレーガーはしばらくしていった。「エンゲル署長が当時なにを知っていたのか気になるな。そして今どこまで知っているのか。絶対なにか関係している！」

「そんなこと考えてはだめよ」ピアは陰鬱《いんうつ》に答えた。「いずれにしてもオリヴァーは当時なにがあったか知らなかった。フランクも真相をなにひとつ知らなかった。背後にいる連中を一網打尽にしなければ、ローテムントとその子どもたちは一生命を狙われる」

ツァイルスハイムから国道五一九号線を通ってケルクハイムに通じる交通量の多い道路に出た。そこを横断しなければならなかったので、クレーガーは速度を落とした。横断すると、高速道路六六号線の側道であるアスファルト道路に沿って車を走らせた。すでに薄暗くなっていた。それでもローラースケートやジョギングをする人がたくさん路上にいる。高速道路の騒音で車が来たことに気づかず、みんな、なかなか避けてくれなかった。クレーガーはいらいらして指でハンドルを叩いた。ピアは、彼の顔が緊張していることに気づいた。彼も心配しているのだ。それから二、三分して白樺農場《ビルケンホーフ》に着いた。門の前にハンス・ゲオルクのトラクターと青色警光灯をつけたパトカーが二台止まっていて、敷地内のクルミの木の下に救急医の車と救急車があった。ピアはそれを見るなり血が凍った。それまでリリーを心配するあまり、クリストフになにかあったかもしれないとは考えてもいなかったのだ。

沈む太陽の光を浴びて、放牧地と馬場のあいだの砂利道になにか黒いものが横たわっている。クレーガーはそれに気づき、急ブレーキをかけた。砂利が飛びちった。ピアは車が完全に停車する前に飛びおりた。

「なんてこと!」

体から力が抜け、気分が悪くなった。目に涙があふれた。

「あれはなんだ?」クレーガーが背後からたずね、すぐにそれがなにか気づいた。クレーガーはピアを抱いて、そっちを見ないようにさせた。犬が血の海に沈んでいた。五メートルと離れていないところにもう一匹、犬の死骸があった。

「ピア!」

緑色のオーバーオールを身につけた白髪の大男が駆けよってきた。ハンス・ゲオルクだ。ピアには彼がかすんで見えた。撃ち殺された二匹の犬を見て最悪の事態を覚悟し、パニックに陥っていた。

「クリストフはどこ? なにがあったの?」ピアは金切り声をあげ、クレーガーの両手を払いのけようとした。だがクレーガーはがっしりつかんで、犬の死体をまたがずにすむようにピアを芝生の外に引っ張った。

「何度も連絡を取ろうとしたんだ」ハンス・ゲオルクはいったが、ピアは聞いていなかった。

「クリストフとリリーはどこ? ふたりはどこなの?」ピアはヒステリックに叫び、両手でクレーガーの胸をついた。クレーガーはピアを放した。

「家の中だ」ハンス・ゲオルクは懇願するようにいった。「待つんだ、ピア！」

立ちふさがって、つかもうとする彼を避けると、ピアは断頭台に引きだされた死刑囚ででもあるかのように怯えながら玄関ドアを見つめた。錯乱《さくらん》状態になった。鼓動が痛いほど激しく打ち、全身に汗をかき、それと同時に体が凍りついた。

「キルヒホフ首席警部！」巡査が家から出てきた。ピアは反応せず、階段や壁やドアの血痕を見つめた。自分の家族に死なれるというのは、すべての警官にとって悪夢だ。ピアはその悪夢を見るのか。

「こっちです」巡査はいった。クレーガーがすぐ後ろにいた。ピアの家、ピアのキッチン、どこもかしこも他人でいっぱいだ。救急医と救急隊員の赤とオレンジのベスト、蓋《ふた》を開けたスーツケース、チューブ、ケーブル、血で染まったシャツ。そして床にクリストフが倒れていた。身につけているのはトランクスだけで、むきだしの胸には心電計の電極が装着されている。

「奥さんが来た」とだれかがいって場所をあけた。クリストフは生きていた！　ピアはほっとして膝の力が抜けそうになった。人をかきわけてクリストフのところまで行くと、そばにひざまずいて、そっと彼の肩に触れた。彼は頭に裂傷を負っていて、救急医の治療を受けていた。

「なにがあったの？」ピアはささやいた。「リリーはどこ？」

クリストフは目を開けた。虚ろな目だ。

「ピア」彼が朦朧《もうろう》としながらささやいた。「連れていかれた。あいつが……門に立って……手招きしたんだ。リリーは……動物園と……ミリアムのおばあさんのところで……会った人だといって。わたしは……まさかこんなことになるとは……門を開けて……」

ピアは愕然とした。もちろんリリーはフライ上級検事を知っている！　ピアはクリストフの手をつかんだ。

「……リリーがあいつのところに駆けていった……すると突然あいつは拳銃を抜いた。あいつはリリーを車に押し込んだ。そしたら犬たちが奴を……奴は犬たちを……」クリストフはそれ以上なにもいえず、目を閉じた。胸が激しく上下した。

「あなた」ピアは涙を流すまいと堪えた。「大丈夫？」

「わたしは……わたしはあいつにぶつかっていった。あいつはわたしを撃とうとした……だが弾倉が空になった。殴られて……突然ハンス・ゲオルクがあらわれて……」

「外傷性脳損傷です」救急医がいった。「最低三回は頭を殴られています。病院へ搬送します」

クレーガーが声をひそめて携帯電話になにかいっていた。リリーとフライの名が聞こえた。

「わたし、病院についていく」ピアはクリストフにそういって頰をなでた。

するとクリストフがピアの手をつかんだ。

「だめだ。リリーを頼む。お願いだ、ピア。あの子を見つけると約束してくれ！　なにかあったら大変だ」

クリストフもリリーが心配なのだ。銃で犬を射殺し、発砲をためらわないことを行動で示した相手に、リリーを守るため素手で立ち向かったのだ。もし弾倉が空でなければ、クリストフも撃ち殺されていただろう。

ピアはかがみ込んで、彼の頬にキスをした。

「リリーを見つける」ピアはかすれた声でいった。「約束する」

＊

「いっしょにヘーヒストへ行く」発進した救急車を見届けて、ピアはきっぱりといった。「すぐ着替えてくる」

誕生祝賀会に出席したピアは、今朝から夏服にヒールサンダルといういでたちだ。あれから何日も経ったような気がした。

「他の犬は俺が預かっている。トラクターに乗せてある」ハンス・ゲオルクはいった。「馬の世話もしておくよ」

「ありがとう」ピアはうなずいてから階段を上った。ベッドルームで服を脱ぎ捨て、Tシャツとジーンズを着て、ワードローブの中の金庫から拳銃をだした。ふるえる指でショルダーホルスターをつけ、拳銃を差した。ソックス、スニーカー、グレーのフード付きプルオーバー。着替えると、自分に戻った気がした。

五分後、ピアはクレーガーにつづいて車に乗り込んだ。

「大丈夫か？」クレーガーがたずね、発進した。

「ええ」ピアは答えた。不安は冷たい怒りに変わっていた。

カジノ通りに規制線が張られていて止まらなければならなかった。そのときピアの携帯電話が鳴った。たくさんの野次馬が集まって、単調な日常に起きた突発的な出来事にわくわくしている。それがどんなに危険なことかわからせるのはむりだ。だから規制線をできるだけ広くとっている。

「これから行きます」ピアはボスにいった。「どこですか？」

ピアが身分証を呈示すると、巡査が立入禁止テープを少し上げて、彼女とクレーガーを通した。

「邸の前の通りにいる」ボスは答えた。「特別《S》出動《E》コマンド《K》が敷地内に突入し、数人の子どもをよそに移そうとしていた〈太陽の子協会〉のスタッフを逮捕した」

「リリーは？」ピアはたずねた。リリーがフライに拉致されたことを、クレーガーがすでにオリヴァーに伝えていた。

「地下への入り口を探しているところだ。フライはここにいる。彼の車が駐車してあった」

ピアとクレーガーは、街灯に照らされているボロンガロ通りを駆け足で横切った。通りは死んだように見える。車もサイクリングする者も歩行者も見当たらない。少し離れたところを路面電車が通っただけで、しんと静まりかえっている。オリヴァー、カトリーン、ケムの三人はボロンガロ宮殿に隣接するエッティングハウゼン邸の中庭で待っていた。特別《S》出動《E》コマンド《K》と機動隊の現場指揮官もそこにいて、中庭には警官がうようよしていた。みんな、真剣な顔をしていて、冗談を飛ばす者はいなかった。ヘッドライトの明るい光の中、〈太陽の子協会〉と書かれた紺色のフォルクスワーゲンバスが止まっていた。

「コリナ・ヴィースナーは？」ピアはたずねた。

「いなかった」オリヴァーは首を横に振った。彼も限界に来ているようだ。目に隈《くま》ができ、顎と頬にうっすら無精髭が生えている。「奴らは地下にいるはずだ。子どもを六人バスに乗せてここを出ようとしていた女ふたりを逮捕した」

「下にはあと何人いるんですか？」ピアはたずねた。

「捕まえたふたりの証言によると、あとはヴィースナー夫婦とフライだけだ」オリヴァーは答えた。「それから子どもが四人」

「そしてリリー」ピアが暗い声で付け加えた。「フライの奴、クリストフを殴って、うちの飼い犬を撃ち殺しました。捕まえたら……」

「きみはここに残れ、ピア」オリヴァーはピアの言葉をさえぎった。「特別出動コマンド《SEK》が片づける」

「いやです」ピアは逆らった。「地下に下りてリリーを救いだします。そしてひとり残らず片づけます」

オリヴァーは顔をしかめた。

「きみは手をだすな。感情に流されている」

ピアは黙った。オリヴァーと議論しても仕方がない。隙を見つければいいだけのことだ。

「地下の見取り図はあれ？」ピアは車の方を顎でしゃくった。ボンネットに建物の図面が広げてある。入り組んだ地下の図面であることがわかる。

「ああ。だがきみはついてくるな」オリヴァーは繰り返した。

「わかりました」ピアは巡査が懐中電灯の光を当てていた図面を見つめた。懐中電灯が小刻みに揺れている。地下のどこかでリリーがあの狂った奴に捕まっているのに、ピアたちは地上で右往左往しているだけだ。

「出口はすべて押さえました。ネズミ一匹逃げだせません」特別出動コマンド《SEK》の現場指揮官がいった。

「ここはフィンクバイナー・ホールディングの所有だ」オリヴァーがいった。「ここが本社だ。ここにはさらに納税相談所と法律事務所が入っていて、一階にはクリニックが二軒と児童相談所がある。偽装は完璧だ！」

救急車が二台青色警光灯とサイレンをつけずに中庭に入ってきた。紺色のバスに乗っている子どもたちを病院に搬送するためだ。

「小児性愛者は白昼堂々やってきても、だれにも気づかれないというわけだ」ケムがいった。オリヴァーが手にした無線機から声がした。機動隊の百人隊がニッダ川に至るまで敷地全体を包囲したという。

オリヴァーが気をそらした隙にピアは中庭を駆け抜け、正面玄関から邸に入った。特別出動《SE》コ《K》マンドの隊員二名が止めようとしたが、邪魔するなとピアにいわれて、優雅にカーブした階段の下の目立たない木の扉をしぶしぶ指差した。掃除用洗剤やトイレットペーパーや掃除道具を入れたその小部屋に地下へ下りるドアがあった。

「いうことをきかないと思った」オリヴァーがピアの背後からいった。「これは命令だ。命令に従え！」

「なら、懲戒処分《ちょうかい》を科してください。どうなったっていいです」ピアは拳銃を抜いた。ボスの他にクレーガーとケムがついてきていた。三人はピアのあとから磨《す》り減った階段を下りた。

その先の廊下は狭く、肩がコンクリートの壁に触れそうだった。数メートルごとに蛍光灯が淡い光を放っている。ピアは背筋が寒くなった。ここへ連れてこられた子どもたちはここを通るときどんな気持ちだっただろう。泣き叫んだだろうか、抵抗しただろうか、それとも恐ろしい運命に身を任せただろうか。さぞかし心細かったにちがいない。

廊下が急に折れ曲がり、数段下がると、廊下は広くなり、天井も高くなった。じめっとしたにおいがする。ピアは頭上にトン単位の土があることを考えないようにした。

「先に行かせてくれ！」クレーガーが背後でささやいた。

「いやよ」ピアは先を急いだ。アドレナリンが体にまわって、恐れも怒りも感じなかった。組織の連中はここを何回通って、悪逆無道を繰り返したことだろう。自分たちにも子どもがいるだろうに、ここで子どもに暴力をふるって楽しむとはなんて大人たちだ。

声が聞こえて、ピアはいきなり立ち止まった。オリヴァーが背中にぶつかった。

「きみはここにいろ。われわれに任せるんだ！」オリヴァーは声をひそめていった。「ついてきたら承知しない」

うるさい、と思いつつ、ピアはうなずいた。ボス、ケム、クレーガーの三人を先に行かせて、三十秒待ってから、天井の低い縦長の部屋を覗いた。そこで目にしたものに、ピアは息をのんだ。何年も前にフランクフルトでSMクラブを捜査したことがある。そことそっくりだ。ちがうのはあそこではみんな大人で、自分の意思で訪ねていたことだ。水の精のオクサーナはここで拷問されたのだ。拷問台、鎖、手錠、檻などぞっとするものが並び、恐怖と不安が充満していた。

「手を上げろ！」オリヴァーの声がして、ピアはびくっとした。「壁に向かえ！ 早く！」

他のときならボスの命令に従ってじっとしていただろう。だが今はむりだ。リリーを心配する気持ちが理性に勝った。ピアはドアをくぐって、その広い部屋に入った。左右に鉄格子のある牢屋がある。牢屋のひとつに子どもが四人いた。八、九歳だ。四人ともぐったりしている。クレーガーとケムは男と女に拳銃を向けていた。褐色の髪の女は今朝、レナーテ・フィンクバイナーを負傷した夫から引き離した女だ。オクサーナの母のふりをしたコリナ・ヴィースナーにちがいない！ だがフライはどこだ？

「リリー！」ピアは懸命に声を張りあげた。「どこにいるの？」

＊

彼と顔を合わせるのが怖かった。病床に横たわる醜い自分を見られるなんて身の毛がよだつ。だが彼はいきなり病室に入ってきて、迷わず抱きしめ、そっとキスをしてくれた。つまらない不安などすべて消し飛んだ。しばらくのあいだ、ふたりはじっと見つめあった。レオニーのキッチンではじめて会ったときのように、ハンナにははじめ彼の瞳しか見えなかった。吸い込まれるような水色の瞳。あのときはやり場のない思いでいっぱいだったその目が、自信に満ちた温もりのあるまなざしになっていた。それから彼の顔がひどい有り様なのに気づいた。右腕には包帯までしている。

「なにがあったの？」ハンナは小声でたずねた。まだうまくしゃべれなかった。

「長い話だ」そう答えると、ローテムントは左手で彼女の右腕にやさしく触れた。「ちょうど今、その話が終わろうとしている」

「話して」ハンナはせがんだ。「いろいろと思いだせないことが多くて」

「あとで話すよ」彼はハンナの指に指を絡めた。「まずは元気にならないと」

ハンナは深いため息をついた。その瞬間まで、病院というバリアから出て、ふたたび人生を歩まなければならなくなるのを恐れていた。だがその不安もかき消えた。ローテムントがついている。彼にはハンナの容姿などどうでもいいのだ。以前の美貌は完全には戻らないだろう。それでも彼ならきっとそばにいてくれる。

「わたしたちのEメールは残してある？」ハンナはたずねた。

「ああ。全部」ローテムントは、顔が腫れていてつらいだろうに微笑んでみせた。「何度も何度も読んでいる」

ハンナは彼の笑みに応えた。

彼女もこの数日、新しいiPhoneで彼のメールを読み返していた。ほとんど暗記してしまったほどだ。ローテムントは最悪の体験をしてきた。前の人生をすべて失い、無実の身で刑務所に入れられた。だが社会から軽蔑され、ステータスや財産や家族を失っても、彼はくじけなかった。むしろその逆だった。ハンナも虚飾の世界から引きはがされ、奈落の底に突き落とされるという運命にさらされた。それでもふたりはこの苦境を乗り越えるだろう。ふたたび光の射すところに這い上がるだろう。だがその人生を当然の結果だと思うことは二度とないはずだ。

「マイケがさっき来てくれたの」ハンナはかすれた声でいった。「そこに封筒を置いていった。なにかいってたけど、よくわからなかった。ナイトテーブルの引き出しを見てみて」

ローテムントは彼女の手を離して引き出しを開けた。

「この封筒だね」

「開けてみて」ハンナは答えた。鎮痛剤のせいでまだ意識が朦朧としていて、今にも目をつむってしまいそうだった。封筒に入っていた手紙を読んで、ローテムントの表情が変わり、眉間にしわを寄せた。

「どうしたの？」ハンナはたずねた。

「写真だ……車が写っている」ローテムントはなにげない口調でいったが、ハンナは彼が緊張しているのがわかった。

「見せて」ハンナは手を伸ばした。ローテムントはプリンターから出力したカラー写真を彼女に渡した。

「これ、マーテルンの邸だわ」ハンナは驚いていった。「どういう……こと？ なんでマイケがこんな写真を？」

「わからない」ローテムントは彼女の両手から写真を取って、封筒に戻した。「そろそろ行かなくては。今夜は国費で一泊する」

「それならあなたの身を案じることはないわね」ハンナはささやいた。まぶたが鉛のように重かった。「明日も来てくれる？」

「もちろん」ローテムントは彼女にかがみ込んだ。ふたりの唇が触れた。彼はハンナの頬をやさしくなでた。「逮捕令状が撤回されて自由の身になったら、きみのところへ来る」

＊

病院を出たあと、マイケは二、三時間あてもなく車を走らせた。途方もない孤独感を味わった。あれだけのことがあったあとではランゲンハインの自宅に足を踏み入れる気になれない。だからザクセンハウゼンにある女友だちのアパートに戻ることにした。母親はまだよくなっていなかった。鎮痛剤で意識が朦朧としていて、まともに会話もできなかった。いっぱい話したいことがあるのに。写真を入れた封筒を母親が警察に渡してくれるといいのだが。

ドイッチュヘルン河岸に沿って車を走らせ、ゼーホーフ通りに曲がった。夏休みに入ったおかげでアパートのそばに駐車スペースが見つかった。その駐車スペースにミニを止めると、マイケはリュックサックをつかんで車から降りた。ドアを閉める音が夜のしじまに響いた。マイケはあたりを見まわした。殴ったり蹴ったりされたせいでまだ体が痛い。くたくただったが、神経が高ぶって目が冴えていた。今日体験したことは一生忘れられないだろう。森で猛犬に追われただけでも身の毛がよだったが、母親の家で体験したこととは比較にならない。スタンガンを持っていなかったら殺されていただろう。考えただけでぞっとする！

マイケは通りを横切って、リュックサックから玄関の鍵をだした。駐車中の車のあいだになにか気配があった。不安にかられて脈が速くなり、汗が吹きでた。玄関ドアまでの数メートルを必死に走る。

「もうやだ」マイケはささやいた。指がふるえて、鍵がうまく鍵穴に挿さらない。ようやくうまくいって扉を押しあけた瞬間、びくっとした。なにか黒いものが視界をよぎったのだ。一階のおばあさんが飼っている猫が住居から出てきただけだった。

扉を勢いよく閉め、ほっとして扉に寄りかかると、マイケは心臓の鼓動が収まるのを待った。まだ小さな中庭を抜け、奥のアパートの扉を開ける必要がある。そこまで行けたら、ひとまず安心だ。熱いシャワーを浴びて、二十四時間ぶりに眠りたい。ここからしばらく姿を消して父親のところに転がり込むかどうか、明日決めることにした。

マイケは奥のアパートの玄関を開けた。人感センサーが反応して、廊下の明かりがともった。中に入ると、みしみし音のする階段を上った。助かった！　マイケは女友だちの住居のドアを開けた。そのとき突然、背後から声をかけられた。

「やっと帰ってきたね。ずっと待っていた」

マイケの血が凍りつき、うなじに鳥肌が立った。ゆっくり振り返る。目の前に血走ったヴォルフガングの目があった。

＊

「ピア！　ここだよ！」不安に打ちふるえる甲高い声。

その瞬間、ピアの中の牝ライオンが目覚めた。あの怪物にリリーを渡すくらいなら、死んだ方がましだ。

「そこを動くな！」オリヴァーが怒鳴ったが、ピアは聞く耳を持たなかった。さっと身を翻《ひるがえ》し、リリーの声がした方に走った。通路の分岐点で右の通路を選んだ。頭の中で平面図を思い返そうとしたが、うまくいかなかった。地下は廊下と下水溝とかつての防空壕と無数の部屋からなる。まるで迷宮だ。これまで目にしたのは近年改修された部分だ。床はコンクリートで、蛍光灯が取りつけられ、スイッチもついていた。だが今飛び込んだ区画は邸と同じくらい古そうだった。通路は暗くて、狭く、壁と天井はレンガでできていて、床は土がむきだしだった。照明は格子のカバーがついた古めかしいランプだけで、足元まで光が届かなかった。奥へ行くにつれ、湿気とドブネズミの糞《ふん》のにおいがどんどんきつくなった。突然、目の前に黒い穴があき、そばまで近づいてはじめて、狭くて暗いトンネルに通じる階段が目にとまった。天井から水滴がポタ、ポタと落ちてくる。階段はすべりやすく、ピアは錆《さ》びた手すりにつかまった。一度、動きを止め、闇に耳をすました。

「リリー！」ピアは声を発したが、返事はなかった。唯一聞こえたのは自分のあえぐ息遣いだけだった。このまま進んでもいいだろうか。引き返したくなる衝動を抑え、思い切って前進する。通路はまっすぐ延びていた。分岐点も、部屋らしいものもない。エッティングハウゼン邸の庭園の下にちがいない。ニッダ川までつづく秘密の抜け穴だ。ピアはフライの計画を見抜いた。奴はリリーを連れて逃げる気だ。川べりにきっとボートがつないであるのだ。急がなくては！　背後の足音に気づいて、ピアはちらっと後ろを見た。

「待ってくれ、ピア！」クレーガーが叫んだ。だがピアは待たずに先を急いだ。フライには差をつけられている。追いつかなくては。急に通路が広くなり、頑丈な格子でできた二枚扉の門で行き止まりになっていた。だがよく見ると、扉の一枚がほんの少し開いている。ピアは外に出た。そこに奴がいた。人の皮をかぶった怪物が。

「やあ、キルヒホフ」フライは少し息があがっていたが、それでも微笑んでいた。満月の淡い光の中、ピアは彼の顔を見分けた。目が見える。そこには常軌を逸し、心を病んだ人間の虚ろな笑みが浮かんでいた。こいつには残りの人生、後悔させなくては。フライはピアから目を離さず、あとずさった。片手でリリーの腕をしっかりつかみ、もう一方の手でリリーのうなじに拳銃の銃口を向けていた。

「銃を捨てろ。すぐに！　そしてそこから動くな。さもないと、この子を射殺する」

ヘルムート・グラッサーがオクサーナの遺体を遺棄したのもここにちがいない。死んだ少女を腕に抱えて地下通路を抜け、数メートル下にある川岸の遊歩道にだれもいないか確かめたはずだ。フライはその遊歩道に辿《たど》り着いた。彼と川のあいだにあるのは狭い斜面だけだ。

「あきらめなさい！」ピアはしっかりした声でいった。「もう逃げられないわよ。包囲されているんだから」

無数の考えが脳裏に浮かんだ。フライとの距離は十メートルもない。ピアの射撃の腕は確かだ。引き金を引くだけでいい。だが反射的に奴も引き金を引いたらどうなるだろう。銃弾を装《そう》塡《てん》し直しているはずだ。

「落ち着いて、リリー」そういうと、ピアは銃を下ろした。「あなたにはなにも起きないわ」

「ピア、このおじさん、ひどいのよ」リリーは目を大きく見ひらき、声がふるえていた。「ロビーとシンバを撃って、おじいちゃんを殴ったの！」

ピアの背後にクレーガーとオリヴァーがあらわれた。庭園の塀の上だ。ライトが点灯され、その場が光に照らされた。ボスが声をひそめて電話で話しているのがピアにも聞こえた。ニッダ川とマイン川の合流点に待機している水上警察のボートをここへ呼ぼうとしているのだ。左右から特別出動コマンド《SEK》の黒覆面の隊員が近づいてきて、光の当たらないところで位置についた。

「フライ上級検事！」オリヴァーが叫んだ。「その子を放せ！」

「どうする気だ？」クレーガーがいった。「逃げられないのはわかりきっているのに」

ピアは冷静に考えることができなかった。リリーだけを見つめた。リリーの金髪はまばゆい照明で黄金色に輝いている。かわいそうに怖いはずだ！　同い年の子を持つ男に、どうしてこんなひどいことができるのだろう。

フライは一分ほど斜面の上でじっとしていたが、いきなり身を翻した。あっという間だった。奴はリリーの腰を抱いて、真っ黒な川の中に飛び込んだ。

「だめ！　リリー！」ピアはパニックになって駆けだした。だがオリヴァーがピアの腕をつかんで引き止めた。クレーガーが川べりまで走り、そのままジャンプした。それまで死んだように静かだった遊歩道が一瞬にして騒然となった。四方から警官が殺到し、救急車があらわれ、照明をつけた水上警察のボートがニッダ川に入ってきた。オリヴァーはピアを腕で抱きとめた。

「あそこだ！」オリヴァーが叫んだ。「クレーガーが少女を助けたぞ！」

ピアはほっとしてへなへなとすわり込んだ。ボスが抱きとめていてくれなかったら倒れていただろう。機動隊員がクレーガーを川から引きあげ、だれかがリリーの腕を取って、毛布にくるんだ。二分後、ピアはリリーを抱きしめた。フライがどうなったかは、もうどうでもよかった。ドブネズミのように溺れてしまうがいい。

二〇一〇年七月三日（土曜日）

ドイツで登録された車であれば、車のナンバーから所有者を割りだすのはカイにとって朝飯前の仕事だった。だが写真を基にできあがった名簿を見て、驚きを隠せなかった。巡査二名がキリアン・ローテムントを連れてきたのは一時間半前のことだった。ローテムントは車の写真が入った封筒をカイに預けた。写真はマイケ・ヘルツマンが木曜日の晩、マーテルン邸の前で撮影したものだった。彼女がなぜそんなことをしたのかローテムントにもわからなかったが、この車から浮かんだ人名によって興味深い仮説が立てられた。

フィンクバイナーの誕生祝賀会の前の晩、社会の頂点に立ち、この社会を動かしてきた者でもある小児性愛者組織の代表たちがマーテルン邸で集まりを持ったのだ。そのうちのふたりは、かつての被害者の手で殺害され、三人目は生死の境をさまよっている。ローテムントはプリンツラーに電話をかけ、オランダから彼の私書箱に送ったボイスレコーダーとメモをできるだけ早く持ってくるように頼んだ。

オリヴァー、ケム、クレーガーの三人は未明の三時、刑事警察署に集まった。三人の疲れた顔には、エッティングハウゼン邸の地下での衝撃がはっきりと刻まれていた。ミヒャエラが「見えない子」と呼んでいた子どもをヘーヒストで十人解放し、青少年局の庇護下に置いて、ファルケンシュタインの施設の地下でさらに三人の少女を見つけた。子どもたちは自分の姓も知らず、出生記録もなかった。公《おおやけ》には存在しない子どもたちなのだ。コリナ・ヴィースナーの下で働いていた女の部下ふたりはすでにプロインゲスハイム拘置所に勾留され、ヘルムート・グラッサーと同じように明日、捜査判事の前に引きだされることになっている。

マルクス・マリア・フライはあれっきり消息がわからない。水上警察は川を捜索し、日が昇ったらさっそくダイバーを投入する予定だが、遺体になって見つかるのではないかと危惧されていた。

「まずコーヒーを飲むといいわ」執務室に待機していたエンゲル署長が捜査十一課の会議室の机でオリヴァーと相対した。「それとも今は帰宅して、つづきは明日にする?」

「そうはいかない」オリヴァーは首を横に振った。すでにコリナ・ヴィースナーを取り調べ、こんな人間がいまだに存在することに驚いていた。四人の子どもを産み、見た目は美しく、やさしそうな女なのに、本当は同情の欠片《かけら》もない、無慈悲なコントロールフリークだった。他人に力をふるうことで自分の絶大さに酔っていたのだ。だがコリナの場合はグラッサーとちがって、弱者を支配することが原動力ではなかった。子どもなどどうでもよかった。異常な衝動を抑えられない力のある男たちを操るのが楽しかったのだ。鋭い知性と統率力でコリナ・ヴィースナーは小児性愛者のグループを完全に掌握していたが、彼女とフライは結局ミスを犯した。最初の致命的なミスは、ミヒャエラが死んだと思い込んだことだ。それでも各方面との良好なつながりと脅迫によって彼らのおぞましい秘密を何年にもわたって隠しとおした。ふたつ目のミスは、オクサーナを折檻《せっかん》し、フライが自制心を失ったことだ。

コリナ・ヴィースナーは残虐行為の責任を自分では認めなかった。違法なことをしているという自覚はなく、自分の行為を正しいと確信していた。オリヴァーがどんな非難をしようと、彼女は納得せず、無表情に言い訳をした。

フライがオクサーナを溺死させたことを知ったとき、コリナがかんかんになって怒ったとヘルムート・グラッサーは明かした。ルイーザが虐待されているとエマから聞いて、コリナはフィンクバイナーのことも非難した。彼の行動で秘密をあばかれる危険が生じたと考えたからだ。フィンクバイナーとフライとコリナの口論はエスカレートして、フライがとうとうコリナに手を上げたという。

「まだ終わっていない」オリヴァーは署長にいった。「小児性愛者組織の中心メンバーは全員わかった。コリナ・ヴィースナーもそれを認めた。夜が明けるまでに逮捕令状が欲しい」

それははったりだった。オリヴァーが名簿を見せたとき、コリナは黙秘した。彼女から情報を引きだせる見込みはなかった。夫のラルフも黙《だん》りを決め込んだ。下手をすれば、木曜日の夜マーテルン邸に集まった連中が小児性愛者組織に関係していることを証明できない恐れがある。

署長は眉を上げげた。

「逮捕令状？　だれに対する？」

オリヴァーはカイが作成したリストを署長に差しだした。

「数人の外国人の名がまだ欠けているが、オランダ、ベルギー、オーストリア、フランス、スイス各国の警察と連絡を取っている。木曜日の夜マーテルン邸に集まった者たち全員の身元が明日には判明する」

「なるほど」エンゲル署長はリストに目を通した。

「ヘルムート・グラッサーとヴィースナー夫婦の自供がある。手下も数日あれば落とせる」オリヴァーは両手で顔をこすってから顔を上げげた。

「少女を殺害したのはフライで、グラッサーが遺体を川に投げ捨てた。ハンナ・ヘルツマンを襲い、半死半生の目にあわせたのも彼とフライで、レオニー・フェルゲス殺害はグラッサーの仕業だった」

「すばらしい。三つの事件を全部解決したのね」署長はうなずいた。「おめでとう」

「ありがとう。キリアン・ローテムントの件が冤罪《えんざい》だったことも証明できる。彼は二〇〇一年夏、ミヒャエラ・プリンツラーから小児性愛者の名前を教えられたとき、よりによってフライに協力を求めた。フライは組織全体に危険が及ぶと察知して、旧友ローテムントを陥《おとしい》れた。ただ彼とコリナ・ヴィースナーはミヒャエラに迫ることができなかった。プリンツラーは妻のミヒャエラが死亡したように偽装した。葬儀をおこない、死亡通知を新聞にのせ、墓も作り、奴らの目から逃れた」オリヴァーは短い間を置いた。「フライの子ども時代はひどいもので、複数の養家を転々とし、最後にフィンクバイナー夫妻のところに辿《たど》り着いた。彼は他の養子たちと同じようにフィンクバイナーのいいなりになった。たぶん彼も虐待され、いつしか虐待する側になったんだと思う。おそらく弱者を支配することに快感を覚えるようになったんだろう」

「そういえば、彼のインド人の妻ザーラは幼く見えます」カトリーンがいった。「ニッキーがフライだって、なんでもっと早く気づけなかったんでしょう。彼がフィンクバイナー家と深い結びつきがあるのはわかっていたのに」

「わたしも思いつけなかった」オリヴァーは答えた。「コリナ・ヴィースナーから聞いたが、彼はもともとドミニクという名だったそうだ。しかしレナーテ・フィンクバイナーが気に入らないといって、マルクスと改名させたらしい。だが、ドミニクの愛称ニッキーはそのまま残った。ミドルネームのマリアは、フライが後日自分でつけたそうだ。マルクス・フライでは名前が地味だと思ったのだろう」

「ふう」ケムがいった。「博士号も金で買っていた。あきれたな」

「権力欲と見栄ね」エンゲル署長がいった。

「そういうことだ。組織は完璧に機能していた。少女たちは大きくなると、売春の仲介人に売り飛ばされ、最後にはドラッグ漬けになるか、精神科病院に入れられる。コリナ・ヴィースナーがすべて手配していた。彼女の手をすり抜けたのはミヒャエラだけだった」オリヴァーは間を置いて、署長の顔を見た。若い頃に愛し、気心を知っているつもりだった彼女の顔を。「捜査中だった事件を解明した以外にもうひとつ別件を証明することができた。ローテムントとプリンツラーのおかげでエーリク・レッシングが死ななければならなかった理由が判明した」

「そうなの？」エンゲル署長にあわてた様子はなかった。オリヴァーにはそれを見て、エンゲルも事情を知らず、上からの指示で動いていただけだったかもしれないという希望が芽生えた。だが犯罪をもみ消したことに変わりはない。エンゲルのように功名心の強い女性ならやりそうだ。

開いているドアをノックする音がした。濡れた服を着替えてきたピアとクレーガーが会議室に入ってきた。

「リリーちゃんの具合は？」署長はたずねた。

「大丈夫です」ピアは答えた。「わたしの部屋で寝ています。カイがついてくれています」

「それじゃ……あとはみんなに、おめでとうというだけね」署長は微笑んだ。「よくやってくれたわ」

署長は立ちあがった。

「ちょっと待った」オリヴァーが引き止めた。

「なに？　今日は長い一日だったから、疲れているんだけど」署長はいった。「それに、みんなもそろそろ帰宅した方がいいでしょう」

「フランクフルト・ロードキングスに潜入したエーリク・レッシングは仲よくなったプリンツラーから小児性愛者組織の存在を知らされた。当時の副警視総監がそのメンバーだった。他にも内務省の次官、高等裁判所裁判官をはじめ検察官、裁判官、政治家、財界人が名を連ねている。レッシングはそれを公表しようとして殺された」

「そんな馬鹿な」エンゲル署長は反論した。

「レッシングの上司は、彼がどこにいるかつねに知っていた」オリヴァーは署長の反論を無視して話をつづけた。「手入れはその人間によって組織された。ロードキングスが相手の場合、通常参加するはずの特別出動コマンド《SEK》に出動要請がなかった。そして優秀な狙撃手と、まずいことになったら嘘をつくことも辞さないキャリア志向の首席警部が選ばれた。ちなみにあなただ、エンゲル署長殿」

　署長が顔をこわばらせた。

「ちょっと言葉に気をつけて、オリヴァー」署長は他の人間がいるとき、オリヴァーを名前で呼ぶことはなかったが、それを忘れて怒鳴った。オリヴァーも署長をきみ呼ばわりした。

「きみはフランクといっしょに娼館へ向かった。そしてその前に登録されていない拳銃を彼に渡した。その拳銃はのちにプリンツラーの車の中で発見された。内部抗争で撃ち合いがあったと見せかけるためだった。フランクに三人の殺害を命じたのはきみだ」

これだけの非難を浴びせられたらむきになってもおかしくないのに、エンゲルはまったく動じなかった。さっきのコリナ・ヴィースナーと同じだ。

「じつにおもしろい話ね」署長は首を横に振った。「だれの作り話？ 復讐の亡者と化した酔いどれのフランク？」

「ああ、彼から聞いた」クレーガーがいった。「嘘をついているとは思えない」

署長はクレーガーをさげすむように見つめてから、ピアとオリヴァーを見た。

「そういう根拠のない誹謗《ひぼう》中傷をして、あなたたちのクビがどうなっても知らないわよ」署長は落ち着いた声でいった。一瞬、その場はしんと静まりかえった。針が落ちても聞こえただろう。

「それはちがう」オリヴァーは椅子から腰を上げた。「この部屋でクビになる者がいるとしたら、あなただけだ、エンゲル署長。三人の殺人教唆《きょうさ》の疑いであなたを逮捕する。さもないと証拠隠滅を図る恐れがあるので、逮捕もいたしかたない」

＊

窓の外で夜が白んだ頃、ヴォルフガングは口をつぐんだ。一時間半近く話しつづけた。はじめは訥々《とつとつ》と。だがそれからなにかにせき立てられるようにしゃべった。マイケはじっと話を聞いた。茫然《ぼうぜん》自失だった。ヴォルフガングはハンナを裏切ったことを告白した。よりによって母親が全幅の信頼を置いた旧友に、人生最悪の目にあわされたとは。

「どうしようもなかった」ヴォルフガングは、なぜそんなことをしたのかとマイケが問いただすと答えた。「番組の概要を読まされ、そこにのっている名前を見て、大変なことになるってわかったんだ」

「でもあなたには関係ないでしょ？」マイケは彼の正面にあった肘掛け椅子に腰かけ、膝《ひざ》を抱いた。「むしろ逆でしょ！　父親と、そしてその……しがらみから解き放たれたかもしれないじゃない」

「ああ」ヴォルフガングは深いため息をついて、疲れた目をこすった。「そうかもしれない。まさか、こんなことになるとは思わなかったんだ。わたしは……わたしはハンナを説得できると思った。でもその前に、わたしの父がフィンクバイナーに注進した。あいつらがハンナに刺客を放ったんだ」

ヴォルフガングはマイケから目をそらした。

「わたしは夜中に病院へハンナの様子を見にいった。ショックだった」ヴォルフガングはかすれた声でささやいた。「マイケ、わたしのせいでこんなことになり、どんなに苦しんだかきみにはわからないだろう。わたしは死のうかと思った。だけど、それすらできない卑怯者だった」

マイケの前にすわっているのは知っている男ではなかった。その抜け殻だった。

「お父さんがそういうことをしているって、いつから知ってたの？」

「昔からさ。十六歳か十七歳のときからだ。はじめは理解できなかった。少女たちが売春婦だと思っていた。母はいつも目をそむけていた。父がなにをしているか、母は知っていたんだと思う」

「ひょっとして、だから自殺したの？」しだいにマイケにも、あの美しい邸《やしき》でなにが起きていたのか状況がのみ込めた。

「間違いない」ヴォルフガングは認めた。ソファでがっくり肩を落とし、悄気《しょげ》返っていた。「母は遺書を残した。わたしが見つけて……隠した。わたし以外だれも見ていない」

「いかれたお父さんがお母さんを死に追いやったのに、守ったわけ？」マイケは目を吊りあげた。「どうして？ なんでそんなことをしたの？」

さんざんしゃべってはじめてヴォルフガングはマイケを見た。虚《うつ》ろな顔だった。顔がやつれ、絶望していた。マイケはぎょっとした。

「だって……だって、わたしの父なんだ。父は雲の上の人で、父の悪いところなんて見たくなかった。父は……わたしの憧れだった。強くて自信に充ち満ちていた。わたしは父に認められたかった。いつかわたしを評価してくれると思ったんだ。だけど……一度として誉めてはくれなかった。そして今……父は死んだ。父を軽蔑していることすらいうことができなくなった！」

ヴォルフガングは両手で顔を覆って泣きだした。

「もうなにもかも手遅れだ」ヴォルフガングは小さな少年のようにすすり泣いた。なんて意気地なしなのだろう。マイケはまったく同情を覚えなかった。

「そんなことはないわ」

「なんだって？　どうすればいいんだ？」ヴォルフガングは絶望して顔を上げた。無精髭《ぶしょうひげ》の生えた顔を涙がこぼれ落ちた。「どうすれば罪滅ぼしできるんだ？」

「あたしと警察に行って、すべて話すのよ。悪党どもを捕まえてもらうの。それがあなたにできる最低限のことよ」

「わたしはどうなる？　わたしも罪を問われないか？」

この後に及んでまだ泣き言をいうとは。あまりの情けなさに、マイケは顔をしかめ、この意気地なしをさげすむように見つめた。なんでこんな奴に魅かれたんだろう。

「それは覚悟するしかないでしょう。さもないと、一生後悔して生きることになるわよ」

＊

クレーガーは眠っている子をピアの車の後部座席にそっと寝かせた。リリーはモルモットのようにすやすや眠っている。人生最大の冒険でくたくたになったのだ。途中で一度、目を覚まし、寝ぼけながら「ロビーとシンバは犬の天国に行けた？」「地下にいた子どもたちはどうなった？」とピアにたずねた。だがピアが答える前に、リリーはまた眠りに落ちていた。今はフリースの掛布にくるまれて、寝息をたてる小さな天使だ。

「トラウマを抱えなければいいんだけど」ピアはいった。クレーガーはできるだけ静かにドアを閉めた。

「大丈夫だろう」クレーガーは答えた。「しっかりした子だから」

ピアはため息をついてクレーガーを見つめた。

「ありがとう。あなたはこの子の命の恩人よ」

「いやあ、自分でも驚きさ」クレーガーはきまり悪そうに肩をすくめ、軽くにやっとした。

「自分から川に飛び込むなんてな。しかも夜中に」

「リリーのためだったら、わたし、グランドキャニオンからでも飛びおりる。自分の子のような気がして」

「女性には母性本能があるからな。だから理解できないんだ。コリナ・ヴィースナーはどうしてあんなことができたんだろう」

「病気ね。ヘルムート・グラッサーや小児性愛者たちと同じ」

ピアは車のフェンダーに寄りかかってタバコに火をつけた。一件落着した。三つの事件を解決し、古い事件にも光を当てた。それでも安堵《あんど》感はないし、胸を張る気にもなれなかった。ローテムントは名誉を回復するだろう。ハンナ・ヘルツマンもいつかまた元気になるはずだ。ミヒャエラ・プリンツラーの手術は成功した。エマは男の子を出産した。ピアはルイーザのことを思った。やさしい両親がいて、まだ幼い。きっといやな体験を忘れるだろう。他の子たちはそういう幸運に恵まれない。残酷な目にあった記憶を抱えて生きていくことになる。たぶんそのことで精神をやられている。大人になっても、ずっとその影につきまとわれるにちがいない。

「家に帰って少し眠った方がいい」クレーガーはいった。

「ええ、そうする」ピアはタバコを吸った。「大きな小児性愛者組織を叩きつぶせたことを喜ぶべきね。でも素直に喜べない。幼児虐待はなくならないだろうから」

「そうだな。人間が殺し合うのを止めることなんて、俺たちには絶対にできないだろう」

東の空が赤くなった。もうすぐ太陽が昇る。何十億年も前から毎朝繰り返されていることだ。この地上でどんな悲劇が起きようとも朝はめぐってくる。

「あの糞野郎《くそ》がニッダ川の底に沈んで、魚の餌になっていることを願うわ」ピアはタバコを落として踏み消した。「クリストフのいる病院に行く。入院に必要なものを持っていかなくちゃ」

クレーガーとピアは視線を交わした。それからピアは彼をいきなり抱きしめた。

「いろいろありがとう」

「いいってことさ」

ピアが車に乗り込もうとしたとき、赤いミニが駐車場に入ってきた。マイケ・ヘルツマンとヴォルフガング・マーテルンだ！

「なにかしら？」

「きみは帰れ」クレーガーはピアを車に押し込んだ。「俺が応対する。月曜日に会おう」

ピアは疲れ切っていたので、クレーガーに任せることにした。シートベルトをしめ、エンジンをかけると、車を発進させた。日曜日の朝、道路は空っぽだ。十分で白樺農場《ビルケンホーフ》に着いた。門の前でタクシーがアイドリングしていた。ピアはハンドブレーキを引いて車から降りた。胸がどきどきした。だが不安からではない。喜びと安堵感からだ。クリストフが助手席にすわっていた。まだ顔が少し蒼白く、頭に包帯を巻いているが、あとはいつもと変わらない感じだ。ピアに気づいて、彼は車から降りた。ピアは彼を抱いた。

「リリーは元気よ」ピアは小声でいった。「車で寝ている」

「よかった」クリストフはそうささやくと、ピアの顔を両手で包んで見つめた。「それで、きみは？」

「それより、あなたはどうなの？　よく退院させてくれたわね？」

「ベッドの寝心地が悪くて」クリストフはにやっとした。「脳震盪《のうしんとう》くらいで入院することもないだろう」

タクシー運転手は助手席の窓を下ろした。

「再会できたのはめでたいけど。だれか料金を払ってくれないかね？」

ピアはリュックサックから財布をだして、二十ユーロ札を渡した。

「おつりはいいわ」ピアはそういってから、門を開け、ふたたび車に乗り込んだ。クリストフが助手席に腰かけると、ピアは発進した。犬の死骸と血の跡は消えていた。きっとハンス・ゲオルクが片づけてくれたのだろう。

後部座席で小さな影が動いた。

「もう家に着いたの？」リリーが寝ぼけながらたずねた。

「もうってなによ」ピアは家の前でブレーキをかけた。「朝の四時半よ」

「ずいぶん早いのね」リリーはそういってから、クリストフに気づいて目を丸くした。

「おじいちゃんがターバンを巻いてる！　変なの！」リリーはくすくす笑った。

ピアはクリストフを見た。たしかに変だった。

「ひどい目にあったんだから、もうちょっといたわってもらいたいな」クリストフはぶすっとしていった。「車から降りろ、女たち。まずはコーヒーだ」

「あたしも」リリーは深いため息をついた。「ママとパパには黙っていないとだめね」

「なにを？」ピアとクリストフは同時に振り返った。

「それはもちろん、コーヒーを飲んだことをよ」そう答えると、リリーはにやっとした。

エピローグ

「スウェーデンにようこそ、ミスター・デ・ラ・ロサ」若い女性入国審査官がにこやかに微笑んで、アルゼンチンの外交旅券を返した。「よいご旅行を」

「イエス。サンキュー」マルクス・マリア・フライも顔をほころばせてうなずき、ストックホルム空港の入国審査エリアを出た。ゲートで女性が待っていた。二、三年ぶりの再会だが、彼はその女性にすぐ気づいた。少し老けた気もするが、記憶の中の彼女よりもずっと美しかった。

「ニッキー!」彼女は顔を輝かせ、左右の頬にキスをした。「会えてうれしいわ! スウェーデンにようこそ」

「やあ、リンダ。迎えにきてくれてありがとう」男は答えた。「マグヌスはどうしてる?」

「車で待っているわ」リンダは男と腕を組んだ。「こっちに来られてよかった。ドイツの件では、仲間がとても心配していたわ」

「コップの中の嵐だ」パスポートではエクトル・デ・ラ・ロサと名乗るマルクス・マリア・フライが手を横に振った。「そのうちほとぼりが冷める」

　エスカレーターに乗ると、ふたりの前に家族連れがいた。父親が旅行鞄を山積みしたカートをエスカレーターから下ろそうと悪戦苦闘している。母親はいらいらし、男の子はむすっとしている。そのとき五、六歳の少女がそのそばで飛びはね、エスカレーターのステップを踏みはずした。その子が転んで痛い思いをする前に、フライがすばやく手をだし、助け起こした。

「気をつけなくちゃだめでしょう」母親が少女をしかった。

「大丈夫だったのだから、いいじゃないですか」フライは微笑み、少女の髪をなでて歩き去った。泣きだしたが、なんてかわいらしい少女だろう。子どもは人生に意味を与えてくれる。

謝辞

『悪しき狼』を書くために調査していたとき、わたしはウラ・フレーリングの *Vater unser in der Hölle*（地獄の我らが父）（Bastei Lübbe Verlag）に出会いました。主人公の恐ろしい運命に衝撃を受け、深く心を揺さぶられました。そのときわたしが書こうとしている物語が「幼児虐待」という言葉に隠れていることの表面をなぞっただけだと気づかされました。わたしはあらためてたくさんの調査をし、このテーマに関する本を読みました。

〈フランクフルト少女の家〉がはじめたプロジェクト「一〇一守護天使を求む」をわたしが後援することになり、その枠の中で心的外傷を抱えた少女たちの世話をするこの施設の心理療法士と話す機会に恵まれ、ウラ・フレーリングが著書の中で書いているようなケースが残念ながら珍しくないことを知りました。子どもや女性の苦しみは毎日、閉じたドアの向こう、家族や友人や知人のところで繰り返されているのです。幼児虐待がじつに今日的なテーマであり、虐待された少女の苦しみと不安がどんなに大きいかを認識しました。

勇気ある重要な本を書いたウラ・フレーリングに心から感謝します。そしてこのタブーが忘れ去られないようにするために、わたしの小説が少しは貢献できているといいのですが。

たくさんの大切な人たちがこの本が誕生するあいだ、わたしのそばにいて、わたしを勇気づけ、行き詰まったわたしを正しい道に導いてくれました。まずズザンネ・ヘッカーと愛する作家仲間のシュテフィ・フォン・ヴォルフの名をあげたいと思います。

両親であるベルンヴァルトとカローラ・レーヴェンベルク、姉のクラウディア・コーエン、妹のカミラ・アルトファーターと姪のカロリーネ・コーエンには、草稿の試し読みをしてもらい、有益なコメントをもらいました。みんな、最高の家族です。

次いでマグリット・オスターヴォルドと、もう一度シュテフィ・フォン・ヴォルフに感謝を述べたいと思います。ふたりはハンブルクをわたしの第二の故郷にしてくれました。

次の方たちにもお礼をいいたい。カトリーン・ルンゲ、ガビー・ポール、ジモーネ・シュライバー、エヴァルト・ヤコービ、ヴァネッサ・ミュラー＝ライト、イスカ・ペラー、フランク・ヴァーグナー、ズザンネ・トゥルエット、アンドレア・ヴィルトグルーバー、アンケ・デミッヒ、アンネ・プフェニンガー、ベアーテ・カグラー、クラウディア・グナス、クラウディア・ヘルマン。Amicus certus in re incerta cernitur（アミークス・ケルトゥス・イン・レー・インケルター・ケルニトゥル、困っているときにこそ真の友人は見つかる）。みんなの友情に感謝。

アンドレア・ルップ上級警部にも特別な感謝を。ていねいに試し読みをして、刑事警察の仕事に関して有益な助言をもらいました。

わたしを信頼し、支援してくれたウルシュタイン社のすばらしい社員たちにも心から感謝したいと思います。とくに担当編集者のマリオン・ヴァスケスとクリスティーネ・クレスは繊細な心遣いと激励を惜しまず、最初のアイデアからこの本を仕上げてくれました。

わたしの本を気に入ってくれている読者のみなさんにも感謝します。わたしは幸せです。そして最後にある特別な人に心の底から感謝の気持ちをあらわしたい。Be45、完成しました。夢は叶いました。

二〇一二年八月

ネレ・ノイハウス

注記

本書は小説である。存命中の人や亡くなった人、あるいは実際にあった出来事と類似していても、それは偶然であり、意図したものではない。

訳者あとがき

ネレ・ノイハウスの警察小説シリーズ〈刑事オリヴァー&ピア〉の六作目『悪しき狼』をお届けします。今回は二〇一〇年六月から七月にかけての物語。デビュー作である一作目『悪女は自殺しない』では、二〇〇五年八月に事件が起きますから、物語内の時間はちょうど五年を経過したことになります。環境問題やナチの過去などドイツ社会に関わるさまざまなテーマを積極的に取り上げる一方で、回を重ねるごとに捜査する側のオリヴァーとピアの身辺にもさまざまな転機が訪れます。それが事件といろいろな意味でオーバーラップするように演出されているところがまたにくい。四作目、五作目としばらくオリヴァーは踏んだり蹴ったりでしたが、さて本作ではどうなることか。一方、前作まで白樺農場《ビルケンホーフ》の違法建築問題が尾を引いていたものの、二作目でクリストフと出会って以降、公私ともに順調に見えるピアは今回どうなるでしょう。

さて、著者のネレ・ノイハウスがデビューしたのは二〇〇九年。今年はドイツでのデビュー十年目にあたります。本シリーズは現在、隔年ペースで新作が発表されていて、シリーズ最新作（九作目）がこの十一月に出版される予定です。

自費出版したシリーズ一作目、二作目が出版社の目にとまり、デビューを果たすと、いきなりドイツ・ミステリの女王と呼ばれるほどの人気作家となった彼女にとっても、振り返るとこの期間は怒濤《どとう》の十年だったといえるでしょう。

作家活動の幅も広がり、〈刑事オリヴァー&ピア〉シリーズ以外に、ノンシリーズの家族小説や児童文学にも健筆を振るっています。創作の全貌を知ってもらうために一覧にしました。

＊〈刑事オリヴァー&ピア〉シリーズ
二〇〇九年『悪女は自殺しない』ただし自費出版二〇〇六年
二〇〇九年『死体は笑みを招く』ただし自費出版二〇〇七年
二〇〇九年『深い疵《きず》』
二〇一〇年『白雪姫には死んでもらう』
二〇一一年『穢《けが》れた風』
二〇一二年『悪しき狼』本書
二〇一四年 *Die Lebenden und die Toten*（生者と死者）
二〇一六年 *Im Wald*（森の中で）
二〇一八年 *Muttertag*（母の日）二〇一八年出版予定

＊ノンシリーズ
二〇一二年 *Unter Haien*（鮫の群れのなかで）二〇〇五年の自費出版の改訂版

二〇一四年 *Sommer der Wahrheit*（真実の夏）ネレ・レーヴェンベルク名義
二〇一五年 *Straße nach Nirgendwo*（どこへも通じない道）ネレ・レーヴェンベルク名義
＊児童文学
二〇〇九年 *Das Pferd aus Frankreich*（フランスから来た馬）ただし自費出版二〇〇七年
二〇一一年―二〇一七年 *Elena – Ein Leben für Pferde*（エレーナ――馬に命をささげて）全六巻
二〇一二年―二〇一八年 *Charlottes Traumpferd*（シャルロッテの馬）既刊六巻

児童文学では一貫して「馬と少女」の物語を書いています。〈刑事オリヴァー＆ピア〉シリーズでも、馬場や馬専門動物病院が重要な場所になっていました。作者が無類の馬好きなためですが、そもそもドイツ児童文学には馬の物語に長い伝統があります。

それから第二ドイツテレビ（ZDF）による〈刑事オリヴァー＆ピア〉シリーズのテレビドラマ化も進んでいます。主演はフェリツィタス・ヴォル（ピア役）とティム・ベルクマン（オリヴァー役）。第一回放映は『白雪姫には死んでもらう』（二〇一三年）で、視聴率は一九・七％。本作のテレビドラマ放映（二部作）は二〇一六年で、視聴率は二一・六％と人気はすこしも衰えず、伸びています。

また、青少年の読書活動を充実させるため二〇一一年十二月に設立したネレ・ノイハウス財団（ノイハウス自身の寄付総額四十万ユーロ）では地元学校の図書館拡充やドイツ読者賞への助成をおこなっています。二〇一六年には西ヘッセン警察長官から名誉首席警部にも任命されました。それから本書でも話題になる〈フランクフルト少女の家〉（少女保護施設）の後援者にも名を連ねています。彼女が書く物語には凄惨《せいさん》な場面もすくなくありませんが、実社会での貢献度は目をみはるばかりです。

本シリーズは四作目『白雪姫には死んでもらう』以降、タイトルにも趣向が凝《こ》らされています。「白雪姫」はいうまでもなくドイツで編まれた『グリム童話』の中の一話。美しさをめぐる恩讐《おんしゅう》がテーマですが、まさにそのテーマが物語に複雑に絡《から》み合っていました。五作目『穢れた風』の場合、邦題では伝わりませんが、原題 *Wer Wind sät* は Wer Wind sät, wird Sturm ernten. という『旧約聖書』「ホセア書」八章七節にある一文からの引用です。「風の中で蒔《ま》き／嵐の中で刈り取る」（新共同訳）の「風の中で蒔き」に相当します。たしかに真相を追う側も隠そうとする側もとんでもない嵐に巻き込まれることになります。

今作『悪しき狼』はまたグリム童話ネタと思っていただいていいでしょう。グリム童話には悪い狼が随所に登場します。みなさんは、タイトルからどの童話を連想するでしょうか。『白雪姫には死んでもらう』では、登場人物たちのさまざまな思いが「白雪姫」というだれでも知っている昔話に収斂《しゅうれん》されましたが、今回は逆に物語の本筋が複数の昔話へと拡散していき、イメージの広がりを感じさせます。そのイメージの広がりの中でつむがれる人間模様の機微をぜひ味わってみてください。

人間模様といえば、母と娘の気持ちのすれ違いも読みどころになるでしょう。一作目以来、事件にまつわる父親と少年の葛藤が描かれることが多かったのですが、今回は母娘がクローズアップされます。キャリアを積むことに夢中で、子どもを顧《かえり》みなかったハンナ・ヘルツマンとその娘マイケ。愛情が空回りしてしまうピアの旧友エマとその娘ルイーザ。そこにクリストフの孫娘リリーを一時預ったピアの気持ちの揺れも重なっていきます。このあたり、児童文学を書いてきた経験が生きているようです。

またシリーズを通して張り巡らされてきたいくつかの伏線が、今作あたりから回収されはじめます。捜査課内でいざこざを起こして去っていったフランク・ベーンケが再登場し、そもそも彼がどうしていつも喧嘩腰だったのか、その謎が解けることになります。『悪女は自殺しない』以来、謎のままにされてきたことが明かされ、ピアの家族にも光が当てられます。考えてみれば、オリヴァーの場合と比べて、ピアの家族関係には不明な部分が多くあります。彼女の過去はおおむね高校時代のこと、大学時代のストーカー事件、ヘニング・キルヒホフとの離婚くらいしか語られていません。次作ではピアの妹が初登場し、知られざるピアの家族関係が徐々に明らかになります。引き続きこのシリーズをお楽しみください。

検印
廃止

訳者紹介 ドイツ文学翻訳家。主な訳書にイーザウ〈ネシャン・サーガ〉シリーズ、フォン・シーラッハ「犯罪」「罪悪」、ノイハウス「深い疵《きず》」「白雪姫には死んでもらう」「穢《けが》れた風」、グルーバー「夏を殺す少女」「刺青の殺人者」他多数。

悪しき狼

2018年10月31日 初版
2019年 9 月13日 再版

著 者 ネレ・ノイハウス

訳 者 酒《さか》 寄《より》 進《しん》 一《いち》

発行所 (株) 東京創元社
代表者 長谷川晋一

162-0814/東京都新宿区新小川町1-5
電 話 03・3268・8231-営業部
03・3268・8204-編集部
URL http://www.tsogen.co.jp

旭印刷・本間製本

ISBN978-4-488-27610-2 C0197